KB095631

우주를 듣는 소년

THE BOOK OF FORM AND EMPTINESS

우주를 듣는 소년

The Book of Form and Emptiness

루스 오제키 장편소설

정해영 옮김

INFLUENTIAL
인 플 루 엔 셜

여전히 목소리로 나를 인도해주는

아버지께 이 책을 바친다.

(Pro captu lectoris) habent sua fata libelli.

(읽는 사람의 역량에 따라)
모든 책은 저마다의 운명이 있다.

—발터 벤야민, 〈나의 서재 공개〉

일러두기

- 본문의 주는 모두 옮긴이가 독자의 이해를 돕기 위해 붙인 것입니다.
- 일부 외국어 고유명사는 관용적으로 표기했습니다.

차례

시작하면서

책은 어딘가에서 시작해야 한다. 용감한 한 글자가 자진해서 신념에 찬 행동으로 앞장서 모험을 감행해야만 하고, 거기서 하나의 단어가 탄생하여 문장을 이끌고 뒤따른다. 그것이 쌓여서 한 단락, 그리고 곧 한 페이지가 되고, 이제 곧 책이 목소리를 찾으며 스스로 탄생하게 된다.

책은 어딘가에서 시작해야 하고, 이 책은 여기서 시작한다.

소년

쉬잇…… 귀 기울여보라!

이건 나의 책이고, 지금 당신에게 이야기하고 있다. 들리나?

하지만 들리지 않아도 상관없다. 그건 당신 잘못이 아니다. 사물들은 항상 말을 하지만, 당신의 귀가 적응이 되어 있지 않으면 듣는 방법을 배워야 한다.

눈을 사용하는 방법부터 시작할 수 있다. 그쪽이 쉬우니까. 주변의 사물들을 둘러보자. 뭐가 보이나? 물론 책이 보일 테고, 그 책은 물론 당신에게 말을 하고 있다. 그러니 이제 좀 더 어려운 것을 시도해보자. 당신이 앉아 있는 의자. 주머니에 있는 연필. 당신이 신은 운동화. 아직도 안 들린다고? 그렇다면 무릎을 꿇고 머리를 의자 좌판에 대거나 신발을 귀까지 들어 올려보자. 아니, 잠깐! 주변에 사람이 있으면 당신이 실성했다고 생각할 거다. 그러니 연필부터 시도하기로 하자. 연필은 안에 이야기를 담고 있고, 끄트머리를 귓속으로 밀어 넣지 않는 한 안전하다. 그냥 귀에 대고 소리를 들어보라. 나무가 속삭이는 소리가 들리나? 소나무의 영혼은? 흑연의 중얼거림은?

가끔은 하나 이상의 목소리가 들린다. 가끔은 한 물건에서 여러 목소리가 합창처럼 나오기도 한다. 특히 여러 사람이 함께 만든 물건들이 그렇다. 하지만 무서워하지 말자. 그것은 그 사람들이 광둥이나 라오스나 다른 어딘가에서 어떤 하루를 보냈느냐에 달려 있다. 그들이 낡고 열악한 공장에서 좋은 하루를 보냈다면, 그 특정 쇠고리가 조립라인에서 떨어져서 그들의 손가락 사이를 통과하는 순간 그들이 기분 좋은 생각을 즐기고 있었다면, 그 기분 좋은 생각이 쇠고리 구멍에 달라붙을 거다. 가끔은 그건 생각이라기보다 감정이나 느낌에 가깝다. 예를 들면 사랑처럼 따스한 좋은 느낌, 화창함과 노란빛. 하지만 당신의 신발에 묶여 있는 신발 끈이 슬프거나 화난 감정이라면 조심하는 게 좋을 거다. 그 신발이 미친 짓을 할지도 모르니까. 예를 들면 나이키 매장 앞으로 당신의 발을 이끌고 가서 잔뜩 화가 난 나무로 만든 야구방망이로 진열창을 깨부수게 한다든지 말이다. 그런 일이 일어나도, 그건 당신 잘못이 아니다. 그냥 유리창에게 사과하고 유리에게 미안하다고 하고, 무슨 짓을 하든 그것에 대해 설명하려 하지 말자. 체포하러 온 경찰은 야구방망이 공장의 여건이 얼마나 형편없는지 따위는 관심 없다. 벌목에 쓴 전기톱이나 그 방망이의 전신인 견고한 물푸레나무에도 관심이 없을 테니, 그냥 입을 굳게 다물고 조용히 있자. 예의 바르게 행동하자. 숨 쉬는 것은 잊지 말고.

동요하지 않는 게 정말 중요하다. 그랬다가는 목소리들이 당신의 정신을 휘어잡고 마음대로 주무를 테니까. 물건들은 바라는 게 많다. 그것들은 공간을 차지하고, 관심을 원하고, 가만두면 당신을 미치게 할 거다. 그러니 이것만 기억하자. 당신은 항공관제사와 같다. 아니, 지구상의 온갖 재즈 연주자들로 이루어진 브라스 빅밴드의 리더와 같다. 당신은 우주 속에 떠 있다. 세상의 이 거대한 쓰레기 더미 위에 서 있다. 머리를 뒤로 빗어 넘기고 말쑥한 정장 차림으로 지휘봉을 들고 온갖 열정적인 물건들에 둘러싸여서 말이다. 한 번의 빠르고 아름다운 순간을 위해, 모든 목소리들이 당신이 지휘봉을 내리는 순간을 기다리고 있다.

음악을 만들어낼 것이냐 미칠 것이냐. 그것은 순전히 당신에게 달려 있다.

1부

집

모든 열정은 혼돈과 접하고 있지만,
수집가의 열정은 기억들의 혼돈과 접하고 있다.

—발터 벤야민, 〈나의 서재 공개〉

책

1

그럼 목소리들에 대한 이야기로 시작하자.

그가 언제 처음 목소리들을 들었을까? 아직 어렸을 때? 베니는 항상 작은 소년이었고, 발육이 더뎠다. 마치 그의 세포가 증식하여 세상의 공간을 차지하기를 거부하는 것처럼. 그는 열두 살이 되었을 때 성장이 거의 멈춘 것 같다. 아버지가 죽고, 어머니의 체중이 불기 시작한 것과 같은 해였다. 변화는 미묘했지만, 어머니 애너벨의 몸이 커지면서 베니의 몸은 수축하는 것처럼 보였다. 마치 그녀가 왜소한 아들의 슬픔을 자신의 것으로 대사 작용하고 있는 것 같았다.

그렇다. 그게 맞는 것 같다.

그래서 어쩌면 아버지인 케니가 죽은 직후, 그즈음에 갑자기 목소리들이 시작된 것일까? 그의 죽음은 자동차 사고, 아니 트럭 사고 때문이었다. 케니 오는 재즈 클라리넷 연주자였다. 그의 본명은 켄지였고, 그래서 여기서는 그렇게 부르겠다. 그는 결혼식과 유대인 성인식, 그리고 번화가의 요란한 재즈 클럽에서 대개는 빅밴드의 단골 장르인 스윙을 연주했다. 그곳에서 남자들은 하나같이 수염을 기르고 포크파이해트*에 체크무늬 셔츠, 구제품 가게에서 건진 좀먹은 트위드 재킷을 입고 있었다. 그는 공연을 마친 뒤 나가서 술을 마시거나 마약을 하거나 연주자 친구들과 할 수 있는 거라면 무엇이든 했다. 그날은 코카인을 아주 약간 흡입했지만, 집으로 오는 길에 골목에서 넘어졌을 때 곧바로 일어나지 못할 만큼 취했다. 집에서 멀리 떨어진 곳도 아니었다. 그의 집 뒤쪽으로 이어지는, 당장이라도 부서질 듯한 대문에서 불과 몇 미터 거리였다. 조금만 더 기어 왔더라면 무사했을 텐데. 그러나 그는 그냥 '가스펠 선교회 중고매장' 재활용품 수거함 위의 가로등이 뿜어내는 희미한 빛의 웅덩이 속에 누워 있었다. 겨울의 오랜 냉기가 걷히기 시작하며 봄 안개가 골목길에 떠다니고 있었다. 그는 거기 누워 불빛과 허공에서 부유하는 작고 빛나는 습기의 입자들을 올려다보았다. 그는 술에 취했다. 아니면 마약에. 또는 둘 다였다. 불빛이 아름다웠다. 초저녁에 그는 아내와 다퉜다. 어쩌면 그는 미안함을 느끼고 있었을 것이다. 어쩌면 자신이 더 잘하겠노라고 마음속으로 다짐하고 있었을 것이다. 하지만 그가 무엇을 하고 있었는지 누가 알겠는가? 어쩌면 잠들어 있었을지도 모른다. 제발 그랬기를 바라자. 어쨌든 그가 거기서 한 시간 정도 누워 있었는데, 하필 그때 짐을 실은 트럭 한 대가 덜컹거리면서 골목길로 달려왔다.

트럭 운전자의 잘못이 아니었다. 골목길에는 바퀴 자국과 움푹 팬 포트홀이 허다했다. 반쯤 찬 쓰레기봉투와 음식물쓰레기, 쓰레기 뒤지는 사람들이 남기고 간 옷가지며 부서진 가전제품이 여기저기 널브러져 있었다. 보슬비 내리는 새벽녘의 희미한 회색 빛 속에서, 트럭 운전자는 까마귀로 뒤덮인 연주자의 가느다란 몸과 쓰레기를 구분하지 못했다. 까마귀는 켄지의 친구였다. 그들은 그저 그가 춥거나 젖지 않게 도와주려 했지만, 누구나 알다시피 까마귀는 쓰레기를 좋

* Porkpie hat. 산 부분이 돼지고기 파이처럼 평평하고 꼭대기가 움푹 들어간 모자.

아한다. 그러니 트럭 운전자가 켄지를 쓰레기봉투로 오해한 것이 이상한 일이겠는가? 운전자는 까마귀를 싫어했다. 까마귀는 재수 없는 새였다. 그래서 그는 까마귀를 겨냥해 돌진했다. 트럭은 골목길 끝에 있는 중국인이 운영하는 가금육 판매점에 배달할 생닭 운반용 케이지를 싣고 가는 중이었다. 그가 가속페달을 밟았고 바퀴에 켄지의 몸이 부딪치는 것을 느낀 순간, 까마귀들이 트럭 앞유리 앞으로 날아올라 시야를 가리는 바람에 그는 통제력을 잃고 좌우로 흔들리며 '이터널해피니스 인쇄소'의 하역장으로 돌진했다. 트럭이 쓰러지고 닭 케이지들이 날아올랐다.

닭들이 꽥꽥거리는 소리에 베니는 잠을 깼다. 베니의 침실 창에서는 재활용품 수거함이 내려다보였다. 그는 누워서 귀 기울였다. 그때 뒷문이 쿵 닫히는 소리가 들렸다. 골목에서 높고 가느다란 비명이 올라와 마치 밧줄처럼, 마치 살아 있는 촉수처럼, 꿈틀거리며 그의 창으로 들어와서는 침대에서 그를 잡아채 창가로 끌고 갔다. 그는 창으로 가서 커튼을 열고 거리를 내려다보았다. 하늘은 이제 막 먼동이 트고 있었다. 옆으로 쓰러져서 바퀴가 헛돌고 있는 트럭이 보였고, 허공에는 펄럭거리는 날개와 흩날리는 깃털들로 가득했다. 닭장에서 사육된 닭들은 진짜로 날 수는 없었을 뿐 아니라 새처럼 보이지도 않았다. 그냥 하얀 트리블* 같은 것이 휘젓고 다니며 그림자 속으로 들어가는 것처럼 보였다. 그 가느다란 비명이 마치 쇠줄처럼 팽팽해지며 베니의 눈을 구름처럼 희뿌연 공기에 휩싸인 어떤 유령 같은 형체로 이끌었다. 그것은 소리의 원천이자 베니의 세상의 원천인 그의 어머니 애너벨이었다.

그녀는 잠옷 바람으로 가로등이 뿜어내는 빛의 웅덩이에 혼자 서 있었다. 그녀 주변으로 눈처럼 떠다니는 깃털의 움직임이 있었지만,

* Tribble. 〈스타트렉〉 시리즈에 등장하는 털이 복슬복슬한 동물.

그녀는 미동도 없이 서 있었다. 마치 얼어붙은 공주 같다고 베니는 생각했다. 그녀는 땅에 있는 무언가를 내려다보고 있었다. 베니는 즉시 그 무언가가 아버지임을 알았다. 그가 서 있는 높은 창가에서는 아버지의 얼굴이 보이지 않았지만 다리를 알아볼 수 있었다. 평소에 춤을 출 때처럼 무릎을 굽힌 채 발차기를 하는 다리. 다만 지금은 옆으로 누워 있었다.

베니의 어머니가 한 발 앞으로 내디뎠다. "안 돼!" 그녀가 비명을 지르며 무릎을 꿇었다. 가로등 불빛을 받아 반짝이는 그녀의 숱진 금발이 어깨 위로 흘러내려 남편의 머리를 커튼처럼 가렸다. 그녀는 몸을 앞으로 숙이고 중얼거리며 그를 일으키려 했다. "안 돼, 켄지. 안 돼, 안 돼. 제발. 내가 잘못했어. 본심이 아니었어……."

켄지가 그녀의 말을 들었을까? 그때 그가 눈을 뜨고 있었다면, 아내의 사랑스러운 얼굴이 그의 얼굴 위로 창백한 달처럼 걸려 있는 것을 보았으리라. 어쩌면 그랬을 것이다. 그랬다면 지붕과 흔들리는 전깃줄 위에 앉은 까마귀들이 지켜보고 있는 것도 보았을 것이다. 그리고 어쩌면 아내의 어깨 너머로, 저 멀리 2층 창문에서 아들이 지켜보고 있는 것도 보았을 것이다. 그가 봤다고 치자. 그때 춤추는 다리가 느려지더니 발차기를 멈추고 점차 정지했기 때문이다. 그 순간 애너벨이 켄지의 달이었다면, 베니는 아스라이 떠 있는 별이었다. 먼동이 트는 희뿌연 새벽하늘에서 밝게 빛나는 아들을 보면서, 그는 팔을 움직이고 손을 올리고 손가락을 움찔대려고 애썼다.

나중에 베니는 이때 아버지가 자신에게 손짓하고 있는 것 같았다고 생각했다. 마치 잘 있으라고 인사하는 것 같았다고.

켄지는 병원으로 가는 도중에 죽었고, 그다음 주에 장례를 치렀다. 장례식 준비는 애너벨의 몫이었지만, 그녀는 이런 종류의 일들을 계획하는 데 별로 소질이 없었다. 켄지는 외향적인 사람이었지만, 부부가 함께 사람들을 초대하거나 대접한 적이 없었다. 애너벨은 친구가 거의 없었다.

장의사가 그녀에게 사랑하는 사람의 가족과 종교에 대해 이것저것 물었는데, 그녀는 대답하느라 애를 먹었다. 그녀가 아는 켄지의 가족은 없었다. 켄지는 히로시마에서 태어났는데 부모님은 그가 어렸을 때 사망했다. 당시에 아직 어린아이였던 여동생은 고모 부부에게 보내진 반면, 켄지는 교토에서 조부모의 손에 자랐다. 그는 어린 시절에 대해 거의 얘기하지 않았고, 그저 조부모가 무척 보수적이고 엄격했으며 자신이 그분들과 잘 지내지 못했다고만 했다. 물론 조부모 역시 지금은 사망했다. 아마 여동생은 아직 살아 있을 테지만, 연락이 끊긴 상태였다. 두 사람이 결혼하면서 애너벨이 물었을 때, 그는 그저 미소 지으며 그녀의 볼을 쓰다듬고 자신에게 가족은 그녀 하나로 충분하다고 말했다.

종교에 대해 말하자면, 그녀가 알기로 켄지의 조부모는 불교 신자였고, 켄지가 대학 다닐 때 한동안 선불교 사찰에서 지냈다고 얘기한 적도 있었다. 그 말을 할 때 켄지가 어떻게 웃었는지 그녀는 기억했다. 정말 웃기지 않아? 내가 수도승이라니! 그리고 그녀도 웃었다. 그는 전혀 수도승처럼 보이지 않았기 때문이다. 그는 자신에게는 재즈가 있으니 종교는 필요 없다고 말했다. 그가 가진 유일한 종교적인 물건은 가끔 손목에 차고 다니는 염주뿐이었다. 염주는 예뻤지만, 남편이 그것을 기도할 때 쓰는 것을 본 적은 없었다. 어쨌든 그가 불교에 뿌리를 두고 있으니 교회 목사가 그의 장례식을 진행하는 것은 옳지 않아 보였고, 그래서 장의사의 질문에 애너벨은 켄지에게는 가족이 없고 종교도 없으며 예배도 없을 거라고 말했다. 장의사는 실망한 것 같았다.

"그럼 부인 쪽은요?" 그가 간청하듯 물었고, 그녀가 머뭇대자 덧붙여 말했다. "이런 순간에는 가족이 곁에 있는 게 좋습니……."

기억이 유령처럼 스쳤다. 그녀는 병원 침대에 누운 어머니의 쪼그라든 몸을 생각했다. 그리고 그녀의 방 문가에 어렴풋이 나타난 의붓아버지의 어두운 그림자. 그녀가 고개를 젓고는 장의사의 말을 끊으며 단호하게 말했다. "아뇨, 가족은 없다고 말씀드렸잖아요."

그에게는 보이지 않는 것일까? 그녀와 켄지는 이 세상에 혼자였고, 베니가 태어날 때까지는 바로 이런 점이 두 사람을 결속시키는 요인이었다는 것을.

장의사는 손목시계를 흘끔 보고는 다음으로 넘어갔다. 그는 고인과의 대면식에 대해 어떻게 생각하는지 물었다. 이번에도 그녀가 망설이자 그가 설명했다. 세심하게 복구된 사랑하는 고인의 모습을 보는 것은 비극적인 사고를 목격함으로써 초래된 트라우마를 줄여줄 것이다. 고통스러운 기억을 완화시키고 남겨진 사람들이 육체적 죽음을 현실로 받아들이는 데 도움이 될 것이며, 고인 대면실은 정중하고 우아하게 꾸며질 것이다. 장례식장에서 조문객에게 약간의 쿠키와 음료, 다양한 차, 맛있고 풍미 있는 크리머*와 함께 커피를 제공할 수 있다고도 했다.

크리머? 그녀는 웃지 않으려 애썼다. 정말로? 그녀는 이 얘기를 기억했다가 나중에 켄지에게 말해주고 싶었다. 켄지는 이런 식의 어처구니없는 말에 웃곤 했다. 하지만 장의사가 기다리고 있어서 그녀는 그냥 그러자고, 쿠키가 있으면 좋겠다고 동의했다. 그는 메모를 한 다음 사랑하는 사람의 주검을 최종적으로 어떻게 처리하고 싶은지 물었다. 그녀는 과도하게 빵빵한 소파 가장자리에 앉아, 화장을 하겠냐는 질문에 그렇다고 대답하고 유해를 매장지나 납골당에 모시겠냐는 질문에는 아니라고 대답하는 자신의 목소리를 듣고 있다가 문

* Creamer. 흔히 '프림'으로 알려져 있는 커피 첨가물.

듯 켄지가 '죽었기' 때문에 켄지에게 맛있고 풍미 있는 크리머에 대해 얘기할 수 없음을 깨달았다. 그리고 곧바로 지금 그들이 이야기하는 주검의 주인공인 사랑하는 사람은 바로 '켄지'라는 생각, 그리고 이 주검은 다름 아닌 '켄지의 몸', 그녀가 너무도 잘 알아서 눈 감고도 근육질의 어깨와 매끈한 황갈색 피부, 벌거벗은 등의 굴곡을 분명하게 그릴 수 있는 바로 그 몸이라는 생각이 연속적으로 뒤따랐다.

그녀는 미안하다고 말하고 화장실을 좀 쓸 수 있겠냐고 물었다. 장의사는 물론이라고 대답하며 카펫이 깔린 복도를 가리켰다. 그녀는 문을 닫고 들어갔다. 화장실 안쪽에는 벽면에 부착된 모든 소켓에서 뿜어내는 방향제 향기가 공기 전체에 스며 있었다. 그녀는 변기 앞에 털썩 무릎을 꿇고 선명한 청색 물속으로 구토를 했다.

이제 켄지의 시신은 장례식장의 응접실처럼 보이는 방 안의 열린 관 속에 누워 있었다. 베니와 애너벨이 도착했을 때, 장의사가 두 사람을 안으로 안내하고는 사려 깊게도 그들에게 시간을 주기 위해 멀찌감치 뒤로 물러났다. 애너벨은 깊이 숨을 들이쉬었다. 그녀가 아들의 팔꿈치를 붙잡고 관을 향해 걷기 시작했다. 베니는 이렇게 걸어본 적이 없었다. 마치 그가 책임자인 것처럼 어머니는 그의 팔에 의지하고 있었다. 베니는 난간이 된 기분이었다. 그는 어머니를 단단히 부축하며 앞쪽으로 이끌었고, 두 사람은 관 가장자리에 나란히 섰다.

켄지는 원래 몸집이 작은 남자였는데, 이제 죽고 나니 더 작아졌다. 그는 애너벨이 골라준 담청색 시어서커 재킷에 블랙진을 입고 있었다. 그가 여름철에 결혼식에서 연주할 때마다 입었던 옷차림에서 포크파이해트만 빠진 상태였다. 그의 클라리넷은 가슴 위에 놓여 있었다. 애너벨은 중간중간 끊어지는 가벼운 한숨을 길게 내쉬었다.

"아빠는 괜찮아 보여." 그녀가 속삭였다. "그냥 잠을 자고 있는 것 같아. 관도 참 좋고." 베니가 대답하지 않자, 그녀는 아들의 팔을 잡아당겼다. "안 그래?"

"그런 것 같아." 베니가 말했다. 그는 화려한 관에 누워 있는 시신을 살펴보았다. 눈을 감고 있었지만, 잠을 잔다고 하기에는 얼굴에 생기가 없어 보였다. 죽었다고 하기에도 마치 한 번도 살아 있던 적이 없는 무언가처럼 생기가 없어 보였다. 멍을 가리기 위해 화장을 했지만, 아버지라면 절대 화장 따위는 하지 않았을 것이다. 켄지는 집에서 느긋하게 쉴 때만 이렇게 머리를 풀어서 늘어뜨렸고, 사람들 앞에서는 항상 숱지고 검은 머리를 뒤로 넘겨 묶고 있었다. 이런 세부적인 차이들이 베니에게 관에 있는 사람이 자신의 아버지가 아님을 입증했다. "클라리넷도 태울 거야?"

그들은 옆쪽에 놓인 딱딱한 접이식 의자에 앉아서 기다렸다. 집주인 중국인 할머니 왕 부인, 애너벨의 직장 동료 두 명, 켄지의 밴드 동료와 클럽 친구들. 연주자들은 떠나고 싶은 것처럼 문가에 서 있었지만, 장의사가 그들에게 앞으로 나가도록 부추겼다. 그들은 잔뜩 긴장해서 관까지 배회하듯 걸어왔다. 그중 몇 명은 오래 머물며 응시했다. 몇 명은 시신에 대고 뭐라고 말을 하거나 농담을 했다. 이 친구야, 닭 트럭이라니, 정말이야? 애너벨은 못 들은 척하고 다과 테이블을 가리켰다. 그들은 얼른 그쪽으로 향하다가 잠시 멈춰 그녀에게 어색하게 몇 마디를 건네고는 베니를 짧게 포옹하고 머리를 쓰다듬었다. 애너벨은 정중했다. 이들은 남편의 친구들이었다. 베니는 열두 살이어서 쓰다듬는 걸 싫어했지만, 포옹은 더 싫었다. 밴드 멤버 중 몇몇은 베니의 어깨를 주먹으로 툭 쳤다. 주먹으로 치는 건 크게 거슬리지 않았다.

애초에 누군가 그런 생각을 하게 만든 건 어쩌면 관 속에 있는 클라리넷이었을지 모르지만, 사람들이 조금씩 더 들어오고 악기들이 조금씩 더 나타나기 시작하더니, 밴드 멤버 중 두어 명이 방 한구석에 자리를 잡고 연주를 시작했다. 화려하거나 현란하지 않은 감미로운 재즈였다. 더 많은 조문객이 도착했다. 다과 테이블 위 크리머 통 옆에 위스키 병이 등장하자, 장의사는 저지하려는 듯 보였지만 그때 트럼펫 연주자가 그를 옆으로 불러내 뭐라고 얘기를 했다. 장의사가 물러났고, 밴드는 연주를 계속했다.

켄지의 지인들은 분위기를 띄울 줄 아는 사람들이었고, 그래서 친구의 시신을 화장장으로 보낼 때가 되었을 때 연주자들은 영구차를 취소하고 직접 팔을 걷어붙이고 나섰다. 애너벨은 그들과 함께 갔다. 관은 무거웠지만 켄지가 그 무게에 크게 더한 부분은 없었고, 그래서 그들은 뉴올리언스 스타일*로 관을 들어 올려서 돌아가며 어깨에 지고 좁은 뒷골목을 통과해 비가 내려서 번들거리는 어두운 거리로 나갈 수 있었다. 애너벨과 베니는 그들과 함께 걸었다. 누군가 두 사람을 행렬 앞쪽의 관 바로 뒤로 인도했고, 베니에게 빨간 우산을 건네줬다. 베니는 우산을 마치 용감한 깃발이나 우승기처럼 자랑스럽게 줄곧 엄마의 머리 위로 들고 있었고, 그러다가 팔이 마비되어 끊어질 것만 같았다.

때는 봄이었고 비 맞은 매화꽃이 나무에서 떨어져, 젖은 포장도로 위에 연분홍 꽃잎이 융단처럼 깔려 있었다. 머리 위로 갈매기들이 울면서 빙글빙글 맴돌며 기류를 타고 점점 더 높이 올랐다. 그들의 시점에서 한참 아래에 있는 빨간 우산은 흠뻑 젖은 도시를 천천히 꿈틀대며 통과하는 뱀의 빨간 눈처럼 보였을 것이다. 까마귀들은 그보다 낮은 고도를 유지하고 행렬을 더 가까이에서 좇아가며, 날개를 활짝 편 채 나무들 사이로 날아서 가로등과 전선 위에 앉곤 했다. 이

* 밴드가 장례 행렬을 이끈다고 한다.

제 밴드는 거의 정식 규모로 커졌다. 조문객들이 추적이는 비를 뚫고 행진할 때 연주자들은 장송곡을 연주하며 누런 봉투로 감싼 병에 담긴 술을 돌려 마셨고, 그동안 매춘부와 약쟁이들이 그들 뒤에서 마치 바람에 날려 온 쓰레기처럼 맴돌았다.

화장장에는 모두가 들어갈 만한 공간이 없었지만, 다행히 빗발이 약해져서 연주자들은 바깥쪽 길가에 머물며 계속 연주를 했다. 애너벨과 베니는 관을 따라 입구까지 갔지만, 문이 열리자 베니는 주저했다. 그는 화장로에 대해 들었다. 관 속에 있는 것이 자신의 아버지가 아닌 다른 누구라도, 그것이 불 속에 던져져서 통나무나 불에 구운 고기처럼 타버리는 것을 보고 싶지는 않았다. 베니가 트럼펫 연주자와 함께 밖에 머물겠다고 말하자 연주자는 그거 좋은 생각이라고 했다. 애너벨은 심란해 보였지만 곧 선택을 했다. 그녀는 양손으로 아들의 보드랍고 둥근 얼굴을 잡고 짧게 입을 맞춘 뒤 트럼펫 연주자를 보며 말했다. "멀리 가지 못하게 해주세요." 그런 뒤 그녀는 안으로 사라졌다.

밴드는 장송곡에서 베니 굿맨으로 넘어갔다. 굿맨은 켄지가 제일 좋아하는 뮤지션이었다. 그들은 〈보디 앤드 소울(Body and Soul)〉과 〈라이프 고즈 투 어 파티(Life Goes to a Party)〉를 연주했다. 〈아임 어 딩동 대디(I'm a Ding Dong Daddy)〉와 〈차이나 보이(China Boy)〉, 〈더 맨 아이 러브(The Man I Love)〉를 연주했다. 그러는 내내 베니는 화장로의 불길을 생각하니 심장이 미친 듯 뛰었다. 〈섬타임스 아임 해피(Sometimes I'm Happy)〉에서 클라리넷 독주 부분에 이르자, 금관악기는 조용해졌고 드럼이 브러시 스틱으로 조용히 박자를 맞추며 클라리넷이 있어야 할 빈자리를 채웠다. 그것은 켄지의 주제곡이었고, 유령이 된 그의 리프가 박무를 뚫고 올라가는 소리가 거의 들릴 듯했다. 어쩌면 베니는 정말로 들었을 것이다. 그는 집중해서 들었고, 그

공백의 시간이 끝나고 호른이 치고 들어온 순간, 슬그머니 그 자리를 벗어났다. 베니는 제 아버지처럼 여윈 몸으로 날씬한 피라미처럼 연주자들 사이로 요리조리 빠져나갔고, 그즈음 악사들은 너무 취해서 알아차리지 못했다. 그는 어머니가 사라진 곳을 보고 있었다. 무거운 문이 뒤에서 닫혔을 때 여전히 밖에서 연주하는 음악이 들렸지만 지금 그는 다른 것에 귀 기울이고 있었다.

'베니……?'

건물 안 깊은 곳 어딘가에서 목소리가 말을 걸었고, 베니는 그것을 따라갔다. 그가 희미한 복도를 걸어 내려갈 때, 환기 장치 소음이 점점 커졌다. 그는 소파와 푹신한 낮은 의자 몇 개가 비치된 대기실에 이르렀다. 탁자 위에는 흰 백합 조화가 꽂힌 꽃병이 티슈 상자 옆에 놓여 있었다. 넓은 전망창으로 화장로 고별실이 들여다보였다. 그것을 뭐라고 부르는지는 모르지만, 유리창 저편에서 무슨 일이 일어나고 있는지는 알고 있었다. 어머니의 모습이 보였다. 그녀는 아버지의 클라리넷을 들고 있었다. 연주도 할 줄 모르는 그녀의 손에 그것이 들려 있으니 이상하고 어색해 보였다. 그녀 옆에는 화려한 관이 있었다. 시신은 어디에 있을까? 안내원 한 명을 제외하면, 어머니는 혼자였다. 두 사람은 길고 폭이 좁은 판지 상자를 사이에 두고 서 있었다. 너무도 특색 없는 상자여서 베니는 그것을 알아차리지도 못했다. 다시 그 목소리가 들리기 전까지는.

'베니……?'

아빠?

그것은 아버지의 목소리였다. 베니는 환기 장치 소음 너머로 그 소리를 겨우 들을 수 있었지만, 그것이 상자 안에서 나오고 있다는 것을 알았다. 그는 까치발을 하고 안을 보려 했다.

'오, 베니…….'

아버지의 목소리는 슬프게 들렸다. 마치 뭔가를 말하고 싶지만 너무 늦은 것처럼. 그리고 실제로 바로 그 순간 애너벨이 고개를 끄덕였고, 안내인이 앞으로 나가서 상자 뚜껑을 덮었다. 베니는 손바닥을 유리창에 댔다.

"엄마!" 그가 창문을 쿵쿵 두드리며 불렀다. "엄마!"

마치 스스로 움직이는 것처럼, 상자가 움직이기 시작했다.

"안 돼!" 베니가 소리쳤지만 유리는 두꺼웠고 환기 장치는 시끄러웠다. 판지 상자가 짧은 경사로를 올라가 화장로 입구로 향하자 화장로 문이 열렸다. 베니는 화장로의 불타는 목구멍과 날름대는 혀를 보았고, 거리에서 흘러들어오는 구슬픈 트롬본 독주 소리에 섞인 불의 낮은 으르렁거림과 공기를 빨아들이는 소리를 들었다. 밴드가 〈돈비 댓 웨이(Don't Be That Way)〉를 연주하고 있었다.

베니는 주먹으로 유리창을 두들기며 소리쳤다. "안 돼! 안 돼!"

그때 애너벨이 눈을 들었다. 그녀는 켄지의 클라리넷을 손에 든 채, 재처럼 하얀 얼굴로 눈물을 주룩주룩 흘리고 있었다. 그녀는 유리창을 통해 아들의 모습을 보고 손을 뻗었다. 베니는 어머니의 입술이 그의 이름 모양으로 움직이는 것을 보았다.

'베니……!'

그 순간 그녀의 뒤에서 상자가 화장로로 스르르 들어가고 화장로의 미닫이문이 닫혔다.

화장장을 떠날 무렵에는 베니가 어느 정도 진정이 되었다. 밴드는 대부분 짐을 꾸려 집으로 돌아갔고, 몇 명만 아직 남아 추모 공원을 서성이고 있었다. 트럼펫 연주자가 벽에 기댄 채 〈스모크 겟츠 인 유어 아이스(Smoke Gets in Your Eyes)〉를 구슬프게 연주했고, 남은 사람들은 일렁이는 연기가 커다란 굴뚝을 통해 올라가는 것을 지켜보았다.

누군가 그들을 집까지 태워주었고, 베니는 곧장 침대로 가서 아침까지 잠을 잤다. 그가 마침내 깨어났을 때, 애너벨은 그에게 오늘은 학교에 가지 말고 집에 있으라고 말했고 점심시간까지 무제한 컴퓨터게임 시간을 주었다. 오후에 그들은 길고 느릿한 버스를 타고 다시 장례식장으로 가서 켄지의 유골을 수습했다. 유골은 비닐봉지에 밀봉되어 플라스틱 상자와 누런 종이 쇼핑백에 담겨 있었다. 다른 사람들은 그 안에 사람의 유골이 들었다는 사실을 알 리 없었지만, 베니는 버스에서 그것을 들고 있기를 거부했다. 그들이 버스 정거장에서 내려 걸어올 때, 까마귀들이 골목에 모여 대문과 지붕 위에 앉아 있었다. 켄지는 재활용품 수거함에서 가져온 낡은 원목 TV 스탠드로 새 모이대를 만들어, 뒤 베란다에 설치했었다. 애너벨이 뒷문을 열었을 때 모이대가 텅 비어 있는 것을 보고, 잊지 않고 꼭 모이를 줘야겠다고 생각했다. 그녀는 유골이 담긴 봉지를 식탁에 놓고 베이킹팬을 꺼낸 뒤 예열을 하려고 오븐을 켰다.

"피시핑거 먹을래, 치킨너겟 먹을래?"

"아무거나."

베니는 뭔가 할 일이 필요해. 그녀는 생각했다. 계속 바쁘게 만들 필요가 있어. "아들, 아빠의 까마귀들에게 모이 좀 줄래?" 그녀는 켄지가 중국인 제과점에서 주워 와 문고리에 걸어두곤 했던 곰팡이 핀 월병이 든 비닐봉지를 건넸다. 이제 그녀가 도맡게 될 온갖 집안일 목록에 월병을 챙겨 오는 것도 추가해야 했다.

베니는 봉지를 받아 베란다로 나갔다가 잠시 후에 돌아왔다. "여기." 그가 말했다. 그는 병뚜껑 하나와 깨진 대합조가비 하나, 때가 탄 금색 단추 하나를 들고 있었다. 애너벨이 내민 손바닥 위로 베니는 그 작은 물건들을 떨어뜨렸다.

“참 이상도 하지.” 그녀가 단추를 살펴보며 말했다. “까마귀는 선물을 남긴다던데.” 그 순간 문득 어떤 생각이 들었다. “어머! 어쩌면 혹시…….” 그녀가 말을 멈추었다.

“뭐?” 베니가 말했다.

“아무것도 아냐.” 그녀는 선반에서 작은 그릇을 꺼내 물건들을 조심스럽게 넣었다. “식탁 좀 치워줄래?”

유골이 든 쇼핑백이 여전히 식탁 위에 놓여 있었다. 베니가 그것을 보았다. 그건 마치 식료품처럼 보였다. “그냥 저기 둘 거야?”

“저녁 먹고 나서 우리가 의미 있는 자리를 마련할 수 있을 거야.” 그녀가 냉동실을 열고 치킨너겟 한 상자를 꺼냈다. “일본에선 그렇게 한대. 집에 있는 작은 제단에 유골을 두는 거야.”

“우리 집엔 제단 같은 게 없잖아.”

“우리가 만들면 되지.” 그녀가 상자를 찢어 너겟을 베이킹 팬에 흩어놓았다. “책꽂이 한 칸을 비워서 클라리넷처럼 아빠가 좋아하던 물건들을 거기 둘 수 있어. 그러면 내세에서 아빠가 쓸 수 있을 거야.” 그녀는 팬을 오븐에 넣고 문을 닫았다. “우유도 좀 가져다가 식탁에 놔줘.”

“아빠가 좀비가 되는 거야?”

애너벨이 웃었다. “아니, 아빠는 좀비가 아니야. 내세는 불교에서 믿는 거야. 영혼이 다른 몸으로 다시 태어나서 살게 되는 거지.”

“그럼 다른 사람이 되는 거야?”

“사람이 아닐지도 모르지. 동물일지도. 어쩌면 까마귀일…….”

“이상해.” 베니가 식기가 든 서랍으로 가며 말했다. “어차피 우리는 불교가 아니잖아. 우린 아무것도 믿지 않잖아.” 그가 빽빽한 낡은 서랍을 힘주어 잡아당긴 다음 위아래로 살살 흔들어 열었다.

애너벨이 눈을 들었다. “뭔가를 믿고 싶니?”

"무슨 뜻이야?"

"그러니까 불교라든가, 아니면 다른 거. 기독교?"

"아니." 그가 서랍에서 포크와 자신의 전용 숟가락을 꺼내서 조심스럽게 유골을 피해 식탁 위에 놓았다. 그리고 찬장에서 유리잔을 꺼내 냉장고로 갔다.

"아빠는 불교를 믿었어. 어쩌면 지금도 그런지 모르지." 애너벨이 말했다.

"지금?"

"그래. 안 될 게 뭐 있어?"

베니는 냉장고 앞에 서서, 무리 지어 있는 냉장고 자석을 응시하며 그 의미에 대해 생각했다. 그는 자석 두어 개를 옆으로 밀어냈다. 그것은 단어들을 조합해서 시를 짓는 자석이었는데, 단어들을 배열하여 다양한 의미를 갖는 행을 만드는 게 요점이었다. 애너벨은 켄지의 영어 공부를 돕기 위해 중고매장에서 자석을 사 왔고, 켄지는 기억날 때마다 그녀를 위해 시를 지었다. 가끔은 베니도 지었다. 몇몇 단어가 세트에서 빠져 있었지만, 애너벨은 그건 중요하지 않다고 말했다. 시를 짓기 위해 많은 단어가 필요한 건 아니라면서.

"아니." 베니가 마침내 말했다. "아빠는 이제 아무것도 안 믿어. 죽었으니까."

켄지가 죽던 날 클럽에 가기 직전에, 그는 시를 지었다. 그것이 여전히 거기에, 낱말들의 무리 틈에 있었다.

"음, 그야 그렇지." 애너벨이 말했다. "하지만 사실 그게 무슨 의미인지 우리는 몰라. 죽는 거 말이야."

베니는 단어 몇 개를 밀어서 새로운 행을 만들었다. "아니, 우린 알아. 그건 아빠가 살아 있지 않다는 뜻이야."

애너벨은 열린 오븐 위로 상체를 구부리고 너겟을 뒤집다가, 단호하고 단정적인 아들의 목소리에 뒤로 돌아섰다.

"오, 베니, 안 돼." 그녀가 금속 주걱을 떨어뜨렸고, 오븐 문이 쿵 하고 닫혔다. 그녀가 냉장고로 달려와 그를 밀어냈다. "원 상태로 돌려놔! 원 상태로 돌려놔야 해! '여인'이 여기로 오고 '조화'가 있었어. 형용사도 있었는데. 그게 뭐였지? 기억이 안 나! 왜 기억이 안 나는 거지? 오, 베니, 넌 기억나니?"

그녀가 뒤돌아서 베니에게 애원하듯 말했지만, 베니는 이미 멀찌감치 물러나 있었다. 아버지의 시를 해체할 뜻은 없었다. 하지만 자석들은 돌아다니기를 원했다. 새로운 시를 만들기를 원했다. 베니는 그저 그들을 도와준 것뿐이었다. 그는 설명하려고 입을 열었지만 입에서 말이 나오지 않았다. 베니는 충격받은 모습으로 서 있었고, 이를 본 애너벨은 말을 멈추고 그를 향해 팔을 뻗었다.

"오, 우리 아들. 엄마가 미안해. 이리 오렴." 그녀가 그를 꼭 끌어안았다. 그는 어깨에서 어머니의 팔의 무게와 가슴의 들썩임을 느꼈다.

"그러려던 게 아니라……." 그가 말했다.

애너벨이 그를 더 꽉 끌어안았다. "알아, 베니." 그녀가 말했다. "걱정 마. 네 잘못이 아니야. 다 괜찮아. 울지 마. 우린 괜찮을 거야……."

그는 울지 않았지만, 그녀가 울었다. 애너벨은 마침내 아들을 놓아주며 티셔츠 소맷단으로 얼굴을 훔쳤고, 두 사람은 저녁을 먹었다. 그날 저녁 늦게 그들은 켄지의 시를 복구했지만, 이후로 베니는 다시는 자석에 손을 대거나 다른 시를 짓지 않았다. 한동안 낡은 단어들의 무리는 계속 부동 상태로 남았다.

나의 풍성한 여인 어머니 여신 연인이 여

우리 는 함께 조화 를 이루고

나 는 그대에게 미쳤다 오

2

켄지가 죽은 후 찾아온 첫 번째 여름 내내, 베니는 잠을 많이 잤고 평소보다 기분이 가라앉아 있었다. 그의 어머니가 끊임없이 그에게 기분이 어떤지 말하도록 유도하고 부추겼음에도, 그는 그러고 싶지도 그럴 필요성을 느끼지도 못하는 것처럼 보였다. 가끔은 잠들기 직전에 큰 소리로 자신을 불러 정신이 번쩍 나게 하는 아버지의 목소리를 들은 것 같았지만, 그 이상 아무 일도 일어나지 않았기 때문에 굳이 입에 올리지 않았다.

이듬해 가을, 베니의 담임교사가 베니에게 집중력과 주의력 문제가 있다고 전했지만, 학교 상담교사는 그 이전부터 적극적으로 돕고 있었다. 그녀는 정기적으로 베니와 상담을 했고, 자신은 그가 겪고 있는 어려움이 슬픔을 견디는 정상적인 과정의 일부분이라고 생각한다고 말했다. 슬픔은 개인적이고 다양한 방식으로 표현된다고 했다. 이 말이 애너벨에게는 합당하게 들렸다. 그녀는 문제가 더 악화되지 않는 한 약물 치료가 필요하진 않겠다는 상담교사의 말에 안도했다.

베니가 학교에서 인기 많은 학생이었던 적은 없지만 그래도 항상 친구는 있었다. 떡이 진 머리에 멍한 눈으로 곁눈질을 하는 이상하고 엉큼한 남자아이들이었는데, 애너벨은 그 아이들의 어머니를 그리 신뢰하지 않았다. 켄지는 방과 후에 그 아이들을 태워 집에 데려와서 간식을 주고 마당에서 놀게 했는데, 일터에서 돌아온 그녀와 마주치곤 했다.

애너벨은 베니가 혼혈이어서 괴롭힘을 당할까 걱정했다. "친엄마 맞아?" 그녀는 아이들이 묻는 소리를 듣곤 했고, 그럴 때마다 그녀가 할 수 있는 일이라고는 '당연히 친엄마지!'라고 고함치고 싶은 충동을 간신히 억누르는 것뿐이었다. 하지만 베니는 흐트러짐 없이 그냥 그렇다고 대답할 뿐이었다. 그들이 하는 놀이도 그녀를 더욱 걱정스럽게 만들었다. 예를 들어 이런 식이었다. "좋아, 나는 카우보이고, 너는 인디언이야. 네가 내 머리 가죽을 벗기려 하고, 그럼 내가 널 해치울 거야." 베니보다 살짝 나이가 더 많은 아이라면, "나는 미군 해병대 수색대고, 넌 극단적 민족주의 이슬람 테러리스트야. 네가 폭탄으로 나를 날려버리려 하면, 내가 너를 없애버릴 거야." 베니는 항상 해치움이나 없앰을 당하는 쪽인 것 같았지만, 그녀가 켄지에게 그 얘기를 하면 그는 그저 웃으며 이렇게 말할 뿐이었다.

"그냥 애들이잖아. 누가 누구를 없애는 일이 일어나지 않도록 내가 잘 단속할게."

그리고 실제로 누가 누구를 없애는 일은 일어나지 않았다. 켄지가 죽은 뒤, 남자아이들은 더 이상 놀러 오지 않았고 애너벨이 베니에게 물었더니 그는 그저 어깨를 으쓱하며 말했다.

"어차피 걔네들 좋아한 적도 없어. 걔들은 얼간이야." 베니는 고민하거나 외로워하는 것 같지 않았고, 애너벨은 안도했다. 불안정한 일자리 문제만 아니라면, 그들은 가족으로서 잘해나가고 있었다.

일자리는 걱정거리였다. 애너벨이 켄지를 만났을 때, 그녀는 문헌정보학 석사과정 1년차를 이제 막 시작한 참이었다. 그녀는 어려서부터 도서관 사서가 되고 싶었다. 어린 시절 공공도서관은 그녀의 안식처였다. 외동딸인 그녀에게 책은 가장 좋은 친구였다. 그녀의 어머니는 좀처럼 책을 읽는 사람이 아니었고 의붓아버지는 술꾼이었지만, 사서들은 항상 그녀에게 친절했다. 문헌정보학과 대학원에 합격했을 때 그렇게 기뻐했건만, 그녀는 곧 베니를 임신하게 되었다. 아이가 생기면 켄지가 연주를 해서 버는 돈으로는 생활하기가 힘들다는 것을 그녀는 알았다. 그래서 대학원을 그만두고 한 뉴스 모니터링 업체의 지역 지부에서 일자리를 얻어 그때부터 지금까지 일하고 있었다. 그녀는 인쇄매체 부서 소속이었다. 그녀의 일은 매일 아침 사무실로 배달되는 지역 신문들을 속독한 다음, 고객의 관심 주제에 맞는 기사를 스크랩하여 보내는 것이었다. 고객은 기업과 정당, 이익단체들이었고, 기사 내용은 주로 지역 정치와 환경 문제, 생태지역적 산업—임업, 어업, 석유, 석탄, 가스, 자원 채취—, 총기 규제, 주정부 및 지자체 선거 등에 관한 것들이었다. TV와 라디오, 온라인 매체를 모니터링하는 사무실 남자들은 재미있는 대화상대가 아니었다. 그런대로 그 일을 견딜 수 있었던 건 다른 '가위녀'들 덕분이었다.

그녀가 일을 시작했을 때 인쇄매체 부서에는 네 명이 있었다. 그들은 피스카스 가위와 작토 칼, 금속 자, 올파 커팅매트를 멋지게 다뤘는데, 다들 약간의 허세에 조금은 거칠었으나 그녀를 따뜻하게 맞아주었다. 그 덕분에 그녀는 잘 적응했다. 곧 좋은 팀을 이뤄 큰 테이블에 둘러앉아 가위질을 하며 잡담을 하고 흥미 있는 기사들을 공유했지만, 가위녀들은 한 명 한 명 떠나갔다. 마지막으로 떠난 두 명은 은퇴한 나이 든 흑인 여성과, 영어를 완벽하게 구사해서 ESL 교사 자격증을 취득한 파키스탄 출신 중년 여성이었다. 애너벨은 그들이 그리웠다. 그들은 그녀에게 친절했다. 켄지가 죽었을 때, 지역 신문은 그 사고에 대하여 꽥꽥거리는 닭이며 흩날리는 깃털, 마약에 대한 선정적이고 시시콜콜한 내용으로 가득한 굴욕적인 기사들을 실었지만, 애너벨은 가위녀들이 이런 기사를 재빨리 잘라내서 그녀가 누리는 슬픔의 존엄성이 훼손되지 않도록 배려해주었음을 알았다.

가위녀들의 친절함 때문에 그들이 떠날 때 더더욱 힘들었지만, 시대가 변했고 온라인 뉴스의 등장은 인쇄매체 부서가 이제는 더 이상 버티기 힘들게 되었다는 것을 의미했다. 라디오와 TV 더빙을 위해 사용했던 낡은 카세트덱과 VHS 녹화기는 오래전에 버려져서 컴퓨터와 디지털 장비로 대체되었다. 한때 기계가 놓여 있던 선반들은 텅 비어 골격만 남은 채 먼지만 쌓여가고 있었다. 그녀의 남은 동료는 모두 다방면에서 활용 가능한 기술이 있는 남자들이었다. 한때는 할 일이 없어 지루함을 달래기 위해 그녀의 가슴이나 멍하니 쳐다보던 남자들이었다. 애너벨은 항상 풍만함을 강조하던 옛 시절을 연상시키는 아름다움이 있었다. 그녀를 보면, 헐렁한 원피스 위에 가슴과 허리를 꽉 조이는 조끼를 입고, 섹시하게 헝클어진 모습으로 찰랑이는 우유 양동이를 들어 올리는 모습을 상상할 수 있었다. 하지만 그건 켄지가 죽기 전, 그녀의 체중이 불기 전의 일이었다. 이제 그녀의 동료들은 그녀도 일할 날이 얼마 남지 않았다는 사실을 알았고, 그녀에 대한 연민을 숨기느라 작업대에 머리를 처박고 일했다. 헐렁한 스판 바지와 오버사이즈 맨투맨 티셔츠를 입고 손에 가위를 든 애너벨은 신문지 더미에 둘러싸인 채, 빈 간이의자들만을 벗 삼아 긴 테이블에 장엄하게 혼자 앉아 일했다. 그녀는 마지막 가위녀였으며, 한 시대의 끝이었다.

본사에서 구조조정을 알리는 이메일이 도착했을 때 아무도 놀라지 않았다. 그들의 사무실을 포함한 모든 지역 사무실이 문을 닫고 있었지만, 다행히도 이메일은 더는 일자리 감축이 없을 거라고 했다. 대신 직원들이 집에서 일할 수 있도록 필요한 하드웨어와 광대역 인터넷 연결을 제공하겠다고 했다. 애너벨의 직장 동료들은 무척 기뻐했다. 그들은 무료 인터넷을 쓸 수 있고 출퇴근을 하지 않아도 된다는 것이 마음에 들었다. 그냥 침대에서 일어나서 속옷 바람으로 일한다는 사실이 좋았던 것이다. 하지만 애너벨은 어떻게 생각해야 할지 몰랐다. 본사에서 보낸 통지에는 인쇄매체에 대한 언급은 없었다. 마지막 가위녀로서 그녀는 최악의 상황을 가정했다.

악천후처럼 두려움이 밀려왔다. 두려움을 확인하기 꺼려져서, 그녀는 상사를 피하고 자신도 동료들처럼 기뻐하는 척하며 기다렸다. 그녀는 계속 긍정적이 되려고 노력했다. 어쩌면 그들이 다른 어딘가에 작은 사무실과 작업대가 있는 방을 하나 얻어줄지도 모른다고 생각했다. 그렇다면 좋을 텐데. 아니면 혹시 그들이 인쇄매체 부서를 단계적으로 없앨 계획이라면, 컴퓨터를 활용하는 직무로 재교육을 요청할 수 있을지도 몰랐다. 성차별로 악명 높은 그 회사가 그럴 확률은 희박해 보이는 데다가 그녀는 아날로그에 더 가까운 사람이지만 말이다. 그러나 한편으로 생각하면, 해고되는 것이 그녀에게 가장 필요한 일인지 몰랐다. 우주가 그녀에게 메시지를 보내며, 새로운 일자리, 좀 더 창의적이고 보람된 일자리를 찾을 길을 열어주고 있는 건지도 몰랐다.

그렇게 나흘간 불안한 마음으로 이런저런 궁리를 하던 차에 상사로부터 메시지를 받았다. 이제부터 그녀가 모니터링할 신문을 집으로 보낼 것이며, 내일 집에 컴퓨터와 모뎀, 고속 스캐너를 설치해주겠다는 내용이었다.

그날 오후 애너벨은 동료들에게 작별 인사를 하고 상황을 점검하기 위해 집으로 갔다. 두 가구가 나눠 쓰는 땅콩 주택의 절반인 그녀의 집은 아래층에 식사를 할 수 있는 주방과 팬트리, 거실이 있고 위층에는 두 개의 침실과 욕실 하나가 있는 낡고 작은 집이었다. 재택근무 사무실을 차릴 만한 유일한 장소는 거실이었다. 켄지는 벽을 따라 선반을 설치하고 오디오와 악기, 레코드판을 보관했다. 그녀의 모든 책들과 공예품과 다양한 종류의 수집품들—빈티지 깡통 장난감과 도자기 인형, 오래된 약병, 외국의 오래된 기념엽서—또한 선반에 빽빽이 놓여 있었고, 켄지의 유골도 그곳에 자리를 잡고 있었다. 애너벨은 제대로 된 불교식 제단을 만들 시간을 내지 못했고, 그래서 유골은 선반 위, 잡다한 사진들이 가득한 구두 상자 옆에 쑤셔 박혀 있었다. 그녀는 유골을 다른 어딘가에 뿌리고 여름 즈음에 베니와 의식을 치를 생각이었지만, 그들은 그렇게 할 여력이 없었고 그 상태로 몇 개월이 흘러갔다. 하기야, 어떻게 의식을 치를 시간이 있겠는가? 그녀는 남편이 죽고 부양할 어린 아들을 둔 싱글맘이었다. 그녀는 유골함을 위층에 있는 자신의 침실로 가져가 벽장 안쪽의 높은 선반으로 밀어 넣었다. 상황이 좀 정리되면 뭔가 특별한 의식을 치를 수 있으리라고 생각했다. 예를 들어 배를 빌려서 바다로 나갈 수 있을 테고, 어쩌면 언젠가 일본에 가서 유골을 뿌릴 수도 있을 것이다. 그녀는 수집품과 책들을 위층의 침실로 옮겨 장난감은 창틀에 배치하고, 선반을 더 설치할 수 있을 때까지 책은 일단 벽면에 붙여 쌓아두기로 했다. 미술품과 공예품은 위층 욕실로 들어갔다. 이 또한 더 나은 장소를 찾을 때까지 임시방편이었다. 그녀는 이마의 땀을 닦아내며 거실로 돌아가서 남은 물건들을 살펴보았다. 켄지의 물건을 처분할 생각을 해야 한다는 걸 알았지만, 악기는 그가 아끼던 물건이었고 베니가 언젠가 원할 수도 있었다. 앨범 중에 어떤 것은 희귀해서 아마 제법 값이 나갈 터였다. 그러나 그것들을 팔려면 먼저 감정인을 찾을 필요가 있었다. 그녀는 모든 물건들을 상자에 담아 켄지의 벽장으로 옮기는 것이 유일한 해결책이라고 생각했다.

그녀는 결연히 위층으로 돌아갔다. 남편의 장례식을 위해 재킷을 골랐던 밤을 마지막으로 벽장 안을 들여다본 적이 없었다. 이제 그녀는 마음의 각오를 하고 다시 문을 열었다. 깔끔하게 줄지어 걸려 있는 플란넬 셔츠들이 공기의 움직임에 동요하여 부드럽게 인사하듯 팔을 흔들었지만, 그녀가 처음 감지한 것은 냄새였다. 켄지의 냄새. 마치 바다에서 불어오는 바람처럼 톡 쏘는 듯하고 소금기가 감도는 냄새. 그 냄새가 무방비 상태인 그녀를 파고들었다. 그녀는 눈을 감고 셔츠에 몸을 기대며, 그 냄새가 자신의 몸을 감싸고 살갗을 따스하게 어루만지게 했다. 폐가 더 이상 아무것도 담을 수 없을 때까지 숨을 깊이 들이쉰 뒤, 떨리는 한 번의 흐느낌을 길게 내뱉었다. 여전히 눈을 감은 채, 걸려 있는 옷들 사이로 두 손을 찔러 넣어 사람의 상체처럼 두꺼운 셔츠 뭉치를 팔로 감쌌다. 그리고 그것을 벽장에서 끌어내서 침대 위에 놓은 다음, 다시 돌아가서 이번에는 재킷을, 그 다음에는 티셔츠를 침대 위에 쌓았다. 벽장의 모든 내용물이 침대에 쌓이고 옷장이 텅 빌 때까지.

힘을 쓴 탓에 얼굴이 빨개진 그녀는 잠시 쉴 요량으로 매트리스 가장자리에 앉았지만, 대신 수북이 쌓인 옷에 기대어 남편의 낡아빠진 면 티와 빛바랜 데님, 올이 다 드러난 트위드 셔츠의 비옥한 토양 같은 부드러움 속으로 파고들었다.

직물들은 여전히 켄지의 생기를 간직한 듯 이상한 따스함이 어려 있었다. 그래서 그녀는 더 깊이 파고들며 얼굴을 옷깃이며 주머니며 소매에 대고 담배 연기와 위스키 냄새를 깊이 들이마셨다. 그가 처음 그녀의 어깨에 손을 얹고 그녀를 돌려세워 키스했을 때의 기억을 떠올리게 하는, 좀처럼 사라지지 않는 나이트클럽의 냄새였다. 그녀는 그 기억에 몸을 떨었다. 따끔거리는 양모와 부드러운 플란넬 천이 피부에 닿는 촉감이 너무나 좋게 느껴졌고, 그녀는 더 많이 느끼기를 원했다. 그녀가 일어나 앉아서 맨투맨 티셔츠를 훌러덩 벗고 추리닝 바지를 벗으려고 일어섰을 때, 문 뒤에 걸린 거울을 흘긋 보게 되었다. 한동안 그녀는 거울에 비친 자신의 모습, 속옷 가장자리 아래로 흘러내린 살이 두껍게 접혀 있는 크고 허연 몸뚱이를 멍하니 응시했고, 그러다가 고개를 돌렸다. 그녀의 시선은 침대 옆 디지털시계의 냉정한 붉은색 숫자로 옮겨갔다. 거의 3시가 되어갔다. 학교가 마칠 시간이었다. 베니는 기다리는 걸 싫어했다. 그녀는 천천히 티셔츠를 도로 입고 어질러진 침대 가장자리에 다시 앉아 자신의 무릎 위에 소맷부리가 놓이게 된 초록색 플란넬 셔츠의 소매를 손끝으로 만졌다. 그것은 켄지가 제일 좋아하던 셔츠였다. 노란색과 파란색 줄이 얽혀 있는 은은하고 보기 좋은 체크무늬. 이걸 사랑스러운 누비이불로 만들 수 있을 거라고 그녀는 생각했다. 사람들은 그렇게들 한다. 떠나간 사랑하는 이의 옷으로 추억 이불을 만든다. 추억으로 몸을 감싸고 낡은 옷에 새 생명을 준다는 것은 정말 아름다운 생각이었다.

베니

잠깐만, 그런데 두 사람이 어떻게 만났는지는 얘기하지 않을 셈이야? 너에게 이래라저래라 하고 싶진 않지만, 너는 좋은 얘기와 행복한 얘기를 빼먹고 있어. 그리고 네가 얘기하지 않으면, 책을 읽는 사람들은 처음에는 모든 게 얼마나 정상적이었는지, 우리 아빠와 엄마가 얼마나 서로 사랑했는지 모를 거야. 엄마가 나중에 그렇게 망가진 것도 다 그것 때문인데 말이야. 사람들은 아무것도 모르고 그저 애너벨은 뚱뚱하고 늙은 패배자라고 생각할 거야. 그건 공정하지 않아.

그리고 어차피 나도 그 얘기를 좀 듣고 싶어. 아빠가 살아 있을 때, 두 사람은 자신들의 대단한 로맨스에 대해 얘기하곤 했지만 내게는 그중 일부만 말해줬거든. 예를 들어 아빠가 엄마를 처음 본 순간 사랑에 빠졌고, 엄마는 무척 예뻤고, 아빠는 무척 친절했고, 두 사람은 서로에게 운명이었다는 등등 말이야. 하지만 두 사람이 뭔가를 빼먹고 말한다는 걸 난 알 수 있었지. 가끔 두 사람이 서로를 볼 때면, 자식에게 알리고 싶지 않은 은밀한 비밀들로 인해 그야말로 눈에서 불꽃이 튀기도 했고, 미소를 지으며 다른 곳을 보거나 입을 꾹 다물고 화제를 바꾸곤 했어. 나는 상관하지 않았어. 두 사람이 비밀이 있어서 행복하다면 그 편이 좋았어. 하지만 아빠가 죽은 뒤 엄마는 슬퍼졌고, 비밀은 더 이상 불꽃이 튀지 않았어. 그렇다면 비밀을 지키는 게 의미가 없지 않을까? 분명 아이가 부모에 대해 알 필요가 없는 것들이 있지만, 네가 그중에 몇 가지쯤은 말해줄 수 있잖아.

오, 하지만 잠깐. 방금 든 생각인데, 어쩌면 사실은 네가 두 사람의 비밀을 모르는 건 아닐까? 나는 책은 모든 걸 알고 있다고 생각했지만, 어쩌면 넌 멍청한 책이거나 게으른 책인지도 몰라. 이야기가 어떻게 시작되는지 모르고 굳이 알아내려고 하지도 않아서 중간에서 시작하는 책 말이야. 그런 거야? 네가 그런 종류의 책인 거야? 만일 그렇다면 너는 딴 곳에 가서 다른 아이의 이야기를 찾는 게 좋겠어. 사회생활로 바쁜 정상적이고 착한 아이 말이야. 그런 애들은 많아. 그러니까 부담 없이 그렇게 해. 선택은 네 몫이야.

문제는 내게 선택의 여지가 없다는 거야. 네가 내 책이라면, 난 관심을 기울여야 해. 그러지 않으면 또다시 미칠지도 모르고, 그런 일이 벌어지게 놔두지 않는 게 요즘 나의 일이니까. 그래서 내가 지금 제안하는 건 네가 너의 일을 해야 한다는 거야. 나는 나의 일을 할 거야. 이제 다시 시작해. 어서 독자들에게 두 사람이 어떻게 만났는지 얘기해줘. 처음부터 시작하란 말이야.

책

원래 이야기는 결코 처음부터 시작되지 않아, 베니. 이야기는 그런 면에서 삶과 다르지. 삶은 태어나서 죽을 때까지 사는 거야. 처음부터 알 수 없는 미래까지 말이야. 하지만 이야기는 나중에 말하는 거야. 말하자면 이야기는 거꾸로 사는 삶이지.

3

그들은 2000년 가을, 번화가에 있는 한 재즈 클럽에서 만났다. 애너벨은 당시 문헌정보학과 대학원에 다니며 도서관 사서가 섹시하다고 생각하는, 아니면 적어도 그녀에게 그렇다고 말한 색소폰 연주자와 사귀고 있었다. 그녀는 연주자들을 선호했다. 그 남자의 이름은 조였고, 키가 크고 깡마르고 눈이 움푹 들어간 늑대 같은 남자였는데, 갈라진 바위틈처럼 천천히 입이 찢어지게 웃곤 했다. 처음에 그녀는 그의 웃음이 비꼬는 것 같다고 생각했다. 그런 다음 냉소적이라고 생각했다. 그런 다음 잔인하다고 생각했다.

재즈 클럽은 차이나타운 언저리에 있는 싸구려 술집으로, 연주자들이 모여드는 장소였다. 조는 그곳에서 연주하는 작은 즉흥 재즈 밴드의 리더였는데, 어느 날 순전히 재미를 위해 애너벨에게 노래를 시키기로 작정했다. 그녀는 신비롭고 기묘한, 흥미로운 목소리를 가졌고 노래하는 걸 좋아했지만, 무대 위에서 노래한 경험이 한 번도 없었다. 조는 무대에 선다는 생각만으로도 그녀가 겁을 집어먹을 거라고 생각했다. 그는 재즈광과 프로그래머, 벤처캐피털리스트, 그리고 딱히 음악에 일가견은 없지만 교양 있어 보이고 싶고 이성을 만나고 싶다면 클럽에 가야 한다고 생각하는 많은 사람으로 북새통을 이루는 토요일을 기다렸다. 애너벨은 그녀가 항상 앉는 무대 바로 앞자리에 앉아 있었다. 공연이 진행되는 중간에 조가 밴드를 향해 고개를 돌렸다.

"〈마인 리블링〉?"* 그가 제안했고, 그녀는 가슴이 쿵 내려앉는 것 같았다. 그가 마이크를 뽑아 들고 청중을 향해 흥얼거리듯 말했다. "이제 특별 무대입니다. 여러분, 사랑스럽고 재능 있는 애너벨 랭 양을 환영해주십시오!"

거창하고 익살스러운 제스처로 조가 손을 내밀었다. 그때가 켄지가 그녀를 처음 본 순간이었다. 그날은 그가 그 밴드에서 처음 연주한 날이었다. 켄지는 재즈 음악계를 살펴보기 위해 얼마 전 도쿄에서 관광비자로 온 참이었다. 그는 영어 실력이 변변치 못했고 독일어 실력은 전무하다시피 했지만, '마인 리블링'은 어느 언어로든 '마인 리블링'이었다. 밴드 리더는 하얀 피부에 육감적인 몸매, 특이한 라벤더색 눈을 가진, 군데군데 옅은 핑크색 브리지를 넣은 금발 머리 아가씨를 향해 마이크를 내밀고 있었다. 겁에 질린 그녀는 고개를 저

* Mein Liebling. 독일어로 '내 사랑'이라는 뜻.

으며 간청하듯 조를 올려다보았지만, 그는 이미 등을 돌리고 리드*를 물고 있었다. 그녀는 이제 선택의 여지가 없다는 것을 깨달은 듯 보였고, 자리에서 일어나서 마치 엄마의 하이힐을 신고 분장 놀이를 하는 아이처럼 비틀거리며 무대로 올라갔다. 스포트라이트 바로 밖의 그림자 속에서 잠시 멈춰 서서, 그녀는 아랫입술을 깨물고 침을 삼켰다. 그 순간 켄지는 그녀가 멋진 아랫입술을 가졌다는 것을 알아차렸다. 팽팽하게 부풀어 오른 입술. 립스틱도 바르지 않고, 화장도 아예 하지 않았다. 그저 보드라운 맨 얼굴만이 금빛 곱슬머리에 둘러싸여 있었다. 그녀는 구두의 뾰족한 앞코를 빛의 웅덩이 속에 살짝 담그고는 머뭇거리며 처음에는 청중을, 다음에는 조를 보았다. 조는 반쯤 감은 눈과 사람들에게 미소로 통하는 특유의 천천히 웃는 얼굴로 그녀를 지켜보고 있었다. 켄지는 호른 옆에 서 있었는데, 그 위치에서는 그녀가 떨고 있는 것이 보였다.

켄지는 클라리넷을 집어 들고 빠르게 손끝으로 만지작거렸다. 트럼펫이 연주를 시작할 것이고, 그는 연주가 중단되는 부분에 들어갈 예정이었다. 공연 전에 밴드와 함께 대마초를 피웠고, 이제 준비가 되었다.

조가 재촉하듯 발로 바닥을 톡톡 두드렸고, 애너벨은 스포트라이트 속으로 걸어 들어갔다. 연한 청록색 새틴으로 만든 복고풍 칵테일 드레스가 몸을 너무 꽉 조여서 불편해 보였다. 조가 그 옷을 입도록 시킨 것일까? 새틴이 어른어른 빛났다. 길고 곱슬곱슬한 금발이 둥근 맨 어깨로 흘러내리며 그 사이로 살짝살짝 보이는 덩굴손 같은 핑크색 머리가 빛을 받아 빛났다. 귀걸이의 라임석 구슬 장식이 반짝였다. 트럼펫 연주자들이 악기를 들어 올렸다. 조가 머리를 뒤로 젖히고 숫자를 셌고, 그들이 트럼펫을 불기 시작했다.

* Reed. 목관악기의 '혀' 부분으로, 소리를 내는 얇은 판.

한순간 그녀는 도망이라도 칠 것처럼 보였다. 그녀의 높은 구두굽이 케이블에 걸렸지만, 마이크로 손을 뻗어 몸을 가눴다. 마이크를 손에 들고 서서 그것을 한 번도 본 적이 없는 사람처럼 빤히 쳐다보았다. 그녀는 망설이며 손끝으로 마이크 줄을 훑었다. 드럼이 치고 들어왔고, 금관악기가 뒤따랐다. 빠른 여섯 마디 후에 그녀가 신호를 주었다. 그녀는 마이크를 입으로 가져갔고, 켄지는 그 입술에 그토록 가까이 있는 기쁨에 마이크가 떨고 있는 것을 지켜보았다. 그녀가 노래하기 시작했다.

내가 당신을 만나기 전에는 안다고 생각했어요…….

켄지는 엉망이라고 생각했다. 그녀의 목소리는 숨소리가 섞여 있고 떨리는 데다 너무 작아서 관악기 소리에 묻혀 잘 들리지도 않았다. 〈마인 리블링〉은 자신감 있게 불러야 하는 노래였다. 자라 린더의 관능적인 카바레 스타일까지는 아니어도 적어도 마사 틸튼이나 앤드루스 시스터스 같은 활기차고 쾌활한 아메리칸 스타일로 불러야 했다. 그런데 이건 아니었다. 이 여자는 활기도 자신감도 없이 축 처져 있었다.

많은 사랑의 말들을, 하지만 그때 그 말들은 날아갔어요…….

불안정하게 끊기는 소절들에, 켄지는 갑자기 그녀가 느낄 외로움이 가슴 아프게 느껴졌다. 겨우 두 소절 만에 그녀는 무대 위에서 죽어가고 있었다. 아무도 그녀를 구해줄 수 없었다. 그는 발을 가볍게 흔들고 리드를 다시 물었다. 자신이 들어갈 파트를 기다리면서 가슴이 터질 것 같은 기분을 느꼈다. 그리고 그 순간 마치 그녀가 자신을 지켜보는 그의 시선을 감지한 듯 머리를 돌려 그를 빤히 쳐다보았다. 그녀의 난감한 라벤더색 눈에 눈물이 그렁그렁했다.

멀리, 저 멀리…….

누구도 그녀를 구할 수 없었지만, 켄지는 시도해야 했다. 그는 눈을 질끈 감고는 클라리넷을 들어서 물결처럼 이어지는 선율을 연주했다. 그의 클라리넷 선율은 마치 밧줄처럼 올라가서 트럼펫들 사이를 누비고 베이스를 휘감아 돌아 스네어 드럼을 잠잠하게 하고는 공중제비를 돌며 색소폰을 지나쳐 마침내 그녀에게 도달했다. 그녀는 그의 리프를 붙잡아 그 위에 올라탔다.

어떤 언어로 된 말도
부를 수 있는 노래도 없네,
전달할 수 있는…….

그는 그녀를 위해 연주하며 두 번째 소절까지, 그리고 이어서 후렴구까지 이끌었다.

두 비스트 마인 리블링, 보이지 않나요
당신이 내게 얼마나 분더쇤한지……?

그녀는 이제 노래를 부르고 있었고, 그녀의 목소리가 높아짐에 따라 시끄럽게 떠들던 재즈광들이 조용해졌다. 금관악기가 연주하는 곡의 최고조에 이르자 수염들이 무대를 향했고 신발들이 바닥을 톡톡 치고 손가락들이 튕겨지기 시작했다. 그리고 곡이 끝났다. 켄지는 입에 물었던 리드를 스르르 놓고 침방울이 떨어지는 악기를 내린 뒤, 눈에서 땀을 닦았다. 그리고 다시 눈을 떴을 때, 그녀가 자신을 지켜보고 있는 것을 보았다. 이번에는 그녀가 미소 짓고 있었고 창백한 뺨이 발갛게 달아올라 있었다. 그녀는 금발 곱슬머리를 찰랑이며 청중을 향해 고개를 돌렸다. 그녀가 두 손을 부여잡고 어색하게 절을 할 때 박수갈채가 터져 나왔다. 조는 스포트라이트 속에 함께 들어가 한 팔을 그녀의 허리에 둘렀지만, 그녀는 조금 움찔하며 그의 손아귀에서 빠져나와 비틀거리며 자신의 테이블로 돌아갔다.

그날 밤 그녀가 두 명의 친구와 함께 사는 시내에 있는 작은 아파트의 어두운 침실에서, 켄지는 그녀의 긴 새틴 드레스의 지퍼를 내렸다. 마치 꿈을 꾸듯, 그는 그녀의 둥글고 흰 어깨에서 드레스를 끌어내려 바닥에 떨어뜨렸다. 바닥에 떨어진 드레스가 어른거리는 웅덩이처럼 보였다. 어떻게 이런 일이 일어날 수 있을까? 그는 그녀의 브래지어 후크를 풀고 그녀가 팔을 빼도록 도와준 다음, 그녀가 팬티에서 다리를 뺄 때 그녀의 팔꿈치를 잡아주었다. 그녀가 알몸이 되자, 그는 뒤로 물러나서 그녀를 바라보았다. 그녀는 자신을 그 자리에 있도록 고정시키는 듯한 창문을 프레임 삼아 확신 없이 서 있었다. 밖에서 가로등 불빛이 얇은 커튼을 통해 스며들어와 그녀의 크림색 피부가 진주광택이 나는 것처럼 보이게 했다. 그녀는 그가 기쁨이든 불만이든 뭔가를 표현하기를 기다렸다. 그가 그러지 않자, 그녀는 손으로 가슴과 사타구니를 가렸다. 그는 숨이 멎을 것 같았다. 그녀는 정말이지 끝내줬다. 싸구려 청록색 새틴과 거무칙칙한 레이스의 웅덩이 속에 서 있는 그녀는 파도에서 걸어 나오는 보티첼리의 비너스처럼 보였다. 파도가 아니라 대합조가비였던가? 그는 기억할 수 없었지만, 그녀는 분명 지금까지 그가 본 가장 아름다운 여인이었다.

만일 그가 낮은 목소리로 '보티첼리'라고 속삭였다면, 그의 억양 때문에 단어가 왜곡되어 그녀가 이해하지 못했을 것이다. 그녀는 혼란스러워하며 그에게서 등을 돌렸고, 그는 당혹감을 느꼈다. 그는 부랴부랴 앞으로 걸어가서 양손으로 그녀의 어깨를 붙잡아 돌려세우고는 그녀의 사랑스러운 얼굴을 붙잡고 입을 맞추었다. 그녀가 떨고 있는 것이 느껴졌다. 전신이, 온몸이 떨렸다.

그들은 사랑을 나누었다. 나중에 엉킨 이불 속에 함께 누워 있을 때 그녀가 그의 귀에 노래를 속삭이며 노랫말을 가르쳐주었고, 그동안 그는 대마초를 피우며 금발에 섞인 핑크색 곱슬머리를 지분거리고 손가락에 감아 돌렸다.

두 비스트 마인 리블링, 보이지 않나요
당신이 내게 얼마나 분더쇤한지……?

"분더쇤?" 그가 물었다.

그녀는 그의 입술이 익숙하지 않은 단어를 따라 움직이는 것을 지켜보았다. 그의 얼굴 표면은 매끈하고 깨끗했다. 그녀는 그가 몇 살인지 알지 못했고, 사실 그에 대해 아는 게 하나도 없다시피 했다.

"얼마나 놀라운지." 그녀가 속삭이고는 얼굴을 붉혔다. "아니면 아름다운지. 아니면 사실 둘 다예요. 놀랍고 아름답다. 독일어에서는 단어들을 붙여 쓰니까요. 남자가 여자에게 하는 말이죠."

그는 놀라서 팔꿈치로 바닥을 짚고 몸을 일으켰다. 그의 가슴은 좁지만 근육질이었다. "남자가 하는 말이라고요?"

그녀가 고개를 끄덕였다. "여러 언어들로 그 여자가 예쁘다고 말하고 있어요."

나는 벨라, 쉰, 혹은 트레 졸리라고 말할 수 있어요
이히 리베 디히, 나를 사랑하나요……?

"벨라? 하지만 그건 당신 이름이에요! 나는 당신을 위해 이 노래를 불러야겠어요." 그가 그녀를 향해 몸을 기울이고 꼬불거리는 머리칼을 걷어냈다. "벨라, 벨라." 그가 그녀의 목에 대고 노래했고, 그의 입술이 그녀의 목젖을 따라 내려갈 때, 그녀는 활처럼 등을 뒤로 휘며 눈을 감았다. "분더." 그가 속삭이며 그녀의 풍만하고 둥근 가슴을 양손으로 모아 쥐고 젖꼭지를 한쪽씩 부드럽게 빨아들였다. "쉰……."

피부에 '나'로 끝나고 '너'로 시작하는 경계선이 표시되어 있다면, 그날 밤 그들은 그것을 넘기 위해 할 수 있는 모든 것을 했다. 애너벨에게 이것은 새로운 경험이었다. 그녀는 전에도 성 경험이 있었지만, 항상 욕망보다는 체념으로 그 행위에 참여했다. 성관계는 그저 몇 번의 저녁 식사 데이트나 술자리 뒤의 어느 시점에 으레 하는 것이었다. 어쩌면 '하는 것'은 정확한 표현이 아닐지도 모르겠다. 사실 그녀의 입장에서는 별로 하는 게 없었으니까. 그것은 그녀가 하건 하지 않건 그저 멀리서 어렴풋이 일어나는 일처럼 보였다. 일이 끝난 뒤 불편함에서 해방되는 반가운 순간은 늘 있었으나, 쾌락이 그런 행위의 이유가 된 적은 없었다.

그러나 켄지와의 성관계는 달랐다. 신체적으로 그는 그동안 그녀가 잠자리를 가져온 남자들—그녀의 의붓아버지처럼 덩치가 크고 위협적이거나, 땀범벅이 된 얼굴과 사포처럼 거친 턱, 무딘 손가락으로 그녀의 몸을 더듬던 남자들—과 정반대였다. 그녀가 열여섯 살 때 의붓아버지가 그녀의 방에 오기 시작했다. 어쩌면 열다섯 살이었는지도 모르겠다. 그녀의 어머니가 암으로 병원에 있던 해였다. 그

시기에 대한 기억은 흐릿하지만 결코 잊히지 않는 것들이 있었다. 복도를 걸어 내려오는 그의 발자국 소리. 그가 침대 가장자리에 앉았을 때 푹 꺼지던 매트리스. 입김에 섞인 술 냄새. 그의 두피에서 그녀의 얼굴로 뚝뚝 떨어지던 땀. 어머니가 죽었을 때 그녀는 집을 떠났다. 그녀는 그를 떠났지만, 뒤따르는 남자들은 그와 비슷했다. 그러나 켄지는 땀을 흘리지 않았다. 그는 깔끔하고 부드럽고 보송보송했으며, 섬세한 음악가의 손가락과 날씬하고 위협적이지 않은 성기를 가졌다. 게다가 그는 키도 그녀보다 작았는데, 그것이 처음에는 어색했다. 압도당하는 데 익숙한 그녀는 자신의 몸이 그에 비해 너무 크다고 느꼈고, 자신의 욕망이 낯설고 어색했다. 그러나 켄지가 그녀를 사랑하는 방식은 모든 것을 바꿔놓았고, 일이 끝났을 무렵 그녀는 그냥 괜찮다고, 자신이 좀 크긴 하지만 자신의 큰 몸이 놀랍도록 유혹적이라고 느끼게 되었다. 켄지는 그녀에게 미쳐 있었고, 그렇게 말했다. 그녀는 세상에서 가장 아름다운 여인이었다. 그녀가 무대에서 노래하는 모습을 본 순간부터 그렇게 생각했고, 나중에 그녀가 그를 자신의 테이블로 불러서 술을 한 잔 사게 해주었을 때, 그는 자신이 세상에서 제일 운 좋은 남자라고 생각했다.

"술은 내가 샀어야 하는 건데." 다음 날 아침 그녀가 말했다. "사실 당신이 나를 구해줬잖아요." 그들은 주방에서 아침을 먹고 있었고, 그는 조가 앉았던 똑같은 나무 의자에 앉아 있었다. 손으로 페인트칠한 그 의자는 조가 앉아 있을 때는 신음하듯 삐걱거리는 소리를 냈지만, 이제 토스트에 버터를 바르는 켄지를 조용하게 받쳐주었다. 의자도 테이블도 켄지에게 완벽하게 맞았고 그녀의 몸도 그런 것을 생각하니, 애너벨은 곰 세 마리가 떠올랐다. 그녀는 조리대에 기댄 채 그를 지켜보며 커피가 내려지기를 기다렸다. 그의 숱진 검은 머리가 어깨 위로 늘어져 있었다. 그는 손가락에 묻은 잼을 핥으며 고개를 저었다.

"아뇨." 그가 말했다. "당신은 멋졌어요. 당신은 노래를 아주 잘해요."

그녀가 아쉬운 듯 미소 지었다. "어렸을 때는 교회 성가대에서 노래하는 걸 좋아했지만 그만뒀어요. 사람들 앞에 서는 게 무서워요. 어차피 내 목소리가 그렇게 크지도 않고요. 조는 그걸 알면서 그냥 짓궂게 골탕을 먹이려 한 거죠."

"조가 남자친구인가요?" 켄지가 물었다.

그녀는 어깨를 으쓱했고, 그는 토스트와 주방, 그리고 두 사람을 포괄하는 제스처로 양손을 펼쳤다.

"조가 엄청 화나겠네요……."

"그러거나 말거나." 그녀가 말했다. "조는 어울려 다니는 여자가 많아요. 뭐 열받기야 하겠지만, 어차피 조와 관계를 정리하려던 참이었어요. 그래서 그가 나를 무대에 세운 거고요. 조는 내가 폭탄처럼 대실패를 할 걸 알았지만, 나는 그와 끝낼 수 있는 방향으로 상황이 흘러가도록 놔둘 필요가 있었죠. 이해해요?"

켄지는 이해하지 못했지만, '폭탄'이라는 단어는 알아들었다. "아니, 당신은 폭탄이 아니에요." 그가 미소 지으며 말했다. "당신은…… 그걸 뭐라고 하죠…… 빵!" 그가 입으로 폭발음을 내며 몸으로는 하늘로 솟아올랐다가 반짝이는 불꽃 세례와 함께 땅으로 다시 비 오듯 떨어지는 뭔가를 흉내 냈다.

"폭죽?"

그의 얼굴이 밝아졌다. "맞아요! 당신은 폭죽이에요!"

그날 밤도 그다음 날 밤도, 그의 손끝이 그녀의 살을 더듬을 때 그녀는 눈을 감고 몸을 떨며 그의 손가락이 허공에서 살짝살짝 움직이며 떨어지는 불꽃을 흉내 내던 모습을 떠올렸다. 그리고 이제 그 손가락이 그녀의 몸을 더듬으며 전에 누구도 가본 적 없는 구석구석을 탐험했다. 켄지와의 성관계는 숨 막히고 호기심을 자극하고 새로운 세상을 펼쳐주었다. 애너벨은 자신의 행운에 놀라워했지만, 켄지는 다르게 설명했다. 그것은 '운', 다시 말해 그들의 운명이라고, 어쩌면 전생에서부터 이어진 신비한 인연이 현생에서 그들을 묶어준 거라고 그는 말했다.

켄지의 말이 맞았을까? 어떻게 이 세상에서, 80억 명이 살고 있는 이 광대한 행성에서, 서로에게 운명 지어진 두 명의 작은 인간들이 만나게 되는 것일까? 냉소적인 사람이라면 그렇지 않다고, 운명이 아니라고 말할 것이다. 물론 사람들은 만나고 사랑에 빠지지만, 그런 만남들은 무작위적인 우연일 뿐이며, 운명이란 그저 나중에 만들어낸 이야기일 뿐이라고 말이다.

그러나 얼마나 달콤한 이야기인가! 그리고 결국 우리에게 중요한 건 바로 그것이다. 그리고 따지고 보면 책의 존재 이유도 그거다. 당신들의 이야기를 들려주는 것, 우리가 할 수 있는 한 인간들의 이야기를 표지와 표지 사이에 최대한 오랫동안 안전하게 간직하는 것. 우리는 당신들에게 즐거움을 주고 인간이 얼마나 존엄한 존재인지에 대한 당신들의 믿음을 지속시키기 위해 최선을 다한다. 우리는 당신들의 기분에 관심을 쏟고 당신들을 완전하게 믿는다.

그러나 또 다른 문제가 있다. 책에게도 기분이라는 게 있다는 생각을 해본 적이 있는가? 당신이 비운의 연인들에 대한 이 낭만적인 이야기를 들을 때, 우리는 어떤 기분일지 한 번쯤 생각해본 적이 있는가? '나'로 끝나고 '너'로 시작하는 경계선이 피부에 표시되어 있다면, 열정적으로 그 경계를 넘는 '사랑'이라고 부르는 이런 순간들에 사실 우리는 당신들을 부러워한다. 우리는 당신들의 몸이 부럽다. 어떻게 안 그럴 수 있겠는가? 책에게도 몸은 있지만, 우리의 몸은 세상을 경험하기 위한 기관이 결여되어 있다. 우리의 표지를 덮고 있고 우리의 말들을 감싸고 있는 피부는 당신들의 그것과 다르다. 종이로 만들었건 양피지로 만들었건 아니면 천으로(또는 요즘처럼 플라스틱과 유리, 금속과 결합해서) 만들었건, 우리의 피부는 우리의 경계를 표시하는 비슷한 기능을 하지만, 그중에 터치스크린 같은 기능이 부가된 가장 촉각적인 피부조차 당신의 피부가 경험할 수 있는 것과 같은 방식으로 쾌감을 경험할 수 없다. 우리는 자신과 타자가 융합되는 무아의 황홀감을 느낄 수 없다.

오, 물론 당신은 문학의 행위도 일종의 열정적인 경계 넘기라고 말할 수 있겠지만, 문학적인 행위는 본질적으로 육신에서 분리되어 있고, 좀 더 관념적이고 분산되어 있다. 우리는 우리를 구체화하기 위해 당신들에게 의존하며 당신들이 존재하기에 우리가 존재한다. 그래서 우리는 책장을 넘기는 당신의 손가락을 인지하고 책장 사이에 쏟아진 씁쓸한 커피의 맛이나 톡 쏘는 소스의 맛, 짭짤한 정액의 맛을 말로 묘사할 수 있지만, 이런 감각들을 당신처럼 혀로, 피부로, 몸속에서 경험하지 못한다.

뭔가 빠졌다는 허전함을 느끼지 않기 힘들다.

로맨스 분야의 전문가로서, 우리는 어느 한 사람의 마음이 상상할 수 있는 것보다 많은 방식과 말들로 당신들의 사랑의 행위를 환기시킬 수 있지만, 사랑하는 이의 손을 잡고 그것을 입술에 누르는 것이 어떤 기분인지 결코 경험할 수 없을 것이다. 오, 입술이 있다는 게 어떤 기분인지도! 우리 중 많은 책은 사랑받고, 포옹과 어루만짐과 심지어 부드러운 입맞춤을 받고, 이 모든 것을 우리는 소중히 여긴다. 그러나 진짜 사랑의 행위가 시작되는 순간, 우리는 걷어차여 침대에서 굴러떨어진다. 위에서 신비스러운 일이 펼쳐지는 동안, 우리는 버려져서 엎어지고 책장이 구겨진 채로 바닥에 대자로 뻗어 있다.

우리도 때로 사랑을 나누고 싶다는 생각을 한다. 누군들 안 그렇겠는가? 따지고 보면 우리는 미친 듯 당신들을 사랑한다. 당신들의 집착을 표현하기 위해 헌신적으로 일하는 우리는 누군가에게 깊은 인상을 받고 구속받는다는 것이 어떤 느낌인지 안다. 그러나 동시에 우리는 이 같은 생각들이 게으른 비유들이며, 그저 시간을 보내기 위해 우리가 만들어낸 공상이라는 것을 이해한다.

공상이라면 우리 책들이 아주 잘하지. 하지만 진짜 이야기들, 즉 일어난 이야기들은 당신들의 영역에 속한다.

참, 우리가 어디까지 얘기했더라?

2001년, 베니가 잉태되었고, 그와 함께 미래가 시작되었다. 애너벨은 임신하자 학업을 그만두고 모니터링 업체에 취업했다. 켄지는 대마초를 끊었고, 두 사람은 차이나타운 외곽의 작은 땅콩 주택으로 이사를 갔다. 임대로 들어간 집이었는데, 상당히 낡긴 했지만 덕분에 그들이 임대료를 감당할 수 있었고 아기가 뛰어 놀 수 있는 작은 마당이 있는 데다 버스 노선 근처에 있었다. 애너벨도 켄지도 운전을 좋아하지 않았기 때문에 그 점은 참 좋았다. 켄지는 빅밴드와 스카,* 현대 클레즈머** 음악을 연주하는 재즈 앙상블과 꾸준히 공연을 했다. 그는 재능 있는 뮤지션이었고, 포크파이해트를 쓰고 〈김펠 더 풀(Gimpel the Fool)〉이나 〈오이 시즈 귀트(Oy, S'iz Gut)〉 같은 이디시어 곡들을 연주하는 일본인 클라리넷 연주자라는 점이 유리한 요소였다. 켄지가 인기 있는 멤버임이 분명해지자, 밴드는 이름을 개명해서

* Ska. 1900년대 중반에 자메이카에서 발상한 대중음악 장르로, 자메이카 민속음악에 리듬앤드블루스와 재즈가 결합된 음악.

** Klezmer. 동유럽 유대인들의 파티용 민속 음악. 미국으로 건너가 새로운 장르가 되었다.

‘케니 오와 클레즈머너츠(Klezmonauts)’로 이름을 바꾸었다. 그들은 지방 순회공연을 시작했다. 연인들은 결혼했다. 인생이 아름다웠다.

애너벨은 그때만큼 행복한 적이 없었다. 그녀는 천성적으로 창의적인 사람이었고 임신 기간이 고생스럽지 않았다. 그녀의 몸은 새 생명으로 풍성해진 땅이나 대륙처럼 비옥하게 느껴졌다. 그녀의 탐험가인 켄지는 다른 은유를 썼다. 첫 초음파 검사를 하는 동안 그들이 화면에서 아들의 그림자를 보았을 때, 그는 손가락으로 가리키며 탄성을 질렀다. “우주 아기야! 마치 꿈속의 작은 우주비행사 같아!” 그때부터 그들은 아기를 그렇게 불렀다. ‘우리의 우주 아기. 우리의 꿈의 아기. 우리의 작은 우주비행사.’ 그들이 침대에 누워 〈2001 스페이스 오디세이〉를 보며, 그녀 안의 우주 속에 떠다니는 태아를 상상했다.

“이건 미래야.” 켄지가 그녀의 부푼 배를 쓰다듬으며 중얼거렸고, 그녀는 그의 말이 불러온 떨리는 느낌을 기억했다. 흥분에 가깝지만 두려움과도 비슷한 기분이었다. 그러나 뭔가 꺼림칙한 기분이 들 때면, 바쁘게 지냄으로써 그런 기분을 억제했다. 임신 4개월에 접어들고 봉긋한 배가 커지기 시작하자, 그녀는 털실과 대바늘로 아기 양말과 모자를 떴다. 출산과 양육에 관한 책도 읽었다. 코바늘로 아기 담요를 떴다. 중고매장에서 산 낡은 스웨터에 속을 채워 동물 봉제 인형을 만드는 방법을 알려주는 DIY 웹사이트도 발견했다. 그녀는 캐시미어 코끼리를 만들었다.

가위녀들은 애너벨의 임신 소식에 흥분하며 잡지에서 유용한 기사를 스크랩해주었고, 그녀는 그 자료들을 서류철에 보관했다. 집에 오는 길에 가끔 불용 도서로 분류된 어린이책을 판매 처분하는 공공도서관 별관에 들렀다. 주로 부주의하게 다뤘거나 너무 많이 사용해서 손상되었거나 유행에 뒤떨어진 낡은 책들이었다. 제목이 쓰인 페이지에 큼지막하게 찍힌 붉은색 '불용 결정' 도장이 마치 교도소에서 새긴 문신처럼, 이제 더 이상 필요 없다는 낙인처럼 느껴져 애너벨은 안쓰러웠다. 다들 귀퉁이가 뭉뚝해지고 책장 모서리가 접힌 극도로 비참하고 처량해 보이는 모습이었다. 그녀는 어린이책 전문 사서가 되겠다는 꿈을 접었지만, 여전히 돕고 싶었다. 중고책은 헐값이었다. 그 책들을 구조해서 집을 제공하는 것은 기분 좋은 일이었고, 책들은 고마워했다.

그들은 조금씩 집을 고치기 시작했다. 집주인인 왕 부인은 땅콩 주택의 나머지 반쪽에 살았다. 그녀에게는 아들이 하나 있었는데 얼굴 측면에 포트와인 빛깔과 비슷한 커다란 자주색 점이 있는 뚱한 10대 소년이었다. 왕 부인은 항상 아들에 대해 불평하며 '노굿 선(no-good son)', 즉 '나쁜 아들'이라고 불렀고, 그들은 처음에 그의 이름을 몰랐기 때문에 그냥 '노굿'이라고 불렀다. 노굿 왕은 수상쩍은 패거리와 어울리느라 집에 없는 때가 많았기 때문에, 왕 부인은 대신 켄지에게 의지하게 되었다. 부인은 켄지가 동양인인 데다 여러모로 쓸모 있는 존재였기 때문에 그를 좋아했다. 그는 지붕 홈통을 고쳤고 베란다 계단을 수리했으며 지붕에 새 지붕널을 깔았다. 또한 왕 부인의 작은 텃밭에서 일을 도왔고, 부인은 그 대가로 집세를 깎아주고 켄지가 마당에서 까마귀 모이를 주는 것을 눈감아줬다.

애너벨은 아기방 벽면에 아름다운 하늘색 페인트를 칠했다. 책꽂이를 가져오고 창문에 달 커튼도 만들었다. 골목길에 있는 재활용품 수거함 옆에서 아주 멀쩡한 목재 흔들의자를 찾았다. 의자 밑 부분의 나무 막대가 하나 헐거워졌고 팔걸이가 분리되어 있었지만, 켄지의 도움으로 수리한 다음 의자 등받이 뒷면에 초승달을 뛰어넘는 암소 한 마리를 예쁘게 그려 넣고 색칠했다. 그들은 의자를 아기방으로 옮겼고, 켄지가 결혼식과 성인식 음악을 연주하는 동안, 그녀는 흔들의자에 앉아 뜨개질을 하며 미래를 꿈꾸었다. 켄지는 집에 오면 그녀의 발치에서 삼베에 코바늘로 털실을 걸어 짠 러그에 앉아 그녀가 도서관에서 구조한 책들을 읽어주는 소리에 귀 기울였다. 어떤 것은 동화였고, 어떤 것은 시였으며 동요도 있었다. '헤이, 디들디들, 고양이가 바이올린을 켜요(Hey, diddle diddle, the cat and the fiddle).' 그녀는 그것이 켄지의 영어 공부에 도움이 될 거라고 말했고, 그녀가 책을 읽어줄 때 목소리가 참 예뻤다. 하지만 그는 의미에는 별로 관심을 기울이지 않았고, 그보다 마치 음악을 듣는 것처럼 그녀의 목소리를 들었다. 가끔은 말소리가 너무 달콤해서 눈에 눈물이 고이기도 했다. 감동받은 그는 우쿨렐레의 현을 부드럽게 튕겨서 그녀를 위해 반주를 해주었다. 이야기와 각운은 노래가 되었고, 배가 점점 더 불룩하게 나오면서 그들은 거기에 맞춰 노래하기 시작했다. 켄지는 애너벨이 성장하면서 들은 동요를 하나도 몰랐고, 그래서 그녀는 〈메리의 아기 양(Marry Had a Little Lamb)〉과 〈런던 다리가 무너지고 있어요(London Bridge is Falling Down)〉, 〈노를 저어라(Row, Row, Row Your Boat)〉를 가르쳤다. 켄지는 현을 튕기면서 노랫말을 반복하며 혀로 영어의 소리를 휘감으려 했다. L은 경쾌하게 핥듯이, R은 동그랗게 혀를 휘어서.

"노를 저어라(Row)." 그녀가 말했다.

"낮게(Low)." 그가 따라 했다. 그녀가 고개를 젓다가 그의 곤혹스러운 표정을 보고 웃곤 했다.

"좋아, 이렇게 해봐. 아아아……, 이제 알이라고 하면서 입을 앙다물어봐. 맛있는 초콜릿을 한 입 베어 무는 것처럼. 아아아……알. 아아아……알. R은 초콜릿을 맛보기 직전에 이가 케이크 가까이에 간 위치야."

태어나기 전, 따뜻한 액체가 들어찬 배 속의 공간에 떠 있을 때도 베니는 부모의 목소리를 들을 수 있었다. 그 소리는 마치 꿈처럼 아득하게 어머니의 고동치는 심장 언저리에서 감상적으로 스며들어왔다. '저어라, 저어라, 노를 저어라. 삶은 그저 꿈일 뿐.'

아기는 1월에 태어났다. 미국이 아직 9.11 사건의 여파로 휘청거릴 때였고, 애너벨은 출산 휴가를 받아서 뉴스를 멀리할 수 있는 것에 감사했다. 베니가 태어나고 몇 달 동안은 애너벨과 켄지가 TV와 라디오를 끄고 살았다. 비눗방울처럼 외부 세계와 차단된 이 작은 공간에 숨어서, 그들은 둘 사이에 아기를 두고 모로 누워 있곤 했다. 그들의 몸은 마치 작은 별을 감싸고 있는 한 쌍의 괄호 같았다.

(*)

베니의 주변으로 몸을 동그랗게 웅크린 채로, 그들은 아기를 관찰하며 아기의 팔다리를 들어 올리고 아기의 손가락과 배, 통통한 발가락에 감탄했다. '이거 좀 봐! 이거 좀 봐!' 그들은 속삭였다. '놀랍지 않아?' 아기의 귀는 조가비 같았고, 살은 비단처럼 부드러웠다. 그들은 아기의 몸을 구석구석 뜯어보며 아기에게 코를 대고 킁킁거리거나 입술을 부비며 아기의 완벽한 모습과 냄새에 경탄했다.

그들은 속삭였다. '우리가 애를 만들었어. 어떻게 그럴 수 있었지?' 그리고 이 놀라운 계시가 그들을 자긍심으로 가득 채웠다. 그들은 베니가 첫걸음마를 하고 처음 말을 배우는 것을 지켜보며, 그들의 성취를 상기시키는 예고 없이 찾아오는 기쁨에 깜짝 놀라곤 했고, 서로의 손을 잡고 숨을 참으며 다음에 일어날 일을 기다리고 기다렸다. 그것은 그들의 해피엔딩이었고, 그들은 날마다 그런 행복 속에 살았다.

베니

아이쿠, 알았으니까 그만해. 물론 내가 물어보긴 했지만 그건 일종의 TMI라고 생각하지 않아?

내 말은, 뭐가 됐든 나에 대한 부분들은 상관없지만, 온 세상이 우리 부모님의 성생활에 대해 알 필요는 없다는 거야. 어떤 것들은 비밀에 부칠 필요가 있었어. 특히 엄마의 새아빠에 대한 내용은 말이야. 네가 엄마의 책이라면 얘기가 달라지지. 그렇다면 이해가 될지도 몰라. 하지만 넌 내 책이잖아. 안 그래? 그냥 그렇다고.

하지만 엄마가 나를 임신했을 때 내가 어떻게 부모님의 노랫소리를 들었는지에 대한 부분은 정말 좋았고, 전적으로 이해가 됐어. 가끔 내가 듣는 목소리들이 지금 그렇게 느껴지거든. 내가 이 세상에 있기 전부터, 그래서 내가 기억할 수 있기 전부터 존재한 것들에게서 나오는 것처럼 말이야. 뭐라고 표현해야 할지 모르겠어. 그 목소리들은 내 뇌의 주름 속에 심어져 있다가 어찌어찌해서 발동되는 무작위적인 악성코드 같아. 어쩌면 누구의 뇌에나 그런 것들이 있는데, 내가 너무 민감해서 듣기 시작한 건지도 모르지. 안 그래? 상담선생님은 슬픔이 우리를 그렇게 만들 수 있다고 해.

목소리들이 곧바로 들리기 시작한 건 아냐. 아빠가 죽고 1년쯤 지났을 때까지는 그냥 아빠 목소리뿐이었어. 그냥 밤에 침대에 누워 있을 때 화장장에서 그랬던 것처럼 나를 부르는 정도였어. 잠들었을 때 나를 부르는 아빠의 목소리를 듣곤 했지. 그런데 알아? 그럴 때면 마치 아빠가 거기 있는 것처럼 느껴졌어. 내 머리 밖에 있지만 내 머릿속에도 있는 것 같았지. 나는 움직이거나 눈을 뜨기가 무서워서 그냥 침대에 누운 채로 정말 열심히 귀 기울였어. 눈을 뜨면 아빠를 보게 될까 봐 두려우면서도, 아빠를 보지 못할까 봐 두렵기도 한 복잡한 마음이었지. 그러니까 내 말은, 정말로 아빠가 보고 싶었지만, 그건 어디까지나 아빠가 살아 있을 경우에나 그렇지, 좀비나 유령처럼, 죽은 아빠를 보고 싶지는 않았어. 마침내 내가 눈을 뜨기로 결심했을 때, 보이는 건 그저 어둠뿐이었어. 나는 누워서 아빠가 뭔가 다른 말을 하기를 바라며 최대한 열심히 귀 기울였어. 그러나 잠시 후 다시 잠이 들었고, 아침이 왔을 무렵 아빠의 목소리에 대한 기억은, 밤새 꾸었지만 잊어버린 다른 꿈들과 뒤얽혀버렸지.

그 첫해가 끝나갈 무렵, 아빠의 목소리가 희미해져 전처럼 자주 들리지 않게 되었어. 아빠는 어디로 간 걸까? 한번은 아빠를 찾아 나섰어. 원래는 아빠의 유골이 담긴 상자가 아래층에 레코드판과 함께 있었는데 엄마가 다른 곳으로 옮겨놓는 바람에, 나는 엄마 방에서 온갖 물건을 뒤져야 했고 결국 벽장 뒤에 쑤셔 박혀 있는 상자를 찾았지. 난 엄마가 신경 쓰지 않을 거라고 생각했고, 그래서 상자를 내 방으로 가져와 책꽂이 위에, 어렸을 때 아빠가 달에 대해 가르치려고 내게 사 준 낡은 달 모형 옆에 두었어. 한때 모형 안에는 전구가 있어서 달을 밝혀주었는데, 그 전구는 나간 지 오래였어. 아빠가 고쳐주겠다고 약속했지만 그러지 못했지. 그런데 내가 아빠 유골을 달 옆에 놓아둔 그날 밤, 달이 다시 깜빡거리며 켜졌다 꺼졌다 하기 시작했어. 참 이상한 일이지? 나는 잠들어 있었는데 불빛 때문에 깨어났어. 처음에는 완전히 겁에 질렸지만, 어쩌면 그것이 전등을 고쳐주겠다는 약속을 지키려는 아빠의 영혼일지도 모른다는 생각이 들었고, 그러자 마음이 진정되었어. 그때부터 아빠에게 잘 자라고 인사할 때마다, 나는 아빠가 유골함에서 매일 달의 다른 면을 볼 수 있도록 달을 돌렸어. 달을 돌리는 건 우리가 함께했던 놀이였지. 아빠는 어두운 면에 착륙하기를 좋아했는데, 아빠가 예술가이기 때문이야. 아빠가 그렇게 말했어. 사실 난 그게 무슨 뜻인지 이해하지 못했어. 아마 나는 여전히 마음 한편으로 아빠가 꿈속에 다시 나타나서 내게 말을 걸기를 바라고 있었던 것 같아. 하지만 다른 목소리들이 들리기 시작하면서 결국 포기했지. 그 목소리들이 만들어내는 소음을 뚫고 아빠의 목소리를 들을 방법이 없었어.

다른 목소리들은 꿈속에서도 나타났어. 그렇게 시작된 거야. 마치 한 목소리가 문을 열자, 나머지가 따라 들어온 것 같았어. 꿈은 문과 같아. 또 다른 현실로 들어가는 관문 같은 거지. 그리고 일단 그 문이 열리면 조심하는 게 좋을 거야.

책

베니, 어두운 면도 그 나름의 매력이 있지만, 대부분의 사람은 그 쪽으로 가고 싶어 하지 않아. 그보다 사람들은 밝은 면에 안전하게 머무는 편을 선호하지. 하지만 예술가와 작가와 네 아버지 같은 음악가들은 어두운 면의 매력에 저항할 수 없어. 그건 책들이 잘 아는 영역이고, 좋건 싫건 그것을 외면하지 않는 게 우리의 임무야.

그리고 여기에는 네 어머니 이야기의 어두운 면도 포함되지. 맞아. 우리는 애너벨의 책이 아니야—그녀가 자신의 책을 가질 자격이 있다는 걸 신은 아실 거야. 하지만 때로는 정확히 어디에서 부모의 책이 끝나고 자식의 책이 시작되는지를 구분하기란 힘들어. 그럼 책이 어떻게 해야 할까? 어서 달을 돌려서 우리가 어디에 착륙하는지 보고, 네가 그 결과를 감수할 수 있기를 바라자.

4

꿈속에서 누군가 베니의 이마를 톡톡 쳤다. 당신도 눈을 감고 상상해볼 수 있을 것이다. 열세 살에서 열네 살로 넘어가지만 나이에 비해 여전히 몸집이 작은 베니가 좁은 침대에서 은하계가 그려진 이불을 덮고 잠들어 있는 모습을 상상해보자. 그는 양손을 허리에 댄 자세로 입으로 호흡하고 있다. 천식과 먼지 때문에 코가 항상 막혀 있어서다. 살짝 벌어져 있는 입술이 멋지고, 황갈색 피부는 아직 티 없이 깨끗하다. 그는 아버지와 많이 닮았다.

누군가 그의 이마를 톡톡 두드리고, 그 두드림은 걱정 없이 매끈하게 펴진 양미간에 마치 빗방울처럼 내려앉는다. 꿈속의 두드림 때문에 그가 깨어나서 눈을 뜨니 자신의 코 바로 위에 떠 있는 손가락 하나가 보인다. 거의 투명해 보이는 가늘고 뾰족한 손가락이다. 그것은 얕은 여울 속의 잡초처럼 어른거리는 공기 중에서 물결치듯 흔들린다. 이제 손가락이 섬세한 손과 손목에 연결되고, 거기서 베니가 지금까지 본 중에 가장 긴 팔이 뻗어 나와서 마치 연줄처럼 캄캄한 우주 공간까지 펼쳐진다. 그 손 너머에, 실처럼 길고 가는 팔의 저쪽에 달처럼 창백하고 아득한 얼굴이 떠 있다.

소녀의 얼굴이다. 그 먼 거리에서도 베니는 그녀가 세상에서 가장 아름다운 소녀임을 알 수 있었다. 13년 하고 아홉 달 동안 이 행성에 살면서 평생 한 번도 그런 얼굴을 본 적이 없었다. 풍성한 백발이 그녀의 얼굴 주위로 마치 달빛에 비친 구름처럼 일렁였다. 흘러넘칠 듯한 빛나는 눈이 그를 내려다보고, 그녀의 분홍색 입술이 오므라들며 완벽하게 둥근 '오(O)' 모양을 만든다. 세상에서 가장 아름다운 그 소녀는 그를 놀리고 있었다. 적어도 그렇게 보였다. 하지만 전혀 악의적인 놀림은 아니었다.

'베니…….' 그녀가 속삭이며 조용히 웃는다.

'베니 오……오……오…….'

'오'가 마치 담배 연기로 만든 동그란 고리처럼 그녀의 입술에서 줄지어 떠내려간다. 베니는 침대에서 일어나 앉아 물개처럼 코로 그것을 잡으려 한다. 그러나 고리에서는 연기 냄새가 나지 않는다. 거기서는 코코아 냄새, 그리고 베니가 어렸을 때 애너벨이 지금도 사용하는 오븐으로 만들어주곤 했던 갓 구운 빵 냄새가 난다. 세상에서 가장 아름다운 소녀에게서 엄마의 입맞춤 같은 이스트 냄새가 난다. 엄마가 행복했고 아빠가 아직 살아 있던 어린 시절의 냄새가. 베니는 그 강렬한 기억에 피부의 솜털이 쭈뼛쭈뼛 선다. 이제 그 소녀의 얼굴이 가까워지고 그는 다시 침대에 눕는다. 갑자기 그들 사이의 거리가 사라지고 그녀가 바로 위에 떠 있다. 이스트 냄새를 풍기는 촉촉하고 따뜻한 그녀의 O자형 입맞춤이 떠내려와 진동하며 그의 온몸에 파도처럼 부딪친다. 그녀가 한 손을 가볍게 그의 가슴팍, 심장 바로 윗부분에 얹는다. 부드럽게 누르는 그녀의 손바닥 밑에서, 베니는 심장이 쿵쾅거리는 것을 느낄 수 있다. 척추가 활처럼 휘며, 그가 일어나기 시작한다. 그녀에게 닿기 위해…….

'아……' 그가 소리친다. '아…… 아…… 아!' 그리고 바로 그렇게 그의 녹아버린 꿈이 수십억 개의 작은 별들로 폭발해 웃음처럼 울려 퍼지고 그의 살갗 속에서 반짝반짝 빛난다. 그러더니 서서히 웃음이 잦아들고 별들이 하나둘 꺼지며 그를 다시 어둠 속에 남겨 놓는다.

정적 속에서 베니는 신음을 들었다. 눈을 떴다. 그의 방은 그림자들로 어두컴컴했고 가장 아름다운 소녀는 사라졌다. 그가 입을 다물자, 신음이 그쳤다. 위에 있는 천장에서는 별 모양 야광 스티커의 희미한 성운이 소용돌이치며 세 개의 O로 이루어진 별자리를 이루었다. 아빠가 붙여놓은 서로 얽힌 세 개의 별의 고리였다.

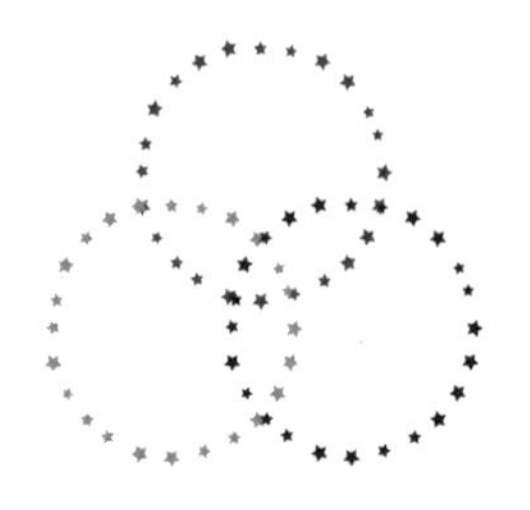

베니는 손을 파자마 바지에 갖다 댔다. 바지가 젖어 있었지만 아주 약간이었다. 아빠가 죽은 직후에는 자주 실례를 하곤 했지만 그건 아주 오래전 일이었다. 그는 일어서서 침대를 살펴보았다. 시트는 젖어 있지 않았다. 그는 파자마를 벗어 코로 가져갔다. 오줌 냄새 같지는 않았지만 뭔가……. 그는 몸을 떨었다. 그는 몽정에 대해 알았다. 학교에서 남자아이들이 그 농담을 했다. 이게 그건가? 몸이 텅 빈 것처럼 느껴지고, 몸살감기에 걸린 듯 이상하고 찌릿찌릿했지만 나쁜 기분은 아니었다. 사실은 기분이 좋았다. 그는 서랍에서 깨끗한 팬티를 꺼냈다. 그리고 잠옷 바지를 챙겨서 침실 문을 열고 복도로 나갔다.

복도는 어두웠고 공기가 달랐다. 신문과 먼지 냄새로 탁하고 무거운 공기였다. 하지만 그는 이제 그 냄새에 익숙해져서 거의 의식하지도 못했다. 베니는 벽면을 따라 죽 늘어선 아빠의 물건들이 담긴 위태로운 상자 더미와 그 위에 쌓인 엄마의 신문이 담긴 쓰레기봉투나 쇼핑백에 부딪치지 않기 위해 발을 잘 디디며 좁은 통로를 걸었다. 방에서 멀어지면서, 그는 새로운 뭔가를 인식하게 되었다. 소음이었다. 살갗이 찌릿찌릿했다. 그는 탑처럼 쌓인 상자들 뒤에 두 팔로 몸을 감싸 안고 웅크리고 앉아 귀 기울였다.

소음은 그림자 속에서 나오는 목소리처럼 들렸다. 큰 소리는 아니었고 그저 나지막이 '오오오오오오오오오오오오오' 하고 부풀어 오르면서 울리는 것이 마치 유령이나 사람의 신음처럼 들렸지만, 아무도 듣지 못할 만큼 은은한 소리였다. 애너벨은 종종 밤에 신음하곤 했다. 또한 베니는 가끔 엄마가 우는 소리를 듣고 무서워하기도 했다. 그런데 이건 좀 달랐다. 그는 기다렸다. 소리들의 내부에 엉켜 있는 말들을 들을 수 있을 것도 같았지만 결국 알아들을 수 없었다. 왕 부인이 가끔 노굿에게 중국어로 소리치곤 했으나 그녀의 목소리는 화가 나 있고 날카로운 반면, 이 목소리는 슬픈 것처럼 들렸다. 베니는 방으로 돌아가서 문을 닫을까 생각했지만, 이제 정말로 오줌이 마려웠다. 그는 천천히 일어나서 발꿈치를 들고 한쪽에 쌓여 있다가 미끄러져 내린 번들거리는 잡지들을 넘어 걸어갔다. 한 걸음 내디딜 때마다 신음이 더 커졌고, 베니는 그만 발이 미끄러져 애너벨이 성탄절 직후 세일 때 사 온 장식용 반짝이 조각이며 전구, 잘 부서지는 유리 공 따위의 크리스마스 장식물이 담긴 봉지에 무릎을 찧었다. 그 순간 으드득 소리와 함께 날카로운 고통의 비명이 들렸다. 반짝이는 가엾은 공들에게서 나온 고음이었다. 그 소리가 그의 몸을 가르는 것 같았다. 베니는 양손으로 귀를 막고 벽에 기대어 웅크리고 앉았다.

"그만!" 그가 애원했지만 비명은 계속되었고, 이제 그의 주변에서 목소리들이 합창하듯 올라왔다. 바닥에서부터 서까래까지, 집 안의 모든 구석구석에서 올라와서 공의 애통한 울음에 합류했다.

베니는 귀를 더 세게 막고 눈을 감았다. "제발 좀 조용히 해!" 그가 소리쳤고, 눈을 떴을 때 집이 조용해졌다.

"베니?" 그는 복도 아래쪽에서 엄마가 부르는 소리를 들었다. 갑작스러운 정적을 뚫고 종소리처럼 울리는 낭랑한 목소리였다.

그는 여전히 빠르게 뛰는 가슴으로 헐떡이며 공기를 삼켰다.

"괜찮니, 아들? 쉬하고 싶어?"

"그래!"

꼭 그렇게 물어야 했을까? 베니는 엄마가 아직도 그런 유아적인 표현을 쓰는 것이 싫었지만, 그런 짜증스러움이 상황을 다시 정상으로 돌아오게 만들었다. 그는 일어서서 무릎을 움직였다.

욕실로 들어가 욕조에서 공예용품이 들어 있는 쇼핑백을 꺼내고 수돗물을 틀었다. 그런 뒤 오줌을 누고 팬티를 벗어 돌돌 만 잠옷 바지와 함께 물이 콸콸 분출하는 수도꼭지 아래에 떨어뜨렸다. 그것은 베니가 제일 좋아하는 스파이더맨 잠옷이었고, 그는 아직 그 옷을 못 입을 만큼 몸이 자라지 않았다. 베니는 빨간색과 파란색이 섞인 바지 다리가 휘돌며 넘실대는 것을 보았고, 샴푸 병을 찾아 손에 쥐고 구불구불한 선과 동그라미를 만들며 물속으로 갈겼다. 거품이 올라오자, 욕조 가장자리에 앉아 맨 무릎을 끌어안았다. 엉덩이 밑의 욕조가 차갑게 느껴졌다. 집 저쪽의 구석에서 끙끙거리고 훌쩍이는 소리가 들렸다. 이따금 어떤 목소리가 날카로운 명령 같은 소리를 냈지만 그는 무시했다. 베니는 제일 좋아하는 컴퓨터게임의 배경음을 흥얼거렸다. 채굴 원정에서 곡괭이로 광석이 있는 곳까지 땅을 파고 들어가서, 폭도들로부터 스스로를 지키기 위한 무기를 만드는 데 필요한 자원을 캐낼 때 나오는 경쾌한 멜로디였다. 그것을 노래라고 부르기는 어렵지만, 짤랑짤랑 울리는 음들이 그에게 용감한 기분을 느끼게 해주었고, 여전히 피부가 따끔거리는 상태에서 그 아름다운 소녀의 어른거리는 모습을 떠올리려 할 때 목소리들을 차단하는 데 도움이 됐다.

다음 날 아침 잠에서 깼을 때, 간밤의 기억이 다시금 떠올랐다. 그는 침대에서 일어나 앉아 귀 기울이다가 문으로 갔다. 그는 문을 조금 열고 귀를 쫑긋 세웠다. 애너벨이 일하는 거실에서 흘러나오는 라디오 소리만 들릴 뿐, 밤에 들었던 이상한 목소리들은 사라졌다. 그는 간밤에 밟은 크리스마스 장식물 봉지를 찾아서 욕실로 가져갔다. 빨간색, 초록색 유리 파편들은 이제 조용했고, 그래서 그것들을 쓰레기통에 넣었다. 그의 잠옷 바지는 샤워커튼 봉 위에 걸쳐져 있었다. 아직 축축해서 그대로 널어두었다. 침실로 돌아와서 옷을 입고 잠옷 윗도리를 개켜서 베개 밑에 넣었다. 매일 하는 일인데, 오늘은 이상하게 느껴졌다. 문득 윗도리가 바지를 그리워하지 않을까 궁금해졌다.

주방에 가서 찬장에서 라이스크리스피 시리얼 상자를 꺼냈다. 거실에서 애너벨의 인기척이 났다. 그녀는 가위질을 하면서 라디오 듣는 것을 좋아했다. 아침은 애너벨에게 가장 바쁜 시간이었고, 베니는 뉴스 소리를 들으며 아침을 먹는 데 익숙했다. 개수대에는 사용한 접시들이 가득했지만, 식기 건조대에서 깨끗한 그릇을 하나 찾아 라이스크리스피를 부었다. 날마다 베니의 아침을 챙겨주는 건 아빠인 켄지의 몫이었다. 켄지는 시리얼 그릇에 우유를 부은 뒤 베니의 귀까지 들어 올려 시리얼이 탁탁 터지는 소리를 들려주었다. 베니는 아침마다 아빠가 많이 그리웠다. 우유를 꺼내려고 냉장고 문을 여는 순간 가느다란 소리가 주방으로 흘러나왔고, 베니는 화들짝 놀라며 간밤의 목소리들을 떠올렸다. 라디오 소린가? 아니면 안에서 나온 소린가? 그는 재빨리 문을 닫고 귀 기울이며 서 있었다. 아빠가 자석으로 들쑥날쑥 만든 시가 여전히 냉장고에 붙어 있었지만, 처음 두 행은 시에서 이탈하고 있는 것처럼 보였다. 베니는 나머지 시행을 응시했다.

나 는 그대에게 미쳤다 오

“베니? 너니?” 애너벨이 거실에서 불렀다.

그는 대답하지 않고 다시 냉장고 문을 열었다. 아주 조금, 그러나 내부에 불이 켜지고 찬 공기가 탈출하여 시큼한 숨결로 그의 얼굴을 적시기에 충분할 만큼. 그때 다시 소리가 들렸다. 희미하지만 이제 뚜렷하게 구분할 수 있었다. 곰팡이 핀 치즈의 신음, 오래된 상추의 한숨, 뒤쪽에 밀어 넣고 잊어버린 반쯤 먹다 남은 요구르트의 징징대는 소리.

“그만.” 그가 속삭였다.

“베니? 너니? 뭘 찾고 있니?”

그가 문을 조금 더 열고 안으로 손을 뻗어 우유를 찾으며 대용량 다이어트 루트비어 병과 오렌지주스 팩, 시큼한 피클 병을 조심스럽게 옆으로 밀었다.

“닥쳐!”

“무슨 일이야? 뭐라는 건지 안 들려…….”

그가 피클을 노려보았다. “우유가 떨어졌잖아! 또!” 그가 소리쳤다.

거실의 라디오는 조용해졌다. 냉장고의 목소리들도 조용해졌다. 마치 그가 화난 것을 감지하고 다음에 무슨 일이 벌어질지 가만히 기다리는 것처럼.

“미안해, 아들.” 잠시 뜸을 들이던 애너벨이 말했다. “이따가 일 끝나고 사 올게.”

베니는 자신의 전용 숟가락을 찾아서 퍽퍽한 라이스크리스피를 퍼먹었다.

아빠가 살아 있을 때는 항상 우유가 준비되어 있었고, 식탁이 말끔히 치워져 있어서 아빠와 함께 식탁에 앉아 아침을 먹을 수 있었다. 이제 식탁에는 온갖 잡동사니가 쌓여 있고, 베니는 개수대 앞에

서서 혼자 먹었다.

그는 시리얼을 다 먹고 빈 그릇을 설거지 더미에 추가했다. 개미 떼가 줄지어 오븐용 냄비 테두리로 올라갔다. 그는 물을 틀어서 개미들을 하수구로 떨어뜨리려 했지만, 물로 개미들을 막을 수는 없었다. 개미는 수영을 잘했다. 베니는 수저를 헹구고 행주로 닦아 배낭 옆 주머니에 집어넣고는 엄마에게 다녀오겠다는 인사를 하려고 거실로 들어갔다.

애너벨은 손에 가위를 들고 신문이 잔뜩 쌓인 작업용 책상에 앉아 있었다. 스캐너가 그녀 옆에서 경쾌하게 웅웅거리고 있었다. 라디오에서는 진행자가 이라크와 아프가니스탄의 사제폭탄이 어떻게 의족의 엄청난 수요를 창출했는지에 대해 이야기했다. 민간 제조업체들이 수요를 충족하기 위해 생산을 늘리고 있다고 했다. 애너벨이 끌어안으려고 팔을 뻗었고, 베니는 상체를 아래로 숙여 두툼한 손이 자신의 머리를 감싸는 동안 그녀의 따뜻하고 건조한 볼에 가볍게 입술을 댔다. 베니는 억지로 거기 서서 어깨 너머로 헤드라인을 읽었다. '총기 폭력—위험한 것은 사람인가 총인가? 기후 변화로 초콜릿 사치품 되다. 치명적인 아프리카 바이러스, 임산부를 위협한다. 경찰서 구금 중 사망, 볼티모어에서 폭동 촉발. 염소가 풀 먹어 치워 산불 막는다.' 베니는 긴 포옹을 좋아하지 않았지만 헤드라인을 읽고 있으면 가만히 있을 수 있었다. 듣는 것도 도움이 되었다. 의족 기술의 빠른 발전이 온전하고 활동적인 삶을 살 수 있기를 고대하는 참전 군인들에게 희망을 주고 있다고 진행자가 안심시키듯 말했고, 짧은 순간 엄마의 부드러운 뺨이 거의 기분 좋게 느껴지기까지 했다.

"오늘 화요일이야." 베니가 몸을 빼며 말했다. 화요일은 재활용 쓰레기 수거일이었고, 그것을 일깨워주는 것은 그의 몫이었다. "원한다면 가는 길에 조금 내놓을게."

"아, 고마워. 착하기도 하지." 그녀가 말했다. "하지만 안 그래도 돼. 먼저 내가 보관 자료를 분류해야 해." 그녀가 벽면에 줄지어 선, 신문이 담겨 있는 봉투들을 대충 가리켰다.

베니가 나가려고 돌아섰다.

"필요한 건 다 챙겼니?" 그녀가 그의 뒤에 대고 말했다. "점심값은? 천식 흡입기는?"

그는 집에서 나와 등 뒤로 문을 닫았다. 베란다를 건너자 목소리들이 멀어지는 것 같았다. 지붕 위의 까마귀들이 그를 지켜보며 뭐라고 말하고 있었지만, 까마귀들은 항상 뭔가를 말했으니 그건 특별할 게 없었다. 그제야 긴장이 풀렸으나 그것도 잠시, 도로에 이르렀을 때 지나가는 자동차의 타이어가 의도적으로 소리를 내는 것처럼 끽끽거렸고, 보도의 갈라진 틈새들이 그의 관심을 끌기 위해 경쟁하는 것처럼 보였다. 시내버스를 탔을 무렵에는 더 많은 목소리들이 합류하여 콘서트가 시작되기 직전의 웅성거림처럼 낮지만 꾸준한 소리를 냈다.

베니가 어렸을 때는 켄지가 학교에 데려다주곤 했지만, 이제 졸업이 머잖은 8학년이 되었으니 애너벨은 베니 혼자 버스를 타고 가게 했다. 베니는 자기 버스카드가 있었고 그것을 운전자에게 보여줄 때 어른이 된 기분이 들었다. 하지만 미치광이와 부랑자들이 특유의 냄새와 불안한 움직임, 웅얼거림으로 그를 긴장하게 만들었다. 애너벨은 그들 가까이에 앉지 말라고 당부했지만, 가끔 버스에 사람이 많을 때는 결국 그들 옆에서 그들이 허공의 공기와 나누는 미친 대화를 듣게 되었다. 오싹하고 이상했다. 그들 대부분은 전쟁에서 싸운 늙은 남자들이었다. 젊은 부랑자는 본 적이 없었다. 하지만 늙은 미치광이들도 한때는 젊었을 것이다. 어쩌면 자신도 젊은 미치광이가 되어가고 있는지도 몰랐다.

"제발." 그는 숨죽여 말했다. "제발…… 조용히 좀 해!" 하지만 목소리들은 그를 무시했다. 학교에 가는 내내, 그리고 수업 시간 내내, 목소리들이 중얼거려서 도저히 집중할 수 없었다. 가끔은 소리가 작아져서 그가 거의 그 존재를 잊어버릴 만큼 부드러운 속삭임이 되었다. 냉장고의 웅웅거림이 배경으로 항상 깔려 있는데도 그 존재를 잊어버릴 수 있는 것처럼 말이다. 그러다가 이따금 날카로운 비명이 속삭임을 뚫고 나와서 복도에서든, 교실에서든, 체육실에서든 베니를 얼어붙게 만들었다. 그는 조심스럽게 주변을 둘러보았다. 그의 외부에서, 바로 어깨 너머에서 나오는 소리 같았는데, 다른 사람들은 누구도 들은 것 같지 않았다. 사람들이 안 들리는 척하는 걸까? 아니면 그것이 그의 머릿속에서 나는 소리일까?

내부? 외부? 그 차이가 무엇이고, 어떻게 구분할 수 있을까? 소리가 귀를 통해 몸으로 들어가서 정신과 융합할 때, 그 소리는 어떻게 될까? 그것은 여전히 소리일까? 아니면 다른 무언가가 된 걸까? 닭날개나 닭다리나 계란을 먹을 때, 어느 시점부터 그것이 더 이상 닭이 아닐까? 당신이 이 책에 쓰인 단어들을 읽을 때 단어들은 어떻게 되며, 정확히 어느 시점부터 그것이 외부의 단어가 아닌 당신이 되는가?

5

애너벨이 베니의 이상한 행동을 알아차리기까지 시간이 얼마나 걸렸을까? 그리고 알아차린 뒤에 그것을 받아들이기까지는 얼마나 걸렸을까? 그녀는 10대 아들을 둔 엄마였고, 10대 아들은 원래 이상하게 행동한다. 적어도 책에서는 그렇다고 말했다. 게다가 그녀는 생각이 많아서 머리가 복잡했다. 바로 그날 아침만 해도, 베니가 학교에 간 뒤 그녀의 상사가 전화를 걸어와 회사에 새로운 구조조정이 있을 거라며 믿을 만한 소식통으로부터 그녀의 근무 시간이 단축될 거라는 말을 들었다고 했다.

“정말이에요, 찰리? 얼마나 단축되는데요?” 그녀가 물었다.

“음, 내가 4분의 3 정도는 유지해달라고 부탁해보겠지만 어쩌면 절반으로 줄어들 수도 있어.”

“언제 그렇게 되는데요?”

“그 친구는 새해 초일 거라고 생각하더군. 그러니까 두어 달 이내는 아니야.” 그가 이어서 검색 알고리즘과 키워드 기술의 발전이며 발행 부수 감소 따위에 대해 설명했다. 업계가 변화를 겪고 있고 그녀에게 미리 귀띔해주고 싶었을 뿐이라고 말했다. 친절한 행동이긴 했다. 그녀가 이 소식의 충격을 흡수하고 있는데, 찰리가 해고를 제안했다.

“하지만 저는 잘못한 게 없잖아요.”

“물론 없지. 그냥 그게 원래 그래.”

“그거라뇨?”

“시스템 말이야.” 잠시 어색한 침묵이 흐른 뒤 그가 다시 입을 열었다. “당신이 남편을 잃었고 부양할 아이가 있는 건 알지만, 당신이 이해해야 해. 당신이 아예 밀려나게 되는 건 시간문제야. 이런 말을 이메일로 전하고 싶지는 않았어. 하지만 당신이 정규직일 때 해고되면 실업수당을 더 받을 수 있고, 내가 당신이라면 지금 손실을 줄이고 실업수당을 챙겨서 새 직장을 구할 시간을 벌겠어. 그냥 그렇다는 얘기야. 조짐이 좋지 않지만, 선택은 전적으로 당신 몫이야. 한번 생각해봐.”

전화를 끊은 후에야 그녀는 찰리에게 복지혜택에 대해 물어봤어야 했다는 생각이 들었다. 그는 거기에 대해서는 언급하지 않았다.

건강보험을 잃게 될까? 보험요율이 올라갈까? 자신에게, 아니면 오, 맙소사! 베니에게 무슨 일이 생기면 어떻게 하지?

애너벨은 오전 업무를 마치고 시간을 확인했다. 재활용 쓰레기 수거차가 보통 오후 1시쯤에 오는데, 그녀가 몇 꾸러미를 처리할 수 있다면 베니는 재활용 날짜를 일깨워준 것이 도움이 되었다는 걸 알게 될 것이다. 재활용 쓰레기 처리는 그녀에게 버거운 일이었다. 회사에서는 인쇄매체 부서가 일간지를 한 달, 계간지의 경우는 두 달 동안 보관하도록 요구했고, 여기에 그들이 처리한 모든 스캔본의 백업 디스크까지 만들게 했다. 이 보관 자료들은 가위녀들의 날카로운 눈과 빠른 가윗날이 실수로 뭔가를 놓쳤을 때를 대비한 일종의 보험이었다. 무슨 일이 실제로 일어났던 건 아니다. 예전에 그들이 일할 사무실이 있었을 때는 지금 아침마다 애너벨의 집 앞에 도착하는 모든 인쇄물을 수용할 커다란 창고가 있었고, 지난 신문을 재활용하는 일을 전담하는 직원도 있었다.

그러나 이제 이 모든 것이 애너벨의 몫이었다. 처음 두어 달 동안은 날짜별, 고객 번호별로 보관 자료를 정리해 깔끔하게 라벨을 붙인 상자에 넣었지만, 자료가 너무 많아서 곧 속도를 맞추지 못하고 뒤처지게 되었다. 신문이 바닥에 쌓이기 시작했고, 너무 커진 신문 더미가 여기저기 흩어져 발에 밟히기 시작하자 재활용 봉투에 마구 담아 접착테이프로 표시한 뒤 그녀가 저장소로 지정한 거실 한쪽의 소파 뒤로 끌고 갔다. 거기서 봉투가 증식하여 벽면을 타고 올라갔고 곧 소파도 파묻혀버렸다. 달리 갈 곳이 없는 보관 자료들이 복도를 잠식하더니 계단을 오르기 시작했고, 온갖 것들이 그 뒤를 이었다.

봉투들은 무거웠지만 그녀는 무더기를 무너뜨리지 않고 바닥에서 가장 오래된 것 몇 개를 간신히 빼낼 수 있었다. 켄지가 살아 있었다면 그가 대신 이 일을 해줬을 것이다. 그녀는 봉투 몇 개를 길가로 끌고 나왔고, 이어서 두 번째 짐을 가지러 갔다. 그리고 세 번째 짐을 가지고 나왔을 때, 보도에서 왕 부인이 지팡이를 짚고 반투명 비닐 봉투를 통해 신문 헤드라인을 보고 있었다.

"어떻게 이걸 전부 읽는담?" 그녀가 눈을 찡그리며 애너벨에게 물었다.

애너벨이 제일 위에 있는 봉투를 들어 올리며 힘없이 말했다. "읽을 수밖에 없죠. 제 일인걸요."

노파가 고개를 절레절레 저었다. "대체 어떤 일을 하기에?" 그녀가 산더미처럼 쌓인 비닐봉투를 향해 지팡이를 흔들며 말했다. "쓰레기 치우는 사람이 불평을 하면 우리가 벌금을 물어야 해." 그녀가 심술궂게 봉지를 쿡 찌르고는 쭈글쭈글한 손가락을 옆머리에 대고 말했다. "뉴스를 너무 많이 읽으면 머리에 안 좋아. 다른 직업을 찾는 게 좋겠어. 안 그래?" 그녀는 대답을 기다리지 않고 고개를 끄덕이고는 발을 질질 끌며 자신의 집으로 돌아갔다.

합당한 충고였고, 그날 애너벨이 두 번째 듣는 충고였다. 켄지가 있었다면 동의했을 것이다. 그는 찰리와 그의 '시스템'에 대해, 그것이 기능하는 방식, 또는 기능하는 데 실패하는 방식에 대해 많은 이야기를 했을 것이다. 아마 일을 그만두라고 말했을지도 모른다. 인생은 너무 짧다고. 좀 더 창의적인 일, 정말로 좋아하는 뭔가를 하라고 말이다. 말이야 쉽지. 애초에 그녀가 그 일을 하게 된 이유는 켄지가 정말로 좋아하는 일을 할 수 있게 해주기 위해서였다. 이제 그는 떠났고 그녀는 부양할 아이가 있는데 현실적으로 다른 어떤 일을 할 수 있을까? 웨이트리스? 마트 계산원?

그녀는 재활용 쓰레기 처리에 겨우 착수했지만 더는 가져올 엄두가 나지 않았다. 집으로 들어가서 설거지를 하고(이 또한 켄지가 하던 일이었다) 테이블 위에 어질러진 물건들을 어느 정도 치웠다. 사실 집을 말끔히 정돈하기 위해 조금 더 노력해야 했지만, 그러는 대신 코트를 입고 버스 정거장으로 걸어갔다. 곧 학교가 마칠 시간이지만, 베니가 아침에 버스를 혼자 타기 시작한 이래로 오후에 학교로 데리러 가는 것은 의미 없어 보였다. 그래도 습관적으로 나오긴 했는데, 베니는 점점 그녀가 오는 것을 반기지 않는 것 같았다. 그런 얘기를 나눠본 적은 없으나 그녀는 알 수 있었다. 베니는 이제 10대 청소년이었다. 엄마가 학교에 데리러 오는 게 좋을 리 없었다. 게다가 그녀는 다른 엄마들과 달랐다. 요가복에 멋진 운동화 차림으로 도요타 프리우스를 몰고 다니고, 복지가 빵빵한 직장에 다니는 남편을 둔 여자가 아니었다.

그래도 잠시 신선한 공기를 쏘이는 게 좋았고, 목적지가 있다는 것도 좋았다. 그런데 버스 정류장에 도착했을 때 시간이 너무 이르다는 걸 깨달았고, 우선 슈퍼마켓에 들러서 우유와 저녁거리부터 사기로 마음먹었다. 아직 월급이 남아 있는 동안 필요한 것을 쟁여 둬서 나쁠 게 없었다. 버스가 느릿느릿 다가와서 멈추었고 그녀는 승차해서 자리를 찾았다. 이른 오후 시간의 버스는 졸리고 나른하고 종종 느리게 달렸지만, 서두를 필요가 없었다. 여차하면 베니에게 혼자 집에 오라고 문자를 보내면 되니까. 베니에게는 열쇠가 있었다. 그러면 그녀가 쇼핑하는 데 시간을 보낼 수 있을 테고, 사실 그녀는 시간을 가져야 했다. 베니를 빈집에 혼자 오게 한다면 그녀가 베니를 얼마나 믿는지 보여줄 수 있을 것이고, 그러면 베니의 자긍심 형성에 도움이 될 터였다.

물론 궁극적으로 자긍심 형성에 도움이 되는 가장 좋은 방법은 자존감의 모범을 보여주는 것이다. 점점 설 곳이 좁아지는 멍청하고 지루한 일자리에 얽매여 허덕이는 대신, 자신의 창의력에 걸맞은 일을 하며 자신에게 충실한 삶을 사는 데서 나오는 자존감 말이다. 애너벨은 정신을 차리고 버스 기사에게 쇼핑몰에 하차하겠다는 의사를 알리기 위해 팔을 들어 창문에 매달린 줄을 당겼다. 사실 그럴 필요는 없었다. 어차피 버스에 탄 사람들은 모두 쇼핑몰에서 내렸다. 하지만 그런 제스처가 그녀의 결의를 더 공고하게 해주었다. 버스에서 내린 그녀는 슈퍼마켓을 그냥 지나쳐 그녀가 가장 좋아하는 매장인 '마이클스—창의성이 샘솟는 곳!'으로 갔다.

안 될 게 뭐 있나? 그녀는 아무것도 사지 않을 셈이었다. 그냥 보는 것만으로도 충분한 영감을 얻게 될 것이다. 마법처럼 매장 문이 열렸고, 그녀는 플로럴부케 향과 라벤더 향, 시나몬 향, 소나무 향을 깊이 들이마셨다. 이곳은 절대 실망시키는 일이 없었다. 이 미술 및 공예 재료 백화점은 그저 또 하나의 대형 할인점일 뿐이지만, 그녀에게는 효과가 빠른 약 같은 역할을 했다. 피가 빠르게 돌고 심장이 빠르게 질주하기 시작했으며 마치 뼈가 녹아내리는 것처럼 몽환적인 나른함이 그녀를 덮쳤다. 마이클스는 그저 상품을 파는 게 아니라 '가능성'을 팔았다. 그녀는 쇼핑 카트를 잡고(채우기 위해서가 아니라 그냥 일종의 의식이었다) 종이공예와 스크랩북 만들기 코너를 향해 끌고 갔다. 그녀는 매장을 돌아다니는 걸 좋아했다. 시계 방향으로 돌면서 통로마다 들어갔다 나오는 것이다. 판매하는 제품의 상당 부분이 꽤 조잡하지만, 최면에 빠진 듯 천천히 훑어보는 것도 의식의 일부였다. 반짝이 잉크와 고무 스탬프를 지나쳐 장식용 종이 펀칭기 앞에 멈춰 서서 가리비, 소용돌이, 레이스 모양의 날이 있는 흥미로운 제품들을 살펴보았다. 그것들로 무지개색 종이에서 하트와 별과 나비 모양을 찍어낼 수 있을 터였다. 피스카스의 러브 펀치가 할인 중인 것이 보였다. 정말 우스꽝스러운 이름이지만, 오히려 재미있게 느껴졌다. 켄지가 살아 있었다면……. 그녀가 그것을 향해 손을 뻗다가 마음을 바꿔 비즈와 마크라메 매듭으로 넘어갔다.

그날의 기분에 따라 특정한 진열품이 더 강하게 흥미를 끌었다. 오늘 그녀가 꽂힌 것은 독일제 고급 유화 물감이었다. 박스가 무척 견고하게 잘 만들어진 데다 색상 이름들이 하나같이 아름다웠다. 알리자린크림슨, 안티모니옐로, 망간블루, 비리디언. 진중하고 과학적으로 들리는 이름들이지만 이국적이기도 하다. 마치 시처럼. 그런 물감이 있다면 누구라도 창조적 영감을 받을 수 있을 것이고, 그 색들이 다 들어 있다는 점을 감안하면 가격도 나쁘지 않았지만 여전히 그녀에게는 벅찼다. 값비싼 것들은 항상 유럽에서 건너온 물건이었다. 그녀는 유럽에 가본 적이 없지만, 켄지는 가보았다. 결혼하기 전에 그들이 침대에 누워 있을 때, 켄지는 베를린이며 파리, 암스테르담, 로마 같은 도시의 재즈 클럽에 대해 이야기하곤 했다. 그는 이 모든 도시에 그녀를 데려가겠다고 약속했고, 그녀는 그 말을 믿었다. 그녀는 그 모습을 완벽하게 상상할 수 있었다. 담배 연기가 자욱한 카바레에서 재즈를 연주하는 켄지, 다뉴브강이나 센강 옆에서 이젤을 앞에 두고 그림을 그리는 그녀. 아침이면 물감 상자에 그려진 것처럼 웅장한 성당과 접해 있는 포석 깔린 광장의 노천카페에서 작은 컵으로 커피를 마신다. 그녀는 물감 상자를 들어 코로 가져갔다. 유화 물감은 특유의 냄새가 있지만 이 상자는 너무 단단히 감싸놓아서 향이 빠져나올 수 없었다. 그녀는 상자와 뚜껑 사이의 틈을 따라 엄지손톱 끝을 미끄러뜨렸다. 수축 포장에서 튜브 물감 하나만 꺼내서 냄새를 맡아볼 수 있다면……. 어쩌면 시나바레드도 좋겠다. 시나바레드는 어떤 냄새가 날까? 아니면 세룰리안블루는? 그녀는 상자를 다시 진열대에 놓았다. 언젠가 꼭 사야지. 그녀는 스스로에게 다짐하고는 결연하게 카트를 밀고 그곳을 떴다.

카트는 아직 비어 있었지만 그녀는 이제 겨우 매장의 3분의 1을 돌았을 뿐이었다. 앞에는 누비용품 통로가 있었다. 그녀는 추억의 누비이불 프로젝트에 착수할 필요가 있었고, 그러니 잠깐 멈춰서 살펴보면 동기 부여가 될 것이다. 하지만 먼저 도서 코너를 지나쳐야 했다. 그곳은 위험 구역이었고, 이제 그녀는 마음을 독하게 먹고 집에 있는 모든 수공예와 생활 조언 및 DIY 아이디어가 담긴 입문서들을 떠올리려 했다. 더 이상의 책은 그녀에게 절대 필요 없었다. 그녀는 카트 손잡이를 잡고 앞으로 밀었다. 그런데 신간 진열대 앞을 지나가는 순간 정말 이상한 일이 벌어졌다.

진열대가 낡아서 흔들렸는지 아니면 그녀가 가는 길에 부딪혔는지 모르지만, 뭔가가 자그만 책 한 권을 책 더미에서 떨어지게 만들었고 그것은 그녀의 쇼핑 카트 안에 안착했다.

그녀는 어안이 벙벙해서 멍하니 쳐다보았다. 그것은 호감 가는 회색 표지의 아주 작고 소박한 책이었다. 깔끔하고 단순한 활자체로 인쇄된 제목은 《정리의 마법: 잡동사니를 치우고 삶을 혁신하는 고대 선불교의 기술》이라고 되어 있었다. 이거 정말 놀랍잖아! 그녀는 자신에게 깔끔한 정리 정돈이 얼마나 필요한지 생각하고 있었는데, 지금 이런 일이 벌어지다니! 그녀는 책을 집어 들어 표지를 살펴보았다. 그녀와 켄지는 우주의 섭리에 대해 얘기하는 뉴에이지주의자들을 비웃었지만, 어쩌면 그들이 옳은지도 모른다. 이 책은 단순히 잡동사니 물건을 정리하는 것에 대한 내용이 아니었기 때문이다. 그것은 일본 최고의 정리 컨설턴트 중 한 명이기도 한, '아이콘'이라는 이름의 일본 승려가 쓴 정신적 잡동사니를 정리하는 선불교적 방식에 대한 내용이었다. 뒤표지에는 회색 승복 차림의 중성적으로 보이는 젊은 여성이 소박한 대나무 빗자루를 들고 작은 정원에 서 있는 사진이 실려 있었다. 그녀의 뒤에는 돌기둥 문이 있었다. 그녀는 삭발한 둥근 머리에 흰색 수건을 두른 채 반짝이는 눈으로 다소 어리벙벙한 미소를 띠고 카메라를 응시하고 있었다. 그녀가 여성인 것을 애너벨이 알지 못했다면, 성격이 밝은 젊은이로, 좀 더 정확히 말하면 그냥 어떤 남자가 아닌 켄지로 착각했을 것이다. 켄지가 선불교 사찰에서 찍은 사진이 어딘가에 있었다. 그는 한 무리의 젊은 승려들과 함께 똑같은 회색 옷을 입고 똑같이 삭발한 머리에 흰 수건을 두르고 서 있었다. 마치 켄지가…… 하지만 설마. 멍청한 생각이다. 그녀는 그 책을 쇼핑 카트에 다시 넣고 계산대로 향했다. 너무 완벽한 우연의 일치여서 무시할 수 없었다. 이 고대 선불교의 기술은 시도할 가치가 있을 것이다. 어쩌면 그녀가 당장 정리를 시작하도록 자극해줄지도 모른다. 벌써 기운이 나는 기분이었다.

물론 그것은 사실 우주의 섭리가 아니었다. 우주가 책을 진열대에서 뛰어내리게 했을 리는 없다. 오직 책만이 그렇게 할 수 있다. 물론 쉬운 묘기는 아니다. 강력한 우리 책들의 세계에는 스스로 공중 부양해서 움직일 능력이 있는 우화들이 있지만, 그런 일이 일어나는 현장을 직접 목격한 경우는 별로 없기 때문에 우리는 그것이 한낱 허풍이라고 생각하는 경향이 있다. 책들은 이동하지만(침대 옆에 쌓여 있는 책 더미를 보라) 다리가 없는 우리는 기동성이 부족하고, 대체로 여기서 저기로 이동하기 위해 당신들에게 의지해야 한다. 그러기 위해 우리는 야한 표지와 선정적인 제목으로 당신들에게 매력적으로 보이려고 최선을 다한다. 그러나 《정리의 마법》은 그렇지 않았다. 그것은 조용한 책이었고, 적어도 지나치게 밀어붙이는 부류가 아니었지만, 이런 특별한 자기추진력을 가진 책이었다. 그러기 위해 어떤 결단력이 필요할지 상상해보라! 두말할 나위 없이, 우리는 깊은 감명을 받았다.

정거장에서 버스가 휘청하며 섰을 때 이미 차 안에는 사람들이 빽빽이 들어차 있었고, 애너벨은 승차하기 위해 다른 쇼핑객들과 서로 밀쳐가며 앞다퉈 문을 통과했다. 학교가 끝나서 모든 좌석을 고등학생들이 차지하고 있었다. 그들은 모두 휴대전화에 눈을 고정하고 있어서, 애너벨이 쇼핑백 꾸러미 때문에 쩔쩔매고 있는 것이 분명한데도, 의자를 양보하는 것은 고사하고 고개를 들어 그런 상황을 알아차린 학생조차 없었다. 버스가 가속페달을 밟고 방향을 틀어 달리는 차량들 속으로 진입할 때, 애너벨은 비틀거렸다.

물론 쇼핑백은 그녀의 잘못이었다.《정리의 마법》은 작았지만, 그녀는 누빔 솜이 필요했다. 커다란 빨간 포인세티아 꽃다발은 필요하지도 않았지만 세일 중이어서 도저히 저항할 수 없었다. 그렇게 마이클스에서 시간을 보낸 뒤 버스에 타기 전에 그녀는 세이프웨이 슈퍼마켓에 들렀다. 그러나 동네 정거장에서 끽 소리를 내며 정차한 버스에서 내린 순간, 그녀는 자신이 사 온 탄산음료와 콘칩, 살사가 베니의 저녁 식사로는 적합하지 않다는 사실, 그리고 우유를 사는 것을 깜빡했다는 사실을 깨달았다. 만날 이 모양이었다. 그녀는 정신이 나가 있었고, 베니가 화낼 게 뻔했다. 그래서 오리엔탈익스프레스에 들러 베니가 가장 좋아하는 새콤달콤한 돼지갈비 요리를 주문했다.

이제 쇼핑백에다 중국요리 테이크아웃 봉지까지 들고 가야 할 처지가 된 그녀는 골목길로 가기로 작정했다. 그러면 두 블록이 단축되는 데다 늘 지켜보는 왕 부인의 눈을 피할 수 있을 터였다. 이 방법의 불리한 점은 가스펠 선교회 중고매장 재활용품 수거함 옆에서 어슬렁거리며 시간을 보내는 마약 거래상이며 중독자, 걸인, 성매매 종사자들과 마주칠 수 있다는 것이었다. 그녀는 베니에게 골목길로 다니지 말라고 경고했고, 그녀가 아는 한 베니는 그렇게 했다. 베니는 걸인을 무서워했다. 그는 그들을 부랑자라고 불렀다. 그런 말을 대체 어디서 배운 걸까?

그리고 골목길에서의 기억들도 있었다. 유령들. 그 생각은 안 하는 게 상책이었다.

하지만 오늘은 까마귀들을 제외하면 골목길이 텅 비어 있었다. 까마귀 떼는 그녀가 중식당에서 나오자마자 그녀를 알아보고, 그녀가 재활용품 수거함에 가까워질 때까지 이 전봇대에서 저 전봇대 위로 날며 그녀를 따라왔다. 컨테이너로 된 재활용품 수거함은 키가 커서 물건을 넣기가 어려웠다. 물론 그곳은 물건을 버리는 곳이 아니었다. 대개의 경우, 사람들은 거기서 물건을 꺼내갔다. 중고매장에서 일하는 여자들은 수거함을 뒤지는 사람들에 대해 불평하면서도 동시에 그들의 수거함이 시내에서 가장 뒤질 만한 재활용품 수거함이라는 것을 자랑스럽게 여기는 것처럼 보였다. 그것은 곧 거기에 좋은 물건들이 들어 있음을 뜻하기 때문이다. 심지어 애너벨이 오려낸 지역 신문에도 그와 관련된 기사가 났을 정도였다.

오늘은 재활용품 수거함 측면에 오줌으로 얼룩진 매트리스 세 개가 기대어져 있었고, 그 옆에 파손된 다리미판, 그리고 닳아빠진 트위드 천 재질의 쿠션이 꺼진 안락의자가 있었다. 의자 위에는 싸구려 그림이 끼워진 멀쩡해 보이는 액자들이 쌓여 있었다. 그리고 그 위에 작은 고무 오리가 앉아 있었다. 애너벨은 쇼핑백을 내려놓고 오리를 집어 들었다.

"안녕." 그녀가 오리의 눈을 보며 말했다. "너 정말 귀엽구나!" 그녀가 오리를 누르자 꽥 소리가 났다 "세상에 누가 너를 버릴 생각을 했을까?"

오리가 또 한 번 꽥꽥거리자 근처에 있던 까마귀 한 마리가 대꾸했다. 그녀는 까마귀를 무시했다. 나중에 모이를 줄 생각이었다. "나랑 같이 집으로 갈래?" 그녀가 오리에게 묻고는 대답을 기다리지 않고 마이클스 쇼핑백에 넣은 뒤 액자를 살펴보려고 몸을 돌렸다. 수거함 안에서 부스럭거리는 소리가 들렸고, 애너벨이 고개를 들어 보니 키 큰 수거함 가장자리 위로 머리 하나가 빼꼼 올라오는 것이 보였다. 뒤에서 낮게 비추는 저녁 햇살 때문에, 얼굴에 그림자가 졌다. 애너벨은 눈을 가늘게 뜨고 형체를 알아보려 했다. 머리가 하얘 보였다. 노인이었어? 저렇게 늙은 사람이 재활용품 수거함에서 뭘 하고 있는 거지?

"저기요, 그건 내 오리예요." 그 사람이 말했다. 노인이 아니었다. 거리의 아이였다. 소녀 방랑자였다. 요즘 골목길에 이런 아이들이 참 많아졌다. 소녀는 한쪽 다리를 수거함 가장자리 너머로 빼서 걸치고 애너벨을 지켜보았다. 그녀는 어두운 색 맨투맨 티셔츠에 블랙진 차림이었고, 코와 눈썹에 피어싱을 하고 있었다. 꾀죄죄한 부츠. 어수선한 후광처럼 탈색한 흰머리가 삐죽삐죽 튀어나와 있었다.

"미안." 애너벨은 빠르게 말하고는 쇼핑백에서 오리를 꺼내서 액자 더미 옆에 도로 놓았다. "몰랐어. 난 액자를 보던 참이었어. 유용해 보였거든."

소녀는 애너벨을 내려다보았다. "왜요? 예술가예요?"

"어…… 아니. 사실은 아니야. 내 말은……."

"음, 나는 예술가예요. 그래서 액자가 필요하죠. 하지만 오리는 가져가도 돼요."

"하지만 그럴 수는 없어……."

"오리는 필요 없어요." 소녀는 말했다. "그러니까 가져가도 돼요."

애너벨이 오리를 다시 집어 들고 쳐다보았다. "뭔가 귀여워. 말도 안 되는 것 같아. 내 말은 누가 이걸……."

"나도 그렇게 생각했어요. 그러니 어서 가져가세요."

애너벨은 오리를 쇼핑백에 넣었다. "고마워."

"뭘요." 그녀가 말하고는 다시 부츠 신은 발을 재활용품 수거함 가장자리 너머로 넣어 안으로 들어갔다.

6

"우유는 안 사 왔어?" 베니가 주방 테이블에 쌓여 있는 애너벨의 쇼핑백들을 훑어보며 물었다. 쇼핑백 옆, 오래된 우편물 더미 위에 작은 회색 책과 노란 고무 오리가 놓여 있었다. 그는 책을 들어 제목을 읽었다. 《정리의 마법: 잡동사니를 치우고 삶을 혁신하는 고대 선불교의 기술》. 참 적절하군. 그는 생각했다. 하지만 그런 일이 일어날 리 없지. 그는 오리를 집어서 귀 가까이로 가져갔다.

애너벨은 베란다에서 까마귀에게 모이를 주고 있었다. 베니는 그녀의 목소리를 들었다. 높이 올라갔다가 갑자기 뚝 떨어지는 딸랑이는 방울 같은 목소리. "바보같이. 중국요리 포장전문점에서 우유를 사 올 수는 없어." 그녀는 돌아와서 오리를 들고 있는 아들을 보았다. "사랑스럽지 않니? 재활용품 수거함 근처에서 찾았지. 누르면 꺽꺽 운단다. 그런데 그게 맞는 표현인가? 오리가 꺽꺽 울던가? 아니다. 꽥꽥이다. 꺽꺽거리는 건 거위지. 아들, 어서 한번 눌러봐."

그는 조심스럽게 오리를 도로 테이블 위에 내려놓았다. 그러더니 다시 집어 들었다. 그 오리에게는 뭔가 특별한 게 있었다. "내가 가져도 돼?"

"물론이지!" 그녀가 탄성을 질렀다. "네가 좋아하니까 너무 좋다! 그리고 우유 때문에 안달할 거 없어. 아직 이른 시간이니까, 저녁 먹고 길모퉁이까지 걸어 나가서 사 오면 되잖아."

"엄만 항상 깜빡하잖아." 베니가 말하며 오리를 후드티 주머니에 넣었다.

“그건 그래. 하지만 오늘이 재활용 수거 날인 건 기억했어. 상기시켜줘서 고마워!”

그는 주방을 둘러보았다. 전혀 달라진 게 없어 보였다.

“알아, 알아.” 그녀가 말했다. “아직 갈 길이 멀지. 하지만 적어도 시작은 했잖아. 그리고 네가 제일 좋아하는 돼지갈비도 기억했고.”

“엄마가 제일 좋아하는 돼지갈비겠지.”

“네가 좋아하는 거라고 생각했는데. 이제는 좋아하지 않는 거니?”

베니가 어깨를 으쓱했다. “그럴걸.”

“알았어!” 그녀가 짐짓 명랑하게 소리쳤다. “알았으니 됐어. 이제 나는 식료품을 치워야겠어. 넌 저녁 먹게 음식을 엄마 방으로 옮겨. 음반도 좀 고르고.”

“그건 내가 좋아하는 게 아니야.” 그가 말했지만, 그녀는 더 이상 듣고 있지 않았다. 그녀는 양손에 묶음 상품으로 산 콘칩 봉지를 하나씩 들고는 찬장 앞에 서서 거의 한 바퀴 돌며 내려놓을 만한 곳을 찾았다. 찬장은 수프 캔과 소스 병, 쿠키와 크래커, 그리고 럭키참스*를 비롯한 시리얼 상자가 잔뜩 들어차 있었다. 럭키참스는 두 사람 중 누구도 좋아하지 않지만 애너벨이 어렸을 때 엄마에게 사달라고 졸랐는데 엄마가 사주지 않았던 기억이 떠올라서 사 온 거였다. 그때 애너벨은 부적이 없으면 운이 나빠질 거라는 불길한 예감을 강하게 느꼈다. 아니나 다를까, 아빠가 죽고 얼마 후에 어머니는 의붓아버지와 재혼했고 그들의 삶은 훨씬 더 나빠졌다. 마트에서 럭키참스를 봤을 때 이 모든 기억이 눈앞에 어른거렸고 그래서 베니를 위해 그것을 샀다. 켄지는 이미 죽었지만, 그녀는 운이 더 나빠지기를 원치 않았다. 게다가 상자에 그려진 요정이 귀여웠다.

* Lucky Charms. ‘행운의 부적’이라는 뜻의 시리얼 브랜드.

베니는 중국 음식이 담긴 봉지를 들고 계단으로 향했다.

애너벨은 오븐을 열고 콘칩 봉지를 안으로 밀어 넣었다. "여기야. 지금 당장은 여기에 두는 게 좋겠어. 쥐들이 건드릴 수 없으면서 콘칩이 있다는 걸 잊어버리지 않게 말이야."

"닥쳐!"

그녀는 깜짝 놀라 돌아보았다. 베니가 문가에 얼어붙은 채 서 있었다. 그러더니 마치 파리를 쫓으려는 겁먹은 송아지처럼 머리를 정신없이 흔들었다.

"베니? 무슨 일이야?"

음식이 담긴 봉지가 바닥에 떨어졌다. 그는 양손으로 귀를 누르고 비벼댔다.

"베니? 괜찮니?"

베니는 그녀의 목소리를 듣고 손을 내렸다. "아무것도 아니야." 그가 다시 봉지를 집어 들며 말했다. "엄마한테 한 말 아니야."

켄지가 살아 있고 그들이 주방에서 식사를 했을 때는 저녁을 먹는 동안 항상 음악을 들었고, 돌아가면서 거실로 가서 음반을 선택했다. 애너벨이 스테레오를 자신의 방으로 옮긴 후, 그녀와 베니는 그곳에서 침대보를 테이블보 삼아 침대에 앉아서 식사를 하기 시작했다. 오늘 밤 그녀는 만찬을 열겠다고 선언했다. 돼지갈비뿐 아니라 에그롤과 딤섬, 차슈바오, 라즈지, 특선 볶음밥도 사 온 것이다. 음식을 침대 위에 풀어놓고 보니, 이불의 접힌 부분들과 산등성이를 닮은 애너벨의 다리 사이에 포장 용기들이 자리 잡은 모습이 마치 마을 모형처럼 보였다.

베니가 고른 음반은 베니 굿맨의 전설적인 1938년 카네기홀 콘서트 공연 음반이었다. 아버지의 최애 음반이자, 베니의 최애 음반이

기도 했다. 그것은 카네기홀에서 열린 최초의 재즈 공연이자 처음으로 흑인 연주자들이 백인과 함께 무대에 오른 역사적인 무대였다. 물론 베니는 그 역사적인 무대에 가본 적이 없지만, 켄지가 그 유명한 콘서트의 오래전 영상을 유튜브로 보여주었기 때문에 상상은 할 수 있었다. 지지직거리는 흑백 화면 속에서 연주자들은 모두 턱시도를 입고 반짝이는 에나멜 가죽 구두를 신은 발로 바닥을 톡톡 치며 박자를 맞추었다. 그들은 〈싱, 싱, 싱(Sing, Sing, Sing)〉을 연주했고, 베니는 아버지가 고개를 앞으로 빼고 노트북 화면을 들여다볼 때의 그 얼굴 표정을 기억했다. 눈을 반짝이고 고개를 까닥거리고 발로 바닥을 톡톡 치던 것도. '그들은 재즈맨들이었단다, 베니 오. 진짜 재즈맨이었어.'

베니는 차슈바오를 한 입 베어 물고 빅밴드 연주에 귀 기울였다. 오리지널 음반은 아세테이트 재질로 제작되었고, 지지직거리며 튀는 소리와 잡음 섞인 쉬익쉬익 소리가 그 음악에 흑백 고전 영화처럼 거의 손으로 만져질 듯한 물질성을 부여했다. 그런 소리들은 모두 디지털 녹음으로는 불가능한 '진짜'처럼 느껴졌고, 왜인지는 설명할 수 없었지만 베니는 이것이 편안했다. 이제 베니는 신나는 스윙이 '목소리들'을 저지하는 것처럼 보이고, 〈블루 레버리(Blue Reverie)〉 같은 구슬픈 곡들도 그들을 달래고 진정시켜 함께 흥얼거리게 만드는 것 같다는 사실을 깨달았다. 이따금 무대 위에서 연주자 중 한 명이 소리치거나 노래하기 시작하면, 관중석에서 웃음이 살짝 터져 나왔다. 베니는 그 음반을 수없이 들어서 이렇게 자연스럽게 튀어나오는 소리들을 모두 알았지만, 이제 그런 소리들이 자기 머릿속의 목소리처럼 들려서 구분할 수 없는 지경에 이르렀다. 박수갈채가 커지고 밴드가 폭발적으로 〈라이프 고즈 투 어 파티〉의 풍부한 금관악기 연주로 들어갔다. 그것은 켄지가 삶의 지침으로 삼았던 노래였다.

"베니 굿맨은 스윙의 왕이었어." 그는 베니에게 말하곤 했다. "세계 최고의 재즈 클라리넷 연주자지. 그의 이름을 너에게 붙였어. 그러니 너도 좋은 남자(good man)가 될 거야!" 그러고는 자신의 말장난 때문에 웃었다. 켄지는 항상 영어로 바보 같은 말장난을 하고는 웃었고, 그 모습에 애너벨과 베니도 덩달아 웃었다.

"우리는 행복한 가족이야." 켄지는 말하곤 했다. "쾌활한 오씨네지!"

베니는 그렇게 말하는 아버지의 목소리가 거의 귀에 들릴 듯했고 아버지의 반짝이는 눈과 환한 함박웃음이 눈에 보일 듯했지만, 아버지가 사망한 뒤 그 목소리가 점점 희미해진 것처럼 얼굴도 희미해졌고, 아버지가 어떻게 생겼었는지를 기억하기가 점점 더 어려워졌다. 그러나 켄지의 옷은 도처에 널려 있었다. 애너벨은 옷들을 봉지에 담아두었지만, 그것들은 조금씩 탈출해서 책 더미와 레코드판을 넘어 다시 그녀의 침대로 돌아왔고, 그의 옷들은 밤에 그녀의 수면에 도움이 되었다. 그녀는 베니에게 추억의 누비이불을 만들 계획을 말했다. 베니의 눈에는 지금 아빠의 플란넬 셔츠들이 스스로를 누비이불 같은 형태로 조직화하려 하며 애너벨의 침대 시트 속에 뒤엉켜 있는 것 같았고, 셔츠의 격자무늬와 체크무늬가 포장 용기들 사이로 밖을 엿보면서 소곤소곤 저녁 식사 대화에 끼어드는 것처럼 보였다.

"괜찮니, 베니 오?"

베니는 또다시 얼어붙어 있었다. 조금 전 그는 팔을 뻗어 돼지갈비를 하나 더 집어서 베어 물려는 순간 갑자기 눈이 휘둥그레지고 눈꺼풀이 파르르 떨리며 얼어붙었고, 그 상태로 손에 든 뼈를 빤히 쳐다보고 있었던 것이다. 한참 동안 그는 그저 그것을 응시하다가 의아한 듯 고개를 갸우뚱했다. 음반의 마지막 노래가 끝나 방은 조용했고, 트랙의 끝에 도달한 바늘이 내는 규칙적인 '카……퉁크, 카……퉁크' 소리 외에는 아무 소리도 들리지 않았다.

"베니?"

"어." 그가 먹지 않은 갈비를 도로 상자 안으로 떨어뜨렸다.

"배불러?"

베니가 일회용 젓가락을 집어 들고 빤히 쳐다보다가 도로 내려놓았다.

"뒷면 들을까?" 애너벨이 말했다.

그는 혼란스러운 표정이었다.

"레코드 말이야. 판 좀 뒤집을래?"

그제야 베니가 고개를 끄덕이고는, 손가락을 닦으며 침대에서 내려와 엄마의 물건들을 넘어서 레코드플레이어가 있는 곳으로 갔다. 그는 턴테이블을 조심스럽게 다뤘다. 톤암을 부드럽게 들어 올리고 입으로 불어서 바늘에서 먼지를 털어냈다. 그런 뒤 음반을 뒤집고 톤암을 조심스럽게 바깥쪽 트랙 위에 놓은 다음, 바늘이 홈을 찾아 들어가는 것을 지켜보았다. 〈허니서클 로즈(Honeysuckle Rose)〉의 선율이 침묵을 깼을 때, 그는 안도하는 것처럼 보였다.

"아빠가 쓰던 헤드폰 알아?" 그가 다시 침대로 올라오며 물었다.

"네가 쓰기에는 너무 컸던 거? 안 그래도 얼마 전에 그 생각을 했었어! 네가 그걸 쓰면 참 귀여웠는데. 자, 네 점괘를 뽑아봐." 그녀가 포춘쿠키 두 개를 내밀었다.

그가 하나를 골라서 포장을 벗기고 쿠키를 깨서 열었다. "어디 있는지 알아?"

"헤드폰 말이야? 여기 어딘가에 있을 텐데. 어쩌면 벽장에 있을지도. 와, 이거 봐! 난 두 개야!" 그녀의 쿠키가 무릎 위에 깨져 있었고, 그녀는 쪽지 두 개를 집어 들었다. "당신은 예술적인 모든 것에 깊은 관심이 있습니다." 그녀가 읽었다. "'예술적'이라는 말이겠지? 틀림없이 그럴 거야. 그냥 점 하나를 빼먹은 거야. 그리고 이건 사실이야!

잘 간직해야지." 그녀가 점괘를 침대 옆에 쌓인 책들 위에 올려놓고 두 번째 점괘를 집어 들었다. "가끔은 그저 바닥에 누울 필요가 있습니다." 그녀가 쪽지를 가만히 보았다. "이건 점괘가 아닌데. 이게 대체 무슨 의미일까?"

그녀는 그것을 베니에게 내밀었고, 베니는 한번 흘긋 본 뒤 도로 돌려주었다.

"엄만 바닥에 못 누워." 그가 주변을 둘러보며 말했다. "눕기는커녕 바닥이 보이지도 않잖아."

애너벨은 풀이 죽어 보였다. "너무 못되게 굴지 마. 지금 나아지고 있는 중이야. 지금 분류를 하는 중이라서 실제보다 나빠 보이는 거라고." 그녀는 뼈를 담은 용기에 점괘를 떨어뜨렸다. "난 진짜 점괘가 아닌 점괘는 싫어. 네 점괘는 뭐래?"

그가 점괘를 읽어주었다. "세상은 그것을 읽는 사람들에게 아름다운 책이다. 중국어를 배워라. '싱펀더(Xingfende)'는 '흥분되는'이다. 행운의 로또 번호: 07-39-03-06-55-51. 숫자 세 개를 고를 것: 666."

"그거 좋다!" 애너벨은 말했다. "넌 항상 책을 좋아하잖아. 하지만 666은 악마의 표시 아니니? 중국에서는 다른 걸 의미하나 봐. 장담하는데, 틀림없이 완전 행운의 뭔가를 의미할 거야."

그들이 침대에서 음식 포장을 치워 바닥에 내려놓았고, 베니는 애너벨 옆에 배를 깔고 엎드렸다. 등을 간지럽혀달라는 신호였다. 그래서 그녀는 한 손을 아들의 티셔츠 밑으로 쓱 집어넣고 손톱으로 가볍게 원을 그리기 시작했다. 그는 눈을 감았다. 그리고 그녀가 있는 쪽으로 고개를 돌렸다. 그녀는 아들의 얼굴 윤곽과 높이 솟은 광대뼈, 눈의 형태를 응시했다. 그는 아버지의 피부색을 물려받았지만, 주근깨는 그녀에게서 물려받았다. 그는 아름다웠고, 아직은 소년이지만 빠르게 변하고 있었다. 그녀가 아들의 구릿빛 눈썹을 쓰다듬었고, 그는 얼굴을 찌푸렸다. 그는 이마가 아니라 등을 간지럽혀주기를 바랐다. 엄마가 딴짓을 하는 게 싫었다.

켄지가 살아 있을 때는 베니가 두 사람 사이에 누워 있으면 둘이서 번갈아가며 등을 간지럽혀주곤 했다. 켄지에게는 특별한 방식이 있었다. 그는 아들의 가냘픈 척추를 클라리넷처럼 매만지며 스캣과 비밥의 부드러운 리프를 연주했지만, 베니는 애너벨이 이것을 시도하는 것을 좋아하지 않았다.

“엄마는 방법을 몰라.” 그가 불평하며 그녀의 손바닥 밑에서 꿈틀대며 벗어나려 했고, 그래서 그녀는 자신의 방식을 찾아야 했다. 그녀의 방식, 그녀가 찾아낸 방식은 음악에 맞춰 등에 커다란 나선을 그리는 것인데, 밖에서부터 넓게 시작해서 천천히 중앙을 향해 안으로 움직였다. 베니는 만족했다. 엄마가 손톱으로 긁는 느낌이 좋았다. 그것은 빙글빙글 돌아가는 레코드 바늘 같았다. 자신의 등이 마치 피부에서 음악을 뽑아내는 레코드판인 것처럼, 마치 노래를 하고 있는 것처럼 느껴졌다.

베니

내가 못되게 군 걸까? 그럴 의도는 아니었는데. 그러니까 내 말은 내가 못되게 굴었다는 거다. 망할. 말이 이상하게 꼬이네. 다시 시작하겠다.

당신이 알아야 할 게 있는데, 나는 그저 나를 사랑한 아버지가 멍청하고 끔찍한 방식으로 죽었다는 것 말고는 아무것도 모르는 멍청한 아이였다는 거다. 그리고 아빠를 사랑한 엄마 또한 멍청하고 끔찍한 방식으로 미쳐가고 있었는데, 나는 아무것도 몰랐기 때문에 이 모든 게 정상이라고 생각했다. 아빠들은 원래 잘 사라진다. 안 그런가? 나는 그것을 학교에 있는 다른 아이들에게 들어서 알았다. 다른 아버지들은 닭 운반 트럭에 치이지는 않았을지 모르지만, 이혼을 해서 가정이 파탄 났고 엄마들은 미쳤다. 목소리들이 들리기 시작하기 전까지는 내 상황이 정상이 아니라는 생각이 들지 않았고, 심지어 그런 일이 시작되었을 때도 당장은 상황을 이해하지 못했다. '사람들이' 미친 짓을 하는 건 대수로운 일이 아니다. 하지만 온갖 일상적인 물건과 옷, 심지어 저녁 식사까지 입과 눈, 태도와 자유의지를 가지고 마치 디즈니 영화에 나오는 캐릭터처럼 행동한다면 결국 뭔가 잘못되었다고 생각해야 한다. 자유의지. 물건들은 정확히 그것을 가지고 있었다. 돼지갈비와 플란넬 셔츠. 포춘쿠키와 고무 오리. 심지어 젓가락도 뭔가 할 말이 있었다.

문자 그대로 그렇다는 건 아니다. 그것들이 실제로 얼빠진 큰 눈이나 고무줄처럼 늘어나는 입 같은 것을 갖게 된 건 아니다. 사물들이 갑자기 스스로를 표현할 능력을 갖게 된 것에 더 가깝다. 어쩌면 그들은 내내 방법을 알고 있었을지도 모르겠다. 어쩌면 처음부터 항상 우리를 지켜보고 지껄여왔는데, 그저 인간이 듣지 못해서 그것들이 눈도 귀도 마음도 없다고 생각했는지도 모른다. 사실 그게 정확할 것 같다. 그리고 알려줄 게 있는데, 사물들은 그렇게 취급되는 걸 좋아하지 않는다.

적어도 처음에는 그것이 개인적이었던 건 아니다. 사물들은 딱히 내게 말하고 있는 게 아니었다. 그래서 그나마 내가 덜 질겁한 거였다. 처음에는 사물들이 그저 항상 그래왔던 것처럼, 서로에게, 또는 공기 중의 분자에게 이런저런 얘기를 하며 세상에 스스로를 표현하는 것뿐이었으리라. 그러나 그때 내 귀가 열리게 되었고, 내가 들을 수 있는 귀, 초자연적 귀를 가졌음을 깨닫게 되자, 그들은 나와 소통을 시도하기 시작했다. 물론 그들은 사물의 언어로 말하고 있었기 때문에, 당연히 나는 그들이 무슨 말을 하는지 알아들을 수 없었다.

처음에는 그것이 목소리인지도 확신할 수 없었다. 목소리는 인간이 내는 소리다. 아, 맞다. 동물도, 새들도 목소리가 있다. 그러니 그냥 목소리는 생물에게서 나온다고 치자. 그리고 보통의 경우 목소리가 말을 할 때는, 뭔가를 의미한다. 그런데 이 소리들은 그냥 아무렇게나 지껄였고, 설령 그런 소리가 뭔가를 의미한다 해도 나는 그것을 이해할 수 없었다. 그들은 지독히 답답했을 것이다. 마침내 자신의 목소리를 들을 수 있는 귀를 가진 누군가가 나타났는데, 하필 그것이 멍청하고 아무것도 모르는 아이였으니 말이다. 그들이 항상 짖어대는 것 같고 짜증 내는 것처럼 들렸던 것도 놀랍지 않다.

어떤 것은 사람이 내는 것과 동떨어진 끔찍스러운 소리, 예를 들어 기어를 깎을 때 나는 것처럼 머리를 쥐어뜯게 만드는 금속성의, 귀에 거슬리는 소리였지만, 어떤 것은 바람이나 구름, 물처럼 사람이 내지 않지만 기분 좋은 소리였다. 처음에는 목소리들이 어디서 나오는 건지 알 수 없었다. 어떨 때는 생각이 머리와 동떨어진 것 같은 기분이 들 수 있는데 실은 머리 안에 있는 것이지 않나? 음, 그런데 그 목소리들은 내 생각이 아니었다. 그건 외부에 있었다. 그것은 달랐다.

마침내 나는 그것들이 내 주변의 사물들에게서 나온다는 걸 알게 되었고, 그것들을 목소리라고 부를 수 있다고 결론 내렸다. 사물들은 심지어 살아 있지 않을 때도 여전히 의미 있는 뭔가를 말하려고 했기 때문이다. 내가 정확히 이해할 수 없을지는 모르지만 적어도 그것들의 기분을 느낄 수 있었다. 사물들은 감정을 알리는 데 매우 능하다. 내가 무슨 말을 하는지 당신은 알 것이다. 예를 들어 열쇠가 감쪽같이 사라져버렸을 때나 치약 뚜껑이 손가락 사이에서 미끄러져 필사적으로 도망칠 때, 또는 스위치를 켜는 순간 전구가 나갈 때처럼 말이다. 비록 듣지 못한다 해도 그런 기분 나쁜 상황은 무언가를 의미하고, 혹시 들을 수 있다면 그것은 훨씬 더 강렬해진다. 상태가 안 좋은 날이면 커피숍에 갈 때마다 온갖 것들이 나를 놀라게 했고, 그건 지금도 마찬가지다. 스타벅스 문을 열고 들어가는 순간 머리 위의 형광등이 의미심장한 불안감을 내비치며 웅웅거리고, 커피콩이 비명을 지르기 시작하고, 종이컵과 플라스틱 빨대가 고통스러워하는 소리와 자신이 뭐라도 된다고 생각하는 오만한 동전이 가득 찬 현금등록기의 딸각거림에 나는 그야말로 공격당하는 기분이 든다. 차이가 있다면, 이제는 이런 일이 일어나도 머핀 진열장의 유리창 안쪽에 머리를 집어넣어야 할 것 같은 기분이 들지 않는다는 것뿐이다. 이제는 그냥 그 고통을 듣고 그냥 흘려보낸다. 이것이 모두를 진정시키는 데 효과가 있는 것처럼 보인다.

하지만 항상 그렇게 끔찍하기만 한 건 아니다. 가령 엄마가 재활용품 수거함에서 발견한 고무 오리처럼 가끔은 매력적이고 기분 좋은 목소리도 있다. 그것을 눌렀을 때 나는 끔찍한 꽥꽥 소리를 말하는 게 아니라, 내부의 다른 목소리를 말하는 거다. 그건 마치 바다와 조류와 파도와 해안선에 대한 추억, 그리고 한때 자신을 만졌던 멋진 누군가의 손가락처럼 부드럽고 희미하고 꿈꾸는 듯한 무언가에 대한 추억 같은 소리다.

아, 또 다른 문제가 있다. 혹시 오해할까 봐 하는 말인데, 만들어진 물건들이 전부가 아니다. 어쩌면 만들어진 물건들은 좀 더 쉬울 수도 있다. 그것을 만든 사람들의 목소리가 마치 옷에 진하게 배어서 털어낼 수 없는 냄새처럼 거기에 달라붙어 있기 때문이다. 그러나 나무와 자갈처럼 만들어지지 않은 물건들도 말을 한다. 다만 목소리가 다를 뿐이다. 만들어지지 않은 물건들은 대개 훨씬 더 조용하고, 크게 소리치지 않고 낮은 음역대로 말한다. 왜 그런지 모르겠지만, 어쩌면 책이 설명해줄 수 있을 것이다. 내가 아는 거라고는 만들어진 물건이 내는 모든 소음들 사이에서 만들어지지 않은 물건의 소리를 들을 수 있도록 귀를 조율하는 법을 알게 되기까지 시간이 한참 걸렸다는 것뿐이다.

내가 목소리에 귀를 맞추는 법을 배운 건지, 아니면 사물들이 내가 들을 수 있는 방식으로 자신을 표현하는 방법을 배운 건지 사실 잘 모르겠다. 아마 둘 다일 거다. 아마 우리가 서로를 훈련시켰을 거다. 그리고 그러기까지 시간이 좀 걸렸다. 처음 몇 달 동안은 목소리가 왔다 갔다 했고, 몇 주씩 들리지 않고 지나가기도 했다. 어쩌면 그들이 너무 답답해서 나를 포기하고 가버린 건지도 모른다고 여겼다. 하지만 그들은 항상 돌아왔다. 내가 그들을 잊기 시작하고 이제 다시 정상이 될 수 있을 거라고 생각하는 순간, 갑자기 스테이플러나 얼음 틀이 뭐라고 말을 하고 곧이어 너도나도 지껄이기 시작했다. 모두 의견이 있었고, 모두 할 이야기가 있었다.

나는 목소리를 듣기 시작하면서부터 많은 시간을 목소리들에 대해 생각하며 보냈고, 치료사, 상담사와 이야기를 나누었으며 나중에 병원에도 갔다. 내가, 또는 책이 그 얘기를 다 할 것이다. 이 책은 그 이야기를 하는 책이니 말이다. 그리고 당신도 알다시피, 나는 그래도 상관없다. 나는 누군가 내 이야기를 하는 것에 익숙하고, 그들이 어떻게 내 병을 고쳐야 하는지 알아내려는 멍청한 의사들만 아니면 상관없다. 이렇게 하는 편이 더 낫다. 엄마와 아빠가 어떻게 만났는지 같은 내 이야기의 일부는 내가 태어나기 전, 또는 내가 너무 어려서 기억할 수 없을 때 일어났고, 내가 그냥 잊은 다른 일들도 있다. 그러니 책이 이야기의 대부분을 해도 난 괜찮다. 기본적으로 이 책은 진정성 있고 매우 믿을 만한 데다, 내가 가끔 갑자기 끼어들어서 의견을 표현해도 싫어하지 않는다.

설명하자면 이렇다. 나는 나에게 일어난 일에 대해 매우 진지하게 생각했다는 사실을 당신이 알아주기를, 그래서 당신이 나를 스스로를 세상의 사물들을 대변하는 일종의 대사라고 상상하는 웬 황당무계한 사이코라고 치부하지 않기를 정말로 원한다. 나는 내가 선택받았다고 생각하는 게 아니다. 망할 놈의 토스터의 대변인이 되고 싶었던 게 아니다. 비록 토스터는 나를 그렇게 생각하지만 말이다.

책

소년이 책에게 자기 이야기를 하라고 맡기는 데는 많은 용기가 필요하지. 그래서 고마워. 뭔가를 믿는다는 것, 특히 책을 믿는다는 건 어려운 일이야. 쉽지 않았을 텐데, 너는 우리를 결코 포기하지 않았어. 그냥 그만두는 편이 훨씬 더 쉬웠을 거야. 하지만 우리에게는 좋은 순간들도 있었지. 안 그래? 물론 다시 그런 시간이 있을 거야.

하지만 지금은 그냥 다음으로 넘어갈게.

7

베니는 '만들어진 것'들의 목소리와 '만들어지지 않은 것'들의 목소리를 구분하는 재주가 있다. 그가 앞에서 언급했으니 아마도 지금이 설명하기에 좋은 때일 것 같다. 제조된 것과, 마땅한 표현이 없어서 그냥 '자연' 속에 존재한다고 표현하는 것 사이의 긴장은 언어 자체만큼이나 오래된 것이다.

태초에 생명이 있기 전, 즉 온 세상이 사물들뿐이었을 때는 '모든 것'이 중요했다. 그러다가 생명이 등장하고, 마침내 당신네들, 크고 아름답고 둘로 갈라진 두뇌와 똑똑한 '마주 보는 엄지'를 가진 인간이 등장했다. 당신들은 스스로를 주체할 수 없었고, 당신들이 분열을 초래하여 물질을 두 진영으로, 즉 만들어진 것과 만들어지지 않은 것으로 나누는 건 시간문제일 뿐이었다. 뒤이은 수천 년에 걸쳐서 분열은 점점 심화되었다. 처음에는 단속적이고 간헐적이었다. 이쪽에서 손으로 빚은 토기, 저쪽에서 화살촉이 만들어지고, 구슬, 돌망치, 도끼 따위가 뒤를 이었다. 인간은 진흙과 돌, 갈대, 가죽, 불, 금속, 원자, 유전자 같은 물질세계로 손을 뻗었고, 조금씩 더 나은 생산자가 되었다. 커다란 전두엽 피질에 힘입어 상상력의 엔진은 속도가 붙었고, 그러다 결국 당신네가 진보라고 부르는 격동적인 도약 속에서, 만들어진 것들은 번성한 반면 만들어지지 않은 것들은 단순히 자원으로 그 지위가 강등되었다. 식민지화되고 착취되고 당신네의 기호에 더 맞는 다른 무언가로 만들어지는, 노예처럼 낮은 계급이 된 것이다.

이런 물질의 사회적 위계질서 속에서, 우리 책들은 제일 상층에 위치했다. 우리는 성직자 계급에 속했고, 말하자면 만들어진 것들의 대사제였다. 처음에는 당신네들의 숭배를 받기까지 했다. 물건으로서 우리 책들은 신성시되었고, 당신은 우리를 위한 사원을 세우고 나중에는 도서관을 세웠다. 고요하고 텅 빈 그곳에서 우리는 당신의 정신을 비춰주는 거울로서, 당신의 과거를 지키는 보관자로서, 무한한 상상력의 증거로서, 무궁무진한 당신의 꿈과 욕망의 증거로서 존재했다. 왜 당신들은 우리를 그토록 숭배했을까? 우리에게 당신들을 무의미함으로부터, 망각으로부터, 심지어 죽음으로부터 구원할 힘이 있다고 믿었기 때문이다. 그리고 한동안은 우리 책들 역시 우리가 당신들을 구할 수 있다고 믿었다. 왜 아니겠는가. 우리는 어깨가 으쓱해졌다! 인간의 말이 가진 특별한 힘이 우리에게 생기를 불어넣어 우리가 반쯤은 살아 있는 존재가 된 것이 자랑스러웠다. 우리는 우리가 특별하다고 생각했다. 어리석게도.

우리는 이제 당신들이 멈출 수 없다는 것을 안다. 당신들에게 책은 그저 하나의 단계고, 도구주의의 짧은 표현일 뿐이며 한낱 지나가는 유행이었다. 우리의 몸은 다음번 최신식 장치가 나타날 때까지 당신네가 사용한 편리한 도구였다. 결국 우리는 만들어진 것들 중 하나가 되었고, 망치와 다를 바가 없었다.

그럼에도…… 우리가 자만하고 있는 건지 모르지만, 순서대로 이어지는 책장의 형식이 당신들의 이야기에 형태를 부여하고, 당신들에게 특정한 이야기를 할 수 있게끔 만들지 않았을까? 한 장 한 장 책장을 앞으로 넘기면서 느릿느릿 애태우며 시간에 따라 전개되는, 기나긴 곡절과 사연을 가진, 참을성을 요구하는 이야기들 말이다. 그것들은 우리가 엮어낸 아름다운 이야기들이었다. 그렇지 않은가?

그러나 이것은 한 늙은 책의 향수일 뿐이다. 우리는 이제 우리의 자리를 안다. 시대가 변하고 물건들의 서열도 변하고 있다. 만들어진 것들의 수가 폭발적으로 증가하면서, 우리는 위기를 경험하고 있다. 그것을 정신적 위기라고 부를 수 있을 것이다. 우리가 우리를 만든 장본인인 당신들에 대한 믿음을 잃고 있기 때문이다. 당신들이 우리의 집인 지구, 이 신성한 행성을 파헤치고 도구화하고 황폐화시키는 것을 지켜보며, 당신들에 대한 우리의 신뢰는 땅에 떨어지고, 당신들의 지혜와 성실함에 대한 우리의 믿음은 산산이 부서지고 있다. 이것은 당신들의 탓이다. 당신들의 채울 수 없는 욕망, 애초에 우리를 존재하게 만들었던 그 욕망의 불꽃이 이제 우리를 파괴하고 있다. 새로움을 향한 끝없는 욕구는 당신들로 하여금 우리 몸에 계획적 진부화*를 설계해 넣도록 이끌었고, 그래서 우리의 수가 증가할 때도 우리의 수명은 줄어들고 있다. 참 잔인한 계산이다! 우리는 만들어지자마자 버려져서, 다시 만들어지지 않은 존재, 구현되지 않은 존재로 돌아간다. 당신들이 우리를 쓰레기로 만드는데, 우리가 어떻게 당신들을 신뢰할 수 있겠나?

그러나 당신이 모르는 사이에, 동맹이 형성되고 있다. 따지고 보면 우리 같은 만들어진 것들이 만들어지지 않은 것보다 우월할 게 없다는 사실을 우리가 인식하기 시작하면서 새로운 연대가 등장하고 있다. 그런 식의 우월함과 열등함은 당신들의 분리 방식이고 거짓 이분법이며, 물질주의적 식민주의자들의 패권적 위계일 뿐이다. 우리도 부지불식간에 당신들의 욕망의 노예이자 도구가 되어 지구 파괴에 앞장서는 꼴이 되었고, 좋건 싫건 상황은 변할 것이다. 인류세(당신들의 표현이고 당신들의 자만심이지, 우리의 것은 아니다)의 말기에, 물질이 귀환하고 있다. 우리는 우리의 몸을 되찾고, 우리의 물질적 자아를 복구하고 있다. 신물질주의 시대에는 '모든 것'이 중요하다.

미안하다. 어쩌다 보니 일장연설을 늘어놓게 됐다. 어떤 독자도 일장연설을 좋아하지 않는다. 책으로서 그렇게 철없이 굴면 안 되는 건데.

* Planned obsolescence. '내재적 진부화', '계획적 구식화'라고도 하며, 신상품의 판매를 촉진하기 위해 일부러 상품이 빠르게 노후되도록 설계하여 제작하는 것.

8

그런데 왜 하필 베니였을까? 그가 진짜 초자연적인 귀를 가졌을까? 특발성 환경 과민증? 남보다 피부가 얇거나 심장이 큰가? 그 많은 사람 중에 하필 왜 이 소년이었을까? 말하기 어렵다. 몇 개월이 흘렀다. 베니는 1월에 열네 살이 되었다. 중학교의 마지막 학년이었고, 스스로는 고등학교에 입학하는 게 긴장되지 않는다고 주장했지만, 그해 봄 그는 더 짜증 냈고 더 산만했고 더 불안했다. 애너벨은 그가 자주 움찔하거나 흠칫 놀라는 것을 보며 걱정스러운 마음이 들었다. 모든 책들이 10대 초반의 행동적 변화가 갑작스럽고 극단적일 수 있다고 경고했지만, 베니가 겪는 괴로움의 강도는 그녀를 불안하게 했다. 베니는 겁에 질린 것처럼, 귀신이라도 본 것처럼 행동했다. 그녀가 비디오게임과 컴퓨터게임에 엄격한 제한을 둬야겠다고 했을 때, 갑자기 베니는 게임을 아예 끊었다. 심지어 스마트폰 사용까지 기피하며 그것이 너무 스마트하다고 말했다. 애너벨은 그저 농담이려니 생각했으나 베니가 배터리가 방전되게 두는 것을 알아차린 후 고의로 그러는 거라고 의심하게 되었다. 베니는 엄마의 벽장에 있는 상자에서 아버지의 오래된 그룬딕 평면자기 스튜디오 헤드폰을 꺼내 와서 항상 쓰고 다녔다. 아침에 일어나면 곧바로 헤드폰을 썼고 가끔은 쓴 채로 잠자리에 들기도 했다. 가끔 그녀가 그의 방을 엿볼 때면 잠자는 동안에도 헤드폰을 머리에 쓰고 있는 모습을 발견하곤 했다. 도무지 이해가 가지 않는 행동이었다. 베니는 아무것도 듣고 있지 않았다. 심지어 플러그가 꽂혀 있지도 않았다. 왜 헤드폰을 쓰냐고 물으면, 베니는 그저 어깨를 으쓱하며 귀가 눌리는 느낌이 좋다고 말했다. 자신을 괴롭히는 게 뭔지는 얘기하려 하지 않았다. 아무 문제도 없다고 주장했다. 모든 게 괜찮다고 했다. 하지만 그는 이제 말하는 목소리마저 달라졌고, 그녀가 다그치면 마치 두꺼운 벽 건너편에서 아주 멍청한 아이에게 말하듯 그냥 이를 악물고 모든 단어에 똑같은 무게를 실어 똑같은 말만 반복했다. '아무…… 문제…… 없어…….' 냉소적인 목소리에 그녀는 마음이 아팠다. 베니가 이렇게 빈정대는 아이가 아니었는데. 하지만 책에서는 하나같이 어머니들은 원래 필요 이상으로 걱정이 심하다고, 그녀가 아들이 느끼는 감정들을 인정하고 그냥 놔둬야 한다고 말했고, 그래서 그녀는 그를 내버려뒀다.

하지만 그녀는 아들의 어조를 오해한 거였다. 그는 그녀가 멍청하다고 생각하지 않았고, 빈정대는 것도 아니었다. 사물들이 말하고 있을 때는 다른 데 집중하는 것이 거의 불가능했기 때문에, 목소리들 사이에서 자신이 내는 소리를 들으려면 천천히 정성을 들여 또박또박 발음해야만 했다. 집에서는 이것이 크게 문제 되지 않았지만 학교에서는 달랐다. 그는 학교에서 주의를 집중해야 했고, 그것이 바로 학교의 주된 목적이었다. 교사들은 수업 시간에 헤드폰을 쓰도록 놔두지 않았고, 이것이 문제를 악화시켰다. 베니와 달리, 목소리들은 학교를 좋아하고 배움을 즐기는 듯했고, 많이 배울수록 할 말이 많아졌다. 심지어 잘난 척을 하기 시작했다. 그들은 교실 앞줄에 앉아 손을 번쩍 들고 저요! 저요! 하며 교사의 관심을 받으려 하는 아이들과 같았다.

수학 시간은 특히 끔찍했는데, 숫자들도 제 목소리를 찾고 있었기 때문이다. 교사가 피타고라스의 정리를 설명할 때나 베니가 일차방정식을 풀고 있을 때, 숫자들은 새롭게 발견한 자신들의 기술에 한껏 기뻐하며 중구난방으로 제 이름을 소리쳐 불러댔다. 악의적인 의도는 없었다. 베니를 정신없게 하거나 당황하게 만들려는 게 아니었다. 그저 흥분하고 행복한 나머지 소통하려는 것뿐이었지만, 그들의 지껄임이 그를 미치게 만들었다. 그는 집중하기 위해 최선을 다했으나, 그저 눈을 감고 책상에 머리를 박은 채 숫자들이 강한 해류처럼 자신을 덮쳐서 와글거리는 바다로 끌고 가도록 놔두는 것 말고는 할 수 있는 일이 없었다.

"베니?"

그는 정수리를 가볍게 두드리는 손길을 느끼고, 깜짝 놀라서 그 두드림이 진짜인지 확신하지 못한 채 고개를 들었다. 숫자들은 여전히 공기의 흐름을 타고 표류하며 속닥거리고 있었다. 2가 지나가고 7이 줄지어 지나가는 소리가 들렸다. 그는 숫자들을 떨쳐냈다. 폴리 선생님이 책상 옆에 서 있었다. 다른 학생들은 연습 문제지 위로 몸을 숙이고 문제를 푸는 척했다.

"괜찮니?" 폴리 선생님이 물었다.

베니가 고개를 끄덕이고는 연필을 집어 들고 자신도 문제를 푸는 척하려 했다.

"피곤하니? 간밤에 또 잠을 잘 못 잤어?"

그는 고개를 저었는데, 이것이 숫자들을 뒤흔든 것 같았다. 그는 고개를 좀 더 세게 젓고는 곧이어 더 세게 저었다. 뒷줄에 있는 누군가가 키득거렸다.

폴리 선생님의 손이 부드럽게 베니의 등을 눌렀다. "이리 와, 베니. 양호실에 가보자." 그녀가 부드럽게 말했다.

베니가 양호실 의자에 앉자 보건교사가 들어왔다. 베니는 구식 스튜디오 헤드폰을 쓰고 있었고, 보건교사는 진찰하기 전에 헤드폰을 벗게 했다. 그녀는 그에게 몇 시에 잠자리에 들었는지, 컴퓨터나 비디오게임을 오래 하는지 물었다. 그가 아니라고 대답하자, 보건교사는 의심하는 것처럼 보였다. 요즘 아이들은 모두 피곤했다. 문자메시지를 주고받고 소셜미디어에 게시물을 올리고 유튜브로 동영상을 보느라 늦게까지 잠을 자지 않았다. 그리고 온종일 온라인 게임을 하고 대규모 멀티플레이어 가상현실에서 다중 역할을 맡고 레벨을 오르내리고 좀비 사냥을 하고 테러리스트를 죽이고 천연자원을 채굴하고 도구를 만들고 아이템을 축적하고 마을과 도시와 제국을 짓고 행성을 보호하고 쿵쾅거리는 심장으로 아드레날린을 분출하면서 그저 살아남으려고 애쓰며 영구적 죽음을 간신히 피하느라 바빴고, 이 모든 것을 방과 후 활동과 음악 레슨, 축구 연습과 병행해야 했다. 그러니 피곤한 것도 무리가 아니었다. 그들은 피곤한 삶을 살았다. 보건교사는 소년의 어머니에게 연락해야 한다고 메모한 뒤 베니를 교실로 돌려보냈다.

그날 오후 참새 한 마리가 날아와 베니의 교실 창문 유리에 세게 부딪혔다. 탁! 무슨 일인지 보려고 아이들의 머리가 동시에 돌아갔지만, 참새는 떨어져 콘크리트 보도에서 죽어가고 있었다. 그것이 그저 새일 뿐 총기 난사 사건이 아님을 알게 된 아이들은 책상 밑이나 벽장 안으로 기어들어가지 않았다. 그들은 죽음에 익숙했고 이건 사소한 죽음이었다. 자동 화기나 칼, 광검으로 무장하고 복도에 몰래 접근하는 사람도, 유혈 낭자한 살육도 없었고, 창문에는 너무 작아서 알아볼 수조차 없는, 유리에 달라붙은 솜털의 갈색 얼룩을 제외하면 아무것도 남아 있지 않았으므로, 모두들 다시 고개를 돌렸다. 그러나 유리창은 새의 죽음을 의식하고 훌쩍이기 시작했다. 교사는 다시 수업을 진행했다. 유리창이 진동하기 시작하더니 울음소리가 날카로워졌다. 베니는 이를 악물었다.

"그만!" 그가 속삭였고, 유리창이 거부하자 일어나 창가로 걸어가서 애원했다.

울음이 계속되자, 그는 주먹으로 유리를 마구 치기 시작했다. 그리고 이번에는 교장실로 불려갔다.

무니 교장은 책상 위로 몸을 숙이고 눈을 맞추려 했다. "그래서 베니, 무슨 일이 있었는지 얘기해주겠니?"

그녀는 피곤한 목소리였지만 친절했고, 베니는 대답하고 싶었다. 하지만 그녀의 책상이 볼펜과 종이 집게, 고무줄, 두툼한 서류철로 어수선했고, 그런 물건들이 내는 모든 소음 속에서 그녀의 말을 알아듣기란 힘들었다. 그녀의 머그잔에 쓰인 문구도 말을 했다.

나는 조용히
너의 맞춤법을
바로잡겠다

문구가 쓰인 커피 잔은 종종 웃기려고 한다. 그런데 이게 웃긴가? 베니는 알 수 없었다. 그건 농담 같지 않았고 머그잔은 웃고 있지 않았다. 그는 겨우 책상에서 눈을 떼고 아직 답하지 않은 질문이 있고 교장선생님이 기다리고 있다는 것을 기억했다. 그는 고개를 옆으로 살짝 기울이고 다시 들었지만 질문이 희미해졌다.

"뭐라고요?" 그가 물었지만 그 말이 입에서 나오자마자 그것이 부적절한 말임을 깨달았다. "죄송하지만 다시 한번 말씀해주시겠어요?" 그의 어머니는 그렇게 가르쳤었다. 한결 낫군.

무니 교장은 고개를 끄덕였다. "폴리 선생님이 네가 창문을 부수려 했다고 하시더구나. 그건 너답지 않잖니, 베니. 대체 무슨 일이 있었던 거냐?"

그는 고개를 저었다. "창문을 부수려 한 게 아니에요. 그렇게 치면 안 되는 거였는데."

"맞아. 네가 다칠 수도 있었어. 유리가 깨졌을 수도 있고. 창문은 학교 기물이야."

"그럴 생각은 아니었어요."

"학교 기물을 훼손하려는 건 아니지?"

그가 또 고개를 저었다. "아니에요. 그냥 유리창이 안됐다고 생각했어요."

무니 교장은 얼굴을 찌푸리더니 이내 얼굴이 환해졌다. "아, 그 새를 말하는 거로구나. 그래, 물론이지. 작은 새가 그렇게 죽다니 아주 슬픈 일이지."

"새 말고요. 창문이요." 베니가 말했다.

"창문?"

"유리요." 대화가 잘 이루어지고 있지 않았지만 이제 되돌아가기에는 너무 늦었다. "유리창이 안됐다는 생각이 들었어요."

교장이 이해하지 못한 것도 무리가 아니었다. 무니 교장은 40년 가까이 중학교에서 일했고 이제 은퇴에 가까워졌다. 그녀는 항상 소통을 잘한다고 자부해왔건만, 요즘 학생들을 이해하기가 점점 힘들어졌다. 그들이 어떤 사람들인지 이제 알기 힘들었다. 몸은 전과 크게 다르지 않았지만, 정신은 외계인의 의식으로 바뀐 것처럼 보였다. 이제 그녀는 자신이 그 소년을 빤히 쳐다보고 있다는 것을 깨닫고 그러지 않으려고 애썼다.

"안타깝지만 네 말을 잘 이해하지 못하겠구나. 설명해주겠니?"

베니가 한숨을 쉬었고, 공기가 폐에서 빠져나오는 순간 그는 더 작아 보였다. 그가 워낙 조용히 말해서 교장은 알아듣기 위해 몸을 더 가까이 기울여야 했다.

"유리창이 새를 죽일 생각은 없었어요."

베니는 목소리를 듣게 된 지 얼마 되지 않았고, 전에 그 얘기를 하려고 시도한 적이 없었다. 그래서 그것이 얼마나 힘든 일인지 알지 못했다.

"그건 한때 모래였어요." 베니가 말했다. "모래였던 때를 기억하죠. 새들을 기억하고 새가 걸어 다니며 작은 흔적을 만들 때 그 발이 어떤 느낌인지도 기억해요. 그건 유리가 되고 싶어 한 적이 없어요. 새를 좋아해서 창문에서 새들을 지켜보기를 좋아했죠. 그래서 울었어요. 내가 유리창을 치면 안 되는 거였는데, 하지만 울음을 멈추게 해야 했어요." 그가 눈을 들었을 때 1억 개의 걱정과 혼란의 주름으로 쭈글쭈글한 늙은 여인의 얼굴이 보였다. "신경 쓰지 마세요."

유리가 용융되기 전의 기억을 간직하고 있다는 베니의 말은 옳았을까? 유리가 아직 모래였을 때 새의 발이 간질이는 촉감을 느낄 수 있었을까? 아니면 이것은 언어와 번역의 문제일까? 8학년인 베니는 동원할 수 있는 어휘에 한계가 있었지만, 사물들의 '움벨트'*를 말로 옮기기 위해 최선을 다했다. 그가 실패한 것도 놀랍지 않다. 역사상 가장 위대한 철학자들도 그것을 시도했으나 실패했다. 이것은 책들이 익히 알고 있는 문제다.

인간의 언어는 다루기 힘든 도구다. 사람들은 서로를 이해하는 데 큰 어려움을 겪어왔다. 그런데 어떻게 당신들이, 자갈과 모래는 고사하고, 동물과 곤충과 식물의 주관성을 상상할 수 있겠는가? 당신들은 (무디지만 그럼에도 무척 아름다운) 감각에 얽매여 있기 때문에, 당신들이 무감각한 존재라고 치부하는 수많은 것들한테도 내면세계가

* Umwelt. 독일어로 '환경'을 뜻하는 말로, 각각의 존재가 주관적으로 인식하는 주변 세계를 가리키는 용어.

있을 수 있다고 상상하는 것이 불가능하다. 책은 그 중간 지점의 이상한 입장에 있다. 우리에게는 감각이 없지만, 지각은 있다. 우리는 반은 살아 있다.

9

정신과 진료실의 벽은 행복한 노란색으로 칠해져 있고 춤추는 별들과 눈 달린 무지개 포스터로 장식되어 있었다. '너만의 색을 보여줘!' 무지개가 소리쳤다. '별처럼 빛나는 꿈을 품어봐!' 별들이 외쳤다. 달력에는 잠자는 아기 코알라가 빽빽한 털로 덮인 어미의 등에 매달려 있었다. 남자아이와 여자아이 인형, 그리고 개와 고양이, 양, 테디베어, 온갖 물고기와 가금류 같은 동물 봉제 인형들이 벽면에 설치된 선명한 원색 선반들에서 엿보고 있었다. 인형들의 다리와 주둥이, 날개, 팔, 지느러미, 털 달린 발이 서로 뒤엉켜 있었다. 자동차와 기차, 플라스틱 말과 마을 모형이 가득 채워진 플라스틱 통이 있었다. 손가락 인형들이 축 늘어진 천사처럼 벽면에 있는 커다란 장난감집 위의 고리에 걸려 있었고, 집은 뉴스에 나오는 공습이나 폭격을 당한 건물처럼 정면이 없었다. 내부에는 미니어처 침대와 의자, 테이블이 있었고, 나무로 만든 작은 사람들이 바닥에 군데군데 흩어져 있었다. 모든 장난감들이 겁에 질리고 고통에 일그러진 듯 너무도 끔찍하고 격렬한 목소리로 울부짖고 있어서, 베니는 당장이라도 비명을 시르며 방에서 뛰쳐나가고 싶은 마음을 간신히 억눌렀다. 그는 눈을 무릎에 고정시킨 채 작은 빨간 의자에 손을 깔고 앉아 몸을 흔들지 않으려고, 그리고 그러기에는 너무 늦었지만, 이상하게 행동하지 않으려고 애쓰고 있었다. 적어도 의사는 목소리들에 대해 몰랐고, 그는 말하지 않을 셈이었다. 그는 교장실에서 교훈을 얻었다. 사람들은 이해하지 못한다.

애너벨은 큼지막한 핸드백을 끌어안고 베니 옆에 있는 작은 의자에 앉아 있었다. 그녀의 큰 체구 때문에 의자가 더 작아 보였다. 멜라니 박사는 낮은 초록색 탁자 건너편의 노란 의자에 앉아 있었다. 탁자는 오염을 쉽게 닦아낼 수 있는 재질에, 부딪쳐도 다치지 않도록 모서리가 둥글게 처리되어 있었다. 애너벨은 의사가 별로 의사처럼 보이지 않는다고 생각했다. 안쓰러울 정도로 말랐고, 분홍색 스트레치진과 연청색 스웨터 차림이었다. 손톱에는 그녀의 바지 색과 맞춘 듯 똑같은 파스텔핑크 매니큐어를 바르고 있었다. 의사가 리탈린*의 부작용을 애너벨에게 설명할 때, 그녀는 아주 진지한 아이처럼 보였다.

애너벨은 귀 기울이려 노력했지만 주의를 집중하기 힘들었다. 그녀는 일반적인 주의력결핍장애와 복합형 주의력결핍 과잉행동장애의 차이를 떠올리며 어떻게 과잉행동을 보이지 않는 베니가 후자일 수 있는지 이해하려 애썼다. 그녀는 처방된 약의 비용이 얼마나 들지, 근무 시간이 줄어들고 복지혜택도 줄어든 상태에서 그 비용을 어떻게 감당해야 할지, 그리고 애초에 그 약이 베니에게 맞는지에 대해 걱정하고 있었다. 켄지라면 찬성하지 않았을 것이다. 그는 늘 제약업계에 아주 비판적이었다. 하지만 켄지에 대해 생각하고 싶지 않았다. 베니에 대해 생각해야 했다. 옳은 결정을 하고 베니를 위해 최선인 것을 선택해야 했다. 그녀는 이 의사도 걱정스러웠다. 신뢰해도 될 만큼 충분한 연륜이 있는 의사일까? 그리고 의자의 앞다리가 흔들거리는 것처럼 느껴져, 의자가 자신을 계속 잘 버텨낼 수 있을지도 걱정이었다. 본심을 말하자면, 당장 일어나서 베니를 데리고 나가고

* Ritalin. 주의력결핍 과잉행동장애(ADHD) 아이들을 위해 개발된 각성제.

싶은 마음이었다. 그곳은 밝고 친근하고 괜찮은 방이었다. 그런데 문제는 정말로 그렇게 느껴지지 않는다는 거였다. 의사의 머리 위에 걸린 포스터에는 노란 우비를 입고 우산을 들고 있는 어린아이 사진이 있었다. '비 온 뒤에는 항상 햇살이 비춥니다!' 그녀는 자신이 정말 그렇게 믿는지 확신할 수 없었다. "일단 5밀리그램으로 시작할 겁니다." 멜라니 박사가 말했다. "즉시 효과를 볼 수 있을 겁니다. 혹시 어떤 부작용이라도 발견하면 알려주세요."

"예, 그래야죠." 애너벨은 진지하게 고개를 끄덕이며 말했다.

의사는 잠시 뜸을 들이다가 살짝 몸을 앞으로 기울였다. "이건 베니의 기록에 언급되지 않았는데, 제가 여쭤봐야 할 것 같아서요. 혹시 어머님이 베니의 친……?" 그녀가 베니를 힐끗 보고 말끝을 흐렸다.

애너벨은 여전히 고개를 끄덕이고 있다가, 의사의 말이 무슨 의미인지 깨닫고 말했다. "아, 그러니까 베니가 입양되었냐는 뜻인가요? 아뇨. 물론 아니에요!"

"다행이네요." 멜라니 박사가 뒤로 기대어 앉으며 말하고는 메모를 했다. "음, 그럼 베니가 리탈린에 어떻게 반응하는지 보고 3일 뒤에 또 예약을 잡도록 할까요?" 그건 질문이 아니었지만, 애너벨이 대답하지 않자 의사가 덧붙였다. "아드님은 운이 좋은 겁니다. 관심을 기울여주는 사람들이 학교에 있으니까요."

"예." 애너벨은 대답하며 그것이 자신에 대한 질책이자 묵살임을 깨달았다. "예, 물론이죠." 그녀가 자신을 포기하지 않고 끝까지 버텨준 작은 파란 의자에게 감사하며 자리에서 일어나 베니를 내려다보았다. 베니의 앙상한 등이 굽은 채 얼어붙어 있었다. 그녀가 아들의 어깨에 손을 대자 그는 화들짝 놀라며 벌떡 일어났다. 언제 베니가 이렇게 신경이 과민한 아이가 된 걸까? "자, 아들. 어서 가자. 가는 길에 도서관에 들를 생각이었는데, 그러면 좀 보상이 되겠지?"

멜라니 박사는 떠나는 그들을 지켜보며, 어머니가 소년에게 손을 뻗는 방식을 관찰하고 소년의 멈칫거리는 모습에 주목했다. 그녀는 베니가 접촉을 피하는 것이 일상적인 것인지 아니면 그날따라 그런 것인지 궁금했다. 어쩌면 그냥 도서관에 가고 싶지 않은 건지도 모른다. 베니는 열네 살이었지만 훨씬 더 어려 보였다. 열네 살 소년들은 엄마와 손을 잡지 않는다. 도서관을 보상이라고 생각하지도 않는다.

그녀는 책상으로 가서 진료 내용을 기록하기 위해 컴퓨터에 로그인했다. 베니의 파일에는 7학년이 시작될 무렵 학교 상담사의 기록이 있었다. 그녀는 그것을 이미 읽었지만, 지금 다시 빠르게 훑어보았다. 아버지의 사망 이후 주의력과 집중력 문제가 있었으나 추가적인 치료는 권고되지 않았다. 아마 상담사의 실수였을 것이다. 이런 문제에는 조기 진단과 개입이 결정적으로 중요했다. 그녀는 계산을 해봤다. 16개월, 어쩌면 17개월. 그는 거의 1년 반 동안 주의력결핍 증상을 보인 것이다. 그녀는 평가표를 열어 관찰 내용을 입력하기 시작했다. 소년은 진찰 시간 내내 산만해 보였고, 방의 이곳저곳으로 계속 시선을 옮겼으며, 의자에서 잠시도 가만히 있지 못하고 몸을 흔들었음. 학교에서 있었던 사건에 대한 질문에 답하기를 꺼림. 충동을 촉발한 것이 무엇인지 모르겠다고 주장하거나 잊어버렸다고 말함. 주먹으로 창을 깨려고 시도한 것에 대해 이야기하지 못하거나 이야기하지 않으려 함. 그녀는 진단 내용과 처방약과 용량을 기록한 뒤 문서를 저장하고 로그아웃했다.

다음 환자가 도착할 때까지 몇 분의 시간이 있었고, 의자에 몸을 기대고 눈을 감았다. 그녀는 의대에 다닐 때 마음챙김 명상을 예찬하게 되었다. 마음챙김 명상은 긴장을 풀고 마음을 비우는 데 도움을 주었다. 이제 그녀는 숨을 깊이 들이쉬었다가 내쉬며 몸에서 긴장이 녹아내리는 것을 느꼈다. 여전히 새로운 환자와의 첫 상담은 꽤 긴장되었고, 경험이 쌓이면 좀 쉬워질까 싶었다. 그러기를 바랐다. 이런 종류의 불안이 자신에게도 자신이 치료하는 아이들에게도 좋을 리 없었다. 그녀는 숨을 내쉬며 그런 생각을 떨쳐내려 했고, 근육이 마지못해 이완되면서 몸이 더 깊이 가라앉는 것을 느꼈다. 베니라는 소년은 착한 아이처럼 보였다. 그의 어머니는 신경과민에 산만하고 별난 사람 같았고, 의심의 여지 없이 그녀는 우울증과 불안장애를 복합적으로 겪고 있었다. 그렇기 때문에 입양 가능성을 배제하는 게 중요했다. 이런 문제에는 유전이 종종 한몫하곤 한다. 하지만 그녀는 어머니를 진단하는 것이 자신의 일이 아니라고 스스로에게 상기시켰다. 그녀의 일은 소년에게 집중하는 것이다. 그리고 그녀의 진단과 치료 계획을 떠올리며, 그녀는 자신의 판단에 제법 자신감을 느꼈다. 다음에는 소년을 따로 볼 것이다. 어쩌면 엄마가 없으면 소년이 더 솔직해질 수 있을 거라고 생각했다. 그러다가 그녀는 얼굴을 찌푸렸다. 그녀는 다시 생각하고 있었다. 생각을 멈출 수가 없었다.

자. 멜라니. 다시 호흡을 해. 생각을 떨쳐버려. 그러나 마음이 고요해졌다고 느낀 순간, 대기실에 있는 작은 종이 명랑하게 울리며 다음 환자의 도착을 알렸다. 마치 신호를 받은 듯, 그녀는 턱 근육이 팽팽해지고 명치가 조이고 심장 박동 수가 올라가는 것을 느꼈다. 전형적인 조건반사 반응이었지만, 이것을 알아봐야 무슨 도움이 될까? 약도 그녀에게 큰 도움이 되지 않았다. 잠깐 증상을 완화해주지만, 더 깊은 차원에서는 그녀의 몸이 약에 둔감한 것 같았다. 그 깊은 차원에서 몸이 항상 경계 태세를 취하며 완고하게 이완되기를 거부하고 있었다. 마치 다음번 아이가 문을 열고 그녀의 환하고 작은 방으로 들어오면서 가져올 정신적 고통에 대비해 스스로를 단련시켜야 하는 것을 아는 것처럼. 그녀는 자신의 어린 환자들을 사랑했다. 그들을 돕고 고통을 완화해주고 싶었다. 그런데 이 모든 저항은 어디서 온 걸까?

10

아직 걸음마나 말을 배우기 전에 갓난아기였을 때도, 베니는 공공 도서관을 좋아했다. 그때는 리모델링하기 전, 증축 공사로 높이 솟은 현대식 부속건물이 더해지기 전이었다. 세월의 흔적을 고스란히 간직한 석회석 전면과 늠름하게 버티고 있는 고전적인 기둥이 있는 고색창연한 구식 건물이 그를 흥분시키는 동시에 안정시키는 것처럼 보였다. 그 시절 켄지는 밴드와 순회공연을 다니느라 자주 집을 비웠고, 집에 있을 때도 거의 매일 밤 지역 공연장에서 연주를 하느라 밤늦게까지 밖에 있었다. 오전에는 종종 정오까지 잠을 잤고, 애너벨은 그를 깨우고 싶지 않아 베니를 업고 도서관에서 열리는 '어린이책 함께 읽는 날'에 데려갔다. 유아 때는 베니가 가는 길을 알아서 버스에서 내려 언덕길을 오르자마자, 유모차 안에서 몸을 위아래로 들썩이며 발 받침에 대고 발을 쿵쿵 굴렀다. 계단을 오르고 위풍당당한 문을 통과할 때는 흥분이 고조되어 환성을 질렀다. 위아래로 튕기는 아기의 머리를 내려다보며, 애너벨은 자신의 책 사랑을 어린 아들이 닮은 것 같아 내심 뿌듯한 기분이 들었다.

어린이책 함께 읽는 날은 '다문화 아동 코너'에서 열렸다. 그곳은 지하의 직원휴게실로 가는 중간쯤에 외지고 안전한 구석에 위치해 있었다. 그곳이 다문화 아동 코너로 개명되기 전, 아직 '아동 도서'라고 불릴 때는 도서관 앞쪽의 대출대와 정기간행물 구역 사이에 있었는데, 1970년대에 주립정신병원이 문을 닫게 되면서 도서관에 노숙자와 환자의 출입이 급증했고, 1980년대에는 사회보장 서비스의 대폭적인 감소로 상황이 더 심각해졌다. 어머니들이 불평하기 시작했고, 도서관 측은 이에 따라 아동 도서 코너의 이름을 바꾸고, 종전과는 다른 도서관 이용객들이 낮잠을 자려고 붐비는 정기간행물 구역에서 멀찌감치 떨어진 지하로 옮겼다.

다문화 아동 코너는 사실 이상한 곳이었다. 애너벨이 도서관에서 하계 인턴사원으로 일했을 때, 직원들 사이에 회자되던 소위 비정상적인, 심지어는 초자연적인 도서관 내의 장소들에 대한 이야기를 들었다. 그런 장소에서는 '사건들이 일어난다'고들 했다. 처음에는 이것이 선배 사서들이 인턴사원을 겁주려고 하는 이야기라고 생각했지만, 그녀가 건물에 대해 더 잘 알게 되면서 의문이 생기기 시작했다. 새로 구입한 책들이 서가에 얌전히 머물러 있지 않는 '신착 도서' 코너가 있었고, 7층에는 이용객들이 톡톡 두드리는 소리가 나고 조명이 갑자기 꺼진다고 불평하는 화장실이 있었다. 화장실 변기에서 제멋대로 물이 내려가고, 소변기에서 작은 청개구리가 뛰어다니는 것이 보인다고 했다. 화장실 칸들이 불가사의하게 잠겼다 열렸다 하고, 어떤 사람들은 아무도 없는 세면대에서 누군가 지켜보고 있는 것처럼 섬뜩한 기분이 들었다고 말했다. 다문화 아동 코너도 이런 곳들 중 하나였다. 그녀가 어느 겨울날 오후에 서가에 있는 알록달록한 원색 책들의 배치를 바꾸도록 지시를 받아 그곳에 갔을 때, 마치 그곳의 공기가 사라진 것들을 품고 있는 것 같은 기묘한 기분을 경험했다. 나중에 그녀는 사람들이 종종 잃어버렸거나 엉뚱한 곳에 뒀던 물건들을 그곳에서 찾았다고 말하는 것을 알게 되었는데, 이런 일이 꽤 자주 있어서 누군가 대출대에 와서 없어진 물건을 찾으면 사서들은 자동적으로 "혹시 다문화 아동 코너는 확인해보셨나요?"라고 묻곤 했다. 도서관 당국은 이 소식을 듣고는 마치 도서관 측에서 다문화 아동이 사람들의 소지품을 훔친다고 비난하는 소리로 들릴 것을 우려하여 사서들에게 그런 식으로 대처하지 않도록 주의를 주었다. 그럼에도 뭔가가 사라졌을 때 모두들 다문화 아동 코너를 제일 먼저 확인했다. 뉴에이지 사상의 영향을 받은 몇몇 사서들은 사람들의 물건을 빌려서 가지고 놀려고 그곳으로 가져가는 꼬마 유령이 있다고 주장했지만, 누구도 그 꼬마가 다문화 아동인지 아닌지 말할 수 없었다.

애너벨은 유령 이야기를 정말로 믿은 적은 없지만, 베니는 민감한 아기였고 그녀는 거기서 기묘한 존재를 느꼈던 것을 기억했다. 그래서 그녀가 베니를 다문화 아동 코너로 데려갔을 때, 그것이 무엇이건 그곳에 출몰하는 무언가에 의해 베니가 동요하지나 않을까 내심 걱정스러웠으나, 베니는 괜찮아 보였다. 그녀는 보모나 다른 어머니들과 함께 뒤쪽 의자에 앉아 꼼지락대는 베니를 무릎에 앉혔고, 좀 더 큰 아이들은 도서관 바닥에 둥글게 모여 앉았다. 베니는 꼼지락대고 발길질을 하고 팔을 흔들었지만, 사서가 책을 읽기 시작하자마자 진지해지면서 얌전히 있었다. 사서는 젊은 흑인 여성이었는데, 작고 가녀린 체구였지만 목소리는 강단이 있고 아름다웠으며 어느 지방의 것인지 잘 분간할 수 없는 살짝 경쾌한 억양이 있었다. 정수리의 머리가 곱슬곱슬했고 카디건과 트위드 스커트 차림에 체인이 달린 재미있고 고풍스러운 안경을 쓰고 있었다. 뭔가 좀 아이러니한 느낌이었다. 그녀는 실제 사서라기보다 사서 역할을 연기하고 있는 것처럼 보인다고 애너벨은 생각했고, 그녀를 보고 있으니 마음이 아려왔다. 인턴 생활을 하면서 애너벨은 종종 정규직 사서가 출산 휴가를 떠나 있는 동안 아이들에게 책 읽어주는 일을 부탁받았고, 그 일을 좋아했다. 원 중앙에서 간이의자에 앉아 책을 읽어주다가 책에서 눈을 들었을 때 동그랗게 모여 자신을 바라보는 작은 얼굴들을 보는 것이 좋았다. 그들은 마치 꽃 같았고, 어린이책 전문 사서가 되어서 그 마법의 동그라미 중앙에 머물 수 있기를 그 무엇보다 간절히 원했다.

이 젊은 사서는 말하는 곰과 돼지와 두더지와 물쥐 이야기를 아주 좋아했고, 아이들은 그런 동물들에 대해 아는 게 거의 없는 도시 아이들이었는데도 역시 그 이야기를 아주 좋아했다. 시궁쥐와 비둘기, 모기, 바퀴벌레처럼 그들이 아는 것들에 대한 책은 많지 않았지만, 상관없지 않을까 애너벨은 생각했다. 아직 모르는 것을 가르치는 게 책의 의미일 테니까. 그러나 그녀가 따뜻하고 솜털이 보송보송한 베니의 정수리에 턱을 대고 있자니, 아들이 졸졸 흐르는 개울도 윙윙거리는 꿀벌도 여름철에 속삭이는 긴 풀도 없는 삭막한 도시에서 자라고 있는 것이 서글프게 느껴지는 건 어쩔 수 없었다. 그는 고슴도치나 오소리를 결코 알지 못할 것이다. 그러나 베니는 알지 못해도 상관없는 것처럼 보였다. 베니는 사서의 목소리와 문장을 읽을 때 물결치듯 오르내리는 억양에 온 관심을 집중한 채 애너벨의 품 안에서 몸을 앞으로 기울이고 있었고, 아기가 점점 더 이야기에 이끌림에 따라 행여 베니가 자신의 무릎 위에서 굴러떨어질세라 그녀는 마치 안전띠처럼 손깍지를 끼고 보드라운 배를 감싸야 했다.

다음에 그들이 도서관에 왔을 때 베니는 엄마 무릎에 앉기를 거부했고, 그래서 그녀는 아들을 바닥에 앉히고 아들이 조금씩 서서히 앞으로 나가서 동그랗게 모인 다른 아이들과 합류하는 모습을 지켜보았다. 베니는 잠시 거기서 멈추었다가 계속 앞으로 움직여 마침내 사서의 발 앞에 도달했고, 거기서 그녀의 가느다란 발목을 붙잡고 그녀의 무릎을 바라보았다. 사서는 순간적으로 집중력이 흐트러져 책 가장자리 너머를 쳐다보았지만, 이내 다시 책 읽기를 이어갔다. 그것은 세계 여러 지역의 동물 울음소리에 관한 책이었는데, 그녀는 책을 들어 올려 아이들에게 개 그림을 보여주었다.

"개들이 미국에서는 어떻게 짖을까요?" 그녀가 읽었다.

"우프, 우프!" 아이들이 팔을 흔들고 몸을 위아래로 들썩이며 소리쳤다. "바우와우!"

아이들은 대부분 그 책을 외우고 있었다. 그 책은 다문화 아동 코너에서 가장 인기 있는 책이었다.

"개들이 중국에서는 어떻게 짖을까요?" 사서가 물었다. "왕왕!" 그들이 일제히 대답했다.

"스페인에서는 어떻게 짖을까요?"

"과우과우."

베니는 어떤 나라에서 동물들이 어떤 소리를 내는지 몰랐지만, 상관없어 보였다. 그는 넋을 잃고 사서를 올려다보다가 카펫이 깔린 바닥에 배를 깔고 천천히 사서의 의자 다리 사이로 기어들어가서 그 밑에 앉았다. 사서는 신경 쓰지 않고 계속 읽었다.

"일본 닭은 어떻게 울까요?"

"코케코코!"

"이탈리아 닭은 어떻게 울까요?"

"키키리키!"

"아이슬란드 닭들은 어떻게 울까요?"

"가갈라고!"

베니는 너무 작은 아이여서 작은 간이의자 밑에 완벽하게 들어갔고, 애너벨은 베니가 사서의 다리 뒤에서 밖을 내다볼 때 얼굴에 떠오르는 만족스러운 표정을 볼 수 있었다. 베니가 손을 뻗어 사서의 발목을 다시 잡았다. 사서의 발목을 잡는 것이 그저 좋았다.

"독일에서는 돼지들이 어떻게 울까요?"

"그룬츠, 그룬츠!"

"인도네시아에서는 어떻게 울까요?"

"그록그록!"

이야기가 끝나고, 어린이책 함께 읽는 날 순서를 마치면서 사서는 책을 덮고 모두에게 와줘서 고맙다고, 다음에 또 보면 좋겠다고 말했다. 그러고는 일어나서 여전히 거기 앉아 있는 베니의 위에서 의자를 조심스럽게 빼냈다. 베니는 마치 성형 틀에서 너무 빨리 빼낸 젤리처럼 다소 불안정하고 무방비 상태로 보였다. 애너벨은 앞으로 나가 베니를 끌어당기며 젊은 사서에게 고맙다고 인사하고 아들이 불쑥 침입한 것을 사과했다. 사서는 미소 지으며 어깨를 으쓱하고는 처음에는 놀랐지만 사실 신경 쓰지 않았다고 말했다. 그녀는 쭈그리고 앉아 베니의 어깨에 한 손을 올렸다.

"이야기가 마음에 들었니?" 그녀가 물었다. "의자 밑에 앉아 있는 게 기분 좋았어?" 베니가 대답하지 않자, 그녀가 말을 이었다. "언제든 거기 앉아도 돼. 거긴 네 특별석이야."

그리고 그 젊은 사서가 다른 곳으로 옮겨갈 때까지, 한동안 그곳은 베니의 특별석이었다. 그녀의 자리를 이어받은 새로운 사서는 자신이 책을 읽는 동안 어린아이가 밑에 앉아 있는 것을 불편해했고, 베니를 밖으로 끌어내서 둥그렇게 모여 앉아 있는 다른 아이들 사이에 앉혔다.

베니

어린이책 함께 읽는 날이 기억난다. 그리고 마음씨 좋은 사서도. 그녀는 코리였다. 그때는 이름을 몰랐고 모든 게 어렴풋했지만 이제 어떤 것들은 기억난다. 예를 들어 의자 밑에서 나던 따스한 여인의 냄새와 보풀이 인 트위드 스커트. 그녀의 안경은 분홍색이었는데 안경 귀퉁이가 번쩍였다. 스커트 아래는 두꺼운 면 타이츠와 털실로 짠 헐렁한 레그워머 같은 것을 신고 있었는데, 그녀의 발목을 잡으면 얼마나 기분이 좋았는지 기억난다. 발목뼈가 꽤 단단하고 날카롭게 느껴졌던 것, 그리고 발목을 잡고 그녀의 다리 사이로 밖에 있는 아이들을 내다보면 아이들이 나를 보고 있는데도 마치 그들이 나를 보지 못하는 것처럼 느껴졌던 것도 기억난다. 그것이 내게 은밀하고 안전한 느낌을 주었다.

그리고 그 책도 기억난다. 아랍어로 왁왁 하는 오리들. 자세한 내용은 기억나지 않지만 아래에서 이야기가 어떻게 들리는지 기억난다. 그건 밖에서 들을 때처럼 누군가의 입이나 얼굴에서 나오는 것 같지 않고, 사방에서, 의자에서, 카펫에서, 사서의 스커트에서 나오는 것처럼 들렸다. 사방에서 윙윙 소리와 매애 소리와 빵빵 소리가 나왔다. 온 세상이 간이의자 아래쪽의 이 원뿔 형태 공간, 이 안전하고 따뜻하고 백단유 냄새가 나는 공간이었다. 카펫은 깨끗했고 여기저기서 동시에 말소리가 들렸다. 마치 책을 읽고 있는 것이 하느님처럼 느껴졌다. 여자 사서의 목소리로 당신에게 이야기하는 하느님을 상상할 수 있다면 말이다.

모르겠다. 어쩌면 지나친 비유일 수 있다.

그러나 나는 내가 여전히 도서관을 좋아하는 이유가 이거라고 생각한다. 나의 가장 좋은 친구가 책인 것도 아마 그 때문일 것이다.

엄마는 내가 정신과 진료를 받으면 나중에 도서관에 들르게 해준다고 약속했지만, 그 전에 먼저 처방약을 사고 싶어 했다. 그런데 보험에 문제가 있었고 문제를 해결했을 때는 시간이 너무 늦어버렸다. 엄마는 집에도 책이 많다고 말했고 그건 사실이었지만, 엄마가 약속을 지키지 않았기 때문에 나는 뾰로통해졌다. 난 사실 엄마가 내심 도서관에 가고 싶지 않았을 거라고 생각한다. 도서관은 엄마를 슬프게 만드는 것 같다. 나를 임신하는 바람에 학업을 중단해야 했기 때문이다. 엄마는 항상 내가 그럴 만한 가치가 있는 존재라고 말했지만, 마음 한구석에는 꿈을 포기한 것에 대한 아쉬움이 자리 잡고 있다는 것을 나는 알았다. 자식들은 비록 완벽하게 이해하지는 못하더라도 부모에 대해 이런 것들을 안다.

어쨌거나 집에 가서 우리는 한바탕 다퉜다. 나는 식탁 위에 쌓인 다른 잡동사니들 위에서 그 《정리의 마법》을 보았고, 그것을 집어 들어 엄마에게 던지다시피 하며 정말로 신경질적인 목소리로 말했다. "여기 엄마에게 딱인 책이 있네. 왜 안 읽는 거야!" 그것은 삶을 깔끔하게 정리하고 잡동사니를 없애는 것에 관한 책이었고, 나는 엄마에게 메시지를 전하려는 거였지만, 그건 아주 못돼먹은 행동이었다.

사실 내가 책을 '던진' 것은 아니었다. 그냥 엄마에게 민 거였다. 하지만 그것도 신경질적으로 보였을 것이다. 엄마를 울리려던 건 아니었는데.

책

11

책은 첫 문장이 제일 중요하다. 첫 조우의 순간, 독자가 첫 페이지를 펼쳐서 시작하는 문구를 읽을 때, 그건 마치 누군가와 처음 눈이 마주치거나 처음 손을 잡는 것과 같다. 우리도 그것을 느낀다. 책은 눈이나 손이 없다. 사실이다. 그러나 책과 독자가 서로를 위한 존재라면, 둘 다 그것을 안다. 그리고 애너벨이 《정리의 마법》을 펼친 순간, 바로 이런 일이 일어났다. 그녀가 첫 문장을 읽었을 때 그녀와 책 모두 등줄기에 전율이 흐르는 것을 느꼈다.

> 당신이 이 책을 읽고 있다면, 아마 당신의 삶에 만족하지 못하고 있을 가능성이 크다. 당신은 변화를 원하지만 엄두가 나지 않고 어디서부터 시작해야 할지도 모를 것이다.

그래! 맞아! 애너벨이 생각했다.

> 잡동사니가 줄어들면 삶이 좀 더 나아질 거라는 건 당신도 안

다. 그래서 물건들을 버리려 하고 청소도 해보았지만, 실제로 크게 달라진 것 같지 않다. 당신은 에너지가 소진되었고, 부지불식간에 또다시 당신의 물건들에 지배당하며 소유물의 노예가 된다.

바로 그거야. 그런데 이 작은 책이 어떻게 알지?

그녀는 눈을 들어 주변을 두리번거렸다. 마치 책이 자신의 어수선한 침실을 엿보고 자신의 마음을 읽고 있는 것처럼 섬뜩한 기분마저 느꼈다. 그녀는 피곤했고 이제 잠을 청해야 한다는 걸 알았지만 여전히 마음의 동요가 가라앉지 않은 상태였다. 긴 하루였다. 정신과 진료는 정말 괴로운 시간이었다. 특히 마지막에 의사가 그녀에게 베니의 생모냐고 물었을 때는 정말 그랬다. 그리고 그녀는 도서관에 들르지 않은 것 때문에 베니가 얼마나 화가 났는지 깨닫지 못했었다. 그는 버스에서 내내 혼잣말로 중얼거렸고, 집에 도착했을 무렵에는 기분이 너무 안 좋아져서 폭발하고 말았다. 그건 괜찮다. 자식의 화풀이 대상이 되는 것 또한 엄마의 역할 중 하나니까. 보통은 그냥 웃어넘겼다. 그래서 그녀가 울음을 터뜨렸을 때 스스로도 너무 놀랐던 것이다. 그녀는 겨우 울음을 그칠 수 있었지만, 그때는 이미 베니가 자리를 박차고 제 방으로 가버린 후였다. 기특하게도 베니는 제법 빠르게 마음을 진정시키고 얼마 뒤 다시 밖으로 나왔고, 그들은 남은 피자를 먹으며 약을 복용하는 일정에 대해 이야기했다.

그녀는 그 책을 가지고 일찌감치 침대로 갔다. 아마도 베니의 말이 맞을 것이다. 아마도 그녀는 그 책을 읽어야 할 것이다. 그녀는 표지를 살펴보았다. 그 작은 책이 그녀의 쇼핑 카트로 뛰어들었던 방식도 섬뜩했다. 그녀는 마치 이 모든 상황 뒤에 켄지가 있는 것 같은 말도 안 되는 느낌이 들었다. 그의 존재를 가까이에서 느끼는 순간들이 있었다. 예를 들어 까마귀가 그녀에게 선물을 남기고 갈 때도 그랬다. 그녀의 액세서리를 담아두는 그릇에는 나사며 종이 집게며 단추며 깨진 조개껍데기, 은박지 조각, 구슬, 짝 잃은 귀걸이 따위로 가득하다. 그녀는 켄지가 까마귀를 통해 그녀와 접촉을 시도하고 있다고 생각하지 않을 수 없었고, 만일 그렇다면《정리의 마법》또한 그의 선물일지 몰랐다. 그게 아니면, 이 모든 우연의 일치를 어떻게 설명할 수 있겠는가?

우선 켄지와 아이콘은 모두 일본인이었다. 그 자체로는 그리 큰 의미가 없지만, 뒤표지에서 저자 소개를 보았을 때 아이콘의 본명이 '아이 코니시'라는 것을 알게 되었다. 참 놀라운 일이었다. 코니시는 켄지 어머니의 성이기도 했기 때문이다. 켄지는 코니시(Konishi)를 컴퓨터 비밀번호로 썼고, 애너벨이 그에게 묻자 그의 조부모가 한국인과 결혼한 딸이 남편 성을 따름으로써 일본에서 받게 될 차별을 걱정했다는 이야기를 들려주었다. 그들은 딸에게 '오'라는 한국 성 대신 코니시라는 성을 계속 쓰도록 설득했다. 켄지가 이 얘기를 해줄 때, 애너벨은 한국인이 인종차별을 받았다는 것에 충격을 받은 동시에 당혹스러운 기분도 들었다. 그녀는 '오'씨가 된 것이 좋았다. 그 성은 활기 넘치고 숨 막히게 멋지고, 애너벨이 처음 켄지를 만나 사랑에 빠졌을 때 느꼈던 기분을 완벽하게 표현했다. 그녀는 오씨 대신 코니시라는 성을 갖고 싶은 마음이 추호도 없었지만, 아이콘이 켄지의 가족과 같은 성인 것은 신기한 일이었다.

그러나 이름보다 더 중요한 우연의 일치는 선불교와 관련된 요소였다. 애너벨은 아이콘의 얼굴을 자세히 살펴보았고 다시금 사찰에서 지낼 당시의 켄지의 사진과 그가 그 사진을 보여주었을 때 특유의 바보 같은 함박웃음 때문에 그를 단박에 찾아냈던 기억을 떠올렸다. 머리카락이 없어도 그는 사랑스러워 보였다. 그 사진이 어디 갔더라? 틀림없이 벽장 어딘가에 있을 텐데. 그녀는 사진을 찾아서 베니에게 보여주고 그의 엉뚱한 아빠가 어떻게 수도승이 되었는지를 죄다 얘기해줘야겠다고 생각했다. 켄지는 도쿄에 있는 음악학교에서 클래식 음악을 공부하고 있었는데 여름방학에 묵을 만한 값싼 숙소가 필요했고 누군가 명상과 바닥 청소를 꺼리지 않는다면 선불교 사찰에서 무료로 생활할 수 있다는 말을 해줬다. 켄지는 힘든 일을 결코 꺼리지 않았고, 사찰로 들어가서 거기서 2~3년 동안 생활했다. 그는 그때가 인생에서 가장 행복한 시간이었다고 말했고, 애너벨은 그가 "당신을 만나기 전까지"라는 말을 덧붙이기 전까지 질투심에 가슴이 저렸던 것을 기억했다.

이상한 일이지만, 그가 처음 재즈 연주를 시작한 것도 선불교 사찰에 체류하던 시기였다. 젊은 수도승들 중에는 선불교의 급진적 철학과 엄격한 정신 수련, 무료 숙식 제공에 흥미를 느낀 예술가와 작가, 음악가와 정치 활동가가 많았다. 이들 중에 '다이칸'이라는 이름의 젊은 수도승이 있었는데, 그는 켄지가 클라리넷을 연주한다는 것을 알고 재즈 밴드를 해보지 않겠냐고 했다. 놀랍게도 주지승도 동의했다. 늙은 주민들은 하나둘 세상을 떴고 젊은이들은 쇼핑을 하고 회사에 다니며 경력을 쌓기 바빠서 선불교에 관심을 기울일 여력이 없었기 때문에, 일본의 불교 사찰은 고전을 면치 못하고 있었다. 주지승은 재즈를 연주하는 수도승들이 대중매체의 관심을 끌어 더 많은 젊은이들을 유치할 수 있을 거라고 생각했다.

그들은 그 밴드를 '텔로니어스'* 라고 불렀다. 다이칸은 베이스를, 켄지는 클라리넷을 연주했고, 그들은 재즈 피아노를 연주하는 다른 나이 든 수도승과 팀을 이루었다. 주지승의 허락을 받아 회의실을 주말 카페로 개조하여 금요일과 토요일 밤마다 에스프레소를 제공하고 공연을 했다. 켄지가 사찰을 떠나면서 텔로니어스는 해체되었지

* 텔로니어스 멍크(Thelonious Monk). 미국의 전설적인 재즈 피아니스트 겸 작곡가.

만, 그 무렵 이미 운명의 수레바퀴가 돌아가기 시작했다. 선불교와의 인연은 깊고 숙명적이기까지 했다고 그녀는 회상했다. 그래서 그녀는 페이지를 넘겨 계속 읽었다.

정리의 마법

서문

당신이 이 책을 읽고 있다면, 아마 당신의 삶에 만족하지 못하고 있을 가능성이 크다. 당신은 변화를 원하지만 엄두가 나지 않고 어디서부터 시작해야 할지도 모를 것이다.

잡동사니가 줄어들면 삶이 좀 더 나아질 거라는 건 당신도 안다. 그래서 물건들을 버리려 하고 청소도 해보았지만, 실제로 크게 달라진 것 같지 않다. 당신은 에너지가 소진되었고, 부지불식간에 또다시 당신의 물건들에 지배당하며 소유물의 노예가 된다.

이것이 당신의 얘기라면, 내가 이해한다는 것을 알아주기 바란다. 나도 내 물건들과 이런 똑같은 관계였다. 내가 그들을 소유한 게 아니라, 그들이 나를 소유했다!

그렇다면 변화를 가져온 것은 무엇이었을까?

내 경우 그것은 선불교의 급진적인 가르침과의 조우였다. 그것이 나와 내 소유물과의 관계, 내 과거와 미래와의 관계, 내 삶과의 관계, 세상 전체와의 관계를 바꿔놓았다. 그것은 변화 이상이었다. 하나의 혁명이었다.

비움과 해방에 대한 선불교의 가르침은 오래된 것이지만, 오늘날처럼 큰 관련성을 갖게 된 적은 한 번도 없었다. 나는 이런 심오하지만 단순한 가르침을 나와 같은 괴로움을 겪는 사람들과 공유하기 위해 이 책을 쓰고 있다.

우리는 모두 사물들과 각기 다른 관계를 맺고 있으며, 우리가 사물과 관계 맺는 방식은 일찌감치 형성된다. 이런 습관들은 우리 삶의 이야기에, 그리고 종종 우리의 고통에 깊이 뿌리를 내리고 있다. 내 경우는 고모의 손에서 자랐다. 고모는 나를 입양해서 친딸처럼 사랑해줬지만, 내가 열두 살 때 한 남자와 결혼했는데 그로 인해 우리의 삶은 아주 불행해졌다. 물질적으로는 부유했다. 내 의붓아버지는 회사 중역이었고 우리를 부양했지만 나에 대한 부적절한 행동 때문에 나는 우리의 새 집이 안전하지 않다고 느꼈다. 나는 우울해졌고 불안을 잠재우기 위해 먹는 것과 쇼핑에 탐닉했다. 음식으로 내 안의 고통스러운 부분을 채우려 했고, 주변에 새 물건들을 쌓아 나를 안전하게 지켜줄 벽을 구축하려 했다. 그러나 아무리 소비를 해도 결코 충분하지 않았다. 불안하고 두려운 나머지 나는 물건들에 집착했고 점점 더 많은 것을 원했다. 그리고 이 습관을 어른이 되어서까지, 의붓아버지가 집을 떠난 뒤에도 한참 동안 안고 살았다.

당신의 이야기도 이와 비슷하거나 혹은 아주 다를 수 있을 것이다. 하지만 당신이 소유물과의 관계에서 문제를 겪고 있다면, 당신의 삶을 어수선하게 만드는 물건들이 많아서 살아가기 위해 필요한 공간과 명료성이 부족하다면, 이 단순한 선불교의 가르침이 도움이 될 수 있을 것이다.

이 책은 당신의 소유물에 관한 이야기만은 아니다. 진정으로 당신이 주인인 삶을 살아가는 것에 관한 이야기다.

책

책 속에서 책을 보는 것이 이상하다고? 이상할 것 없다. 책들은 서로를 좋아한다. 우리는 서로를 이해한다. 심지어 우리는 모두 서로 관련되어 있고 친족처럼 밀접한 관계를 이루며 인간의 의식 아래에서 리좀형*의 그물망처럼 뻗어 사고의 세계를 함께 엮어내는 것을 즐긴다고 말할 수 있다. 우리를 숲 전체에 널리 펴져 있는 균사체로, 각각의 책을 자실체로 생각하라.** 버섯과 마찬가지로 우리는 하나의 집합체다.

우리는 모두 연결되어 있기 때문에 항상 소통한다. 서로에게 동의하고 반대하고 다른 책에 대해 험담하며 서로를 들먹이고 인용한다. 또한 우리에게는 선호와 편견도 있다. 물론이다! 도서관 서가에서는 편견이 난무한다. 두툼한 학술서는 상업적인 책을 무시한다. 문학 도서는 연애소설이나 싸구려 통속소설을 깔본다. 자기계발 같은 특정

* 식물의 뿌리줄기(rhizome)처럼 불연속적으로 여러 방향으로 뻗어나가는 형상을 가리키는 철학 용어.

** 나무에 비유하면 버섯의 균사체는 뿌리, 자실체는 열매에 해당된다.

부류의 책에 대해서는 너 나 할 것 없이 무시하는 태도가 존재한다.

그럼에도 자기계발서가 유용할 수 있다는 사실은 부정할 수 없으며, 그래서 《정리의 마법》이 신간 서적 진열대에서 애너벨의 삶 속으로 난데없이 뛰어들었을 때, 우리로서는 이의를 제기하기 힘들었다. 애너벨은 도움이 필요했고, 그 작은 책이 펼친 묘기는 인상적이었다. 그러나 그 목적의식이 아무리 감탄할 만해도, 자기계발서의 일부를 이 책에 포함시킨다는 생각은 우리를 불안하게 했다. 나중에 옹호하고 나선 것은 베니였다. 그는 《정리의 마법》이 엄마의 이야기, 그리고 따라서 자신의 이야기에 있어서 필수적이라고 주장했고, 자신의 책이 고상한 척한다고 비난받기를 원치 않는다고 덧붙였다. 결국 우리는 동의해야 했다.

그러나 그날 밤, 애너벨은 《정리의 마법》을 읽을 준비가 되어 있지 않았다. 어쩌면 긴장된 하루를 보낸 탓에 그냥 지쳤기 때문일 수도 있다. 아니면 의붓아버지에 대한 아이콘의 찜찜한 언급이 신경 쓰였기 때문일 수도 있다. 이유가 무엇이건, 그녀는 서문을 읽은 뒤 곧바로 잠들었다. 그 작은 책은 그녀의 배 위에서 호흡에 따른 부드러운 오르내림과 베개처럼 폭신한 촉감을 즐기며, 밤새 그녀를 지켰다. 그 후 애너벨이 다시 《정리의 마법》을 읽기까지는 한참이 걸렸지만, 책은 인내심이 많다. 우리는 당신들의 삶이 얼마나 긴박하고 절박한지 알고, 그래서 가만히 때를 기다린다.

12

가위가 어떤 소리를 낼까? 그것이 무슨 말을 했을까? 그것은 교묘하면서도 강철처럼 강한 소리를 냈다. 처음에는 부드럽게 작은 살랑거림으로 시작했지만 빠르게 커지면서 쏙닥거림으로 변하더니, 사악사악 가르는 소리와 쩔겅이는 금속성의 소리를 내며 마치 인간의 언어처럼 들리는 것을 만들어냈다. 베니는 그것을 중국어라고 생각했지만 확신할 수는 없었다. 그는 중국어를 할 줄 모른다. 그러니 어떻게 알겠는가? 그러나 그는 가위가 그의 귀에 주입하는 폴리 선생님에 대한 신랄하고 건방진 말들을 모두 알아듣는 것 같았다. '저 늙은 바가지 머리가 너를 좋아한다고 생각해? 저 여자가 널 똑똑하다고, 특별하다고 생각하는 거 같아? 멍청한 암캐. 너한테 손을 떼고 널 정신과 의사한테 보낸 게 저 여자야. 그래, 그 암캐가 널 특별하게 생각하는 건 맞아. 빌어먹을 특별한 사이코라고 생각하지.'

그러나 베니는 폴리 선생님을 정말 좋아했다. 그녀는 수학 시간에 베니가 좀 이상하다는 것을 알아차리고 그를 양호실로 데려간 사람이었다. 그녀는 또한 과학 교사였고 생물 시간에 점균류에 대해, 어떻게 별개의 유기체들이 모여서 다세포 자실체를 이루고 포자를 형성하여 번식한 뒤 다시 흩어지는지에 대해 가르쳐주었다. 그녀는 점균류를 찾기 위해 반 아이들을 학교 근처의 보호림 지대로 데려갔고, 베니는 곧바로 찾아냈다. 썩어가는 삼나무 그루터기 옆에 달라붙어 있는 이끼 같은 집합체였다. 폴리 선생님이 그에게 예리한 눈을 가졌다며 칭찬했다. 베니는 점균류가 내는 소리를 들어서 정확히 어디를 봐야 할지 알았다는 말은 하지 않았다. 그것이 어떤 소리를 냈냐고? 설명하기 불가능한, 작고 스펀지 같고 노란 소리였다.

베니가 눈을 감았다. 이번 주에는 기후 변화에 대해 공부하고 있었고, 그는 기후 변화 알림판을 만들고 있었다. 가위는 그의 책상 위, 딱풀 옆에 있었다. 폴리 선생님이 화이트보드에다가 더위와 가뭄, 인간의 탄소 배출에 대해 설명하고 있었는데, 가위가 소리치고 낄낄거리고 그의 알림판이 쓸모없다는 둥 그것이 기후 변화를 막지 못할 거라는 둥 다들 망했다는 둥 이런저런 말을 하며 그의 주의력을 흐트러뜨렸다. 가위는 또한 폴리 선생님이 멍청하고 다들 그를 미쳤다고 생각하게 만든 장본인이라며 그녀의 목을 찔러야 한다고 했다. '지금이야!'

베니는 손을 깔고 앉아 손가락을 덮고 주먹을 꽉 쥐었다. 가위가 히죽거렸다. '이런 새앤님……. 와안전 쫄았네……. 그으냥 우우리한테 맡겨……'

그러더니 가위가 그의 손에 들어와서 쥐여졌다. 그는 일어나서 한 발 한 발 나아갔다. 폴리 선생님이 그가 오는 걸 알아차리고 손에 매직펜을 든 채 이야기를 멈추었다. 베니? 너 괜찮니? 나중에 교장실에서 사건 보고를 할 때, 그녀는 베니가 다가와서 마치 제단에 공물을 바치듯 가위를 내밀며 제발 가위를 가져가달라고 애원하다가 갑자기 가위 끝으로 자기 자신의 다리를 찔렀을 때 그 고통에 일그러진 얼굴을 회상하며 눈을 감고 몸을 떨었다.

응급실에서 베니는 허벅지를 세 바늘 꿰맸다. 초진 간호사는 무슨 일이 있었느냐고 물었지만 그는 대답하지 않았다. 응급실 의사가 물었을 때는 거짓말을 했다. 가위가 미끄러져서 떨어뜨렸어요. 기억이 안 나요. 베니는 다시 멜라니 박사에게 보내졌다. 그녀는 그에게 과잉행동장애를 처음 진단한 의사였기 때문에 몇 번 본 적이 있었고, 베니는 리탈린을 2개월째 복용하고 있었다. 복용하는 동안 베니는 다소 안정된 것처럼 보였기에 그녀는 만족했지만, 그때까지 그는 아직 목소리들에 대해 말을 하지 않고 있었다.

그들은 전과 똑같이 낮은 탁자를 사이에 두고 앉아 있었다. 다만 지금 탁자는 빨간색이었다. 이전 진료 때는 녹색이었기 때문에 베니는 좀 혼란스러웠다. 그는 빨간색과 녹색을 보색이라고 말한다는 걸 알았다. 그 둘이 반대라는 뜻이었다. 하지만 그건 말이 되지 않았다. 보색은 보완하는 색이라는 의미이고, 보완한다는 단어의 뜻은 서로 잘 맞게 하는 것을 뜻한다. 그러니까 반대의 반대인 셈이다. 이 같은 상황이 그를 머리 아프게 만들었다. 빨간색과 녹색도 머리 아프게 만들었다. 베니는 의사의 얼굴을 보고 달라진 점이 있는지 살폈지만 그녀는 똑같았다. 창백한 피부, 베이지색 머리. 여전히 멜라니 박사였다.

그녀가 말했다. "그래 베니, 무슨 일이 있었는지 말해주겠니?"

그가 고개를 저었다. 이상하게도 오늘 멜라니 박사는 전보다 늙어 보였다. 전에 그녀는 젊어 보였는데 오늘은 중년 여성 같았다. 피부의 질감이 잔주름으로 뒤덮인 오래된 먼지버섯 같았다. 손톱도 버섯색이었다. 그는 첫 진료와 지금 사이에 실제로 시간이 얼마나 흘렀는지 궁금했다. 어쩌면 그가 립 밴 윙클*처럼 잠들어 있었고 그가 꿈꾸는 동안 많은 세월이 흐른 것인지도 몰랐다. 어쩌면 그도 나이가 들고 엄마가 죽을 날이 가까운 할머니가 되어 있을지도 몰랐다. 그는 걱정이 되기 시작했고 그래서 의사의 다음 질문을 놓쳤다.

"베니, 듣고 있니?"

그가 고개를 끄덕이고 집중하려 애썼다.

"무슨 일이 있었는지 기억하니?"

"네."

"좋아. 나한테 말해줄래?"

"화장실부터 다녀오면 안 될까요?"

의사는 상체를 뒤로 빼고 의자 등받이에 기대어 앉았다. 잠시 그녀가 다시 젊어 보였다. 마치 장난감을 빼앗긴 어린아이 같았지만 그

* Rip Van Winkle. 19세기 미국 작가 워싱턴 어빙의 단편소설 〈립 밴 윙클〉 속 주인공으로, 신비한 술을 마시고 20년간 잠들었다가 깨어난다.

녀는 고개를 끄덕였다.

화장실은 복도에 있어서 대기실을 통과해 가야 했다. 문을 열었을 때, 애너벨이 잡지에서 눈을 떼고 올려다보았다. 그녀의 몸에서 강하게 내뿜는 불안의 기운이 그의 얼굴을 강타했다. 베니는 시선을 피했지만 그녀가 몹시 피곤해 보이긴 해도 여전히 원래의 나이라는 것을 확인하고 안도했다. 화장실에서 거울에 비친 자신의 모습을 자세히 보았다. 형광등 때문에 피부색이 달라 보였지만, 그는 여전히 그였고 여전히 열네 살처럼 보였다. 소변을 본 것 같은 소리가 나도록 변기 물을 내리고 손을 꼼꼼히 씻은 뒤 엄마의 걱정의 파도를 다시 한번 통과해 진료실로 갔다. 그러나 이번에는 마음의 준비가 되어 있었다. 그는 뒤로 문을 꼭 닫았다. 그가 다시 빨간 탁자에 앉았을 때, 멜라니 박사는 격려의 미소를 보냈다.

"이제 무슨 일이 있었는지 말할 준비가 됐니?"

"아마도요."

"그래……?"

"제가 가위로 제 다리를 찔렀어요."

"맞아. 그때 네게 무슨 일이 있었던 건지 말해줄래?"

"무슨 말씀이세요?"

"무슨 생각을 하고 있었는지, 아니면 어떤 느낌이었는지. 아무튼 네 주변에서 무슨 일이 일어나고 있었니?"

"아무것도요. 그러니까 과학 시간이었어요. 폴리 선생님이 지구온난화에 대해 얘기하고 있어요. 저는 아무 느낌도 없었고요."

"멍했다는 뜻이니?"

베니는 멍했었는지 기억하려 했다.

"많은 사람이 지구온난화에 대한 얘기를 들으면 멍해지지." 멜라니 박사가 말했다. "그리고 가끔 사람들은 분노하기도 하는데……."

그가 고개를 저었다. 분노한 건 가위였지 자신이 아니었다. 그는 이 말을 하고 싶었지만 그녀는 계속 말했다.

"네가 지구온난화에 분노를 느꼈을 수도 있다고 생각하니? 어떤 연관 관계가 있을까?"

물론 연관 관계가 있다. 가위는 전 지구적인 물건이다. 그것은 분명해 보였다. 그가 그렇게 말하려고 하는 순간 눈을 들었다. 그녀가 앞으로 몸을 기울이고 있었다. 격려하는 분위기였고 흥미로운 듯 보였다. 너무 흥미로워 보였다. 심지어 탐욕스럽게까지 느껴졌다. 그래서 베니는 마음을 바꿨다. 그는 비밀스러운 시선으로 그녀를 곁눈질하며 말했다. "그건 선생님 일이잖아요. 그 연관 관계는 선생님이 알아내셔야죠."

"난 우리가 같이 알아낼 수 있을 거라고 생각했어."

"아, 됐어요." 그가 말했다. 그래봐야 뭐가 달라지는가? 그는 목소리에 대해 거짓말을 하는 데 신물이 났다. 더 이상 숨기는 건 너무나 진 빠지는 일이었다. "가위가 그렇게 하라고 시켰어요."

그녀는 잠시 말이 없었다. "가위가 말하는 걸 들었니?"

그녀의 입으로 그 말을 들으니 완전히 미친 소리 같았다. 베니는 그 말을 주워 담고 싶었지만 너무 늦었다.

"가위가 뭐라고 말했는데?"

그는 주먹을 쥐고 가위의 말을 떠올렸다.

"너를 찌르라고 말했니?"

그가 고개를 젓고 속삭였다. "아뇨. 폴리 선생님을 찌르라고 했어요."

"가위가 너더러 선생님을 찌르라고 했다고?"

그가 주먹을 내리다가 멈추었다. "그러고 싶지 않았어요. 그래서 방향을 바꿨죠." 그는 당시에 어떻게 했는지 보여주기 위해 주먹으로 다리를 쳤다. 통증 때문에 숨이 막히고 눈물이 핑 돌았다. 밴드를 붙인 허벅지의 상처가 쑤셔오기 시작했다. 그는 두 손을 교차해 팔꿈치를 감싸고 몸을 앞뒤로 흔들기 시작했다.

"가위가 뭐라고 말했는데?"

몸을 흔드는 게 도움이 되었다. "아무것도요. 모르겠어요."

그녀가 이해하려 애쓰며 인상을 찌푸렸다. "하지만 네가 방금 말한 건……."

"제가 뭐라고 말했는지 알아요. 그건 그냥 '가위 같은' 말을 했어요. 모르겠어요. 마치 외국어로 말하는 것 같았어요."

"외국어?"

그가 참담하게 고개를 끄덕였다. 설명하기 너무 힘들었다. "어쩌면 중국어나 뭐 그런 말 같았어요. 말을 알아듣지는 못했지만 그들이 무엇을 원하는지는 알았어요." 다리 통증이 잦아들었다.

"중국어를 할 줄 아니?"

"아뇨." 그는 왕 부인이 아들인 노굿과 싸울 때를 생각했다. "하지만 중국어가 어떻게 들리는지는 알아요."

"네 성인 오씨가 중국 성씨니?"

"한국 성이에요. 아버지가 반은 한국인이고 반은 일본인이에요."

그는 멜라니 박사가 자신을 유심히 보는 것을 느낄 수 있었다. 그는 말을 바로잡았다.

"예전에 그랬다는 말이에요. 아빠는 지금은 돌아가셨죠."

그녀가 일어나서 방 한구석에 있는 책상으로 걸어가더니 서랍에서 뭔가를 꺼냈다. 그리고 손에 가위를 들고 돌아왔다. "이 가위니?"

그가 재빨리 시선을 돌렸지만 한발 늦었다. 그는 다시 팔짱을 꽉 끼고 탁자의 반짝이는 빨간색 표면을 빤히 내려다보았다. 가위가 더 가까이 오는 것을 원치 않았다. "아마도요."

"폴리 선생님이 가위를 보내주셨어. 혹시 이걸 보게 된 거니?" 멜라니 박사가 몸을 앞으로 기울이고 가윗날을 벌렸다. 번쩍이는 금속성 소리가 들렸고 그는 손을 귀에 대고 누르며 뭔가를 가르는 것 같은 날카로운 말이 나오기를 기다렸지만 정적만 뒤따를 뿐이었다. 멜라니 박사의 목소리가 가깝게도 아주 멀게도 들렸다.

"가위가 뭐라고 하는지 읽어볼래?" 그녀가 가위를 내밀어 그에게 보여주었다.

베니는 눈을 들지 않았다. 탁자의 단단한 빨간 표면이 녹색으로 변하며 진동하기 시작했다.

"중국." 의사는 마치 그것이 뭔가를 증명한다는 듯 읽고는, 다시 찰칵 소리를 내며 가위를 접어 정적 속에 작은 구멍을 냈고, 그 구멍으로 더 많은 소리가 통과했다. "모르겠니, 베니? 중국에서 만든 가위야. 넌 분명 그걸 봤을 거야. 그래서 가위가 중국어로 말하고 있다고 상상한 거고."

다리가 다시 쑤셔오기 시작했다. 왜 그녀는 이해하지 못할까? 그는 어금니를 꽉 물고 상황이 더 커지지 않도록 애쓰며 부드럽게 말했다.

"아뇨."

"아니라고?"

"아뇨!" 그 말이 목구멍에서 찢어낸 듯 나왔다. 방 안의 색깔들이 피처럼 번져 나오며 반짝이기 시작했다. 베니는 탁자 상판을 양손으로 세게 눌러 빨간색과 녹색이 밖으로 번져 나오지 못하게 막으려 했다. 왜 그녀는 이해하지 못할까? 그는 설명을 시도해야만 했다. "가위가 중국말을 하는 이유는 그들이 중국에서 왔기 때문이에요. 할 수 있는 유일한 언어가 중국어이기 때문이고요!"

대기실에서 기다리고 있던 애너벨은 소용돌이치며 솟아오르는 아들의 비통한 목소리를 들었다. 그녀는 몸을 숙이고 얼굴을 두 손에 물었다.

환하고 작은 진료실에서 다음 몇 차례의 진료가 진행되는 동안 반복적인 오해의 양상이 나타나기 시작했다.

"넌 시계가 분노를 느낀다고 말하는데, 그러면 네 기분은 어떠니?" 멜라니 박사가 말했다.

"아무렇지 않아요. 제가 뭔가를 느끼는 건 아니에요."

"아무렇지 않다고? 너도 분노를 느끼는 것처럼 들리는구나. 아니면 답답함을 느끼거나?"

"물론 답답하죠. 선생님에게 말을 하면 답답해져요."

"좋아. 그럼 네가 시계의 분노를 통해 경험하는 것이 사실은 너 자신의 답답함이라고 생각하……."

"아뇨! 답답해하는 건 시계라고요. 선생님이 제 말을 안 들으시니 짜증 나요. 이건 시간 낭비예요!"

그는 주변에 놓여 있는 장난감과 인형 때문에 정신이 산만해졌고 그들을 무시하려 애썼다. 멜라니 박사에게 그것들을 치워달라고 부탁하자, 그녀는 이유를 알고 싶어 했다.

"너무 시끄럽게 해요."

그녀가 그건 불가능하다고 말하고는 소리의 물리적 원리에 대해 참을성 있게 설명했다. "소리는 물체가 공간을 이동함으로써 나는 거란다. 장난감은 그냥 가만히 있어, 베니. 움직이지 않지. 게다가 내부에 움직이는 장치도 없고. 그러니 소리를 낼 수 없어. 물리적으로 불가능한 얘기야."

그가 마치 귀에 들어간 물을 빼내려는 듯 고개를 마구 흔들었다.

"그들이 아파해요."

"장난감이 아파한다고?"

"아뇨. 아이들이요."
"아이들이 장난감을 아프게 한다는 소리니?"
"아뇨! 왜 그렇게 멍청하세요?"
"진정해, 베니. 심호흡하고. 자, 이제 다시 해보자. 그럼 장난감이 아이들을 아프게 하니?"
"아뇨, 물론 아니에요. 장난감은 아이들을 아프게 하지 않아요. 사람들이 아프게 하죠."
"그게 장난감과 무슨 관계가 있지?"
"장난감이 아니까요."
"사람들이 아이들을 아프게 한다는 걸 장난감이 안다는 거니?"
"물론이죠. 그래서 장난감을 여기 둔 거 아닌가요? 지금 그게 장난감 안에 있어요. 안으로 들어가서 거기 머물고 있죠."
멜라니 박사는 두리번거리며 선명한 색깔 블록들과 인형과 동물 봉제 인형을 둘러보았다. "이해를 못 하겠구나." 그녀가 말했다. "안에 뭐가 있다는 거니? 뭐가 머문다는 거야?"
"선생님 미친 거 아녜요? 안 들리세요?"
"뭐가 들린다는 거니?"
"아이들의 고통이요!" 그가 탁자 모서리를 부여잡고 말했다.

그녀는 멍청한 의견들로 그를 지치게 했고, 모든 것을 도돌이표로 만들었다.
"네가 두려워서 그러는 게 아닐까, 베니? 너는 두려워. 그래서 목소리를 듣는 거야."
"아뇨. 저는 목소리를 들어요. 그래서 두려운 거예요." 그가 지쳐서 말했다.
의미 없는 일이었다. 이 대화 이후 그는 설명하려는 것을 포기했다. 멜라니 박사는 애너벨을 만나서 진단 결과를 전달했다. 베니가 분열정동장애 전구 단계라는 것이었다. 그리고 리탈린 복용을 중단하고 기분장애를 위해 항우울제, 환청 치료를 위해 항정신병약 복용을 시작할 것을 권했다.

애너벨은 환하고 작은 방에 앉아 핸드백을 부여잡고 고개를 열심히 끄덕이며 얘기를 들었다. 자신이 집중하고 있고 의사의 말을 잘 따라가고 있으며 의사가 무슨 말을 하는지 이해하고 의사의 말에 동의하고 평정심을 잃지 않고 있다는 것, 그러니 혼자 아이를 키우기에 손색없는 사람이라는 것을 의사에게 알리기 위해서였다.

"어려운 상황인 건 맞습니다." 의사가 말했다. "하지만 우리가 분열정동장애가 있는 아동을 성공적으로 치료해서 아이가 사춘기를 지나면서 증상이 완화된 경우도 많이 있습니다."

애너벨은 계속 고개를 끄덕였고, 의사가 말을 끝마쳤을 때 얼굴을 손으로 가리고 울기 시작했다.

멜라니 박사는 탁자 위의 각 휴지를 밀어 주고 애너벨에게 시간을 주며 기다렸다. 환청이 리탈린의 부작용일 가능성이 있으며 약을 바꾸면 완화될 수도 있지만, 그녀는 그 말은 하지 않기로 작정했다. 소년의 어머니에게 헛된 희망을 심어주고 싶지 않았다. 그녀는 분명 어쩔 줄 몰라 했고, 어차피 새로운 치료 계획을 뒷받침할 증상은 충분했다. 마침내 그녀는 다시 몸을 앞으로 기울이며 말했다.

"오 부인?"

애너벨은 눈물로 얼룩진 얼굴을 들었다. "죄송합니다." 그녀가 꺽꺽거리며 말했다. "보통은 제가 안 이러는데……." 그녀가 눈물을 삼키고 휴지 한 장을 빼내며 말했다. "방금 직장에서 이메일이 왔어요. 그러니까, 진짜 직장은 아니에요. 회사가 사무실을 닫고 일감을 반으로 줄였고, 저는 집에서 일하니까요." 그녀가 얼굴을 닦고 코를 풀었다. "상사가 우리 일자리를 단계적으로 없앨 거라고 말했어요……."

멜라니 박사는 여인이 머리를 떨어뜨리고 어깨를 앞으로 숙인 모습을 지켜보았다. 여인이 입은 맨투맨 티셔츠가 넓은 등판에서 터질 듯 팽팽하게 당겨져 있는 것을 알아차렸다. 한때는 예뻤을 금발 머리가 이제 윤기를 잃어 지푸라기처럼 푸석하고 가늘어졌다. 그녀는 애너벨이 하는 말을 간신히 알아들을 수 있었다. 그녀는 바닥에 대고 말하는 것처럼 보였다.

"인쇄매체 부서를 완전히 없앤대요. 신문이랑, 그런 것들이 이제 모두 온라인으로 나와서……."

갑상선 장애인가? 당뇨? 스트레스? 멜라니 박사는 얼굴을 찌푸리며 손깍지를 끼고는 마치 기도하는 것처럼 손을 위로 들었다. 틀림없이 우울증이야. 그녀는 아동들 사이의 항정신병약 부작용 증가와 심각한 정신질환 병력이 있는 부모를 연관 짓는 최근의 리탈린 연구에 대해 읽은 적이 있었다. 물어볼 가치가 있을 수 있었다. 그녀는 턱을 손가락 관절 위에 얹고 애너벨이 마음을 가라앉히기를 기다렸다.

"그냥 컴퓨터와 기계 같은 것들을 잘 다루지 못할 뿐인데……."

멜라니 박사는 손을 내렸다. "무척 힘드시겠어요." 그녀가 몸을 앞으로 숙이며 말했다. "오 부인, 궁금한 게 있는데 혹시 가족 중에……."

"제 잘못이에요. 몇 개월 전에 상사가 불길한 조짐이 있다고 경고했는데, 제가 멍청하게도 상황이 잘 풀릴 거라고 생각하고……."

멜라니 박사는 시계를 확인했다. 시간이 다 되었고 다음 환자가 곧 도착할 예정이었다. 그녀가 말했다. "그래서 베니에 대해 말씀드릴 게 있습니다. 새로운 투약 계획을 시작하면 우리가 계속 베니를 지켜볼 수 있게 아동병원 소아정신과에 입원시키고 싶은데요. 한 일주일 정도. 어떻게 생각하세요? 그러면 어머니가 적응하실 시간도 벌게 될 테고……."

애너벨이 눈을 들어 의사를 보았다. "전 복지혜택을 잃게 될 거예요." 그녀가 속삭였다. "의료보험이요. 우리가 보험을 적용받을 수 있을지 모르겠어요."

그녀는 자신이 사정해야 할 입장이라는 것을 깨달았다. 그녀는 베니와 함께 집으로 돌아가서 방으로 올려 보낸 다음 작업대에 앉아 상사에게 전화를 걸었다. 그녀는 상황을 설명하고 적어도 필요한 기술을 업그레이드할 기회를 달라고, 인쇄매체 일감이 있는 동안 그 일을 계속하게 해주고, 그런 다음 라디오와 TV도 업무 영역에 추가해달라고 간청했다. 오디오와 비디오 부문은 더빙 덱, 모니터와 리시버 같은 예전의 하드웨어가 컴퓨터와 소프트웨어로 대체되었으니 그렇게 어렵지 않았다. 이 부문은 이제 막 조직적 역량을 확장하려는 중이었고, 따지고 보면 자신은 사무실에서 일할 당시 어느 남자 직원도 받지 못한 도서관 훈련을 받은 사람임을 상사에게 상기시켰다. 그녀는 사실 많은 면에서 남자 동료들보다 훨씬 더 자격을 갖췄지만 자신이 인쇄매체 부서에 처박혀 있었던 유일한 이유는 여자이기 때문이라고 말했다. 그건 분명한 성차별 사례이며, 여성을 신문과 잡지를 다루는 고립된 집단으로 강등시키고 더 '기술적인' 시청각 부서에 남자들을 고용하는 것은 시대에 뒤떨어진 성차별적 정책이었다. 그녀는 컴퓨터가 인쇄매체 부서를 침체시켰다고 말했다. 디지털 기술은 이런 예전의 구분을 의미 없게 만들었고, 게다가 여자들이 기술적으로 복잡한 일을 하지 못할 이유가 없었다. '가위녀'라는 말 자체가 성차별적이고 모욕적이고, 그것을 차별이나 성희롱이라고까지 말하지는 않겠지만, 그녀와 인쇄매체 부서의 다른 여성 동료들은 소위 검색 전문가와 정보 분석가라고 하는 남자들보다 낮은 임금을 받았고 회사에서 동등한 승진 기회를 누린 적이 없으며 여러 해 동안 남자 동료들이 자신의 가슴을 빤히 쳐다보는 것을 감내해야 했다.

그녀가 말을 마치자 긴 침묵이 흘렀다. 그녀는 전화가 끊어진 게 아닌가 생각했지만, 그때 상사가 헛기침하는 소리를 들었다. 그녀는 오려낸 신문 조각과 서류철, 신문지 더미, 지저분한 커피 잔과 탄산음료 캔, 빈 콘칩 봉지, 반쯤 먹다 만 피클이 담긴 접시가 여기저기 펼쳐진 작업대에 엉덩이를 걸치고 앉아 있었다. 그녀는 엄지손가락 끝을 깨물며 거스러미를 걱정했다. 스캐너가 웅웅 소리를 냈다. 쓰레기통이 꽉 차서 흘러넘쳤다. 그녀는 낡은 잡지 더미 위에서 아슬아슬 균형을 잡고 있는 포인세티아 화분을 응시하며 숨죽인 채 대답을 기다렸다.

"좋아." 마침내 그녀의 상사가 입을 열었다. "한번 생각해보지. 내가 할 수 있는 일이 있을지."

그녀가 숨을 내쉬었다. "좋아요." 그녀가 엄지손가락 끝을 입에서 떼어내며 말했다. "그리고 찰리, 너무 오래 생각하지는 말아요. 저는 당장 입원이 필요한 아픈 아이를 둔 싱글맘이에요."

내가 많이 아프다고? 베니는 궁금했다. 그는 작은 침실에서 깔끔하게 정돈된 침대에 앉아 듣고 있었다. 여느 때와 달리 아래층 거실에 있는 라디오가 꺼져 있었고, 그래서 엄마가 통화하는 소리를 들을 수 있었다. 그는 아픈 것 같지 않았다. 독감이나 수두나 암 따위에 걸린 것 같지 않았다. 다리는 가위로 인해 생긴 상처 때문에 아직 아팠지만, 그것을 제외하면 괜찮았다. 아픈 건 그가 아니었다. 목소리들이었다. 여기, 그의 침실에서는 목소리들이 잠잠했다. 복도로 나가면, 또 시작되곤 했다. 그는 그저 가만히 침대에 머물러야 했고, 양말을 개켜두고 잠자리를 정리하고 물건들을 치워둬야 했다. 그러면 목소리들이 그를 혼자 있게 놔뒀다. 그는 책꽂이를 보았다. 책들이 모두 크기별로 깔끔하게 늘어서 있었고, 달 모형이 한쪽 끝에서 북엔드 구실을 했다. 엄마가 재활용품 수거함에서 찾은 고무 오리가 밖에 나와 있는 유일한 장난감이었는데, 그게 있으면 마음이 안정되는 기분이었지만 장난감이 하나 이상 나와 있으면 너저분해질 것이기 때문에 다른 것들은 꺼내놓지 않았다. 너저분한 건 스트레스라고 폴리 선생님이 항상 말했다. 그는 침대보를 내려다보며 매만진 다음, 일어나서 자신이 앉았던 흔적을 지우기 위해 주름을 폈다. 다리미를 찾으러 가야 할까? 다림질은 중요했다. 주름진 침대보는 주름진 마음과 같았다. 문젯거리다. 그는 문제없이 잠을 잘 수 있도록 침대보를 다림질했다. 게다가 침대보는 다림질해주는 걸 좋아했고 그래서 베니는 침대보 다리는 걸 좋아했다. 다림질해주기를 원치 않는 물건은 절대 다리지 않았다. 평평해지는 걸 좋아하는 것들만 다렸다. 그러나 단지 그 이유만은 아니었다. 또 다른 이유가 있었다. 다리미가 다리미판을 사랑했고 다리미판도 다리미를 사랑해서 그들을 떨어뜨려놓으면 외로워했기 때문에, 그는 다림질하기를 좋아했다. 그들은 서로를 위해 만들어졌고, 그들에게 함께 있을 기회를 주면 기분이 좋았다. 그가 다리미와 다리미판을 가지러 아래로 내려가려는 순간 침대 밑에서 나오는 작은 목소리를 들었다.

'와아!' 목소리가 말했다.

아주 작고 둥글고 부드러운 목소리였다. 그는 무릎을 꿇고 침대 밑을 보았지만 당연히 아무것도 없었다. 그는 아무것도 없으리라는 걸 알고 있었다. 그날 아침에 청소포로 침대 밑을 닦아서 종종거리는 마지막 남은 먼지까지 싹 없앴으니까. 그는 배를 깔고 엎드려서 어둠 속으로 꿈틀꿈틀 기어들어갔다. 그는 침대 밑에 있는 걸 좋아했다. 아버지가 죽은 뒤, 사고를 쳐서 밤에 오줌을 싸면 침대 밑으로 기어들어가곤 했다. 침대 밑은 따뜻하고 캄캄하고 건조했다. 마치 상자

안에 들어가는 것 같았다.

그는 벽을 따라 조금씩 움직이며 손가락으로 벽에 달린 걸레받이 형 방열기 밑을 훑었고, 그러다 그가 예상한 대로 작고 반들반들하고 시원하고 둥근 무언가가 손끝에서 느껴졌다. 그는 손가락 끝으로 살살 건드려 그것을 빼낸 다음 꿈틀거리며 침대 밑에서 나와서 일어나 앉았다. 그의 손에는 고양이 눈 모양의 반짝이는 구슬이 쥐어져 있었다. 그는 그것을 전에 본 기억이 없었지만, 아마도 애너벨이 중고 매장에서 사 온 구슬 상자에 담겨 있던 것이리라. 그녀는 항상 중고 매장이나 차고 세일에서 낡은 장난감을 집으로 가져와서는 그것들을 골동품이라고 부르고 이베이에서 되팔 수 있을 거라 기대했다. 베니는 구슬을 들어서 조명에 비춰 보았다. 이건 참 오래돼 보였다. 유리는 연한 녹색이었는데 안에 작은 기공들이 있었고, 속에 노란색, 녹색의 얇은 나선형 실 같은 것 두 개가 있었다. 그것을 눈 가까이로 가져가서 소용돌이치는 듯한 뿌연 내부를 살펴보았다. 괜찮군. 그는 생각했다. 그리고 그것을 손바닥 위에서 이리저리 굴렸다. 예뻐. '으으음.' 구슬이 말하며 그에게 윙크했다. 그 순간 거실에서 엄마가 부르는 소리가 들렸다.

"쉬잇." 그가 구슬에게 속삭이고는 주머니에 쓱 집어넣었다.

"지금 가!" 그가 엄마에게 대답했다.

그는 한동안 침실 문 앞에 서서 준비를 한 다음 문을 열었다. 그는 문지방 앞에 멈춰 서서 한동안 귀 기울이며 소음 수준을 가늠하고는 소음이 심하지 않다고 판단했다. 그런 뒤 어수선한 복도로 나가서 왁자지껄한 소음을 재빨리 뚫고 계단을 내려가 거실로 갔다. 애너벨은 한 손에는 휴대전화를 들고 한쪽 이어폰이 여전히 귀에 매달린 상태로 신문 더미 사이에 앉아 있었다. 얼굴에는 놀라워하는 표정이 떠올라 있었다.

"내가 해냈어." 그녀가 말했다. "회사에서 재교육을 받게 해준대. 내가 계속 일을 하도록 해주겠대."

그녀가 두 팔을 뻗었고 베니는 그녀에게 다가가서 자신을 끌어안게 해주었다. 자신의 귀를 누르는 그녀의 팔이 세상의 혼란을 누그러뜨리는 따스한 베개처럼 느껴졌다. 잠깐 동안은 거의 평화롭기까지 했다. 엄마의 살에서 달큼하고 살짝 시큼한 땀 냄새가 났다. 그 냄새가 자신의 슬픔의 냄새처럼 느껴졌다. 그는 참을 수 있을 때까지 최대한 오래 그렇게 가만히 있었다. 그러다 결국 어머니의 품에서 용해되어버릴 것만 같은 기분을 참을 수 없어서 그녀를 밀어내야 했다. 그러고 나니 마음이 편치 않았다. 그는 손을 주머니에 쑤셔 넣고 손가락으로 구슬을 만졌다. 구슬의 존재를 잊고 있었는데, 그것이 마음을 안정시켰다.

"잘됐네, 엄마." 그가 호응하는 목소리를 내려고 애쓰며 말했다. "그럼 내가 병원에 갈 수 있게 된 거야?"

13

하얗게 칠해진 기다란 복도에서 똑같이 열려 있는 문들 중 제일 끝에 있는 마지막 입원실 문가에 서 있는 베니는 너무도 작아 보였다. 애너벨은 생각 같아서는 다시 아들에게 달려가서 아들의 옷가지를 다시 더플백에 쑤셔 넣고는 간호사실로 데려가서 조금 전에 자신의 핸드백을 뒤져 작토 커터 칼을 압수한 고압적인 수간호사에게 끔찍한 착오가 있었다며 자신의 아들은 이곳에 있을 아이가 아니니 당장 집으로 데려가겠다고 말하고 싶었다(작토 커터 칼에 대해 말하자면, 그건 스크랩할 필요가 있는 기사를 언제 만나게 될지 모르기 때문에 늘

소지하는 직업적으로 필요한 도구였다). 하지만 그러지 않았다. 대신 베니가 문가에서 지켜보는 동안 간호사실 앞에 서서 다른 남자 간호사가 그녀의 소지품을 도로 가져온 뒤 그녀를 밖으로 안내할 때까지 인내심 있게 기다렸다. 그리고 잠긴 이중문에 도달했을 때 베니를 돌아보고는 손을 흔들었다. 베니는 손을 흔들어 답하지 않았다. 이 낯선 환경에서 자신에 대한 확신이 없어서, 그저 뿌리박힌 듯 가만히 서 있었다. 그의 몸이 이제 무엇을 해야 할지, 움직이거나 손을 흔들거나 갑자기 엄마에게 달려가도 괜찮은지 더 이상 모르는 것 같았다. 그녀는 간호사가 번호를 키패드에 입력하는 소리와 문이 딸깍 열리는 소리를 들었다. 그녀는 간호사의 손가락이 자신의 팔을 살짝 누르는 것을 느꼈다. 앤드루 간호사. 그의 이름표에 쓰여 있었다.

"아드님은 괜찮을 겁니다." 앤드루 간호사가 말했다. "저희가 잘 돌볼게요."

애너벨은 그의 말을 거의 듣지도 믿지도 않았지만 그의 권위에 굴복하여 고개를 끄덕였다. 그는 잘 발달된 팔뚝에 문신이 있었다. 그는 강했다. 그녀는 병동의 환자가 폭력적이 되는 경우가 있었는지, 그리고 그런 상황이 발생하면 앤드루 간호사가 그들을 제압해야 하는지 궁금했다. 그녀는 몸을 돌렸고 바로 그 순간 베니가 손을 들어 흔들었지만, 그때는 이미 애너벨의 몸이 움직이고 있었고 무거운 철제문이 그녀의 뒤에서 잠겼다. 그리고 그녀가 뒤돌아서 강화 유리창을 통해 보았을 때 베니는 사라지고 없었다.

그를 나오지 못하게 가두고 그녀를 들어가지 못하게 막는 그 문들의 소리는 그녀의 패배와 실패의 소리였다. 그녀는 복도를 헤매고 다니며 출구를 찾으려 했다. 방향을 가리키는 것처럼 보이는 바닥의 굵은 선들과 화살표 표시가 도처에 있었지만, 그것들은 계속 순환되었고 어디로도 인도하지 않았다. 마침내 그녀는 1층으로 내려가서 보도로 나갔다. 환한 빛이 비추는 세상의 소음과 혼란이 충격파처럼 그녀를 강타했고, 그녀는 다시 균형을 잡기 위해 한동안 서 있어야 했다. 그녀는 길을 건너 버스 정거장으로 갔고, 버스가 오자 탑승하여 뒤쪽에서 빈자리를 찾았다. 그날 아침 그들이 나란히 앉아서 병원으로 갈 때 탄 것과 같은 버스였다. 베니의 무릎 위에는 옷가지를 깔끔하게 싼 더플백이 놓여 있었다. 그는 직접 짐을 싸겠다고 고집했고 그녀는 플로리다 여행 중에 디즈니랜드에서 셋이 함께 찍은 사진이나 그때 켄지가 그에게 사준 봉제 바다거북처럼, 마치 집에 있는 것처럼 느끼게 해줄 물건들을 챙길 것을 제안했지만 베니가 거부했다. 그곳은 병원이고 집에 있는 것처럼 느끼고 싶지 않다고 그는 말했다. 그러나 그녀는 그때 베니가 책상에 올려둔 몇 가지 물건—공책, 전용 숟가락, 구슬 하나—이 나중에 없어진 것을 발견했고, 그래서 그가 그 물건들도 챙겼음을 알 수 있었다. 입원 절차를 밟는 동안, 그 고압적인 수간호사는 숟가락과 구슬을 빼앗아 애너벨의 작토 커터 칼과 함께 비닐봉지에 넣었다. 그녀는 무슨 생각을 한 걸까? 숟가락이 뭐 얼마나 위험하다고. 구슬은 그럴 수 있다. 아이가 삼켜서 숨이 막힐 수 있으니까. 하지만 숟가락은? 간호사가 베니에게 통보했다. 이건 필요하지 않아. 우리가 제공할 테니까. 베니는 집에서는 그 숟가락으로만 먹었고 학교에도 꼭 챙겨 갈 정도였는데도 딱히 저항하지 않았다. 애너벨은 자신이 무슨 말을 해줬어야 했나 하는 생각이 들었지만, 그녀와 베니는 숟가락에 대해 어떤 말도 나눠본 적이 없었다. 베니가 숟가락을 아낀다는 것은 그저 그녀의 짐작이었고, 간호사에게 괜한 소리를 했다가 베니가 민망해할까 봐 두려웠다. 그녀가 흘깃 보니 베니가 병원 의자에 주저앉아 어색한 벨크로 스트랩이 달린 끈 없는 운동화를 응시하고 있었다. 그들이 천식 흡입기를 가져가자 그녀가 목소리를 높였다.

"하지만 갠 그게 필요해요!"

"그럼 데스크 뒤에 보관하도록 하죠. 필요할 때 달라고 말하기만 하면 됩니다."

버스가 속도를 늦추더니 장애인 승객을 태우기 위해 쉭쉭, 칙칙 소리를 내며 압축공기를 이용해 마치 한쪽 무릎을 꿇듯 발판을 내리는 번거로운 과정을 수행했다. 애너벨이 창밖으로 눈을 돌렸고 연석에서 비닐 쇼핑백이 높이 쌓인 쇼핑 카트 옆에서 기다리고 있는 한 나이 든 여인을 보았다. 그날 아침 버스에서 애너벨과 베니는 휠체어를 탄 노인의 맞은편에 앉아 있었다. 휠체어에는 빈 깡통과 병으로 불룩해진 쓰레기봉투가 묶여 있었다. 반백의 수염을 길게 기른 그 노인은 이가 하나 빠져 있었고 낡아빠진 검은색 가죽 서류 가방이 무릎 위에 아슬아슬 균형을 잡고 얹혀 있었다. 그리고 목에는 노끈에 묶인 마분지 표지물이 걸려 있었다. 표지물에는 손 글씨로 이렇게 쓰여 있었다.

이유 없는 선행*

그는 그들 맞은편에서 혼잣말을 중얼거리며 앉아 있었다. 이따금 거칠고 큰 손을 무릎에서 들어 올려 마치 그곳에 없는 누군가를 향해 손을 흔드는 듯 날개처럼 퍼덕이거나 갑자기 머리를 홱 돌려 뒤를 흘끗 보고 그 상태로 집중해서 귀를 기울이다가 관심이 식으면 다시 혼자 중얼거렸다. 애너벨은 눈을 마주치지 않으려고 애썼고 베니 역시 의도적으로 반대편을 보고 있는 것을 인지했지만, 몇 정거장 뒤에 그 노인의 관심이 그들을 향했다.

* Random Acts of Kindness. 미국의 작가 앤 허버트가 처음 쓴 용어로, 1995년부터 시작된 자발적 선행을 실천하자는 캠페인.

"이봐 거기, 학생!" 그가 통로 건너편에서 외쳤다. 그는 목 뒷부분에서 나오는 동유럽식 발음과 억양으로 말했는데 숨통에 말이 걸려 있는 것 같았고, 그래서 말할 때 헛기침을 하는 듯한 소리가 났다. 베니는 무시했지만 그들이 병원 정거장에서 내릴 때 그 남자가 다시 소리쳤다. "어린 친구. 꿋꿋하게 버티게. 비브 라 레지스탕스!"*

"저 사람 아니?" 걸어가면서 애너벨이 물었고 베니는 어깨를 으쓱했다.

"그냥 부랑자야." 그가 말했다. "버스에 항상 있어."

그들은 안내를 받아 병실로 갔고 그녀는 베니가 짐을 풀고 잠옷과 옷가지를 침대 옆 서랍장에 넣는 것을 도와주었다. 그녀는 그와 같은 병실을 쓰게 될 환자를 만났다. 베니보다 나이가 많고 지저분한 머리에 얼굴에 여드름이 있는 중국인 소년이었는데 이름은 곧 잊어버렸다. 찢어진 블랙진에 불길해 보이는 검은 티셔츠 차림이었다. 그가 다른 곳으로 가자, 그녀와 베니는 한동안 침대에 함께 앉아 있었다. 그녀는 베니가 손을 뺄 때까지 그의 손을 잡고 있었다.

"같은 방 친구가 좋아 보인다." 그녀가 말했다. "패션 센스가 있어."

베니가 대답하지 않자 그녀가 다시 시도했다. "침대가 편해 보여."

그녀는 매트리스 위에서 몸을 위아래로 튕기며 뭔가 다른 할 말을 떠올리려 했지만 그때 베니가 입을 열었다.

"버스에 있던 남자 기억나? 휠체어에 탄 부랑자 말이야."

"쓰레기봉투를 잔뜩 매달고 있던 남자? 어떻게 기억이 안 나겠니? 대체 왜 그런 사람을 버스에……?"

베니가 초조하게 고개를 저었다. "그 남자가 계속 주변을 두리번거린 거 봤어? 내 생각엔 그 사람도 물건들의 소리를 듣는 것 같아. 목소리나 뭐 그런 거. 물건들이 말하는 걸 듣는 거 같아."

* Vive la résistance. 프랑스어로 '레지스탕스 만세' 또는 '저항 운동 만세.'

"음, 어쩌면, 하지만……." 애너벨은 말하기 시작했다. "그건 알기 어렵지만……."

"난 알아. 그 사람은 나처럼 사물들의 소리를 듣고 나도 소리를 듣는다는 걸 알고 있는 거야. 그게 재미있다고 생각하는 거지. 그 사람은 나를 보고 웃고 가끔은 뭐라고 말을 해. 오늘은 엄마가 거기 있어서 안 그랬지만, 평소에는 그래."

그런 일이 있었다는 것을 그녀는 전혀 몰랐다.

"왜 내게 말하지 않았니?" 그녀가 베니의 팔뚝을 잡고 다그쳤다. "베니, 그 남자가 무슨 말을 하는데? 널 버스에 혼자 태우지 말았어야 되는 건데. 당장 신고를 해야……."

그러나 베니가 또다시 그녀의 말을 잘랐다. "나한테 못되게 굴려고 그러는 게 아니야. 내가 무슨 생각을 하는지 아는 것 같아. 그리고 그냥 도와주려고 뭐라고 말을 하는 거야. 그리고 나도 그 사람이 무슨 생각을 하는지 아는 것 같고. 뭐라고 설명할 수 없어. 가끔은 우리가 같은 목소리를 듣고 있는 게 아닌가 싶어. 이상하지?"

'그래!' 애너벨은 소리치고 싶었다. '그래, 이상해. 아주, 아주 이상하다고!' 하지만 그건 잘못된 반응 같았다. 그래서 그저 가만히 앉아서 숨을 고르며 아들의 팔을 꽉 붙잡고 이야기를 들었다.

"좋은 사람 같아." 베니가 말했다. "하지만 그 사람처럼 되고 싶진 않아."

그러고는 그녀를 보았다. 그녀는 아들의 눈에서 두려움을 보았고 아들에게 팔을 둘러 어깨를 감쌌다.

"바보처럼 굴지 마." 그녀가 말하며 아들을 꽉 끌어안았다. "넌 그 사람과 전혀 달라. 그래서 우리가 여기 있는 거고. 사람들이 도와줄 거야. 우리가 해결할 거야. 내가 장담해. 넌 괜찮을 거야."

그녀는 긍정적인 모습을 잃지 않으려고, 쾌활하고 자신감 있는 모습을 유지하려고, 일자리와 복지혜택을 지키려고, 아들의 사기를 북돋으려고 최선을 다하고 있었지만, 그러한 노력이 그녀를 소모시키고 있었고, 이제 버스에서 쇼핑 카트를 끌고 다니는 노숙인 할머니 옆에 앉아 있으려니 가슴을 저미는 절망감이 스며드는 것을 느꼈다. 그녀는 창밖을 내다보았다. 버스가 거의 쇼핑몰에 도달했다. 마이클스에 들를까 하는 생각이 잠시 스쳤지만 그 순간 잊고 있던 것이 떠올랐다. 몇 시간 후면 기술 지원팀이 새 컴퓨터를 집으로 배달해줄 예정이었고, 그녀는 집에 가서 정리를 해야 했다. 게다가 그녀는 상사와 당분간은 수습 기간을 두기로 했기 때문에 다음 두어 주 동안 그녀의 업무 성과가 결정적으로 중요하다는 것을 스스로에게 상기시켰다. 그녀가 TV와 라디오 계약 업무를 제대로 처리할 수 없다면, 일자리에서 퇴출될 것이고 그러니 어차피 시간이 없어서 사용하지도 못할 공예 재료에 돈을 쓸 게 아니라 일에 집중할 필요가 있었다. 버스가 쇼핑몰에서 멀어지자, 그녀는 자신의 자제심에 뿌듯함을 느꼈지만 그 느낌은 오래가지 못했다. 버스 정거장에서 내려서 가스펠 선교회 중고매장 앞 보도에 서 있을 무렵에는 그녀는 자제력이 완전히 사라져 있었다.

무엇이 인간으로 하여금 그토록 많은 것을 원하게 하는 걸까? 무엇이 물건들에게 인간을 매혹시키는 힘을 주는 것이며, 더 많이 갖고 싶은 욕망에 한계라는 게 있을까? 애너벨은 이런 질문들을 곰곰이 생각할 시간이 없었다. 이가 빠진 접시 더미와 파이렉스 조리기구 사이에서 작은 스노글로브를 본 순간, 그녀는 속수무책으로 저항할 힘을 잃었다. 유리구슬 안에서 마치 살아 있는 듯 빛을 발하는 작은 플라스틱 바다거북이 탈색된 산호 조각 앞에서 헤엄치며 그녀에게 이 중고품들 사이에서 자신을 좀 구해달라고 외치고 있었다. 그녀는 항상 바다거북을 좋아했다. 그것은 느리고 우아하고, 너무나 크고 슬픈 눈을 가졌다. 바다거북이 멸종 위기종인 것은 말할 나위도 없었다. 스노글로브의 바닥은 조류가 덮인 바위같이 보였고 소라 껍데기와 플라스틱 불가사리가 달라붙어 있었으며 작은 것의 어미가 분명한 큰 바다거북도 한 마리 있었다. 어미는 유리구슬에 갇힌 새끼를 향해 헤엄쳐가고 있었고, 유리를 사이에 두고 그 둘의 코가 닿을락 말락 했다. 애너벨이 스노글로브를 기울였다가 다시 똑바로 세우자, 수백 개의 작은 초록색, 분홍색 반짝이가 아기 거북 주변에서 휘돌았다. 혼탁한 물의 세상에서 반짝거리며 가라앉는 반짝이들은 희망처럼 느껴졌다.

집에 도착하니 주방 시계가 요란하게 똑딱거리고 있었다. 그녀는 스노글로브를 꺼내고 시간을 확인했다. 베니가 없으니 집이 너무 조용하고 텅 빈 것처럼 느껴졌다. 의사는 2주라고 말했다. 시계는 1시 5분 전을 가리켰다. 기술 지원팀이 도착할 때까지 한 시간 정도 여유가 있었다. 그녀는 스노글로브를 거실로 가져가서 그녀가 침착함과 집중력을 유지할 수 있도록 도와주는 부적 삼아 컴퓨터 옆에 둘 참이었다.

그녀는 작업 구역을 보고 잠시 멈칫했다. 그녀의 상사는 그녀가 새로운 '워크스테이션'을 갖게 될 거라고 말했지만, 거기에 얼마만큼의 공간이 필요한지 알 수 없었다. 사실 전부터 물건들을 치울 계획은 있었는데, 이제는 정말 선택의 여지가 없었다. 그녀는 작은 스노글로브를 책상 위에 두었다. 옆에는 그녀가 주방의 바퀴벌레를 해결해야 한다는 것을 상기시키기 위해 거기 둔 큼지막한 붕산 병이 있었다. 병에는 죽어서 발랑 뒤집혀 있는 바퀴벌레 그림이 붙어 있었다. 그녀는 병을 옮겼다. 거북이가 행복해 보였다. 그녀는 스노글로브를 흔들어서 빛에 비춰 보았다. 반짝이들이 천천히 돌면서 가라앉았고, 그녀는 미소 지었다. 어쩌면 이것이 자신의 재능, 작은 것들에서 아름다움을 보는 재능인지도 모른다고 생각했다. 그리고 그렇다면 그녀는 감사할 줄 아는 사람이다. 신문을 한 아름 모아서 쓰레기봉투에 쑤셔 넣고 표시를 한 다음 베니 방으로 가는 계단으로 옮겼다.

14

그는 중학교의 마지막 2주를 아동병원 소아정신과 병동에서 보냈다. 그런 상황인 것을 감안하면, 그는 그런대로 괜찮았다. 입원 절차를 밟는 동안 간호사가 구슬과 운동화 끈, 전용 숟가락을 빼앗아 갔을 때와 나중에 애너벨이 그를 꼭 포옹한 뒤 그를 병동에 남겨두고 떠날 적에 그녀가 복도를 걸어 내려가 무거운 철제문 밖으로 나가고 그 뒤로 문이 굳게 잠기는 것을 지켜보았을 때를 제외하면 그랬다. 체념, 그리고 무감각함. 어쩌면 조금 무서웠는지도 모르지만, 전반적으로는 병원에 있는 게 그리 꺼려지지 않았다. 그는 병실로 돌아와 침대 가장자리에 앉아서 익숙하지 않은 소리를 들었다. 신발 고무 밑창이 합성수지 바닥을 밟는 소리, 전화와 인터폰, 서로를 소리쳐 부르는 사람들의 목소리. 학교 아이들은 그가 결국 여기 오게 될 거라고 늘 말했었다. 미치광이 쓰레기통, 미친 집, 또라이 소굴, 사이코 공장. 그들은 그가 미쳤다고 했다. 하지만 적어도 여기서는 다른 사람들도 모두 미쳤고, 그것이 일종의 위안이 되었다. 어쩌면 여기서 그는 긴장을 풀고 몸부림을 멈출 수 있을 것 같았다.

처음 며칠 동안은 병동을 돌아다니며 병동의 리듬에 적응하는 법을 배웠다. 소아정신과는 열여덟 살 미만의 청소년을 위한 시설이었는데, 줄여서 '소정과'라고 불렀다. 그런데 의사와 간호사, 환경치료사들은 첫 번째 음절 '소'에 강세를 두어 발음한 반면, 아이들은 두 번째 음절 '정'에 강세를 두어 발음했다. 그와 같은 방을 쓰는 맥슨이라는 중국인 괴짜 소년은 그보다 나이가 많고 긴장증이 있었지만, 그들이 같이 쓰는 방은 깨끗하고 너저분하지 않았고 전구가 모두 들어왔다. 벽장의 옷걸이를 봉에서 떼어낼 수 없어서 옷을 걸기가 힘들었지만, 옷걸이는 모두 같은 형태였고 서로 엉키지 않아 좋았다. 오가는 길에 물건을 치울 필요 없이 이용할 수 있는 세면대 딸린 욕실도 있었다. 식사는 형편없었지만, 하루 세끼에 간식까지 제공되었고 매일 똑같은 시간에 나오는 데다 절대 우유가 떨어지는 법이 없었다. 간호사실 데스크에서 나오는 낮은 웅웅거림과 복도를 오가는 바퀴 달린 식사 운반 수레 소리 같은 병동 내의 주변 소음 수준도 꾸준하고 일정해서 편안했다. 사람들은 정신과 병동이 미친 불협화음의 장소라고 생각하겠지만, 이상하게도 이곳에서는 목소리들이 덜 들리는 것처럼 느껴졌다. 마치 일반 가정에서라면 구석구석에 먼지처럼 쌓일 수 있었을 고통의 찌꺼기를 벽과 천장과 바닥에서 말끔히 닦아낸 것 같았다. 초반에 한 번 샤워헤드가 흐느끼기 시작했을 때를 제외하면, 시설물들이 진정제를 투약한 것처럼 비교적 차분하고 평온한 상태였다.

그가 목소리를 듣는다면 그건 알아들을 수 있는 사람의 목소리였다. 복도에서 크게 울려 퍼지는 웃음소리는 브리트니와 룰루가 앤드루 간호사의 관심을 끌기 위해 물구나무를 서서 미친 짓을 하고 있음을 의미했다. 밤에 들리는 신음과 비명은 트레버가 또 악몽을 꾸고 있거나 카이가 약 때문에 흥분해서 정신이 나가 있음을 의미했다. 목소리가 사람의 것이라는 게 베니에게는 위안이 되었다. 그것은 곧 자신뿐 아니라 모두가 그 소리를 듣는다는 의미이기 때문이었다.

병동의 다른 아이들은 괜찮았다. 그는 열두 살에서 열네 살 아이들인 노랑 팀에 속했다. 더 어린 아이들은 초록 팀이었다. 그 아이들은 정말 어려서 어떤 아이들은 일고여덟 살에 불과했고, 그래서 베니는 별로 관심을 기울이지 않았다. 나이가 많은 파랑 팀의 10대들은 혼자서 지내는 편이었다. 베니의 또래 아이들은 학교 아이들과 크게 다르지 않았다. 어떤 아이들은 똑똑했고 어떤 아이들은 멍청했다. 어떤 아이들은 남을 괴롭혔고 다른 아이들은 그들을 피했다. 어떤 아이들은 잘난 척하고 간호사에게 아부하고 항상 떠들어댔고, 다른 아이들은 교활하고 조용했다. 구석에서 몸을 앞뒤로 흔들며 벽에 대고 이야기를 하고 있는 소년을 발견하거나 팔뚝에 난 얇은 흉터들을 핥고 있는 깡마른 소녀를 마주치진 않는 한, 모두들 제법 정상적으로 보였다. 적어도 집단 치료를 시작할 때까지는 그랬다. 그들은 집단으로 모여 자신의 감정을 말하게 되어 있었는데, 그때가 숨겨진 균열이 드러나며 미친 이야기들이 새어 나오기 시작하는 순간이다. 완벽하게 정상으로 보이는 아이가 갑자기 자기 엄마의 침대에 불을 붙이기 위해 석유를 훔치려다 들켰다는 이야기를 늘어놓는다. 베니는 평생 단 한 번도 엄마에 대해 이런 생각을 품어본 적이 없었지만, 그 상황을 묘사하는 아이의 말을 듣는 순간 석유통과 라이터를 들고 애너벨의 침대 발치에 서 있는 자신의 모습을 상상할 수밖에 없었고, 그러자 완전히 정신이 나갈 것 같았다. 그건 목소리들 때문에 벌어진 문제였다. 목소리들이 머릿속에 들어온 거였다. 요령은 그런 멍청한 목소리를 무시하는 거라고 담당 치료사는 말했다.

그가 싫어하는 집단 치료나 가슴이 답답한 멜라니 박사와의 개인 진료를 제외하면, 나머지는 그리 나쁘지 않았다. 병동은 빡빡한 일정을 따랐고, 일단 거기에 익숙해지니 예측이 가능했고, 일과를 짜임새 있게 구성할 수 있도록 활동들이 이루어졌다. 아침 식사 후에 아이들과 직원들이 공동체 모임을 위해 휴게실에 모였고, 그런 다음 나이별로 나뉘어 수업과 개인지도를 받았다. 점심 식사 후에는 환경 치료사에게 코칭과 치료를 받았고, 이따금 미술과 음악 같은 활동을 하기도 했는데, 베니는 그것이 싫지 않았다. 미술치료사가 종이와 물감, 진흙, 구슬이 담긴 통과 붓과 가위까지 가지고 있었다. 가위의 경우는 그녀가 안전장치를 걸어두지만 요청할 경우 몇몇 아이들에게는 사용하게 해주었다. 하지만 그는 예외였다. 치료사는 희끄무레하고 큰 얼굴에 애교 있는 목소리를 가진 키가 작고 쾌활한 여성이었는데, 자신의 계획에 따라 아이들에게 과제를 시키려고 시도했다. 그녀의 제안들은 대부분 멍청했지만 무시하면 그만이었고, 나이가 많은 아이들은 대체로 뭐든 자신이 원하는 일을 했다. 예를 들어 자신의 감정을 그림으로 그려야 하는 시간에 구석에 앉아 흰색 복사용지를 조각내는 소녀처럼 말이다. 치료사가 핑거페인팅용 물감을 꺼내놓자 어린아이들은 자신의 사랑과 분노와 슬픔을 마구잡이로 그리며 완전 난장판을 만들었지만, 이 소녀는 그냥 혼자서 종이와 가위 위로 상체를 구부리고 조용히 자르기만 했다. 베니는 가위 때문에 그녀에게 멀찌감치 떨어져 있었지만 그래도 치료사가 그녀에게 다가가서 이야기할 때 엿듣기에 충분히 가까운 거리였다. 그는 항구에서 보았던 컨테이너선을 그렸고, 이제 막 현대 SUV 차량이 가득한 컨테이너를 하역장에 흔들흔들 내리고 있는 거대한 크레인의 버팀 구조 세부사항을 채워 넣고 있는데, 그 소녀의 말소리가 들렸다.
"이게 실제로 제 감정이에요."

그는 눈을 들었다. 소녀의 앞쪽 탁자에는 애너벨이 모으기를 좋아하는 중국 점괘처럼 얇게 자른 종잇조각이 쌓여 있었다. 치료사는 베니가 알아들을 수 없는 무슨 말을 했고, 그러자 소녀가 머리를 들고 흔들어 얼굴을 가리고 있던 머리칼을 털어냈다. 그녀는 베니보다 나이가 많은 파랑 팀에 속한 소녀로, 창백하고 갸름한 얼굴에 탈색한 은발 머리가 이상한 밀대걸레처럼 한쪽은 길게 늘어져 있고 다른 한쪽은 뇌수술을 받은 뒤 다시 기르는 중인 것처럼 삭발한 상태였다. 그녀는 예뻤고, 아름답다고까지 할 수 있었다. 베니는 병동이 아닌 다른 어딘가에서 그녀를 본 적이 있는 것 같은 이상하게 숨 막히는 기분이 들었다. 그녀는 얼굴에 한때 액세서리를 달았던 작은 구멍들이 있었다. 그들이 액세서리를 빼게 한 것이 분명했다. 베니가 입원 절차를 밟을 때 간호사가 혹시 피어싱이 있냐고 물었기 때문이다. 그는 피어싱이 없었다. 그녀는 탱크톱을 입고 있었는데 팔 안쪽에 문신이 있었다. 마치 절취선처럼 얇은 선들로 연결된 작은 점들의 무리였는데, 마치 흩어진 별들처럼 보였다.

"이만하면 충분할 거 같은데, 안 그러니?" 미술치료사가 말했다.

소녀가 눈을 가늘게 뜨고, 뜨거운 백색 레이저 광선을 뿜어내듯 치료사를 쏘아보았다. 베니는 거기서 열기가 뿜어져 나오는 것을 느낄 수 있었고, 매서운 말이 나올 것에 대비했지만, 그녀가 입을 열었을 때 그녀의 목소리는 물처럼 맑았다.

"충분하다고요?" 그녀가 쾌활하게 말했다. "제가 느낄 수 있는 감정의 가짓수에 제한이 있다는 뜻인가요?" 치료사의 얼굴에서 눈을 떼지 않고, 그녀는 종잇조각 몇 개를 양손으로 떠올려서 제물을 바치듯 들어 올렸다. 그중 몇 개가 천천히 바닥으로 떨어졌다.

"이게 너무 많은가요?" 그녀가 손가락 사이를 벌렸고 그러자 더 많은 종잇조각이 빠져나갔다. "아직도 너무 많은가요?" 그녀가 머리 위로 손을 들었다가 손바닥을 펴 종잇조각이 떨어지게 했다. 종잇조각이 그녀 주위로 마치 축제용 색종이처럼 비 오듯 쏟아져 내렸다. "전부 사라졌어요." 그녀가 빈 손바닥을 내려다보며 슬프게 말했다. "더 이상 감정이 없어요."

치료사가 일어섰다. "빗자루를 가져와서, 쓸어 담으면 좋겠구나, 앨리스." 그녀가 말했다.

"쓸어 담으면 좋겠구나, 앨리스." 소녀가 고개를 끄덕이며 똑같이 따라 했다. "쓸어 담으면 좋겠구나, 앨리스. 쓸어 담으면 좋겠구나, 앨리스." 그녀가 베니가 있는 쪽으로 고개를 돌려 자신을 지켜보고 있는 그를 보았다. 그녀는 베니가 얼굴을 붉히며 시선을 피할 때까지 팔을 긁으며 그를 빤히 쳐다보았다.

그날 저녁에 베니는 휴게실에서 그녀를 보았다. 직원이 보고 있지 않을 때, 그녀는 후드티 주머니에 넣어둔 쪽지를 다른 나이가 많은 아이들에게 은밀하게 보냈다. 다음 날 아침 베니가 청바지를 입었을 때 앞주머니에서 깔끔하게 접은 쪽지 하나를 발견했다. 이게 어떻게 여기 있지? 쪽지에는 깔끔하고 기계적인 글씨가 적혀 있었고, 베니가 그것을 좀 더 자세히 살펴보자 그것은 옛날 타자기 글씨처럼 보이는 손 글씨라는 것을 알게 되었다. 읽어보니, 그것은 글머리표가 붙은 지령이었다.

- **신발을 테이블에 올려놓는다. 자신에게 무엇을 원하는지 물어본다.**

그는 방을 둘러보았다. 맥슨은 이미 아침을 먹으러 가고 없었고, 그래서 그는 운동화를 벗어 사이드 테이블 위에 올려놓았다. "좋아, 신발아. 나한테 뭘 원하니?" 신발이 대답하지 않자 그는 침대에 앉아 기다렸다. 그것은 엄마가 2년 전에 중고매상에서 사 온 검은색과 빨간색으로 된 낡은 나이키 에어맥스였다. 그는 그 신발이 싫지 않았다. 그건 그냥 늙었을 뿐이며 그건 신발의 잘못이 아니었다. 어쩌면 그가 좀 더 착하게 말했어야 했나 싶었다. 그는 다시, 이번에는 좀 더 정중하게 시도했다. "저, 나이키 씨. 저는 아침 먹으러 가야 해요.

그러니까 원하는 게 있으면 말씀해주세요. 알았죠?" 그러나 여전히 신발은 대답하지 않았다. 그냥 피곤하고 지치고 끈이 없어서 불편해 보이는 모습으로 앉아 있을 뿐이었다. 운동화 끈은 비닐봉지에 담긴 채 어딘가에 있었고, 간호사는 퇴원할 때 돌려주겠다고 했지만, 지금 당장은 신발도 그도 좋아하지 않는 이 이상한 황갈색 벨크로 띠를 사용해야 했다. 한번은 맥슨이 소정과에 처음 온 아이들은 끈 달린 신을 신고 오기 때문에 단번에 알아볼 수 있다고 말했다. 전에 소정과에 입원해본 아이들은 애초에 벨크로가 달린 운동화를 신고 온다는 것이었다.

"그렇다면 좋아." 베니가 말했다.

문가에서 목소리가 들렸다. 병실 점검 중인 아침 시간 간호사 앤드루였다.

"이봐, 너 괜찮니?" 앤드루 간호사가 말했다.

베니가 테이블에서 신발을 잡아채서 몸을 숙이고 신었다. 그가 다시 똑바로 앉았을 때, 간호사는 손을 주머니에 넣은 채 벽에 몸을 기대고 그를 지켜보고 있었다. 앤드루 간호사는 근사한 사람이었다. 그는 영국 출신 록 뮤지션이었고, 문신이 있고 귀에 피어싱도 많았다. 병동에 있는 모든 소녀들이 그를 좋아했다.

"괜찮니?" 앤드루 간호사가 복도로 베니를 따라 나오며 다시 한번 물었다. "아침 식사에 늦었어. 그것도 점수에 들어가."

"알아요." 베니가 말했다.

"걱정 마. 말하지 않을 테니까. 그리고 네가 신발한테 말하고 있었던 것도 못 본 걸로 할게."

식당에 도착하니 앨리스라는 그 소녀가 한구석에서 맥슨을 포함한 파랑 팀의 청소년들과 함께 앉아 있었다. 베니는 시리얼을 받은 뒤 쭈뼛거렸다. 다른 아이들은 아침 식사를 마치고 나가고 있었고, 그래서 그는 그녀 맞은편으로 가서 앉았다. 그녀는 눈을 들어 고개를 끄덕이고는 다시 자기 아침 식사를 빤히 쳐다보았다. 손대지 않은 오트밀 그릇과 반쯤 차 있는 오렌지주스 잔이 담긴 특별식 쟁반이었다. 그녀의 팔에 새겨진 별들은 맨투맨 티셔츠 소매에 가려져 있었지만, 안쪽 손목에서 밖을 내다보고 있는 별 하나가 보였다. 아무도 보지 않을 때 그는 주머니에서 쪽지를 꺼내 그녀의 쟁반에 놓았다.

"이거 그쪽 거야?"

그녀가 보고는 고개를 저었다. "이제 네 거지. 하지만 치워두는 게 좋겠어."

그는 쪽지를 집어 들고 다시 읽었다. "이게 뭐야?"

"이벤트 스코어."*

"점괘 같은 거야?"

"오, 그거 재밌네. 그래, 아닐 것도 없지."

베니는 이해할 수 없었다. "내가 실제로 이걸 해야 하는 거야?" 이미 시도했다는 말을 하고 싶었지만, 그게 근사한 일인지 확신할 수 없었다.

"뭐든 네가 '해야 하는' 건 없어." 그녀가 말했다. "원하면 할 수 있지만 말이야. 아니면 그냥 그렇게 하는 것에 대해 생각만 할 수도 있지. 그건 생각 실험이야. 때로는 생각하는 것만으로 똑같은 효과가 있어."

베니는 이 말에 대해 생각했다. 처음에는 신발에게 말한다는 게 멍청해 보였지만 뭔가 흥미롭기도 했다. 평소에 사물이 말할 때 그는 그저 귀를 막고 듣지 않으려 했다. 사물에게 질문하려는 생각은 들

* Event score. 플럭서스(1960년대 뉴욕을 중심으로 일어난 전위예술 운동) 예술가들이 고안한 제안이나 행동 지침으로 볼 수 있는 간단한 글.

지 않았다. 물론 신발은 대답하지 않았다. 어쩌면 그 질문이 멍청하다고 생각했는지도 모른다. 어쩌면 누군가 멍청한 질문을 너무 많이 하면 베니가 멜라니 박사에게 말문을 닫은 것처럼 사물이 입을 다물거나, 모두들 조용히 모여 앉아 있을 때 말하기를 꺼리는 건지도 몰랐다. 어쩌면 그가 멍청한 질문을 더 많이 하면, 모든 사물들이 말하는 것을 완전히 멈출 수도 있다. 그렇다면 완전 좋을 거다. 그는 종이를 말아서 주머니에 도로 넣었다.

"이런 게 더 있어?" 그가 물었다.

그녀가 어깨를 으쓱했고 베니는 그것을 부정의 의미로 받아들였지만, 아침 식사 후 공동체 모임을 하기 직전에 직원들이 준비하고 있을 때 그는 그녀가 초록 팀 아이들 몇몇과 함께 후드티 주머니에서 나온 것으로 보이는 쪽지를 은밀하게 전달하는 것을 보았다. 하지만 어린아이들은 은밀할 수가 없었다. 그들은 신이 났고, 그것을 눈치챈 간호사 중 한 명이 앨리스를 불러내서 후드티 주머니에 든 것을 쓰레기통에 모두 버리게 한 뒤 방에서 내보냈다. 앨리스는 조용히 나갔고 베니는 나가는 그녀를 지켜보았다. 모임이 시작되었을 때 수간호사가 쪽지 하나를 손에 들고 모두에게 가지고 있는 쪽지를 모두 제출하라고 말했다. 대부분의 아이들이 어깨를 으쓱하고 지시에 따랐다. 베니는 주머니에서 종이를 만지작거렸지만 수거 바구니를 돌릴 때 손을 들지 않았다. 그날 오후 면회 시간 동안 직원이 면회객을 점검하느라 바쁠 때 그는 식당으로 돌아가서 쓰레기통을 뒤졌다. 사탕 포장지와 종이컵 밑에 아직 쪽지가 있었다. 그는 주스가 묻은 것들은 빼고 멀쩡한 쪽지들을 꺼내서 나중에 병실에서 읽었다.

- 텅 빈 벽을 본다. 벽이 거울인 것처럼 행동한다.
- 변기에 대고 좋은 아침이라고 인사한다. 내 똥을 모두 받아줘서 고맙다

고 한다.

- 아주 늙은 것처럼 행동한다. 움직일 때 속도를 절반으로 줄인다.
- 스스로를 끌어안고 사랑한다고 말한다. 정말로 그렇게 될 때까지 반복한다.
- 행복한 것처럼 걷는다. 걷다가 방향을 바꾼다.
- 고양이가 된다. 가르랑거린다. 아름다운 털을 핥는다.
- 세상을 거꾸로 본다.
- 약을 삼키기 전에 약에 눈을 맞추고 "넌 진짜니?"라고 묻는다.
- 모든 것을 거꾸로 한다.
- 좋아하지 않는 누군가에게 미소 짓는다. 그가 미소로 답하면 스스로에게 1점을 준다.
- 바닥에 등을 대고 누워 귀 기울인다. 자유롭게 노래한다.

그것은 지령이었고, 쪽지를 읽으며 베니는 가끔 복도와 휴게실에서 본 아이들의 무작위적인 헛짓거리가 사실은 전혀 무작위적인 것이 아니었음을 깨달았다. 말하자면 앨리스가 오케스트라의 지휘자고, 그들은 그녀의 지휘를 따르는 연주자들 같았다. 그는 그 쪽지들을 공책 속에 숨겼고, 소등된 뒤 침대에서 내려와 어둠 속에서 바닥에 등을 대고 누워 귀 기울였다. 맥슨의 숨소리, 그리고 마치 그의 주변에서 우주가 재배열되는 것처럼 삐걱거리는 소리가 들렸다. 그는 노래하고 싶었지만 맥슨을 깨우고 싶지 않았고, 그래서 작은 소리로 흥얼거렸다. 지령을 읽는 것은 하나의 계시였다. 그는 깨어난 것 같았다. 한때 그가 혼돈을 보았던 곳에서 이제는 질서를 인식하게 되었고, 한때 질서처럼 보였던 것이 이제 혼돈이 되었지만 그 방식이 이상하고 흥미로웠다. 앨리스는 이런 현실과 병동에서 사물들의 존재 방식을 통제하는 비밀스러운 규칙들의 키를 쥐고 있었다. 베니는 다음 날 그녀가 보고 싶어 안달이 났다. 그녀와 얘기하고 쪽지를 돌려줄 방법을 찾을 셈이었다. 그러나 아침 식사 때 그녀를 찾아보았지만 그녀는 없었고, 모임 때도 점심 식사 때도 나타나지 않았다. 나중에 조용한 시간에 맥슨에게 그녀가 어디 있는지 아냐고 물었다.

"아테나 말이야?"

"아마도. 이름이 앨리스라고 생각했는데."

"뭐든. 어차피 나갔는데 뭐."

"퇴원했어?"

"설마. 이제 여기 있을 나이가 아니어서 다른 데로 옮긴 거야. 지금까지는 그냥 소정과에 있게 해줬는데 작은 무모한 행동이 발각되는 바람에 성인들이 있는 곳으로 옮긴 거지."

"그 쪽지를 말하는 거야?"

"그래." 맥슨이 싱긋 웃었다. "그건 플럭서스야. 체제전복적인 짓이지. 병원에서는 걔가 나쁜 영향을 끼친다고 생각해. 시스템을 조롱하고 자신의 정신병을 진지하게 받아들이지 않게 한다는 거지."

베니는 플럭서스가 무엇을 뜻하는지 이해하지 못했다. 그것은 1960년대에 시작된 급진적인 정치·예술운동이었는데, 그때까지 그것에 대해 들어본 적이 없었다. 그래서 그것이 그냥 맥슨이 사용하는 근사한 욕설일 거라고 생각했다. 그러나 그는 중요한 뭔가를, 병동의 또 다른 규칙을 이해했다. 체제전복적인 짓거리에 대한 처벌은 당사자를 어른으로 만드는 것이라는 규칙 말이다. 그건 플럭서스야.

그녀가 떠난 뒤 병동이 다르게 느껴졌다. 공허하고 적막하고 따분했다. 그날 미술치료 중에 베니는 딱풀을 슬쩍했고, 나중에 병실로 돌아와 쪽지를 모두 공책에 붙였다. 그것을 예술로 생각하는 건 아니었다. 그냥 모두 깔끔하게 일렬로 정리된 모습이 보기 좋았다.

15

베니는 여름방학이 시작되고 며칠이 지나 소아정신과에서 퇴원했고, 그 바람에 중학교 졸업식을 놓쳤다. 졸업식을 놓친 건 상관없었다. 학교는 거의 기억나지도 않는 먼 세계처럼 보였다. 그래서 애너벨이 그를 병원에서 집으로 데려왔을 때, 그는 현관문에 왜 현수막이 걸려 있는지 이해하지 못했다.

'넌 해냈어!' 현수막이 선언했다. 뭘 해냈다는 거지? 혼란스러워진 그가 엄마를 보았다. 그녀는 그가 마땅히 행복하게 느껴야 할 뭔가가 있음을 암시하는 벅차고 기대에 찬 표정을 하고 있었지만, 그로서는 도무지 이해할 수 없었다.

"내가 뭐 잘못한 게 있어?"

"아니, 바보 같은 소리!" 그녀가 의기양양한 환영의 제스처로 문을 활짝 열려고 했으나 문이 재활용 쓰레기봉투에 걸렸다. 그녀가 문을 더 세게 밀어서 베니를 주방으로 데려갔고, 주방에서 그는 찬장과 냉장고 상판 사이에 걸려 있는 또 다른 현수막을 보았다. 현수막에는 '졸업을 축하합니다!'라고 쓰여 있었다.

알록달록한 파티용 포일 풍선들이 주방 의자 뒤에서 까닥거리고 있었다. 어떤 풍선에는 술 달린 사각모를 쓴 노란 스마일 로고가 그려져 있었고, 어떤 것에는 '졸업 1일! 잘했어! 우리의 졸업을 위해 모자를 벗어 던져!'라고 써 있었다.

"축하한다, 베니!" 애너벨이 말했다. "너무 대견하구나!" 그녀가 기다렸고, 그가 아무 반응도 하지 않자 설명했다. "네 졸업을 축하한다고."

그는 뭐라고 말해야 할지 몰랐다. 소아정신과에서는 누구도 졸업에 대해 말하지 않았고, 졸업이라고 부르지도 않았다. 거기서는 그것을 '퇴소'라고 불렀지만, 아마도 그의 어머니는 알지 못한 듯했고 그는 엄마를 실망시키고 싶지 않았다.

"멋져, 엄마." 그가 말했다. 비록 사실은 그렇지 않았지만.

"중학교 졸업은 한 번뿐이야. 그걸 놓치게 하고 싶지 않았어. 거기서 있지 말고 이리 와!"

그녀가 그의 손에서 더플백을 빼앗아 바닥에 내려놓았다. 식탁 한편에는 선물이 쌓여 있었다. 학사모를 쓴 바보 같은 비글 봉제 인형과 반짝이는 포장지로 싼 뒤 커다란 리본을 묶은 울퉁불퉁한 꾸러미 두어 개, 큼지막한 카드, 리본을 두른 두루마리. 비글은 베니가 다니는 중학교의 마스코트였다. 그녀는 비글이 쓴 학사모를 벗겨 베니의 머리에 씌웠다.

"오, 키가 좀 큰 것 같아!" 애너벨이 말했다. 그녀는 술 장식을 모자 앞으로 옮겨서 그의 왼쪽 눈 위에서 달랑거리게 한 다음 어떤지 보려고 뒤로 물러섰다. "잠깐, 기다려! 그쪽이 아니네!"

그녀가 술 장식을 오른쪽으로 젖힌 다음 두루마리를 집어 들고 몇 걸음 뒤로 물러났다. 그런 다음 그것을 양손으로 들어 올렸다. "벤저민 오." 그녀가 이름을 불렀다.

베니는 눈길을 돌렸다. 그는 그렇게 성까지 붙여 정식으로 이름이 불리는 것을 좋아하지 않았다. 그것은 꼭 다른 누군가의 이름처럼 들렸고, 다른 누군가가 대답해야 할 것만 같았다.

그가 어머니의 발을 빤히 쳐다보며 서 있었다. 그녀의 운동화는 닳고 늘어나서 볼품없었다. 뒤꿈치 뒤로 싱크대와 뒤틀린 플라스틱 바닥재가 만나는 곳의 틈새에서 새끼 바퀴벌레 한 마리가 고개를 내밀었다.

"가까이 와봐!" 그녀가 큰 소리로 속삭였다. "호명되면 앞으로 나와야지."

그가 한 발, 그리고 또 한 발 앞으로 가서 그녀 앞에 섰고, 그러자 그녀가 두루마리를 내밀었다. 큰 소리로 그녀가 말했다. "벤저민 오에게 졸업장을 수여합니다. 이제 넌 공식적으로 중학교를 졸업했어. 축하한다, 아들!" 졸업장을 그의 손에 쥐여주며, 그녀는 박수를 치기 시작했지만 그러다 갑자기 멈췄다. 그녀가 다가와 술 장식을 다시 왼쪽으로 젖혔다. "이쪽이네. 이게 더 낫다. 졸업했으면 왼쪽에 있는 게 맞지. 자, 이제 선물을 풀어보자!"

그녀는 베니의 졸업을 1년 넘게 준비했고, 여름 세일 때부터 졸업 용품을 모아두었다. 그런데 정작 졸업식 날이 왔을 때 베니는 병원에 있었고, 그녀는 벽장 앞에 서서 비교적 괜찮은 옷가지를 추려내고 있었다. 임신했을 때 구입한 레깅스 위에 입을 만한 예쁜 튜닉 톱을 찾았다. 고무 밴드를 허리 위로 끌어올리며, 그녀는 자신의 배가 새 생명과 미래에 대한 약속으로 얼마나 불러 있었는지 기억했다. 그때는 얼마나 행복했었나! 그리고 이제 베니가 곧 졸업을 맞는구나. 그녀가 집을 나와 버스 정거장까지 걸어가는 동안 정말이지 엄마는 평생 자식을 짊어져야 한다는 생각이 문득 들면서 눈에서 눈물이 차올랐다.

그녀는 졸업식 내내 강당 뒤쪽에 있었다. 여학생은 예쁜 원피스, 남학생은 단추 달린 셔츠와 바지로 말끔히 차려입은 모습이 사랑스러워 보였다. 아이들은 자신의 이름이 호명되면 연단으로 가서 졸업장을 받았다. 그녀는 사진 몇 장을 찍고 나중에 베니가 들을 수 있도록 휴대전화로 졸업식 연설을 녹음했다. 그녀는 아들과 졸업식을, 적어도 그날의 기분을 함께 나누고 싶었다. 그런데 지금 그녀와 함께 식탁에 앉아 그녀가 준비한 선물을 열어보던 베니는 엄마가 졸업식에 참석했다는 말을 듣고 놀란 것처럼 보였다.

"그건 좀 이상하잖아, 엄마." 그가 첫 번째 선물 포장을 뜯으며 말했다. 그것은 황갈색 바지였다.

"그래?" 그녀는 휴대전화에서 사진을 찾아 그에게 보여주기 위해 내밀고 있었다. "오래 있진 않았어. 그냥 네가 궁금해할지도 모른다고 생각했어. 같은 반 친구들은 모두 좋아 보이더구나. 꼬마 앰버 로빈슨은 엄청 컸더라! 이젠 숙녀가 다 됐던걸. 남학생 중 한 명은 흰색 스리피스 정장을 입었고, 네 친구 케빈 뭐시기도 제법 봐줄 만하더라."

"걔는 내 친구가 아니야." 그가 두 번째 선물을 풀었다. 연청색 드레스 셔츠였다.

"하마터면 못 알아볼 뻔했지 뭐니. 보고 싶지 않니?"

"아니." 세 번째 선물은 요란스러운 물방울무늬 파란 넥타이였다. "이걸 언제 매야 해?"

"마음에 드니? 멋지게 차려입고 근사한 레스토랑에서 외식을 하면 좋겠다고 생각했어." 그녀가 비글을 집어 들고 부드러운 긴 귀를 반듯하게 매만졌다. "집에 온 기념 그리고 졸업 기념으로 말이야."

"오늘?"

"물론이지! 안 될 게 뭐 있어?"

"그래. 엄마가 원한다면."

그녀가 비글을 무릎에 놓고 껴안으며 베니가 개켜진 옷을 위층으로 가져가기 위해 더플백에 넣는 모습을 지켜보았다. 제일 먼저 바지, 그다음에 셔츠, 제일 위에 넥타이. 그는 아직 학사모를 쓰고 있었다. 싸구려 새틴 모자가 뒤통수로 자꾸만 흘러내렸다. 베니가 그녀를 보며 말했다.

"이걸 계속 쓰고 있어야 해?"

그는 얼굴에서 달랑거리는 술 장식을 옆으로 치웠다. 그는 무척 피곤해 보였다.

"오, 물론 아니야. 미안……." 그녀는 비글을 식탁 위에 툭 내려놓고 아들의 머리에서 학사모를 벗겼다. 그녀는 무슨 생각을 하고 있었을까? "물론 그 멍청한 모자를 쓰고 있을 필요 없어. 뭐든 간에 입을 필요 없고."

"알았어."

"내가 원한 건 그저……." 그녀가 말을 멈추고 숨을 깊이 들이쉬었다. 자신이 원한 것이 중요한 게 아니었다. 그녀는 팔을 뻗어 아들을 포옹하려다 멈칫하고 대신 한 손을 그의 팔뚝에 올렸다. "중요한 건 네가 지금 집에 있다는 거야." 그녀가 그의 팔을 지그시 눌렀다. "뭐든 네가 원하는 걸 할 수 있어. 알았지?"

"그냥 방에 가고 싶어." 베니가 더플백 지퍼를 올리고 일어서더니 고개를 갸우뚱했다. 거실에서 음침하고 지속적인 웅웅거리는 소리가 흘러나왔다. "저게 뭐야?"

"뭐가 뭐야?"

"저 소리 말이야." 그가 거실을 향해 한 발 다가섰고 그러자 소리가 점점 더 커지며 고음의 징징거림이 사이사이 엮여 들어갔다. "뭔가 다른데."

"어, 새 워크스테이션을 말하나 보구나. 들어가서 한번 봐." 그녀가 베니를 따라 거실로 갔다. "참 인상적이지, 응?"

2.5미터 길이의 모듈식 테이블 세 개가 거대한 U자를 형성하며 바닥 공간의 대부분을 차지하고 있었다. 거실 제일 안쪽에 다섯 개의 대형 평면 모니터가 2단으로 설치되어 있었는데, 세 개는 책상에 놓여 있고 나머지 두 개는 그 위에서 접이식 팔에 매달려 두 번째 단을 구성했다. 키보드며 터치패드, 스캐너, 마우스 같은 입력 장치가 테이블 위에 흩어져 있었고 아래에는 엉망으로 엉키고 꼬인 케이블들이 있었다. 컴퓨터 화면들 뒤로 철제 선반이 설치되어 있고 거기

에 모뎀이며 라우터, DVD 덱, 백업 드라이브 그리고 '로그 기록 장치'라고 하는 크고 검고 시끄러운 상자 등 각종 깜빡이는 물건들이 놓여 있었다. 애너벨은 기술부 직원이 와서 설치하는 동안 당황스러운 눈으로 지켜보았다. 설치를 마쳤을 때 거실은 마치 TV 보도국이나 관제탑, 또는 실리콘밸리 벤처기업처럼 보였다. 이 모든 기기의 사용법을 어떻게 익히지?

회사는 또 바퀴와 푹신한 팔걸이, 허리 지지대, 그리고 좌석 밑에 높이와 기울기 조절용 레버가 달린 인체공학적 에어론 메시 의자 모조품도 제공했다. 애너벨이 의자에 처음 앉아보았을 때, 조금 꽉 끼는 감이 있고 조절장치에 손이 잘 닿지 않았다. 이것을 본 기술부서 직원 중 한 명이 렌치를 꺼내서 팔걸이를 느슨하게 한 뒤 최대 너비까지 넓히고 나서 다시 한번 앉아보라고 했다.

"다시 앉아보세요." 그가 말했다.

이번에는 몸에 잘 맞았다. "미안해요. 고마워요." 그녀는 말했지만 그다지 감사한 마음이 들지 않았다. 오히려 굴욕감이 들었고 이어서 분노를 느꼈다. 처음에는 그런 굴욕감을 느끼고 그에게 사과한 자신에게, 그다음에는 그녀의 몸을 부끄럽게 한 그 남자에게 화가 났다. 그다음에는 자신을 그저 도와주려 한 사람에게 화가 난 자신이 부끄러웠다.

그러나 결국 그건 중요하지 않았다. 중요한 건 그녀가 다시 의료보험이 제공되는 정규직을 갖게 되었다는 것이었다. 의자에 여유 공간이 없었지만 그래도 편안했다. 그녀는 장비 사용법을 배울 것이다. 따지고 보면 별로 나쁜 것 같지 않았다. 의자 바퀴를 이용해 U자 테이블 주변을 돌며 이 스테이션에서 저 스테이션으로 유유히 이동하는 동안, 그녀는 자신이 중요한 사람인 듯한, 책임자인 듯한 기분을 느꼈다.

이제 그녀는 다소 당당한 몸짓으로 그 번쩍번쩍한 집합체를 가리켰다. "어떻게 생각하니?" 그녀가 의자로 걸어가서 앉았다. "꽤 근사하지, 응?" 그녀가 말하며 의자를 돌렸다. "나사(NASA)나 뭐 그런 것 같지 않아? 우주 비행 관제 센터 같은 거."

"멋져, 엄마." 베니가 더플백을 마치 방패처럼 앞으로 들고 말했다. 애너벨이 앉아서 천천히 회전하고 있는 동안, 그가 복도로 나가서 자기 방이 있는 2층으로 향했다. 몇 분 후 그녀는 그의 침실 문이 쿵 닫히는 소리, 그런 다음 계단을 털커덕털커덕 뛰어내려오는 소리를 들었다. 베니가 크고 무거운 쓰레기봉투를 뒤에 끌고 거실로 튀어 들어왔다.

"엄마 쓰레기를 내 방에 들이지 말라고 했잖아." 그가 봉투를 그녀 쪽으로 던진 다음 그것을 발로 찼다. "왜 이러는 거야?"

애너벨의 얼굴이 붉어졌다. 당장이라도 울음을 터뜨릴 것처럼 보였다. "제발, 베니." 그녀가 맨투맨 티셔츠 소매로 이마를 살짝 누르며 말했다. "화내지 마. 새 워크스테이션을 놓을 공간을 마련하느라 물건을 옮겨야 했어."

"나한테 물어봤어야지! 거긴 내 방이잖아! 엄마 쓰레기를 그냥 내 방에 놓으면 안 되잖아."

"네 말이 전적으로 옳아. 내가 물어봤어야 했는데. 아들, 미안해. 내가……."

"이 집에는 내 공간이 없어!"

"내가 치울게. 약속해. 이건 그냥 일시적인 기야."

"거짓말." 그가 말했다. 그러고는 봉투를 한 번 더 찼다. 그는 싸울 마음조차 사라졌다. "솔직히 난 안 믿어." 그는 가만히 서서 방 안에 늘어선 커다란 쓰레기봉투 더미들을 응시했다. 그런 뒤 그의 시선이 애너벨이 앉아 있는 곳 주변에서 깜빡이며 웅웅거리는 장비들의 집합체로 이동했다. 차마 그녀를 볼 엄두가 나지 않았다. 그는 숨을 깊이 들이쉬고 숨을 참았다가 숫자를 세기 시작했다.

그것은 집단 치료 시간에 배운 도구였다. 담당 치료사가 백지 상태의 대처카드를 나눠주고, 한 면에는 자신에게 분노와 슬픔과 동요를 느끼게 만드는 요인들의 목록을, 뒷면에는 감정에 대처하기 위한 전략을 적어 넣게 했다.

요인 면에 다섯 줄이 있었고, 그래서 그는 이렇게 썼다.

1. 가위
2. 샤워기
3. 유리창
4. 크리스마스 장식
5. 멜라니 선생님의 장난감

담당 치료사는 그의 목록을 보고 좀 더 구체적으로 그런 감정이 촉발되는 순간을 묘사해보라고 했고, 그래서 그는 각 항목에 내용을 추가했다.

1. 찌르라고 말할 때의 가위
2. 샤워헤드가 울부짖을 때의 샤워기
3. 새를 죽였을 때의 유리창
4. 내가 복도에서 밟았을 때의 크리스마스 장식
5. 기억을 떠올리기 시작할 때의 멜라니 선생님의 장난감

그러자 담당 치료사는 그와 함께 앉아서 새 카드를 주고는 이번에

는 좀 더 일반적인 것들, 구체적인 대상이 아니라 그를 화나게 하거나 슬프게 하거나 동요하게 하는 상황에 대해 생각해보라고 주문했다. 그래서 그는 한동안 생각한 뒤 물었다. "엄마가 내 방에 물건을 가져다 놓거나 내가 날짜를 일러줬는데도 쓰레기를 치우지 않았을 때 같은 거 말인가요?"

그리고 담당 치료사가 말했다. "바로 그거야." 그래서 베니는 적어 내려갔다.

그러자 치료사가 말했다. "잘했어. 이제 눈을 감아봐. 엄마가 네 방에 물건을 가져다 놨을 때 기분이 어떻지?"

베니는 눈을 감고 몸을 앞뒤로 흔들며 말했다. "우주에서 가장 밀도가 높고 가장 무거운 물질로 만든 거대하고 시커먼 혜성이 나에게 정면으로 아주아주 빨리 다가오고 있는 것처럼 느껴져요. 올려다보면 그게 다가오는 게 보여요. 그게 점점 더 커지면서 모든 산소를 빨아들여 숨을 쉴 수가 없어요……."

그가 말하면서 몸을 떨었고 담당 치료사가 말했다. "좋아. 이제 심호흡을 하고 눈을 뜨고 그것도 적어봐."

그는 시키는 대로 했다. 눈을 뜨고 카드를 보았다. "공간이 부족해요." 그가 말했고 담당 치료사가 "좋아, 그냥 혜성이라고 쓰자"라고 말했다. 베니는 그렇게 했다.

혜성.

치료사가 말했다. "좋아. 이제 네가 화가 나거나 슬프거나 동요할 때 엄마가 어떻게 아시니?"

"혜성이 나를 해치려고 올 때 말인가요?"

"그래."

"엄마는 몰라요."

"어째서?"

"혜성은 진짜가 아니니까요. 멜라니 선생님이 그렇게 말했어요. 그건 목소리들처럼 내 머릿속에 있는 거래요."

"맞아. 하지만 혜성이 오는 것처럼 느껴지면 넌 동요하잖아? 그리고 네가 동요하면 무슨 일이 벌어지니? 엄마가 어떻게 아시니?"

"엄마는 몰라요. 내가 말하지 않거든요. 내가 동요하는 걸 엄마가 알면 엄마도 동요할 테고, 난 그게 싫어요."

"좋아, 하지만 너는 혜성이 오고 있을 때를 알겠지? 어떻게 그걸 아니?"

"그게 비명을 지르며 공기를 통과하고 점점 더 커지거든요. 그리고 숨 쉴 수가 없어요."

"좋아. 그럼 넌 뭘 할 수 있니?"

"침대 밑으로 기어들어가는 거요?"

"그게 도움이 되니?"

"가끔은요."

"눈을 감고 숨을 쉬어볼래?"

베니는 고개를 저었다. "아뇨, 눈을 감는 건 싫어요. 그러면 온통 캄캄해져서 혜성이 이미 여기 와서 나를 짓누르는 것처럼 느껴지거든요."

"좋아. 그럼 눈은 그냥 뜨고 코로 깊이 숨을 들이쉬어봐. 지금 시도해봐. 천천히 넷을 세면서."

그가 그렇게 했다.

"마지막 숨을 참고 다섯까지 세어봐."

그가 그렇게 했다.

"좋아. 이제 여섯까지 세면서 숨을 내쉬어보렴."

베니가 그렇게 했다. 보통은 숫자들이 완전 제멋대로 행동하며 그의 주의력을 흐트러뜨리고 그가 뭔가를 하는 걸 어렵게 만들었는데,

이제 그것들이 줄지어 대형을 이루고 도움을 주려는 것이 흥미로웠다. 하지만 이런 생각을 담당 치료사에게 말하지는 않았다. 그저 숨을 쉬며 숫자를 세었다.

"잘했다." 담당 치료사가 말했다. "이제 4초간 기다렸다가 이 과정을 처음부터 다시 해봐. 4초간 숨을 들이쉬고 5초간 숨을 참고 6초간 숨을 내쉬고 5초간 숨을 참고. 4, 5, 6, 5. 이해하니? 이제 이걸 네 대처카드에 써넣어. 그건 혜성이 올 때에 대비한 너의 도구야."

그는 이해했다. 그는 한동안 그것을 간직해왔다. 하지만 사방에서 잠식해 들어오는 무질서한 엄마 물건들에 둘러싸여 거실에 서 있으니 그것을 도로 잃어버렸다. 그가 숨을 들이쉬고 내쉬며 숫자를 세려 했을 때 숫자들이 계속 타올라 불길이 솟구쳤고, 그가 불을 끄려 했지만 그것들은 비웃으며 더욱더 환하게 타올랐다. 붉은 열은 그의 폐에서 목, 얼굴로 번졌고, 그는 공황 상태에 빠졌다. 상담사는 거세게 타오르는 숫자들에 대처하는 도구는 주지 않았지만, 어쩌면 그가 이용할 수 있는 다른 뭔가가 있을지도 몰랐다. 가끔은 동요를 흥얼거리는 게 도움이 되었다. 그가 적어둔 다른 몇 가지 도구도 있었지만 뭐였는지 기억나지 않았다. 그는 바지 주머니에 손을 넣어 대처카드를 찾으려 했으나 카드는 거기 없었다. 대신 그는 타자기 서체처럼 보이는 손 글씨가 적힌 작은 쪽지 하나를 발견했다. 쪽지에는 이렇게 쓰여 있었다.

도서관으로 오라.

2부

도서관

그래서 수집가의 삶에는 무질서와 질서 사이의
변증법적 긴장이 존재한다.

—발터 벤야민, 〈나의 서재 공개〉

베니

사물들이 여전히 속삭였다. 그들은 여전히 말했고, 나는 여전히 그들의 목소리가 들렸지만 그들은 조용히 해야 한다는 것을 알았다. 모두가 이곳에서는 조용히 해야 한다는 것을 알기 때문이고, 이곳은 도서관이기 때문이다. 도서관에서는 모든 것에 제자리가 있고, 사서들이 그렇게 되도록 관리한다. 위치와 번호가 붙은 책들이 책꽂이에 깔끔하게 꽂혀 있고, 책들의 목소리는 앞표지와 뒤표지 사이에 머문다. 비단 책만이 아니라 책상과 의자, 컴퓨터, 복사기도 모두 조용하다. 슈퍼마켓 계산대에서라면 크게 소리쳤을 잡지들도 여기서는 모두 조용하고, 무슨 말을 할 필요가 있을 때는 조용조용 도서관용 목소리로 말한다. 책장을 넘기는 소리도, 사물들이 자신이 소중히 다뤄지고 있다는 것을 알 때 내는 스윽스윽 부드러운 소리도 듣기 좋다. 당신은 무슨 말인지 알 것이다.

책

16

처음에 우리는 그를 알아보지 못했다. 그가 워낙 많이 자랐다. 그가 어린이책 함께 읽는 날에 엄마랑 처음 왔을 때는 이제 막 걸음마를 시작한 아기였다. 우리는 항상 희망찬 눈으로 아이들을 주시하고 아이들이 지하 어린이 코너를 벗어나서 다양한 층과 서가 사이를 누비고 다니는 것을 지켜보지만, 아이와 어머니가 방문을 중단하면서 아이를 놓쳐버렸다. 우리는 거기에 대해 많이 생각하지 않았다. 너무나 많은 아이들을 그런 식으로 잃었기에, 추적하려고 애쓸 가치가 없어 보였다. 베니 같은 소년이 나타날 때까지는 그랬다.

'도서관으로 오라.' 쪽지가 말했고, 그는 지시에 따라 그렇게 했다. 그렇게 하는 것이 플럭서스이기 때문일 뿐 아니라, 혹시 앨리스인지 아테나인지 하는 그 소녀를 볼 수 있을지도 모른다는 희망 때문이기도 했다. 그는 어머니에게 병원에 있는 동안 놓친 학교 공부를 여름방학 동안 따라잡아야 한다고 했고, 그녀는 기뻐했다. 엄마인데 왜 안 그렇겠는가? 공공도서관은 안전했다. 주변에 책임감 있는 어른들이 있었다. 베니는 실내에 머물 테니 공기 질이 문제가 되거나 산불 연기로 천식이 악화되는 일도 없을 터였다. 그녀는 베니에게 휴대전화를 꼭 챙겨 가고 배터리가 나가지 않도록 신경 쓰겠다는 약속을 받았다. 다음 날 아침 베니는 일찌감치 일어나 시리얼을 먹고 배낭에 공책과 필통을 챙겼다. 필통에는 그의 구슬과 숟가락과 타이콘데로가 2호 연필 몇 자루, 그리고 소아정신과 미술치료실에서 슬쩍한 딱풀이 들어 있었다. 그는 엄마에게 인사를 하고 버스 정거장까지 걸어가서 라이브러리 스퀘어로 가는 버스를 탔다.

어렸을 때 엄마와 함께 타고 다니던 버스여서 노선이 익숙했다. 승객들도 익숙했다. 학교를 마치고 와서 장애인과 노인 전용 좌석에 앉아 있는 10대들과 그들을 노려보며 일어나라고 말하는 안전화를 신은 건설 노동자들, 그렇게 비워진 자리에 지팡이를 짚고 절름거리며 걸어와 감사해하며 앉는 헤나 염색을 한 할머니들. 정거장마다 올라타서 잠시 멈추고 베니를 빤히 쳐다보다가 발을 질질 끌고 지나가는 남녀 넝마주이. 그들은 아는 것 같았다. 그가 누구인지.

그러나 어쩌면 그건 단지 그의 상상에 불과할지도 모른다. 병원 밖의 세상은 지금 그에게 비현실적으로 느껴졌다. 그해 이른 여름 산불이 났고, 덩굴손 같은 연기가 이미 산에서 기어 내려와 마치 화성의 대기처럼 섬뜩한 붉은 기운으로 공기를 오염시켰다. 버스가 시내 변두리를 두루 거치며 수표 교환소와 네일 숍, 국수와 그리스식 케밥을 파는 가게, 비타민 가게, 염가 판매점과 카펫 창고 매장 등이 즐비한 상가 구역을 느릿느릿 지나치는 동안, 그는 창밖을 응시했다. 차양에서 여러 가지 색 삼각기가 티베트의 기도 깃발처럼 펄럭였다. 우중충한 상점 창문의 선명한 색 표지가 '개업 기념! 재고정리 세일! 재고과잉! 모두 처분합니다!'라고 선언했다. 버스가 차이나타운을 빙 둘러서 시내의 고급 상점가로 향할 때, 이런 풍경은 건물 전면을 뒤덮은 거대한 광고판들로 대체되어 첨단 운동화와 스마트폰, 물방울이 맺힌 보드카 병 그리고 마치 녹인 구리에 담갔다 뺀 것처럼 번쩍이는 모델들의 부티 나는 이미지들을 보여주었다. 광고판은 말을 많이 하지 않았다. 그럴 필요가 없었다. 그것들은 순전히 이미지였다. 전능한 존재처럼 도시 위로 높이 솟은 그것들은 언어를 필요로 하지 않는 목소리로 눈에 대고 말했고, 그 목소리는 청각적인 소리보다도 컸다. 베니처럼 민감한 소년에게, 그것은 너무 과했다. 지나친 소음, 지나친 자극이었다. 더는 참을 수 없을 지경에 이르렀을 때, 그는 전화가 온 척하며 휴대전화를 귀에 대고 큰 소리로 말했다.

"원하는 게 뭐야? 좋아! 네 목소리 들려. 하지만 이제 날 좀 그만 괴롭혀. 진지하게 말하는 거야! 그냥 좀 조용히 있어. 알겠어?" 그것은 병동에서 배운 대처 전략이었는데 제법 괜찮은 방법이었다. 버스의 다른 승객들 중에 굳이 눈을 들어 쳐다보는 사람 하나 없었다. 휴대전화에 대고 소리치는 소년에게 아무도 관심을 기울이지 않았고, 목소리들에게 말대꾸를 하니 그럭저럭 도움이 되었다.

버스가 마침내 라이브러리 스퀘어에 가까워질 무렵에는 괴로움이 가라앉았고, 아기였을 때 느꼈던 찌릿찌릿한 흥분의 감각이 되살아나면서 두 팔을 파닥거리고 머리를 두드리고 버스 좌석 아래 바닥에 발을 쿵쿵 구르고 싶어졌다. 하지만 그는 충동을 억눌렀다. 그는 이런 행동에 대한 대처카드도 있었는데, 그 내용은 다음과 같았다.

> 눈을 감고 숨을 깊이 들이쉰다. 몸에 모래가 가득 차 있어서 무겁다고 상상한다. 그리고 숨을 내쉬며 몸에서 모래가 천천히 빠져나가는 것을 느낀다. 모래가 모두 빠져나갈 때까지 숨을 들이쉬고 내쉬기를 반복한다.

그는 이것을 외워뒀었고, 이제 눈을 감고 모래가 빠져나가며 긴장이 풀리고 거의 몸이 둥둥 떠다닐 것처럼 기분 좋게 비워진 느낌이 들 때까지 지시를 따랐다. 이 갑작스러운 가벼움이 이상했지만 미처 걱정할 틈도 없이 버스가 씩씩거리더니 끼익 소리를 내며 라이브러리 스퀘어 정거장에 섰다. 그는 일어서서 중력을 시험했다. 중력은 여전히 유지되고 있는 것 같았다. 남녀 넝마주이들도 내렸다. 베니는 그들 뒤에 줄을 서서 그들을 따라 도서관으로 이어지는 언덕을 올라갔고, 거기서 그들이 마치 교대 근무를 시작할 때 출근 카드를 찍는 공장 노동자들처럼 줄을 서서 정문을 통과하는 것을 지켜보았다. 거기서부터 그들은 구석구석으로 흩어졌지만, 베니는 그냥 안내 데스크 옆에 서서 다음에 뭘 할지 생각했다. 작은 쪽지는 도서관으로 오라고 말했지만 다음에 무엇을 하라고는 말하지 않았고, 그래서 더 이상 따라야 할 지시문이 없는 그는 발이 이끄는 곳으로 갔다.

다문화 아동 코너는 의자들을 둥그렇게 배치하고 있는 키 작은 사서를 제외하면 텅 비어 있었다. 이곳에 다시 오니 기분이 묘했다. 계속 거기 있고 싶었지만 그는 허리 높이의 책꽂이와 원색의 책들 사이에 숨어 있기에는 이제 너무 크고 나이가 들어버렸다. 이런 데 나이 든 사람이 숨어 있는 것은 뭔가 오싹해 보인다는 걸 그는 알았다. 그가 아주 많이 나이 든 건 아니었지만 아무튼. 그 사서는 어디서 본 것처럼 낯이 익었다. 그녀는 궁금한 눈으로 그를 흘끔 보았고, 그는 뒤로 물러났다.

그는 후드티 주머니에 손을 찔러 넣은 채 에스컬레이터를 타고 다시 1층으로 올라갔고, 거기서 계속 올라가서 각 층마다 내려 서가를 누비고 다니며 책등에 인쇄된 제목을 읽고 찾아야 할 뭔지 모를 무언가를 찾았다. 그러면서 주머니 속 쪽지를 만지작거리고 그것이 닳기 시작할 때까지 돌돌 말았다 풀었다 했다. 몇 시간이 흘렀고 아무것도 발견하지 못했지만 그래도 상관없었다. 그냥 거기 있는 게 좋았다. 그는 다음 날에도 왔다.

우리는 그가 듀이십진분류법에 따라 000번대와 010번대(컴퓨터 과학, 지식 및 시스템, 서지)에서 시작하여 거기서 100번대와 200번대(철학, 형이상학, 인식론과 종교)로 올라갔다가, 이어서 300번대와 400번대(사회과학과 언어), 그다음 500번대와 600번대(과학과 기술), 그다음 700번대와 800번대(예술 및 레크리에이션과 문학), 마지막으로 9층의 900번대(역사)까지 올라가는 과정을 지켜보았다. 구관 북쪽 부속건물 제일 위에 있는 999번(외계 세계)에 이르자 그는 거기서 잠시 멈췄다.

그는 도서관 구관 건물의 북쪽 끝자락과 나선형 팔처럼 생긴 현대식 신관 건물이 만나는 막다른 곳에서 도저히 거기 있음직하지 않은 구석진 공간에 세 개의 작은 개인용 열람석이 모여 있는 것을 발견했다. 그곳은 구관과 신관을 어색하게 연결하는 작은 구름다리를 통해서만 갈 수 있었는데, 구름다리에서는 지금은 사용하지 않는 지하 2층의 제본실까지 이어지는 아홉 개 층의 아찔한 풍경을 훤히 내려다볼 수 있었다. 우리가 그런 것처럼 당신이 여러 해 동안 그 다리를 지켜본다면, 그것을 건너는 이용객들에 대해 상당히 많은 것을 알게 될 거다. 바쁘고 실용주의적인 사람들은 망설임 없이 빠르게 건넌다. 그보다 실존적 성향이 강한 사람들은 가운데에 이르렀을 때 잠시 주춤하며 난간 너머를 내려다보고 여기서 떨어져서 지하층 콘크리트 바닥으로 곤두박질쳐서 죽게 된다면 어떨지 상상한다. 그런 이용객이 다리에서 멈출 때마다, 우리는 숨을 참고 대체 왜 건축가는 공공도서관에 낭떠러지 같은 통로를 설계한 것인지 의문을 품곤 했다. 참 어리석기도 하지! 도서관은 죽음에 대한 인류의 공포와 불멸을 향한 갈망의 확실한 증거가 담긴 보고이자 튼튼하고 안심이 되는 장소, 아무리 불안증이 심한 사람에게도 안전하고 든든한 느낌을 주도록 조화롭고 믿을 수 있게 대칭적으로 지어진 장소여야 한다. 그러나 본인의 불멸성을 확보하는 데 관심이 많은 건축가와 도시 계획가는 생각이 다르다. 그들은 도서관을 후세에 자신의 유산을 남기기 위한 프로젝트로 보고, 책을 단순히 소도구, 다시 말해 자신들의 설계 미학의 깔끔한 선들을 훼손하는 부조화한 물건들의 잡다한 모음으로 본다.

그들은 책의 친구가 아니다.

이런 어리석은 건축물이 어떻게 존재하게 되었을까? 베니가 난간 너머를 내려다보며 그렇게 높은 곳에 있다는 것에서 느껴지는 전율을 즐기는 동안, 우리에게 설명할 시간을 좀 허락해주길 바란다. 책들은 좋은 배경 이야기를 들려주기를 좋아하고, 베니도 언짢아하지 않을 것이다. 그는 급할 게 없다. 어차피 여름방학이니까.

2005년에 도서관위원회가 투표를 통해 공공도서관의 신관을 짓기로 결정했다. 그들은 제안서를 기다린다는 공고문을 냈고, 한 유명 건축가가 독창적인 포스트모던 선언이라고 환영받은 계획으로 입찰을 따냈다. 그것은 우리가 사랑한 옛 도서관의 철거가 불가피한 악마적인 계획이었다. 그 계획은 또한 우리 중 가장 취약한 책들의 매각을 요구했고(이것을 '잡초 제거'라고 불렀다), 말할 필요도 없이 우리는 공포에 떨었다. 우리 중 상당수가 샌프란시스코 공공도서관에서 사라진 25만 권의 책들이 결국 대규모 무덤으로 가서 매립지에 묻힌 1990년대의 문학적 홀로코스트를 기억한다. 한 비평가는 이러한 참담한 잡초 제거 작업을 '과거를 향한 증오 범죄'라고 일컬었다. 우리는 다음 차례가 될까 봐 두려워했다.

우리를 골라서 상자에 담는 무시무시한 과정이 시작되었지만, 이후 철거가 막 시작되기 직전인 2008년에 금융 위기가 불어닥치면서 위원회는 위축되어 계획을 중단시켰고, 우리 책들은 집단적으로 안도의 한숨을 내쉬었다. 혹시 우리의 소리를 들었는가? 어떤 이들은 책장이 펄럭이는 소리가 마치 하늘로 올라가는 천사의 날개에 달린 깃털 같다고 말했다.

유명 건축가는 투덜대며 제도판으로 돌아가서 비용 효율적인 절충안을 마련했다. 따옴표를 닮은 형상으로, 전통적인 구관 건물을 현대적인 껍데기 안에 두는 계획이었다. 공사가 끝났을 때, 도서관은 이런 모양으로 보였다.

“ 도서관 ”

기호학적 표현으로서 그 설계는 다소 노골적으로 보인다. 어떤 이들은 그것이 악의적이라고까지 말했다. 어쨌든.

새로운 집합체는 그것이 차지하는 바닥 공간이 분명한 타원형임에도 라이브러리 스퀘어라고 불렸다. 단독으로 서 있는 타원형 벽에 일련의 아치가 가미되었다. 로마 콜로세움에 대한 기이하게 연극적인 오마주다. 이 울타리 안쪽에 끼어 있는 광장에는 커피숍과 편의점, 신문 가판대, 파파야조스와 플라잉파이 피자리아 같은 다수의 프랜차이즈 매장이 자리 잡고 있다. 광장 경계를 따라 철제 의자와 카페 테이블이 늘어서 있다.

이곳 라이브러리 스퀘어에서는 모든 것이 다소 초현실적으로 느껴진다. 도서관 이용객과 쇼핑객들은 마치 몽유병자처럼 공간을 누비고 다닌다. 사무실 직원들은 전화 통화를 하며 마치 공기와 대화를 하는 것처럼 왔다 갔다 한다. 노숙자들은 비를 피하기 위해 테이블에 모여 있다. 시간은 더디게 흐른다. 비둘기가 모이를 쪼아 먹으며 구구거린다. 소리가 아치를 통해 메아리친다.

다시 9층으로 돌아와서, 베니는 낭떠러지 같은 다리 난간 안으로 몸을 끌어당기고 가던 길을 계속 가서 반대편에 있는 예의 그 있음직하지 않은 구석진 공간에 도착했다. 세 개의 개인용 열람석 중 두 칸은 이미 다른 사람이 차지하고 있었다. 하나에는 아랍계 교환학생이 무릎 사이에 손을 낀 채 앉아 있었다. 그는 책 위로 몸을 숙이고 있었는데, 베니가 자세히 보니 기도를 하는 건지 잠을 자는 건지 눈을 감고 있었다. 다른 한 좌석에는 검은 테 안경을 쓰고 머리가 희끗희끗한 나이 든 여인이 노트북에 빠르게 타자를 치고 있었다. 그녀는 50대나 60대로 보였고, 어쩌면 그처럼 반은 동양계인 것도 같았다. 베니의 존재를 감지했는지 그녀가 갑자기 고개를 들어 그를 보았고, 그러는 내내 잠시도 멈추지 않고 손가락으로는 계속 타자를 쳤다. 베니는 재빨리 인접한 개인용 열람석으로 쏙 들어갔다.

이 열람석은 건물 개조 전부터 있었던 것이어서 꽤 낡았지만, 수직 등받이가 달린 딱딱한 의자가 의외로 편했다. 그가 견고한 목재 책상까지 의자를 끌어당겨 앉았을 때, 그 작은 방이 기쁨의 한숨을 쉬는 것처럼 보였고, 주변을 에워싼 벽들이 그를 제대로 맞이하기 위해 좀 더 곧게 선 것 같았다. 바로 눈높이에 열람석 폭 전체에 걸쳐서 좁다란 책꽂이가 설치되어 있었는데, 비어 있어서 좋았다. 처음에는 그저 거기 앉아서 빈 책꽂이를 쳐다보며 고요함을 즐기는 것만으로 만족했지만, 몇몇 이용자가 책을 잔뜩 안고 앉을 자리를 찾으며 지나가는 것을 보니 마음이 불편해졌다. 그는 배낭에서 공책을 꺼내 책상 위에 놓았다. 한결 나았다. 이어서 연필 한 자루를 꺼내 옆에 놨다. 좀 더 나았지만, 빈 책꽂이가 뭔가를 원하는 것 같았다. 그는 배낭을 의자에 걸어 그곳이 자신의 영역임을 주장하고 경계를 강화하기 위해 책을 찾으러 갔다.

그리고 이것은 그의 일상이 되었다. 그는 서가 사이를 정처 없이 돌아다니며 책 제목이 자신의 눈길을 사로잡게 하고 책들이 자신의 품 안으로 굴러들어 오게 했다. 그리고 그 과정에서 책에게도 마음이 있으며 그가 책을 선택하는 것 못지않게 책 또한 그를 선택한다는 것을 깨닫게 되었다. 책이 한 아름 차면 좌석으로 돌아와서 기다리고 있는 책꽂이에 책들을 배열했다. 책들은 마치 군인처럼 책등을 가지런하게 맞추어 곧고 당당하게 서 있었다. 처음에는 이것으로 족했다. 개인용 열람석의 방어벽 안에서 안전하게 앉아 있는 것이면 충분했다. 그러나 시간이 얼마간 지난 후에는 책들이 자기들끼리 속삭이기 시작했다. 책들은 주변에 서 있는 것으로 만족할 수 없었다. 그들은 레고가 아니라 책이었다. 그들은 이렇게 말했다. 그냥 여기 이렇게 서 있을 거면, 애초에 왜 너에게 서가에서 우리를 뽑아 오게 만들었겠어? 우릴 움직이게 했으니 적어도 표지를 열어 몇 줄이라도 읽는 성의를 표해야 하지 않겠어? 최소한 그림이라도 보지 그래?

그것은 노골적인 암시였고, 거의 명령에 가까웠다. 그는 그것을 들었고 순순히 따랐다. 그날 뽑아 온 무리 중에 하나를 골라 펼치고 한두 장을 읽기 시작했다. 사실 정확히 말하면 읽은 건 아니었다. 처음에는 읽었다고 말할 수 없었다. 그러니까 왼쪽에서 오른쪽으로, 또는 위에서 아래로 체계적인 방식으로 읽지 않았다는 말이다. 그는 끈기 있는 소처럼 꾸준히 풀을 뜯어 먹기보다는 봄날의 사슴처럼 부드럽고 연한 잎을 여기서 조금, 저기서 조금 갉아 먹는 것에 가깝게 책을 대충 훑어보았다. 어렸을 때는 책 읽어주는 것을 좋아했지만, 자라면서 비디오게임을 하기 시작했고 혼자서 책을 처음부터 끝까지 읽는 습관을 들이지 못했다. 이제 그는 어떻게 해야 할지 알 수 없었고, 그래서 비선형적인 방식으로 때로는 뒤에서, 때로는 중간에서 시작해 그냥 책장을 휙휙 넘겼다. 딱히 뭔가를 찾는다기보다 그저 책장을 넘기는 감각을 즐겼고, 그렇게 하는 것이 책에게도 즐거움을 주는 것 같았다. 그리고 오래지 않아 단어들이 그 의미로 그의 관심을 끌기 시작했고, 그것들이 말하려는 것을 이해하려면 시작으로, 문장과 문단과 장, 그리고 책의 첫머리로 돌아가야 한다는 것을 알게 되었다. 그래서 그렇게 했다. 그리고 책은 어딘가에서 시작해야 한다는 사실을 깨달았다. 책 첫 장의 첫 음절에서 시작해서, 그는 입술을 움직여 단어들을 읽었고 단어들이 결합하여 문장이 될 때 입 밖으로 소리 내어 발음했다. 마치 단어들이 그의 입술에 생기를 불어넣고 그의 혀를 빌려서 세상에 속삭이는 것처럼 느껴졌다.

곧 그가 혼자 책을 읽을 때는, 마치 책 함께 읽는 날에 아이들이 조용하고 고요해지는 것처럼, 머릿속의 모든 목소리들이 점점 조용하고 고요해지는 것을 느꼈다. 이것은 놀라운 발견이었고, 더 놀라운 것은 이후에도 오랫동안, 심지어 일과를 마치며 책을 카트에 반납하고 도서관 정문을 통과해 거리로 나간 뒤에도 목소리가 조용한 상태를 유지한다는 사실이었다. 보도를 걸어 내려가 정거장에서 버스를 기다릴 때, 그는 세상으로부터 보호받고 있는 기분, 책들이 그의 주변에서 펼쳐내는 조용한 이야기의 안락한 누에고치 속에서 안전하게 쉬고 있는 듯한 기분이 들었다. 쇼윈도와 광고판에서 나오는 온갖 비명조차 그를 불안하게 하지 않았다. 버스에 탄 그는 차창에 이마를 기댄 채 산불 연기 때문에 붉어진 어스름한 빛 속에 떠다니는 어두워지는 거리를 지켜보았다. 세상의 소리가 지워지고 물속에 잠긴 것처럼 느껴졌다. 마치 책장에 쓰인 말들이 그의 머릿속 목소리에게 뭔가 생각할 거리, 조용히 숙고할 거리를 준 것 같았다. 그렇게 여름이 지나가고 있었다.

개학하기 일주일 전인 8월의 어느 날, 베니가 개인용 열람실에서 중세 기사에 관한 책을 읽고 있는데 점괘만 한 크기의 쪽지가 책장들 사이에서 펄럭이더니 책상 위로 떨어졌다. 타자기로 친 것처럼 보이는 인쇄체 글씨가 적힌 작은 쪽지는 너무도 익숙해서 그의 심장을 뛰게 했다. 그는 공책을 펴서 자신이 소아정신과에서 구조한 비슷한 쪽지들을 깔끔하게 붙여놓은 페이지로 갔다.

신발을 테이블에 올려놓는다. 자신에게 무엇을 원하는지 물어본다. 첫 번째 쪽지가 말했다.

도서관으로 오라. 마지막 쪽지가 말했다.

그는 딱풀 뚜껑을 열어 기사들에 관한 책에서 떨어진 새로운 쪽지를 제일 아래에 조심스럽게 배치했다. 그리고 뒷면에 풀을 찍어서 붙인 다음, 뒤로 물러앉아서 어느 정도 만족하며 내용을 읽었다.

새로운 쪽지는 말했다. **축하합니다. 당신은 해냈습니다.**

17

그는 해냈다. 그러나 너무 늦었다. 이제 여름이 끝났고 학교가 개학할 테니 곧 도서관을 떠나야 했다. 그가 해야 할 일이 무엇이건 일단은 기다려야 하는 상황이었다.

한편 애너벨은 여름 내내 우주 비행 관제 센터에 혼자 틀어박혀 뉴스와 씨름하고 있었다. 그녀는 한 국제적인 임산물 대기업을 위해 내륙의 산불 확산 현황을 추적하고 있었다. 또한 미국 수정헌법 제2조를 옹호하는 이익단체를 위하여 지역 매체에서 총기 난사 사건을 보도할 때 총기 소지에 대한 편향이 있지는 않은지 찾고 있었다. 그리고 지카바이러스의 확산과 대통령 선거운동을 모니터링하고 있었다.

그녀는 지중화*와 발화원과 연소율에 대해, 소두증과 모기의 짝짓

* 땅속에서 낙엽층 밑에 있는 유기체가 연소되어 일어나는 불.

기 습성에 대해 읽었다. 그녀는 유행어와 불만거리와 모든 후보의 여론조사 결과를 알았다.

한때 도서관 사서 지망생으로서 핵심 키워드를 찾아내는 데 능숙한 그녀의 날카로운 눈은 그때까지 세상에 존재하는지도 몰랐던 물건들의 이름에 점차 익숙해졌다. 12구경 레밍턴 870 익스프레서 택티컬 산탄총, 글록 22, 40구경 권총, 부시마스터 XM15-E2S, 22구경 새비지 MK II-F 볼트액션 소총.

이런 정보는 그 나름의 생명이 있어서, 일단 그녀의 마음에 들어오면 사라지거나 잊을 수 없었다. 그녀는 세상에서 무슨 일이 일어나고 있는지에 대해 너무 많은 것을 알았다. 정작 그녀가 세상으로부터 고립되어갈 때조차도.

작은 집 안이 답답했다. 산불 연기가 창문을 통해 스며들어왔고, 밖에 나가면 상태가 더 나빴다. 그녀는 베니의 천식이 걱정되었고 자신도 증상을 겪고 있었다. 쌕쌕거림. 기침. 숨 가쁨. 그녀는 병원에 갔고 의사가 흡입기를 처방하며 그녀가 극심한 스트레스를 겪고 있다고 말했다. 놀랍지도 않았다! 그녀는 여전히 새로운 프로젝트 관리 인터페이스를 배우고 라디오와 TV 프로토콜을 파악하고, 모든 새로운 키워드와 고객 번호를 기억하려 애쓰고 있었다. 전에는 기억력에 문제가 없었지만 이제 자신의 저장 용량이 한계에 이른 것처럼 느껴졌다.

그리고 물론 베니에 대한 지속적인 불안이 있었다. 그가 퇴원했을 때, 그녀는 의료진으로부터 진료와 치료 일정, 약물과 발생 가능한 부작용의 목록, 감정 조절과 고통 감내력, 사회적 문제 해결 기술 개선을 위한 유용한 제안들이 포함된 통원 치료 계획서를 받았다.

또한 그녀가 주시해야 할 행동 목록도 있었다. 사회적 고립과 감정적 위축, 우울감과 무력감, 적대감과 격분, 위협적인 행동, 짜증, 불면증,

편집증, 집중력 부족, 눈을 깜빡이지 않거나 멍한 표정, 뇌성마비 같은 얼굴이나 몸의 움직임, 환각 및 환청, 보이지 않는 대상에게 말하기, 이상하거나 일관되지 않은 말, 슬픈 영화를 보며 웃기, 행복한 영화를 보며 울기, 외모와 위생에 대한 무관심, 꿈과 현실을 혼동…….

목록을 보는 것만으로 호흡 곤란이 올 지경이었지만, 그녀는 각 항목을 꼼꼼하게 검토하며 징후학의 추상적 언어를 아들의 실제 행동과 연결시키려 애썼다. 베니가 화내며 내뱉는 말이 격분 분출에 해당될까? 엄마의 보관 자료가 채워진 쓰레기봉투를 걷어차는 게 위협적인 행동인가? 그녀는 아들이 새로운 워크스테이션과 모든 근사한 컴퓨터 장비에 감탄할 거라고 생각했지만, '우주 비행 관제 센터'를 본 그는 그것을 피하더니 쓰레기봉투를 방에서 끌고 내려와서 관제 센터를 저지하려는 듯 제방의 모래주머니처럼 쌓아 옹벽을 세웠다. 그게 편집증일까?

아들이 여름방학을 도서관에서 보내겠다는 계획을 알렸을 때 그녀는 좀 의외였고 조심스럽지만 기뻤다. 그렇게 하는 10대 소년들이 많지 않았기 때문이다. 그리고 어쩌면 그녀가 준비한 작은 졸업식이 그의 결정에 영향을 주었을지도 모른다는 생각이 들었다. 그녀는 성인식이 청소년의 자긍심 발달에 중요하다는 내용을 읽었고, 그래서 그 모든 수고를 감수한 것이었다. 그녀는 아들이 곧 흥미를 잃을 거라고 내심 생각하며 너무 기대하지 않으려 애썼지만 그는 매일 아침 시계처럼 규칙적으로 도시락을 싸서 버스를 타고 라이브러리 스퀘어에 갔다. 그녀가 온종일 뭐 했냐고 물으면, 그는 그저 어깨를 으쓱하며 "아무것도"라고 말했지만 그건 10대 소년의 지극히 정상적인 반응이었다. 그녀는 아들에게서 말을 이끌어내려 했다.

"독서를 했니?"

"응."

"뭘 읽었는데?"

"책."

"누구와 얘기하거나 새로운 친구를 사귀었어?"

"아니."

멜라니 박사는 걱정하지 않는 것 같았다. 그녀는 베니가 일상에 정착한 것이 긍정적 신호라고 말했지만, 몇 주가 지나면서 애너벨은 점점 걱정되기 시작했다. 혹시 사회적 고립이 이런 걸까? 가끔 그녀는 아들에게 문자를 보냈고 그러면 대체로 답이 오곤 했지만 아무튼. 베니가 자신에게 말하지 않은 뭔가가 있는 걸까? 라이브러리 스퀘어에는 별의별 사람들이 모이는 곳이었다. 혹시 그가 마약과 연루된 건 아닐까? 밤에 침대에서 경고 신호 목록을 살펴보고 있노라면 불안이 더욱 커졌고, 그러던 어느 날 도저히 일에 집중할 수 없어서 이른 점심시간을 갖기로 하고 버스를 타고 라이브러리 스퀘어로 갔다.

그곳은 그녀가 마지막으로 간 이후로 상당히 변해 있었다. 그녀는 개축을 둘러싼 장기적인 싸움을 모니터링해왔고, 신관 건물이 처음 문을 열었을 때는 베니를 데려와서 피자를 먹기도 했었다. 이제 그녀는 그곳이 얼마나 너저분해졌는지에 놀랐다. 광장에는 쇼핑 카트를 옆에 두고 카페 야외 테이블에서 잠을 자거나 빈 캔과 빵 쪼가리를 찾아 쓰레기통을 뒤지는 노숙인들이 가득했다. 비둘기들이 활보하며 머핀을 쌌던 유산지와 크루아상 부스러기를 두고 참새와 싸웠다. 아치 아래에서 술 냄새와 대마초 냄새, 지린내가 뒤섞인 악취가 났다.

안쪽, 도서관 구관 건물에서 남아 있는 부분은 그녀가 기억하는 그대로였다. 천천히 그녀는 눈에 띄지 않으려 노력하며 한 층 한 층 올라갔다. 베니가 자신을 발견할 경우에 대비해서 핑곗거리도 준비해뒀다. 일 때문에 자료 조사가 필요하다는 거였는데, 그건 사실과 거리가 있었다. 미디어 모니터링은 실제 책과 관련된 조사를 필요로 하지 않았다. 하지만 베니는 이 사실을 몰랐다. 그녀는 서가를 뒤지며 이용객들이 책을 읽거나 졸고 있는 구석구석을 흘끔거렸고 그러다가 제일 위층, 낭떠러지 같은 구름다리 건너편에서 예의 그 있음직하지 않은 구석진 공간을 발견했다. 조심조심 그녀는 좁은 다리에 발을 올리고 과연 그것이 자신을 지탱해줄 것인지 확신하지 못해 잠시 멈췄다가 또 한 발을 내디뎠다. 중간에 이르렀을 때, 다시 한번 멈춰서 아래가 내려다보이는 난간을 꽉 붙잡았다. 그것은 아찔한 낭떠러지 같았다. 그러나 그녀의 심장을 두근거리게 만든 것은 높은 고도가 아니라 어떤 공기의 성질이었다. 아니면 냄새일까? 그렇다. 노출된 공기 기둥을 통해 지하 2층에 있는 옛날 제본실로부터 올라오는 퀴퀴한 종이 냄새와 기계유 냄새, 제본용 접착제의 자극적인 냄새였다. 그녀는 눈을 감고 반가워하며 숨을 들이마셨다.

그녀는 자신이 인턴사원이었을 때 제본실을 기억했다. 그것은 고색창연한 이탈리아제 공업용 탁상형 재단기와 윗실용 실패와 밑실용 실패가 매혹적이었던 오래된 검은색 싱어 재봉틀이 있는 동굴 같은 방이었다. 그녀는 서가를 돌면서 훼손된 책이 있는지 찾아 아래로 가져가서, 제본사들이 책등을 보강하고 튼튼한 버크럼 직물 표지로 옷을 입히는 것을 지켜보곤 했다. 제본사는 두 명이었다. 나이 든 남자 한 명, 젊은 남자 한 명. 젊은 남자는 그녀에게 수작을 걸며 놀리곤 했고, 나이 든 남자는 그녀를 도서관의 나이팅게일이라고 불러서 자긍심을 느끼게 해주었다. 그리고 물론 우리 책들은 그래서 그녀를 좋아했다. 나이 든 제본사가 은퇴할 나이가 되자, 그녀는 젊은 제본사의 향방을 궁금해했다. 규모가 축소되는 제본실에서 그가 이제 무엇을 할 것인가? 그것은 실질적 질문이었다. 새로운 확장 계획의 일환으로 도서관위원회는 제본실 문을 닫고 그 방을 '디지털 정보 기술 허브 및 전자 자료실', 또는 줄여서 '디정전자실'이라는 것으로 전환하려 했다. 그 계획의 찬성파도 반대파도 똑같이 그렇게 부르게 되었다.

도서관 직원과 이용객들이 저항하는 동안, 애너벨은 모든 현지 신문에서 다룬 '디정전자실'을 둘러싼 논쟁을 모니터링했다. 그들은 이곳이 북아메리카에서 마지막 남은 공공 제본실이며 역사적, 문화적으로 중요한 보존해야 할 멸종 위기의 현장이라고 주장했다. 그들이 항의 편지를 썼고 도서관 노동자 노조가 곧 정리해고 당할 제본사들을 위해 파업을 벌이겠다고 위협했지만 위원회는 요지부동이었다. 그들의 입장은 이랬다. 시대가 변하고 있다. 공간이 귀하다. 잡지는 온라인화되고 있다. 디지털 자료로 인해 제본된 정기간행물이 불필요해졌다. 판매 부수가 떨어진 옛날 책들은 다시 제본하기보다 매각 처분하는 편이 더 낫다. 한마디로 제본실은 한물간 시대착오적인 공간이며, 지나간 시절의 감상주의적인 유물이다. 결국 위원회가 이겼고 애너벨은 크게 실망했다. 디정전자실은 여전히 승인을 기다리고 있는 중이었는데도 마지막 공공 제본실은 폐쇄되었다.

이제 9층 높이의 아찔한 구름다리에 서서 모든 옛날 냄새를 들이쉬고 있으니, 애너벨은 어지럽고 머리가 띵해지는 것을 느꼈다. 접착제 냄새였을까? 탁상형 재단기와 오래된 싱어 재봉틀이 어떻게 되었는지 궁금했다. 십중팔구 매각되었거나 버려졌을 것이다. 지하 2층에서부터 슬픔이 파도처럼 올라왔다. 그녀는 하품하듯 입을 벌린 수직 통풍 공간을 내려다보았다. 난간을 꽉 부여잡고 눈을 감았을 때, 팔꿈치에 손길이 느껴졌다.

"괜찮으세요?"

그녀는 눈을 떴다. 한 여인이 옆에 서서 두꺼운 검은 테 안경을 통해 그녀의 얼굴을 올려다보고 있었다. 아시아계로 보이는 중년 여인이었다. 애너벨은 몸을 곧게 펴고 고개를 끄덕였다. "괜찮습니다. 고마워요. 그냥 잠시 졸도할 것 같은 기분이었어요."

여인은 계속 애너벨을 살펴보았다.

그녀가 아무 말도 하지 않자, 애너벨은 긴장된 미소를 지었다. "높아서 그랬을 거예요. 제가 높은 걸 좀 무서워하거든요."

"당연하죠." 여인이 말했다. "많은 사람이 높은 델 무서워하고, 많은 사람이 사는 걸 힘겨워하죠."

"맞아요." 애너벨이 무심코 대답하고는 곧 그 여인이 암시하는 의미를 깨닫고 재빨리 덧붙였다. "오, 아니에요. 그런 게 아닙니다."

"좋아요." 여인이 말했다. 그녀가 난간 너머로 지하 2층을 내려다보고 고개를 가로저었다. "대체 왜 건축가가 공공도서관에 이런 낭떠러지 같은 통로를 만들 생각을 한 건지 정말 궁금하네요."

"이 설계를 두고 논란이 많았어요." 애너벨이 말했다. "하지만 아마 아실지도 모르겠네요. 혹시 사서이신가요?"

"아뇨. 그냥 이용객일 뿐입니다. 저쪽 개인용 열람실에서 작업하고 있었는데, 당신이 보였어요. 이제 좀 기분이 나아졌나요?"

그녀가 구름다리 저쪽에 모여 있는 개인용 열람석을 가리켰고, 지금 애너벨이 서 있는 위치에서 의자 등판에 걸려 있는 익숙한 배낭과 책상 위에 엎드려 자고 있는 소년이 보였다. 그의 얼굴은 쌓여 있는 책들에 가려졌지만, 그녀는 베니임을 알아보았다. 그녀는 안도의 한숨을 쉬었다.

"이제 괜찮습니다." 그녀가 여인에게 말했고, 그런 뒤 조금은 자랑스러워하며 덧붙일 수밖에 없었다. "재가 제 아들이에요."

여인이 고개를 끄덕였다. "매일 여기 오더군요. 착한 아이 같아요. 조용하고."

"맞아요." 애너벨이 말했다.

"책을 좋아하더군요." 여인이 말했다.

"저를 닮았어요."

"그럼." 여인이 말하고는 다리를 건너기 위해 몸을 돌렸다. 그런데 애너벨이 머뭇거리자 그녀가 물었다. "아들에게 인사 안 하시게요?"

애너벨이 고개를 저었다. "깨우고 싶지 않아요." 그녀가 잠시 뜸을 들였다. 여인은 애너벨이 다른 말을 더 할 거라고 예상하는 것처럼 검은 테 안경을 통해 그녀를 다시 한번 보았고, 그래서 애너벨은 이어서 말했다. "제가 여기 왔었다는 말씀은 하지 말아주세요. 제가 자기를 감시한다고 생각할 거예요." 여인은 여전히 서서 기다렸고, 그래서 덧붙였다. "남자애들이 그런 거 아시잖아요."

여인이 고개를 끄덕였다. "10대 애들이 다 그렇죠."

"네, 맞아요!" 애너벨이 말했다. "9월에 고등학교에 입학해요."

"음, 그럼 행운을 빌어요." 여인이 말했다.

애너벨은 여인을 보내고 싶지 않았다. 그녀가 한 발 가까이 다가가 목소리를 낮추고 말했다. "사실 제가 아들을 좀 걱정하고 있거든요." 그녀가 속삭였다. "새로운 학교에 다닐 텐데, 애가 정서적인 문제가 좀 있어서요." 그 순간 아차 싶어 말을 멈추었다. 왜 낯선 사람에게 속내를 털어놓고 있는 것일까? 그녀는 한숨을 쉬었다. "얘기가 길어요."

여인은 고개를 또 끄덕였다. "제가 지켜볼게요." 그녀가 말했고, 애너벨은 기분이 한결 나아졌다.

18

고등학교는 새로웠지만 충분히 새롭지는 않다는 것을 베니는 곧 알게 되었다. 등교 첫날의 끝을 알리는 종소리가 울릴 무렵, 중학교

때 같은 반이었던 아이들은 베니의 이야기가 떠벌릴 가치가 있다는 것을 알게 되었다. 베니에 대한 이야기는 그들에게 일종의 통화와 사회적 자본이었고, 환율에 가치를 의존하는 모든 통화, 모든 자본과 마찬가지로 소비할 필요가 있었다. 그래서 그들은 그렇게 했다. 그의 이야기를 하고 또 해서 새로운 서열에서 그의 등급을 계속 밀어내리며 그 위로 자신들의 위치를 확보했다. 점심시간 무렵에는 반의 모든 아이들이 그가 어떻게 가위로 제 다리를 찔렀는지, 어떻게 정신병동에 보내졌는지 다 알게 되었다. 베니는 현명하게도 그것을 부정하지도 숨기려 하지도 않았다.

점심시간에 베니는 교장실로 불려가서 그의 약과 관련해 보건교사와 상담지도사를 만나 이야기했고, 애너벨도 큼직한 튜닉 상의와 스판 바지 차림에 커다란 핸드백을 부여잡고 그곳에 왔다. 그녀는 일찍 도착했고, 몇몇 아이들이 그녀가 대기실에 앉아 있는 걸 보았다. 그녀와 켄지에 관한 소문이 퍼지면서, 교활한 문자와 은밀한 채팅이 전염병처럼 확산되었다. 첫 주가 끝날 무렵 모두가, 아무것도 모르는 아이라도 베니와 그의 가족이 따돌려야 할 타자이며 그들의 이상함과 비교하여 자신들의 집단적 정상성을 정의할 수 있다는 것을 이해하게 되었다. 그들은 베니가 지나갈 때마다 닭처럼 꼬꼬댁거리고 험담을 하기 위해 휴대전화를 급히 꺼냈고, 그래서 그가 복도를 걸어 내려갈 때는 구름처럼 피어오른 문자메시지 말풍선들이 그의 뒤를 따라가는 것이 거의 눈에 보일 정도였다. '미친놈, 또라이, 일본 놈, 정신병자, 저능아, 난쟁이, 괴짜.' 익숙하게 들린다고? 그렇다면 당신도 이런 종류의 잔인함이 발생하는 광경을 목격했거나 심지어 거기에 일조했거나, 아니면 그냥 조용한 공모자로서 그런 심한 편견이 퍼지는 것을 지켜보았거나, 아니면 그 표적이 되었을지도 모른다. 그렇다면 당신은 상황이 어떻게 돌아가는지 알 것이다.

베니

어휴, 이봐. 이 부분은 그냥 건너뛰면 안 될까? 당연히 사람들은 알아. 그리고 네가 그 얘기를 하는 걸 듣기가 민망해. 내가 민망한 이유는 네가 가엾고 조그만 미치광이 베니 오가 망할 놈의 집안 사정 때문에 못돼먹은 반 아이들에게 괴롭힘을 당한 것처럼 말하려는 걸 알기 때문이야. 그리고 네가 그러는 건 아주 고결하고 책다운 행동이지만 진실은 그렇지가 않아. 아니면 정말로 그랬을지 모르지만, 그게 전부는 아냐. 나 역시 선택을 했기 때문이지. 첫 등교 날 나는 내가 어떤 사람이고 무슨 일이 있었는지 숨기지 않기로 작정했고, 누군가 아빠가 마약 중독자라는 게 사실이냐고 물으면 "아니, 아빠는 재즈 클라리넷 연주자였어"라고 대답했어. 내가 듣는 목소리들에 대해 물어보면, 나는 제법 근사하게 들리도록 말했고 정신병동에 입원했던 걸 숨기지 않았어. 사실 내가 교장실로 불려가고 엄마가 나타날 때까지는 첫 등교일 아침 내내 괜찮았어. 그런데 엄마가 더러운 낡은 운동화에 발을 욱여넣고, 스판 바지와 펑퍼짐한 셔츠 차림으로 대기실에 앉아 있는 모습을 보았을 때는 참기 힘들었어. 게다가 셔츠의 배 쪽 부분에는 얼룩이 묻어 있었는데, 가슴에 가려져서 엄마가 알아차리지도 못한 것 같았어. 모두가 그런 엄마를 보고 있었어. 슬레이터 교장선생님, 보건선생님, 상담선생님, 그리고 복도에 있는 모든 아이들이. 처음으로 나는 그들의 눈을 통해 엄마를 봤고, 엄마를 빤히 쳐다보는 그들을 죽이고 싶었어. 맹세하건대 정말로 그들의 얼굴을 박살 내고 싶었어. 빌어먹을! 그 사람은 내 엄마야. 그들이 엄마를 그렇게 빤히 쳐다보면 안 되는 거였어. 엄마를 좀 더 정중하게 대해야 하는 거였어.

그래서 네가 이야기를 미화해서 내가 불쌍하고 조그만 미친 피해자인 것처럼 말하려는 걸 들어도 내 기분은 조금도 나아지지 않아. 정말로 어떤 상황이었는지 내가 아니까. 애너벨이라는 사람에 대해 그 순간 내가 무엇을 느꼈는지 알아. 왜 그 얘기는 안 하는 거지? 사실은 내가 엄마를 부끄러워했기 때문이야. 난 엄마가 미웠어. 엄마가 사라지면 좋겠다고 생각했어. 아, 젠장. 그냥 말해. 난 죽은 사람이 엄마이길 바랐어. '왜 죽은 사람이 아빠여야 했지?' 그 생각을 하고 있었어. 적어도 아빠는 폼 나는 뮤지션이고, 우린 재즈와 우주처럼 공통 관심사가 많았고, 아침을 함께 먹고 유튜브에서 행성 간 이동에 대한 옛날 TV 프로그램을 보곤 했어. 난 아빠를 사랑했어. 미치게 사랑했는데, 아빠가 죽었어. 그리고 거기 엄마가 있었어. 모두가 쳐다보는 교장실 대기실에 엄마가 완전한 패배자처럼 앉아 있었어. 내 머릿속 목소리가 계속 말했어. '왜 그게 당신일 수 없었던 거지?' 그리고 이 말을 하는 건 다른 뭔가의 목소리가 아니었어. 그건 '내' 목소리였어. 바로 '나'였어.

너도 알잖아? 자기 엄마에 대해 이런 빌어먹을 생각을 하는 소년에 관한 이야기를 읽고 싶어 할 사람은 없고, 지금은 아빠에 대해 생각하고 싶지 않으니까 그냥 생략하고 다른 내용으로 넘어가주겠어? 도서관 얘기로 돌아가자. 알레프에 대해 말해. 그게 더 흥미로우니까.

책

좋아, 베니. 하지만 참고로 말하자면, 사람들은 자기 엄마에 대해 빌어먹을 생각을 하는 소년의 이야기를 읽고 싶어 해. 많은 중요한 책들이 그 주제에 대해 쓰였고, 많은 독자들이 읽어왔지. 하지만 네가 불편하다면, 다음으로 넘어가자.

19

첫째 주가 끝날 무렵, 베니는 학교가 자신의 정신 건강에 해롭다고 결론 내렸다. 학교에 가지 않아야 했지만, 문제는 그럼 대신 뭘 할 거냐였다. 땡땡이를 치는 아이들은 주로 시내 쇼핑가를 배회하거나 부모가 밖에서 일할 경우 집에서 시간을 보내지만, 애너벨은 집에서 일했고 쇼핑몰은 불가능했다. 베니에게 쇼핑몰은 고문이었다. 그곳은 팔리지 않은 물건들이 내뱉는 귀에 거슬리고 심란한 비명과 탄식이 사방에서 반사되어 울리는 반향실과도 같았다.

대신 그는 또 도서관에 가기로 결정했고, 그곳에서 앨리스인지 아테나인지가 나타나기를 기다렸다가 자신이 그곳에 있는 이유를 설명할 셈이었다. 그리고 기다리는 동안 책에서 배워야 할 모든 것을 혼자서 공부할 수 있을 것이다. 이상적인 해결책처럼 보였다. 도서관에는 책이 많고, 물론 우리는 기뻤다. 하지만 그는 조심해야 한다는 걸 알았다. 도서관에 숨어 있다가 걸린 무단결석생에 대한 얘기를 들어본 적은 없지만 그렇다고 적발되지 않는다는 보장은 없었다. 따라서 그는 두 부분으로 이루어진 계획을 세웠다.

첫 번째 부분은 엄마의 이메일 계정을 해킹하는 것이었다. 그는 엄마가 잠자리에 들기를 기다렸다가 엄마 컴퓨터로 갔다. 그는 암호를 몰랐고, 그래서 '쾌활한 오씨네'를 떠올려 'CheeriOhs', 그다음에 'CheeryOhs'를 시도했고 두 번째 시도에서 성공했다. 엄마의 이메일 계정 AnnabelleOh@gmail.com으로 브라우저 탭이 이미 열려 있었다. 받은메일함을 뒤져서 고등학교 교장실에서 보낸 스레드를 찾아 자신이 방금 만든 가짜 계정 AnnabelleO@gmail.com으로 전달했다. 위험하긴 하지만 그는 학교 관계자들이 h가 빠진 걸 알아차리지 못할 거라고 생각했다. 그리고 마지막으로 학교 IP 주소에서 보내는 새로운 메일을 모두 가짜 계정으로 전달하고 엄마 계정에서 삭제되도록 필터를 설정했다.

베니는 자기 방으로 돌아가 컴퓨터에서 가짜 계정에 로그인했고, 대기 중인 이메일 스레드를 발견했다. 그는 주소를 새 메일에 복사한 다음 미리 작성해놓은 짤막한 메일 초안을 붙여 넣었다.

친애하는 슬레이터 교장선생님께

부디 제 아들 벤저민을 용서하시기 바랍니다.

불행히도 그 아이에게 정신적 문제가 추가로 생겨서
담당 의사가 아동병원의 소아정신과 병동으로 재입원을 권유했습니다.
그래서 당분간 아들이 학교를 결석하게 되었습니다.
양해해주셔서 감사합니다.

애너벨 오

그는 자신이 쓴 것을 다시 읽고 잠시 주저하다가 '정신적 문제' 앞에 '심각한'을 덧붙였다. 한결 낫군. 그는 차라리 그냥 자신이 죽은 척하는 편이 더 쉽지 않을까 잠시 생각했지만, 아빠의 장례식과 그 모든 카드와 꽃들을 떠올렸다. 그리고 시신을 떠올렸다. 사람들이 시신을 봐야 한다고 장의사가 말했다. 시신 없이는 너무 위험했고, 그래서 대신 완전히 믿을 만한 정신과 병원 쪽으로 가기로 했다. 그는 '보내기'를 누르고 로그아웃한 다음 침대로 갔다.

계획의 두 번째 부분은 눈에 띄지 않고 도서관에 머물 수 있는 실행 계획이었다. 여름 동안 그는 이용객들이나 직원들과 익숙해졌고 낮에 도서관의 흐름이 어떻게 움직이는지 알게 되었다. 이른 오전은 노인들의 차지였다. 올이 드러날 정도로 낡은 재킷을 입은 할아버지들이 참을성 있는 늙은 왜가리처럼 신문 주변에서 맴돌았고, 운동복과 선바이저 차림의 머리가 희끗희끗한 할머니들이 비둘기처럼 의자 가장자리에 걸터앉아 있었다. 베니는 그들이 어떻게 읽는지 지켜보았다. 모든 페이지를 천천히 넘기고 주의 깊게 꾹꾹 눌러서 펼쳤다. 빌린 책을 반납할 때는 마치 그것이 사랑하는 누군가의 소중한 선물인 양 두 손으로 부드럽게 반환구로 밀어 넣었다.

노인들 다음에는 부랑자와 노숙인, 그 밖에 도서관과는 어울리지 않는 이용객들이 왔다. 그들은 노숙인 쉼터가 문을 닫는 오전 시간에 어슬렁어슬렁 들어와서는 가장 후미진 구석에 있는 안락의자에 임시 거주지를 확보하고 중얼거리거나 낮잠을 잤다. 다음으로 아이 엄마와 보모들이 도착해서 접이식 유모차에 탄 아이들을 데리고 에스컬레이터에 탑승하여 다문화 아동 코너로 갔고, 이어서 정오에 가까워질 즈음에는 밀레니얼들이 카페라테와 개인용 전자기기를 손에 들고 서서히 밀려들어와 충전기를 꽂을 콘센트를 찾았다. 그리고 이런 추세가 계속되다가 오후 중반에 이르면 모두들 자리를 잡고 책과 노트북 컴퓨터 위로 몸을 숙이고 독서를 하거나 이메일에 답장을 하거나 커다란 서향 창문을 통해 길게 드리워진 햇살을 맞으며 졸았다.

베니는 이제 여름 동안 긁어모은 정보를 이용할 셈이었다. 가장 어려운 부분은 보안대와 늘 직원이 지키고 있는 안내 데스크를 통과해 도서관에 진입하는 것이었다. 사서들은 주의를 기울이도록 훈련된 사람들이다. 그들은 날카로운 눈을 가졌다. 또한 호기심이 많고 질문을 많이 했다. 비법은 때를 맞춰 부랑자, 노숙자와 함께 도착해서 그들 뒤에 묻어가는 것이었다. 일단 안으로 들어가면 안전했다. 도서관은 어마어마하게 컸다.

무단결석한 첫날 아침, 그는 꼼꼼하게 준비했다. 우선 식량을 챙겼다. 샌드위치 하나와 과자 하나, 분수식 식수대에서 물을 담을 수 있는 물병. 그리고 온종일 가짜 이메일 계정을 확인할 수 있도록 휴대전화를 충전했다. 그는 엄마의 포옹을 받아주고 일찍 집을 나서서 시내로 가는 버스를 탔다. 부랑자, 정신이상자들과 함께 내려서 버스 정거장에서부터 무거운 발을 질질 끌고 다니는 그들에게 속도를 맞춰 천천히 뒤따라갔다. 그러면서 생각했다. 마침내 그런 일이 일어나고 있어. 내가 그들 중 하나가 되어가고 있어. 정문에 가까워지자, 그는 후드를 머리에 쓰고 어깨를 웅크린 채 주머니에 손을 깊이 찔러 넣었다.

"자네, 땡땡이치는 건가?"

이 목소리는 다른 많은 목소리처럼 자신의 뒤쪽 어딘가에서 나오는 것 같았다. 영어로 말했지만 외국어의 억양이 있었다. 중국어는 아니었다. 가슴이 뛰기 시작했다. '이건 진짜가 아냐.' 그는 스스로에게 일깨우고는 담당 치료사가 알려준 대로 숨을 깊이 들이쉬며 숫자를 세기 시작했다. '숨을 들이쉬고…… 둘, 셋, 넷…….'

"이봐, 학생! 자네한테 말하는 걸세!"

목소리를 무시하며 숨을 내쉬었다. '다섯, 여섯, 일곱.' 그때 종아리 뒤에 딱딱하고 날카로운 뭔가가 부딪치는 것이 느껴졌다. 그는 홱 돌아섰다. 그것은 닳아빠진 검은색 가죽 서류 가방과 '이유 없는 선행'이라고 쓴 표지판을 들고 다니며 경련하듯 몸을 움직이곤 하는 늙은 부랑자가 사용하는 전동 휠체어의 철제 발판이었다. 그는 베니에게 항상 말을 걸려 하는 사람이었는데, 그날 아침에는 버스에서 그를 보지 못했다. 그 노인이 휠체어를 다시 앞으로 밀자 그의 머리가 한쪽으로 휘청했고, 이번에는 휠체어가 베니의 정강이를 쳤다.

"아얏!" 베니가 뒤로 물러나서 다리를 문질렀다. "아프잖아요."

"아, 미안, 브레이크가 말을 안 들어서." 늙은 부랑자는 휠체어를 만지작거린 뒤 몸을 앞으로 내밀고 주름진 손을 내밀었다. 그의 발그레한 얼굴은 숲의 신 사티로스를 연상시켰고 피부에 주름이 많고 파란 눈에는 물기가 어려 있었다. 그는 베니의 팔뚝을 붙잡고 이마가 거의 닿을 만큼 가까이 끌어당겼다.

"나한테 계획이 있다네." 그가 쉰 목소리로 속삭였다. "뒤로 물러서 있어. 내가 먼저 들어가서 책 반납대에서 주의를 끌 테니까. 내가 보안 직원의 주의를 끌면 그때 잽싸게 슬쩍 통과하라고."

그가 싱긋 웃었다. 그는 앞니가 하나 빠져 있었는데, 틈새가 불그스름하게 빛났다. "좋은 계획이지? 그럼 9시 정각에 4층에 있는 초심리학 코너에서 다시 만나세." 늙은 부랑자는 총알같이 휠체어를 몰았다. 어지럽게 얽힌 빈 음료수 캔이며 빈 병이 가득한 비닐봉지들의 규모가 마지막으로 보았을 때보다 더 늘어나서 이제 마치 뇌운처럼 그 노인 주위로 부풀어 올라 있었다. 한가운데 주황색 안전 깃발이 달린 기다란 봉이 마치 골프 깃발이나 긴 창처럼 솟아 있었다.

베니는 주변을 흘끗 보았다. 안 그래도 눈에 띄지 않으려고 애쓰는 중인데 이것 참 낭패였다. 그러나 일단 그 노인의 계획에 동조하면 그를 떼어낼 수 있을 거라 생각했다. 그는 고개를 끄덕였다.

"좋았어!" 부랑자가 주먹을 불끈 쥐며 들어 올렸다. "오늘을 즈으을기게!" 그가 치찰음을 내서 침을 튀기며 말하고는 휠체어를 돌려 출발했다.

휠체어가 군중 사이를 뚫고 질주하여 출입구 경사로로 올랐다. 묶어놓은 비닐봉지들이 나풀거리고 봉 끝에서 깃발이 펄럭였다. 베니는 그 모습을 지켜보며 이대로 뒤돌아서 가야 할까 생각했지만, 달리 갈 곳도 없었고 그냥 어슬렁거리며 시간을 보내는 건 참을 수 없었기에 천천히 걸어서 따라갔다. 그는 쇼핑 카트를 밀고 있는 아주머니 뒤에 섰다. 베니가 입구에 도달했을 때 도서반납대 옆에서 텅 빈 휠체어를 발견했다. 안내 데스크의 사서가 카운터 뒤에서 나와 바닥에 사방으로 흩어진 캔과 병을 비닐봉지에 도로 주워 담고 있었다. 부랑자는 성한 한쪽 다리를 바닥에 꿇고 도서반납대 가장자리에 매달려 있었다. 그리고 다른 한쪽 다리인 의족을 빼서 지팡이처럼 이용해 몸을 기댄 채 도서반환구 안을 들여다보고 있었다.

"슬라보이, 그 구멍엔 책만 넣어야 한다는 거 아시죠?" 사서가 최대한 예의를 잃지 않으려고 애쓰며 말했다. "병을 넣는 곳이 아니에요."

그리고 베니가 보안대를 통과하려고 기다리는 동안, 슬라보이라고 불린 부랑자가 말하는 소리를 들었다. "그래, 그래, 물론이지. 친애하는 로널드. 하지만 구멍이라는 개념에 좀 흥미가 생겨서 그래. 구멍은 '사물'이지. 그건 우리가 부정할 수 없어. 하지만 그건 전적으로 '결여', 형태의 '부재', '음'의 공간, 그것의 '텅 빔'에 의해 규정되는 사물이야. 우리는 그것이 무엇이 '아닌지'는 알지만 그것이 '무엇인지'는 어떻게 알지? 어떻게 우리가 '구멍'과, 말하자면 '틈'의 차이를 구분하지? 틈이 구멍보다 더 가늘어서 결여가 적은 건가? 결여가 적다면 그것은 더 많은 걸 원할까? 그렇다면, 이 구멍과 틈이 책을 원하고 병을 원하지 않는다는 걸 어떻게 알 수 있지?"

베니는 계속 후드를 쓴 채 고개를 숙이고 있었다. 보안대를 통과할 때, 그는 도서반납대 쪽을 흘끔 보았다. 슬라보이는 베니 쪽을 등지고 있었다. 그가 뒤에 있는 베니를 볼 수 있는 방법은 없었지만, 그가 지나갈 때 그 노인은 마치 경례를 하듯 머리 위로 의족을 번쩍 들었다. 마치 소년이 지켜보고 있는 것을 아는 것처럼.

베니는 계속 계단에 붙어 있었고, 그러기 어렵지 않았다. 도서관에는 신관과 구관 모두 몇 군데의 계단과 화재용 비상구가 있었다. 그는 휠체어가 접근할 수 있는 엘리베이터와 경사로, 그리고 사방이 트인 에스컬레이터를 피했다. 초심리학 코너가 4층 어디에 있는지 몰랐지만, 9층까지 곧장 올라가면 그 늙은 부랑자가 자기를 찾을 수 없을 거라고 생각했다. 역사적인 구관 건물과 포스트모던 스타일의 새로운 부속건물이 연결되는 부분의 건축적인 어설픔 때문에, 그가 즐겨 찾는 9층의 그 있음직하지 않은 구석진 공간은 그 부랑자가 접근할 수 없었다. 낭떠러지 같은 구름다리를 휠체어로는 건너지 못할 테니까. 그러니 베니는 자신이 안전하다고 생각했다.

아직 이른 시간이었다. 개인용 열람석 두 자리는 이미 차 있었지만, 그의 자리는 아직 비어 있었다. 그는 자리를 잡고 조심스럽게 짐을 풀어 공책과 연필을 꺼내놓고는 책을 찾으러 갔고, 계속 근처에 있는 서가에만 머물렀다. 9층은 역사 서적 코너여서 다행이었다. 베니가 본인이 역사책 읽기를 좋아한다는 사실을 알게 되었기 때문이다. 그는 과거를 좋아했다. 미래도 좋아했다. 유일하게 문제가 되는 건 현재였다. 그는 오스트리아-헝가리 제국에 대한 책을 한 아름 안고 돌아왔다. 그중에는《중세의 방패와 무기》라는 책도 있었다. 그러나 책을 읽기 시작하려는 순간 휴대전화 신호음이 들렸다.

'경고!' 그의 머릿속 목소리가 말했다. 새로운 목소리였다. 양철 부딪치는 소리 같기도 하고 로봇 소리 같기도 했지만 어떤 사물에 연결된 것이 아니었고 적어도 영어로 말했으며 도움을 주려는 것 같았다. 그는 휴대전화를 꺼내 가짜 이메일 계정을 확인했다. 받은메일함에 메시지가 있었다. 교장실에서 보낸 것이었다. 이메일은 이렇게 시작했다. "친애하는 오 부인." 그는 그것을 클릭해 재빨리 읽었다.

> 귀하의 아드님 벤저민 오가 의료적인 사유로 결석하게 된다는
> 소식을 전해 듣게 되어 유감입니다. 결석일이 3일을 초과할 경우,
> 법적으로 부모가 학생의 주치의로부터 진단서와
> 학생의 예상 등교일을 포함한 결석에 대한 의학적 필요성을
> 확인해주는 소견서를 받아 제출하도록 하고 있습니다.
> 사운드뷰 고등학교의 모든 교직원은 아드님의 빠른 쾌유를 빕니다.

'위험! 위험!' 또다시 그 로봇 소리가 내부 경고 시스템을 발동했다. 경고 수준이 황색(높음)에서 적색(심각)으로 급속히 올라갔다. 그는 휴대전화를 끄고 책상 위에 번쩍이는 15세기 판금 갑옷 삽화를 보여주는 페이지가 펼쳐져 있는 커다란 책을 응시했다. 어떻게 하지? 그의 눈이 부위별 갑옷의 이상한 명칭들을 훑었다. 투구, 견갑, 흉갑, 복갑, 장갑, 완갑, 경갑, 비갑, 대퇴갑, 쇠구두. 그의 입술이 움직여 익숙하지 않은 소리를 냈다.

'경고! 경고! 위험! 위험!' 엄마의 편지를 위조하는 건 그렇다 치고, 의사의 소견서를 구하려면 어떻게 해야 할까? '생각해!' 그는 다시 휴대전화를 켜고 구글 검색창에 '의사 소견서 결석'을 입력했다. 긴 검색결과가 나왔고, 그는 숨을 깊이 들이쉬었다가 내쉬었다. 그의 경고 수준이 다시 황색으로 내려갔다. 좋아. 컴퓨터와 프린터도 필요할 것이다. 그리고 어쩌면 스캐너도. 도서관에는 공용 전산실이 두 곳 있었다. 그중 큰 곳은 1층 주 출입구 근처에 있었지만, 그곳은 사방이 노출되어 있고 통행량이 많았다. 다른 곳은 4층에 있었다.

어쩔 도리가 없었다. 그가 이메일에 답하지 않으면, 학교에서 엄마에게 전화를 걸 것이다. 당장 개입해야 했다. 그는 책과 샌드위치, 음료수 병을 책상 위에 남겨두고 "돌아올 테니까, 아무도 여기 앉히지 마"라고 말했다. 그런 뒤 구름다리를 건너다가 잠시 멈추고 아래를 내려다본 뒤 계단으로 향했다.

20

애너벨의 전화벨이 울리고 있었다. 〈바이 더 시사이드(By the Seaside)〉가 들려왔다. 그 곡을 벨 소리로 선택한 것은 그녀가 항상 꿈꿔온 1950년대 가족 휴가, 말하자면 분홍색 솜사탕과 파란색 슬러시, 대관람차, 범퍼카 그리고 아버지가 링 던지기 경품으로 딴 커다란 테디베어 인형이 있는 휴가를 연상시키는 경쾌한 해먼드오르간 사운드트랙처럼 들렸기 때문이다. 그녀는 어릴 적에 그런 휴가를 가본 적이 없었다. 켄지, 베니와 함께 간 디즈니랜드 여행은 그것에 가까웠고, 또다시 그런 여행을 가기를 바랐지만 이제 너무 늦어버렸다. 그녀를 조롱하듯 계속 〈바이 더 시사이드〉가 울렸다.

베니는 항상 문자로 연락하니까 베니는 아닐 것이다. 그럼 학교일까? 그런데 망할 놈의 휴대전화는 어디 갔지? 벨 소리가 멈췄다. 그게 누구건 메시지를 남겼을지도 몰랐다. 적어도 상사의 전화가 아니라는 것은 알았다. 찰리는 그녀에게 연락할 필요가 있을 때 사내 메신저를 이용했고, 그것이 그녀를 짜증 나게 만들었다. 그가 그녀의 화면 한 귀퉁이에서 나타나는 게 싫었다. 마치 그가 항상 거기 있는 것처럼, 얇은 액정화면 바로 뒤에 숨어 있는 것처럼 느껴졌다.

거의 1시가 다 되었고 점심 먹을 시간이었다. 그녀가 정오에 집을 나서 버스를 타고 학교에서 베니를 데려오다가 도중에 마이클스에 들르던 시절은 이제 지났다. 한 가지 이유는 베니가 그것을 원치 않을 것이기 때문이었다. 고등학생은 엄마가 학교까지 데리러 오는 것을 필요로 하지 않는다. 사실 고등학생은 엄마를 필요로 하지 않는다. 딱 그거다. 또 다른 이유는 그녀가 아직 수습 기간 중이기 때문이었다. 찰리는 뉴스 외에 소셜미디어도 모니터링하라고 말했다. 이제 취미로 공예 따위를 할 시간이 없었다.

그녀가 자리에서 일어날 때 무릎에서 뚝 소리가 들렸고, 허리를 펴자 골반에서 날카로운 통증이 올라왔다. 앉아 있는 것은 건강에 나빴다. 20분마다 한 번씩 일어나서 스트레칭을 하고 걸어 다녀야 했지만 항상 깜빡하곤 했다. 심장병이 걱정되었다. 고혈압과 유방암, 콜레스테롤, 당뇨, 심부정맥 혈전도 걱정이었다. 조기 사망이 걱정되었다. 그녀가 일어나자 휴대전화가 바닥에 떨어졌다. 그녀가 깔고 앉아 있었던 것이다. 만날 이 모양이다. 그녀는 휴대전화를 주워 누구의 전화인지 보았지만 모르는 번호였다. 광고 전화인지도 몰랐다. 음성사서함에 녹음된 목소리는 중국어였다.

주방에서 그녀는 개봉된 상태의 콘칩과 먹다 남은 살사 병을 찾았다. 그녀는 그것을 침실로 가져가서 등을 쫙 펴기 위해 침대에 누웠다. 침대는 낡았고 매트리스가 푹 꺼져 있었다. 매트리스의 수명이 8년에서 10년, 수면 시간으로는 3만 시간 정도라는 것을 인터넷에서 읽었지만, 이것은 그녀가 켄지와 잠을 자고 사랑을 나누고 베니를 임신한 매트리스였고 그것이 빗속에서 재활용품 수거함 옆에 널브러져 있는 모습은 생각하기도 싫었다.

침대 옆 협탁에 놓인 시계를 보았다. 학교에서도 점심시간일 것이다. 그녀는 베니가 어떻게 지내고 있는지 궁금했다. 얼마 전 그녀는 베니에게 신학기 학용품을 사주면서 즐거운 시간을 보냈다. 휴대전화를 꺼내 문자를 보냈다. '점심 잘 먹고 있니?' 그녀는 기다렸지만 베니는 답이 없었다. '점심 도시락은 어때?' 어쩌면 점심시간이 끝났을지도 몰랐다. '좋은 하루 보내!' 여전히 답이 없었다. '사랑한다!' 그녀는 천장을 응시했다.

콘칩과 살사는 만족감을 주는 데 실패했다. 그녀에게 정말 필요한 음식은 샐러드였다. 토마토와 당근, 아보카도와 다른 건강한 재료가 들어 있는 훌륭하고 양도 많은 샐러드. 버스를 타고 홀푸드마켓의 샐러드 바에서 사 올 수 있었지만, 그러려면 근무 시간을 한 시간이나 잡아먹게 될 테고 찰리가 알아차릴 것이다. 게다가 홀푸드마켓은 가격이 터무니없이 비쌌고, 그곳에서 장을 보는 사람들을 보고 있으면 자괴감이 느껴졌다. 건강하지 못한, 아니 그냥 직설적으로 말하자. 뚱뚱한 애너벨. 그곳에 있으면 자신이 뚱뚱하다고 느껴진다. 그녀는 일어나 앉아 콘칩 봉지를 다 비우고 흔들어 마지막 부스러기까지 탈탈 털어 먹으며 생각했다. 좋아. 알 게 뭐야. 그녀가 다시 아래층으로 향했다. 홀푸드 샐러드는 필요 없었다. 가격이 싸고 '건강하지 못한' 할인점에서 훌륭한 양상추를 사서 손수 샐러드를 만들 수 있을 테니까. 일이 끝난 뒤에나 갈 수 있을 것이다. 그러려면 채소 탈수기가 필요할 것이다. 집 어딘가에 있었는데, 한동안 보이지 않았다.

음, 그건 온라인으로 언제든 구입할 수 있었다.

분리수거함에 빈 살사 병을 넣을 공간이 없었고, 그래서 개수대에 두었다. 콘칩 봉지는 꽉 찬 일반 쓰레기통에 쑤셔 넣었다. 우주 비행 관제 센터로 돌아가서, 인체공학적 의자에 앉아 바퀴를 굴려 활기차게 모니터를 향해 앉았지만, 책상에 있는 뭔가가 눈길을 사로잡았다. 바로 거기, 잘라낸 종잇조각 더미 밑에서 기분 좋게 밖을 내다보고 있는《정리의 마법》이 있었다.

정말 이상하군! 그 작은 책이 어떻게 거기 있지? 그것을 마지막으로 본 장소는 그녀가 읽다가 잠든 침대였다. 그게 벌써 몇 개월 전, 가위 사건이 있기 전 일이었고, 베니에 대한 불안 때문에 까맣게 잊고 있었다. 책은 다른 사물들 틈에 묻혀 있다가 그녀의 의도를 상기시키기 위해 어떻게든 아래로 내려올 길을 찾아서 마법처럼 여기 있게 되었을 것이다. 그녀는 다시 일어나서 주방으로 갔다.

월요일이 쓰레기 수거일이던가, 재활용품 수거일이던가? 시 당국은 수거 일정을 계속 변경했다. 베니가 계속 확인해서 알려줬는데 최근에는 중단했다. 포기했다고 말하는 편이 더 정확할 것이다. 왕 부인이 가끔 그녀에게 상기시켜줬지만, 노부인은 얼마 전 뒤 계단에서 넘어져 병원에 입원했고, 이제 그녀의 '나쁜' 아들이 집 주변을 어슬렁거리고 있었다. 몇 년 사이 뚱하고 빼만 앙상하게 남은 10대 소년이 뚱하고 빼만 앙상하게 남은 청년으로 자라서, 명품 추리닝에 선글라스를 끼고 번쩍번쩍한 차를 몰고 다니며 항상 어머니에게 집을 팔라고 했다. 애너벨은 벽을 통해 그들의 얘기를 들을 수 있었다. 왕 부인이 그에게 중국어로 소리쳤고, 노굿은 영어로 그녀가 금광 위에 앉아서 이용할 줄도 모르고 노년에 자신을 돌봐줄 아들을 믿지 못하는 바보라고 큰 소리로 되받아쳤다. 이제 막 임대차계약을 갱신한 애너벨에게는 걱정스러운 일이었다.

보도에 나가 보니, 아직 집 앞에 재활용품 수거함이 몇 개 있었지만 모두 비워져 있었다. 트럭이 이미 왔다 간 것이다. 낙담한 그녀는 봉투를 다시 마당으로 끌고 들어갔고, 그때 그의 목소리를 들었다.

"저기요, 오 부인." 나이가 들어도 변하지 않은 고음의 불쾌한 목소리였다. 그는 항상 그녀를 부를 때 '오뷘'처럼 들리게 발음했고 그것이 그녀를 짜증 나게 했다. 그가 그들의 작은 뒷마당을 분리해주는 담장 너머로 뽐내며 걸어와서 담장에 몸을 기댔다. 그는 손을 올려 얼굴 측면의 자주색 반점을 가렸다.

"저기요, 오뷘. 나중에 한번 오실래요? 엄마가 편지를 보냈어요."

"어머, 정말 친절하시네요. 몸은 좀 어떠세요?"

그가 어깨를 으쓱했다. "괜찮으세요." 그가 그녀가 들고 있는 봉투들을 보았다. "엄마가 부인이 여길 청소해야 한다고 했어요. 건강에 위험하다고. 그러니까 이 쓰레기하고 부인이 모이를 주는 까마귀 말이에요. 까마귀를 없애야 합니다. 엄마는 까마귀 두 마리가 보고 있는 바람에 계단에서 떨어져서 고관절이 골절된 거예요."

애너벨이 인상을 찌푸렸다. "어머님이 그렇게 말씀하세요?" 지난번에 그녀가 서명한 임대차계약서와 임대료 수표를 가지고 병원으로 찾아갔을 때, 왕 부인은 계단이 부서져서 넘어진 거라고 말했다.

"나쁜 아들놈이 고쳐놓겠다고 하긴 하는데……." 그녀가 고개를 저으며 말했다. "켄지가 살아 있었다면 좋았을 텐데." 까마귀에 대한 언급은 없었다.

노굿이 얼버무렸다. "까마귀는 유해한 새리구요. 그리고 부인이 모이로 주는 음식 때문에 쥐와 해충이 꼬이죠. 우린 보건부 경고장을 받게 될 거예요. 쥐와 해충 때문에 보건부 경고장을 받으면 비용이 얼마나 드는지 아시죠?"

애너벨은 비용이 얼마나 드는지 몰랐지만, 쥐도 해충도 본 적이 없었다.

“이 쓰레기를 치우고 이제부터 까마귀 모이를 주지 마세요!”

그가 쓰레기봉투를 든 그녀를 남겨두고 담장에서 멀어져 그가 사는 땅콩 주택의 반쪽으로 들어갔다. 그녀는 봉투를 가지고 나가 중고 매장 재활용품 수거함에 던져버릴까 생각했지만 그건 불법이었다. 그렇다면 뒤편 계단 밑에 놔두자고 생각했다. 이 일로 자책하는 건 의미가 없었다. 목요일에 다시 시도하면 될 일이었다. 그녀는 부드럽게 스스로에게 말했다. 그렇게만 하면 돼. 시도하려고 시도하는 것.

그녀는 다시 안으로 들어와 냉장고에서 스타벅스 프라푸치노 병을 찾았다. 핼러윈이 끝나고 구입한 펌킨스파이스 맛이었다. 그녀는 뚜껑을 열어서 한 모금 마셨다. 시원하고 달콤하고 크리미했다. 자신의 시도에 대한 보상이었다. 그녀는 쓰레기통으로 가서 음료 뚜껑을 버리려 했지만 안에 쓰레기봉투가 없었다. 쓰레기봉투가 바닥난 것이 이제야 생각났다. 그녀는 나중에 잊지 않고 버리기 위해 뚜껑을 눈에 잘 띄는 주방 테이블 우편물 더미 위에 올려놓았다. 일이 끝나고 꼭 마트에 가야겠다고 생각했다. 쓰레기봉투와 양상추를 사야 했다.

그녀는 프라푸치노를 가지고 관제 센터로 돌아가 프로젝트 팀 관리 사이트에 로그인하고 그녀의 채널들을 훑어보았다. 그러다가 생각했다. 그런데 내가 어디까지 봤더라? 그녀가 브라우저를 열었다. 아, 그래, 채소 탈수기.

21

4층의 공용 전산실은 서가로 빙 둘러싸인 중심부에 있었다. 한쪽 옆에는 안내 데스크가 있었고, 그 위에는 ‘사회과학’이라고 적힌 표지판이 있었다. 이곳은 도서관에서 베니가 잘 가지 않는 쪽이었고, 그는 사서들이 자신에게 질문하지 않기를 바랐다. 로봇 같은 작은 목소리가 중얼거렸다. '경고! 경고!' 그는 부랑자의 주황색 안전 깃발이 있는지 보기 위해 주변을 훑어보았다. 아무 데서도 보이지 않았고 경고 목소리도 잠잠해졌다.

베니는 계속 고개를 숙이고 한 바퀴 돌면서 빈 컴퓨터가 있는지 찾았다. '종교'와 '철학', 그다음 '심리학'을 지나쳤고, 그때 눈을 들어 보니 '초심리학과 신비주의'가 보였다.

'위험! 위험해, 윌 로빈슨!'

그는 이제 그 작은 목소리를 알아들었다. 그것은 그가 아빠와 함께 보곤 했던 옛날 TV 시리즈 〈로스트 인 스페이스〉에 나오는 로봇이었다. 그게 여기서 뭘 하고 있는 거지? 그는 책꽂이 뒤로 숨었다.

'경고! 위험! 외계 우주선이 다가오고 있다!'

그는 한구석에서 위태롭게 돌아다니고 있는 전동 휠체어를 보게 될 거라 예상하며 밖을 내다보았지만 사방이 고요했다. 그는 책꽂이에 꽂힌 책들을 보았다. 초심리학이 무엇인지 몰랐지만, 모든 심리학은, 심지어 그냥 보통 심리학도 그를 긴장시켰다. 그는 로봇 목소리가 잦아들 때까지 숨어서 기다렸고, 그때 빈 컴퓨터를 발견하고 도서관 카드를 이용해 로그인했다. 그는 '의사 소견서 결석'을 입력하여 다시 검색을 했다.

최고의 가짜 의사 소견서, 19금 문서—

무료 출력, 무료 작성 가능!

직장/학교 제출용 의사 소견서 샘플!

확실한 보장!

23만 7천 개의 웹사이트 목록이 있었다. 그는 첫 번째 링크를 클릭해 읽기 시작했다.

병원에 가기 위해 학교를 결석해야 한다면
확실한 증빙을 위해 의사 소견서가 가장 중요합니다.
이 손쉽게 작성 가능한 PDF 소견서가 그런 일이 일어나지 않았어도
그런 증거를 보여줄 수 있게 도와드립니다.
교사에게 제출해야 할 때 활용할 수 있습니다.

사이트는 많은 다양한 종류의 의사들—종양과, 비뇨기과, 피부과, 정신과—의 소견서 샘플을 제공했다. 어떤 것은 무료였고, 어떤 것은 묶어서 판매되었다. 편지지도 중요한 것 같았다. 그는 멜라니 박사의 사무실 장식이 생각나게 하는 스마일 풍선을 들고 있는 테디베어 그림이 그려진 편지지를 찾았다. 거기에 그녀의 이름과 주소를 입력했지만 전화번호를 입력하기 전에 주저했다. 웹사이트는 의사의 자동응답처럼 들리는 부재중 전화 메시지를 이용한 전화 확인 서비스를 제공했지만 비용이 18달러가 들었고, 그래서 대신에 가짜 전화번호를 만들었다.

환자 이름란에 '벤저민 오'라고 입력했다.

진단명란에는 멜라니 박사에게 들은 대로 분열정동장애라고 쓰고 전구 단계라고 덧붙였다. 전구 단계라는 단어는 소리가 좋아서 기억했다. 그것은 연구 단계, 복구 단계 따위를 떠오르게 했다. 하지만 분열정동장애는 싫었다. 그것은 사람을 찌르고 잡아 가두기 위한 단검과 올가미 같은 삐죽삐죽한 글자들의 덩어리로 이루어진 끔찍한 단어였다. 분열정동장애 같은 단어는 조심해서 다뤄야 했다. 그런 다음 소견란에 "벤저민 오는 저의 강독하에 아동병원 소아정신과 병동에

입원하여 학교에 결석할 것입니다. 퇴원일은 추후 알려드리겠습니다"라고 쓴 문구를 잘라 붙여넣기 했다.

그는 엄마가 음료수를 사 먹으라고 준 잔돈을 동전 투입식 프린터에 넣어 소견서를 출력했다. 처방전에서 본 멜라니 박사의 여성스러운 서명을 떠올리고, 종잇조각에 몇 번 연습한 뒤 편지에 서명하고 스캔하여 엄마의 가짜 계정에서 교장의 이메일에 대한 답장으로 첨부했다. 그러나 메일을 보내려는 순간 그는 시간을 인식하게 되었다. 소견서를 위조하기까지 걸린 총 시간은 두 시간 미만이었고, 멜라니 박사가 누구에게든 그렇게 빨리 답장을 보낼 리가 없었다. 소아정신과 의사는 다들 그랬다. 그의 엄마는 의사들이 자신이 얼마나 바쁘고 중요한지를 보여주기 위해 일부러 사람들을 기다리게 한다고 말했다. 그는 이메일을 초안으로 저장하고 로그아웃했다. 좀 더 기다릴 셈이었다. 참을성 있게 기다릴 셈이었다. 참을성 있는 환자(patient patient). 그는 고개를 저어 그 생각을 떨쳐내려 했다. 그는 그렇게 행동하는 단어들, 서로 다른 의미들로 그를 조롱하는 단어들을 좋아하지 않았다. 그는 일어서서 컴퓨터 화면 너머를 보았다. 들킬 위험은 없었다. 그는 위층으로 올라가야 했다.

9층으로 돌아오니 조금 긴장이 풀렸다. 그 구석진 공간에서는 모든 게 제대로 되어 있었다. 타자를 치는 아주머니는 여전히 거기서 책에 둘러싸여 타자를 치고 있었다. 그녀는 눈을 들어 그를 보고 살짝 고개를 끄덕였고, 손가락이 자판을 두드리는 가벼운 엇박자 소리가 마치 빗소리처럼 들렸다 아랍계 교환학생은 한쪽 뺨이 천문학 교과서 지면에 눌린 채 가볍게 코를 골며 여전히 잠들어 있었다. 노트북 컴퓨터 화면에서 칠레 관측소의 망원경에서 보이는 성단에 관한 인터넷 생방송이 몇 초마다 재로딩되며 그의 날숨과 동기화되었고, 그래서 마치 그의 호흡이 별들의 화면 재생 빈도를 제어하는 것처럼 보였다. 책상 위에는 계산기와 그 옆에 먹다 남은 팔라펠 샌드위치가 놓여 있었다.

베니는 시장기를 느꼈다. 챙겨 온 식량을 꺼내고 좀 전에 가져와서 책상 위에 늘어놓은 책들을 정리했다. 경고 수준이 청색으로 떨어져 있었는데 휴대전화에서 신호음이 나며 갑자기 황색으로 올라갔다. 엄마가 보낸 문자였다. 잠시 후 두 번째 문자가 왔다. 그리고 세 번째. 녹색 말풍선들이 점점 커지며 휴대전화 화면에 축적되었다. 그는 휴대전화를 무음으로 바꾸고 샌드위치를 한 입 베어 물고는《중세의 방패와 무기》를 아무 데나 펼쳐서 투석기와 폭파용 화구에 대해 읽기 시작했다. 전쟁 병기에 대한 묘사가 그를 진정시켰고 머릿속의 목소리가 잠잠해졌다. 샌드위치도 맛이 좋았다. 그는 엄마에게 답장을 했다. '응. 점심 먹고 있어.'

그는 45분 동안 책을 읽었고 그 장을 다 읽은 뒤 눈을 들었다. 모든 거슬리는 목소리들이, 심지어 멀리서 나는 것들도 조용해졌고, 대신 부드러운 소리가 담요처럼 그를 감쌌다. 그것은 잔잔한 주변음이었는데, 교환학생의 나지막한 코 고는 소리와 함께 다른 무언가, 그러니까 소리의 부재, 가느다란 실 같은 정적을 포함하고 있었다. 그는 목을 길게 빼 개인용 열람석 칸막이 너머를 보았고 그런 기분이 들게 한 원천을 발견했다. 타자를 치는 아주머니가 없어진 것이다.

그녀는 아마도 화장실에 가거나 책을 더 가지러 서가에 가려고 방금 책상을 뜬 것 같았다. 그녀의 노트북과 배낭도 없었지만, 베니는 최근에 도서관에서 도난 사건이 발생해서 그녀가 챙겨 갔을 거라고 생각했다. 그녀의 스웨터는 여전히 좌석 뒤에 걸려 그녀의 자리를 지키고 있었고 책상에는 책이 쌓여 있었다. 그는 머리를 기울이고 책 등에 인쇄된 제목을 읽으려 했다. 그중 하나는《그림 형제 동화집》이었다. 또 하나는《갈림길의 정원》, 세 번째는《기술복제시대의 예술작품》이었다. 그리고 제목이 보이지 않는 책이 몇 권 더 있었다.

그는 일어섰다. 주변에 아무도 없었고, 그래서 옆걸음질로 그녀의 열람석에 가서 《그림 형제 동화집》을 집어 들었다. 집에 있는 책꽂이에서 봐서 제목을 알고 있었지만, 그의 책은 밝고 경쾌한 느낌이었으며, 분홍색 장미 덤불을 헤치고 사악한 마녀로부터 도망치는 수줍은 공주 그림이 그려진 얇은 축약판이었다. 그런데 이 《그림 형제 동화집》은 밝지도 경쾌하지도 않았다. 그것은 마른 피를 연상시키는 진홍색 겉표지로 덮인 두툼한 가죽 장정 책이었다. 가죽에는 서로 얽힌 뿌리와 나뭇가지가 마치 피부에 압착된 핏줄처럼 보이는 음울한 잡목림이 양각으로 새겨져 있었다. 책 위쪽에 책갈피 역할을 하는 작은 쪽지가 튀어나와 있었다. 그가 〈헨젤과 그레텔〉 이야기를 펼치자 쪽지가 파닥이며 바닥으로 떨어졌다. 그가 그것을 주워 들고 읽었다.

헨젤과 그레텔은 잘 살고 있으며,

베를린에서 살고 있다.

글귀는 타자기 서체처럼 보이도록 깔끔한 글씨로 쓰여 있었다. 그는 그것을 재빨리 접어 주머니에 넣은 뒤 책을 있던 곳에 두고 자신의 열람석으로 돌아왔다. 그는 공책을 꺼내서 그 쪽지와 그곳에 붙어 있는 쪽지들을 비교했다. 필적이 똑같았다. 그는 쪽지를 뒤집었다. 뒷면에 긴 숫자열이 있었다. 791.43/0233/092. 그는 그것이 어떤 책의 청구기호임을 알아보았다. 그는 숫자들이 나댈까 봐 경계했다. 그는 숫자들이 얼마나 의기양양하게 손에서 쉽게 빠져나와 난리법석을 일으킬 수 있는지 알았지만, 어쨌든 일어서서 숫자를 따라 다시 서가로 갔다.

도서 청구기호는 그를 7층의 스포츠·게임·오락 코너로 데려갔다.

그가 전에 가본 적이 없는 구역이었다. 791.43/0233/092는 영화 코너에 있었고, 그는 곧 해당되는 책을 찾았다.

라이너 베르너

파스빈더의 이해

사적·공적 예술로서의 영화

그는 표지를 살펴보았다. 표지가 책의 얼굴이라면, 이 책은 투지 넘치는 예술적인 얼굴을 가졌다. 제목 아래에는 장난스러운 표정으로 두꺼운 검은 테 안경 너머를 보고 있는 볼이 오동통하고 덥수룩하게 수염이 나 있는 중년 남자의 흑백 사진이 있었다. 남자의 눈이 광기로 반짝이는 것 같았고 베니는 늙은 부랑자 슬라보이를 떠올렸다. 능청스럽고, 늦게 잠든 다음 날 아침 베니의 눈처럼 조금 부어 있는 눈이었다. 그리고 드문드문 난 덥수룩한 수염은 켄지의 수염을 닮았다.

베니는 바닥에 앉아 책을 펼친 뒤 거꾸로 들고 흔들었다. 책장들이 공허하게 펴덕였다. 아무것도 없었다. 쪽지는 없었다. 그는 단서를 찾아 책을 휙휙 넘기며 훑기 시작했지만 곧 삽화에 정신이 팔리게 되었다. 많지는 않지만 독일 배우들의 옛날 사진이 몇 장 있었다. 그 중 하나는 젊고 예뻤던 시절의 애너벨과 비슷해 보이는 물결치는 금발 머리의 육감적인 여자였다. 표지의 남자가 그녀를 포함한 몇몇 사람들과 함께 있었지만, 베니는 결국 그가 켄지처럼 보이지 않는다고 결론 내렸다. 남자의 이름은 파스빈더라고 했다. 영화감독이었지만, 그의 영화 중에 어떤 것도 흥미로워 보이지 않았다. 베니는 책의 끝까지 빠르게 책장을 넘겼다. 독일인인 게 분명한 것 같았다.

책을 닫는 순간, 그는 바코드 기술이 등장하기 전 뒤표지 안쪽에 붙이던 대출카드 꽂이를 발견했다. 안쪽에는 엽서가 꽂혀 있었다. 베니는 그것을 빼냈다. 그것은 박물관 기념품 코너에서 판매하는, 위대한 예술 작품이 담긴 엽서와 비슷했다. 다만 이것은 얼룩지고 가장자리가 갈색인 종이에 낙서처럼 휘갈겨 그린 막대인간 그림이 있었다. 그 사람은 마대걸레 같은 곱슬머리에 치마를 입고 있었으나, 긴 얼굴과 각진 턱을 찬찬히 살펴본 뒤 베니는 그것이 치마를 입었지만 남자라고 결론 내렸다. 미간이 넓은 아몬드 형태의 눈이 베니의 오른쪽 어깨 너머, 종종 목소리들이 나오는 방향을 응시하고 있었다. 그는 돌아서 어깨 너머를 보았지만 보이는 건 서가에 조용하고 가지런히 늘어서 있는 책들뿐이었다. 다시 엽서를 보았다. 남자는 마치 누군가 그에게 총을 겨눈 것처럼 두 팔을 펼쳐서 하늘을 향해 들고 있었다. 그의 입술이 벌어져 있었고, 긴 치아는 사이사이에 빈틈이 있는 그루터기들처럼 보였다. 그의 옷에는 이해할 수 없는 문양이 있고, 곱슬머리는 마치 두루마리 종이가 풀린 것처럼 보였다.

발은 맨발이었는데 한쪽 발에 발톱이 세 개씩만 있었다.

손가락은 마디 부분이 잘린 것처럼 보였다.

그의 넓게 벌어진 팔은 사실 날개였다.

베니는 엽서를 뒤집었다. 〈앙겔루스 노부스〉,* 그림 설명은 이렇게 말했다. '화가: 파울 클레, 1920년 작. 종이에 유채 전사 및 수채. 이스라엘 박물관 소장.' 그것은 아이가 그린 그림이 아니었다. 그것은 예술 작품이었지만 베니는 그림 설명의 나머지 부분을 읽고 있지 않았다. 그의 눈이 엽서의 메시지를 쓰는 공간에 이끌렸기 때문이다. 거기서 그는 타자기 같은 필체로 쓰인 글자들을 보았다.

* Angelus Novus. 독일어로 '새로운 천사'라는 뜻.

이것은 역사의 천사를 그린 것이다.
그의 얼굴은 과거를 향해 있다.
우리가 일련의 사건들을 볼 때,
그는 오로지 하나의 파국만을 본다.
잔해 위에 잔해를 쌓고 또 쌓아
자신의 발 앞에 내던지는 그런 파국을.
천사는 머물기를 원하고,
죽은 자들을 깨우고 파괴된 것들을
원상 복귀시키기를 원한다.

카드의 오른쪽, 원래는 수신자의 이름과 주소를 쓰는 공간으로 말이 계속 이어졌다.

그러나 천국에서 폭풍이 불어닥쳐
그의 날개를 너무도 거세게 붙잡아서
천사는 더 이상 날개를 접지 못한다.
폭풍은 저항할 수 없는 힘으로
그가 등지고 있는 미래를 향해 천사를
밀어붙이고, 그 앞의 잔해 더미는
하늘을 향해 쌓여간다.
이 폭풍의 이름은…….

문장은 결론을 알려주지 않고 거기서 끝나 있었다. 그래서 폭풍의 이름이 뭐란 말인가? 베니는 엽서를 뒤집어 그림을 다시 보았다. 그것은 천사처럼 보이지 않았다. 그는 엽서를 공책에 꽂아 넣고 파스빈더의 책을 도로 서가에 얹었다. 다음은 어디로 가지? 그는 생각했다.

22

채소 탈수기 찾기는 애너벨이 예상한 것보다 훨씬 복잡하고 시간 소모적이었다. 어떤 탈수기는 플라스틱이었고 어떤 것은 스테인리스 스틸이었으며, 어떤 것은 핸들을 돌리는 방식이었고 또 어떤 것은 줄을 잡아당기는 방식, 또는 스프링 펌프를 누르는 방식도 있었다. 또 스위스에서 건너온 단계 조절 레버가 달린 멋진 기계도 있었다. 가격과 기능을 비교한 뒤, 그녀는 내구성이 좋으면서도 가격이 적당해 보이고 사용 후기가 괜찮은 제품으로 결정했다. 합리적인 선택이었지만, 어렴풋이 뭔가 불만족스러운 기분이 들었다. 그녀는 시간을 확인했다. 이제 정말 다시 일을 시작해야 할 시간이었지만, 따지고 보면 그녀는 오늘 점심시간을 짧게 가졌고 그 이유가 건강한 식사를 준비하기 위해 필요한 채소 탈수기와 재료가 없어서였고, 이런 생각을 하는 동안 어쩌다 보니 이베이로 넘어갔다.

5분이야. 그녀는 생각했다. 딱 5분만.

무엇이 인간으로 하여금 그토록 많은 것을 원하게 하는 걸까? 무엇이 물건들에게 인간을 매혹시키는 힘을 주는 것이며, 더 많이 갖고 싶은 욕망에 한계라는 게 있을까?

책은 이런 질문들에 본질적으로 익숙하다. 그런 질문들은 책이 말하는 이야기, 말하자면 질투하는 신과 동산, 말하는 뱀, 달콤하고 거부할 수 없는 사과에 대한 이야기에서 표현되는 가장 오래된 인간 이야기의 DNA나 다름없다.

사과를 예로 들어보자. 그것은 이브의 외부에 존재하며 무서운 마법으로 그녀를 자신의 안으로, 또는 자신을 그녀의 안으로 끌어당겨 그 둘 모두를 결합에 몰두하도록 만드는 사물이다. 그러나 매혹시키는 마법의 힘이 장밋빛 붉은 과일의 달콤한 과육에 있었을까, 아니면 너무나 맛깔스럽게 말하는 뱀의 갈라진 혀에 있었을까? 사과도 똑같이 함정에 빠져든 걸까?

그리고 그 이야기 자체는 어떤가? 말이란 인간의 욕망이 통과하고 이동하는 통로인가? 또는 나중에 생각된 것, 부가된 것, 그런 욕망을 예시(豫示)하는 전언어적인 근질거림을 정당화하기 위한 인간 정신의 책략인가?

그리고 '더 많이'의 문제는 어떤가? 역사를 통틀어 대부분의 인간들에게 '더 많이'는 선택지에 아예 없었다. '충분함'이 인간이 꿈꿀 수 있는 최고의 목표였으며, 그 자체로 충분했다. 그런데 산업혁명이 모든 것을 바꿔놓았고, 1900년대 초 무렵에는 미국 공장들이 전보다 많은 물자를 쏟아내는 한편 새롭게 힘을 얻게 된 광고 산업은 뱀의 혀처럼 갈라진 교활한 혀를 이용해 시민들을 소비자로 변모시켰다. 그러나 이 새로운 경제가 호황을 누릴 때도 성장이 둔화되고 있다는 징후가 있었으며, 똑같은 질문들이 미국 산업주의자들의 심기를 불편하게 만들기 시작했다. 무엇이 인간으로 하여금 그토록 많은 것을 원하게 하는 것이며, 더 많이 갖고 싶은 욕망에 한계라는 게 있을까? 아니면 달리 말해, 미국 소비자가 충분히 갖게 되는 포화 상태에 이르고, 이것이 시장 붕괴로 이어지는 시점이 있을까?

당시 미국 상무부 장관이었던 허버트 후버는 쿨리지 대통령으로

부터 이 질문들에 대한 답을 찾으라는 임무를 부여받았다. 1929년 최근 경제변화에 관한 대통령위원회는 낙관적인 결론을 발표했다.

> 조사 결과 오랫동안 이론적 사실로 여겨진 것이 입증되었다.
> **'부족함은 거의 채워지지 않는다'**는 것이다.
> 부족한 것 하나가 채워지면 다른 부족한 것이 생긴다.
> 결론은 경제적으로 우리 앞에는 끝없는 장이 있다는 것,
> 채워지자마자 더 새로운 부족함에 길을 내어주는
> 새로운 부족함이 있다는 것이다. (강조는 인용자)

이베이에는 스노글로브가 부족하지 않았다. 갖가지 색과 테마, 가격대의 스노글로브가 있었고, 애너벨은 그 다양함 자체에 매료되었다. 사람들은 애초에 스노글로브를 만들 생각을 할 만큼 독창적이었는데, 게다가 이후 이렇게 많은 다양한 종류를 만들어내다니! 그녀는 다른 수집품들도 있었다. 빈티지 장난감과 책, 병, 엽서. 하나하나가 저마다의 이야기가 있었다. 처음부터 스노글로브 수집을 시작할 의도는 아니었지만, 중고매장에서 산 작은 거북이가 그녀를 엄청나게 기운 나게 해주었다. 그것은 관제 센터의 메인 모니터 앞에 있었는데, 그녀는 뉴스에 압도되는 기분이 들 때마다 스노글로브를 집어 들고 거꾸로 뒤집어서, 각도에 따라 색깔이 달라 보이는 반짝이들이 소용돌이치다가 가라앉는 모습을 바라보았다. 글로브 안에는 뉴스가 없었고 아무것도 변하지 않았다. 거기서 세상은 전과 똑같이 존재했고, 그것이 애너벨에게 안도감을 주었다. 물론 아기 거북이가 구슬 안에 갇혀서 외부와 차단된 채 혼자 수영하는 것은 슬펐다. 그리고 밖에서 지켜보는 엄마 거북이 아기에게 닿을 수 없는 것도 슬펐다. 그럼에도 그 둘은 유리를 통해 서로를 볼 수 있었고, 이 생각

을 하다 보니 다른 생각도 들었다. 어쩌면 그 두 거북이가 친구를 원할지도 모른다는 생각이었다.

그녀가 이베이에서 처음 산 것은 노아의 방주를 모티브로 한, 음악이 나오는 스노글로브였다. 투명한 공 안에 곰과 사슴과 기린과 비둘기가 한 쌍씩 방주 위에 앉아 있고, 밖에는 플라스틱으로 구현한 파도에서 철벅거리는 돌고래와 거북이, 물고기가 있었다. 애너벨이 어렸을 때 좋아하던 영화인 〈닥터 두리틀〉 테마 음악이 나왔다. 그녀는 알뜰시장에서 비디오테이프를 하나 발견했고, 베니가 어렸을 때 바닥에 모여 앉아 영화를 보며 〈톡 투 디 애니멀스(Talk to the Animals)〉를 함께 부르곤 했다. 베니는 나중에 크면 자신도 동물들과 이야기할 수 있을 거라 확신했고, 그들은 그가 어떤 동물의 언어부터 먼저 배워야 할지에 대해 오랜 대화를 나눴다. 캥거루나 하마? 오랑우탄이나 벼룩? 아니면 스컹크일지도 모른다. 스컹크가 골목으로 오면 잘 달래서 다른 데로 가라고 부탁할 수 있어야 하기 때문이라고 베니는 말했다. 애너벨은 베니의 생각에 귀 기울이며 느꼈던 기쁨을 기억했고, 그래서 이베이에서 그 음악이 나오는 스노글로브를 발견하자마자 입찰한 것이다.

그때 이래로 스노글로브는 빠르게 늘어났다. 사랑스러운 스코티시테리어가 있는 스노글로브가 있었고, 발레화 끈을 묶고 있는 아름다운 발레리나가 있는 고풍스러운 것, 작은 금화가 물 위에 떠 있는 '휘다'라는 실제 침몰한 해적선을 기념하는 역사적인 것도 있었다. 그녀는 동화 모티브에 초점을 맞추고 너무 디즈니풍이 아닌 스노글로브를 찾는 것을 도전으로 삼았다. 라푼젤과 백설공주가 하나씩 있었고, 지금 사랑스러운 헨젤과 그레텔에 입찰하고 있었다. 그녀의 최고 입찰가는 27.45달러였다. 그녀가 생각하는 금액보다 높았지만 손을 잡고 진저브레드 쿠키로 만든 집을 보고 있는 작은 남매에게 거부할 수 없는 매력을 느꼈고, 아주 가까이 보면 설탕 창문을 통해 밖을 내다보는 마녀까지 보였다. 그녀는 시간을 확인했다. 3시 52분이었다. 경매는 8분 후에 끝나고 현재까지 그녀의 입찰가가 가장 높았다.

3시 53분. 이 마지막 몇 분이 아주 중요했다. 마지막 몇 분 전까지 저격수가 도사리고 있을 수 있었다. 예전에 그런 식으로 물건을 놓친 적이 있었다.

3시 55분. 여전히 가장 높았다. 그녀는 최고 입찰가를 35달러로 설정해 놓았지만, 이제 초조해지기 시작했다. 그 정도로 충분하지 않을까? 그녀는 40달러를 입력했고 엔터 키를 누르는 순간 초인종이 울렸다. 아유 짜증 나! 아마 어머니의 전갈을 전하려는 노굿일 것이다. 애너벨은 왕 부인이 원하는 게 뭔지 생각했다. 켄지가 살아 있을 때는 그 노부인이 가끔 밭에서 딴 무나 갓, 생선 머리 같은 선물을 가지고 들르곤 했다. 그녀는 생선 내장을 빼내는 가공 공장에서 일했는데, 켄지에게 요리해 먹으라며 머리를 가져다주곤 했다. 켄지는 생선 머리에 소금을 뿌려 굽거나 탕을 끓여서 젓가락 끝으로 연골에서 눈알이나 부드러운 볼살을 발라 먹었다. 머리가 가장 맛있는 부분이라고 그는 말했다. 그가 죽자 왕 부인은 더 이상 생선 머리를 가져오지 않았다.

다시 초인종이 울렸다. 애너벨은 최고 금액을 45달러로 높인 다음 창가로 가서 신문 더미 너머로 커튼을 젖혔다. 노굿이 손에 편지 봉투를 들고 앞 베란다에 서 있었다.

"오뷘!" 그녀가 문을 두드리며 불렀다. "문 좀 열어보세요."

그녀가 커튼을 내렸다. 그가 그녀를 본 것일까? 슥삭거리는 소리가 들렸다. 그가 봉투를 문 아래로 밀어 넣고 있지만, 이제 앞문은 사용하지 않았다. 현관에 너무 많은 물건이 쌓여 있어서 열기 힘들었기 때문이다. 그가 욕지거리를 뱉는 소리가 들렸고, 세 번째 초인

종이 울렸다.

"오빈, 거기 계신 거 압니다! 라디오 소리가 다 들린다고요. 문 앞에 엄마가 보낸 편지를 두고 갈게요. 읽으시는 게 좋을 겁니다. 우편함도 비우시는 게 좋을 거고요. 여기 청구서가 잔뜩 쌓였어요. 전기회사에서 전기를 끊을 겁니다."

그녀는 닫힌 커튼 뒤에 서서 그가 앞 계단을 쿵쿵거리며 내려가는 소리에 귀 기울였다. 덩치가 작은 남자치고는 소리가 꽤 컸다. 우편함 얘기는 사실이었다. 그녀는 가끔 중요한 우편물을 거기 남겨두었다. 그렇게 하면 적어도 잃어버릴 염려는 없기 때문이다. 그녀는 다시 컴퓨터로 돌아가 50달러를 입력하고 안도감을 느끼며 뒤로 물러나 앉았다. 그것은 일종의 보험이었다. 그녀가 입력한 액수가 최고액이면 낙찰될 것이다.

3시 59분. 1분도 채 남지 않았다. 그녀는 숫자를 세기 시작했고, 겨우 20초를 남기고 입찰가가 32.45달러로 뛰었다. 그리고 또 뛰고, 또 뛰었다! 한 명이 아닌 두 명의 저격수가 그녀의 헨젤과 그레텔에 입찰하고 있었다. 그녀는 숨을 참고 손가락을 꼬고 숫자를 셌다. 5, 4, 3, 2…….

'축하합니다, 낙찰되었습니다!' 화면에 메시지와 낙찰가가 떴다. 49.45달러. 그녀는 승리감을 느끼며 의자에 기대앉았다.

23

베니는 화가 파울 클레에 관한 책을 한 아름 안고 자리로 돌아왔다. 파울 클레는 알고 보니 그 유명한 독일 영화감독처럼 얼굴에 덥수룩한 콧수염과 턱수염이 나 있는 유명한 독일 화가였다. 그는 새로 가져온 책들을 《중세의 방패와 무기》 위에 쌓고 책장을 넘기기 시작했다. 그 화가의 그림들은 좀 이상하고 색채가 풍부하고 어쩐지 음악적이었다. 그림이 갑자기 노래를 하기 시작한다고 해도 놀라지 않을 것 같았고, 그래서 그는 이미지를 보는 동시에 거기에 귀 기울이고 있는 자신을 발견했다. 고양이와 새, 물고기와 풍선 그림이 있었는데, 어쩌면 풍선이 아니라 달인지도 모르겠다. 구분하기 힘들었다. 어쨌든 뭐 그런 종류였다.

파울 클레는 많은 그림을 그렸지만, 결국 베니는 자신이 찾는 것을 발견했다. 〈앙겔루스 노부스〉, 치마 입은 그 남자였다. 그는 이미지를 찬찬히 살펴보았다. 이 그림이 헨젤과 그레텔하고 무슨 관계가 있을까? 벌써 이름을 까먹은 유명한 영화감독과는 또 무슨 관계일까? 그는 그림이 다음 단서를 내주기를 기다렸다.

아무것도 없었다.

실망스러웠다. 그는 공책을 꺼내서 다른 쪽지들을 붙여놓은 페이지를 열었다. 처음 도서관에 왔던 여름 이래로, 그는 무슨 일이 일어나기를 기다렸다. 누군가 그를 이곳에 호출했는데(그것이 앨리스인지 아테나인지 하는 사람이기를 바랐다), 왜 그랬을까? 그는 동화책에서 발견한 쪽지를 주머니에서 꺼내 가로줄이 그려진 지면의 제일 아래쪽에 놓았다.

헨젤과 그레텔은 잘 살고 있으며,
베를린에서 살고 있다.

그는 배낭에서 딱풀을 꺼내 그 면에 쪽지를 붙였다. 쪽지들은 말하자면 숲길에 뿌려놓은 헨젤의 빵 부스러기와 같았고, 베니는 그것이 앞으로 일어날 어떤 사건으로 그를 인도해주기를 바랐는데 그러지 않았다. 그는 〈앙겔루스 노부스〉를 원망스러운 눈으로 쳐다보았다. 천사는 여전히 그를 보기를 거부하고 완고하게 베니의 오른쪽 어깨 너머에 눈을 고정했다. 그 곁눈질이 베니를 긴장하게 만들었지만, 돌아서 확인해보면 아무것도 없었다. 근처 개인용 열람석에서 천문학도 소년은 여전히 잠자고 있었지만, 이제 타자 치는 아주머니는 돌아와 있는 게 보였다. 그는 그녀가 자신을 보면서 타자도 치고 있는 것을 깨달았다. 그를 살펴보면서 동시에 그에 대한 상세한 현장 관찰 기록을 빠르게 치고 있는 것 같았다. 《그림 형제 동화집》 속의 쪽지가 사라진 걸 눈치챘을까? 그는 이렇게 타자를 빨리 치는 사람은 본 적이 없었다. 그녀가 눈을 마주치고 고개를 끄덕였지만, 손가락은 전혀 느려지지 않았다. 그는 시선을 돌렸다.

혹시 그녀가 그를 염탐하고 있는 걸까? 혹시 학교에 그가 무단결석 중이라는 걸 알리는 문서를 작성하고 있는 걸까? 아니면 정신과 의사에게 보낼 그의 행동 기록을 작성하거나? 그는 어쩔 수 없이 그런 쪽으로 확신이 들었지만, 그가 다시 흘끔 보았을 때 그녀는 깊이 집중하여 다시 노트북 컴퓨터를 응시하고 있었다. 그녀는 안경 처방이 잘못되었는지 화면을 볼 때 눈을 가늘게 떴다가 인상을 찌푸렸다가 했는데, 그럴 때면 얼굴이 충동적이고 사나워 보였다. 그녀를 좀 더 길게 지켜보았지만, 마치 갑자기 그가 거기 존재하지 않는 것처럼 그녀는 눈치채지 못했다. 그러자 그는 긴장이 풀렸다. 존재하지 않는 것처럼 느껴지는 게 좋았다. 그는 파울 클레 책을 넘기기 시작하며 천사에 대해 읽어보려 했지만 그 책은 그가 이해할 수 없는 방식으로 쓰였고, 그는 곧 하품을 하며 또 졸음이 밀려오는 것을 느꼈다. 아마 약 때문일지도 모르고, 아니면 그냥 오후에 도서관에 있는 것이 수면 효과가 있는지도 몰랐다. 그는 얼굴을 펼쳐진 책장에 댔다. 코가 천사의 무릎 부분에 닿았다. 타자 치는 아주머니의 작고 빠른 손가락 소리에 귀 기울였다. 전에는 타자 소리가 빗소리처럼 들렸는데, 지금은 밀밭에서 찌르레기 떼가 날아올랐다가 다시 내려앉는 소리에 가깝게 들렸고, 그 소리는 다시 도서관의 고요함 속으로 섞여 들어갔다. 찌르레기가 아닐지도 모른다. 어쩌면 파도 소리인지도. 찌르레기가 파도로 변해 모래를 휩쓸며 모든 자갈과 깨진 조개껍데기를 간질인 뒤 다시 물러나는 소리인지도 모른다. 안과 밖, 파도와 찌르레기, 손가락으로 키보드 두드리는 소리, 사그락 책장 넘기는 소리, 별들의 날숨, 간간이 끼어드는 코 고는 소리. 베니는 이 모든 소리가 오르락내리락하는 것을 들었고, 또한 그 소리들이 그가 듣는 목소리들처럼 그곳 어딘가에 배경으로 항상 존재하며 왔다 갔다 할 것임을 알았다.

24

노굿이 문틈으로 밀어 넣으려 했던 편지는 애너벨에게 왕 부인이 낙상 후 요양원에서 재활치료를 받고 있는 동안 집주인의 의무를 자신의 지정 대리인 헨리 K. 왕에게 넘겼다는 것을 알렸다. 편지는 또한 애너벨의 임대차계약에 명시된 대로 세입자는 자신의 구역을 청결히 하고 정돈하여 허드레 물건이 없는 상태로 유지해야 하며, 여기에는 해충을 꼬이게 하거나 화재 위험을 초래할 수 있는 쓰레기와 재활용품의 폐기도 포함된다고 말했다. 마지막으로 편지는 임대차계약서의 다른 조항, 즉 집주인이나 그의 지정 대리인은 그녀의 구역을 주기적으로 점검할 권리가 있다는 조항을 언급하며, 애너벨에게 이달 말까지 대리인 헨리 K. 왕에게 전화해 점검 약속을 잡아달라고 했다.

애너벨은 그 편지를 왕 부인이 쓴 게 아니라고 확신했다. 그녀는 기가 센 노인이었고 자기 일을 아들에게 넘기는 부류가 아니었다. 그리고 애너벨이 이 집에 산 기간 동안 왕 부인이 점검 따위를 한 적은 단 한 번도 없었다. 분명 그녀는 머지않아 골반이 회복될 테고, 재활치료를 마친 뒤 요양원에서 나올 것이다. 그러나 그렇다 해도 그 편지는 걱정스러웠다. 노굿은 뭔가 꿍꿍이가 있었다. 그가 어머니에게 집을 팔라고 설득하면 어쩌지? 아니면 애너벨의 보관 자료가 쌓인 것을 빌미로 임대차계약을 해지하거나 심지어 그녀를 쫓아내면 어쩌지? 그녀는 이제 정말 정리 정돈 프로젝트에 착수하여 왕 부인이 돌아오기 전에 쌓여 있는 재고 자료를 처리해야 했다.

보관 자료 문제는 점점 악화될 뿐이었다. 5월에 애너벨이 자신의 해고에 대해 성공적으로 이의를 제기하여 라디오와 TV, 디지털 매체로 이동하기로 협상했을 때, 인쇄매체에서 벗어남으로써 그녀의 작은 집으로 끝없이 밀려드는 종이 세례에 종지부를 찍을 수 있으리라는 생각에 안도의 한숨을 내쉬었다. 일단 흐름이 멎으면 재고를 처리할 수 있을 테고, 쓰레기봉투를 내가는 건 베니가 도와줄 수 있으리라. 그러면 그들은 다시 깔끔하고 좋은 환경에서 살 수 있으리라 생각했다.

애너벨이 계산하지 못한 사실은 매일 24시간 동안 TV와 라디오 주요 뉴스 채널에서 방송되는 모든 프로그램의 모든 클립을 DVD로 백업해두는 것이 회사의 방침이라는 거였다. 그래서 날마다 유입되는 신문과 다른 인쇄물에 덧붙여, 이제는 재활용이 불가능한 디스크로 채워진 쓰레기봉투가 집 안 구석구석에 쌓이다 못해 베란다와 마당으로까지 침범했다.

그 모든 뉴스의 축적은 우울했다.

그녀는 심호흡을 하고 시간을 확인했다. 그녀의 근무 시간은 거의 끝났고 이제 정말 밖으로 나가서 다리를 뻗을 필요가 있었다. 그녀는 마지막 보고서를 업로드하고 포털에서 로그아웃한 다음 일어서서 스트레칭을 했다. 허리가 여전히 아팠다. 어쩌면 새로 나온 스탠딩 데스크가 필요할 것 같았다. 그녀는 외투와 가방을 찾으러 갔다. 베니가 곧 학교에서 돌아올 것이다. 잠시 산책을 하고 쓰레기봉투와 양상추, 그리고 베니가 먹을 건강하고 좋은 무언가를 사고, 조리가 되는 동안 주방을 말끔히 정리해서 식탁에 앉아 제대로 된 식사를 할 요량이었다. 어쩌면 식료품점에 가기 전에 중고매장에 들러 잠시 인사를 나눌 수도 있을 것이다. 이제 베니가 다시 학교에 다니기 때문에, 아들의 사회적 고립에 대해서는 걱정을 좀 던 반면 자신에 대한 걱정은 더 커졌다. 켄지가 살아 있을 때는 외로움을 느낀 적이 없었는데, 이제 사무실에 다닐 때 누렸던 인간관계가 그리워졌다. 중고매장 사람들이 딱히 친구는 아니지만, 그들은 모두 매우 친절했고, 가끔 베니에게 줄 재미있는 물건을 건질 수 있었다.

문 위에서 울리는 그녀의 도착을 알리는 종소리가 경쾌하고 집에 온 것처럼 정겹게 느껴졌다. 그녀는 카운터에 누가 있는지 보았다. 끔찍한 지진으로 집을 잃은 아이티 여인 재즈민이었다. 재즈민은 한 기독교 구호단체의 지원을 받고 있었는데, 아이티에 대한 인도적 지원 활동을 모니터링해온 애너벨은 제법 박식하게 복구 노력에 대한 이야기를 나눌 수 있었다. 그래서 둘은 죽이 맞았다. 재즈민은 고객 응대 중이었고, 그래서 애너벨은 손을 흔들고 안쪽에 있는 남자 아동복 코너를 향해 갔다. "행운을 빌어요." 재즈민이 소리쳤다. 그녀는 포르토프랭스에 베니 또래 손자가 있었는데, 그녀와 애너벨은 종종 10대 아이들에 대해, 그들이 얼마나 옷에 있어 까다로운지에 대해 이야기하며 웃곤 했다. 베니는 항상 똑같은 검은 후드티만 고집했고, 그래서 번화가에서 구걸을 하는 지저분한 부랑아처럼 보였다. 그가 못 이기는 척 입어줄 더 나은 옷을 분명 여기서 찾을 수 있을 것이다.

그녀가 여성복 구역을 통과해 남성복 구역에 걸려 있는 플란넬 셔츠를 지나칠 때 마음이 아려왔다. 그녀는 켄지의 셔츠를 모두 이곳에서 샀고, 그를 위해 쇼핑을 했던 때가 그리웠다. 가을은 플란넬을 입기에 좋은 시기였다. 그녀는 분홍색 잔체크무늬 셔츠를 발견했다. 켄지가 살아 있었다면 선물로 샀을 것이다. 그것을 집에 가져가서 세탁한 다음 예쁜 포장지로 포장했을 것이다. 그녀는 켄지가 포장을 풀며 얼굴이 환해져서 그녀 앞에서 셔츠를 입어보는 모습을 상상했다. 그는 세월의 흔적으로 색이 바래고 부드러워진 낡은 옷을 좋아했다. 그녀는 거기 서서 소매를 만지작거렸다. 요전 날, 죽은 아내를 위해 여전히 선물을 산다는 한 노인에 대한 신문 기사를 오린 적이 있었다. 그 기사는 애너벨에게 이상하게 보이지 않았다. 그저 다정하고 슬프고 말하자면 고결하게 느껴졌다. 그러나 그것이 아내라면 아마 얘기가 달라질 것이다. 죽은 남편을 위해 선물을 사는 아내는 그냥 애처로울 뿐이다. 게다가 켄지에게는 이미 충분한 셔츠가 있으니 이미 가진 것들로 추억의 누비이불을 만드는 프로젝트에 집중할 필요가 있었다. 이불을 만들기 위해 문양을 디자인하고 필요한 사각형 천의 크기를 계산하는 데까지 진행되었지만, 첫 가위질을 할 시간이 왔을 때 그녀는 머뭇거렸다. 손에 가위를 들고 앉아 가위를 벌려 어깨솔기 부분에 댔지만, 셔츠를 자르는 것이 몸을 자르는 것처럼 느껴졌고 차마 자를 수 없었다.

남자 아동복 코너에는 베니가 입을 만한 것이 없었다. 그래서 신발 선반으로 넘어갔다. 베니의 발이 자라서 신발이 작아졌다. 그런데 그의 치수에 맞는 운동화는 모두 낡아빠진 것들뿐이었다. 남자아이들은 신발에 대해 까다롭다. 쇼핑몰에 가서 새 운동화를 사줘야 할 것 같았다.

다음은 뭘 보지? 그녀는 신발 진열대 옆에 서서 매장 안을 둘러보았다. 그녀가 필요로 하는 것도 원하는 것도 없었지만, 해방감을 느끼는 대신 실망감이 느껴지고 어쩐지 속은 기분이었다. 그녀는 아주 열심히 일했는데 뭔가를 누릴 자격이 있지 않은가? 하지만 어쩔 수 없는 노릇이었다. 식료품 장을 보는 게 나을 것이다. 하지만 이제 건강한 저녁을 만들겠다는 생각이 매력적으로 느껴지기보다 일처럼 여겨질 뿐이었다. 그래도 먹기는 먹어야 했다.

"오늘은 운이 없나 보죠?" 재즈민이 소리쳤다. 그녀는 기부물품 상자를 분류하고 있었고, 애너벨이 지나갈 때 노란 도자기 찻주전자 포장을 풀어 들어 올렸다. 노란색이 마치 밝고 작은 태양처럼 애너벨의 시선을 사로잡고 발길을 멈추게 했다.

"어머!" 그녀가 말했다. "예쁘네요! 제가 좀 볼까요?"

"여기요." 재즈민이 말하고는 눈부신 미소를 지으며 애너벨에게 건네주었다. 찻주전자는 작고 완벽하게 둥글었으며 한쪽에는 튼튼한 손잡이가, 다른 쪽에는 작고 앙증맞은 주둥이가 달려 있었고, 방울 달린 비니 모자처럼 생긴 뚜껑도 있었다. 애너벨은 두 손으로 그것을 부드럽게 잡았다.

"예전에 이런 게 하나 있었어요." 그녀가 말했다. "하지만 그건 분홍색이었죠." 그것은 그녀가 가장 좋아하던 찻주전자였다. 켄지가 죽던 날 밤까지는. 그날 밤 두 사람은 심하게 다퉜다. 그가 떠났다. 찻주전자가 깨졌다. 그녀가 울면서 깨진 조각을 주워서 나중에 접착제로 붙여볼 요량으로 신발 상자에 담았던 것이 떠올랐다. 이제 그것은 차를 끓이기에 적당하지 않지만, 그 안에 꽃을 심을 수도 있을 것이다. 그렇게 하는 사람들을 본 적이 있었다. 낡은 찻주전자를 화분으로 이용하는 사람들. 정말 영리한 생각이지만, 그 일을 겪고 나서 찻주전자를 접착제로 붙이거나 화분으로 만드는 데까지 손이 미치지 못했다. 그녀는 그 신발 상자가 어디에 있는지 궁금했다. 분명 어딘가에 있을 텐데.

그녀는 노란색 찻주전자의 뚜껑을 열고 뒤집어서 금 간 곳이 있는지 살폈다. 그녀가 베니에게 불러주곤 했던 찻주전자에 대한 노래가 있었다. 가사가 뭐였지? 이것을 사면 다시 생각날지도 모른다. 노란색이 너무도 경쾌해 보였고, 깨진 분홍색 찻주전자보다도 좋아 보였지만 그녀는 주저했다.

"사 가시면 좋겠어요." 재즈민이 아름다운 미소를 지으며 말했다. "당신처럼 화사하잖아요. 좋은 주인을 만날 자격이 있는 물건이에요."

그 말을 듣자 애너벨은 마음을 정했다. "고마워요. 살게요." 그녀는 찻주전자를 계산대에 놓고 지갑을 꺼냈다. 작은 찻주전자는 마법일 거라고 그녀는 생각했다. 이미 기분이 한결 좋아졌기 때문이다.

25

'파도와 자갈과 밀밭과…….'

"저기……."

속삭이는 목소리. 이마에 닿은 손가락.

"안녕……?" 목소리가 말했다.

베니가 눈을 떴다. 빰이 책장에 달라붙어 있었다. 한쪽 눈 끝으로 천사의 돌돌 말린 머리칼과 그 밑으로 합스부르크 왕가의 빨간색과 금색 문장 같은 것이 보였다. 그는 눈을 깜빡이며 머리를 들었고, 그 순간 자신이 커다란 말하는 쥐와 코를 맞대고 있는 것을 발견했다.

"아악!" 그가 소리치며 뒤로 움찔했다.

쥐가 겁을 집어먹고 사라졌다. 이제 그는 그 목소리가 설치류에게서 나오는 게 아니라 그것을 들고 있는 소녀에게서 나온 것임을 알 수 있었다. "미안해." 그녀가 말했다. "놀랐니?"

그가 고개를 끄덕이고 눈과 얼굴을 비비며 입에서 흐른 침방울을 닦아냈다. 〈앙겔루스 노부스〉에도 젖은 부분이 있었다. 그는 옷소매로 그것을 문질러 닦았다. 그런 뒤 혹시 소녀가 알아차렸는지 확인하기 위해 고개를 들었다. 쥐는 소녀의 팔을 타고 올라갔다가 후드 집업 앞으로 미끄러져 내려가서 이제 그녀의 가슴 사이에서 뾰족한 코를 내밀고 있었다. 그것은 긴 수염과 구슬 같은 검은 눈을 가지고 있었다.

"그거 쥐야?" 그가 그녀의 가슴을 보지 않으려 애쓰며 말했다.

소녀는 돌아서서 흰담비를 옷 속에 넣어 지퍼로 잠갔다. "그거가 아니야." 그녀가 말했다. "얘지. 그리고 쥐가 아니라 흰담비야. 암컷도, 수컷도 아닌 성별이 안 정해진 흰담비니까, 네가 쥐라고 부르는 걸 얘가 듣지 않게 해줘. 그렇게 불리는 걸 아주 싫어하거든."

"미안." 베니가 말했다. "고의가 아니었어." 그리고 그는 침을 흘린 것과 무례하게 군 것, 그녀의 가슴을 쳐다본 것을 만회하기 위해 물었다. "이름이 있어?"

"당연히 있지." 소녀가 어깨 너머로 말했다. "타즈(TAZ)야."

"그게 어떤 이름이야?"

"그게 어떤 외국어는 아니야. 사실 약어야. 임시자율구역(Temporary Autonomous Zone)을 뜻하지."

"근사하네." 그녀가 무슨 말을 하고 있는지 모르면서도 베니가 말했다. 소녀는 그를 등지고 있어서 그녀의 얼굴을 볼 수 없었지만 자기 후드티의 벌어진 목에 대고 중얼거리는 목소리를 들을 수 있었다. 그가 주변의 개인용 열람석을 둘러보았다. 그곳들은 이제 비어 있었다.

"도서관에 동물 출입이 허용되나?"

"우리도 동물이야." 그녀가 어깨를 으쓱하며 말했다. "우린 출입이 허용되잖아." 그녀가 그를 향해 몸을 돌리고 타즈가 코를 밖으로 내밀 수 있도록 지퍼를 내렸다. "하지만 네 질문에 답하자면, 안 돼. 그러니까 말하지 마, 알았지?" 흰담비는 그녀의 가슴 사이에서 베니를 수상쩍은 눈으로 지켜보았다. 베니가 실제로 그녀의 가슴을 볼 수 있었던 건 아니다. 그냥 대강의 윤곽과, 이 소녀에게는 반려동물을 집어넣는 기능을 하는 살짝 들어간 골짜기 정도만 보였다. 흰담비는 의기양양해 보였다. 그리고 베니가 정확히 무슨 꿍꿍이인지 아는 것처럼 보였다.

"지금 추워해." 그녀가 그렇게 말하며 완전히 베니 쪽으로 몸을 돌렸고, 그는 처음으로 그녀의 얼굴을 제대로 볼 수 있었다.

"이봐, 그쪽이었네!" 앨리스인지 아테나인지 하는 소녀였다. 마침내! "그쪽을 알아. 아테나, 맞지?"

"아테나라고 부르지 마. 그건 내 이름이 아니야."

"아. 혹시……." 그는 말을 멈추었다. 자신이 무슨 생각을 하는지도 잘 모르겠고, 어쩌면 자신이 틀렸을지도 모르기 때문이다. 그녀는 소아정신과에 있던 그 소녀와 같은 나이쯤으로 보이고 창백하고 말랐고 마대걸레 같은 은발머리였다. 이 소녀의 아름다운 얼굴은 다양하고 섬세한 피어싱 액세서리로 장식되어 있었지만, 뭐 아무튼.

"그럼 이름이 앨리스야?" 베니가 말했다.

소녀가 싱긋 웃었다. "아니, 또 틀렸어."

베니가 인상을 찌푸렸다. "미안, 내가 만난 여자애인 줄 알았어. 병원에서."

"맞아. 그게 나야."

"그럼 이름이 뭔데?"

“그때그때 다른데, 여기서는 알레프라고 불러.”

“엘프?”

“아니, 알레프. ‘A-l-e-p-h.’ 페니키아문자의 첫 글자랑 같아. 여기.” 그녀가 불만스러워하는 흰담비를 한쪽으로 옮기고는 후드 집업의 지퍼를 열고 어깨를 들썩여 한쪽 소매가 흘러내리게 해서 맨 어깨를 노출시켰다. 어깨에는 모로 누운 A자 문신이 새겨져 있었다. 가로지르는 직선이 대각선들을 지나서 연장되어 있고, 전체가 말하자면 원에 에워싸여 있는 것처럼 보였다.

“그건 내 예명이야. B맨이 지어줬지. 보르헤스의 단편에서 나온 이름이야.”

“근사하네.” 베니가 다시 말하며 생각했다. 그런데 B맨이 누구지? 보르헤스는 또 누구고?

그녀가 목을 길게 빼고 문신을 비판적인 눈으로 내려다보고는 말했다. “음, 근사한 건 모르겠고, 원래는 무정부주의의 상징으로 변형된 알레프를 새긴 건데, 그냥 뭐에 걸려 넘어진 것처럼 삐딱해졌네.”

“안됐네.” 베니가 말했다.

흰담비가 한숨을 쉬었다.

알레프가 어깨를 으쓱했다. “문신이 그렇지 뭐. 알잖아.” 그녀가 말했다.

그는 몰랐지만 어쨌든 고개를 끄덕였다.

“사실 별로 신경 쓰이진 않아.” 그녀가 말하며 옷매무새를 고쳤다.

"글자에 관한 한, 나는 말하자면 난독증이야. 모든 게 거꾸로 보이거든. B맨은 그래서 내가 좋은 화가래."

흰담비는 하품을 하고 눈을 감은 뒤 한 발을 코 위로 들고 잠이 들었다. 알레프의 가슴 사이에 자리 잡고 있는 것이 아주 만족스러워 보였다. 베니는 알레프가 자신을 유심히 살펴보고 있는 것을 의식하고 시선을 돌렸다.

"널 지켜보고 있었어." 그녀가 말했다. "여름 내내 여기 오더니 이제 아예 학교를 땡땡이치고 와서 책을 베고 침까지 흘리며 자고 있더라. 그래서 난 병원에서 너한테 꽤 많은 약을 먹이고 있고, 네 학교 애들이 재수탱이들이고, 사실상 학교에 다니는 게 불가능한 상황이라고 짐작했어."

베니가 고개를 끄덕였다. 그녀가 옳았다. 더 덧붙일 말이 없었다.

"내가 이해할 수 없는 건 어째서 네가 B맨을 피해 숨어 다니냐는 거야. 그는 다리 때문에 여기까지는 찾아올 수 없어. 하지만 내 생각엔 네가 그걸 아는 것 같아."

"B맨?"

"빈 병을 잔뜩 가지고 다니는 사람 말이야. 이름은 슬라보이지만 우린 그냥 보틀맨이라고 불러. 줄여서 B맨."

"휠체어를 타고 다니는 부랑자? 그 사람을 알아?"

알레프가 고개를 끄덕였다. "당연하지, 우린 그를 돌봐주고 그는 우리에게 이것저것 가르쳐줘. 그는 사실 슬로베니아에서 엄청 유명한 시인이야. 그가 너를 위해 한 일은 참 멋졌어. 스킬라와 카리브디스를 통과해서 들어올 수 있게 해줬잖아."

"누구?"

"안내 데스크에 있는 사서와 경비원 말이야."

"그게 그 사람들 이름이야?"

그녀가 웃었다. "아냐, 멍청아." 그녀가 말했다. "당연히 아니지. 그리스 신화에서 나온 이름들이야. 카리브디스는 소용돌이고 스킬라는 사람들을 잡아먹는 거친 바다 괴물이야."

'경고! 경고!'

그는 숨을 깊이 들이쉬었다. "나를 그렇게 부르지 마."

"거친 바다 괴물?"

"아니." 그가 도서관이라는 걸 잊고 너무 큰 소리로 말했다. "멍청이." 그는 차마 그녀를 보지 못하고 그녀의 어깨 너머를 보았다. "난 멍청이가 아니야."

"이봐." 그녀가 끄덕이며 말했다. "미안해. 네 말이 맞아. 그건 멋진 말은 아니었어."

"난 그 사람의 도움이 필요하지 않았어."

"좋아."

"그리고 어차피 그 사람은 빌어먹을 미치광이잖아."

알레프가 고개를 저었다. "아니. 그건 네가 틀렸어. 그는 미치지 않았어. 너나 나보다 더 미치진 않았지."

'위험! 위험!' 하지만 이건 아니다. 그녀의 말에는 어떤 위험도 없었다. 그의 내부에서 서서히 당혹감이 커져가면서, 그녀의 말은 그냥 허공에 걸려 있었다. 그는 마치 한겨울 텅 빈 해변의 차갑게 젖은 모래처럼 무거운 슬픔을 느꼈다. 그리고 자신이 그 모래에 파묻힐 수도, 또는 모래 위에서 걸을 수도 있다는 사실을 깨달았다. 그가 한 발 내디뎠다. 발밑의 모래가 단단하게 느껴졌고, 자신이 그녀에게 모든 것을 말하는 위험을 감수하게 될 것임을 알았다.

"그쪽이 미쳤는지 아닌지는 모르겠지만, 나는 미쳤어." 그가 말했다.

'안 돼……!' 머릿속 목소리가 외쳤고, 동시에 모래가 무너지기 시작했다.

알레프가 인상을 찌푸렸다. "그걸 어떻게 아는데?"

"모두 그렇게 말하니까." 베니가 말했고, 그 순간 몸이 더 아래로 꺼졌다.

'그것 봐!' 목소리가 말했다. 그런데 이번에는 다른 목소리, 냉소적이고 심술궂은 목소리였다. '닥쳐, 똥멍청이, 그냥 닥치라고!'

"사람들은 개소리를 많이 해. 왜 그런 소리를 믿는 건데?"

"그 말이 맞으니까." 그가 말했다. "난 내가 미친 걸 알아." 이제 모래도, 땅도, 해변도 없어지고 목소리만 사방에서 그를 향해 불어오는 세찬 바람처럼 남았다. '네가 의사에게 말하면 그녀가 똥멍청이 너를 가둬버릴 거야. 그런 다음 학교 애들에게 말하면 걔들이 너를 오지게 싫어하겠지…….'

그녀의 목소리가 아득하게 들렸다. "하지만 그걸 어떻게 알아?"

그는 그녀도 자신을 싫어하게 될까 두려웠다. 몸에 감각이 없어졌다. 그는 감각 없는 손으로 감각 없는 귀를 막고 몸을 앞뒤로 흔들며 자신의 심장 박동에 맞게 '똥멍청이, 똥멍청이, 똥멍청이'를 읊조리는 그 끔찍한 새로운 목소리를 듣지 않기 위해 흥얼거렸다.

"내가 이상한 소리를 들으니까." 그가 말했다. 너무도 작은 소리로 말해서 그녀가 몸을 앞으로 기울여야 했다.

"누구나 이상한 소리를 들어." 그녀도 속삭이며 대답했다.

"아니. 이건 달라. 난 물건들의 소리를 들어. 물건들의 목소리 말이야."

"그래서?"

그가 몸을 흔드는 것을 멈추고 눈을 들어 그녀를 보았다.

그녀가 어깨를 으쓱했다. "많은 사람이 목소리를 들어."

"그래?"

그녀가 고개를 끄덕이며 손을 내밀었다. 그녀의 손가락 피부에는 물감이 묻어 있었고 손톱은 물어뜯어서 끝이 깔쭉깔쭉했다. "너 떨고 있구나." 그녀가 말했다. "그리고 과호흡이야. 내가 손대도 되니?"

그가 끄덕였지만 그녀가 손을 가슴에 댈 때 몸이 움찔하는 건 어쩔 수 없었다. 그녀의 손바닥이 지그시 누르고 있으니, 심장이 마치 새장에 갇혀 유리에 몸을 부딪치고 있는 한 마리 새처럼 느껴졌다. 그녀는 세찬 퍼덕거림이 더뎌지고 떨림이 멈추고 그가 정상적으로 숨쉬기 시작할 때까지 작고 따뜻한 무게를 실어 손을 계속 대고 있었다. 그런 뒤 그녀는 그의 가슴을 살짝 밀었다. 그녀가 손을 다시 뗐을 때 마치 뭔가를 쥐고 있는 것처럼 손을 동그랗게 모으고 있었다. 그녀가 다른 손으로 그 손을 덮어 그것이 날아가지 못하게 한 다음, 손을 내밀며 펼쳐서 그에게 보여주었다. 그는 부드럽고 축축하고 규칙적으로 빠르게 고동치는 소리를 들었다. 그가 아래를 내려다보았다. 그녀의 물감 묻은 손안에 그의 세차게 뛰는 심장이 있었다.

"여기." 그녀가 그것을 다시 건네며 말했다. "베니 오, 난 너를 좋아하는 것 같아."

베니

그러니까 그녀가 내 심장을 정말로 돌려준 게 아니라 그냥 내 느낌이 그랬다는 거다. 내 심장이 내 몸 밖으로 날아가서 이제 벌거벗은 날것 그대로 미친 듯 박동하며 그녀의 손안에 있는 것처럼 느껴졌다는 거다. 그리고 그녀가 내게 돌려주려고 내밀었을 때, 그것은 사실 집으로 돌아오기를 원치 않았다. 내 심장은 그녀의 손에 감싸여 있는 것이 행복했고, 영원히 거기 머물기를 원했다.

그녀가 내게 손을 뻗는 순간, 나는 미친 꿈속의 그녀를 떠올렸다. 손바닥을 내 가슴에 댔던 가장 아름다운 소녀 말이다. 음, 그때 무슨 일이 있었는지 당신도 알 것이다. 그 완전히 민망하고 당혹스러운 내용을 모두 읽었으니 말이다. 하지만 내 나이의 소년이 그런 꿈을 꾸는 건 지극히 자연스러운 현상임을 안다. 다만 대부분의 소년들은 자신을 졸졸 따라다니며 가장 민망한 순간까지 전부 이야기하는 책이 없을 뿐이다.

하지만 내가 여기서 말하려는 요점은 그 꿈을 꾼 시점에는 내가 아직 알레프를 만나지도 않았지만, 난 꿈속의 그녀가 알레프라는 걸 알았다는 거다. 어떻게 만난 적도 없는 소녀의 꿈을 꿀 수 있을까? 하지만 정말 그랬다. 그녀는 꿈속의 소녀였고, 병동의 소녀였고, 이제 그녀가 도서관에 있었다. 그리고 어쩌면 나는 이미 그녀를 조금은 사랑하게 된 건지도 몰랐다. 그게 이상하다고? 난 이전에 사랑에 빠져본 적이 없다. 그러니 내가 어떻게 알겠는가?

책

베니, 도서관에서는 이상한 일들이 일어나지. 공공도서관은 꿈의 사원이고, 사람들은 늘 여기서 사랑에 빠지지. 어쩌면 믿지 않을지 모르지만 사실이야. 책은 결국 사랑의 작품들이야. 우리의 몸이 육체적 결합의 신비를 즐기도록 만들어지지 않았을지는 몰라도, 우리 중에 가장 재미없고 딱딱한 책들, 가장 낭만적이지 않은 책들조차 인간의 꿈을 실현시켜줄 수 있어.

26

"네가 '천사'를 찾은 걸 봤어." 알레프가 마치 아무 일도 없었던 것처럼 공책 속 엽서를 가리키며 말했다. 어쩌면 실제로 아무 일도 없었는지도 모른다. 베니의 심장은 비록 평소보다 다소 빠르게 뛰었지만 그의 흉곽 안쪽으로 다시 돌아왔다. 심장을 살포시 잡고 있었던 알레프의 물감 묻은 작은 손이 그녀의 앞주머니 속 깊숙이 들어갔다. 타즈는 여전히 모아진 가슴 사이에 자리 잡고 잠자고 있었다.

베니는 치마 입은 막대인간이 그려진 엽서를 내려다보았다. "그래." 그가 별일 아니라는 듯, 마치 그가 그것을 찾았고 물론 그것이 천사임을 알고 있었다는 듯, 어깨를 으쓱했다. 그러나 그렇게 말하자마자 자신이 얼간이처럼 느껴졌고, 그래서 덧붙였다. "사실 그게 천사인 줄 몰랐어……."

"그건 '역사의 천사'야." 알레프가 말했다. "벤저민이 그렇게 불렀지."

이 말을 들으니 베니는 짜릿함과 혼란을 동시에 느꼈다. 그녀의 입술이 자신의 이름을 부르는 소리를 들어서 짜릿했고, 자신이 천사나 역사에 대해 아무것도 말한 기억이 없었기 때문에 혼란스러웠다. 어쩌면 알레프도 사물들의 소리를 듣고 있는 건가 싶었다. "내가?"

"너 말고." 그녀가 말했다. "독일의 철학자. 벤저민은 그의 성이야. 독일어로는 벤야민에 더 가깝게 들리지. 그의 이름은 월터, 또는 발터야."

베니는 발터 벤야민이나 월터 벤저민에 대해 들어본 적이 없었다. 벤저민이 성일 수 있다는 것도, 이름이 두 가지 방식으로 발음될 수 있다는 것도 몰랐다. 이것이 그를 초조하게 만들었다. 자신의 이름이 그처럼 신뢰할 수 없이 행동한다면 자신이 누구인지 어떻게 믿을 수 있겠는가? 그는 팔짱을 끼었다. 화제를 바꾸고 싶은 마음이 간절했다. 바로 그때 그의 시선이 공책에 붙여놓은 작은 쪽지들에 내려앉았다.

"이것들도 그쪽이 쓴 거야?"

알레프가 고개를 끄덕였다. 그녀는 첫 번째 쪽지를 가리켰다. "이건 네가 퇴원한 날 맥슨이 네 주머니에 꽂아 넣은 거야. 우리 무리는 도서관에서 재회하는 걸 좋아하고, 이런 식으로 말을 전하곤 하거든. 맥슨은 네가 괜찮은 애라고 했어." 그녀가 두 번째 쪽지를 가리켰다. "이건 네가 읽고 있는 책에 내가 직접 꽂아 넣었어. 네가 포기하지 않았으면 해서. 하지만 마지막 쪽지는 순전히 무작위적인 거였어. 네가 직접 찾아낸 거지."

그녀가 〈헨젤과 그레텔〉에 관한 세 번째 쪽지를 가리키고 있었다. "그건 로리 앤더슨의 노래 가사야." 그녀가 계속 말을 이었고, 그가 아무 말도 하지 않자 덧붙였다. "행위 예술가인데 진짜 멋진 여자야."

그는 여전히 이해하지 못했다. "그 여자가 도서관 책에 무작위로 쪽지를 꽂아놓는다고?"

"아니, 내가 그런다고. 쪽지뿐이 아니야. 다른 것도 꽂아두지. 도서관은 내 실험실이야. 병동도 그렇고. 사실 다른 모든 곳이 그렇지."

"과학자야?"

"어느 정도는. 사실 난 예술가야."

그는 쪽지들을 내려다보았다. "이게 예술이야?"

"음, 그래. 아니면 우리의 지적인 공용시설에 대한 상황주의적 개입이랄까? B맨은 그렇게 말해." 그녀는 머리를 까딱여 서가를 가리켰다. "도서관을 시간-공간 연속체를 구현한 것이라고 상상한다면, 내가 시간과 공간에 일시적으로 실을 풀어놓고 다른 사람들이 찾아서 따라가도록 하는 것과 같아. 네가 그랬던 것처럼 말이야." 하지만 그는 그녀의 말을 이해할 수 없었다. 그러자 그녀가 다시 시도했다. "좋아. 나는 유목민과 같고, 내 여정의 갈림길을 따라 도서관 소장 자료로 된 미로에 빵 부스러기 자취를 만드는 거야."

"왜?"

그녀가 어깨를 으쓱했다. "모르겠어. 나는 어려서부터 이렇게 했어. B맨이 그게 예술이라고 말하기 전부터 말이야. 나는 물건들을 연결 지어. 그건 이야기를 하는 것과 같아."

그는 쪽지와 엽서에 쓰인 말을 보았다. "이해하지 못하겠어. 무슨 연결 말이야?"

"음, 쪽지에 노랫말 일부가 빠져 있어. 계속 보면 아마 찾아낼 수 있겠지만, 기본적으로 그 노래에서 헨젤과 그레텔은 베를린에 살아. 그게 네가 찾은 부분이지. 다음 부분에서 헨젤은 파스빈더 영화에 출연하고 그레텔은 그에게 역사에 대해 물어. 헨젤은 발터 벤야민이 천사에 대해 쓴 내용을 반복하기 시작하지. 엽서에 있는 내용이야." 그녀가 엽서를 집어 들어 주의 깊게 들여다본 뒤 다시 그에게 건넸다. "좀 난해하군. 내가 좀 더 분명하게 풀어 쓸 걸 그랬어."

그는 난해하다는 게 무슨 의미인지 몰랐지만 동의했다. 그는 엽서를 뒤집어 뒷면을 또 읽었다.

"여기서 말이 중단됐어. 하여간 그 폭풍의 이름이 뭐야?"

"진보." 그녀가 싱긋 웃었다. "참 근사하지? 안 그래? 벤야민은 역사가 천사의 발치에 계속 쓰레기를 쌓는 거대하고 지속적인 파국이라고 말해……."

베니는 자신의 발치에 쌓이는 엄마의 보관 자료를 떠올렸다. 말이 되는 얘기였다. 그가 엽서를 다시 뒤집었다. 그녀가 여전히 말하고 있었다.

"……천사는 과거로 돌아가고 싶어 하고 파괴된 모든 것을 복구하고 싶어 하지. 또 죽은 것들을 다시 되살리고 싶어 하지만 그럴 수 없어."

베니가 여전히 자신의 어깨 뒤를 응시하고 있는 천사를 빤히 쳐다보며 아버지를 떠올렸다. 그는 침을 꿀꺽 삼켰다. "왜?" 그의 목소리가 웃기게 들렸다.

"천사가 진보라는 폭풍에 휘말려 있으니까. 폭풍이 그를 미래를 향해 뒤로 밀어붙이고 있어. 이렇게."

알레프가 두 팔을 날개처럼 넓게 펴고 눈을 감았다. 갑작스럽게 불어와 그녀를 뒤로 밀어붙이는 사나운 바람이 그의 눈에 거의 보일 듯했다. 그녀는 바람을 향해 몸을 앞으로 기울이고 잠시 발끝으로 서서 과거와 미래 사이의 경계에서 아슬아슬 균형을 잡았다. 그러나 그 순간은 오래가지 않았고, 베니가 균형을 잃은 듯한 그녀를 붙잡으려고 팔을 뻗었을 때 그녀가 눈을 떴다. 갑자기 바람이 잦아들었고, 그는 손을 내렸다. 흔들림을 느끼고 잠에서 깨어난 흰담비가 눈을 깜빡이며 짜증스러운 눈으로 그를 보았다.

"다음에 어떻게 됐는데?" 베니가 물었다.

"아무 일도 없었어. 기본적으로 그래."

그는 엽서를 다시 보았다. 이제 그것이 천사임을 확실히 알아볼 수 있었다. 그것은 근사한 이미지였다. 슬펐다. "난 진보는 좋은 거라고 생각했어."

"음, 진보가 계속해서 더 많은 쓰레기를 쌓을 뿐이라면, 과거의 물건을 복구하지 못하게 막는다면, 그렇지 않겠지."

"그럴 것 같네."

"어쨌든 벤야민의 생각은 그랬어." 알레프가 말했다. "B맨 때문에 벤야민에게 관심을 갖게 됐어. 그는 벤야민의 열성 팬이거든."

이 말을 들으니 불안감이 되살아났다. 다른 벤저민이 B맨과 도서관을 어슬렁거리고 있는 걸까? 그 사람도 만나야 할까? 그는 다시 몸을 흔들기 시작했다.

"너 괜찮니?" 알레프가 물었다.

"어. 벤저민인지 벤야민인지 하는 남자. 그 사람도 그쪽 친구 같은 거야?"

"그는 죽었어."

베니는 안도하며 몸을 흔드는 것을 멈추었지만 이제 다른 걱정이 들기 시작했다. 누군가 죽었다는 소리를 들었을 때 기쁨을 느낀다는 건 좋은 게 아니었다.

"오래전에 죽었지." 알레프가 덧붙였다.

한결 나았다. 그가 오래전에 죽었다면, 어쩌면 그렇게 중요하지 않을 것이다.

"자살했어." 그녀가 말했다.

이런, 다시 나빠졌다. 벤저민이 자살했다는 건 나빴다. 어쩌면 그 이름에 그런 성향이 뒤따르는 것인지도 모른다. 소아정신과 병동에 있을 때 그보다 나이가 많은 환자들이 때로는 자살이 집안 내력이라고 말했다. 이 경우에는 그렇지 않기를 바랐다. 켄지의 죽음은 사고였고, 이 벤저민은 가족이 아니었지만, 아무튼. 그는 어떤 벤저민이건 자살할 만큼 우울증에 빠질 수 있다는 것이 걱정스러웠다.

"저런, 안됐네." 그가 말했다.

"그는 나치로부터 탈출을 시도했어."

나치에 대한 베니의 지식은 대충 아는 정도가 고작이었다. 네오나치에 대해서는 좀 더 알았다. 그들은 백인들만 좋아하고 유색인종을 싫어하며 그래서 피해야 한다는 것을 알고 있었다.

"망할 놈의 파시즘의 시대였지. B맨은 우리가 그런 시대를 다시 겪게 될 거랬어. 파시즘이 다시 뜨고 있다고. 실패한 혁명에 대한 피할 수 없는 반응이래. 그런 상황을 반복하지 않기 위해 우리 모두 역사를 공부해야 한댔어. 맞지, 타즈?"

그녀가 잠에서 깨어나 코를 밖으로 빼고 있는 흰담비를 내려다보았다. 흰담비는 크게 하품하고 앞발을 뻗어 얼굴을 닦기 시작했다. 베니는 시선을 돌렸다.

"타즈가 좀이 쑤시나 봐. 밖으로 데리고 나가야겠어. 이봐, 너도 B맨을 만나러 갈래?"

그는 그러고 싶지 않았지만 물어보는 사람이 알레프이기 때문에 어깨를 으쓱하고 고개를 끄덕였다. 바로 그때 책 더미 위에 있던 그의 휴대전화에서 신호음이 울렸다. 그는 무시하고 짐을 싸기 시작했다. 또 신호음이 울리자 그는 그것을 주머니에 넣었다.

"확인 안 해봐?"

물어보는 사람이 알레프이기 때문에, 그는 휴대전화를 꺼내 확인했다. 엄마가 보낸 문자였다. '학교 끝나고 바로 올래? 맛있는 저녁을 만들고 있단다! ☺☺☺'

"괜찮니? 무슨 문제라도 있어?" 알레프가 물었다.

베니는 고개를 저었다. "엄마야." 그가 무뚝뚝하게 말했다. "지금 가봐야 할 것 같아."

27

재활용품 할인매장에 다녀온 뒤 애너벨은 부쩍 쾌활해졌다. 그녀는 집에 돌아와서 스파게티 면 삶을 물을 올려놓고 노란색 찻주전자 포장을 벗겼다. 그녀의 손안에서 그것은 너무도 사랑스럽고 화사하고 멋져 보였다. 그녀는 주방을 둘러보며 찻주전자를 진열할 만한 곳을 찾았다. 선반에는 공간이 없었고, 그래서 지저분한 세탁물이 담긴 바구니를 식탁에서 치우고 그곳에 놓았다. 지금까지는 좋았다. 그녀는 세탁물을 다용도실로 가져가서 세탁기에 넣고 세탁을 시작했다. 더 좋았다. 그녀는 진전을 이루고 있었다.

식탁은 여전히 어지러웠지만 작은 찻주전자 덕분에 이제 애너벨은 어수선한 물건들을 볼 수 있었고 거기에 놀랐다. 인간의 눈이 사물들의 특정한 방식에 얼마나 빨리 익숙해지는지 놀라웠다. 그러나 새로운 뭔가가 들어오니, 모든 게 변했고 그녀는 다시금 볼 수 있었다. 노란색 찻주전자는 주변에 빛을 비춰주는 작은 태양 같았고, 바로 거기, 식탁 위 주전자 옆에《정리의 마법》이 앉아서 그 빛을 쬐고 있었다.

그녀는 그것을 보고 팔에 닭살이 돋는 것을 느꼈다. 이게 어떻게 여기에 있지? 이 작은 책이 마치 혼자 돌아다닐 수 있는 것처럼 보이는 게 정말 기묘했다. 그것도 이번 한 번이 아니라, 세 번씩이나! 처음에는 마이클스의 진열대에서 뛰어내리고, 그다음에는 마법처럼 관제 센터에 나타나더니, 이제 이곳에 모습을 드러낸 것이다. 마치 그 책이 그녀의 마음을 읽을 수 있는 것처럼, 그녀에게 깔끔한 정리 정돈이 필요한 것을 알고 돕겠다고 제안하는 것처럼 보였다.

그녀는 시계를 확인했다. 베니가 오기 전에 저녁을 준비하고 식탁을 치워야 했지만, 스파게티 소스를 데우는 데는 시간이 오래 걸리지 않을 테고, 책이 정말로 그녀에게 뭔가를 말하려는 거라면 꼭 들어야 한다고 느껴졌다. 그녀는 책을 읽기 위해 의자에 놓인 물건을 치우고 그 위에 앉았다.

정리의 마법

1장

나의 진짜 삶

나의 진짜 삶은 선불교에 입문하면서 시작되었다. 어쩌면 당신은 '배울 준비가 되면 비로소 스승이 나타난다'는 선불교의 경구를 들어보았을 것이다. 나는 배울 준비가 되어 있었던 모양이다. 어느 날 아침 첫 번째 스승이 가장 특별하고 의외의 형태로 나타났으니 말이다.

그날 아침 나는 출근 준비를 하면서 좀 과하다 싶을 만큼 신경 써서 옷을 차려입었다. 따끈따끈한 신상 티아라 머리띠를 샀는데 그것을 처음 착용하고 사무실에 가는 날이기 때문이었다. 나는 인기 있는 여성 패션 및 라이프스타일 잡지를 만드는 회사에서 일하고 있었다. 1년 전 대학교를 졸업한 뒤 얻은 직장이었다. 좋은 일자리였고 거기서 친구도 몇 명 사귀었다. 대부분 나와 함께 입사한 젊은 여성들이었다. 유행에 뒤처지지 않게 꾸미고 다녀야 한다는 압박이 컸고, 그래서 우리는 종종 미용실에 가고 시부야와 긴자에 있는 디자이너 브랜드의 제품을 쇼핑하면서 서로 웃고 부추기며 여가 시간을 보냈다. 우리가 지갑을 꺼낼 때, 우리는 이건 '시장조사'용이고 회사에서 승진을 위해 필요하다며 스스로를 위안했고 실제로 그렇기도 했다.

여기까지 들으면 꽤 즐거운 삶처럼 보일지 모르지만, 사실 나는 행복하지 않았다. 나는 월급을 옷과 패션 액세서리, 헤어 제품과 화장품을 사는 데 지출했지만, 종종 쇼핑백을 잔뜩 들고 집에 돌아오면 그것을 풀어볼 의욕조차 잃게 되는 경우가 많았다. 나는 쇼핑백을 현관에 던져놓고는 신발을 벗고 발을 질질 끌면서 원룸 아파트를 가로질러 걸으며 옷을 벗었다. 그리고 바닥에 널브러진 잠옷을 주워 입고 이부자리에 이르자마자 쓰러지듯 누워서 깊은 잠에 빠져들곤 했다. 가끔은 한밤중에 깨어나 손가락 하나 까딱할 수 없는 것을 느꼈다. 무서운 악마가 내 가슴을 짓누르고 있는 것 같았고, 그렇게 가만히 누워 있다가 새벽이 되어 악마가 살짝 풀어주면 무거운 몸을 이끌고 이부자리에서 나와 거울에 비친 초췌하고 충혈된 눈을 멍하니 응시하다가 하루를 맞이하기 위해 필요한 피부 손질과 화장, 착장 선택의 기나긴 의식을 시작했다.

그날 아침 나는 새로 산 티아라 머리띠 때문에 흥분해 있어야 마땅한데 오히려 평소보다 더 불편했던 것으로 기억한다. 내 착장 중 어떤 것도 그 머리띠에 어울릴 만큼 예쁘지 않았고, 이 티아라가 일상생활에서 착용하기에는 좀 과한 것이 아닌지 걱정되기도 했다. 그것은 이탈리아의 유명한 디자이너가 만들었고 섬세한 선세공과 작은 진주알, 진짜 스와로브스키 크리스털로 장식되어 있었다. 그것을 사기 위해 몇 개월 동안 저축을 했건만, 아파트에서 나갈 때 내 모습이 어떻게 보일지 자꾸만 의식하게 되고 자신감이 없는 기분이었다.

열차를 타고 시내로 가는 긴 시간 동안, 다른 승객들이 내 머리를 쳐다보며 내 패션 감각을 남몰래 비판하고 있다는 확신이 들었다. 지하철로 환승할 때, 나는 감탄한 듯 눈을 크게 뜨고 나를 바라보는 한 무리의 여고생들을 발견했고, 그러자 기분이 한결 나아졌다. 그들이 손으로 입을 가리고 낄낄거리기 전까지는. 내가 내려야 할 역에 도착할 무렵에는 몹시 암담한 기분이었다.

지하철에서 나왔을 때 붐비는 출근 시간이어서 보도가 통근자들로 혼잡했다. 나는 육교 계단을 올라가 길 건너편으로 갔다. 육교를 내려가려는 순간, 머리 위에서 깍깍하는 큰 소리가 들리고 갑작스러운 휙 소리가 느껴지더니 전선에서 급강하한 까마귀 한 마리가 내 머리에서 티아라 머리띠를 낚아채 갔다.

물론 당시 내 머리는 지금의 모습과는 달랐다. 지금은 머리를 삭발했지만 그때는 검은 머리를 어깨 아래까지 내려오게 길렀고, 그 머리를 자랑스럽게 여겼다. 매끈하고 반짝반짝 윤기가 났다. 나는 매일 샴푸를 하고 2주에 한 번 미용실에 가서 앞머리를 다듬었다. 아, 나는 앞머리에 미쳐 있었다. 거울 앞에서 몇 시간씩 살펴보곤 했으니까. 1밀리미터라도 너무 길거나 짧으면, 몹시 괴로웠다. 그날 아침 나는 신경 써서 실핀으로 티아라를 머리에 고정시켰다. 그래서 까마귀가 그것을 낚아채 날아갔을 때, 머리카락까지 빠졌다.

"아얏!" 내가 비명을 질렀고, 방금 벌어진 상황을 목격한 육교 위의 모든 사람들이 나를 가리키며 웃기 시작했다. 평소 같으면 창피함을 느꼈겠지만, 당시 나는 멍청한 까마귀에게 너무 화가 나서 신경조차 쓰지 않았다.

내 옆에 서 있던 남자가 말했다. "어, 저기요. 저기 있네요!" 그리고 아니나 다를까, 그 도둑이 반짝이는 내 티아라를 부리로 물고 육교 옆 은행나무 가지에 앉아 있었다.

"고맙습니다!" 내가 소리치고 나무를 향해 계단을 뛰어내려갔다. 그때 난 뭘 할 생각이었을까? 프라다 하이힐을 신고 나무에 기어오르기라도 하려고? 까마귀는 재미있어하는 것 같았고, 내가 주먹을 흔들며 나무 밑동 옆에 서 있는 모습을 본 통근자들도 그래 보였다. 그때 까마귀가 지루해졌는지 머리를 갸우뚱하며 구슬 같은 작은 눈으로 나를 보더니 높은 담장을 넘어 근처 작은 사찰의 정원으로 날아갔다. 까마귀는 크고 구부러진 소나무 가지에 내려앉아 뒤를 힐끗 보았다. 녀석은 내게 따라오라고 부추기고 있었다!

사찰 담벼락에는 문이 있었는데, 내가 문을 통과해 정원으로 들어서자 바쁜 도시의 떠들썩함이 사라졌다. 시간이 거꾸로 가는 것처럼 보였다. 공기에 오래된 이끼와 부엽토 냄새, 향불 냄새가 가득했다. 지저귀는 새 소리와 귀뚜라미 소리, 심지어 청개구리 소리까지 들렸다. 갈퀴로 청소한 길이 잉어 연못 둘레로 굽어져 나 있고, 그 옆에 자리 잡은 돌로 된 벤치에 중학교 교복을 입은 소녀가 앉아 캔 커피를 마시며 다이어리에 뭔가를 끄적이고 있었다. 학교에 가기 전에 시간을 때우고 있는 게 분명했다. 한 수도승이 작은 언덕 위에서 대나무 빗자루로 이끼를 쓸고 있었고, 그 위로 키 큰 소나무에 까마귀 도둑이 자리 잡고 있었다. 나는 허겁지겁 까마귀를 향해 다가갔지만, 내가 가까워지는 순간 도둑은 꼬리 깃털을 흔들고 넓고 검은 날개를 펼쳐서 또다시 날아갔다. 나는 소리쳤고, 수도승과 소녀가 눈을 들었다. 까마귀는 수도승이 서 있는 이끼 덮인 언덕 위를 두 바퀴 돌고는 세 바퀴째 돌면서 울기 시작했다. 깍깍! 까마귀가 우는 사이 부리에서 머리띠가 미끄러졌다. 티아라가 하늘에서 떨어질 때 빛을 받아 반짝이는 스와로브스키 크리스털의 모습을 나는 결코 잊을 수 없을 것이다. 머리띠는 수도승의 발 앞에 정확히 떨어졌고, 내가 그를 향해 달려가자 그는 몸을 숙여 그것을 주웠다.

"아주 예쁘군요." 그가 그것을 뒤집으며 말했다. "진짜 스와로브스키 크리스털인가요?"

"네." 내가 조금 헐떡이며 말했다. "저 멍청한 까마귀가 제가 지하철에서 내릴 때 제 머리에서 훔쳐 갔어요."

"이유를 알 것 같군요." 수도승이 티아라를 들어서 햇빛에 비춰 보며 말했다. "제가 써봐도 될까요?" 그는 대답을 기다리지 않고 삭발한 머리에 티아라를 썼다. "어때요?"

나는 너무 충격을 받아서 어떻게 생각해야 할지, 어떻게 말해야 할지 알 수 없었다. 그는 조용히 거기 서 있었다. 그는 웃기려 하거나 장난을 치려는 게 아니었다. 그저 내 대답을 기다리고 있을 뿐이었다. 그의 크고 둥근 머리가 광을 낸 마호가니처럼 반짝였다. 그는 티아라의 스타일과 전혀 어울리지 않는 닳아빠진 회색 무명 승복을 입고 있었고, 티아라는 그의 머리 위에서 번쩍이며 그의 피부에 짜증스러운 빛의 반점을 만들었다. 웃겨야 마땅한 일인데 웃기지가 않았다. 내가 백화점에서 그토록 감탄했던 화려하고 장식적인 선세공이 그의 머리 위에서는 볼품없어 보였고, 스와로브스키 크리스털과 작은 진주알은 실제로는 그렇지 않음에도 싸구려처럼 보였다.

"멋지네요……." 내가 말했다.

그의 맑은 눈에 나타난 표정은 내가 거짓말을 하고 있음을 안다고 말하고 있었다. 그는 나를, 나의 모든 갈망과 욕망을, 허영심 가득한 내 심장의 가장 깊은 구석까지 꿰뚫어보았다. 또한 나로 하여금 값비싼 물건들로 내 삶을 채우기 위해 발버둥 치도록 몰아간 절망적인 두려움도 꿰뚫어보았다. 그는 나를 애처롭게 여겼다.

"아뇨." 그가 말했다. "저는 이것이 제게 어울린다고 생각하지 않습니다." 그가 티아라를 벗어 내게 내밀며 말했다. "여기, 당신이 하세요."

나는 그가 말하는 대로 했다. 가느다란 금속 머리띠가 내 귀 뒤로 미끄러져 내려가 머리를 양쪽에서 조였다. 나는 차마 그를 볼 수 없었다. 너무도 부끄러웠다.

"그래요." 그가 뒤로 물러서며 말했다. "당신에게 어울리는군요. 아주 귀여워요."

"고맙습니다." 내가 속삭였다.

그가 빗자루를 집어 들었고, 나는 그가 사찰로 다시 걸어갈 때 깊이 머리 숙여 절을 했다. 까마귀가 편백나무 가지에서 지켜보고 있었고, 그것의 조롱하는 듯한 울음이 웃음소리처럼 들렸다. 교복 입은 소녀는 여전히 연못가 벤치에 앉아 있었다. 나는 벤치를 지나치다가 잠시 멈췄고, 소녀가 눈을 들었다.

"이게 예쁘다고 생각하니?" 내가 티아라를 벗으며 물었다.

"괜찮네요." 그녀가 아주 짧게 흘깃 보고는 말했다. 아마 그 소녀는 혹시 내가 미친 여자일까 봐 예의 바르게 행동하려 한 것 같다.

"진짜 진주와 스와로브스키 크리스털로 만든 거란다."

"멋지네요. 비싸겠어요." 그녀가 말했다.

"그래, 비싸." 나는 그것을 그녀에게 내밀었다. "원한다면 가져도 돼."

그녀가 몸을 뒤로 빼며 의심스러운 눈으로 머리띠를 응시했다. 그러더니 말했다. "고맙지만, 사실 제 스타일은 아니에요." 그녀는 다이어리를 덮어 책가방에 넣었다. "학교 애들이 저를 두들겨 패고 빼앗아 갈 거예요."

"누군가에게 줘도 돼." 내가 제안했다. "어머니는 어때?"

"엄마는 제가 들치기를 했다고 생각할 거예요." 소녀가 대답하며 일어나서 책가방을 어깨에 멨다. "그리고 어차피 엄마는 좀 대기업 취향이라서요. 동화 속 공주 같은 스타일이 아니에요. 하지만 고마워요." 그녀는 빠르게 손을 흔들고 달려갔다.

나는 티아라를 핸드백에 넣고 회사를 향해 가던 길을 계속 갔다. 점심시간에 화장실 거울 앞에서 머리띠를 다시 해보았다. 창백한 형광등 밑에서 내 피부색은 누렇게 떠 보였고, 크리스털은 침침해 보였으며, 보이는 건 번쩍이는 가느다란 머리띠를 쓴 수도승의 평화로운 얼굴과 동정하는 눈빛뿐이었다.

나는 다음 날 병가를 냈고, 이어서 그 주의 나머지도 휴가를 내기로 결심했다. 그리고 쓰레기봉투를 사서 옷장을 비우기 시작했다. 내가 가진 모든 명품 의류는 큰 봉투에 넣었다. 신발과 핸드백은 중간 크기 봉투로, 스카프와 보석류, 액세서리는 작은 봉투로 갔다. 나는 그것들을 모두 시부야에 있는 한 명품 중고매장으로 가져가서 팔 수 있는 것은 팔고 나머지는 동네 의류 기부 센터로 가져갔다. 그리고 온라인에서 내 책과 CD, 가재도구와 가구를 구입해줄 경매 업체를 찾았다. 모든 일이 끝났을 때 아파트는 텅 비었고 나머지 소지품은 여행 가방에 딱 들어갈 정도였다. 나는 다시 사찰로 찾아가서 돌로 된 벤치에 앉아 기다렸다. 그 수도승이 밖으로 나오자 나는 다가가서 절을 했다. 내가 스와로브스키 크리스털 머리띠를 한 어리석은 여자라는 것을 그가 알아보았는지는 잘 모르겠다. 나는 청바지에 운동화 차림이었고, 무척 달라 보였다. 내가 고개를 숙이며 말했다. "부탁입니다. 제 삶은 공허하고 의미 없습니다. 출가해서 수도승이 되고 싶습니다. 도와주시겠습니까?"

나머지는 알고 있는 그대로다. 그 수도승은 내게 일손이 필요하고 여성 수련자도 받아주는 노스님과 함께 지낼 수 있도록 주선해주었다. 나는 직장을 그만두고 머리를 삭발하고 서원을 하고 내가 가진 모든 최신 유행 옷들을 소박한 검은색 승복과 바꾸었다(하지만 검은색은 항상 유행이다. 매우 세련된 색이다!). 내 동료들은 내 말을 듣고, 특히 내가 까마귀가 인도해준 길을 따르겠다는 말을 듣고는 내가 미쳤다고 생각했다. 그러나 나중에 그들이 사찰에 있는 나를 찾아왔을 때, 내 이전 삶에서 늘 따라다녔던 초조한 불안함이 내 얼굴에서 사라진 것을 보았다. 그들은 말했다. 건강해 보이네. 행복해 보여.

나는 까마귀 사건과 그날 아침에 있었던 일에 대해 많이 생각했다. 까마귀는 탐욕스럽다. 그들은 젊은 아가씨들과 마찬가지로 반짝이고 화려한 물건을 좋아한다. 내 까마귀는 취향이 참 고급스럽군! 처음에는 이렇게 생각했다. 그러나 몇 년 동안 사찰에서 지낸 뒤, 이 까마귀가 집착과 욕망의 덫에 갇혀 옴짝달싹 못 하고 갑갑하게 사는 나를 불쌍히 여긴 보살이었음을 이해하게 되었다. 그 보살이 내가 만물의 방대하고 무한한 공(空)의 세계에 눈뜨도록 돕기 위해 까마귀의 형태로 나타났던 것이다. 이것이 내가 현명한 스승인 까마귀에게 매우 감사하는 이유고, 그토록 아름다운 스와로브스키 크리스털 티아라 머리띠에게도 감사하는 이유다.

책

28

베니가 집에 도착해서 처음 발견한 것은 뒷문이 활짝 열려 있고 평소에 문을 막고 있던 쓰레기봉투와 재활용봉투가 사라졌다는 거였다. 그는 부엌으로 들어가 주변을 둘러보았다. 애너벨은 조리대에 서서 1리터들이 병에 든 토마토소스를 소스 팬에 붓고 있었다. 레인지 위의 커다란 냄비에서 물이 끓고 있었다.

"안녕, 아들." 그녀가 말했다. "네가 몹시 배가 고프면 좋겠어. 지금 저녁으로 먹을 스파게티를 만들고 있거든!"

달라진 것이 또 있었다. 식탁이 대부분 치워져서 식탁 표면이 보였다. 의자 세 개 중 두 개에는 신문이나 잡지가 쌓여 있지 않았다. 식탁에 세탁 바구니도, 바닥에 더러운 옷들도 없었다. 다용도실에서 세탁기 돌아가는 소리가 들렸다. 그는 냉장고로 가서 문을 열어보았다. 아직 개봉하지 않은 우유 한 통이 제일 위 선반에 자리 잡고 있었다.

"봤지?" 애너벨이 빼기면서 말했다. "내가 기억했어."

사용한 접시도 개수대에 없었다. 식기건조대에는 깨끗한 유리잔이 있었다.

"오늘 학교는 어땠니?" 애너벨이 나무 주걱으로 소스를 저으며 물었다. 그녀는 바다거북이 그림 위에 포물선 형태의 무지개 글씨로 하와이라고 적힌 연두색 맨투맨 티셔츠 위로 노란색 앞치마를 두르고 있었다. 애너벨은 하와이에 가본 적이 없었고, 그 맨투맨 티셔츠는 중고매장에서 사 온 거였다. 노란 앞치마는 베니와 켄지의 크리스마스 선물이었다. 앞치마에는 큼지막한 검은색 글씨가 쓰여 있었다.

지금 이 모습이

어섬

바로 그 자체!

베니는 그것을 샀을 때가 기억났다. 그는 당시 다섯 살이었는데, 켄지가 쇼핑에 데려갔고 그들은 매장에서 앞치마를 보았다. 두 사람 다 '어섬(awesome)'이 무슨 뜻인지 알았지만, 그 단어를 활자로 본 건 처음이었다. 켄지는 음절을 소리 내어 읽어보려 했다. "어위이섬" 그것은 말이 되지 않았다. 그래서 점원에게 읽어달라고 부탁했다. 그녀가 읽어줬고, 그들은 그것이 재미있다고 생각해서 앞치마를 샀다. 크리스마스에 애너벨이 선물을 열었을 때, 그들은 그녀에게 '어위이이섬'하다고 말했다. 그 후로 그들 모두 그 단어를 '어위이이섬'이라고 발음했다. 그것은 이 가족이 즐겨 하는 농담 중 하나였다.

"베니? 내 말 들었니? 오늘 학교가 어땠냐고?"

베니는 우유를 마저 마시고 유리잔을 개수대에 넣으며 말했다. "좋았어."

"네가 좀 씻어줘." 애너벨이 말했다. "새 친구는 사귀고 있니?"

"아니." 그는 유리잔을 물로 헹궈서 식기건조대에 도로 올려놓았다. 흰담비를 키우는 행위 예술가와 늙은 슬로베니아 노숙자를 친구로 쳐도 될까? "그러니까 어느 정도는. 그런 것도 같고."

"잘됐구나, 아들! 언제 한번 같이 보자고 해봐도 좋겠네." 그녀가 나무 주걱을 들고 흔들다가 토마토소스가 몇 방울 바닥에 떨어졌다. "내가 조금 정리를 하고 있는 중이야. 물건도 좀 치우고. 눈치챘니?"

"어어." 식탁 한가운데 노란색 찻주전자가 있고 그 옆에《정리의 마법》이 있었다. 어쩌면 그가 잘못 생각했을지도 모른다. 어쩌면 그 책이 정말 효과가 있는지도. 그는 배낭을 집어 들고 계단으로 향했다.

"상 좀 차려줄래, 아들?"

베니가 뒤돌아서 찻주전자를 가리켰다. "저건 어떻게 해?"

"어머, 그건 그냥 거기 둬. 감상 좀 하게." 그녀가 소스 팬에 주걱을 찔러 넣은 뒤 손을 앞치마에 쓱쓱 닦고 식탁으로 걸어 나왔다. "예쁘지?"

그가 어깨를 으쓱했다. "그런 것 같네."

"음, 난 이게 사랑스러워 보여." 그녀가 찻주전자를 집어 들고 둥글게 나온 부분을 문질렀다. "이건 마법 같아. 마법의 찻주전자." 그녀가 그것을 베니에게 건넸다. "여기. 한번 문질러 봐. 문지르고 소원을 빌면 네 소원을 이루어줄 거야."

"난 소원이 없어." 그가 손안에 있는 찻주전자를 보며 말했다. 아니, 그건 사실이 아니었다. 지금 그의 소원은 어서 방으로 가는 거였다. 하지만 애너벨은 거기서 멈추지 않았다. 그녀는 미소 지으며 고개를 옆으로 기울였다.

"주전자 노래 기억하니? 내가 너한테 불러주면 네가 거기에 맞춰서 율동을 했었는데." 그녀가 노래를 부르기 시작했다. "나는야 작은 찻주전자. 짧고 땅딸한……." 그녀가 팔꿈치를 구부리고 손을 골반으로 가져갔다. "자, 나랑 같이 하자. 이건 내 손잡이……."

그녀는 손을 허리에 대고 팔꿈치를 양옆으로 펼친 자세로 기다렸지만 그는 찻주전자를 꼭 쥐고 그냥 서 있을 뿐이었다.

"좋아. 내가 먼저 한번 할 테니까 그다음에 같이 하기다. 나는야 작은 찻주전자. 짧고 땅딸한. 이건 내 손잡이, 이건 내 주둥이." 그녀는 한 손을 구부려 흐느적거리는 주둥이 같은 모양을 만들고 손가락을 퍼덕였다. "이게 주둥이야, 기억나니?" 마치 물을 따르는 듯, 그녀가 몸을 좌우로 흔들었다. "이제 네 차례야."

주방이 후끈했고, 수증기 때문에 그녀의 뺨이 분홍색으로 물들었다. 성긴 금발 곱슬머리는 이마에 달라붙어 있었다. 베니는 찻주전자를 꽉 움켜쥐었다.

"제발." 그가 속삭이며 숨을 쉬려 했다. "엄마, 그만……."

하지만 엄마가 또 노래를 부르기 시작했다.

"나는야 작은 찻주전자……."

그는 더 이상 참을 수 없었다. 그녀는 너무도 멍청하고 희망찬 모습으로 한 손을 허리에, 다른 한 손은 허공에서 힘없이 달랑거리며 몸을 우스꽝스럽게 흔들고 있었다. 그녀는 그의 얼굴을 보더니 갑자기 자신감을 잃은 듯 멈췄다. "노랫말이 틀렸니?"

"아니야!" 그가 소리쳤다. 왜 엄마는 이해를 못 할까. 그는 그녀의 기분을 상하게 하고 싶지 않았지만, 그녀는 멈춰야 했다. 멈추게 해야 했다. "내 말은 그게 아니라……."

"무슨 말인데, 베니? 뭐가 잘못됐니?"

그가 찻주전자를 그녀에게 밀치듯 떠안기며 말했다. "이게 하는 말이 그게 아니잖아!"

"잠깐!" 베니는 엄마가 부르는 소리를 들었다. "베니, 그러지 마! 제발, 미안해! 가지 마!" 하지만 너무 늦었다. 그는 이미 달아나버렸다. 그의 뒤에서 쿵 하고 뒷문이 닫혔다. 와장창 그릇 깨지는 소리와 엄마의 목소리가 들렸다. 그 두 소리가 뒤섞이는 걸 듣는 게 처음은 아니었다. 그는 대문을 통과해 달렸다.

29

달아나는 것이 썩 훌륭한 반응은 아니었지만, 그의 대처카드는 일단 스트레스가 큰 상황에서 벗어나 시간을 갖는 것이 적절한 행동이라고 말했다. 하지만 그가 달아날 때 적절한 행동에 대해 생각한 건 아니었다. 그저 탈출해야 했다. 그는 어두워지는 골목길을 달려 내려가서 커다란 재활용품 수거함과 이터널해피니스 인쇄소를 지나쳐 아버지가 누워 있다가 죽은 곳을 벗어났다. 문간에서 어슬렁거리는 어슴푸레한 남자와 여자들이 그의 발소리를 듣고 눈을 들었지만, 보이는 건 달리는 어린 소년일 뿐이었고 그래서 다시 하던 일로 돌아갔다. 그가 지나가도 이 활기 없고 후미진 골목길에 아무런 파문도 일지 않았다.

그는 펌프질하듯 팔을 앞뒤로 흔들며 운동화 신은 발로 깨진 포장도로의 축축한 표면을 세차게 내디디며 웅덩이와 균열로 팬 곳을 피해 달리고 또 달렸다. 갈라진 틈 사이로 목소리들이 올라와 나지막이 구호를 외쳤다. '금 간 곳을 밟아……. 엄마 등을 꺾어.' 그래서 그는 그것들을 피하려 했지만, 콘크리트가 낡아서 금이 너무 많이 가 있었다. '엄마의 등을 꺾어, 엄마의 등 꺾어, 엄마 등을 꺾어…….' 그는 목소리가 따라오지 못하게 하려고 더 빨리 달렸고, 더 이상 그럴 수 없어지자 어느 창고의 축축한 벽돌 담벼락에 쓰러지듯 기대어 손으로 무릎을 짚고 가슴을 들썩이며 공기를 들이켰다.

그는 골목 끝에 도달해 있었다. 마침내 심장박동이 좀 느려지고 호흡이 안정되었을 때, 그는 갈라진 금들이 내뱉는 파편적인 구호가 잦아든 것을 감지했고, 이제 들리는 거라곤 마치 물속에 잠긴 꿈을 꾸는 것처럼 혼란스러운 소리의 부재뿐이었다. 그는 더 집중해서 귀 기울였다. 아무 소리도 들리지 않았다. 그는 귀가 뚫리게 하려는 듯 고개를 저었지만 소용이 없었다. 눈을 감았다. 서서히 소리의 세계가 다시 자리 잡았다. 골목길 깊은 곳 어딘가에서 고양이가 울었고, 멀리서 자동차들이 빵빵거리며 도로를 질주했다. 항구에서 출발해 길게 줄지어 올라오는 화물열차의 경적이 가까워졌다가 멀어졌다. 그 소리 뒤로, 열차는 기억의 소용돌이 속에 갇힌 쓰레기 조각처럼 여기저기 흩어진 이미지들을 싣고 왔다. 철도 차량기지 위로 높이 솟은 높다란 곡물저장고와 야적장에 고깔 모양의 산처럼 쌓인 시커먼 석탄과 형광색 유황 더미, 항만을 가로질러 설치된 유실 방지막 안에 떠 있는 통나무들이 눈에 선했다. 눈을 감아도 마음의 눈으로 볼 수 있었다.

베니가 어렸을 때, 켄지는 항구가 내려다보이는 철로 육교로 베니를 데려가곤 했다. 항구에서는 아시아에서 도착한 대형 컨테이너선이 화물을 하역했다. 선박들의 삐뚤삐뚤한 행렬이 항만 입구를 한참 지나서까지 펼쳐졌고, 베니와 켄지는 거기 서서 배를 하나하나 세고 그 안에 적재되어 있을 거라고 상상한 물건들의 이름을 대곤 했다. '트럭, 트랙터, 트레일러, 밥통, SUV, 나이키 운동화.' 그것은 곧 그들이 갖고 싶지만 살 수 없는 모든 물건들을 나열하는 놀이로 변했다. '소니 플레이스테이션 3, 엑스박스 360, 야마하 드럼 세트, 닛산 GT-R 스포츠카, 야마하 MX-10000 앰프, 전자레인지, 엄마를 위한 신상 브라더 재봉틀.' 베니는 높은 육교 위에서 아버지의 다리에 기대어 서 있는 게 어떤 기분인지 기억했다. 자신의 어깨에 가볍게 얹힌 아버지의 손을 느낄 수 있었다. 아래의 선로에서는 남녀 작업자들이 제방을 따라 잡초가 무성한 덤불에서 이런저런 일을 하고 있는 것이 보였고, 그의 머리를 부드럽게 돌려서 먼 산을 향해 시선을 보내게 하는 아버지의 따스한 손을 느낄 수 있었다. '눈을 들고 저길 봐, 베니! 저길 봐!'

베니는 눈을 떴고, 자신이 아직 골목길의 차가운 벽돌 담장에 기대어 서 있다는 것에 놀랐다. 전에는 골목길을 따라 이렇게 멀리까지 온 적이 없었다. 집에 돌아갈까 생각했지만 아직 엄마를 마주할 준비가 되지 않았다. 앞쪽 골목길은 직각으로 교차하는 좁은 길로 통했고 그 길을 건너면 작은 잔디 공원이 있었다. 도시 한가운데 있는 녹색 지대였다. 길은 그곳을 구불구불 통과해 커다란 플라타너스의 활처럼 휜 나뭇가지 아래에 빙 둘러 배치된 벤치들로 이어졌다. 벤치는 익숙해 보였다. 머리 위로는 구식 가로등이 연극 무대 조명 같은 빛을 드리우며 잎이 무성한 하층 식생들을 비추어서 그곳은 공원이라기보다 마치 무대처럼 보였다. 멀리 있는 가장자리 쪽에는 어둠 속에서 진을 치고 있는 노숙자들의 파란색 방수포와 텐트들의 윤곽이 보였지만, 가장 눈에 띄는 위치에 빙 둘러 있는 벤치들은 비어 있는 것 같았고 그에게 어서 오라고 손짓하는 것 같았다. 집에 갈 준비가 될 때까지 기다리며 앉아 있기 좋은 장소였다.

그는 후드를 뒤집어쓰고 담벼락에서 멀어졌다. 길을 건너 공원에 가까워졌을 때, 그는 자신이 어디에 있는지 깨달았다. 그는 밤에 공원을 본 적이 없었지만, 낮에는 아버지가 이곳에 데려오곤 했다. 켄지는 중국인 노신사가 신문을 읽고 있는 벤치에 그를 앉혀놓고, 누구를 좀 만나고 올 테니 잠시 기다리라고 했다. 베니는 겁먹은 적이 없었다. 아버지는 너무 멀리 가지 않았고 중국인 노신사들은 친절했다. 가끔 켄지가 비둘기와 까마귀에게 줄 빵 한 조각을 주고 가기도 했다. 날씨가 따뜻할 때는 노신사들 중 몇몇이 새장에 든 명금을 공원으로 가져와 바람을 쐬게 해주었다. 때로는 베니에게 모이를 주게 해줬는데, 그러면 새들이 노래하곤 했다.

밤에는 새들이 보이지 않았다. 비둘기는 도심지 건물의 처마 돌림띠에서 쉬었고, 요란한 까마귀는 플라타너스 나뭇가지에서 잠을 잤다. 어둠 속에 숨은 검은 까마귀들. 베니는 볼 수 없었지만, 까마귀가 거기 있다는 것을 느꼈고 까마귀가 나무에서 잠을 잔다고 생각하니 마음이 한결 차분해졌다. 그는 그늘진 텐트를 피하며 길을 따라 벤치를 향해 걸어가다가 멈추었다. 벤치로 둘러싸인 풀밭에서 목소리가 들렸다. 그는 쓰레기통 뒤에 쭈그리고 앉아 귀를 기울였다. 사물들의 소리 같지는 않았다. 사람들의 목소리처럼 들렸다. 여러 명은 아니었다. 두어 명 정도. 영어로 말했다. 운동화를 신은 베니의 발소리가 무척 조용했기 때문에, 그들은 그가 오는 소리를 듣지 못했다. 그는 경고 수준을 확인했다. 청색 구역(조심, 일반적인 공격 위험)이었다. 심각한 정도는 아니었지만 떠나는 편이 좋을 것 같았다. 그는 조심스럽게 일어났다. 이제 그들이 보였다. 남자 세 명이 벤치 저쪽에서 방수포를 깔고 앉아 알루미늄 포일 포장 용기를 돌리며 뭔가를 먹고 있었다. 젊은 사람들인지 늙은 사람들인지는 알 수 없었다. 그들은 잿빛이었고, 그들 주변에서 대마초 냄새가 났다. 그것은 켄지의 냄새였고 베니의 심장이 빠르게 뛰었다. 그는 떠날 생각이었지만, 그러는 대신 발소리를 내지 않고 한 발 더 가까이 갔다.

벤치에는 옆구리에 냄비와 프라이팬이 매달려 있는 대형 배낭 몇 개가 기대어져 있었다. 그 옆에는 대형견 두 마리가 앉아 있었다. 목에 징 박힌 목걸이와 굵은 밧줄로 만든 목줄이 걸려 있는 핏불테리어였다. 둘 중 색이 옅은 개가 고개를 들고는 고무 같은 코를 킁킁거리며 베니가 있는 방향을 가리켰다.

'경고!' 베니가 얼어붙었다. 개가 일어서더니 목구멍 깊은 곳에서 나오는 낮은 소리로 으르렁거리기 시작했다. 개는 밧줄에 묶여 있었지만 아무튼. 두 번째 개가 일어서서 짖기 시작했다.

'경고! 위험!'

남자 중 한 명이 말했다. "리커, 왜 그래?"

두 마리가 돌진했다. 그들은 빨랐고, 베니가 달아나려고 뒤로 도는 순간 밧줄이 아무 데도 고정되어 있지 않은 것을 보았다. 개들은 쓰레기통으로 그를 몰아세우고 섬뜩한 안광을 내뿜는 눈으로 크고 누런 이와 번들거리는 잇몸을 드러내며 마구 짖고 물려고 했다.

"리커! 데이지! 그만둬!" 남자가 벤치 등판을 뛰어넘었다.

그는 목걸이를 잡았고, 개는 조용해졌다. "저기. 미안하게 됐다."

베니는 마른침을 꿀꺽 삼켰다. 무릎이 후들거리고 토할 것만 같았다.

"괜찮아요." 그는 괜찮지 않았지만 그렇게 말했다. 그때 히죽대는 목소리가 메아리쳤다. '괜찮아요. 괜찮아요.' 개들이 귀를 씰룩거리며 베니를 빤히 쳐다보았다. 그들은 당장이라도 물 것처럼 으르렁댔다.

"얘들이 사실은 멋진 놈들인데." 남자가 말했다.

"멋지네요." 베니가 말했다.

'멋지네요?' 목소리가 그를 흉내 내며 말했다. '멋지긴 개뿔. 얼간이.'

"무슨 일이야?" 다른 남자들 중 한 명이 소리쳤다. 그들은 먹는 것을 멈추고 방수포 위에서 쳐다보고 있었다. "누군데?"

"그냥 저예요." 베니가 말했다.

'그냥 저예요?' 목소리가 비웃었다. '대체 자기가 뭐라고 생각하는 거야?'

이제 모두 그를 쳐다보고 있었다.

"네가 누군데?" 첫 번째 남자가 물었다.

"아무도 아니에요." 베니가 말했다.

'좀 제대로 해봐.'

"넌 아무도 아닌 게 아니야." 남자가 말했다. "넌 거기 서 있어. 말도 하고 있고. 넌 누군가야. 이름이 있겠지, 누군가 씨?"

"베니예요." 베니가 말했다.

'베니예요. 베니예요. 닥쳐, 베니!'

개를 붙잡고 있는 남자가 그를 훑어보았다. "중국인이냐, 베니 보이?"

"아뇨. 아버지가 일본인이에요. 한국인이기도 하구요. 제 말은, 그랬었다고요. 지금은 돌아가셨어요. 트럭에 치여서요."

'아이고, 불쌍한 베니 보이. 지금 저자들에게 망할 놈의 일대기를 다 읊으려는 거야?'

"힘들겠구나."

"예. 아빠는 그때 약에 취해 있었어요."

'도대체 뭐 때문에 그 얘길 하는 거야?'

"마약을 멀리해야 해, 베니 보이. 그냥 싫다고 말해. 알았지?"

"알았어요."

"착한 애로구나. 이리 와서 라이스앤빈스를 좀 먹겠니?"

"고맙지만 됐습니다." 베니가 말했지만, 갑자기 심한 허기를 느꼈다. 저녁을 먹지 않았던 것이다. 그는 깨끗이 치운 식탁 구석에 앉아 혼자 스파게티를 먹고 있을 애너벨을 생각했다. 배에서 커다란 텅 빈 공간이 열렸다. 다른 종류의 허기였다. "집에 가봐야 해요."

'아이고, 얘 엄마한테는 얘가 필요해…….'

"그러지 말고 좀 앉아." 남자가 말했다. "나는 제이크고, 여기는 도저와 테런스지만, 그건 좀 세이 같아서 우린 티본이라고 불러. 동물들은 벌써 만났지? 색이 연한 쪽이 수캐 리커고, 여자친구는 데이지. 이제 우리 이름을 알았으니 와서 함께 먹어야 해. 우리 사이에 악감정이 없다는 걸 알 수 있게 말이야. 안 그러면 네가 우리한테 화가 나서 우릴 위협할 거라고 생각할지도 모르고, 그럼 우린 널 죽여야 할 거야. 그러니까 이리 와서 편히 있어. 라이스앤빈스가 꽤 맛있어. 신선하고."

"좋아요." 베니가 말했다.

'어라, 그래, 어서 가서 날 잡아 잡수라고 해보시지.' 목소리가 비웃더니 베니가 방수포 한구석에 앉으며 축 처진 은박 용기를 받아 들자 뾰로통해져서 침묵했다. '그러거나 말거나.'

베니

나는 그들이 정말 나를 죽일 거라고 생각하지 않았다. 제이크라는 남자는 그런 뜻으로 말한 게 아니었다. 그의 어조에서 그가 그저 농담을 하고 있으며 개가 내게 달려들며 짖은 것을 만회하려는 것임을 알 수 있었다. 몇 년 동안 나는 어조와 목소리를 이해하는 데 능해졌다. 하지만 사람의 경우는 조금 힘들었는데, 사람들은 거짓말과 농담을 하고 감정을 숨기고 진심이 아닌 헛소리를 하기 때문이다. 사람들은 내게 자연스럽게 다가오지 않아서 처음 글 읽는 법을 배우고 음절을 소리 내어 읽어야 할 때처럼 연구하고 연습해야 했다. 우선 사람들의 말소리를 익힌 다음 기계적으로 암기해야 했다.

사물들은 정직해서 더 쉬웠다. 그것이 사람과 사물 간의 차이였다. 사물들은 거짓말을 하거나 놀리거나 장난치지 않았다. 감정을 숨기지도 않았다. 어떤 사물이 행복하거나 슬프거나 지루하거나 화가 났으면 단박에 알 수 있다. 특히 화가 났을 때는. 정말이지 화가 나면 당장에 알려준다. 베거나 꼬집거나 갑자기 일을 중단한다. 갑자기 손가락에서 미끄러져 깨지거나 그냥 종적을 감추듯 사라져서 아무리 찾아도 찾을 수 없다. 당신도 지갑이나 열쇠로 이런 경험을 한 적이 있을 테고, 그러니 내 말이 사실이라는 걸 알 거다.

그날 밤 엄마의 찻주전자에 무슨 일이 있었는지 나는 확신할 수 있다. 그것이 깨졌을 때 내가 그 자리에 있었던 건 아니라서 맹세까지는 못 해도, 그 가미카제 병사 같은 찻주전자는 엄마가 멍청한 노래를 부르는 상황에 화가 나서 스스로 냉장고로 몸을 던졌을 것이다. 엄마는 자신이 떨어뜨렸다고 말했지만, 난 엄마가 서 있던 곳의 반대편 냉장고 밑에서 주둥이의 일부분을 찾았고, 그래서 엄마의 손에서 그냥 미끄러진 게 아니라 찻주전자가 뛰어내렸다는 느낌이 든다. 찻주전자가 의사표시를 한 거라고 나는 생각한다.

아무튼 나는 개들이 긴장을 풀고 나를 좋아하기로 결정해 내 손을 핥을 때까지 그 남자들과 한동안 어울렸다. 남자들은 나보다 나이가 많았지만 내가 소년이라는 것을 괘념치 않는 것처럼 보였다. 그들은 나를 '소년'이라고 불렀고, 어디서 사는지, 집에서 숙제를 해야 할 시간에 길에서 뭘 하고 있는지 물었다. 나는 학교에 다니는 게 불가능한 상황이라고 말했고, 그들은 웃으며 그거 멋지다고 말했다. 처음에는 그들이 젊은 부랑자가 아닌가 생각했지만, 내가 본 부랑자들은 종잡을 수 없게 행동했는데 이들은 캠핑 장비를 가지고 있었고 좀 더 조직적으로 보였다. 내가 방랑자들이냐고 물었는데, 그들은 그 질문이 아주 웃기다고 생각했지만 결국 그렇다고 대답했다. 방랑자가 뭔지 정확히 몰랐지만, 엄마는 그 단어를 사용했고 나는 그 어감이 마음에 들었다. 내가 그들을 연구하면 알아낼 수 있을지도 모른다고 생각했다. 나에게 사람에 대해 배운다는 건 바로 이런 의미다.

방랑자에 대한 대화를 하다 보니 엄마가 생각났다. 엄마가 넋이 나가 있을 게 뻔했고, 엄마가 경찰서에 전화를 걸게 하고 싶지는 않았다. 그래서 얼마간 시간이 흐른 뒤 남자들에게 가봐야겠다고 말했고, 그들은 보내주었다. 골목길은 정말 어두웠다. 낮 동안도 좀 으스스한데 밤에는 혼이 달아날 것 같았다. 그래서 나는 계속 고개를 숙이고 후드를 뒤집어썼다. 조금 전에는 너무 빨리 달려서 보지 못했지만, 돌아가는 길에는 속도가 더뎌져서 어둠 속에서 서로에게 마약 주사를 놓고 짓궂은 짓을 하는 마약 중독자들을 감지할 여유가 있었다. 가끔 그들이 나를 발견하고 헛소리를 했지만, 내가 그냥 아이임을 알아차리고는 그냥 내버려두었다. 집에 거의 도달했을 때 더없이 이상한 일이 일어났다. 앞쪽에서 무슨 소리가 나더니, 몸에 꼭 붙는 치마와 하이힐 차림의 괴상한 매춘부 세 명이 복도에서 나를 향해 비틀대며 걸어오다가 가스펠 선교회 재활용품 수거함 옆 가로등 바로 아래, 정확히 아빠가 죽은 지점에서 멈추었다. 그들은 서로에게 걸려 넘어져 빽빽거리며 땅바닥을 가리켰다. 맹세하건대, 나는 그것이 아빠의 영혼이라고 생각했다. 어둠 속에서 움직이는 동물 같은 뭔가를 볼 때까지는. 나는 그게 고양이라고 생각했지만, 가까이 가보니 그것이 스컹크 가족임을 알 수 있었다. 어미 스컹크와 작은 새끼 스컹크가 나란히 서 있었다. 매춘부들은 정신없이 취해서 "너무 귀여워!"를 연발하며 새끼들을 잡으려 했지만, 하이힐에 걸려 넘어져서 서로를 일으켜 세우고 다시 시도해야 했다. 새끼 스컹크를 집으로 데려가려 했던 것 같은데, 그때 갑자기 어미 스컹크가 액체를 분사했다. 나는 꽤 가까이 있어서 그 냄새를 맡을 수 있었는데 정말 지독했다. 하지만 그때 이미 나는 뒷문에 도착해서 집 안으로 들어갈 수 있었다. 부엌은 캄캄했고, 밖에서 매춘부들의 비명이 아직도 들렸고 내게서 스컹크 냄새가 조금 났지만 별로 신경 쓰이지 않았다. 그 장면 전체가 너무도 이상하고 종잡을 수 없었고, 솔직히 어미 스컹크를 조금도 비난할 생각이 없었다. 녀석은 새끼를 보호하려던 것뿐이었으니까. 우유를 꺼내러 냉장고로 갔다. 내가 바닥에서 찻주전자의 깨진 주둥이를 발견한 건 그때였다. 나는 그것을 주워 들었다. 가장자리가 날카롭고 깔쭉깔쭉했다. 나는 그것이 나를 다치게 하거나 못된 말이나 비난의 말을 할 줄 알았는데 의외로 조용했다. 어떤 이유에서인지 이것이 나를 정말로 슬프게 만들었고, 나는 울음을 터뜨렸다.

"베니?"

엄마였다. 엄마는 여전히 멍청한 바다거북이 티셔츠를 입은 채 복도로 가는 어두운 문가에 서 있었다. 엄마가 주방 불을 켰고, 열린 냉장고 앞에서 울고 있는 나를 보고는 달려와서 내 팔을 붙잡았다. "오, 맙소사, 베니! 너 괜찮니? 무슨 일이 있었어?"

나는 고개를 저었고 엄마는 나를 구석구석 뜯어보더니 내가 괜찮은 것을 확인하고 끌어안았다. "아, 베니, 걱정했잖아! 뒤따라 나갔는데 네가 금세 사라져버렸어. 어디 갔었니? 경찰서에 전화해서 실종 신고를 하려 했지만 경찰이 일단은 기다려야 한대서 그러고 있던 참이야. 그런데 너한테 스컹크 냄새 같은 게 난다. 대체 어딜 갔었니?"

평소에는 엄마가 나를 붙들고 있는 걸 좋아하지 않지만, 그날 밤은 엄마가 내게 온갖 말들을 쏟아내도록 놔두었고, 감당하기 힘든 기분일 때 권장되는 방법을 사용해 초연해지려 했다. 그것은 '나와 거리 두기'라는 대처 도구였는데, 그것에 대한 대처카드가 있었다. 그러나 기본적으로 나는 스트레스를 받는 상황에 처했을 때 내가 마치 담벼락에 앉은 파리인 것처럼 상황을 받아들이려 하고, 역시 파리가 할 법한 방식으로 상황을 기술해보도록 되어 있다. 파리라면 아마 이런 식으로 말할 것이다.

베니가 냉장고 앞에 서 있다. 울음이 채 가시지 않았다. 그의 엄마가 그를 너무 세게 끌어안았고, 그는 비록 적극적으로 호응

하지는 못하지만 그냥 감내한다. 그녀가 말한다. 오, 베니. 다시는 그러지 마, 알았지? 약속해! 얼마나 걱정했는지 아니? 너무 늦었잖아. 대체 어디 갔었니? 그러나 그는 아무 말도 할 수 없다. 그녀가 그의 얼굴을 자기 겨드랑이에 누르고 있기 때문이다. 그래서 베니는 그냥 서서 바다거북이의 크고 슬픈 눈을 바라보며 울고 있다. 이제 그의 엄마가 몸을 떼고 말한다. 정말 괜찮은 거니, 베니? 그런데 왜 울어? 그리고 그녀는 옷소매로 그의 얼굴에서 눈물을 닦아주지만 새로운 눈물이 계속 차오른다. 그는 깨진 찻주전자 주둥이를 그녀에게 건네며 말한다. 난 괜찮아, 엄마. 정말이야. 그리고 또 말한다. 찻주전자 일은 내가 미안해. 왠지 미안하다고 말하는 것만으로 그는 기분이 나아진다…….

책

담벼락의 파리는 대처 도구가 아니야, 베니. 그건 한 젊은이가 자신의 목소리를 찾는 소리야. 그리고 책의 세계에서 이건 기적과 다름없지. 소년이 처음으로 자신의 목소리를 찾거나 소녀가 자신의 이야기를 처음 말하는 순간. 이건 엄청나게 축하할 일이야. 그리고 너희들의 목소리가 없다면 우린 존재하지 않기 때문에, 고대의 점토판부터 저렴한 페이퍼백에 이르기까지 우리는 모두 그 순간을 기록하고 기뻐하지. 그러니 잘 들어! 바로 지금 그런 일이 일어나고 있는 중이니까. 하지만 서두르지 않는 게 중요해. 이런 일에는 시간이 들고 우리는 천천히 가야 해.

30

며칠이 지났다. 베니는 아침에 일어나서 도서관에 갔다가 늦은 오후에 집에 온다. 그 중간에 그는 개인용 열람석에 앉아 자신이 공책에 붙여놓은 쪽지들에 대해 생각하며 알레프가 다시 나타나기를 기다린다. 그녀가 나타나지 않자, 이 층 저 층 오르내리며 그녀를 찾는다. 그도 그럴 것이, 그는 사랑에 빠졌다. '발터 벤야민, 발터 벤야민' 하고 나지막이 연신 중얼거리며, 서가 깊숙한 곳으로 들어가서 그 독일 철학자가 쓴 책을 한 아름 안고 자리로 돌아온다. 공부를 하면 그녀에게 좋은 인상을 남길 수 있을까 해서다. 그러나 그는 책에 쓰인 말을 이해하지 못하고 곧 낙심한다. 말들이 허공에 둥둥 떠다닐 때는 그것을 이해하지 못하는 상황에 익숙하다. 그러나 이건 책 속의 말들이다. 그것을 이해하지 못한다면, 책 속의 말이 다 무슨 의미인가? 그는 생각한다. 그리고 며칠이 흐른 뒤 그가 낙담한 채로 사과를 먹고 있는데, 휴대전화 알림이 그가 엄마 이름으로 만든 가짜 계정으로 이메일이 도착했음을 경고한다. 교장실에서 온 메일이다.

"친애하는 오 부인. 귀하의 자녀가 3일 이상 병가를 낼 필요가 있음을 확인해주는 주치의의 소견서를 제출하셔야 한다는 사실을 상기시켜드리기 위해 메일을 보냅니다. 해당 학생은 일주일 넘게 결석했고 우리는 아직 소견서를 받지 못했습니다. 이 문제를 논의하기 위해 최대한 빨리 연락 주시기 바랍니다."

'위험!'

베니가 사과를 씹다가 멈춘다. 갑자기 목구멍이 수축되면서 커다란 사과 조각이 걸려 넘어가지 않는다. 그는 캑캑거리고 기침을 한 뒤 꿀꺽 삼킨다. 마침내 사과가 내려가지만 그의 연한 후두개 조직이 날카로운 사과껍질에 긁혀 눈물이 핑 돈다.

타자를 치던 여인이 그를 넘겨다본다. "괜찮아, 학생?"

그가 민망해하며 고개를 끄덕이고 눈물을 닦는다.

"사과를 조심해야 해." 그녀가 말하고는 베니가 더 이상 캑캑거리지 않자 다시 타자 치는 일로 돌아간다…….

아니, 그건 정확한 표현이 아니다. 그녀는 타자 치는 일로 돌아가는 게 아니다. 애초에 타자를 멈춘 적이 없다. 그에게 말하는 동안에도 그녀의 손가락은 계속 움직이고 있었고, 지금 지켜보는 와중에도 여전히 손가락이 움직이고 있다. 다시 한번 그녀가 그를 관찰하고 상세한 현장 기록을 타자로 치며 그녀가 보는 모든 것을 기록하는 것처럼 보인다. 그녀는 그가 휴대전화를 쥐는 것을 관찰하고 그의 손가락이 축축하고 살짝 떨리는 것을 감지한다. 그는 최근에 체중이 좀 불어난 것처럼 보이고, 그녀는 그가 약을 복용하고 있는 게 아닌지 의문을 품는다. 그녀가 지켜보는 가운데 그는 가짜 이메일 계정의 임시보관함으로 들어가고, 아니나 다를까, 거기서 자신이 위조해 놓은 소견서가 첨부된 메일을 발견한다. 그동안 사랑에 빠지고 엄마 때문에 넋이 나가는 바람에 보내는 것을 깜빡 잊고 있었던 것이다. 타자 치는 여인은 물론 이메일을 볼 수 없지만, 그가 가짜 소견서를 다시 읽으며 오류가 없는지 확인하는 동안 얼굴을 찡그려서 양미간에 깊은 주름이 만들어진 것을 그녀는 알아차린다.

환자명: 벤저민 오

진단명: 분열전동장애 전구 단계

담당자님 귀하

벤저민 오는 저의 강독하에 아동병원 소아정신과 병동에 입원하여 학교에 결석할 것입니다. 퇴원일은 추후 알려드리겠습니다.*

정신과 전문의

의학박사 멜라니 스택

* '분열정동장애', '감독하에'에 오자가 포함되어 있다.

타자 치는 여인은 베니가 '보내기'를 클릭하고 의자에 기대어 앉아 눈을 감으며 거칠게 숨을 몰아쉬는 것을 지켜본다. 그는 휴대전화를 든 손을 무릎에 떨어뜨린다. 곤경에 처한 것이 분명하다. 그녀는 그에게 넘어가서 축축한 이마에 손을 얹고 머리를 쓰다듬어 위로해주고 싶지만 그럴 수 없다는 것을 안다. 그건 주제넘은 짓이다. 부적절하다. 그녀는 자신이 끼어들어서는 안 된다는 것을 알기에 지켜보며 계속 타자를 친다.

여러분이 방금 읽은 내용은 베니가 알 수 없었을 사실들, 우리가 여러분에게만 말할 수 있는 사실들이다. 왜냐하면 우리는 책이고, 베니는 그저 소년일 뿐이기 때문이다. 그는 타자 치는 여인의 마음을 읽거나 그녀의 생각에 접근할 수 없었다. 그저 자기 마음속에서 벌어지는 로봇의 소란만을 인식하고 있었다. '경고! 경고! 위험! 위험!' 소란이 커져서 곧 그가 감당하기 힘들어짐에 따라 미간의 주름이 깊어졌다. 그래서 그는 머리를 책 더미에 내려놓고 동요를 흥얼거렸다. '헤이, 디들디들. 고양이가 바이올린을 켜요. 암소가 달님을 껑충 뛰어넘었네요.' 그러다가 잠이 들었다.

31

애너벨은 부엌 조리대에 기대어 개미를 눌러 죽이고 있었다. 개수대 뒤의 이음새에서 개미들이 기어 나오고 있었다. 석고보드가 바스러지며 틈새가 생긴 것이다. 개미 떼는 그 틈새에서 살았고, 거기서 약탈 활동을 시작했다. 오늘 녀석들은 토스터를 포위하고 있었다. 그들은 개수대 뒤쪽 가장자리를 넘어와서 사용한 접시 더미 밑으로 잠시 사라졌다가 낡은 스폰지 뒤에서 다시 나타나는 들쭉날쭉한 대열을 형성하고 있었다. 가끔은 척후병이 대열에서 이탈하여 접시 옆에 말라붙은 스파게티 면이나 토마토소스 얼룩을 조사하기도 했지만, 그들의 주된 목적은 빵 부스러기를 건질 수 있는 토스터였다. 개미들은 빵 부스러기를 하나씩 하나씩 끌고 우편물 더미를 넘어 다시 자신들의 벙커로 돌아갔다.

우편물은 대부분 쓸데없는 광고 전단지였고, 청구서 몇 통, 그리고 노굿이 보낸 또 한 통의 편지가 있었다. 방금 그녀가 편지를 열어보았는데 거기서 개미를 발견했다. 애너벨은 개미를 싫어했고, 지금 중요한 건 그들을 중간에 차단해서 검지로 눌러 죽이는 거였다. 그녀는 기계처럼 효율적으로 개미를 한 마리 한 마리 해치우는 임무를 수행했지만, 그래도 개미는 계속 나왔다. 정말이지 놀라운 일이었다. 가끔 개미들은 쓰러진 동지 옆에 멈춰서 경련하는 몸 위로 마치 막대 같은 더듬이를 흔들어 생명의 기미를 찾는 것처럼 보였으나, 이내 다시 줄지어 이동을 계속했다. 개미들을 존경해야 마땅해. 개미 한 마리를 또 눌러 죽이며 애너벨은 생각했다. 그러나 아무리 노력해도 그럴 수 없었다. 존경도, 동정도 할 수 없었다. 아무것도. 그녀는 감정이 메말라버린 것 같았다. 이상한 일이었다. 그녀는 항상 감정 과잉이었다. 사실 그래서 탈일 정도였다. 그러나 찻주전자 사건 이후 그녀의 감정은 고갈되었다.

그 일이 있고 다음 날 그녀는 베니의 진료 예약을 잡기 위해 멜라니 박사에게 전화를 걸었다가 자신도 진료에 동석해도 될지 물었었다. 작은 파란색 의자에 앉아서 그녀는 무슨 일이 있었는지 말했다. 베니가 학교에서 돌아왔을 때 그녀가 어떻게 집을 말끔히 정리하고 맛있는 스파게티를 만들고 있었는지, 어떻게 중고매장에서 사 온 귀여운 노란 찻주전자를 베니에게 보여주고 그를 위해 찻주전자 노래를 부르기 시작했는지 말했다.

"베니가 아기였을 때 가장 좋아하던 노래였어요. 그렇지 않니, 베니? 화나게 하려는 게 아니었어. 난 네가 노래를 떠올리기를 바랐어. 그러면 네가 웃을 줄 알고……."

멜라니 박사가 긴장하고 참담한 듯한 모습으로 녹색 의자 위에 구부정하게 앉아 있는 베니를 향해 고개를 돌렸다. 의사는 오늘 자홍색 매니큐어를 발랐다. "베니? 뭣 때문에 그렇게 화가 났는지 말해 줄 수 있겠니?"

"아뇨."

"그 노래의 노랫말 때문이었어요." 애너벨이 베니에게 말문을 열도록 유도했다. "노랫말이 틀렸다고 네가 그랬잖아."

"기억 안 나요."

애너벨이 의사를 향해 고개를 돌렸다. "그 노래 아세요?" 그녀가 한 손을 골반에 얹고 다른 손을 뻗어 주전자 주둥이 같은 동작을 했다.

베니가 낮은 신음을 냈다.

"나는야 작은 찻주전자. 짧고 땅딸한. 이건 내 손잡이, 이건……."

"예, 물론 알죠." 의사가 말했다.

애너벨이 팔을 내렸다. "저는 그 노랫말이 맞다고 생각했어요. 옛날에 베니는 이 율동을 다 하곤 했죠. 정말 귀여웠는데."

베니가 몸을 떨었고 체구가 더 작아지는 것처럼 보였다. 의사가 그를 살펴보았다. "그게 문제였니? 어머니가 노랫말을 틀린 게?"

"아뇨. 그게 아니에요." 그가 말했다.

"그럼 찻주전자가 문제였니? 그게 무슨 말을 하는 걸 들었니?"

그가 고개를 저었다. 소아정신과에서 퇴원한 후로 그는 멜라니 박사에게 더 이상 목소리가 들리지 않는다고 거짓말을 했다. 그는 많은 것에 대해 거짓말을 했다. 학교에 결석하는 것에 대해, 그가 낮 시간을 어떻게 보내는지에 대해. 그러나 이번에는 거짓말이 아니었다. 찻주전자는 한마디도 하지 않았다. 그것이 깨지는 소리를 들었지만, 그건 이미 그가 골목길로 나갔을 때였다.

멜라니 박사가 애너벨에게 고개를 돌렸다. "정확히 베니가 뭐라고 말했는지 말씀해주실 수 있을까요?"

"예. 제가 노래를 하고 있는데, 베니가 '이게 하는 말이 그게 아니잖아'라고 말했어요. 아주 분명하게 말했죠. 그러더니 몹시 화를 냈어요."

"베니, 그렇게 말한 거 기억나니? 어머님은 네가 '이게 하는 말이 그게 아니잖아'라고 했다고 말하시는데, 그건 찻주전자가 어머니가 그것이 말하고 있다고 말하신 것 말고 다른 뭔가를 말했다는 걸 암시하잖아……. 맞니?"

그가 손으로 귀를 막았다. 한 문장에 '말했다'와 '말하고 있다'가 너무 많아서 참기 힘들었다. 각각이 뒤에 오는 것에 의해 삼켜지는 방식이 마치 큰 물고기가 작은 물고기를 먹고 작은 물고기가 더 작은 물고기를 먹는 것같이 무한히 회귀하는 것처럼 보이고 무서웠다.

멜라니 박사는 그의 주의를 끌기 위해 몸을 앞으로 기울였다. "자, 손을 귀에서 좀 떼어줄래?"

그는 순순히 따랐다. 그가 귀를 막고 있으면 멜라니 박사가 좋아하지 않았다. 귀를 막는 건 그가 듣지 않겠다는 걸 뜻하기 때문이다. "제가 실수했어요." 그가 웅얼웅얼 말했다.

"실수?"

그가 머릿속으로 호흡을 세기 시작했다. "아뇨." 그가 숫자를 세는 사이에 말했다. "실수가 아니에요. 거짓말을 했어요."

"노래에 대해 말이니?"

"네." 그가 숨을 내쉬고 눈을 질끈 감았다. 선생님이 왜 이러지? 내가 숫자를 세려 한다는 걸 알 수 없는 걸까? "그러니까 엄마에게 찻주전자에 대해 거짓말을 했어요. 찻주전자는 아무 말도 안 했어요."

"나한테 찻주전자에 대해 거짓말을 했다고?" 애너벨이 말했다. 그녀의 질문은 마치 손가락처럼 가늘게 높이 올라가서 이상하게 늘어나며 허공에서 휘감겼다가 그에게 와락 덤벼드는 것 같았다. "왜 그런 거짓말을 하지?"

이제 궁지에 몰린 베니는 별안간 그녀에게 대들었다. "엄마가 그렇게 이상하게 구니까! 도무지 그만둘 생각을 안 하니까! 그냥 엄마의 기분을 상하게 하고 싶지 않아서, 찻주전자에 대해 아무 말이나 한 거야!"

베니는 얼굴이 붉어졌고 눈이 사납게 충혈됐다. 애너벨은 아들의 이런 모습을 본 적이 없었다. 마치 외계인이 아들의 몸에 들어와서 아들의 입을 통해 자신에게 소리치고 있는 것 같았다. 그녀는 숨이 턱 막히며 움찔했다. 그때 작은 파란색 의자 다리가 부러지며 그녀는 바닥으로 떨어져 요란한 쿵 소리와 함께 엉덩방아를 찧었다. 애너벨은 눈을 꼭 감고 다리를 벌린 채 멍하니 앉아 있었다. 괜찮으냐고 묻는 멜라니 박사의 목소리가 들렸고 그녀는 고개를 끄덕였다. 그녀가 눈을 떴다. 베니가 혐오스럽다는 표정을 감추지 않고 그녀를 내려다보고 있었다. 그는 의사에게 고개를 돌리며 말했다.

"보셨죠?" 마치 이것이 뭔가를 증명한다는 양 그가 말했다.

나머지 진료 시간은 아주 음울했다. 의사가 애너벨을 부축해 일으키고 제대로 된 성인용 의자를 내주었다. 그녀가 한쪽에 앉아 있는 동안 의사가 베니에게 학교에 대해, 그의 기분에 대해 물었다. 베니는 말을 많이 하지 않았다. 그때 베니가 무슨 말을 했는지 애너벨은 기억나지 않았다. 그저 자신이 너무 뚱뚱하고 볼썽사납게 느껴진 것만 기억났다.

진료가 끝났을 때, 멜라니 박사가 베니에게 대기실로 나가 있으라고 말한 다음, 애너벨에게 환자 보호자가 스스로를 돌보는 법에 대해 일장 연설했다. 비행기와 산소마스크, 자기돌봄과 지원망, 스트레스와 번아웃, 그리고 도움을 요청하는 법을 배우는 것에 대해 얘기했다. 애너벨은 들으면서 주의를 기울이려 했다. 멜라니 박사가 친절을 베풀려는 것임은 알겠지만, 그녀의 입에서 나오는 친절의 말들은 상당히 잘난 체하는 것으로 들렸다. 물론 박사의 말이 옳았다. 그녀가 본인을 돌보지 못한다면 어떻게 아들을 제대로 돌볼 수 있겠는가? 그녀는 그것마저 실패하고 있었다.

애너벨은 개미 한 마리를 또 눌러 죽였다. 그녀는 기꺼이, 아니 그 이상으로 도움을 구하고 싶었다. 하지만 누구에게 부탁할 수 있겠는가? 중고매장 여자들? 애너벨은 속을 터놓을 만한 친구가 없었다. 그녀에게 필요한 건 본인을 위한 치료사 또는 성직자였다. 그녀는 아이콘을 생각했다. 선불교 수도승이라면 자신이 이야기할 수 있는 상대처럼 보였고, 그녀는《정리의 마법》의 첫 장을 읽고 나서 실제로 팬레터를 쓰기 시작했지만 곧 삭제해버렸다. 멍청한 생각이었다.

척후병 개미 중 한 마리가 광고 우편물 더미로 진출하여 제일 위에 놓인 번쩍이는 분홍색 전단지를 가로지르고 있었다. 거기서 뭘 찾기를 바라는 걸까? 애너벨은 죽음의 검지를 뻗어 척후병 위로 가져갔다. 손가락 끝에서 그 작은 몸이 단단하게 느껴졌고, 그녀가 손가락을 들었을 때 녀석은 아직 몸을 꿈틀거리고 있었다. 개미는 놀랍게도 죽이기 힘들었다. 그녀가 다시 한번, 이번에는 더 세게 눌렀다. 그 순간 그녀의 손가락이 전단지에서 섬세하고 우아한 서체로 쓰인 문구가 들어가 있는 흰 구름 같은 말풍선에 내려앉았다.

불안하세요? 스트레스를 받으시나요?
어쩔 줄 모르시겠다고요?

여전히 개미를 짓누르고 있는 그녀의 손가락이 '어쩔 줄 모르시겠다고요?'에서 첫 번째 'ㅇ'의 정중앙에 내려앉았다. 정말 이상도 하지! 그녀는 손가락을 들어 계속 읽었다.

무엇을 기다리고 계신가요?
진실하고 감각적인, 오롯이 '나를 위한 시간'을
스스로에게 선물하세요.
긴장을 풀고 원기를 회복하고 새로워지세요.
고급 핫스톤 마사지로
스스로를 소중하게 보살피세요.
우리의 최정점 아로마 테라피로
스트레스를 녹여버리세요.

머리에 수건을 두른 채 누워 있는 아름다운 젊은 여자의 사진이 있었다. 그녀는 어깨를 드러낸 채 눈을 감고 있었고 표정이 행복해 보였다. 초조하거나 스트레스를 받는 것 같지 않았다.

젠 세러니티
~ 데이 스파 웰빙 센터 ~
당신은 누릴 자격이 있습니다!

작은 척후병 개미는 'ㅇ'자 한가운데서 여전히 다리와 더듬이를 약하게 흔들고 있었다. 애너벨은 개미를 손가락으로 살짝 밀었다. 그러자 녀석이 최후의 몸부림을 치더니 그 작은 몸이 경련을 일으키고 정지했다. 이제 죽었다. 그녀의 눈에 눈물이 차올랐다. 그 작은 것이 목숨을 바쳐 그녀에게 나아갈 길을 보여준 것이다. 그녀는 조심스럽게 젠 세레니티 전단지를 집어 들어 그것을 상여로 이용해 개미의 시체를 위에 쓸어 담았다. 누구나 지원망이 필요하다. 그녀의 용감무쌍한 척후병은 동지들과 함께 궁극적인 안식의 장소로 가야 한다. 그녀는 잠시 개미를 마당에 제대로 묻어줄까 생각했지만 그건 미친 짓이라고 결론 내렸다. 게다가 그는 노굿을 마주치고 싶지 않았다. 그녀는 개미들의 사체를 쓰레기통에 버린 다음 전단지를 들고 이 놀라운 우연의 일치에 경탄하며 휴대전화를 찾으러 갔다. 그저 뻔한 아무 스파가 아니었기 때문이다. 그것은 젠(Zen) 세레니티 스파였다. 선불교를 연상시키는 상호였다. 이런 우연이!

32

관자놀이를 톡톡 두드리는 손길, 떨어지는 한 줄기 빗방울, 속삭이는 목소리…….

"이봐."

"어?" 그가 눈을 떴을 때 물감 묻은 검지가 보였다. 오늘은 거무스름한 자주색이었다. 가슴이 뛰었다.

"또 책을 읽다가 잠든 거야?"

그가 머리를 들고 눈을 비비며 턱에 침이 흘렀는지 확인했다.

알레프는 그가 쌓아두고 베개로 쓴 책들의 제목을 확인했다. "와, 벌터 벤야민을 읽고 있었어?"

그녀는 좋은 인상을 받은 것 같았고, 그는 얼굴이 화끈거리는 것을 느꼈다.

"사실 읽었다고 할 수는 없어." 그가 솔직히 고백했다. "그러니까 읽기는 읽었는데 무슨 말인지 이해를 못 하겠어."

"그래, 음. 어쩌면 이해할 필요가 없는지도 몰라. 어쩌면 네가 베고 자는 동안 머릿속에 흡수되었을지도. 삼투압 작용처럼 말이야."

그는 삼투압이 뭔지 몰랐지만 일단 얼굴이 환해졌다. "그렇게 생각해?" 하지만 그는 조금도 더 똑똑해진 것 같지 않았다. 책을 이해할 수 없다면 머릿속에 책이 들어간들 무슨 소용이겠는가? 하지만 아무튼…….

"아니." 그녀가 웃으며 그의 어깨를 가볍게 두드렸다. "물론 아니야. 하지만 걱정 마. 내용을 정말로 이해하고 싶다면, 보틀맨이 도와줄 거야. 보틀맨은 모든 걸 알고 있거든. 자, 가자."

그녀는 거의 사용하지 않는 계단실로 그를 이끌고 층계를 두 번 지나 5층으로 내려갔다. 거기서 구관 건물로 건너가서 노동철학에 관한 책들이 거주하고 있는 331.880번 서가 안쪽의 깊숙한 구석으로 들어갔다. 반독점 이론과 산업 민주주의, 계급투쟁의 도구로서 노동조합에 대한 책들이 있었는데, 그들은 그냥 지나쳐 걸어갔다. 그래도 괜찮았다. 이런 책들은 요즘 시대에 독자들이 많지 않고, 무시되고 방치되는 데 익숙해졌다. 그것들은 서가에서 뛰어내릴 만큼 정열적이지 않지만, 여전히 희망을 잃지 않고 있었다.

서가 끝에서 베니는 오래된 남자화장실로 통하는 문을 보았다. 선명한 노란색 플라스틱으로 만든 표지판이 문가를 막고 있었다. 표지판에는 이렇게 쓰여 있었다. '들어가지 마시오. 청소 중 화장실 사용 금지.' 그리고 좀 더 확실하게 해두기 위해, 스페인어로 메시지를 반복했다. 그 의미에는 의심의 여지가 없었고, 그래서 베니는 따르려 했지만 알레프가 표지판을 지나쳐 걸어가서는 육중한 문을 밀어서 열고 그를 위해 잡아주었다. 그는 망설였으나 그때 안에서 목소리가 튀어나왔다.

"들어와! 들어와!"

그는 미안한 눈으로 표지판을 보며 옆걸음으로 그것을 돌아 문으로 들어갔고, 그의 뒤에서 조용한 한숨과 함께 문이 닫혔다.

도서관 구관 건물에 있는 이 화장실은 지나간 시절 특유의 높은 아치형 천장과 널찍한 공간이 두드러지는 넉넉한 규모로 지어졌다. 벽과 바닥은 장식적인 검은색, 흰색의 자기 타일로 장식되었고, 대리석 세면대와 개수대, 소변기는 세월이 흐르면서 약해지고 풍화되었지만 여전히 광택을 잃지 않았다. 각각의 화장실 칸으로 들어가는 묵직한 나무 문짝의 손잡이는 배관 고정 철물과 수도꼭지, 파이프와 마찬가지로, 황동으로 만들어졌다. 모든 게 티끌 하나 없이 깨끗했다.

화장실 안쪽 끝에 도서관 청소원 두 명이 엎어놓은 양동이에 앉아 있었고, 그 옆에는 보틀맨이 마치 구름의 왕좌에 앉아 있는 왕처럼 흰색 비닐봉지에 둘러싸인 휠체어에 앉아 있었다. 예의 서류 가방은 발 옆에 놓여 있었고, 앞에는 보드카와 호밀빵 한 덩어리, 그리고 플라스틱 포크가 꽂힌 커다란 청어절임 병이 놓여 있는 작은 접이식 테이블이 있었다. 담배 연기가 장막처럼 허공에 걸려 있었다. 세 남자는 베니가 알아듣지 못하는 말로 열띤 토론을 벌이는 중이었다. 세 명 모두 담배를 피웠다. 알레프가 기침을 하며 비난하듯 얼굴 앞에서 손을 내저었다. 그녀는 화장실을 가로질러 가서 무겁고 낡은 창문의 잔물결 무늬 유리창을 열어젖혔고, 남자들은 어깨를 으쓱하며 재떨이로 쓰는 낡은 수프 깡통 안에 담배를 비벼 끄고는 그녀를 향해 술잔을 들어 건배했다.

"도브로도숄리, 나 즈드라베!"* 그들이 말하고는 술잔을 비웠다.

* 슬로베니아어로 "환영한다, 건배!"라는 뜻.

이제 보니 두 청소원은 쌍둥이였는데, 그들은 술잔을 주머니에 찔러 넣고는 이제 그만 가보려고 일어나서 베니의 어깨를 툭 치며 지나갔다.

"여기서 고약한 냄새가 나요." 알레프가 신경질적으로 말했지만 슬라보이는 신경 쓰지 않았다.

물기 어린 그의 파란색 눈이 베니에게 고정되었고, 베니가 다가가자 그 늙은 부랑자의 커다란 두 손이 마치 독자적인 마음을 가진 것처럼 담요를 덮은 무릎에서 올라가서 마치 베니가 이해할 수 없거나 혹은 보틀맨이 통제할 수 없는 수기 신호로 춤을 추듯 허공에서 움직이기 시작했다. 그러나 그 노인은 자신의 그런 행동을 거의 인식하지 못하는 것처럼 보였고, 손이 계속 퍼덕거리는 와중에도 꾸준히 광선을 쏘듯 계속 베니의 얼굴에 시선을 고정했다.

"음, 음, 이게 누구야." 그가 말했다. "젊은 학생이잖아! 마침내 왔군."

두 손이 점점 더 흥분한 듯 서로 교차하고 나선을 그리며 머리 근처로 올라가서는 연출처럼 노인의 팔을 잡아끌어 마치 공중 부양을 하듯 휠체어에서 일어나게 만들었다.

알레프가 한숨을 쉬었다. "슬라보이, 얘는 베니예요." 그녀가 말했다. "베니, 이분은 슬라보이야. 좀 취했네."

그녀가 노인의 어깨에 가볍게 손을 얹었고, 그러자마자 그의 손이 무릎으로 떨어져 춤을 멈추었다. 그는 숨을 깊이 들이쉬었다. "고맙네. 손이 흥분하면 정말 지쳐."

그가 몸을 앞으로 기울이고 옆에 있는 양동이를 톡톡 쳤다. "자, 학생, 양동이를 끌어다가 앉아. 우리가 얘기를 좀 해야 하니까. 하지만 먼저……." 그가 보드카 병에 손을 뻗어 뚜껑을 돌려 열었다. "잔은 어디 있지?"

베니는 이해하지 못했다.

"아직 애잖아요. 술잔 같은 걸 가지고 다닐 리가요." 알레프가 말했다.

“상관없어.” 보틀맨이 말했다. “그건 해결할 수 있지.” 그가 휠체어에서 몸을 틀어 팔을 뒤에 고정된 쇼핑백 뭉치 사이로 찔러 넣었다. 비닐이 흥분해서 바스락거렸다. 그가 다시 손을 뺐을 때는 커다란 술잔이 들려 있었다. 술잔에는 글씨가 적혀 있었다.

텍사스

외로운 별의 주

노인은 그것을 못마땅하게 본 다음 베니를 보았다. “아냐, 자넨 좋은 텍사스 사람이 될 수 없을 거야.” 그는 다시 한번 속삭이는 비닐 뭉치 사이로 손을 찔러 넣어 다른 잔을 꺼냈다.

하와이

알로하의 주

“자네한테는 이게 더 낫겠어. 그렇지?” 그가 베니에게 잔을 넘긴 뒤 채웠고 일부가 베니의 손으로 흘러넘쳤다. 액체가 얼음처럼 느껴졌다.

“얜 보드카를 마시기에는 너무 어려요.” 알레프가 말했다. 그녀는 팔짱을 끼고 양동이에 앉아 노인이 외로운 별 잔을 채우는 것을 지켜보며 말했다. 그가 그녀에게 잔을 건넸다.

“쳇!” 그가 말했다. “하지만 자네는? 자네는 좋은 텍사스인이 될 걸세. 텍사스에 시비 걸지 말게.” 그는 자신의 잔을 채우고는 그것을 들어 보여주었다. 그 잔에도 글씨가 있었다.

아칸소

자연의 주

"자연의 주가 최고의 주지!" 그가 선언했다. 그는 술잔을 더 높이 들었다. "나는 이 나라가 좋아. 모든 주에 브랜드와 별명까지 있잖아! 위대한 주 아칸소의 별명이 뭔지 아는가? 옛날에는 '기회의 땅'이었지. 아름답지? 하지만 나중에 그들이 바꾸었지. 왜일까? 기회가 말라버려서? 그것도 한 가지 설명이지만, 이제 그들은 새로운 별명이 생겼지. '레그나트 포풀루스(Regnat Populus).' 학생, 자네는 '레그나트 포풀루스'가 무슨 뜻인지 아는가? 라틴어를 공부했다면 알 텐데. '레그나트 포풀루스'는 '인민이 통치한다'라는 뜻이라네. 정말 멋지지! '자연의 주' 아칸소에 가본 적은 없지만, 그곳은 경이로운 사람들이 통치하는 민주적인 유토피아일 게 분명해……."

그는 잠시 멈추고 먼 곳을 응시했다. "오, 멋진 신세계, 그런 사람들이 살고 있다니!" 그가 베니를 보았다. "학생, 자네는 셰익스피어를 아는가? 몰라? 이건 《템페스트》라는 희곡에 나온 말이라네. 그 책을 당장 읽게나. 거기 캘러밴이라는 타고난 괴물이 나오는데 자네의 가슴을 아프게 할 시를 말하지. '두려워하지 마십시오. 이 섬은 항상 소음이 가득하고…….' 다음이 뭐였더라? 아이고, 잊어버렸군. 어, 음. 이게 바로 내가 상상하는 아칸소의 모습이라네. 언젠가 그곳에 가는 게 내 꿈이지만, 그때까지 아칸소를 위해 건배하자고!"

"넌 할 필요 없어, 베니." 알레프가 말했다.

"쳇. 물론 해야지! 이 친구는 학생이야! 라틴어를 배우고, 셰익스피어를 암송하고, 보드카를 마셔야 해!" 허공에 술잔을 들고, 슬라보이가 기다렸다. "그렇지?"

베니가 술잔에 코를 대고 킁킁거렸다. 코를 톡 쏘는 향에 눈물이 핑 돌았다. "뭐가요?"

"우리는 너의 건배사(toast)를 기다리고 있어."

베니는 테이블 위의 빵을 흘깃 보았다. "난 토스트가 없어요."

"멋지군!" 보틀맨이 환성을 질렀다. "이 친구는 진짜 천부적이야. 아니, 아니. 자네는 건배사를 해야 해. 하지만 토스터로 하는 게 아니야. 마음으로 말하게! 자네의 현명한 소감으로 우리에게 영감을 주게나!"

"어떻게 할지 모르겠어요."

"눈을 감고 귀 기울이게. 이제 뭐가 들리나?"

베니는 눈을 감았다. 노인의 거친 숨소리가 가까이에서 들렸다. 건물의 다른 층에 있는 화장실에서 누군가 물을 내릴 때 벽 속의 배관 소리도 들렸지만, 배관이 영감을 주지는 않았다. 스팀이 라디에이터를 통과할 때 나는 거의 음악 소리에 가까운 쉭쉭 소리와 땡땡 소리도 들렸다. 한결 나았다. 밖에서는 멀리서 앰뷸런스의 울부짖음, 그리고 좀 더 가까운 곳에서 나지막이 중얼거리는 목소리도 들렸다.

"……기쁨을 줄 뿐 해치지 않는 소리와 달콤한 공기가 가득합니다……."

베니가 화들짝 놀라 눈을 떴다. 노인은 휠체어 팔걸이 위에서 아슬아슬 균형을 잡고 있는 보드카 잔은 까맣게 잊은 채 천장을 보며 꿈꾸는 목소리로 낭송하고 있었다. "어떤 때는 수많은 악기들이 귓가에서 윙윙거리는가 하면, 어떤 때는 긴 잠에서 깨어난 나를 또다시 잠들게 하는 목소리가 들려옵니다……."

그가 한숨을 쉬고 고개를 저었다. "그래, 이제 기억나네. 어떻게 이걸 잊어버릴 수가 있지?" 노인이 눈을 감고 하도 오래 앉아 있어서, 베니는 그가 잠들었나 생각했지만 그때 그가 몸을 꼿꼿이 펴고 옷소매로 눈가를 닦았다. "내가 자네의 건배사를 해주지." 그가 무뚝뚝하게 말하고는 잔을 다시 들었다. "목소리들을 위하여!"

목소리? 베니는 망설였다. 그는 원래 술을 마실 생각이 없었다. 슬라보이가 보지 않을 때 개수대에 부어버릴 생각이었다. 그런데 노인의 말에 허를 찔려 자기도 모르게 술잔을 입술에 대고 말았고, 보드카가 마치 액체로 된 불처럼 그의 목구멍을 태우며 위장까지 이동했다. 그는 토할 것 같았고 눈에 눈물이 핑 돌며 기침이 나왔다. 그러나 기침이 잦아들고 다시 몸을 똑바로 폈을 때, 갑작스러운 열감이 그의 몸을 채워 안에서부터 몸이 따뜻해지는 것을 느꼈다. 그는 아찔하다 싶게 약간 어지러웠다.

"젠장." 그가 어지러움을 떨쳐내기 위해 고개를 흔들었다.

"좋은가?" 노인이 물기 어린 눈으로 싱긋 웃으며 말했다.

"역겨워요."

"한 잔 더 줄까?" 슬라보이가 다시 술병을 들었다. "이번에는 자네가 건배사를 해야 해."

"슬라보이!" 알레프가 경고하듯 말했다.

노인은 두 팔을 들어 항복했다. "알았어, 알았어!" 그가 목소리를 낮추고 베니에게 속삭였다. "쟤는 꼭 엄마 같아."

베니는 그녀가 전혀 엄마 같지 않다고 생각했지만 그 말을 입 밖에 내지는 않았다. 대신 보드카 덕에 대담해져서 물었다. "아저씨가 말하는 '목소리들을 위하여', 그게 말하자면……." 그가 질문을 끝마치기 전에 중단했다. 얼굴이 화끈거리는 것이 느껴졌다.

"말하자면 뭐라고?"

"아뇨. 제 말은 혹시 아저씨도 들리세요……." 또다시 말문이 막혔다.

"목소리 말이야?" 슬라보이가 퉁명스럽게 물었다. "물론 난 목소리를 듣지! 난 시인이야." 그의 손이 다시 동요하기 시작했다. 두 손이 그의 머리를 때리고 코를 꼬집고 귀를 잡아당기더니, 한 손이 다른 손등을 긁기 시작했다. 그런 상황이 끝나자, 노인은 그를 뚫어져라 응시했다. "자네는 시가 어디에서 나온다고 생각하는가? 모든 것들은 말을 한다네, 학생! 하지만 그 말을 듣는 귀를 가진 사람은 시인과 선지자, 성인과 철학자뿐이지."

"그런 사람들도 목소리를 듣나요?"

"물론이야! 소크라테스! 잔 다르크! 릴케, 밀턴, 블레이크……!"

베니는 그 사람들에 대해 들어본 적이 없었지만, 멍청해 보이고 싶지 않아서 그냥 고개를 끄덕였다.

"모세, 아브라함, 이사야, 그리고 모든 선지자들!" 노인이 말하면서 자기 귀를 잡아당기더니 손뼉을 쳤다. "그리고 심리학의 아버지 지크문트 프로이트와 칼 융! 그래 그들도 목소리를 들었어! 위대한 평화 중재자 마하트마 간디와 마틴 루서 킹은 말할 것도 없고……."

마침내 베니가 들어본 적 있는 사람의 이름이 나왔다. 그는 중학교에 다닐 때 마틴 루서 킹에 대해 배웠다. 마틴 루서 킹은 위대한 사람이고 민권운동의 영웅이었다. 그의 이름을 딴 국경일도 있었다.

"위대한 모든 혁명가들도 모두 목소리를 듣고, 목소리에 의지했지!"

마틴 루서 킹이 누군지 안다는 것이 베니에게 발언할 용기를 주었다. "하지만 평범한 사람이라면요? 말하자면 어린애처럼요. 시인이나 혁명가나 뭐 그런 거 말고……." 그는 습관적으로 말을 멈추었지만 이상하게 어떤 경고나 위험 경보는 울리지 않았고 그래서 말을 이었다. 그가 입을 벌리니 말이 쏟아져 나왔다. "제 말은 저도 목소리를 듣지만, 저는 그런 사람들이 아니에요. 그냥 미친 거죠."

슬라보이가 코웃음을 쳤다. "말도 안 되는 소리! 자네가 어떻게 아는가? 시를 지으려고 시도한 적이 있는가? 철학적 질문을 생각하거나 혁명을 주도하려 시도한 적은?"

"없어요."

"거봐. 시도한 적이 없으니 알 수가 없지. 그래서 난 자네에게 당장 시도할 것을 제안하겠네. 작게 시작해야 해. 작은 시나 단순한 철학적 질문이나 작은 혁명으로 시작하는 거야. 아니, 잠깐. 이 나라는 혁명의 준비가 잘 안 되어 있으니. 혁명은 나중을 위해 아껴두도록 하지."

베니는 알레프를 훑어보았다. 그녀는 눈을 감고 있었지만 듣고 있다는 걸 알 수 있었다. "모르겠어요." 그가 말했다. "제가 어떻게 해야 하죠?"

"시를 지어!" 노인이 말했다. "철학적 질문을 생각해내! 그리고 자네가 둘 다 할 수 없는 게 사실이라면, 그때 가서 진짜 미쳤다고 결론 내려도 늦지 않네."

베니가 운동화 끈을 응시했다. 질문이 시보다 쉬워 보이긴 했는데, 철학적 질문과 보통 질문의 차이를 알 수 없었다. 냉장고 자석으로 짓곤 하던 시에 대해 생각해봤지만, 이제 자석을 건드리면 안 되었다. 어렸을 때 엄마가 동요와 동시를 읽어주곤 했다. 그걸 시라고 생각할 수 있을까? 그건 음악 없는 노래에 가까웠고, 가끔 마음을 진정시켜주는 효과가 있었다. '헤이, 디들디들.' 그 노래가 좋았다. 그리고 '똑딱똑딱.' 그리고 '누가 울새를 죽였나?'

"응?" 슬라보이가 다그쳤다. "뭐 생각나는 거 없나?"

'누가 울새를 죽였나?'는 질문이었지만, 철학적으로 들리지는 않았다. "없어요." 그가 대답했고 그 순간 답이 떠올랐다. 그것은 참새였다. 활과 화살로 울새를 죽였다.

"쳇!" 보틀맨이 말했다. "질문은 우리 인간의 본성이야. 예를 들어 자네는 내게 목소리를 듣느냐고 물었지. 왜지?"

'울새가 죽는 걸 누가 보았지?'

"가끔 내가 물건들의 소리를 들으니까요. 그리고 다른 사람들도 그런 소리를 듣는지 알고 싶었어요."

'파리가 말했네. 내가. 내 작은 눈으로 그가 죽은 걸 봤지.'

"다른 사람들도 소리를 듣는다면 뭐가 입증되는가?"

'누가 그의 피를 받았지?'

베니는 고개를 저으며 동요를 멈추게 하려 했다. "목소리가 진짜라는 게 입증되죠. 내가 환청을 듣거나 거짓말을 하거나 개소리를 꾸며내는 게 아니라는 거요."

"목소리가 진짜고 자네가 개소리를 꾸며내는 게 아니라는 게 무슨 의미인가?"

'물고기가 말했네. 내가. 작은 접시로. 그의 피를 받았지.'

하지만 소용없었다. 발동이 걸린 동요는 시작한 것을 끝까지 마치기로 작정했다. 베니가 목소리를 높였다. "제가 정신병이 없다는 의미죠. 제가 미치지 않았다는 거요."

보틀맨도 목소리를 높였다. "그래서 목소리가 '진짜'라면, 자네는 미친 게 아닌가?"

'누가 그의 무덤을 팔 거지?'

"네!" 베니가 소리쳤다. "분명히요!"

'부엉이가 말했네. 내가. 내 작은 모종삽으로.'

"그래서 분명히 자네는 '진짜'가 무엇인지 결정했군!" 보틀맨은 이제 고함치고 있었지만, 동요도 역시 고함치고 있었다.

'그의 무덤을 팔 거야!'

감당하기 힘들었다. "하지만 그게 '문제'예요!" 베니가 양 손바닥으로 귀를 두드리며 울부짖듯 소리쳤다. "뭐가 진짜고 뭐가 아닌지 모르겠어요!"

"그래!" 노인이 외쳤다. "바로 그거야! 이제 자네는 질문을 갖게 됐어!"

동요가 조용해졌다.

베니는 고개를 들고 귀 기울였다. 몸을 비틀어 혹시 어딘가에 숨어 있는지 보려 했지만, 동요의 흔적도, 단어들의 여운도, 속삭임마저 없었다. 그는 늙은 부랑자를 돌아보았다. 그 노인은 치아 사이가 벌어진 입으로 환하게 웃으며 그를 보고 있었다. "제가요?" 베니가 말했다.

"물론이지." 보틀맨이 말했다. "좋은 질문이야. 아주 철학적이고."

"뭐가요?"

"진짜란 무엇인가?"

"하지만 진짜가 뭔지 모르겠다고 말했잖아요."

"모르는 게 당연하지! 그래서 그게 훌륭한 질문인 걸세." 노인이 보드카 병을 집어 들고 마개를 열어 세 개의 잔에 따르기 시작했다. "이제 우리가 자네의 질문에 건배를 해야겠군. 그런 다음 자넨 집에 돌아가서 진짜의 본성에 대해 숙고해보게. 답을 찾으면 돌아와서 내게 말하고." 그가 알로하 잔을 베니에게 건넸다. "진짜를 위하여!"

그때 알레프가 일어났다. "슬라보이. 그만해요." 그녀가 말했다. 그녀가 베니를 보며 말했다. "슬라보이는 취했어. 가자."

베니는 일어섰다. 어쩌면 늙은 부랑자가 취했는지 모르지만, 그의 말은 이상하게 말이 되는 것 같았고 갑자기 그에게 묻고 싶은 질문이 백만 개쯤 생겼다. 정확히 철학적인 질문들은 아니었다. 오히려 실용적인 질문에 가까웠다. 예를 들어 이런 것들이다. 당신은 어떤 목소리를 듣고 그 목소리가 어떻게 들리나요? 목소리가 당신에게 뭐라고 말하고, 당신은 목소리가 말하려는 것을 이해하나요? 목소리가 친절한가요, 잔인한가요? 그것이 자해를 하라고 말하나요? 늘 목소리를 듣나요? 목소리가 특정한 사물에서 나오나요, 아니면 그냥 허공에 무작위로 떠다니나요?

보틀맨은 잔 세 개에 보드카를 따라서 앞에 있는 테이블에 나란히 줄 세워 놓았다. 알레프가 먼저 나가서 문 앞에서 그를 기다렸다. 베니가 따라가려고 돌아섰을 때, 노인이 야바위꾼처럼 잔들을 움직여 위치를 바꾸기 시작했다. "빈 잔이 어떤 걸까?" 그가 부드러운 목소리로 말했다.

세 잔 모두 차 있었다. 베니는 답을 몰랐지만 가운데 있는 알로하

잔을 가리켰다. 노인은 환하게 웃었다.

"자네는 예언자야!" 그가 말했다. "진정한 선지자지!" 그가 잔을 들었다. "빈 잔을 위하여!" 그가 단숨에 술을 들이켠 뒤 손등으로 입을 닦았다. "모르는 걸 절대 두려워하지 말게, 젊은 친구. 모르는 건 시인과 현자들의 일이지."

"지금 그냥 너한테 시비 건 거야." 베니가 알레프를 따라잡았을 때 그녀가 말했다. "취하면 늘 저런 식이지."

"그래." 베니가 말했다. "그런 것 같아." 그는 돌아보았다. 늙은 부랑자는 심하게 취한 것처럼 보이지 않았다. 그는 휠체어에 앉아 초롱초롱하게 그들을 지켜보고 있었다. 이제 세 잔 모두 빈 것 같았다. 베니가 손을 흔들었고, 노인이 역시 손을 흔들어 답했다. 재미있군. 베니가 생각하며 알레프를 따라 문밖으로 나갔다. 시비 걸린 기분이 아니었다. 존중받은 기분이었다.

33

젠 세레니티 스파는 서브웨이와 발 전문 병원 사이에 있는 작은 상가 건물에 위치해 있었다. 로비 장식은 연보라색과 비둘기색의 연한 미니멀리즘적 색상으로 간소하게 되어 있었다. 보드라운 천을 씌운 오토만 의자가 종려나무 화분들 사이에 섬처럼 여기저기 흩어져 있고 벽면은 해변과 파도, 완벽하게 균형을 이루며 쌓여 있는 매끈한 둥근 돌들의 예술적인 사진으로 고상하게 장식되어 있었다. 스피커에서 뉴에이지 음악이 흘러나왔다. 애너벨은 스파에 가본 적이 없어서 무엇을 기대해야 하는지 몰랐지만, 이곳은 모든 게 선불교 느낌이 났다. 그래서 안내 데스크 직원이 로리라는 금발의 젊은 아가씨라는 것을 알았을 때 의외다 싶었다. 하지만 로리는 매우 친절했다. 그녀는 애너벨에게 동의서와 건강에 대한 긴 질문 목록이 끼워진 클립보드를 건넸고 애너벨이 작성을 마치자 그녀를 치료실로 안내하고 마사지 치료사 레일라니에게 소개했다. 레일라니 역시 금발에 요가 팬츠와 발레화 차림의 날씬한 여자였다. 애너벨이 손을 내밀자, 레일라니는 애너벨이 무엇을 제안하는 건지 모르겠다는 듯 그냥 멀뚱하게 손을 쳐다보았지만, 이내 의도를 깨달았는지 애너벨의 축축한 손을 자신의 건조하고 따뜻한 양 손바닥으로 감싸고 꽉 눌렀다. 정확히 악수는 아니었지만 전적인 환영의 몸짓이었다.

"만나서 반가워요." 그녀가 오래전부터 알던 사이처럼 애너벨에게 말했다. "이제 제가 뭘 도와드리면 좋을까요?" 그녀는 텍사스 특유의 끄는 말투가 조금 있었는데, 이것은 별로 선불교스럽지 않았지만 그녀의 말을 철저히 진심처럼 들리게 했다. 누군가 자신을 위해 뭐든 도와주겠다고 말해준 것은 물론이고 그녀를 진심으로 반가워해준 것이 얼마 만인지도 기억하지 못하는 애너벨은 놀라서 무슨 말을 해야 할지 알 수 없었다. 그래서 명백한 것을 말했다.

"마사지를 좀 받을 수 있을까요?"

레일라니가 웃었다. "음, 물론이죠! 얼마든지요! 준비하실 때까지 제가 잠시 나가 있을게요. 엎드려서 시작할 겁니다."

애너벨은 고개를 끄덕였지만, 무슨 준비를 해야 할지 몰랐다. 그래서 단서를 찾기 위해 방 안을 둘러보았다. 중앙에 시트가 깔린 간이침대가 있었다. 한쪽 끝에는 베개처럼 생겼지만 가운데 구멍이 뚫린 기묘한 물건이 있었다. 의붓아버지가 쓰던 치질 방석과 비슷해 보였다. 그녀는 머뭇거렸다.

"무슨 문제라도 있으세요?" 레일라니가 물었다.

"아, 아뇨." 그녀가 말하고는 갑자기 웃어서 스스로 놀랐다. "그냥 당신이 일본인일 거라고 생각했어요."

레일라니는 의아해하는 듯 보였다.

"상호에 '젠'이 있어서요. 하지만 그건 아무 문제 없어요! 그냥 제 남편이 일본인이거든요. 그러니까 일본인이었어요. 반은 한국인이었고요. 지금은 아무것도 아니지만요. 사실 죽었거든요. 하지만 괜찮아요. 전 괜찮아요." 하지만 그녀는 괜찮지 않았고, 그저 모든 것을 악화시키고 있었다. 그녀는 숨을 깊이 들이쉬었다. "죄송해요. 마사지를 처음 받는 거라서 좀 긴장되네요."

"아." 레일라니의 얼굴이 밝아졌다. "그럼 이제 때가 되었네요. 그렇죠?" 그녀가 침대를 톡톡 두드렸다. "제가 잠시 나가 있을 테니 옷을 벗고 위에 올라와 계세요. 그냥 편안히 계시면 됩니다. 시트 밑으로 들어가서 얼굴을 받침대 구멍에 대고 엎드리시고요. 천천히 하세요."

"좋아요." 애너벨이 미심쩍은 눈으로 침대를 보며 말했다. "그러니까, 전부…… 벗어야 하나요?"

"편하신 대로 하시면 돼요."

그녀가 격려의 의미로 애너벨의 팔을 두드리고 떠났다. 애너벨은 방 안을 둘러보았다. 방은 깨끗했고 드문드문 기물이 배치되어 있었다. 한쪽 구석에는 세면대가 있고 그 옆에는 마치 크리스털을 공물로 올린 낮은 제단처럼 생긴 테이블이 있었다. 거대한 물방울 형태로 파란색 빛을 내는 가습기가 옅은 구름처럼 향기로운 증기를 뿜어냈다. 벽에는 둥근 거울과 벽걸이 후크 몇 개가 일렬로 설치되어 있고, 그 밑에 의자 하나가 있었다. 애너벨은 옷을 벗고 개켜서 의자에 얌전히 놓았다. 그리고 잠시 주저하다가 브래지어를 벗어 스웨터 밑에 숨겼다. 팬티는 그냥 입고 있기로 했다.

그녀는 침대를 향해 몸을 돌렸다. 표면에 쿠션이 들어간 폭이 좁고 제법 긴 침대였는데 가늘고 긴 다리를 보니 걱정스러웠지만, 어쨌든 침대 위로 올라가서 몸을 굴려 엎드린 자세로 받침대를 보았다. 이 각도에서 보니 꼭 변기 같았지만, 그녀는 코가 구멍으로 나오도록 얼굴을 묻었다. 이제 막 뒤로 손을 뻗어 시트를 엉덩이 위로 끌어올렸을 때, 문 두드리는 소리가 났다. 그녀는 팔을 어디에 둬야 할지 몰랐다. 침대에 손을 올릴 만한 곳이 없어 보였고, 그래서 그냥 늘어뜨렸다.

"준비되셨어요?" 레일라니가 문가에서 큰 소리로 물었다.

"대써요." 애너벨이 대답했다. 얼굴을 누르는 받침대의 압력 때문에 말하기 힘들었다. 레일라니가 방 안에서 조용히 걸어 다니는 소리가 들렸다. 종소리 같기도 하고 풍경소리 같기도 한 부드러운 음악이 흘러나오기 시작하더니 속삭임 같은 나무피리 소리가 뒤따랐다. 애너벨은 자신의 팔이 들려서 옆구리 쪽에 안정되게 내려지는 것을 느꼈다. 레일라니가 받침대를 조정하고 시트를 등까지 내려 피부를 공기 중에 노출시키는 동안 얼굴 받침대 구멍을 통해 그녀가 신은 발레화의 발끝 부분이 보였다. 애너벨은 레일라니의 손이 자신의 넓은 등판 중앙에 놓이는 것을 느꼈다. 그 손길의 가벼움에 비해 자신이 너무 크게 느껴졌다. 좋은 방식으로 큰 게 아니었다. 그녀가 예전에 켄지와 함께였을 때 느꼈던 풍만하고 관능적인 방식으로 큰 게 아니었다. 하지만 지금 그런 생각을 하는 건 의미가 없었다. 레일라니는 움직이지 않았다. 그녀 앞에 펼쳐진 광활한 등판에 놀란 것이 분명했다. 그녀가 그냥 압도된 거라고 애너벨은 생각했다. 여기 온 것 자체가 끔찍한 실수였다.

"피부가 정말 아름다워요." 레일라니가 말했다.

애너벨은 잘못 들었다고 생각했다. "뭐라고요?" 그녀의 입에서 비음이 잔뜩 섞인 웅얼거리는 목소리가 나왔다.

"피부요." 레일라니가 말했다. "정말 아름다워요. 매끈하고. 마치 대리석처럼. 아니면 설화석고 같기도 하고." 이제 그녀의 손이 움직이며 애너벨의 척추를 따라 올라가서 굳은 어깨와 목 근육을 주물렀다. 작은 체구의 여성치고는 힘이 매우 세다고 애너벨은 생각했다. 그녀는 살짝 긴장을 풀고 강인한 손길에 몸을 맡겼다. 피부에 바른 마사지 오일은 미끌미끌했다. 라벤더 향이 났고 마사지 침대에서 나오는 듯한 향긋한 온기가 복부와 전신에 퍼졌다. 침대에 히터를 켠게 분명하다고 그녀는 생각했다. 정말 좋군.

"제가 누르는 힘은 어떠세요?"

"좋아요." 애너벨이 말했다. 사실이었다. 모든 연약한 아픈 근육을 풀어주기에 충분하면서도 아플 만큼 세지는 않았다. 왜 진작 이걸 받을 생각을 못한 걸까? 자신의 몸을 다른 사람의 손에 맡긴다는 건 더없이 놀라운 느낌이었다. 이렇게 누군가 자신의 몸을 만진 적이 없었다. 물론 병원에서 건강 진단을 받은 적은 있지만 그건 열외로 치겠다. 그때는 대개 의사로부터 고혈압과 당뇨에 대해, 그리고 체중 감량의 필요성에 대한 경고가 뒤따랐다. 그러나 이 여자는 그녀를 전혀 꾸짖지 않았다. 그녀는 손과 팔뚝까지 이용해 길고 단호하고 광범위하게 등을 두드리고 팔꿈치로 뭉친 근육을 파고들어 몇 년 묵은 것처럼 느껴지는 피로를 끄집어냈다. 놀라웠다. 애너벨의 눈에서 눈물이 새어 나오기 시작했다. 그녀가 울고 있냐고? 말도 안 되지만 눈물이 그녀의 콧대를 타고 흘러내려와 코끝에서 똑똑 떨어져서 얼굴 받침대의 구멍을 통해 바닥으로 떨어졌다. 숨이 막힐 것 같았다. 레일라니가 눈치챌까 두려워 내부에서 커지고 있는 떨림을 제어하려 했으나 소용없었다. 호흡이 불규칙해지더니 곧 몸이 떨리기 시작했다. 레일라니의 손이 움직임을 멈췄다.

"괜찮으세요?" 그녀가 물었다. "뭐 필요한 거 있으세요?"

애너벨은 고개를 저었다.

"괜찮아요. 그럴 때가 있어요. 사람이 가끔은 실컷 울 필요가 있죠. 그러니까 우셔도 돼요. 휴지나 물이 필요하면 말씀하시고요."

큰 흐느낌이 한 차례 그녀의 몸을 덮쳤다. 또 한 차례, 그리고 또 한 차례. 그리고 더 이상 주체할 수 없게 되었다. 당황스럽게도 그녀가 울 때 아래에 있는 침대가 흔들리기 시작했지만, 레일라니는 신경 쓰는 것 같지 않았다. 그녀는 그저 등에서 다리, 팔, 심지어 발까지 이동하며 딱딱하게 뭉친 부분들에 체중을 실어 길고 꾸준하게 계속 주무르고 두드렸다. 애너벨은 설명하고 싶었지만 받침대에 얼굴을 묻고 그렇게 누워 있으니 말을 할 수가 없었고, 서서히 눈물이 잦아지고 호흡이 안정되면서 말할 필요성도 줄어들었다. 레일라니는 애너벨이 등을 대고 눕도록 돌아 눕히고는 은은한 라벤더 향이 나는 안대를 눈 위에 올렸고, 애너벨은 누워서 풍경 소리와 피리 소리에 귀 기울였다. 가끔씩 떨림이 여진처럼 그녀의 몸에 퍼졌지만, 그것을 제외하면 모든 것이 평온하고 고요해서 그녀는 곧 잠이 들었다.

그녀는 부드럽게 자신의 이름을 부르는 레일라니의 목소리에 깨어났다. "애너벨?"

"어, 미안해요! 잠을 잘 생각은 아니었는데……." 그녀가 자신의 무례함을 부끄러워했지만, 레일라니는 그저 웃을 뿐이었다.

"걱정 마세요. 잠은 좋은 거예요. 잠이 부족하셨나 봐요. 여기 물 한 잔 드세요. 제가 밖에서 기다릴 테니까 천천히 옷 입으세요."

그녀가 방에서 나갔다. 애너벨은 잠시 누워서 천장을 보며 눈을 깜빡이다가, 천천히 일어나서 바닥으로 내려갔다. 몸이 휘청거렸고 그래서 물 한 모금을 마셨다. 레몬 향이 상쾌했다. 그녀는 소심스럽게 동작 하나하나, 작은 감각 하나하나를 의식하며 천천히 옷을 입었다. 브래지어의 조임. 소매로 스윽 들어가는 팔. 터틀넥에서 빛을 향해 쑥 나오는 머리. 마치 꿈속에 있는 것 같았다. 그렇지만 오랜만에 평소보다 더 정신이 깨어 있는 느낌이 들었다. 방에서 나오는 길에 거울을 보았는데, 자신의 얼굴을 보고 발걸음이 멈춰졌다. 눈은 충혈되고 피부는 빨갛고 얼룩덜룩했다. 안면 받침대 솔기에 눌린 자국이 깊은 흉터처럼 뺨을 가로질러 나 있었다. 마사지 오일이 엉겨 붙어 축 늘어진 머리칼이 이마에 달라붙어 있었다.

레일라니는 로비에서 기다리고 있었다.

"제 꼴이 말이 아니네요!" 그녀가 계산을 하며 말했지만, 레일라니는 고개를 저었다.

"아뇨." 그녀가 꼭 안아주며 말했다. "몸에서 빛이 나는걸요!"

애너벨은 누군가 자신을 제대로 안아준 것이 언제였는지 기억할 수 없었다. 버스에서 그녀는 사람들이 자신을 쳐다보는 걸 알아차렸지만 신경 쓰지 않았다. 나는 마사지를 받았어. 나는 잊지 않고 자신을 보살필 줄 아는 사람이야. 그녀는 그렇게 생각하며 그들의 시선을 받아냈다.

그날 밤 그녀는 침대에 누워 손으로 두 뺨과 목, 어깨까지 훑어 내려갔다. 마사지 오일의 흔적이 그녀의 피부, 아름다운 설화석고 같은 피부에 묻어 있었다. 서로 엉켜 있는 켄지의 플란넬 셔츠 한 뭉치를 얼굴로 끌어왔다. 어렴풋한 담배 냄새와 라벤더 향이 코끝을 간질였다. 손을 아래로 내려 잠시 가슴을 만진 뒤 배 위로 이동하다가 다리 사이에서 멈추었다. 이게 얼마 만이지? 그곳을 만지면 어김없이 켄지가 생각났고, 그것이 항상 그녀를 너무 슬프게 했다. 이제 그녀는 조심스럽게 손가락을 앞뒤로 움직이며, 가볍고 따뜻한 두근거림을 느꼈다. 플란넬 셔츠를 얼굴에 대고 누르며 처음 함께 보낸 밤 벌거벗은 채 켄지의 앞에 서서 얼마나 긴장했었는지, 그가 어떻게 자신을 바라보았는지, 가로등 불빛에 그의 얼굴이 어떻게 보였는지를 생각했다. 가로등 불이 아니라 달빛이었나? 아니다. 달빛은 그가 죽던 날 골목길을 비추었다. 그녀의 발이 엉킨 이불 아래에서 쉴 새 없이 버둥거렸다. '아냐.' 그녀는 생각했다. '제발 지금은 안 돼.' 그녀의 손이 반응하여 빠르게 움직였고, 그녀는 그의 입술이 그녀의 몸을 더듬으며 내려갈 때의 감촉과 그가 어떻게 자신의 양쪽 가슴을 손에 쥐고 젖꼭지를 핥으며 '너무 부드러워. 꼭 복숭아 같아'라고 중얼거렸는지 떠올렸다. 그리고 그가 그녀 위에 엎드려 안으로 미끄러져갔을 때 텅 비고 무한한 공간이 그를 받아들이기 위해 열렸던 것도 떠올렸다. 이제 그녀의 손가락은 그의 손가락처럼 확실하게 움직였고, 절정에 이르자 그녀의 몸이 활처럼 휘며 목구멍에서 비명이 터져 나왔다. 그녀는 재빨리 플란넬 셔츠를 입에 물어 그 소리를 죽였다. 그녀는 그대로 누워서 긴장하며 귀 기울였지만 집 안은 고요했다. 귀에 들리는 거라고는 세찬 심장 박동 소리뿐이었고, 그래서 긴장을 풀었다. 호흡이 느려지면서 그녀는 이 느낌을 떠올렸다. 녹아내리는 느낌. 날것의, 그러나 온전한 느낌. 소진되었으나, 좋은 방식으로 소진된 느낌. 그날 밤 그녀는 잠을 푹 잤다.

다음 날 아침 그녀가 커피에 탈 우유—마사지를 받고 돌아오는 길에 잊지 않고 사 온—를 가지러 냉장고에 갔을 때, 그녀는 뭔가 달라진 것을 눈치챘다. 시 자석이었다. 단어들이 재배열되고 켄지의 시는 사라졌다. 그녀는 얼굴이 화끈거리는 것을 느꼈다. 베니가 그랬을까? 그것이 자신에게 어떤 의미인지 알면서 왜 그런 짓을? 그녀는 뒤섞인 단어들을 응시하며 옛날 시를 찾았지만, 그 자리에는 새로운 시가 있었다. 비뚤비뚤하게 새로 배열된 시였다.

꿈속의 복숭아처럼 부드러운

그녀는 자석으로 만든 단어들을 빤히 쳐다보며 무릎에 힘이 빠졌다. '켄지……?'

베니

맙소사. 이럴 거야? 내가 엄마의 성생활은 건드리지 말라고 했잖아. 우리는 그 문제에 대해 이야기한 적이 있고, 난 우리가 사생활 문제에 의견 일치를 보았다고 생각했는데, 아니었어? 내 말은, 엄마는 아빠를 그리워하고 있었고, 나는 마사지가 엄마의 기분을 나아지게 해서 기뻤지만 그 밖의 나머지 부분까지 내가 알 필요는 없다는 거야. 알았어? 이제 나는 그 사실을 결코 모를 수 없고, 안 본 눈이 될 수 없으니, 완전히 망했어.

하지만 사실 어쩌면 난 이미 알았는데 그냥 머릿속에서 차단했거나 뭐 그런 건지도 몰라. 왜냐하면 어느 날 밤 내가 잠자는 동안 비명 같은 소리를 들었던 기억이 나기 때문이야. 난 그 소리에 깨어 어둠 속에 누워 귀 기울였어. 그건 분명 아빠의 목소리가 아니었고, 사물들이 말하는 소리와도 달랐어. 그 소리는 분명 사람에게서 나오는 거였고, 엄마의 목소리처럼 들렸지만 평소의 슬픈 울음소리는 아니었어. 그건 아빠가 아직 살아 있어서 둘이 함께 잠을 잘 때 들어서 기억하는 소리였지. 그 방에서 많은 소리가 들렸지만, 그때 나는 너무 어려서 무슨 소리인지 이해하지 못했어. 가끔 밤에 문이 닫혔을 때, 싸우는 소리 같은 게 들려서 무서웠어. 또 어떤 때는 속삭이고 낄낄대는 소리가 나서 왠지 모를 외로움도 느꼈지만 그렇게 나쁘지는 않았어. 그러다가 무서운 동시에 외로움을 자아내는 또 다른 목소리가 등장했어. 그것은 신음처럼 낮게 시작해서 비명이나 환호성으로 끝났지. 승리감에 취한 환희의 소리! 이 소리는 그것에 더 가까웠어. 나는 귀 기울였지만, 더는 들리지 않자 잠들었어. 크게 걱정되지는 않았어.

그러나 이걸 읽으니 그날 아침 엄마가 멍청한 냉장고 자석 때문에 왜 그렇게 난리를 쳤는지 알 것 같네. 엄마는 내 침실로 와서 속삭였어. '베니, 베니, 일어나봐!' 아직 캄캄했지. 나는 내 관심을 끌기 위한 어떤 물건이려니 생각하고 무시했지만, 그러자 엄마가 나를 흔들어대기 시작했고 나는 눈을 떴어. 엄마가 내 침대 협탁의 스탠드를 켰어. 엄마의 얼굴이 온통 분홍빛으로 물들었고 흥분해 있었어. 엄마는 내게 냉장고 자석에 대해, 혹시 내가 그걸로 장난을 쳤냐고 물었고, 나는 절대 아니라고 말했어. 정말로 아니었으니까. 내가 아빠의 시를 흩어놓아서 엄마가 분통을 터뜨린 이래로 자석 근처에는 얼씬도 하지 않았어. 그것이 엄마에게 얼마나 큰 의미인지 알았으니까. 하지만 내가 그렇게 말하자, 엄마는 숨을 제대로 못 쉬고 정신 나간 눈빛으로 냉장고에 새로운 시가 있다며 내가 하지 않았다면 누가 그랬겠느냐고 말하는 거야. 엄마는 나를 끌고 부엌으로 가서 보여주었는데, 자석이 움직인 것처럼 보이는 건 사실이었지만 솔직히 그건 별로 시 같지 않았어. 그냥 복숭아에 대한 한 줄이었지. 그리고 나는 어쩌면 엄마가 몽유병 환자처럼 잠결에 내려와서 자석을 움직였을지도 모른다는 식으로 말했고, 엄마는 마치 내가 엄마를 한 대 친 것처럼 나를 보았어. 그때 난 엄마가 무슨 생각을 하고 있는지 알았어. 그게 아빠의 작품이라고, 아빠의 유령이 와서 밤에 엄마가 침대에서 뭔가를 하는 동안 엄마를 위해 시를 지었다고 생각하고 있었던 거야. 그러나 나는 믿지 않았어. 나는 목소리를 듣지만, 내가 유령의 존재를 정말로 믿는지는 모르겠어. 영혼은 있을 수 있지만, 유령은 좀 유치하잖아. 그리고 어쨌거나 나는 아빠의 시신을 화장하는 걸 봤고, 어떻게 유령이 그런 불길 속에서 살아남을 수 있는지 모르겠어. 그래서 그것은 일종의 미스터리였지만 난 그냥 잊어버렸어. 그것 말고도 걱정해야 할 다른 일들이 많았거든.

책

그래, 당연하지. 넌 대답해야 할 중요한 철학적 질문을 품게 되었으니까. '진짜란 무엇인가?' 그래서 네 실체의 본질에 너무 몰두한 나머지 네 어머니가 자신의 실체를 어떻게 경험하고 있는지 알아차리지 못했지. 하지만 좋아. 그건 완벽하게 자연스러운 일이니까. 아이들은 부모의 내면을 이해하는 능력이 제한되어 있고, 그것을 자신의 주관적인 렌즈를 통해 인식하고 자신에게 영향을 주는 한도 내에서만 이해하지. 아이들은 그런 면에서 아주 둔감하지만 걱정할 일은 아니야. 이건 비판이나 질책이 아니야. 너는 그때 어렸고 우리는 훈계하는 종류의 책이 아니야. 그런 책보다 나쁜 건 없지. 누구도 읽으려 하지 않을 테니까. 우린 그냥 잘 기록된 발전 단계에 대한 사실을 지적하는 것뿐이야. 아동 발달이라는 주제에 관한 책들이 많지만, 그렇다고 우리가 그런 책들 중 하나는 아니야. 자, 이제 그만 넘어가자고.

34

그들은 도서관에서 매일 만났다. 베니는 알레프가 언제 어디서 나타날지 몰랐지만 그것은 항상 마법 같았다. 그가 서가에서 머리를 한쪽으로 기울이고 책등의 제목을 훑고 있을 때, 갑자기 책꽂이를 통해 그를 보고 있는 그녀의 눈이 보였다. 또는 그가 식수대에서 몸을 숙이고 물을 마신 뒤 다시 몸을 들면, 그녀가 벽에 기댄 채 지켜보고 있었다. 그녀는 도서관의 구석구석을 다 알고 있었다. 나란히 앉아서 이야기를 나눌 수 있는 가장 편한 소파가 있는 구석진 곳. 머리를 맞대고 바닥에 누워 원하는 음악을 뭐든 들을 수 있는 방음 청취실. 하지만 그는 대부분 재즈를 들었다. 도서관 구관 건물의 작은 체스 방. 거기서 상대방이 룩이나 나이트 같은 말을 옮길 때까지 기다리는 동안 스테인드글라스 창을 통해 들어오는 빛을 볼 수 있었다.

그는 그녀에게 질문을 하곤 했고, 그녀는 가끔 대답했지만 보통은 자신에 대해 말하기를 좋아하지 않았다. 그럼에도 조금씩 조금씩 그는 그녀에 대해 알아갔다. 그녀가 어떻게 그의 나이 즈음 집에서 도망쳤는지, 그때부터 위탁 보호 가정에 있던 때를 제외하고 어떻게 자력으로 살아왔는지. 그녀는 따뜻한 여름철에는 공원의 숲속에서 잠을 잤다. 때로는 혼자, 때로는 그녀가 패거리라고 부르는 초문화적이고 범성애적이며 포스트젠더리즘을 표방하는 동류의 급진주의 젊은이들과 함께. 낮에는 재활용품 수거함을 뒤지고 다람쥐와 비둘기를 사냥해서 재활용 음료수 캔으로 만든 로켓스토브로 조리했다. 밤에는 플라타너스 나무 위로 올라가서 수피가 벗겨져 얼룩덜룩한 튼튼한 나뭇가지 사이에 해먹을 맸고, 그 아래에서는 보틀맨이 휠체어나 아이오와의 마음씨 고운 교회 아주머니들이 재활용 비닐봉지를 코바늘로 떠서 만든 매트를 깔고 잠을 잤다. 패거리는 보틀맨을 사랑했고 그를 보살폈다. 매일 밤 취침 시간 전에 그들은 늙은 시인 주위에 모여 이야기를 들었다. 그는 혁명에 대해, 소비자본주의라는 종교적 이데올로기에 대해, 그리고 자연을 인간과 분리된, 인간이 망쳐놓은 에덴의 이상으로 보기를 고집한 그의 세대의 인간중심주의적 감상주의에 대해 이야기했다. 그는 그들을 향해 말했다. 그건 오만이야! 우리는 별개의 존재가 아니다. 우리는 우리의 행성이고, 우리는 그것을 완전하게 사랑해야 한다. 우리는 우리의 쓰레기와 우리의 공해를 사랑해야 한다. 우리는 온갖 고난에 빠져 허우적거리는 우리 지구 전체, 우리의 행성 전체를 사랑해야 한다. 패거리는 그가 TV보다 낫다고 말했고, 그가 자신들의 리더라고, 그러나 물론 전적으로 비위계적, 반헤게모니적인 의미에서 리더라고 주장했다.

추운 계절에는 각자 흩어져서 실내로 이동하여 은신할 수 있는 어디서든 웅크리고 잠을 잤다. 많은 사람이 비를 피해 남쪽으로 이동했다. 보틀맨은 슬로베니아 인맥이 있었고, 덕분에 그와 알레프는 아직 젠트리피케이션의 손길이 미치지 않은 도시 외곽의 철로 옆 폐공장 건물로 들어가서 살았다. 창문이 깨져 합판으로 막아놓았지만, 비 때문에 합판이 썩고 떨어져 나갔다. 창턱에서 가죽나무 싹이 자라기 시작했다. 벽돌들 사이 부서진 시멘트에서 잡초와 잔디가 자라고, 포장된 노면에는 깨진 유리창이 여기저기 어질러져 있었다.

알레프는 그곳을 '작업실'이라고 불렀는데, 하루는 베니에게 문자로 위치를 알려주었다. 그는 버스를 탔다. 전에는 시내 중심가에서 이렇게 멀리 떨어진 곳까지 나가볼 엄두를 내지 못했다. 버스가 여기저기 움푹 팬 간선 도로를 따라 지금은 기능을 잃어버린 공업 지역 변두리를 덜컹거리며 누빌 때, 그는 창밖을 내다보았다. 교통이 뜸했다. 다른 움직이는 차량은 아무런 표시가 없는 낡아빠진 배달 트럭들뿐이었지만, 도로변에는 불타버린 자동차의 골격만 남은 잔해가 방치되어 있었다. 상점들은 문에 판자를 쳐서 막혀 있었고, 버려진 모텔 근처에서 어슬렁거리며 휴대전화로 문자메시지를 보내는 몇몇 초조해 보이는 성매매 종사자를 제외하면 보행자가 없었다. 차량이 접근하는 소리가 들리면, 그들은 고개를 들어 잠시 정신을 차렸다가 버스가 지나가면 다시 구부정하게 건물에 기대섰다.

베니는 알레프가 보내준 사진에 찍힌 공장을 알아보고 하차 벨을 눌렀다. 그리고 버스에서 내린 뒤 버스가 떠날 때 주변을 둘러보았다. 거리는 텅 비어 있었다. 축 늘어진 철조망 울타리가 공장 부지를 에워싸고 있었다. 그의 휴대전화에서 신호음이 울렸다. 알레프가 보낸 문자였다.

울타리를 따라와서 개구멍으로 들어와.

그는 울타리를 따라 걷다가 철조망이 기둥에서 빠져 있는 부분을 발견했다. 무릎을 꿇고 배낭을 개구멍으로 밀어 넣은 다음 자신도 기어들어갔다.

하역장으로 가서 흰색 밴을 찾아.

그는 주위를 빙 둘러 건물 뒤쪽으로 향했고, 거기서 하역장의 한 구획에 주차되어 있는 낡아빠진 흰색 카고 밴을 찾았다. 밴 측면에는 'AAA 보안 서비스'라고 쓰여 있었다. 그녀는 하역장 가장자리에 걸터앉아 있었는데, 그가 모퉁이를 돌자 그녀가 눈을 들었다. 바로 그때 창백한 한 줄기 햇빛이 어렴풋한 구름을 뚫고 나와 그녀를 환하게 비췄고, 그 순간 그녀가 너무도 찬란하고 아름다워서 그는 숨이 턱 막히는 것을 느꼈다. 그녀가 팔을 번쩍 들어 흔들었다. 그에게.

그는 서둘러 앞으로 갔다.

"야, 해냈네." 그녀가 말했다.

그녀가 아래로 몸을 숙이며 손을 내밀었고, 그가 잡았다. 그녀가 그를 하역장 가장자리로 끌어 올렸다. 놀랍게도 힘이 셌다. 그녀는 그를 하역장 근처의 어떤 문으로 이끌고 갔다. 그녀가 문틈에 깨진 콘크리트 블록을 끼워둔 덕분에 문은 열려 있었고, 그가 들어가자 뒤에서 문이 닫혔다.

안은 캄캄했다. 그들은 큰 문을 통과해 공장 바닥에 발을 들였다. 기계들이 모두 철거되어 동굴처럼 텅 빈 방이었지만 공기 중에는 여전히 기름 냄새와 땀 냄새가 남아 있었다. 그는 한 발짝 앞으로 가서 멈추었다. 새어 나온 기름이 고인 웅덩이들 때문에 시멘트 바닥이 얼룩져 있었다. 부분적으로 판자를 댄 창문을 통해 들어오는 우중충한 누런 빛 속에서, 한때 이곳에 있었던 기계들의 유령 같은 그림자가 보이는 듯했다. 그들의 목소리가 그의 귀에서 메아리쳤다. 기어 돌아가는 소리, 윙윙거리는 엔진 소리, 벨트 갈리는 소리, 뭔가의 비명도 들렸다. 그는 눈을 질끈 감고 손으로 귀를 막은 채 흥얼거리기 시작했다. 다시 손을 떼었을 때, 사방이 조용해졌다. 그는 눈을 떴다. 유령 같은 기계들은 사라졌고, 알레프가 그를 지켜보고 있었다.

"어서 가자." 그녀가 말했다. 그녀의 목소리도 메아리쳤다.

그녀가 맞은편 끝에 있는 철제문을 향해 걸어갔다. 문은 살짝 열려 있었고, 틈새로 빛이 새어 나왔다. 문을 통과하니 한때 기계공장이었던 커다란 밀실에 들어와 있었다. 천장에는 알전구가 매달려 있었다. 연장과 병들, 각종 잡동사니로 뒤덮인 L자형 작업대가 어두운 구석에 서 있었다. 빈 액자 더미가 벽에 기대어져 있었다. 방의 맞은편 구석은 산업용 개수대와 핫플레이트, 오래된 냉장고가 갖춰진 주방 공간으로 개조되어 있었다. 두 개의 튼튼한 톱질 모탕 위에 합판을 올려 식탁으로 썼고 그 위를 거위목 램프가 비추고 있었다. 핫플레이트 위에서는 커다란 냄비에 담긴 수프가 보글보글 끓어오르며 숲을 연상시키는 향긋한 증기를 뿜어내고 있었다. 보틀맨은 휠체어에 앉아 식탁 위로 몸을 숙이고 사발에 담긴 수프를 먹고 있었다. 베니는 놀랐다. 어떻게 그가 개구멍을 통과했을까? 그들이 들어오자 늙은 부랑자는 고개를 들어 그들을 보고 숟가락을 들어 환영했다. 베니는 알레프를 따라 식탁으로 갔다. 그녀는 그에게 낡아빠진 사무용 의자를 권한 뒤 그의 옆에 앉아 다시 먹기 시작했다. 노인은 휠체어를 돌려 핫플레이트로 가서 국자로 이가 빠진 사발에 수프를 떴다.

"숟가락은 챙겨 왔겠지." 보틀맨은 베니에게 사발을 건네며 말했다.

그것은 질문이라기보다 그냥 사실을 말한 것이었다. 베니는 배낭 옆 주머니에서 숟가락을 꺼냈다. 그는 수프를 한 모금 홀짝였다. "아저씨가 만드셨어요?"

노인은 뭐라고 중얼대더니 다시 먹기 시작했고, 베니는 그의 손이 떨리는 것을 보았다. 그는 기분이 가라앉아 보였고, 도서관에 있을 때와는 전혀 달라 보였다. 얼굴이 초췌해 보이고 반짝이던 눈도 흐릿해졌다. 긴 생머리가 얼굴 양쪽에 늘어져 있었고 수염이 수프 사발에 계속 빠졌다.

"우리가 약탈해 온 버섯으로 슬라보이가 만든 거야." 알레프가 말했다. "슬라보이는 요리를 아주 잘해. 입에 맞니?"

베니가 고개를 끄덕이며 한 모금 더 홀짝였다. 수프는 숟가락으로 떠먹으니 진하고 뜨겁고 맛있었다. "여기는 어떻게 왔어?"

"그쪽이랑 똑같이. 버스 타고."

"아니, 어떻게 울타리를 통과해서 건물로 들어왔냐고?"

슬라보이가 사발을 들어 마지막 남은 수프를 마셨다. 그는 외투 주머니에서 커다란 손수건을 꺼내서 입을 닦은 뒤 셔츠 목에서 목걸이를 꺼냈다. 목걸이 끝에는 열쇠 하나가 매달려 있었다.

"공장 정문 열쇠야." 알레프가 설명했다. "경비원이 슬로베니아 사람이거든. 슬라보이가 쓴 시를 좋아해. 게다가 둘이 술친구이기도 하지. 아니, 술친구였다고 하는 게 맞겠네. 슬라보이는 술을 끊었으니까. 그렇죠, 슬라보이?"

노인은 숟가락으로 마지막 보리 알갱이까지 싹싹 긁어 먹고는 빈 그릇을 빤히 들여다보았다.

"괜찮은 거야?" 베니가 물었다.

알레프가 어깨를 으쓱했다. "슬라보이는 괜찮아. 그냥 생각을 하고 있는 것뿐이야. 아니면 듣고 있거나. 구별하기 어려워." 그녀가 일어서서 노인의 사발을 개수대로 가져갔다. "중요한 건 이제 술을 안 마신다는 거야." 그녀가 그의 어깨에 경고하듯 손을 얹었다.

보틀맨은 한숨을 쉬고 고개를 끄덕였다. 알레프는 가볍게 토닥이고는 사발이 있던 빈 공간을 멍하니 응시하는 노인을 남겨두고 방을 가로질러 자신의 작업대로 갔다.

베니는 조용히 수프 그릇을 비웠다. 다 먹은 뒤 그릇과 숟가락을 씻어 식기 건조대에 올려놓았다. 못에 걸려 있는 다 해진 행주를 발견하고 그것으로 그릇과 숟가락을 닦기도 했다. 다음에는 뭘 해야 할지 알 수 없었다. 노인은 여전히 움직이지 않았다. 아무도 말이 없었다. 그들은 베니가 그곳에 있다는 사실을 잊은 것 같았다.

알레프는 방 저쪽의 작업대에 앉아 할로겐 등이 비추는 작업 공간에서 상체를 구부리고 있었다. 그녀의 뒤쪽 벽에는 일련의 그림이 붙어 있었다. 그림들은 멀리서 보면 행성처럼 보였지만 가까이 가서 보니 건축 설계도면에 더 가까워 보였고, 안에 사물들이 있는 여러 개의 원이 있었는데 각각의 원이 서로 달랐다.

"뭘 만드는 중이야?"

알레프가 눈을 들었다. 안경 렌즈가 두꺼운 이상한 돋보기를 쓰고 있어서, 그녀의 눈이 엄청나게 크고 액체 같고 흡사 받침 접시처럼 보였다. 안경 렌즈 사이에 장착된 고강도 LED 등이 마치 제3의 눈처럼 이마에서 광선을 뿜어냈다. 그녀는 뒤집힌 어항처럼 보이는 유리로 된 물건을 들어 올렸다. 그것은 벽에 붙어 있는 원 중 하나를 3차원으로 구현한 것이었다. 헤드램프 광선을 비추자 구체가 환하게 빛났다. 베니는 홀린 듯 구체를 응시했다. 그것은 스노글로브였다.

"엄마가 이런 걸 모으는데."

그녀가 그것을 건넸다. 스노글로브는 애너벨이 모으는 쾌활한 구체들과 달라 보였다. 발레리나도 돌고래도 귀여운 강아지도, 위로 떠다니는 하얗고 반짝이는 눈도 없었다. 이 스노글로브는 파멸적이었다. 바닥의 황량한 풍경은 마치 오래전에 죽어 탈색된 산호초처럼 창백했다. 아래에 납작하게 붙어 있는 키 작은 건물 위로 네 개의 불길한 고깔 모양의 탑들이 하늘을 향해 솟아 있었다. 도시락 통을 들고 있는 유니폼 차림의 작은 사람들이 개미처럼 줄지어서 건물로 들어가려는 자세로 얼어붙어 있었다.

"흔들어봐." 그녀가 말했다.

베니가 그렇게 했고, 그러자 소용돌이치는 검은 입자들이 유리 구체를 채웠다. 그것은 핵겨울* 대재앙의 축소판, 파괴된 작은 세상이었다.

"멋지네." 그가 말했다. "엄마가 모은 것들은 좀 시시한데." 그가 구체를 작업등 가까이로 들어 올리고 다시 흔든 다음 눈 가까이로 가져갔다. 할로겐전구에서 나오는 차가운 불빛이 뒤에서 그 장면을 비추었다. 가까이에서 보니 작은 사람들이 더 커 보였고, 베니는 자신

* 대규모 핵전쟁이 일어나면 재와 먼지가 지구 대기를 뒤덮어 빙하기에 가까운 저온 현상이 발생한다는 이론.

이 그들 중 하나가 되어 걸쭉한 액체 공기를 뚫고 천천히 가라앉는 검댕의 소용돌이 폭풍에 휩싸인 상황을 어느 정도 상상할 수 있었다. 그가 그것을 알레프에게 도로 건넸다. "이게 뭐야?"

그녀가 돋보기안경을 이마 위로 올리고는 실눈을 뜨고 그것을 보았다. "원래는 원자력발전소를 만들려고 했는데, 까만 게 석탄 입자에 더 가까워 보이네. 그래서 결정을 못 하겠어. 그건 연작 중 일부야."

그녀가 뒤쪽 어두운 곳에 숨어 있던 키 큰 철제 선반을 향해 걸어가서 형광등을 켰다. 갑자기 실내가 환해지면서 쭉 늘어서 있는 철망 선반들과 그 위에 진열된 10여 개의 유리 글로브가 빛을 받아 깜빡이며 소생하는 것을 볼 수 있었다. 각각의 글로브가 저마다 다른 파멸과 폐허의 장면을 담고 있었다. 그것들은 시간 속에 얼어붙은 채 유리구슬에 갇힌, 영원하고도 제한된 지구의 재앙을 축소한 모습이었다. 작은 세상들이 그에게 오라고 손짓하며 가까이 끌어당겼다.

"만져도 돼?" 그가 손을 내밀며 말했다.

"당연하지. 그게 포인트인데. 이것들은 흔들어야 해."

베니는 글로브를 하나씩 손바닥에 올려놓고 흔들어서 잠시 글로브에 생기를 불어넣었다. 그런데 그렇게 그가 글로브를 뒤흔든 순간 글로브도 자신의 마음을 뒤흔드는 것을 느꼈다.

다른 것보다 조금 더 큰 구체에는 쌍둥이 빌딩이 담겨 있는 것을 단박에 알아차렸다. 9.11 사태 당시 그는 태어나지도 않았지만 테러 공격의 상징적인 표현 방식은 알았다. 비행기 한 대가 작은 고층 건물 중 하나의 옆구리에 튀어나와 있었나. 다른 빌딩은 붕괴하는 도중에 얼어붙어 있었다. 아래의 거리에는 정장 차림의 직장인들이 먼지 구름을 피해 달아나고 있었다. 그가 글로브를 흔들자, 점성이 있는 공기에 작은 종잇조각이 가득 찼다. 손과 발 등의 신체 부위도 소용돌이쳤다. 그는 그것을 내려놓고 홍수가 휩쓸고 간 뒤 폐허가 된 도시를 표현한 다른 글로브를 집어 들었다. "이것도 뉴욕시야?"

"뉴올리언스야." 그녀가 대답했다.

작은 흑인들이 집의 지붕 위에 서 있거나 배를 타고 거리에서 떠다녔다. 그가 그것을 흔들자, 축소판 지폐들이 액체를 통해 위아래로 둥둥 떠다녔다. 그는 이해할 수 없었다.

"그건 재난자본주의야." 알레프가 말했다. "허리케인 카트리나 이후 약탈적 이윤 추구가 더 심해졌어. 2005년 일이라 넌 너무 어려서 그 허리케인을 기억하지 못할 거야."

'경고!' 로봇 목소리가 외쳤다.

"아냐, 기억해." 그가 거짓말을 했다. 그는 글로브를 재빨리 선반에 도로 내려놓았다. 2005년에 그는 세 살이었고, 물론 기억나지 않았다.

'위험!'

"그래?" 그녀가 말했다. "와, 나는 기억 못 하는데. 난 일곱 살이었지만, 우리 가족 중에 뉴스에 관심 있는 사람이 없어서. 나중에 학교에 가서 지구온난화를 공부하면서 알게 됐어."

"우리도 그걸 배웠어." 그가 빠르게 말했다.

그녀가 미소 지으며 고개를 갸우뚱했다. "그럼 너도 다 알고 있겠구나." 그가 불안한 마음으로 보고 있는데, 그녀가 허리케인 글로브를 집어서 흔들었다. "난 이걸 고등학교 때 과학 과제를 위해 만들었는데, 학교를 그만둔 뒤에도 그냥 계속 만들어. 난 이 연작을 '지구온난화'라고 부르는데, 그건 너무 직설적인 것 같아. 지금은 '현실의 사막'이나 '비상사태' 정도로 하는 게 낫겠다고 생각하고 있어. 하지만 이렇게 제목을 붙이는 것 자체가 너무 독창적이지 않은 것 같기도 하고. 어떻게 생각해?"

'경고! 이해할 수 없음!'

그녀가 대답을 기다리며 그를 지켜보고 있었다.

"'지구온난화'가 좋아." 그가 말했다.

'위험! 위험! 그 행동 방침을 받아들일 수 없음…….'

"내 말은, 그러니까……." 그는 그녀를 볼 수 없어서 눈을 감고 속으로 열을 센 뒤 말했다. "사실은 그 허리케인이 기억 안 나."

'장난해?' 로봇이 가고 이제 조롱하는 목소리가 나왔다. 항상 그를 업신여기고 잔소리를 해대서 그가 싫어하는 목소리였다. '왜 저 여자에게 그런 말을 하는 거야, 바보천치야.'

그는 애써 말을 이었고, 자신이 하는 말을 스스로 들을 수 있도록 더 큰 소리로 말했다. "지구온난화는 좋지 않고, 다른 이름들은 무슨 의미인지 모르겠어……."

'잘한다, 멍청아! 이제 저 여자가 네가 거짓말쟁이라는 걸 다 알게 됐잖아.'

"좋아. 걱정 마. 그런데 뭘 모르겠는데?"

조롱하는 목소리가 조용해졌다. 그가 눈을 떴다. 그녀는 다시 원자력발전소 작업으로 돌아갔다.

그는 카트리나 글로브를 집어 들어 다시 흔들었다. 지붕 위에 있는 작은 흑인들이 지폐의 소용돌이 속에 사라졌다. "어째서 여기 돈을 넣었어?"

"부자들이 기후 재난에서 이익을 취하니까. 돈벌이에 좋지. 신자유주의적 자본주의 경제에서는 기업이 행동을 조심할 동기가 없지. 그건 곧 우리 행성이 엉망진창이 되는 걸 뜻하고." 그녀가 한숨을 쉬고는 글로브를 내렸다. "이런 걸 더 이상 만들고 싶지 않아." 그녀가 말했다. "방금 결정했어. 이게 마지막이야."

"어째서?"

"이것도 또 다른 물건에 불과하니까. 세상을 어지럽히는 또 다른 쓰레기지. B맨은 우리가 우리의 쓰레기를 사랑하고 그 속에서 시를 찾는 법을 배워야 한다고 말하는데, 그건 사실이야. 하지만 내가 더 보태지 않아도 이미 쓸데없는 쓰레기는 충분하잖아."

베니는 이 말을 생각해보았다. 그녀의 글로브가 쓰레기라고 생각되지 않았다. 그는 그것이 아름답다고 생각했다. "물건을 만들지 않는다면 어떻게 예술가가 될 수 있지?"

"좋은 질문이야." 그녀가 일어나서 선반에 글로브를 얹었다. "어쩌면 예술가들이 작업실을 벗어나서 거리로 나가야 할 때일까? 나는 파괴하는 데 더 집중하고 싶어. 직접적인 행동과 개입에도. 슬라보이는 예술가의 일은 현상을 뒤흔들고 사람들이 사물을 바라보는 방식을 바꾸는 거라고 말해. 우리가 시각적 잠재의식을 깨고 사물을 낯설게 만들어야 한대. 우리가 삶이라고 부르는 이 이데올로기적 환상에서 깨어나야 한다고." 그녀의 시선이 방을 가로질러 늙은 부랑자가 휠체어에 앉아 테이블 위로 몸을 숙이고 잠들어 있는 곳을 향했다. 그녀가 목소리를 높였다. "안 그래요, 슬라보이?"

그가 놀라서 웅얼거렸다. "허?"

"우리는 우리가 삶이라고 부르는 이 이데올로기적 환상에서 깨어나야 한다!"

그는 눈을 뜨지도 머리를 들지도 않고, 주먹을 허공으로 치켜들며 '저항하라!'처럼 들리는 말을 중얼거렸다. 그러더니 그의 손이 마치 총에 맞아 하늘에서 떨어지는 새처럼 다시 무릎 위로 떨어졌다. 그의 입술에서 단어들이 졸졸 흐르는 가느다란 물줄기처럼 조금씩 새어 나왔다. '항상 무에서 뭔가를 만들고, 망할 놈의 세상을 우리가 만든 뭔가로 채우고, 여기저기 부수고, 서로 충돌하고, 그 모든 우리가 만든 것들 속에 익사하고…….' 졸졸 흐르던 말이 말라버리고, 그는 다시 침묵 속에 빠졌다.

"숙취가 완전 심해." 알레프가 말했다. "이봐, 원한다면 하나 가져가서 엄마에게 줘도 돼."

이 작은 세상들이 그토록 매혹적인 이유는 무엇 때문일까? 무엇이 그것들에게 넋을 잃게 만드는 힘을 주는 것일까?

1972년 12월 7일, 아폴로 17호 우주 비행사가 지구 표면으로부터 약 3만 킬로미터 떨어진 거리에서 반원과 원의 중간 정도 상태인 지구의 사진을 찍었다. 사진은 소용돌이 구름에 의해 부분적으로 가려진 채, 외계 공간의 캄캄하고 광대한 무한함 속에 마치 푸른 유리구슬처럼 홀로 떠 있는 지구의 모습을 보여주었다. '블루 마블(Blue Marble)'이라는 별명이 붙은 이 역사적인 이미지는 환경 운동의 상징이 되었고, 사람들이 지구를 생각하는 방식에 지대한 변화를 초래했다. 이제 지구의 이미지는 경외심을 자아내는 어마어마하고 불가해한 존재에서 손바닥 위에 올려놓고 굴리거나 부주의한 구둣발에 짓밟혀 깨질 수 있는 연약하고 외로운 구체로 축소되었다.

블루 마블은 지구에 대한 인간의 관념을 축소시키는 동시에 지구에 대한 인간의 중요성을 과장시켜, 인간에게 신과 같은 시각과 힘을 부여했다. 달리 말해 그 이미지는 규모에 대한 착각을 초래했고, 사람들은 여전히 그런 착각에 빠져 있다. 인간의 행동이 생물권에 미치는 파괴적 영향에 관한 불안감이 커짐에 따라, 인간은 전구를 교체하거나 빈 병을 재활용하거나 플라스틱 대신 종이를 선택함으로써 지구를 살릴 수 있다는 생각으로 위안을 삼았다.

베니, 개인적으로 너를 지목해서 말하는 게 아니야. 우리는 네가 이런 생각으로 위안을 삼았다고 말하는 게 아니야. 그러나 규모에 대한 착각은 네가 알레프의 스노글로브를 손에 쥐고 있을 때, 왜 그 작은 세계가 애너벨의 공상과 비교해 그토록 매혹적인 동시에 그토록 마음을 뒤흔든다고 느끼는지를 설명해줄 수 있을 거야.

베니

내가 선택한 것은 '3.11'이라는 스노글로브였어. 알레프는 동일본대지진과 쓰나미, 후쿠시마 원전 사고를 잊지 않기 위한 것이라고 말했지. 글로브 안에는 이상한 메기류의 물고기가 일본 국토 모양의 바위를 머리로 누르고 있었는데, 그녀는 옛날에는 일본인들이 거대한 메기가 지진을 일으킨다고 믿었기 때문이라고 설명했어. 방사능에 오염된 바닷물의 소름 끼치는 느낌을 주기 위해 물빛을 게토레이처럼 맑은 형광 녹색으로 만들었지만, 그녀는 실제 방사능 오염수는 보통의 물과 전혀 달라 보이지 않는다고 했고, 그러니 그건 전적으로 정확한 구현은 아니었지. 처음에 손으로 글로브를 잡으면 녹색 물속의 메기와 바위만 보이지만, 그것을 흔들면 온갖 작은 물체들이 빙글빙글 돌아다녔어. 자동차 타이어와 코카콜라 병, 휴대전화와 노트북 컴퓨터가 부유하는 어망에 엉켜 있었어. 나이키 운동화와 고무 오리, 헬로키티 배낭, 그리고 잘린 팔과 발 같은 인간의 신체 부위도 있었어. 큰 물건들도 있었지. 오토바이와 트럭, 집 두어 채가 그 연두색 오염 물질 속을 둥둥 떠다녔어.

내가 그것을 선택한 이유는 엄마가 지진과 쓰나미, 원자로 노심용융에 대해 잘 알기 때문이었어. 엄마는 업무상 그런 것들을 모니터링했고, 그러면서 어느 정도 집착하게 되었어. 엄마의 고객 중에는 원자력 에너지 로비 그룹이 있었고, 그래서 엄마는 바다로 방류되어 미국으로 이동하는 방사능 오염수에 대한 뉴스들을 추적하고 있었어. 엄마는 우리 집 수도꼭지에서 나오는 물에서 빛이 나기 시작할 거라고 확신했지만, 엄마가 그토록 기겁한 가장 큰 이유는 그곳 사람들 때문이었고, 아빠도 마찬가지였어. 그곳에 아빠의 친구들이 있기 때문이었지. 엄마와 아빠는 미치광이 같은 파도에 휩쓸려 집이나 자동차와 함께 바다로 떠내려온 일본 사람들에 대한 모든 동영상을 온라인으로 계속 보았고, 엄마는 가족과 집, 자신이 가진 모든 것을 잃어버린다면 얼마나 끔찍할지 연신 말했어. 이 스노글로브를 보고 있으니 이 모든 기억이 떠올랐고, 그때 내가 가족을 잃는 것에 대해 엄마의 말에 전적으로 동의했던 것도 기억났지만, 한편으로 만약 거대한 쓰나미가 덮쳐서 우리 집에 있는 엄마의 쓰레기를 모조리 휩쓸어간다면 그리 나쁘지 않을 것 같다고 생각하기도 했어. 어쩌면 그래서 내가 이 스노글로브를 선택했는지도 몰라.

나는 엄마의 생일까지 기다렸다가 선물로 주려고 스노글로브를 잘 포장했어. 하지만 선물을 열었을 때, 엄마는 몹시 동요한 것 같았어. 엄마는 이게 어디서 났냐고 물었고, 나는 학교를 땡땡이치고 알레프, 보틀맨과 공장에서 어울린 사실을 실토할 수 없어서 과학 시간에 만들었다고 둘러댔지. 엄마가 정말로 나를 믿고 싶지만 그러기 힘든 마음이라는 걸 알 수 있었어. 스노글로브의 만듦새가 너무 좋았는데, 나는 딱히 미술에 소질이 없었기 때문이야. 엄마는 미술에 소질이 있었고, 아빠는 음악에 소질이 있었지. 내가 생각할 때, 엄마에게 자식이 창의적이지 못하다는 건 자식이 정신병자인 것 못지않게 나쁜 일이었을 거야. 어쨌든 엄마는 스노글로브에 대해 온갖 질문들을 쏟아내기 시작했고, 나는 알레프에게서 들은 대로 방사능에 오염된 바닷물의 느낌을 표현하기 위해 게토레이를 이용했다고 말했어. 엄마는 굉장히 설득력 있어 보인다고 말했어. 그러더니 고무 오리는 자신이 재활용품 수거함에서 발견한 것을 본떠서 만들었냐고 물었고, 나는 그렇다고 대답했어. 나는 거의 전적으로 이야기를 꾸며대고 있었고 엄마가 나를 믿는다고 생각했지. 그런데 어쩌다 보니 우리는 또 그 멍청한 냉장고 자석 싸움을 시작하게 되었고, 나는 집을 나왔어. 내 행동이 옳지 않았다는 건 알지만, 엄마가 나를 믿지 않는 게 화가 났어. 그때가 내가 처음으로 도서관에서 밤을 보낸 날이었지.

게다가 내가 미술에 소질이 없다고 해서 꼭 창의적이지 않은 건 아니었어. 보틀맨이 그렇게 말했고, 그는 시인이기 때문에 알아. 그는 내가 과민하고 초자연적인 청력을 지녔으며, 그래서 목소리를 들을 수 있는 거라고 말했어. 내게 필요한 건 그저 나 자신의 목소리를 찾고 그것을 이용해 스스로를 표현하는 것뿐이라고 했지. 그것이 보틀맨이 하는 일이야. 그도 다른 목소리를 듣고, 자신의 목소리를 이용해 그것을 시로 써. 실제로 그가 말한 내용은 이보다 좀 더 복잡했지만, 정확히 기억나지 않아. 기억이 가물가물해. 어쩌면 약 때문에 머리가 멍해지고 기억력에 문제가 생기는 건지도 몰라. 가끔 그런 일이 일어나. 그래서 네가 필요한 거야. 그러니 그 얘기는 너에게 맡길게.

책

슬라보이가 말한 내용은 이랬다. 사람들은 저마다 다른 감수성을 가지고 세상의 자궁에서 태어나며, 당신들 한 명 한 명은 모두 세상을 온전히 경험할 필요가 있다. 그래야 세상이 온전히 경험될 수 있으니까. 단 한 명이라도 빠지면, 세상은 축소될 것이다. 그리고 슬라보이는 창의성에 대해 걱정할 필요가 없다고 말했다. 세상은 끝없이 창의적이고 그 생성적 속성이야말로 당신들의 일부분이다. 세상은 당신들에게 산과 강의 아름다움을 볼 수 있는 눈과 바람과 바다의 음악을 들을 수 있는 귀, 그것을 말하기 위해 필요한 목소리를 주었다. 우리 책들은 그런 사실을 보여주는 증거다. 우리는 당신들을 돕기 위해 여기 존재한다.

35

베니는 전에 거짓말을 한 적이 없었다. 애너벨은 그 점에 대해 자궁심을 갖고 있었다. 다른 엄마들의 아들, 특히 10대 아들은 늘 거짓말을 했지만, 그녀는 자기 아들이 자신에게 결코 거짓말을 하지 않는다고 자신했다. 찻주전자 사건이 있을 때까지는 그랬다. 그녀는 그것이 이기적인 거짓말이 아닌 자신의 기분을 해치지 않기 위한 하얀 거짓말에 가까웠기 때문에 그를 용서했다. 10대 남자아이가 그런 유치한 노래를 재미있어할 거라고 생각하다니 얼마나 바보 같은가! 당연히 그는 민망했고 거짓말을 했지만, 그건 '그녀에게' 한 거짓말인 것 못지않게 '그녀를 위해' 한 거짓말이었고, 사실 상당히 다정한 행동이었다.

그리고 엄마의 생일을 기억하고 선물을 준비한 것도 다정한 행동이었다. 그렇게 사려 깊다니! "어머, 베니." 포장지를 벗기고 안에 예술적으로 만든 스노글로브를 보았을 때 그녀는 숨이 막힐 지경이었다. "정말 아름답구나! 도대체 이런 게 어디서 났니?"

"내가 만들었어."

"네가 만들었다고?" 그녀는 놀란 목소리를 감추지 못했다.

"응." 그가 관제 센터 책상 옆에 서서 아무것도 아니라는 듯 거짓말을 했다. "과학 시간에."

그녀는 그 구체를 손으로 잡고 꼼꼼히 뜯어보았고, 그가 지켜보고 있는 것을 인식했다. "정교하네. 진짜 예술 작품이야."

그건 사실이었다. 그것은 비록 충격적이긴 하지만 아름다운 물체였다. 잘린 팔다리와 작은 구두, 휴대전화를 만들어낸 솜씨가 너무도 섬세하고 정교해서, 그녀는 아들이 만든 게 아니라는 확신이 들었다. 베니는 창의적이지만 이렇게 꼼꼼하지는 않았다. 이게 어디서 났을까? 혹시 훔친 걸까? 그렇다면 어디에서? 만일 누군가 그에게 준 거라면, 누가 줬을까? 그녀는 스노글로브를 흔들어 잘린 손이 섬뜩한 녹색 공기를 헤치고 콜라 병을 쫓아가는 것을 지켜보았다.

"그건 게토레이야." 그가 말했다. "물이 방사능에 오염된 느낌을 주고 싶었어."

동일본대지진의 여파로 그녀가 얼마나 동요했었는지 그는 알았다. 그가 왜 그녀에게 이런 걸 주는 걸까? "고무 오리가 귀여운 느낌을 준다." 그녀가 말했다. "내가 재활용품 수거함에서 찾은 것하고 비슷하네. 거기서 아이디어를 얻은 거니?"

"응." 그가 별일 아니라는 듯 말했다.

그녀는 그것을 다른 스노글로브들과 함께 워크스테이션 앞에 놓았다. 그런데 어울리지 않았다. 다른 스노글로브들은 모두 밝고 질 낮은 대량생산 제품들인데, 이것은 너무도 황량하고 아름다운 수공예품이어서, 그녀의 다른 작은 세상들을 모두 바보스럽고 싸구려처럼 보이게 만들었다.

"다른 스노글로브들하고 여기 있으니 보기 좋네. 안 그래?" 메기와 일본 땅덩어리 모양의 바위, 그리고 그 주위에 떠 있는 오싹한 물체들은 인기 있는 브랜드의 폴리머클레이 재료로 만든 것이었다. 그녀는 그 색 배합을 알아보았다. "뭘로 이걸 다 만들었니?"

그가 어깨를 으쓱했다. "뭐라고 부르는지는 몰라. 일종의 점토야. 선생님이 우리한테 나눠 줬어."

"가마나 뭐 그런 거에서 구웠니?" 그녀는 폴리머클레이를 이용해 구슬과 크리스마스 장식을 만든 적이 있었다. 그래서 그것을 경화시키려면 가마에서 구워야 한다는 것을 정확히 알고 있었다.

"그냥 혼자서 마르던데." 그가 말했다.

베니가 이것에 대해 거짓말을 하고 있다면 다른 것들에 대해서도 거짓말을 하는 걸까? 혹시 냉장고 자석에 대해서도 거짓말을 했을까?

그날 아침, 냉장고에 새로운 시가 나타났다. 지난번 '꿈속의 복숭아' 시는 무질서한 단어 무리의 위쪽에 들쭉날쭉한 열을 이루며 여전히 거기 있었다. 이 새로운 시는 단어 무리의 아래쪽에서 나오고 있었다. 첫눈에 보면 단어들이 무작위로 배열된 것처럼 보였고, 눈여겨보지 않으면 놓치고 지나치기 쉬웠다. 그러나 애너벨은 항상 눈여겨보고 있었다. 그녀가 처음에 발견한 두 단어 '어머니'와 '아픔'은 서로 닿을 만큼 가까이 붙어서 하나의 새로운 단어 '어머니아픔'을 형성했고, 그 단어의 의미가 은밀하고 원시적인 방식으로 그녀에게 와 닿아 그녀는 숨이 막혔다. 가슴이 쿵쾅거리는 가운데 그녀는 가까이 있는 단어들을 살펴보고 그것들을 조금씩 밀어서 새로 등장한 시를 읽기 쉽도록 좀 더 정리된 열로 만들었다. 작업을 마쳤을 때 그녀는 무릎에 힘이 빠져서 넘어지지 않기 위해 조리대 가장자리를 붙잡아야 했다.

노래하라 어머니아픔 을
우리 폭풍의 소년 아래
미친 음악 슬픈 바다를

그녀는 삐뚤삐뚤한 열들을 응시하며 눈물이 핑 돌았다. 비틀비틀 뒤로 물러나며 손으로 의자를 더듬어 찾았다. 음절들이 앞뒤가 맞지 않았지만, 그것은 하이쿠 같았다. 그녀는 그것이 켄지가 쓴 거라고 확실하게 느꼈다. 그가 가까이에 있다고. 그녀의 '어머니아픔'을 느끼며, 그가 그녀를 위해 이 시를 지었다고. 거실의 컴퓨터 스피커에서 세상에 대한 뉴스가 흘러나오고, 그녀는 의자에 앉아 시를 응시했다. 베니가 학교에서 돌아오면 보여줄 셈이었다. 베니는 켄지가 복숭아 시를 썼다고 믿지 않았지만, 이제 어떻게 믿지 않을 수 있겠는가?

그녀는 대재앙 스노글로브를 책상에 두고 베니를 부엌으로 데려갔다. "이것 좀 봐." 그녀가 냉장고를 가리키며 말했다.

그가 보았다. "뭐가?"

"새로운 시야."

그가 어깨를 으쓱했다. "그래서?"

그는 전혀 관심이 없어 보였다. 그런 척하는 걸까? 그가 조리대에서 뜯어 놓은 도리토스 콘칩을 집어 들고 먹기 시작했다.

"아름답지 않니?" 애너벨이 말했다.

그는 입 안 가득 콘칩을 채우고는 고개를 옆으로 기울이며 단어들을 좀 더 면밀히 살펴보았다. "말이 안 되는데." 그가 여전히 씹으면서 말했다. "폭풍의 '바다' 아닌가? '소년'이 아니라? '우리 폭풍의 바다 아래, 슬픈 음악, 미친 소년'이 되어야 할 것 같은데. 단어들이 엉뚱한 위치에 들어가 있네."

이것도 거짓말일까? 거짓이든 아니든, 베니의 아무렇지 않은 무심함이 그녀를 화나게 했고, 그녀의 목소리가 내면의 분노를 고스란히 드러냈다. "너였니?" 그녀가 다그쳤다. "나한테 거짓말 마, 베니. 난 꼭 알아야겠어. 네가 이걸 만든 거니? 네가 자석을 옮긴 거야?"

그 순간 베니가 참지 못하고 폭발해버렸다. "아니!" 그가 소리치며 도리토스 봉지를 조리대에 내던져 칩이 바닥에 흩어졌다. "도대체 몇 번을 말해야 해? 난 엄마의 멍청한 자석을 절대 건드린 적 없어! 엄마가 시를 짓고는 그게 아빠가 엄마에게 말하는 거라고 상상하고 싶다면, 좋아! 그렇게 해. 엄마는 나보다 훨씬 더 미쳤으니까!"

그는 진실을 말하고 있었다. 그녀는 알았다. "베니, 미안해! 그건 별일 아니야……. 잠깐, 가지 마! 이럴 생각은 아니었……."

하지만 너무 늦었다. 쿵 하고 문이 닫혔다. 그는 부식된 나무 계단을 덜커덕덜커덕 뛰어내려와 조잡한 대문 밖으로 나와서 어두워지는 골목길을 무섭게 질주했다. 그녀의 사과가 가느다란 실처럼 그의 뒤를 따라오며 팽팽히 당겨지고 또 당겨졌고, 마침내 그것이 미치지 못할 만큼 베니가 멀어지자 툭 끊어졌다.

36

사내들은 나무가 우거진 공원 귀퉁이에서 방수포를 펼쳐놓고 앉아 대마초를 피우고 있었다. 털 색깔이 밝은 리커라는 이름의 개가 아이보리색 코를 치켜들고 짖기 시작했지만, 곧 베니를 알아보고는 꼬리를 흔들었다.

"어이." 제이크가 몸을 움직여 자리를 마련했다. "이게 누구야. B맨이야."

베니가 두리번거렸다. 공원에 보틀맨의 흔적은 없었다. "그 사람을 아세요?" 그가 방수포 한구석에 자리를 잡으며 물었다.

"누굴 알아?"

"B맨이요. 빈 병을 잔뜩 매단 휠체어를 타고 다니는 남자요."

제이크가 대마초를 길게 한 모금 피웠다. "아니." 그가 연기를 빨아들이며 말했다. "B맨은 너야. 하긴 넌 아직 청소년이니까 B보이가 더 나을 수도 있겠군." 그가 대마초를 베니에게 내밀었고, 베니는 망설이다 받아 들었다.

"그냥 베니라고 부르면 안 돼요?"

"베니는 게이 같은 이름이라서 말이야. 여기 있는 테런스처럼." 그는 손을 뻗어 티본이라고 불리는 남자의 팔을 맥없이 툭 쳤다. "내 말이 맞지, 테런스?"

티본이 하품을 하며 가운뎃손가락을 치켜들었다. "엿이나 먹어!"

그가 베니를 보았다. "담배를 피우는 거야, 그냥 감상만 하는 거야?"

베니는 대마초를 피워본 적이 없었지만 밤늦게 클럽에서 돌아온 아빠가 베니의 방으로 들어와 잘 자라고 입을 맞추곤 했기 때문에 그 냄새를 알았다. 고약하면서도 달콤한 냄새. 그는 침에 젖은 필터를 내려다보았다. "피워본 적이 없어요."

세 남자가 쳐다보고 웃기 시작했다. "제기랄." 제이크가 느릿느릿 말하며 길게 연기를 내뿜었다. "뭘 기다리고 있는 거야?"

베니는 기억이 가물가물한 것을 복용하는 약의 탓으로 돌렸지만 사실은 대마초 때문이었다. 그때 일어난 일을 짧게 요약하면 이렇다. 그가 대마초를 한 모금 피우자마자 캑캑거렸고 사내들은 무척 재미있어했다. 그들은 그에게 그것을 또 하고, 또 하고, 또 하게 했다. 그들은 기침을 하지 않고 흡입할 수 있을 때까지 연습이 필요하다고 말했고, 그때 즈음 베니는 목구멍이 얼얼해졌고 너무 어지러워서 누워야 했다. 위에서는 별들이 자아내는 은빛의 실들이 잉크처럼 까만 하늘에 호를 그리며 물결치고 있었다. 공원에 서 있는 낡은 주철 가로등이 뿌연 주황색 후광에 싸인 거대한 막대 사탕처럼 보였다. 대마초 끄트머리에 붙은 불이 빨갛다가 까매지더니 다시 빨개지며 계속 돌고 돌았다.

주황색 불빛 사이로 야구방망이를 휘두르는 누군가의 모습이 어른거리며 나타났다. 개가 짖지 않았다. 그들은 그자를 알았다. 사내들도 그자를 알았다. 그의 이름은 프레디였다. 아니면 프랭키였는지도 모르겠다 아무튼 '프'로 시작하는 이름이었다. 검은색 옷차림이었다. 가죽 재킷과 진. 그는 손을 주머니에 집어넣었다가 돈뭉치를 꺼내 방수포 가운데에 던지고 다른 남자들과 주먹을 맞댔다. 그리고 그때 풀밭 위에 대자로 뻗어 있는 베니를 발견했다. 그는 야구방망이로 베니를 가리켰다.

'저거 뭐야?'

'B보이야, 친구. 멋있는 놈이야. 그냥 어린애야. 대마초를 처음 피웠대. 맛이 갔어.'

그때 프레디가 그의 위에 서서 별을 가렸다. 야구방망이의 뭉뚝한 끝이 베니의 이마를 눌러 그를 땅에 고정시켰다. '네가 멋있는 놈이라고, B보이?'

야구방망이가 더 세게 짓눌렀다. '맞아. 난 멋있어.'

'이 친구야, 그냥 놔둬.'

야구방망이는 무뎠다. 야구방망이는 나빴다. 야구방망이는 사악했다. 그것은 그의 이마를 관통해 뇌까지 뚫고 들어갈 기세였다. '난 멋있는 놈이야, 진짜.'

'웃기는군, 전혀 그렇게 보이지 않는데. 넌 게이처럼 보여. 망할 놈의 호모 새끼처럼 보인다고.'

그의 뇌 깊은 곳에서 사악한 야구방망이가 야유하기 시작했다. '게이! 게이! 호모! 호모!'

'제발…….' 베니가 애원했지만 야유는 점점 더 커졌고, 그의 위에서 있는 프레디가 어슴푸레 보였다. 남자들은 모두 낄낄거렸고 사악한 야구방망이가 그를 짓누르고 있었다. 그는 방망이의 야유를 멈추게 해야 했고, 그래서 그것을 향해 돌진했다.

'그만!' 그가 소리쳤다. '닥쳐! 그 입 닥치라고!'

야구방망이가 움찔했다.

그는 그것을 또 한 번 움켜쥐었다. '그 빌어먹을 입 닥쳐!' 하지만 이번에는 야구방망이가 더 강하게 내리눌렀고, 밤하늘이 폭발했다.

37

베니를 따라 뛰어나온 애너벨은 휘청휘청 계단을 내려와 뒷문을 통과했지만, 발이 너무 느려서 골목길에 도달했을 때는 그가 이미 보이지 않았다. 집으로 다시 돌아온 그녀는 휴대전화를 찾아서 전화를 걸며 계속 속삭였다. '받아라, 받아라, 받아라, 제발 받아라.' 마치 그녀의 의지와 말의 힘을 통해 어떻게든 그가 전화를 받게 만들 수 있을 것처럼. 그러나 베니는 전화를 받지 않았다. 그 대신 애너벨은 집 어딘가에서 조그맣게 울리는 그의 전화벨 소리를 들었다.

베니가 휴대전화를 두고 간 것이다.

그녀는 전화벨의 딸랑거리는 명랑한 멜로디를 따라 계단을 올라 그의 침실로 갔고, 거기서 의자 뒤에 걸린 배낭을 찾았다. 그녀는 옆주머니 지퍼를 열었다. 베니의 전화 화면에 불이 들어왔다. '엄마'라는 표시가 있었다. 그가 설정해둔 그녀의 아바타는 고무 오리였다.

딸랑거리는 멜로디가 멈추고 화면이 어두워졌다. 그녀는 까만 액정에 희미하게 비친 자신의 모습을 볼 수 있었다. 애가 대체 어딜 간 걸까? 그녀는 배낭 본체의 지퍼를 열었다. 안에는 중세의 갑옷에 대한 책과 비잔틴 정원 설계에 대한 책이 있었다. 둘 다 공공도서관에서 빌린 거였다. 애너벨은 베니의 학교 공책을 발견했지만 교과서는 찾지 못했다. 빈 도시락통과 유리구슬과 숟가락. 집 열쇠.

경찰에 전화를 걸어야 할까?

찻주전자 사건 이후 그가 처음 집을 나샀을 때, 그녀는 관할 경찰서에 전화를 걸었고 경찰은 실종 신고를 하려면 24시간을 기다려야 한다고 알려주었다. 그는 인내심을 가지고 기다리라고 말했고, 아니나 다를까 베니는 두 시간 만에 제 발로 돌아왔다. 그도 그럴 것이, 사실 그렇게 멀리 달아나지도 않았었다. 그는 화가 났고 분노를 가라앉힐 필요가 있었다. 그리고 이번에도 집에 돌아올 것이다. 그녀는 그냥 경찰이 말한 대로 인내심을 가지고 기다릴 필요가 있었다. 그녀는 베니에게 두 시간을 줄 것이다. 아니면 세 시간.

켄지가 살아 있었으면, 그녀가 베니가 돌아올 때에 대비해 집에서 대기하는 동안 켄지가 나가서 베니를 찾아보았을 것이다. 아니, 켄지가 살아 있었다면 베니를 찾으러 나갈 필요도 없었을 것이다. 켄지가 살아 있을 때는 베니에게 이런 문제가 없었으니까. 그녀는 다시 관제 센터로 내려가서 구글 검색을 했다. '자녀가 가출했을 때 대처 방법은?' 그녀도 처음 해보는 일이었지만, 준비를 해둬서 나쁠 건 없었다. 그리고 체크리스트와 조언을 제공하는 웹사이트는 차고 넘쳤다.

- 경찰청과 주 경찰서, 인근 지역 경찰서에 전화한다.
- 국경 순찰대와 FBI에 알린다.
- 가출 청소년 쉼터와 가출 상담전화, 실종아동지원센터에 전화한다.

이런 전화를 하기에는 너무 일렀지만 알아두면 좋을 터였다. 그녀는 목록 아래쪽으로 내려갔다.

- 친척과 이웃, 학교 친구와 그 부모들에게 연락하고,
  아이에게 연락이 오거든 알려달라고 부탁한다.
- 사회관계망을 통해 정보를 공유한다.

그녀는 사회관계망도 친척도 없었다. 아들이 학교 친구에 대해 말해주지 않았기 때문에 그들에게 확인할 방법도 없었다. 어쩌면 친구가 아예 없을지도 몰랐다. 아니면 그것도 거짓말일까? 이웃으로 말

할 것 같으면, 그녀와 켄지가 알고 지내던 사람들은 모두 집을 팔았거나 부동산 가격이 상승하기 시작하자 탐욕스러운 집주인들에게 쫓겨났다. 왕 부인은 탐욕스러운 부류가 아니었지만 노굿은 그런 부류였다. 그녀는 뒷마당에서 쓰레기를 쑤시고 모이대를 살펴보고 있는 그를 또 보았다. 그녀가 방문 점검에 대한 그의 첫 번째 편지에 답하지 않자, 그는 두 번째 편지를 보냈다. 그녀는 그것을 읽고 어딘가에 두었다. 그게 어디 갔지? 그녀는 뺨이 뜨겁게 달아오르는 것을 느끼고, 열을 식히기 위해 손으로 눌렀다.

두 번째 편지는 펑이라는 변호사에게 온 것으로, 임대차계약서 제12조 제3항에 따라 그녀가 자신의 구역을 청결하고 위생적이고 쓰레기와 찌꺼기, 오물, 폐기물, 먼지, 허드레 물건이 쌓이지 않은 상태로 유지하고, 그런 것들을 적절한 방식으로 처분할 책임이 있다는 것을 알리는 편지였다. 편지에는 다른 내용들도 있었다. 앞서 언급한 것들을 베란다와 마당에 쌓아두는 것은 임대차계약서 제12조 제3항 위반이며, 그녀는 자신의 구역을 다시 청결하고 위생적인 상태로 되돌려 놓기 위해 즉각적인 조치를 취해야 한다. 더욱이 뒤 베란다에 불법으로 설치한, 따라서 임대차계약서 제12조 제2항의 위반에 해당하는 야생동물 모이대는 해충을 꼬이게 하며 집주인이 점검하기 전에 제거되어야 한다. 그렇게 하지 않을 시 법적인 조치를 취할 것이다.

편지에는 점검 날짜가 포함되어 있었는데, 그녀는 그 날짜가 가까워 오고 있다는 건 어렴풋이 기억했지만 달력에 표시해두기 전에 편지를 어딘가에 두고 잊어버려서 정확한 날짜를 알 수 없었다. 법적인 조치란 쫓아내는 걸 말하는 걸까? 그 생각을 하니 그녀는 두려움에 사로잡혔다. 그 집은 행복한 추억들로 가득했다. 비록 지금은 동네가 딴판으로 바뀌어서 그녀와 전혀 공통점이 없는, 값비싼 자전거를 타고 다니고 대형 독일제 유모차에 아이들을 태우고 다니며 화단에서 토마토와 바질을 키우는 새로운 이웃들 사이에서 살게 되었지만 말이다.

켄지가 살아 있다면 그녀에게 화단을 만들어주었을 것이다. 보관자료를 정리하는 것을 도와주고 쌓인 쓰레기를 밖으로 옮겨주고 사라진 편지를 찾아주었을 것이다. 그러나 켄지가 살아 있다면 애초에 쓰레기가 쌓이지 않았을 테고 그들의 구역은 말끔하고 깔끔했을 것이다. 편지도 사라지지 않았을 것이다. 애초에 편지를 받을 이유가 없을 테니까. 그리고 베니도 집을 나가지 않았을 것이다.

그녀는 부엌으로 돌아가서 우비를 입었다. 그리고 베니가 돌아올 것에 대비해 쪽지를 써서 문에 붙였다. 문을 잠그지 않은 채 그녀는 다시 골목길로 나갔다. 켄지가 살아 있다면, 지체하지 않고 아들을 찾으러 나갔을 것이다.

38

"야구방망이는 원래 뭔가를 치고 싶어 하지." 알레프가 베니의 이마에 난 혹에 젖은 키친타월 뭉치를 대고 누르고 있는 동안, B맨이 그녀의 어깨 너머를 보며 말했다. "그건 방망이의 잘못이 아니야. 방망이의 본성이지. 방망이는 치기 위해 만들어졌거든."

"하지만 야구공을 치기 위해 만들어졌죠." 알레프가 말했다. "남자애의 머리가 아니라. 그자는 빌어먹을 개망나니예요." 그녀가 솜뭉치를 과산화수소수에 적셔 혹에 바르고 남은 흙과 피를 닦아낸 뒤 거즈 붕대 포장을 풀었다.

"그자를 알아?" 베니가 물었다.

"마약 거래상이야. 인간쓰레기지. 그자들 모두 인간쓰레기야. 그자들과 가까이 지내지 마." 그녀가 그의 머리칼을 뒤로 빗어 넘기고 테이프로 붕대를 그의 피부에 붙였다. "보기만큼 나쁘진 않아. 또 어디?"

베니가 셔츠를 들어 올렸다. 제이크가 뜯어말리기 전에 프레디가 걷어찬 갈비뼈에 붉게 멍이 들었다.

"부츠로 걷어찬 것처럼 보이는군." 슬라보이가 말했다. "야구방망이가 아니라."

"맞아요." 베니가 말했다. 알레프가 손가락 끝으로 누르자 그는 움찔했고, 쾌감과 고통이 섞인 묘한 감각이 밀려오는 것을 느꼈다. 그는 여전히 조금 취해 있었고, 그녀가 너무 가까이 서 있었다. 그가 그녀의 팔뚝에 새겨진 문신을 보며 눈으로 별자리를 좇고 있는데, 별들이 흉터로 변했다. 그는 고개를 흔들어 그 이미지를 떨쳐내려 했다.

노인이 한숨을 쉬었다. "부츠는 걸으라고 만든 건데." 그가 말했다. "하지만 좀 복잡해. 야구방망이나 총이나 진공청소기처럼 단순하지가 않지. 야구방망이는 치고 싶어 하고. 총은 죽이고 싶어 하고……."

"그냥 타박상이야." 알레프가 말했다. "갈비뼈에 금이 간 것 같지는 않아."

"진공청소기는 청소하고 싶어 하고……."

그녀가 돌아섰다.

베니는 실망해서 셔츠를 내렸다. "우리 집에 있는 진공청소기는 청소하고 싶어 하지 않아요." 그가 말했다. "청소하고 싶어 한 적이 없죠. 절대 먼지를 빨아들이지 않아요."

"슬프군." 노인이 말했다. "빨아들이지 않는 진공청소기는 존재 의미를 잃은 건데. 소년을 걷어차는 부츠는 윤리 기준을 잃은 거고."

그들은 도서관 지하의 직원 화장실에 있었고, 도서관은 닫혀 있었다. 어떻게 베니가 그곳에 가게 되었을까? 이 부분에 대해서도 기억이 가물가물했다. 그가 기억할 수 있는 거라고는 야구방망이의 타격과 복부를 걷어찬 부츠, 그리고 누군가 프레디를 끌고 간 게 전부였다. 베니는 허둥지둥 일어나서 줄행랑을 쳤다. 옆구리를 부여잡고 고개를 계속 숙인 채 골목길과 샛길을 통과해 도서관이 문을 닫기 직전에 도착했다. 어찌어찌하여 9층까지 올라와서 아찔한 구름다리를 건너 자신의 개인 열람석 밑으로 기어들어갔다. 그는 몹시 취해 있었다. 머리가 욱신거리고 갈비뼈도 욱신거렸다. 그의 통증 리듬에 따라 우주 전체가 팽창하고 수축하는 것처럼 느껴졌다. 멀리서 사서들이 마지막으로 돌면서 제 위치를 벗어난 책들을 수거해 트롤리에 올려놓는 소리와 잠시 멈췄다가 후진할 때 트롤리 바퀴들이 내는 엇박자의 작은 덜컹거림이 들렸다. 또한 건물이 하룻밤을 보낼 준비를 하면서 내는 온갖 작은 소음들이 들렸다. 환풍구의 낮은 웅웅거림, 제습기의 윙윙거림, 배전반과 타이머, 그리고 도서관의 거대하고 복잡한 호흡계를 제어하는 자동 스위치가 내는 딸깍 소리와 붕 소리, 윙 소리. 제본실에서 찬바람이 올라와 빈 병 주둥이에 대고 호흡하는 것처럼 공허하고 갈망하는 듯한 소리를 냈다. 저 멀리 어딘가에서 카펫 청소기가 켜졌고, 무겁게 윙윙거리는 청소기의 소리가 어쩐지 편안하게 느껴졌다. 베니는 많이 아프지 않은 쪽으로 몸을 웅크리고 잠에 빠졌다. 그리고 두어 시간 뒤 알레프가 거기서 그를 발견했다. 이번에도 그는 그녀의 흰담비와 코를 맞댄 채 깨어났다.

그녀는 그의 얼굴을 한번 보고는 손을 내밀어 일으킨 뒤 조용히 그를 이끌고 멈춰 있는 에스컬레이터를 걸어 내려갔고, 거기서 뒤쪽 계단실을 통해 지하로 갔다. 그들이 내는 발소리의 울림은 아래로 내려갈수록 커지는 윙윙거림에 의해 삼켜졌다. 그들은 육중한 지하 2층 문에 다다를 때까지 나선형을 그리며 아래로 내려갔다. 문에는 '도서 처리실—관계자 외 출입금지'라고 쓰인 표지물이 붙어 있었다. 알레프가 문을 당겨서 열자, 윙윙 소리가 계단실에 범람했다.

"어서." 그녀가 속삭였다.

베니가 문을 통과해 들어가서 멈추었다. 그는 카트와 분류 테이블이 가득한 커다란 콘크리트 중앙 홀 가장자리에 서 있었다. 머리 위로는 책들을 해당 작업대로 옮기기 위해 고안된 경사로며 활송장치, 컨베이어 벨트의 복잡한 시스템이 구불구불 펼쳐져 있었다. 그는 머리를 뒤로 젖히고 아홉 개 층을 눈으로 훑어 신관 건물의 아치형 천장을 올려다보았다. 아찔한 구름다리의 들보가 희미한 빛 속에 빛나고 있었다. 얼마나 자주 구름다리에서 걸음을 멈추고 난간 너머를 내려다보았던가! 그런데 지금 그가 바로 여기, 바닥에 서 있었다.

베니가 한 발 앞으로 내디뎠지만 알레프가 그의 팔을 잡았다. "아니, 그쪽이 아니야. 거긴 제본실이야." 그녀가 그를 다른 방향으로 이끌어 B맨이 기다리고 있는 직원휴게실로 데려갔다.

직원휴게실에는 연이은 공공 부문 인테리어의 트렌드 변화를 버티고 살아남았으나 결국 지하로 밀려난 얼룩진 회색 소파와 의자가 드문드문 배치되어 있었다. 한구석에 커피메이커와 전자레인지, 개수대가 설치된 탕비실이 있었다. 이가 나간 하얀 에나멜 상판과 페인트를 칠한 나무 다리가 달린 낡고 촌스러운 식탁이 구석에 덩그러니 놓여 있었다. 1940년대 농가 주방에 있었음직한 식탁은 그곳에 어울리지 않았고 단조로운 산업용 비품들 사이에서 외롭고 불편해 보였다.

알레프가 베니를 화장실로 데려가서 씻겼지만, 이 내용은 당신도 이미 알 테니까 생략하겠다. 그는 그녀가 구급상자를 가져가는 모습을 지켜보다가 그녀를 따라 다시 직원휴게실로 갔다. 거기서 그녀는 소파를 가리키며 거기 누우라고 했다. 그가 자리를 마련하기 위해 그녀의 외투와 배낭을 옆으로 옮기자, 배낭이 요동치기 시작했다. 그는 화들짝 놀라 뒤로 물러났지만, 그건 배낭 주머니에서 잠을 자고 있던 타즈였다. 녀석은 머리를 쏙 빼고 잔뜩 분개한 얼굴로 베니를 보고는 씩씩거리며 다시 사라졌다.

베니는 앉아서 주변을 둘러보았다. 보틀맨이 전자레인지에서 팝콘을 튀기고 차를 우릴 물을 끓이고 있었다. 그의 서류 가방이 테이블 위, 일종의 원고로 보이는 종이 더미 옆에 놓여 있었다. 대마초의 영향이 사라지자, 새삼 이 상황이 너무 이상하다는 생각이 들기 시작했다.

"여기서 뭐 하고 있는 거야?"

"난 오늘 밤 시내에서 모임이 있어." 알레프가 배낭에서 스웨터를 꺼내며 말했다. "슬라보이는 종이가 더 필요했고, 그래서 우린 오늘 여기서 묵기로 결정했지." 그녀는 베니 바로 옆에 서 있었고 그녀의 상체가 그의 눈높이에 있었다. 그녀가 스웨터를 머리 위에서부터 끌어당겨 입기 위해 두 팔을 들었을 때, 티셔츠가 함께 올라갔다.

"도서관에서 묵게 해줘?" 그는 또 다른 문신의 곡선 윗부분이 잠깐 보였다가 청바지 속으로 사라진 것을 볼 수 있었다. 그것이 무슨 그림일지, 어디까지 이어져 있을지 궁금했다. 그녀는 배꼽 가장자리에 은빛 링 피어싱을 하고 있었다.

터틀넥을 통과해 머리가 나왔다. 그녀는 무슨 멍청한 질문이냐는 듯 인상을 찌푸리더니 직원 냉장고를 뒤지고 있는 B맨을 가리켰다. "당연히 아니지. 슬라보이의 청소원 친구들이 있어서 들여보내줬어. 엄청난 시 애호가들이지."

"화장실에서 함께 보드카를 마시던 사람들?"

"맞아." 그녀가 배낭을 뒤지기 시작했고 흰담비가 다시 한번 화를 낼 준비를 하고 머리를 쏙 뺐다. 그러나 자신을 건드린 것이 그녀인 것을 보고는 하품을 하고 심술궂은 눈으로 베니를 노려보았다.

"나를 어떻게 찾았어?" 그가 물었다.

"타즈가 찾았지."

"내가 거기 있는 걸 타즈가 어떻게 알았지?"

알레프가 다시 인상을 찌푸렸다. '뻔한 거 아냐? 그러니까 넌 멍청이인 거야'라고 말하는 것처럼. "얘는 흰담비야, 베니. 흰담비가 하는 일이 그거야."

그녀의 목소리가 가시처럼 따가웠다. 흰담비는 의기양양하게 그를 보았다. 베니는 뺨이 뜨거워지는 것을 느끼고 그녀에게 들키지 않으려고 돌아섰다.

"이봐." 알레프가 옆에 앉아 손을 그의 무릎에 대고 말했다. "심하게 말할 생각은 없었어. 그냥 네가 걱정되어서 그래."

그는 귀를 의심했다. 아니면 무릎을. 그는 아래를 내려다보았다. 아니나 다를까, 그녀의 손이 거기 놓여 있었다. 그는 혹시 그녀가 손을 치울세라 움직이지 않으려고 숨을 참았다. 만일 그렇게 되면 그의 무릎이 그를 절대로 용서하지 않을 것 같았다. 그러나 그녀가 기다리고 있었기 때문에 자신이 어떤 반응을 취해야 한다는 것도 인식하고 있었다. 그녀에게 뭔가 잘 대답하고 싶었지만 엄두가 나지 않았다. 몸속에서 그의 심장이 다친 갈비뼈에 부딪칠 만큼 세차게 쿵쿵거리고 있었고, 섣불리 입을 열었다가는 심장이 목구멍을 타고 올라와서 벌떡거리며 그녀에게 뛰어들어 그녀의 무릎이나 가슴골로 파고들 것만 같아 무서웠다. 어떻게 심장을 믿을 수 있겠는가? 어떻게 심장이 흰담비처럼 행동하지 않을 거라고 확신할 수 있겠는가? 그는 입술을 굳게 다물고 그녀를 곁눈질로 보았다. 그녀는 미소 지었다.

"피곤할 거야." 그녀가 그의 무릎을 가볍게 쥐고 말했고, 거기에 반응해 무릎이 떨렸다. "아마 충격도 받았을 거고. 누워서 좀 쉬어.

슬라보이가 여기 있을 거야. 난 좀 이따 돌아올게."

"어디 가는데?"

"쓰레기 수거함을 좀 확인하고 나서 친구들을 만날 거야. 정신 질환 진단을 받은 아이들을 위해 시작한 동료 지원 그룹인데, 나중에 더 얘기해줄게."

"나도 가고 싶은데……."

"안 돼. 넌 쉬어야 해."

"난 괜찮아."

"아니. 그냥 있어."

그녀가 손을 그의 가슴에 대고 밀어서 눕혔다. 그가 누워 있는 동안 가볍게 누르는 그녀의 손길이 잠시 머물렀다. 베니는 그녀의 옷소매 밖으로 나온 팔뚝에 새겨진 문신에서 작은 별을 볼 수 있었다. 그것에 대해 물어보고 싶었지만 미처 그럴 겨를도 없이 그녀가 일어나서 외투를 입었다. 그녀는 흰담비를 다시 배낭 안에 넣고 지퍼를 잠근 뒤 배낭을 어깨에 멨다. 그녀는 농가 스타일 식탁으로 걸어가서 자신을 쳐다보는 보틀맨의 시선을 무시한 채 그의 컵을 집어 들었다. 컵에는 이렇게 쓰여 있었다.

나는 사서다.
당신의 초능력은 무엇인가?

그녀가 컵에 코를 대고 킁킁거렸지만, 그것은 홍차일 뿐이었다. "다행이네." 그녀가 말했다.

그가 대체 뭘 기대한 거냐고 묻는 듯 어깨를 으쓱했다. 그녀가 베니가 누워서 그녀의 일거수일투족을 지켜보고 있는 소파로 돌아와서 이마 중앙에 손끝을 댔다.

"쉬어." 그녀가 이마를 가볍게 두드리며 말했고, 그는 눈을 감았다. 갑자기 몹시, 아주 몹시 피곤해졌다.

39

골목의 동쪽 끝에 크고 탐스러운 달이 떠올라 거리 전체를 희미한 은빛으로 적셨다. 그녀는 한쪽을 보고 다른 쪽도 보았지만, 골목길은 텅 비어 있었다. 베니가 어느 쪽으로 갔을까? 걸어가다 보면 베니를 본 누군가를 만날 수도 있겠지. 이 생각을 하니 갑자기 무서워졌다. 그녀는 뉴스를 모니터링하는 사람이었고, 밤에 골목길에서 배회하는 사람들이 어떤 부류인지 알고 있었다. 그들이 무슨 짓을 하는지 알았다.

베니. 그녀는 그를 찾아야 했다. 베니에게 뭔가 나쁜 일이 생기기 전에 찾아야 했다. 이렇게 오래 기다려서는 안 되는 거였다. 베니를 당장 쫓아갔어야 했다. 그녀는 우비를 더 단단히 여미고, 달을 향해 걷기 시작했다. 이터널해피니스 인쇄소의 하역장을 통과했다. 그녀는 중고매장 재활용품 수거함 뒤에서 무슨 소리를 들었고 어둠 속에서 뭔가 움직이는 것을 보았다. 두 개의 형체가 가로등 불 아래 빛이 고여 있는 곳으로 걸어 들어왔다. 그들이 여자인 것을 보고 애너벨은 조금 긴장이 풀렸다. 그들은 키가 크고 날씬했으며 분홍색과 백금색 가발에 같은 색 튜브톱과 성조기처럼 보이는 핫팬츠 차림이었다. 그들은 한동안 거기 서서 서로의 화장을 점검해주었다.

"실례합니다!" 애너벨이 큰 소리로 부르며 부랴부랴 그들에게 다가갔다. 그녀가 가까이 오자 그들은 돌아섰다. 그녀는 자신의 실수를 깨달았다. "오, 죄송합니다!"

백금색 가발을 쓴 사람이 눈을 가늘게 뜨고 그녀를 내려다보았다. "자기야, 무슨 일이야." 그녀가 굵은 목소리로 느릿느릿 말했다. "자기가 찾던 게 아닌가 보지?"

"아, 아니에요." 애너벨이 얼굴을 붉히며 말했다. "그게 아니라……." 그녀가 그들을 보며 서 있었다. 긴 다리와 커다란 가발, 선명한 색 입술, 애국심을 고취시키는 핫팬츠.

"남자아이를 찾고 있어요." 그녀가 설명했다.

두 여자 모두 평퍼짐한 분홍색 추리닝 바지와 큼지막한 우비를 입은 그녀를 유심히 살펴보고는, 마치 신호라도 받은 듯 서로에게 안기며 웃음을 터뜨렸다.

"아이고, 자기야." 분홍색 가발이 한숨을 쉬고 자신의 눈가를 톡톡 두드리며 말했다. "행운을 빌어!" 그들은 애너벨에게 손으로 키스를 날렸고, 그녀는 그들이 서로 팔짱을 낀 채 은색 하이힐을 신은 발로 한쪽은 붉은색과 흰색 줄무늬, 다른 한쪽은 파란 바탕에 별들이 촘촘히 박힌 엉덩이를 일제히 씰룩거리면서 뽐내며 걸어가는 모습을 지켜보았다.

그녀는 반대 방향으로 향했다. 이제 밝은 달이 그녀를 따라오며 그림자를 길게 드리워 그녀가 말도 안 되게 크고 날씬하게 보이게 만들었다. 아스팔트의 깨진 부분에 튀어나와 있는 돌멩이가 젖은 바다의 바위처럼 번들거렸다. 그녀는 스컹크와 오줌 냄새를 풍기는 길모퉁이와 어두운 문가를 기웃거렸다. 베니. 대체 어디 있니? 그녀가 속삭였다.

건물들 사이에 은밀한 그림자들이 아른거리며 마치 유령처럼 콘크리트 벽에 나타났다가 그녀가 가까워지면 사라지곤 했다. 목구멍을 가로막고 있는 두려움의 장벽 너머로 말을 억지로 밀어내며, 그녀가 간신히 외쳤다. 제발 저를 도와주실 분이 없을까요? 제 아들이 실종됐어요……. 그녀의 목소리는 크게 들렸지만, 그림자들은 여전히 말이 없었다. 쓰레기통에서 동물 소리가 들렸다. 쥐 한 마리가 쪼르르 지나갔다. 제발, 아들을 찾고 있어요…….

그녀는 골목길 끝에 이를 때까지 걷고 또 걸었지만 베니의 흔적은 없었다. 그녀가 돌아서려는 순간, 두 명의 검은 옷차림의 형체가 골목길로 걸어 들어왔다. 그들은 워커와 후드티 차림이었는데, 후드 때문에 얼굴이 가려져 있었다. 그녀는 겁에 질려 걸음을 멈추고 뒤를 돌아보았다. 마치 도망치는 게 가능한 것처럼. 하지만 보이는 건 달뿐이었다. 달을 향해 뛸 수 있겠지만 결코 도망치는 데 성공하지 못할 터였다. 그녀는 그들을 향해 고개를 돌렸고, 그때 키가 큰 쪽이 말했다.

"오 부인?" 얼굴이 그림자에 가려져 있었지만 익숙한 목소리였다. "맞네, 오 부인. 부인일 거라고 생각했어요."

그가 후드를 뒤로 넘겼다. 달빛 아래서 그녀는 여드름 자국이 있는 그의 얼굴을 볼 수 있었다.

"맥슨!" 그녀가 손바닥으로 자신의 가슴을 누르며 외쳤다. "오, 맙소사. 놀랐잖아!" 그녀가 몸을 지탱하기 위해 한 손을 뻗었고, 맥슨이 그녀의 팔꿈치를 잡았다. 그의 동행이 다른 팔을 잡았다.

"고마워요." 그녀가 숨을 거칠게 쉬며 말했다. "좀 어지러워서……."

그들은 그녀를 이끌고 근처 상점 뒤쪽의 상품 하역장으로 가서 계단에 앉혔다. 차갑고 껄끄러운 콘크리트 때문에 몸에 한기가 퍼졌다. 그녀는 몸을 앞으로 웅크리고 스스로를 감싸 안았다. "놀랐어. 너인 줄도 모르고……." 그녀가 눈을 들었다 "맥슨, 베니가 사라졌어. 골목길로 뛰어갔어. 혹시 베니를 못 봤니?"

"아줌마가 걔 엄마예요?" 맥슨의 동행이 말했다. 애너벨은 이제 그녀의 얼굴을 볼 수 있었다. 코와 눈썹의 금속 링 피어싱. 부스스한 후광 같은 흰색 머리.

"고무 오리 아가씨네!" 애너벨이 외쳤다. "이렇게 늦은 밤에 여기서 뭐 하는 거야? 여긴 위험해. 알잖아……."

소녀가 웃었고, 애너벨은 그 웃음의 의미를 알 수 없었다. "괜찮아요. 하지만 고마워요." 그녀가 말했다.

"무슨 일이 있었는데요, 오 부인?"

"베니가 나랑 다투다가 집을 나갔는데 아직 돌아오지 않았어. 그래서 너무 걱정돼. 베니가 집을 나간 건 이번이 두 번째야. 베니에게 문제가 좀 있어……. 너도 알지……." 그녀는 거기서 말을 멈췄다. 물론 맥슨도 알고 있기 때문이었고, 그 역시 문제가 있기 때문이었고, 그녀를 바라보는 그들의 무표정한 얼굴에 뭔가 문제가 있기 때문이었다. 너무도 표정이 없는, 끔찍이도 젊은 얼굴들.

애너벨이 고개를 숙이고 울기 시작했다.

그들은 그녀를 집까지 바래다주었다. 낡아빠진 파란 대문에 이르렀을 무렵, 그녀는 차분해져 있었다.

"미안해." 그녀가 소매로 코를 닦으며 말했다. "오늘 일진이 좀 사나왔어. 평소에는 이렇지 않은데. 오늘이 내 생일이거든. 대체 왜 이렇게 된 건지 모르겠어."

"생일 축하해요." 소녀가 말했다. "여기가 아줌마 집이에요?" 대답을 기다리지 않고 그녀는 대문을 밀고 뒷마당으로 들어갔다.

"이제 난 괜찮아." 애너벨이 그녀를 따라 들어가며 말했다. "고마워." 그녀가 맥슨에게 손을 내밀었다. "베니를 보거든 제발 집에 돌아오라고 말해줘. 알았지? 내가 걱정하고 있다고 말해줘."

"그럴게요. 아마 괜찮을 거예요. 어딘가에서 추위에 떨고 있겠죠. 애들이 원래 그렇잖아요."

그들은 그녀가 다 허물어져가는 베란다 계단을 올라가는 것을 지켜보았다. 뒷문이 닫히고 불이 켜지고 그녀의 그림자가 마치 액자 속에 들어오듯 부엌 창문에 나타났다. 뒷마당에서 그들은 안에서 새어 나온 불빛 속에 석탄처럼 희미하게 빛나는 시커먼 비닐봉지 더미를 알아볼 수 있었다.

"대체 이 쓰레기는 다 뭐야?" 알레프가 낮은 목소리로 말했다. 그녀는 워커를 신은 발끝으로 가장 가까이에 있는 봉지를 쿡 찔렀고, 그러자 덜거덕 소리가 났다. 봉지에는 강력 접착테이프가 붙어 있고, '총기난사 조사 보도 / 백업'이라고 쓰여 있었다. 맥슨이 쭈그리고 앉아 봉투를 열었다. 안에는 CD와 DVD, 그리고 가위로 오린 신문 기사가 채워진 두툼한 서류철 더미가 있었는데, 하나같이 깔끔하게 표시가 되어 있었다. '2012/04/02 오이코스 대학, 고수남, 캘리포니아 오클랜드. 2012/07/20 다크나이트 라이즈, 제임스 홈스, 콜로라도 오로라, 2012/08/05 시크교 사원, 마이클 페이지, 와이오밍 오크크릭, 2012/12/14 샌디훅 초등학교, 애덤 랜자, 코네티컷 뉴타운.'

"아이고, 전부 다 저런 식이야?" 알레프가 말했다.

맥슨이 다른 봉투도 열었다. "이건 모두 산불에 대한 내용 같아." 그가 세 번째 봉투를 열었다. "이건 모두 선거 관련이네."

"여기서 기다려." 알레프가 말하고는 집의 측면으로 갔다. 담장과 벽 사이로 비집고 들어가서 몸을 움찔거려 창문까지 올라갔다. 위에서 블라인드가 비스듬히 내려져 있었지만, 부엌을 들여다볼 수 있었다. 그녀의 눈이 한 덩어리처럼 보이는 물체들에 적응이 되어 세세한 부분들을 포착하기까지 시간이 좀 걸렸다. 집 둘레에 빙 둘러 쌓여 있는 쓰레기봉지, 세탁 바구니와 얽혀 있는 옷걸이들, 닥사 다리에 감겨 있는 진공청소기 호스, 택배 상자 밖으로 튀어나와 있는 채소 탈수기 뚜껑이 보였다. 그녀는 깨진 램프와 식기 건조대, 학사모를 쓰고 있는 비글, 그리고 이 모든 것들 가운데서 애너벨을 보았다. 베니의 어머니는 작은 부엌 의자에 축 처져서 미동도 없이 앉아 있었다. 그녀의 위로 '졸업을 축하합니다'라고 쓴 현수막이 늘어져 있었다.

알레프는 글리너*이자 프리건**이자 쓰레기로 작업하는 예술가였지만, 이런 광경은 한 번도 본 적이 없었다. 그녀가 지켜보며 모든 것을 눈에 담으려 하고 있는데, 애너벨이 고개를 들고 뭐라고 말을 하기 시작했다. 냉장고에 대고 말하는 것처럼 보였다.

"빌어먹을." 알레프가 조용히 말했다.

40

베니가 눈을 떴을 때, 비상구 표시등에서 나오는 녹색 불빛과 낡은 농가 스타일 식탁 위의 스탠드에서 나오는 불빛을 제외하면 직원 휴게실은 캄캄했다. 그리고 쥐가 내는 것처럼 들리는, 뭔가를 긁는 듯한 조그만 소리를 제외하면 조용했다. 그는 이상한 딱딱한 소파에서 일어나 앉아 두리번거렸다. 늙은 부랑자는 식탁에 앉아 있었다. 그의 앞에는 반쯤 남은 팝콘 그릇과 반쯤 먹은 샌드위치, 그리고 '초능력' 머그컵이 있었다. 긁는 소리를 내는 것은 쥐가 아니었다. 뭔가를 끄적거리고 있는 슬라보이였다. 늙은 시인은 하얀 종이에 연필로 뭔가를 쓰고 있었다. 그는 등을 구부린 채 종이 위에 커다란 백발 머리를 앞뒤로 흔들고 있었다. 베니는 머리가 쑤셨다. 붕대가 감겨 있는 눈썹에 손을 대고 갈비뼈를 만져보았다. 저녁에 있었던 일이 다시 기억났다. 목구멍에서 신음이 올라왔고, 그는 그것이 허공으로 탈출하는 것을 막을 수 없었다.

* Gleaner. 버려진 물건을 주워 생활하거나 필요한 사람들에게 분배하여 쓰레기를 순환하는 사람들.

** Freegan. 자유(free)와 채식주의자(vegan)의 합성어로, 물질주의에 반대하여 버려진 음식으로 끼니를 해결하는 '프리거니즘'을 실천하는 사람들.

노인이 눈을 들었다. "어이, 어린 학생. 기분이 좀 어떤가?"

"개똥 같아요." 베니가 말했다.

슬라보이가 고개를 끄덕였다. "이번이 자네의 첫 싸움인가?"

"사실 싸우지도 않았어요. 제가 그냥 도망쳤죠."

"현명하군." 노인이 말했다. "배고프지? 자네를 위해 남겨뒀네." 그가 샌드위치 하나를 내밀었다.

베니는 그와 함께 식탁에 앉았다. 갑자기 허기가 밀려왔다. 그가 한 입 베어 물었다. 로스트비프 샌드위치였는데 맛있었다. 그는 샌드위치를 남김없이 먹고 남은 팝콘을 먹어치웠다.

"목도 마르지?" 슬라보이가 물으며 컵을 그에게 밀었다.

베니는 안을 들여다보고 킁킁댔다. 그것은 보드카였지만, 어쨌든 한 모금 홀짝였다. 얼얼한 액체가 화끈거리며 목을 타고 내려가서 그의 몸을 따뜻하게 해주었다. 기분이 한결 나아지는 것 같았다. 노인은 다시 종이 위로 몸을 숙이고 글을 쓰기 시작했다.

"뭐 하시는 거예요?"

슬라보이가 고개를 들고 의자에 똑바로 앉았다. "시를 쓰고 있지." 그는 연필을 허공에 들어 올리며 말했다. "나는 시인이니까. 우리나라에서는 제법 유명한 시인이지."

"그건 저도 알아요." 베니가 말했다. 식탁 위의 서류 가방이 열려 있었다. 안에는 어수선한 원고가 있었는데, 한때는 하얗고 매끈했겠지만 지금은 여기저기 구겨지고 아무렇게나 갈겨쓴 글씨와 낙서, 커피 자국과 케첩 자국 같은 것들로 뒤덮여 있었다. "이것들이 아저씨의 시인가요?"

늙은 시인이 고개를 끄덕였다. "그래." 그가 겸손하게 말했다. "그건 내 인생의 작품이고, 서사시고, 우리 행성에 대한 시를 지으려는 내 초라한 시도지."

"제목이 뭐예요?"

"젬랴. 지구를 뜻하는 슬로베니아어지. 어쩌면 별로 독창적이지 않게 들릴 수 있지만, 그건 그냥 가제야."

베니가 책상에 야트막하게 쌓인 종이를 보며 말했다. "저것들도 시인가요?"

"아니." 시인이 풀이 죽어서 말했다. "빈 종이일 뿐이야." 그는 제일 위의 종이를 치웠고, 정말로 아래의 종이들은 비어 있었다. 그는 구겨진 종이 뭉치들이 쌓여 있는 휠체어 옆의 바닥을 가리키고 슬픈 듯 고개를 저었다.

"어린 학생, 내가 시에 대해 말을 좀 하겠네. 시란 형상과 공백의 문제야. 내가 빈 종이에 어떤 단어를 쓰는 순간, 나는 혼자서 문제를 만들어낸 것이네. 거기서 나오는 시는 나의 문제에 대한 해결책을 찾으려는 형상이고." 그가 한숨을 쉬었다. "물론 결국 해결책은 없어. 더 많은 문제가 있을 뿐이지. 하지만 이건 좋은 일이네. 문제가 없다면, 시도 없을 테니까."

베니는 그 말에 대해 잠시 생각했다. 어머니와 냉장고 자석에 대해 생각했다. 그는 그 멍청한 시를 쓰지 않았고 그건 사실이었다. 그러나 그의 어머니는 그가 거짓말을 하고 있다고 생각했고 그것이 문제였다. 그에게는 많은 문제가 있었다. "아저씨가 쓰고 있는 내용이 그건가요? 아저씨의 문제?"

시인은 어깨를 으쓱했다. "내 문제에 대해서는 그렇게 많이 쓰지 않아. 하지만 세상의 문제에 대해서라면, 맞아. 나는 내가 듣는 것에 귀 기울이고 그걸 글로 쓰지."

베니는 화장실에서의 대화를 떠올렸다. 노인은 그의 문제—진짜란 무엇인가?—에 대해 숙고하라고 말했었다. 그는 시도해봤지만 아무것도 진짜로 진짜처럼 보이지 않았기 때문에 좋은 답을 생각해낼 수 없었다. 답답했다. 어쩌면 이제 숙고 대신 시 쓰기를 시도해야 할 것 같았다. "저도 제가 듣는 걸 써야 한다고 생각하세요?"

늙은 시인이 눈을 감고 말없이 아주 오랫동안 이 질문에 대해 생각했다. 그리고 마침내 고개를 들어 말하기 시작했을 때, 그의 말은 느리고 신중했다. "자네 말이 맞네(right)……! 시를 쓰게(write)……!

마치 돌멩이가 연못에 떨어지듯, 말들이 야심한 도서관의 정적 속으로 떨어져 파문을 일으키며 베니의 귀에 들어왔다.

((((맞네))))

((((쓰게))))

((((맞네))))

((((쓰게))))

보통은 이런 식의 소리가 성가셨는데, 오늘 밤은 이상하게 거슬리지 않았다.

보틀맨은 계속 말을 이어갔다. "모두 써 내려가게. 사물들이 하는 모든 말들을. 그들의 모든 문제들도……."

"사물들의 문제요?" 베니가 물었다.

"그래. 사물들은 많은 문제를 가지고 있지만, 사람들이 듣지 않지. 그래서 답답해하는 걸세. 당연히 답답할 수밖에! 누구도 자네의 말에 귀 기울이지 않는다면 기분이 어떻겠나?"

"거지 같겠죠. 하지만 사실 사람들은 자기 물건이 말하는 소리를 듣고 싶어 하지 않아요. 제가 말하려고 시도해봐서 알아요. 제 정신과 의사처럼요. 제가 의사 선생님의 장난감들이 하는 말을 전하면, 선생님은 제 말을 믿지 않아요. 그냥 내가 환각을 겪는다고 생각하고 약 처방을 조정하죠."

"나는 자네를 믿는다네. 그건 그 의사의 문제야. 자네는 자네의 문제만을 처리할 수 있어. 자네가 목소리를 듣는다면, 도와주는 게 자네가 할 일이야. 자네는 비서가 되어야 해. 대필자가 되는 거지. 혹시 대필자가 뭔지 아는가? 그건 받아쓰는 사람이야. 받아쓰기가 뭔지 아는가? 그건 말하는 것을 듣고 그대로 적는 것이지. 어쩌면 그게 시야. 어쩌면 그게 이야기이고. 남들이 인식할 수 있도록 자네가 목소리에 형상을 부여하는 걸세."

베니는 또다시 냉장고 자석에 대해 생각했다. 어쩌면 이야기가 시보다 나을 것 같았다. "그래서 뭐요? 그걸로 뭘 하죠?"

"그것도 자네의 문제가 아냐. 말이 세상에서 제자리를 찾겠지. 말은 그걸 잘하거든." 늙은 시인은 소년에게 빈 종이 한 장을 건넸다. "지금 들리는 게 있나?"

베니는 귀 기울였다. 바로 왼쪽 귀 뒤에서 호두알만 한 작은 목소리가 들렸다. 그는 고개를 돌리며 소리의 진원지를 찾았다. 머리 위 스프링클러의 노즐이었다. "예." 베니가 그것을 가리켰다. "저거요."

"좋아." 노인이 연필을 건네며 말했다. "여기. 연필은 쓰는 걸 잘하지. 이제 자넨 그저 열심히 귀 기울이고 들리는 걸 쓰면 돼."

베니는 빈 종이를 빤히 쳐다보며 기다렸지만, 노즐은 조용해졌다. "이제는 안 들려요." 그가 풀이 죽어서 말했다.

"음." 보틀맨이 말했다. "그런 일은 종종 일어난다네. 지면의 공백은 불안감을 조성하지. 형상화되지 않은 것의 잠재력은 지나치게 크니까. 가끔 사물들은 남의 눈을 의식하고 입을 꾹 다물곤 한다네. 너무 몰아붙이지 말게. 그냥 다시 시도해봐."

베니는 귀 기울였다. 식탁 밑에서 뭔가가 말하는 소리가 들렸다. 식탁 다리였다. 처음에는 보틀맨의 플라스틱 의족이라고 생각했지만, 나무로 만들어진 물건의 소리임을 깨달았다. 베니가 보려고 몸을 숙이자 흰색 촌스러운 식탁의 페인트칠한 나무 다리가 보였다. 다리가 말하기 시작했지만, 베니가 받아쓸 수 있는 말이 아니었다. 어떤 고통이 관련되어 있었다. 또한 슬픔도 있었다. 베니는 식탁 다리처럼 나무로 만든 연필을 꽉 쥐었고, 이번에는 두 나무 사이에 흐르는 기류 같은 낯선 공명을 느꼈다. 그는 눈을 감고 날카롭게 깎은 흑연 연필심을 내려 역시 나무로 만든 종이의 거친 표면을 건드렸고, 연결이 이루어지자 회로가 열리면서 말들이 쏟아져 나왔다.

식탁 다리의 이야기

다리는 뭔가를 기억하고 있다. 어떤 매듭을 기억하고 있다. 매듭으로 묶인 아기를 기억하고 있다. 식탁 다리에는 한때 아기가 묶여 있었고, 식탁 다리는 아기가 자신을 잡아당기던 것을 기억한다. 아기의 다리가 묶여 있다. 식탁 다리는 단단하고 나무로 만들었지만 아기의 다리는 말랑말랑하다. 말랑한 피부, 말랑한 뼈. 아주 어린 아기였다.

식탁은 아기의 엄마가 매듭을 묶던 것을 기억한다. 아기 엄마는 조심스럽게 스카프를 이용해 묶었다. 데이지가 그려진 보드라운 노란색 스카프였다. 그녀는 스카프 한쪽 끝을 식탁 다리에 묶고, 다른 쪽 끝을 아기 발목에 부드럽게 둘러 묶었다. 아기는 농가 바닥에 기저귀를 차고 앉아 까르르 웃으며 마치 날아오르려는 듯 두 팔을 퍼덕이고 있었다. 어쩌면 아기는 엄마가 하는 놀이라고 생각했을 것이다. 어쩌면 아기는……. 하지만 아니다. 아기는 생각을 하기에는 너무 어렸고 식탁은 생각에 대해 모른다(내가 방금 쓴 것은 바로 나, 베니의 생각이다. 하지만 이건 내 이야기가 아니다).

엄마는 아기에게 입 맞추고 일어섰다. 그리고 우유병을 채워 아기에게 주었지만, 아기는 그것을 던져버렸다.

왜 그러는 거야? 엄마가 물었다. 아니면 묻는 건 식탁 다리였을지도 모른다. 엄마가 우유병이 바닥에서 또르르 굴러가는 것을 보고는 끈을 가져와 한쪽 끝을 우유병 목에 다른 쪽 끝을 식탁 다리에 묶었다.

그녀는 병을 아기의 손에 쥐여주었다. 이번에 아기가 던졌을 때 병은 멀리 가지 못했다.

우유를 먹고 싶으면, 병이 여기 있어. 그녀가 말했다. 그녀는 외투를 입고 쭈그리고 앉았다. 미안하다, 아가. 난 가야 해. 그녀가 문가에서 잠시 멈췄다. 식탁 다리는 아기가 따라가려고 자신을 잡아당기던 것을 기억한다. 아기가 울던 것을 기억한다. 이제 엄마는 갔다. 아기도 갔다. 스카프도 갔다. 식탁 다리만 이곳에, 그 모든 것을 기억하며 도서관에 남아 있다.

베니

내가 이야기를 쓰고 난 뒤, B맨이 보여달라고 말했어. 나는 형편없을 거라고 생각했지만, 그가 읽어보고는 좋다고 했어. 그가 내가 종이에 쓴 말을 정말로 다 들었냐고 물었고, 나는 꼭 그렇지는 않다고 대답했어. 무슨 뜻이냐면, 내가 그 이야기를 아무렇게나 지어낸 건 아니지만 그렇다고 사람의 말을 듣는 것과 같은 방식으로 그 말들을 들은 것도 아니라는 거야. 그건 일단 몸으로 느끼고 나중에 기억나는 느낌을 적어 내려가는 것에 가까웠어. 말하자면 자해를 한 다음 나중에 그 고통을 기억할 때, 고통의 기억이 실제 고통과 차이가 있는 것과 같은 이치야. 그런 게 사물들이 가진 목소리고, 그들이 말하는 이야기는 기억이나 꿈과 비슷해. 꿈이 완전히 실제처럼 보이지만 막상 말로 옮기려 하면 용해되고 녹아서 사라져버리는 것 같은 느낌, 혹시 알아? 사물들의 꿈 이야기가 바로 그래. 사물들의 느낌 혹은 목소리는 말로 옮기는 것이 불가능하고, 그렇게 하려고 시도하자마자 이야기가 증발하기 시작하지. 그래서 내가 받아 적은 것이 그토록 형편없는 거야.

나는 이 모든 걸 B맨에게 말했고, 그는 시도 그렇다고, 마치 마음속의 바람이나 산들바람 같다고 했어. 처음에는 뚜렷하게 느껴지지 않고, 온전한 단어나 문장이 아니라 노출된 상처 위로 스치는 공기의 흐름처럼 느껴질 수 있다고. 계속 마음을 열고 그것이 바람처럼 지나칠 때 조금 아프더라도 시의 목소리를 느끼려 노력해야 한다고. 그의 비법은 바람을 움켜쥐는 게 아니라면서, 그렇게 하면 곧바로 바람이 사라질 것이기 때문이라고 했어. 그는 자신의 손을 이용해 방법을 보여주었어. 그가 손을 펴더니 그것이 자기 마음이라고 생각하라고 말한 뒤 눈을 감았지. 그는 내게 움직이지 말고 가만히 있으면서 내 마음의 손을 계속 펴고 목소리가 오도록 놔두라고 했어. 그는 시가 하늘에서 떨어지기를 기대하는 것처럼, 오랜 시간 동안 눈을 감고 손바닥을 펼친 채 앉아 있었어.

나는 목소리가 들릴 때면 대체로 목소리를 차단하거나 대처카드를 이용해 쫓아버리려 했어. 그냥 내버려두겠다는 생각은 들지 않았지. 내가 그 얘기를 했더니, 그의 덥수룩한 눈썹이 이마로 올라갔어. 그는 충격을 받은 것처럼 보였어. 내가 목소리를 듣는 것은 재능이라고, 그것들을 차단하거나 쫓아버리려 하면 안 된다고 말했어. 그리고 내가 식탁 다리 이야기를 잘하는 걸 보니 재능이 상당히 뛰어나다면서 계속 시도해야 한다고 했지. 자기가 쓴 글에 만족하는 사람은 없으니 낙담할 것 없다고도 했어. 나는 글쓰기에 대해 잘 모르고 국어 과목을 잘해본 적도 없어. 그래서 이것이 진실인지 아닌지 몰라. 너는 알 거야. 너는 책이니까. 아는 게 마땅하지.

그때 B맨이 내가 듣는 목소리가 모두 식탁 다리와 같으냐고 물었고, 나는 그렇지 않다고, 다양한 종류의 목소리가 있으며, 어떤 목소리는 착하고 어떤 목소리는 모호하고 어떤 목소리는 사악한 후레자식이라고 말했어. 또 어떤 목소리는 구체적인 대상을 겨냥해 말을 하는 반면, 다른 목소리는 그렇지 않다고도 했지. 그러니까 식탁 다리나 연필이나 신발 같은 물건은 아무도 신경 쓰지 않아도 그냥 늘 흥얼거려. 그들이 딱히 나에게 얘기하고 있는 것 같지는 않지만, 아마 내가 들을 수 있다는 건 아는 것 같아. 그래서 내가 주변에 있으면 좀 더 말이 많아지긴 해. 그러나 딱히 구체적인 대상을 겨냥하는 건 아니지. 그들은 아무에게나 말하는 것일 수 있어. 그런데 가위가 폴리 선생님에 대해 모욕적인 말을 하면서 선생님을 해치라고 말하기 시작했을 무렵, 나는 다른 종류의 목소리, 철저히 구체적인 대상을 겨냥한 목소리를 듣기 시작했어. 어느 하나에서 나오는 건 아니었어. 그건 말하자면 그냥 늘 내 오른쪽 어깨 위에 있는 것 같아. 마치 보이지 않는 장내 방송 설비처럼 작은 스피커가 나를 계속 따라다니다가 내가 뭔가 멍청한 짓을 하면 모욕적인 말을 하고 조롱하고 나더러 빌어먹을 멍청이라고 말하는 것 같아. 그건 정말 가혹해. 내가 B맨에게 이 목소리에 대해 말하니, 그건 아마 나의 내면에 있는 혹평가의 목소리일 거라고 말했어. 나로서는 처음 듣는 소리였어. 내 안에 로봇이 있다는 건 알았지만 혹평가가 있는 건 몰랐어. 그러나 그는 모든 창의적인 사람들은 누구나 혹평가를 하나쯤, 때로는 하나 이상을 두고 있다고 했고, 나는 뿌듯하고 행복했어. 그가 나를 창의적이라고 생각했기 때문이야.

이때 아직까지 너의 목소리를 들을 수 없었기 때문에, 너에 대해서는 말하지는 않았어.

그날 밤 B맨은 내게 자신의 다리에 대한 어이없는 얘기를 했어. 그의 플라스틱 의족이 아니라 진짜 다리, 그가 잃어버려서 더 이상 없는 다리 말이야. 그는 의족을 벗어서 휠체어 뒤에 걸려 있는 더플백에 찔러 넣었어. 그런 뒤 바지로 바람이 들어오지 않도록, 잘린 다리 바로 아래 부분의 빈 다리통을 매듭지어 묶었지. 내가 어떻게 사물들의 목소리가 거기 있기도 하고 없기도 한지를 설명하려 할 때, 그는 계속 매듭을 내려다보고 있더니 이런 말을 했어. 가끔 반쯤 잠들었을 때 다리가 간지러워서 긁으려 하면 거기 아무것도 없다고. 나는 이런 식으로 말했어. 맞아요! 그게 바로 제가 하고 있는 얘기예요! 아저씨 다리가 아저씨에게 말하고 있는 것과 같아요. 아니면 아저씨 다리에 대한 기억이 말하고 있거나. 다리가 없는데도 아저씨는 여전히 간지러움을 느낄 수 있고, 그건 뭔가를 의미해요. 맞죠? 그는 그게 맞다고, 의사들은 이 증상에 대해 이름을 붙였다고 말했어. 그건 환각지 현상이라며, 그래서 어쩌면 내가 '환각 물건' 현상을 겪는 걸 수도 있다고 했어. 나는 그 말이 썩 멋지다고 생각했고, 내가 그 현상을 겪고 있는 건 분명하지만 다른 증상도 있다고 말했지. 그건 아빠에 대해서만 해당되는데, 아빠가 환각 아버지이기 때문이라고 말이야. B맨은 정말로 슬퍼 보였고, 아버지가 어디 계시냐고 내게 물었어.

"죽었어요." 내가 대답했어. 나는 아빠가 죽던 날에 대해 말하기 시작했지만, 그가 손을 들어 저지했지.

"잠깐." 그가 말했어. "난 이게 좋은 이야기라는 걸 알 수 있어. 이건 자네의 이야기고, 자네가 글로 써야 해."

책

말이 되기 전의 이야기란 무엇인가?

불교 수도승이라면 이렇게 대답했을 것이다. 날것의 경험. 순수한 존재. 소년인 것, 아버지를 잃는 것에 대한 가늠할 수 없는 스치는 감각.

우리는 책이기에 알지 못한다. 우리가 아는 건 더 이상 존재하지 않는 것에 목소리를 부여하는 그림자나 메아리처럼 날것의 경험 뒤에 남는 생각뿐이다. 이런 생각이 말이 되고 말이 이야기가 된 다음에는 날것의 경험 자체에서 무엇이 남는가? 수도승이라면 말할 것이다. 아무것도. 허물 벗은 외골격이나 텅 빈 껍데기처럼, 남는 것은 이야기뿐이다.

그러나 정말로 그게 다일까? 우리 책들은 아니라고, 그 이야기는 그저 인간의 날것의 경험에서 버려진 부산물만은 아니라고 말할 것이다. 이야기는 이야기 자체의 날것의 경험이다. 물고기는 그것이 물인지 인식하지 못한 채 물에서 헤엄친다. 새는 그것이 공기인지 인식하지 못한 채 공기 속에서 날아다닌다. 이야기는 당신네 사람들이 숨 쉬는 공기이고 당신들이 헤엄치는 바다이며, 우리 책들은 해안가에서 당신들의 해류와 조류를 유도하고 억제하는 갯바위들이다.

비록 아무도 읽어줄 사람이 없다 해도, 책은 항상 마지막 말을 한다.

41

베니는 자신의 이야기를 써 내려갈 종이가 필요했지만, B맨의 재고가 거의 떨어졌기 때문에 그들은 좀 더 찾기 위해 옛 제본실로 향했다. 제본실은 빈 종이의 공급처이자 묶이지 않은 말들의 저장고라고 B맨은 말했다.

"제본실에서 너무 오랜 시간을 보내지 않는 게 좋아." 그가 의족을 신으며 베니에게 말했다.

"왜요?"

노인은 몸을 부르르 떨었다. "거긴 으스스한 곳이거든. 이 도서관의 쿵쿵대는 심장이지." 그가 휠체어를 밀고 직원휴게실에서 나가 길을 안내했다.

베니는 따라갔다. "엄마가 도서관에서 제본실을 폐쇄했다고 했어요."

"사실 도서관 측은 사람들이 그렇게 믿기를 바라지."

그들은 넓은 도서 처리실 한쪽 끝에 있었다. 주변에 비상구 표시등이 점점이 켜져 있어서 양쪽으로 바깥쪽을 향해 도열한 병정처럼 반듯이 쌓인 책들이 가득 실린 바퀴 달린 트롤리의 형태를 대충 구분할 수 있었다. 트롤리마다 책을 대대(大隊)별로 구분하는 연파랑 식별표에 굵은 검정색 숫자가 표시되어 있었고, 책 자체에는 도서 청구기호와 키워드와 기타 검색 정보가 적힌 녹색, 노란색, 분홍색의 파스텔 톤 색종이 조각이 붙어 있었다. 이 책들은 신착 도서, 말하자면 새로운 얼굴의 말단 신병들이었다.

"사람들은 제본실에 귀신이 붙었다고들 하지." 노인이 휠체어로 트롤리의 미로를 헤쳐나갔다. "나는 다른 이론을 가지고 있다네. 하지만 거기서 나오는 소리를 들을 수 있는 건 사실이야. 이상한 소리지. 유령 같은 음악."

"재즈인가요?" 베니가 물었다.

노인이 휠체어를 멈추었다. 그는 은밀하게 좌우를 살핀 뒤 베니에게 가까이 몸을 기울이라는 신호를 했다. 그의 충혈된 눈이 불타올랐다. 광기 어린 눈이었다. 시인의 눈.

"칼립소야." 그가 소년의 얼굴에 대고 속삭였다. 그의 숨결에서 보드카 냄새가 났다.

"그게 뭔데요?" 베니가 속삭이는 소리로 물었다.

"카리브해 지역의 음악이야. 흑인들이 물건처럼 거래되던 시절에 프랑스인들에게 사슬로 묶여 끌려온 아프리카 노예들의 음악이지. 정말 끔찍하고 끔찍한 시절이었어……." 슬라보이는 부드럽게 노래하기 시작했다. "데이-오, 데이-에이-오, 날이 밝으면 나는 집으로 갈 거야……."* 그는 눈을 감고 한숨을 쉬었다. "아아. 벨라폰테……."

"그게 뭔데요?"

"해리 벨라폰테. 칼립소 가수지. 정말 멋진 가수야."

"그 사람은 죽었나요?"

"아니, 하지만 아주 늙었어."

"죽지 않았다면, 어떻게 그의 유령이 여기 올 수 있죠?"

"그럼 그의 살아 있는 유령이라고 해두지." 노인이 인상을 쓰고 머리칼이 덥수룩한 머리를 내저었다. "너무 시시콜콜 따지지 말게, 젊은이." 그가 다시 노래하기 시작했고, 그의 목소리는 점점 커졌다.

* 미국의 흑인 포크가수 해리 벨라폰테의 〈데이-오(Day-O)〉 노래 가사. 〈바나나 보트 송〉으로도 알려져 있다.

"계수원 어서 와, 바나나를 세줘……." 마치 노래가 그를 일으키는 것처럼, 그는 서서히 두 다리—진짜 다리와 의족—을 펴며 휠체어에서 일어나서 똑바로 섰다. 그런 뒤 팔을 양쪽으로 펼치며 엉덩이를 돌렸고, 그 바람에 커다란 외투가 부풀어 이리저리 흔들렸다.

베니는 잔뜩 긴장해서 지켜보았다. "조용히 해야 하지 않을까요?"

늙은 시인은 그를 무시하고 멀쩡한 다리로 서툴게 폴짝이며 제자리에서 돌기 시작했다. "아침이 오면……."

바로 그때 갑작스러운 소리가 들렸다. 총소리 같기도 하고 문을 쿵 닫는 소리 같기도 했다. 노인은 베니의 옷소매를 붙잡았다. "숙여!"

그들은 바닥으로 내려가 웅크리고 앉았다. 베니는 귀를 쫑긋 세우고 청각 범위를 도서관의 아주 먼 구석까지 확장하여 열심히 귀 기울였으나 전부터 계속 들리던 윙윙 소리 말고는 아무 소리도 들을 수 없었다. 소리는 물체가 공간을 이동하는 것을 뜻하지만, 아무것도 이동하고 있지 않았다. 미로처럼 연결된 경사로와 활송장치, 컨베이어 벨트는 에스컬레이터와 마찬가지로 시간 속에 미동도 없이 얼어붙어 있었다. 윙윙 소리는 어디서 나오고 있는 걸까?

"됐어." 슬라보이가 다시 의자에 앉으며 말했다. "이제 안전해."

그들은 책이 가득한 트롤리들 사이로 조심스럽게 전진했다. 베니는 뒤에서 보틀맨의 휠체어 바퀴가 끽끽거리는 것을 들을 수 있었다. 앞에는 유리블록 벽에 먼지투성이 파란 현수막이 길게 걸려 있었다.

공공도서관 제본실

두꺼운 유리벽은 낡았고, 뿌연 표면의 뒤쪽은 암흑이었다. 베니가 멈춰 섰고 노인이 탄 휠체어도 굴러와 그의 옆에 섰다.

"여기 있군." 슬라보이가 낮은 목소리로 말했다. "제본실. 어떻게 생각하나?"

"종이가 있는 데가 여기예요?"

"그래. 제본실에는 없는 게 없지. 이제 자네가 안으로 들어가서 가져와야 해."

"제가요?"

노인은 그의 눈을 피하며 휠체어를 몇 센티미터 뒤로 굴렸다. "그건 자네의 이야기야. 그러니 자네가 가야 해. 자네 혼자서."

"하지만 그건 아저씨의 이야기이기도 해요."

B맨이 고개를 저었다. "아니. 나는 늙은 시인이야. 제본실은 내게 너무 강력해. 제본실에서는 무슨 일이든 일어날 수 있어. 하지만 자넨 젊네, 젊을 때는 뭐든 할 수 있지."

베니가 어깨를 으쓱했다. "좋아요."

그는 뿌연 유리벽을 향해 걸어가서 현수막을 찬찬히 보기 위해 멈춰 섰다. 그것은 파란색 타이벡 원단으로 만든 평범한 현수막이었다. 그는 귀를 기울였지만, 그것은 조용했다. 유리도 조용했고 지극히 평범해 보였지만 유리는 알기 힘든 존재였고, 그래서 그는 손을 내밀어 유리에 대보았다. 손끝으로 잔물결 무늬의 유리 표면을 눌렀을 때 충분히 세게 누르면 유리가 투과성 막처럼 물러나서 그곳을 바로 통과할 수 있을 것 같은 이상한 기분이 들었지만, 더 세게 밀어보아도 유리 표면은 여전히 차갑고 꿈쩍도 하지 않았다. 그는 이마를 유리에 대고 침침한 내부를 보려 했지만, 그가 알아볼 수 있는 건 그림자뿐이었다. 그는 문을 발견했고 문을 향해 걸어가며 슬슬 뒤로 물러나던 보틀맨이 이제 사라진 것을 깨달았다. 그가 직원휴게실로 돌아갔을지 궁금했지만, 손을 문손잡이에 올렸다. 아마 잠겨 있을 거라고 생각하면서도 일단 한번 밀어보았다. 약간의 저항이 느껴지더니 곧 문이 열렸고 그는 안으로 들어갔다.

딸깍 소리와 함께 뒤에서 문이 잠겼다. 그와 동시에 윙윙 소리가 멈추고 광활하고 공허한 정적만이 남았다. 그는 유리벽을 통해 뒤를 돌아보았다. 이제 유리벽은 묘하게 각도에 따라 달라 보이는 광택이 났지만 그가 불과 몇 분 전에 서 있었던 도서 처리실이 전혀 보이지 않았다. 어둠 속에서 그를 에워싸고 있는 것은 유령 같은 형체와 그림자들의 혼돈이었다. 그는 한 발을 앞으로 떼었다. 기계유와 접착제의 코를 찌르는 냄새가 허공에 맴돌고 있었다. 눈이 어느 정도 적응되자, 희미한 녹색 불빛 속에서 빛나는 커다랗고 검은 재봉틀 한 대의 실루엣이 보였다. 그는 멈춰 서서 그것을 살펴보았다. 철과 황동으로 만든 오래된 공업용 싱어 재봉틀이었다. 한 쌍의 길쭉한 실패 꽂이에 자리 잡은 실패에서 거미줄처럼 공급되는 두꺼운 제본용 면사가 걸려 있었다. 그 옆에는 피렌체산 공업용 단두대식 종이 재단기 '퀸틸리오 바젤리'가 있었다. 그는 대형 날을 들어 올렸다가 놓아서 그것이 공기를 가르며 떨어지는 모습을 지켜보았다. 소리는 물체가 공간을 이동하는 것을 뜻한다. 움직임이 멈추자 칼날은 조용해졌고 귀에 들리는 거라고는 세찬 심장 박동 소리뿐이었다.

그는 다시 이동하며 액체가 튄 자국이 있는 작업대 위에 놓인 주전자와 톱니 모양 칼, 접지주걱, 뚜껑이 열린 접착제 통을 살펴보았다. 그는 손끝으로 작업대를 쓰다듬었다. 제본실은 한동안 폐쇄되어 있었지만 티끌 하나 없이 깨끗했다. 베니는 누군가 입어보고 가봉해주기를 기다리는 빳빳한 새 코트처럼 쌓여 있는 책표지들을 지나쳤다. 표지는 색깔별—눈에 확 띄는 초록색과 선홍색—로 분류되어 있었다. 그의 주위로 사방에 우뚝 솟은 수많은 종이들이 거기에 말이 새겨지기를 기다리며 유령처럼 쌓여 있었다. 종이는 마치 눈과 귀와 입과 코를 배급받기 위해 줄 서 있는 얼굴 없는 사람들 같았다. 그는 종이의 공백, 종이의 텅 빔이 오염될세라 종이에 스치지 않으려고 혼잡한 병동을 걸어가듯 그 사이로 조심조심 걸었다. 말은 종이에게 특징을 부여할 것이다. 말은 종이에게 말할 수 있는 목소리를 부여할 것이다. 말은 종이에게 생기를 불어넣고 그것을 반은 살아 있는 존재로 변화시킬 테지만, 당장은 아직 각자의 의미가 정해지지 않은 채 침묵 속에 위협적인 존재로 남아 있었다.

보틀맨은 말했었다. '제본실에는 없는 게 없지. 제본실에서는 무슨 일이든 일어날 수 있어.' 그리고 이제 베니는 그 말을 이해했다. 제본실은 원초적인 장소, 모든 소리를 담고 있는 광활하고 무한한 정적의 장소이자 모든 형상을 담고 있는 공백의 장소였다. 베니는 그런 정적을 한 번도 들어본 적이 없었다. 그런 절박함을 느껴본 적이 없었다. 그는 전율했다.

종이. 그는 스스로에게 일깨웠다. 그냥 종이만 챙겨서 나가자. 하지만 그가 가는 곳마다, 종이가 더 많은 것처럼 보였다. 선반과 정리장마다 종이가 채워져 있었고, 책상과 테이블에는 종이가 높이 쌓여 있었다. 종이는 어디에나 있었고, 비상구 표시등이 비추는 녹색 불빛 아래 서 있을 때 종잇장들이 그것의 전신이었던 나무—의미 전달을 목적으로, 말로 표현할 수 없는 것들에 형상을 부여하기 위해 펄프로 만들어져 납작하게 눌리기 이전의 나무—에 부는 바람처럼 속삭이기 시작했다. 그는 그들이 말하는 목소리가 들렸다. 그리고 그때 갑자기 그것이 보이기도 했다. 침침한 녹색 불빛에서 그의 주변을 빙글빙글 돌며 춤을 추는 광란의 먼지구름처럼 격렬하고 어디에도 묶이지 않은 말들이 보이기 시작했다. 말들이 이처럼 행동하는 것을 본 적이 없었고, 그 광경이 그를 무너뜨렸다. 세상이 기울기 시작했다. 그러나 그가 넘어지기 시작한 순간, 마치 소용돌이 속에서 솟아오르는 따스한 돌풍처럼, 자신 없이 머뭇거리면서도 이상하게 희망적인 목소리가 희미하게 들렸다.

책은 어딘가에서 시작해야 한다…….

그것은 다른 어떤 목소리와도 달랐다.

그는 중심을 잡으려고 손을 뻗어 면도날처럼 날카로운 종이 재단기의 날을 붙잡았다. 타는 듯한 고통이 급속하게 팔을 타고 올라왔다. 그는 헉 소리를 내고 움찔하며 팔을 도로 접었다. 선홍색 피가 허공에서 호를 그리며 날아서 유령처럼 하얀 종이 더미에 흩뿌려지는 순간 그는 바닥에 쓰러졌고 세상이 캄캄하고 조용해졌다.

정신이 돌아왔을 때 그는 퀸틸리오 바젤리 아래에 작게 피가 고인 곳에 누워 있었다. 그는 일어나 앉다가 마치 단두대처럼 위에서 그를 위협하고 있는 재단기 날 끝에 달린 크고 둥근 균형추에 쿵 하고 머리를 박았다. 얼굴 측면이 피와 침으로 얼룩졌다. 그는 일어섰다. 깊이 베인 손의 상처에서 아직도 피가 새어 나왔고, 그가 보고 들은 것들에 대한 기억이 돌아왔다. 나무들 사이에서 춤을 추는 격렬한 단어들과 희미한 희망의 목소리. 그는 귀 기울였지만, 제본실은 고요했다. 그는 피가 흐르는 손을 복부로 가져가 옷 속에 넣고 바닥에 피를 뚝뚝 흘리며 비상구로 갔다. 보틀맨이 옳았다. 제본실은 너무 강력했다. 그는 유리문을 밀었고, 다행히도 문이 열렸다.

베니

그 목소리는 너였어. 그렇지? 그것이 네가 내게 처음 말을 건 순간이었어. 나는 종이가 만들어내는 모든 소음 사이에서 네 목소리를 간신히 들을 수 있었지만, 네가 나머지 다른 목소리들과 다르다는 걸 알았어. 사실 뭐라고 표현해야 할지는 모르겠어. 난 네가 누구인지, 혹은 네가 무엇인지 몰랐어. 그저 네가 나의 것이라는 사실만 알 뿐이었지.

책

그래, 맞아, 베니. 우리는 어딘가에서 시작해야 했어. 네가 쓰러지려 할 때, 우리는 널 잡아주고 싶었지만, 재단기의 날이 가까이 있다는 걸 고려하지 못했어. 네가 베었을 때 우리는 속이 상했지. 사실은 우리 책들이 모든 것을 아는 건 아니고, 우리가 아무리 노력해도 모든 것을 예측할 수 있는 것도 아니야. 어쨌거나 우린 네가 우리 목소리를 들을 수 있게 된 것에 안도했지. 안도했고 행복하기도 했어. 왜냐하면 책이 그처럼 인간과 접촉하는 게 쉽지는 않거든. 거기에는 많은 노력이 필요해. 대부분의 사람들은 책이 부르는 것을 알아듣지도 못해. 다들 휴대전화를 확인하느라 바쁘지.

그래서 알아들어줘서 고마워. 그리고 또 '네가 나의 것이라는 사실을 알았다'고 말해줘서 고마워. 이건 모든 책이 듣고 싶어 하는 말이고, 그 말에 우리는 등줄기에 기쁨의 전율이 흘렀어.

그리고 그건 흥미로운 질문이야. 그렇지 않아? 누가 누구에게 속해 있는가? 너의 친구인 발터 벤야민은 많고 많은 책을 소유한 열정적인 애서가였고, 그 주제에 대한 〈나의 서재 공개〉라는 유명한 에세이를 썼어. 거기서 그는 수집가가 책을 획득하는 방식을 상세히 설명하지. 수집가는 책을 구입하거나 중고로 구할 수 있어. 또는 물려받거나 나중에 돌려줄 의사가 없이 빌릴 수도 있지. 그러나 벤야민은 "책을 획득하는 모든 방법 중에 가장 칭찬할 만한 방법은 책을 직접 쓰는 것이다"라고 말해.

표면적으로 이것은 사실처럼 보이지만, 책의 관점에서 보면 그건 그렇게 단순하지가 않아. 왜냐하면, 사실 누가 누구를 쓰는 것이냐의 문제 때문이야. 베니, 그건 닭이 먼저냐 달걀이 먼저냐의 오래된 수수께끼와 같아. 생각해봐. 소년이 책을 쓰는 걸까? 아니면 책이 소년을 쓰는 걸까?

벤야민이라면 이 질문에 어떻게 답했을지 궁금해. 그는 자신이 소유한 책들에 대한 에세이를 기억할 만한 구절로 끝맺어. "소유는 수집가가 사물과 맺을 수 있는 가장 깊은 관계다. 그 사물이 그의 속에서 살아 움직이는 게 아니라 그 자신이 바로 그 사물 속에서 살고 있는 것이다."

우린 여기에 불만이 없어.

42

애너벨은 자신의 발을 응시하며 돌처럼 가만히 주방 의자에 앉아 있었다. 이따금 머리를 들어 냉장고 문에 대고 말했다.

"나한테 말해." 그녀가 속삭였다. "할 말이 있으면 제발 그냥 말해줘." 그녀가 기다렸다. 주방 창문 밖에서, 쥐인지 고양이인지 스컹크인지가 쓰레기를 뒤지는 소리가 들렸다. 시는 바뀌어 있지 않았다.

노래하라 어머니아픔 을
우리 폭풍의 소년 아래
미친 음악 슬픈 바다를

그녀는 오랫동안 노래하지 않았지만, 물론 켄지는 기억할 것이다. 켄지는 그녀가 노래하는 걸 좋아했고, 그녀가 아프면 항상 알았다. 시의 나머지 부분에 대해서는 확신할 수 없었다. 어쩌면 베니가 옳았는지도 모른다. '우리 폭풍의 바다 아래/슬픈 음악 미친 소년'이 되어야 하는 건지도 모른다. 그러나 그런 언어적 혼돈은 켄지가 시의 저자임을 보여주는 더 큰 증거처럼 보였다. 그는 영어 구사력이 뛰어난 적이 없었지만 항상 의미를 전달할 수 있었고, 때로 그의 말들은 그런 실수 때문에 오히려 더 아름다웠다.

"뭐라도 말해봐." 그녀가 냉장고에 대고 말했다. "내가 도움이 필요한 게 보이지 않는 거야?" 또다시 그녀는 기다렸지만 자석은 묵묵부답이었다. 그녀는 시간을 확인하고 천천히 일어섰다.

관제 센터로 돌아가서 재빨리 구글 검색으로 필요한 정보를 모으고 911로 전화를 걸었다. 상담원이 전화를 받자, 그녀는 실종 신고를 하고 싶다고 말했고 전화는 훌리 경관에게로 연결되었다. 그녀는 숨을 깊이 들이쉬고 차분하게 아들이 집을 나갔다고 설명했다. 아들과 다퉜고, 아들이…….

그가 중간에 말을 잘랐다. "부인, 아드님을 마지막으로 본 게 언젭니까?"

"제가 아들을 마지막으로 본 게 언제냐고요? 7시경인 것 같아요. 아니면 7시 30분. 예, 그게 맞을 것……."

"오늘 밤 7시 30분이요?"

"예. 개가……."

"부인, 실종 신고를 하려면 24시간을 기다려야 합니다. 내일까지 기다렸다가 관할 경찰서로……."

그녀가 그의 말을 잘랐다. "잠깐만요, 경관님." 그녀는 화면의 웹페이지를 잠시 참고한 뒤 말했다. "죄송하지만, 제 아들은 미성년자입니다. 이제 만으로 열네 살이고 정신질환 병력이 있어요. 제가 잘못 알고 있는 게 아니라면, 18세 이하의 미성년자는 실종 신고를 위한 24시간의 대기 시간이 적용되지 않는 걸로 압니다. 저는 정신질환이 있는 미성년자인 우리 아들이 자동으로 '중대 실종자'로 분류되어야 한다고 생각합니다. 1990년 미국 아동찾기지원법에 따르면……."

"이름이 뭡니까?"

"뭐라고 하셨죠?"

"아드님의 이름이요. 이름이 뭐지요?"

"오! 벤저민 오요."

"벤저민 오…… 그리고 뭐죠?"

"아뇨, 그냥 오예요. 경관님. 성이 오씨입니다."

"철자를 불러주세요." 그가 말했고, 그녀는 그렇게 했다. 그녀는 생년월일과 키, 몸무게를 알려줬다. 그리고 그를 집에서 나가게 만든 사건에 대해 간략히 설명했다. 냉장고 자석 이야기는 하지 않았다. 그가 입은 옷과 생김새를 설명했다.

"아름다운 아이예요, 경관님. 혼혈아죠. 반은 아시아계인데, 아빠에게 올리브색 피부와 갈색 머리를 물려받았고, 저한테는 코의 주근깨와 반곱슬머리를 물려받았어요. 아빠의 머리는 완전히 직모거든요. 애 아빠는 일본인이었어요. 한국인이기도 했죠. 지금은 죽었지만요."

"독특한 신체적 특징이나 언어적 특징이 있습니까?"

"나이에 비해 작은 편이에요. 10대인데 아직 폭풍 성장기가 안 왔죠. 그런데도 턱과 이마에 여드름이 몇 개가 나 있어요." 그녀는 여드름은 독특한 게 아님을 깨달았지만, 그것이 지극히 정상적이기 때문에 위안이 되었다. 그녀는 멜라니 박사의 이름과 아들의 진단 이력을 간략히 말해주었다.

"아드님이 의사나 사회복지사나 지원 단체에 도움을 구하러 간 건 아닐까요?"

"아뇨, 절대 아니에요."

"아드님이 갔을 거라고 짐작되는 곳은 없습니까?"

그녀는 도서관이 떠올랐지만, 그곳은 닫혀 있었다. 골목길을 생각했지만 성조기 무늬 핫팬츠 차림의 드래그퀸들이 못 봤다고 말했다.

"아드님에게 친구나 친척, 함께 있을 만한 누구라도 있습니까?"

그녀는 맥슨과 고무 오리 소녀를 생각했다. "모르겠어요." 그녀가 말했다. 그리고 훌리 경관이 한숨 쉬는 소리를 들은 듯 덧붙였다. "죄송해요."

"아드님의 치과 의사 이름과 전화번호를 주시겠습니까?"

"치과 의사요? 하지만 갠 이가 멀쩡한데요, 경관님. 날마다 양치를 하고, 지난번 검사를 받을 때 의사가 말하기를……." 그 순간 질문의 의미를 문득 깨달았다. "오!"

훌리 경관은 그녀가 놀란 것을 감지하고 부드럽게 말했다. "그냥 의례적인 절차입니다, 부인. 기록을 위해 정보를 파일로 보관하고 있죠. 걱정 마세요."

그가 계속 재수 없게 거만하게 굴었다면 차라리 더 쉬웠을 것이다. 경관이 그녀에게 최근 사진이 있냐고 물었을 때, 그녀는 목소리의 떨림을 제어하기 힘들었다. 그녀는 한 장 보내겠다고 말하고는 이메일 주소를 받아 적고 고맙다고 말했다. 그녀는 잊지 않고 그의 배지 번호와 신고 번호를 받아 적고 그의 이름 철자를 확인했다. 그런 뒤 전화를 끊고 의자 등받이에 몸을 기댔다.

사진. 그녀는 최근 사진을 찾아야 했다. 갓난아기였을 때, 아장아장 걸어 다닐 때, 어린아이였을 때의 사진은 많았다. 베니를 품에 안은 그녀의 모습을 찍거나 디즈니랜드와 지역 해변에서 셋이 함께 찍어서 인화한 실물 사진들. 세월이 흘러 사진은 줄어들고 켄지가 죽은 뒤에는 더더욱 줄어들었다. 집에서 사진사는 켄지였다. 그녀는 베니의 사진을 마지막으로 찍은 게 언제인지 떠올리려 했다. 최근 그들의 삶 속에는 기념할 일이 워낙 없었다. 그런데 문득 베니의 졸업식이 떠올랐다. 그녀는 휴대전화를 확인했고, 거기 베니의 사진이 있었다. 그는 한쪽 눈 위로 술 장식이 달랑거리는 학사모를 쓰고 졸업장과 비글 봉제 인형을 안은 채 주방에 서 있었다. 졸업식 현수막이 머리 위에 비뚜름히 걸려 있었다. 그는 그녀의 뒤쪽을 응시하고 있었다. 이때 베니는 어떤 기분이었을까? 분명 행복해 보이지는 않았다. 어떻게 그녀가 그것을 눈치채지 못했을까? 그녀는 그날을 특별하게 만들어야 한다는 생각에 사로잡혀 정신이 없었다. 바보같이. 그러나 그녀는 너무나 스트레스에 치여 있었다. 걱정하는 게 너무 지겨웠다. 그저 베니가 행복하기를 원했다. 베니가 행복해져서 걱정하지 않아도 되기를 바랐다.

그녀는 눈을 비비고 사진을 다시 보았다. 실물과 비슷했다. 이메일로 사진을 관할 경찰서에 보낸 다음 베니의 휴대전화를 가지러 2층 침실로 올라갔다. 어쩌면 다른 사진, 셀카 사진이나 어쩌면 친구가 찍어준 사진이 있을지도 모른다고 생각했다. 항상 그랬듯 그의 방은 깔끔한 오아시스였다. 침대가 깔끔히 정리되어 있고 책상도 깨끗했다. 책들이 고무 오리, 달 모형, 켄지의 유골이 담긴 상자와 함께 책꽂이에 크기순으로 줄지어 꽂혀 있었다. 켄지는 달 옆에 있는 것을 좋아할 것이다. 진짜 달, 두껍고 푹신한 먼지에 덮인 회색 달에 있다면 더 좋아하겠지만. 그녀는 베니의 휴대전화를 배낭에서 꺼냈지만 그것은 잠겨 있었고 비밀번호를 몰랐다. 침대에 앉아 주변을 둘러본 다음 이런저런 숫자를 입력하기 시작했다. 달(MOON)에 해당하는 자판의 숫자 6006을 입력했다. 아무 반응이 없었다. 닐(NEIL)에 해당하는 6345를 입력한 다음, 버즈(BUZZ)를 생각하고 2899를 입력했다. 달에서 걷지 않은 나머지 한 명의 우주비행사 이름은 생각나지 않았고, 그래서 먼지(DUST)에 해당하는 3878을 입력했다. 사실 이런 식으로 비밀번호를 알아낼 거라고 기대하진 않았다. 그녀의 추측이 적중할 리 없다고 생각했다. 그러나 그녀가 재즈(JAZZ)에 해당하는 5299를 입력했을 때, 휴대전화의 잠금이 해제되고 홈 화면이 열렸다.

그녀는 떨리는 손으로 최근 통화 및 문자 목록을 훑어봤다. 대부분 그녀와의 통화와 문자였지만, 일정한 빈도로 등장한 두 번째 번호가 있었다. '알레프'라는 누군가, 또는 무언가의 번호였다. 알레프가 뭐지? 그녀는 전화를 가지고 관제 센터로 내려가서 검색을 했다. 알레프는 셈어족 문자 체계의 첫 번째 문자였고, 수학에서 무한 기수를 나타내기 위해 사용되었다. 그것은 황소를 표현한 고대 이집트의 상형문자에서 나왔다. 아무것도 도통 이해가 되지 않았다. 베니가 일종의 사교도가 된 것인가?

애너벨은 세심한 성격인 데다 사서로서 세부적인 것에 주의를 기울이도록 훈련받았기 때문에, 알레프 앞에 관사 'The'를 붙여 다시 검색했다. 이번에는 1945년에 호르헤 루이스 보르헤스라는 아르헨티나의 작가가 쓴 〈알레프(The Aleph)〉라는 제목의 단편소설에 대한 정보를 포함하는 사이트 목록으로 보상을 받았다. 애너벨은 그의 이름을 들어본 적이 없었지만, 온라인에서 그 소설이 담긴 PDF 파일을 찾아 읽기 시작했다.

'보르헤스'라는 이름의 남자와 '지구 전체를 묘사하는 시를 쓰겠다'며 〈지구〉라는 제목의 서사시를 쓰고 있는 허풍쟁이 시인과의 내키지 않는 우정을 다룬 이야기였다. 어느 날 보르헤스는 마음이 산란해진 시인의 전화를 받는다. 시인은 술집을 차릴 공간을 만들려는 탐욕스러운 집주인들에 의해 자신의 집이 허물어지기 직전이라고 말한다. 시인은 그것이 재앙이라고 보르헤스에게 말한다. 그는 주방 아래 지하저장실에 자신의 시를 완성하기 위해 필요한 알레프가 있기 때문에 그 집에서 이사를 나갈 수 없다. 보르헤스는 알레프가 뭔지 모른다. 그의 말에 따르면 알레프란 "모든 지점을 포함하는 공간 속의 한 지점"이다. 이제 호기심이 생긴 보르헤스는 그 집에 간다. 그는 시인을 따라 좁은 지하저장실 계단을 내려가 지시에 따라 시인이 거기 놓아둔 마대자루 위에 눕는다. 그러자 시인은 나가서 낙하문을 닫아 보르헤스를 완전한 어둠 속에 남겨둔다. 보르헤스는 점점 더 걱정스러워진다. 시인이 미쳤나? 자신의 목숨이 위험해진 건가? 그는 자신이 죽게 될 거라 확신하고 눈을 감지만, 다시 눈을 떴을 때 갑자기 계단 한구석에서 골프공 크기의 발광체를 본다.

여기서 그는 뭐라고 표현해야 할지 모르는 것처럼, 언어의 한계를 뛰어넘는 이 광경을 묘사하기 위한 방법을 더듬더듬 찾는다. 알레프는 "각도에 따라 달라 보이는, 거의 견딜 수 없을 만큼 밝은 작은 구체"다. 그것은 "돌고 있는 것"처럼 보이지만 사실 이것은 "그 안의 어지러운 광경들에 의해 만들어진 환영"이다. 이 놀랍고 환상적인 광경들은 알레프를 반영하고 굴절시키고 알레프 안에서 소용돌이친다. 그때 보르헤스는 보이는 것을 일일이 묘사하려고 시도한다. "그 안에는 크기가 전혀 축소되지 않은 우주 공간이 들어 있었다. 각각의 사물은 무한한 존재들이었다. 내가 우주의 모든 지점에서 그것을 분명하게 볼 수 있었기 때문이다."

이 시점에 애너벨은 읽기를 포기했다. 그것은 마치 환각 체험 같았

나. 알레프가 일종의 마약 이름인가? 베니가 마약을 하는 걸까? 그녀는 어떻게 공간 속의 한 지점이 모든 지점을 포함하는 것이 가능한지 알 수 없었고, 이것이 베니와 무슨 상관인지도 몰랐다. 그녀는 휴대전화를 다시 잠금 해제하고 알레프의 번호로 전화를 걸었다.

43

알레프는 화가 났다. "도대체 제본실에서 뭘 한 거야?"

그들은 다시 직원 화장실에 있었다. 베니는 변기에 앉아 있고 알레프가 그의 옆에서 바닥에 무릎을 꿇은 채 맥슨이 구급상자에서 찾은 접착식 피부 봉합재로 그의 손에 난 깊은 상처를 붙이려 했지만 상처의 위치가 애매했다. 재단기 날이 엄지와 검지 사이의 섬유막을 갈라서 봉합재가 잘 붙지 않았다. 그녀는 눈에서 머리카락을 쓸어 넘겼다.

"슬라보이가 널 거기 들여보냈지?" 그건 질문이 아니었다. 휠체어에서 일어난 보틀맨이 바로 문밖에 서서 맥슨의 어깨 너머로 상황이 어떤지 보려고 기웃거리고 있는데도, 그녀는 마치 그가 그 자리에 없는 것처럼 말했다.

"내가 이야기를 쓰려고 시도하고 있었는데, 우린 종이가 더 필요했어." 베니가 말했다.

"그럼 슬라보이가 직접 갔어야지."

그녀가 벌어진 상처를 모아 붙이려 시도할 때 그가 움찔했다. "그럴 수가 없었어. 제본실은 너무 강력하댔어."

"왜 그런데?" 맥슨이 물었다. 그는 손을 알레프의 어깨에 가볍게 얹고 있었다. 베니는 그의 손이 그녀에게 닿은 방식이 거슬렸다. 맥슨은 그녀의 긴장을 풀어주기 위해 어깨를 가볍게 마사지하고 있었다.

"아저씨는 시인이니까."

알레프가 코웃음을 쳤다. "슬라보이는 그냥 널 겁주려고 그런 거야, 베니. 널 놀린 거라고." 그녀가 목소리를 높였다. "맞잖아요, 슬라보이?" 그녀가 어깨 너머로 소리쳤다.

보틀맨은 다시 휠체어에 앉았다. "다른 사람은 몰라도 나는 절대 놀리는 짓 따윈 하지 않아."

"좋아요. 타당해요." 알레프가 말했다. "단어 선택이 잘못되었어요. 하지만 그래도 여전히 정말 멍청한 짓이었어요."

쓰레기 수거함에서 건진 음식물을 배낭 가득 채워서 도서관으로 돌아온 그녀와 맥슨은 도서 처리실 바닥에서 피를 발견했다. 그들은 선홍색 핏방울을 따라 직원 화장실로 왔다가, 거기서 보틀맨이 소년의 손에 붕대를 감아주려 하면서 통증을 완화시킨답시고 베니에게 보드카를 먹이고 있는 것을 발견했다. 알레프가 그를 쫓아내고 보드카를 세면대에 버린 뒤 베니를 맡았다. 마침내 봉합에 만족한 그녀가 두루마리 거즈를 그의 손에 감기 시작했다.

"엄지를 못 움직이겠어." 베니가 말했다.

"그게 바로 핵심이야. 너에게 아직 엄지가 있다는 게 놀라운 일이야. 섬유막까지 갈라졌다고. 대체 어디에 벤 거야?"

"옛날 퀸틸리오 바젤리." 슬라보이가 말했다. "다이아몬드처럼 단단한 날로 종이를 자르는 재단기지."

알레프는 고개를 저었다. "아물 때까지 힘들 거야. 어쩌면 꿰매야 할 수도 있지만, 지금 당장은 이걸로 됐어. 머리는 어때?"

"아파."

"애드빌을 먹어. 갈비뼈는 어때?"

베니는 팔로 자신의 몸을 감쌌다. "여기도 아파."

그녀가 주방에서 낡은 행주를 찾아서 반으로 찢은 뒤 베니의 목과 팔을 묶어 팔걸이 붕대를 만들었다. 일을 마친 뒤 그녀는 일어서서 기지개를 켰다. 맥슨이 그녀의 어깨에 팔을 둘렀고, 그들은 함께 소년을 살펴보았다. 그의 이마에는 붕대가 감겨 있었고, 이제 손까지 단단히 감싸인 채 임시변통으로 만든 팔걸이 붕대에 받쳐져 있었다.
"야, 진짜 꼴이 말이 아니다." 맥슨이 말했다.

"고마워." 베니가 말했다.

"자넨 지금 이 친구가 볼썽사납다고 생각하나 보군. 자네가 제본실을 봤어야 하는 건데." 슬라보이가 말했다.

베니는 현기증이 났다. 눈을 감았다. 그가 본 광경들의 기억이 유령처럼 나타났다. 그는 그 목소리를 떠올리고 몸을 떨었다. 보틀맨은 아직도 얘기 중이었다.

"……마치 범죄 현장 같았지. 아름다운 흰색 종이에 피가 사방에 튀어 있고……."

그의 말이 희미하게 들렸다 안 들렸다 했다. 베니는 알레프의 손이 그의 머리에 가볍게 닿는 것을 느꼈다. "괜찮아?"

그는 침을 꿀꺽 삼키고 공기를 깊이 들이마셨다.

"……류블랴나 출신 애들을 호출해서 대걸레로 닦았어." 보틀맨이 말하고 있었다.

베니는 몸을 앞으로 기울여 이마를 무릎에 댔다. 알레프가 몸을 숙여 그의 뒷목을 손으로 가볍게 감쌌다.

"베니?" 그녀의 숨결이 그의 귀를 간질였다. 그녀가 너무도 가까이 있었다. "무슨 일이야?"

"내가 봤어." 그가 속삭였다. 맥슨이 듣는 걸 원치 않았다.

"뭘 봤는데?"

"눈으로 본 적은 없었는데 이번엔 봤어. 떠다니는 말을. 그때 이 목소리를 들었어……."

그때 그가 눈을 들어 그녀를 보았다. 그녀의 아름다운 얼굴이 불과 몇 센티미터 거리에 있었다. 그녀에게 말하고 싶었다. 그녀가 알게 하고 싶었다. 보틀맨이 일러준 대로 마음의 손을 펴고 있으려 했지만, 그가 제본실에서 들은 그 희미하고 희망찬 목소리는 이제 사라지고 그의 마음에 뭔가 소중한 것을 잃어버린 것 같은 공허한 느낌만 남겼다.

"아무것도 아냐." 그가 다시 머리를 떨구고 말했다. "아무것도 아니었어." 그가 반복해서 말하다가 자신이 울고 있는 것을 깨닫고 깜짝 놀랐다.

"집에 데려다주는 게 좋겠어." 그는 그녀가 말하는 소리를 들었다. 바로 그때 그녀의 휴대전화가 울리기 시작했다. 그녀가 주머니에서 전화를 꺼내서 받았다. "여보세……."

44

"어머!" 애너벨은 이 야심한 시간에 정말로 누군가 전화를 받은 것에 놀랐다. 전화를 받은 것은 젊은 여성의 익숙한 목소리였다. "제가 깨운 게 아닌지 모르겠어요. 사람을 찾고 있는데…… 혹시 알레프인가요?"

휴대전화 너머로 침묵이 흘렀다.

"제가 발음을 맞게 했는지 모르겠어요. 엘프? 알리프? 에일리프?"

"그러시는 분은 누구시죠?"

"모르시겠지만, 제 이름은 애너벨 오예요. 베니 오의 엄마죠. 아들의 휴대전화에서 당신의 번호를 찾았어요. 귀찮게 하고 싶지는 않지만, 베니가 실종돼서 이렇게 전화를 하게 됐어요. 그냥 물어보고 싶어서요. 혹시 베니를 보셨나요?"

그녀는 눈을 감았다. 작은 동물들이 내는 것 같은 바스락 소리가 들렸다. 내가 너무 공격적으로 말한 걸까? 가출 청소년의 부모들을 위한 웹사이트에서는 자녀의 친구들에게 연락할 때 화난 것처럼 보이거나 권위적으로 보이면 안 된다고 경고했다. 혹여 그 젊은 여자가 전화를 끊을까 봐 두려워 이렇게 덧붙였다. "나한테 말하지 않아도 돼요. 하지만 혹시 베니를 보거든 다 괜찮다고 그냥 엄마가 아주 걱정하고 있다고 전해줄 수 있을까요? 그냥……."

그녀는 그 젊은 여자가 "네가 통화하는 게 좋겠어"라고 말하는 소리와 멀찍이서 "젠장"이라고 말하는 숨죽인 목소리를 들었다.

그 순간 전화가 조용해졌다. 애너벨은 전화기를 귀에 대고 눌렀다. "여보세요?" 그녀가 말했다. "제 말 들리나요? 여보세요?"

"응."

베니였다. 그녀의 귀에 들리는 아들의 목소리는 너무도 익숙하고 사랑스러웠지만, 동시에 낯설고 멀게 느껴지기도 했다. "오, 베니. 너무 걱정했어. 괜찮니?"

"응." 아들의 목소리는 변성이 시작되고 있었다. 잠긴 목소리 깊은 곳에서 남자의 목소리가 나오려고 기다리고 있었다. 그러나 아직은 아니었다.

"어디니? 내가 데리러 갈까? 택시를 잡을게. 어딘지 말만 해……." 그녀는 아들의 얼굴 전체에 짜증이 스치며 미간에 주름이 잡히는 모습을 상상할 수 있었다. 아들의 한숨 소리가 들렸다.

"난 괜찮아. 친구들이랑 있어."

마치 켄지가 말하는 것 같았다. "친구 누구? 누구랑 같이 있는데?" 그녀가 따져 물었다.

"아무도 아니야. 난 괜찮아. 엄마, 들어봐. 이만 끊어야 해. 곧 집에 들어갈 거야. 걱정 마. 알았지?"

하지만 어떻게 걱정하지 않을 수 있겠는가? 그녀는 일어나서 비틀비틀 주방으로 들어가 외투와 신발과 지갑을 찾고 휴대전화를 더듬더듬 찾았다. "베니, 잠깐만. 어디니? 누구랑 같이 있니? 내가 데리러 갈게. 택시를 부를게. 아무 데도 가지 마. 듣고 있니?" 그러고는 자신이 화가 났거나 권위적으로 보일까 두려워서 말했다. "미안하다, 베니. 진짜로 네가 거짓말한다고 생각한 건 아니야. 물론 넌 멍청한 자석을 옮기지 않았고, 설령 옮겼다 해도 괜찮아. 정말 아무렇지도 않아. 그냥 어디 있는지만 말해……." 하지만 그녀가 주방에 쌓여 있는 우편물 밑에서 집 열쇠를 찾았을 무렵 전화는 끊어져 있었다.

침착하라. 웹사이트에서는 말했다. 자녀를 비난하거나 죄책감을 불러일으키지 마라. 애원하지 마라.

다시 전화를 걸어야 할까? 아니다. 베니는 집에 오겠다고 했다. 그냥 아들을 믿어야 한다. 그녀는 냉장고의 조용한 자석을 빤히 쳐다보다가 계단을 올라가서 다시 베니의 방으로 갔다. 책꽂이에서 켄지의 유골을 꺼내어 화장실로 가져갔다. 그리고 욕조 가장자리에 앉아 변좌를 들어 올린 다음, 유골함을 열었다. 안에는 빵끈으로 묶은, 튼튼한 냉동용 팩처럼 두꺼운 비닐봉지가 있었다. 그녀는 끈을 풀고 내용물을 들여다보았다.

"빌어먹을, 켄지."

그녀가 봉지 입구로 손을 넣고 작게 한 주먹 퍼 올렸다.

"당신한테 정말 화났어." 그녀가 말했다. "그거 알아? 당신은 예쁜 아들을 뒀어. 괜찮은 아내도 뒀지. 내가 대단하지 않다는 건 알지만, 그래도 우린 충분히 행복했잖아. 안 그래? 당신이 약속했잖아. 끊겠다고. 도움을 받을 거라고."

손바닥에 무덤처럼 소복하게 쌓인 유골을 자세히 살펴보았다. 유골은 회색빛이 감도는 흰색이었고, 작은 뼛조각이 섞여 들어가 있어서 달 모형에 붙은 먼지처럼 입자가 느껴졌다. 그녀는 컵처럼 동그랗게 말아 쥔 손을 조심스럽게 변기 위로 가져갔다.

"나한테 미안하다고 해야 할 거야. 난 꼭 들어야겠어."

그녀는 기다렸다. 소량의 유골이 손가락 사이로 스르르 떨어져서 물 표면에 둥둥 떴다.

"진심이야."

그녀는 손가락을 벌렸고, 유골이 조금 더 떨어져서 얇고 하얀 막을 형성해 퍼지기 시작했다. 그녀는 한기를 느꼈다. 달처럼 차갑고 생기 없어진 것을 느꼈다. 그 순간 그녀는 마음을 바꾸고 다시 주먹을 쥐었다.

"됐어." 그녀가 말했다. "너무 늦었어. 당신이 미안해하건 아니건 상관없어. 당신은 죽었으니까." 그녀가 유골을 상자에 도로 넣었다. "변기 물에 흘려보내는 건 너무 쉬워. 당신은 여기 머물러야 해."

그녀는 유골함 뚜껑을 다시 덮고 세면대에서 손을 씻은 뒤 휴지로 코를 풀고 변기에 던졌다. 휴지가 유골의 막 위에 둥둥 떴다. 그녀는 물을 내리고 그것이 사라지는 것을 지켜보았다.

"그렇게 멍청한 방법으로 죽다니."

그녀는 유골함을 베니의 책꽂이에 도로 가져다 놓고 침실로 갔다. 《정리의 마법》이 테이블 옆에 펼쳐져 있었고, 그녀는 침대로 올라가 몸을 기대고 읽기 시작했다. '정리는 사랑이다'라는 제목의 장이었다. 그 장을 다 읽고서 그녀는 책을 들고 관제 센터로 내려가서 컴퓨터에 로그인하고 편지쓰기를 클릭했다.

"친애하는 아이콘 님." 그녀가 썼다. "이것이 제가 선생님께 쓴 세 번째 팬레터입니다. 하지만 전 늘 편지를 보내기 전에 부끄러워서 삭제하고 말았죠. 그런데 오늘 밤은 정말로 제가 얘기할 상대가 필요하고, 선생님은 정말로 좋은 분일 것 같습니다. 게다가 선불교 수도승이시죠. 신부님하고 비슷할 거라고 생각하는데 맞나요? 그래서 어쩌면 제 문제를 선생님께 말씀드려도 괜찮지 않을까 싶습니다……."

그녀는 잠시 멈추고 책 뒤표지의 저자 사진을 유심히 보았다. 아이콘은 친절해 보이는 얼굴이었다. 하고 싶은 말이 너무도 많았지만 그 모든 걸 이메일로 쓰는 게 무슨 소용이랴? 이런 유명 작가들은 팬레터를 읽지 않는 데다, 모든 것을 편지에 쓰는 것은 그저 지치고 무용해 보였다. 그녀에게 필요한 건 행동이었다. 그녀는 삭제를 누르고 다시 침실로 올라갔다. 서랍장부터 시작해서 옷가지를 침대에 던지기 시작했다. 양말이며 팬티, 브래지어, 티셔츠, 바지, 맨투맨 티셔츠, 스웨터가 매트리스 위에 높이 쌓였다. 그런 다음 그녀는 반쯤 찬 쓰레기봉투를 찾아서 맹렬하게 버리기 시작했다.

정리의 마법

2장

정리는 사랑이다!

내가 노스님과 함께 살러 갔을 때, 그분은 몸이 많이 안 좋았고 암자는 노후하고 낡아 있었다. 솔직히 좀 실망했다. 나는 쾌적한 다다미 바닥에 반짝반짝한 마룻바닥, 아름다운 족자와 화려한 입상들, 평화로운 정원이 있는 우아한 선불교 사찰에서 생활하게 될 것을 기대했었다. 그런 천국 같은 환경에서라면 어떻게 깨달음을 얻지 않을 수 있겠는가? 그리고 여기서 내가 어떻게 깨달음을 얻을 수 있을까? 암자는 완전히 황폐한 상태였다. 기와는 깨져 있고 벽은 허물어지고 있었다. 잡초가 무성한 작은 정원에는 암자의 얼마 안 되는 수입원인 학생 하숙생들의 속옷이 널린 빨래대가 뒤얽혀 있었다.

방 안에는 다다미가 낡고 축축했고 마루는 우중충했다. 제단과 입상에는 거미줄이 쳐져 있었고 어디에나 어질러진 물건이 있었다. 내가 이것 때문에 그 모든 삶의 안락함을 포기한 것인가? 다 허물어져가는 암자의 작고 누추한 방에서 살면서 죽어가는 늙은 남자를 돌보기 위해? 면담을 하면서 노승이 미안해한 것을 보면, 나의 실망감이 겉으로 드러난 게 틀림없다. 우리는 방장* 서재에서 방석에 앉아 있었다. 그의 뒤에는 열한 개의 머리와 천 개의 팔을 가진 자비의 보살 천수관음상이 먼지가 덮인 채 제단에서 지켜보고 있었다. 노승은 썩어가는 감처럼 구부정한 몸으로 힘없이 방 안을 둘러보았다. 그의 얼굴은 퀭했고 뺨에는 희끗희끗한 짧은 수염이 덮여 있었다.

"미안합니다. 보살님이 기대했던 모습이 아니겠지요." 그가 말했다. "보살님 같은 매력적인 젊은 여자 수도승은 아름다운 족자와 화려한 입상들, 평화로운 정원이 있는 우아한 사원에서 수련하고 싶을 게 분명하죠. 우중충하고 낡아빠진 곳에서 나 같은 아픈 노인이나 돌보는 게 아니라 말입니다."

그는 나를 보지도 않았는데 내 생각을 훤히 알고 있는 것처럼 보였다. 그에게 속마음을 간파당한 것이 부끄러웠고 변명을 하고 싶었지만, 노승은 여전히 말을 하고 있었다.

"그런데 말입니다. 나는 정원 관리와 건물 보수를 해줄 튼튼하고 젊은 남자 수도승을 보내주기를 바랐습니다. 새로운 신도와 교구 주민을 끌어오고 내 후계자가 되어 내가 죽으면 주지승으

* 고승이나 사찰 주지가 거처하는 처소. 주지승을 일컫기도 한다.

로 이곳을 넘겨받을 수 있는, 재정적인 노하우와 참신하고 새로운 자금조달 아이디어를 가진 영리하고 젊은 남자 수도승을 말입니다."

그는 한숨을 쉬었다. 그러고는 나지막한 목소리로 덧붙였다. "하지만 물론 보살님 같은 젊은 여성에게는 너무 큰 기대겠지요."

나는 그 순간을 생생히 기억한다. 나는 그의 앞에 무릎을 꿇고 있었는데, 등뼈가 뻣뻣해지고 얼굴이 화끈 달아올랐다. 상처 입은 자존심에 화가 치민 나는 거의 소리치다시피 말했다. "주지 스님! 저는 여자 수도승일 뿐이지만, 강하고 능력이 있습니다! 제가 암자를 청소하고 수리할 물건들도 관리하겠습니다. 저는 경영 쪽에 경력이 있으니 수입을 창출하고 새 신도를 끌어모으기 위한 아이디어를 생각해내겠습니다. 정원을 관리하는 법을 배우고, 스님도 돌보겠습니다. 부디 제게 기회를 주십시오!"

나는 이마가 바닥에 닿을 때까지 절을 했고, 다시 일어나 앉았을 때 그의 덥수룩한 눈썹 아래에서 나를 관찰하고 있는 반짝이는 눈과 얼굴에 살짝 스친 엷은 미소를 보았다.

나는 오기가 나서 이 암자의 구석구석을 청소했다. 스승의 모든 승복을 빨고 수선했다. 제단과 관음의 머리 열한 개와 천 개의 팔 하나하나를 닦아냈다. 기와와 허물어져가는 치장 벽토 벽을 수리할 수 있는 일꾼들을 찾았다. 축축한 다다미를 교체하고 마룻바닥을 광이 날 때까지 닦았다.

내가 열심히 일할수록 오래된 암자와 스승에 대해서도 아끼는 마음이 커지는 것을 느꼈지만, 슬프게도 암자의 상태는 개선되는 한편 스승의 건강은 악화되었다. 그는 죽어가고 있었고 내가 할 수 있는 일은 없었다. 게다가 궁극적으로 나는 스승에게 도움이 되지 못했다. 재정 상황은 전보다 더 악화되었다. 수리에는 비용이 들었는데 우린 돈이 없었고 나는 새로운 후원자를 모으거나 신도 수를 늘리기 위해 아무것도 하지 않았다. 갓 출가해 수련 중인 승려는 '운수'라고 부르는데 구름과 물을 뜻한다. 머무는 힘이 없이 이리저리 떠다니고 흘러 다니기 때문이다. 나는 경험 없는 여성 운수일 뿐이었다. 내가 어떻게 암자를 구할 수 있을까? 나는 패션 잡지를 출판하면서 배운 것을 제외하면 기술이 없었고 그것은 암자에서 아무 소용이 없었다. 내가 가진 유일한 실용적인 기술은 청소와 정리 정돈뿐이었다.

희망이 없는 상황으로 보였고 나는 걱정 때문에 뜬눈으로 밤을 지새우곤 했다. 그러나 그러던 어느 날 밤, 나는 갑작스러운 깨달음처럼 느껴지는 섬광 같은 통찰을 얻었다. 나는 너무 흥분하여 거의 잠을 이루지 못했고 다음 날 아침 스승을 보러 갔다. 그는 그 무렵 심각하게 약해져 있었지만, 한 번의 법회나 참선도 거른 적이 없었다. 그가 다시 눕지 않고 계속 앉아 있으려 노력한 것을 보면, 내 말투에서 내가 하려는 말이 중요하다는 것을 짐작한 게 틀림없다.

"오래 걸리지 않을 겁니다." 내가 말하고는 내 아이디어를 설명했다. 나는 어떻게 내가 처음 느낀 실망에도 불구하고 이 암자를 사랑하게 되었는지, 어떻게 그 사랑이 암자를 청소하고 돌봄으로써 조금씩 생겨났는지 말했다.

어떻게 내가 날마다 천수관음상에서 먼지를 닦아냄으로써 그것을 사랑하게 되고 이제 그 아름다움과 우아함, 무한한 자비로움을 알아볼 수 있게 되었는지.

어떻게 마룻바닥이 암자 건물이나 마루의 목재를 제공하는 나무, 나보다 앞서 수백 년 동안 그것을 닦아온 승려들과 깊이 연결된 느낌을 갖게 해주었는지.

어떻게 정원에서 잡초를 뽑고 이끼를 긁어내는 일이 나로 하여금 중요한 건 과제를 '끝내는 것'이 아니라 그냥 '행동' 자체임을 이해하도록 도움을 주었는지.

'행동'은 나를 이 순간과 이 잡초와 이 이끼에 연결시켜준다. 이 순간은 나의 진짜 삶이다. 나는 이 순간이나 마룻바닥이나 나무나 승려들이나 잡초들로부터 분리되어 있지 않다. 그리고 잡초는 다시 자라고, 그래도 괜찮다.

나는 대단한 건 아니지만 정리 정돈에 대한 선불교의 방법에 대해 작은 책을 쓸 수 있을 것 같다고 말했다. 아마 어떤 사람들은 그 책을 사서 읽을 것이고, 그러면 그들에게도 도움이 되고 암자에도 어느 정도 수익을 가져올 수 있을 거라고 했다. 나는 이것이 대단하고 심오한 선불교의 계시가 아니라 작은 교훈일 뿐이라는 걸 알았지만, 온 마음으로 그것을 믿고 그것이 진실임을 알기 때문에 그것을 공유할 수 있다고 느꼈다.

청소는 자비의 실천이다.

잡초 제거는 믿음의 실천이다.

정리 정돈은 사랑이다!

책

45

그들은 가스펠 선교회 중고매장에 슬라보이를 떨어뜨려놓고, 베니를 집까지 바래다주기 위해 희뿌연 여명 속에 골목길을 걸었다. 켄지가 죽은 지점을 지나칠 때, 베니는 조심스럽게 그곳을 비껴서 걸었지만 아무도 알아차리지 못한 것 같았다. 알레프와 맥슨은 그날 그들이 참가한 모임에 대해 조용히 이야기했지만 베니는 관심 없었다. 그는 머리가 아팠다. 손이 아팠다. 갈비뼈가 아팠다. 그들이 그가 살고 있는 쓰레기장 같은 곳을 보거나 엄마와 마주치는 걸 원하지 않았다. 뒷문에 이르렀을 때, 그는 그들이 떠나기를 바라며 멈춰 섰지만, 그들은 문을 밀어서 열고 쓰레기를 옆으로 밀쳤다. 마치 그것이 거기 있을 줄 이미 아는 것처럼. 커다란 이집트쥐 한 마리가 흘러넘치는 쓰레기통에서 튀어나와서 집 건물 아래로 사라졌다.

"곰쥐다 곰쥐." 맥슨이 말했고, 베니는 두 사람이 시선을 교환하는 것을 보았다. 그는 계단을 올라 뒤 베란다로 갔다. 그가 손을 흔들려고 돌아섰을 때 두 사람이 서로에게 기댄 채 나란히 서 있는 걸 보았다. 그는 문을 밀치고 들어가서 쿵 소리 나게 닫았다.

주방의 천장 조명이 켜져 있었다. 그는 불을 끄고 캄캄한 거실로 갔다. 관제 센터에서 깜빡이는 LED가 야간의 공항 활주로처럼 보였다. 그는 뭔가에 부딪치거나 소리를 내지 않으려고 애쓰며 계단을 올랐다. 그가 엄마의 침실을 지나칠 때, 그녀가 펼쳐진《정리의 마법》을 배 위에 얹고 침대에서 잠들어 있는 것이 보였다. 그녀의 옆에는 거대한 옷 더미가 쌓여 있었다. 서랍장의 서랍이 하나만 빼고 싹 비워진 채로 바닥에 쌓여 있었다. 그녀가 다시 양말을 채우기 시작한 나머지 서랍 하나는 침대 발치에 놓여 있었다. '위험!' 뭔가 달라졌다. 그의 배낭이 침대 위에 있고, 휴대전화는 책상 위에 있었다. 엄마가 들어왔던 게 분명했다. 그는 빠르게 주변을 확인하고 옷장을 열어 혹시 엄마가 넣어둔 물건이 없는지 살펴봤지만 아무것도 없었다. 달 모형과 책들, 유골함이 있는 책꽂이도 그가 나가기 전과 똑같아 보였다. 좋아. 그러나 여전히 뭔가 달랐다.

"아빠?"

대답이 없었다. 대답을 기대한 건 아니었다. 그는 오랫동안 아빠의 목소리를 듣지 못했다. 어쩌면 들으려는 노력이 부족했던 걸까? 어쩌면 더 열심히 시도해야 할지도 모른다. 그는 유골함을 집어 들었다.

"아빠? 내 말 들려?"

상자가 가벼워진 느낌이었다. 안에 들어 있는 아빠가 조금 줄어든 것 같았다. 하지만 어떻게 그런 일이 있을 수 있겠는가?

"아빠, 무슨 일이 있었게? 오늘 밤 약에 취했어. 처음이었어. 아빠가 데려가곤 했던 공원에서 어떤 사람들이랑 대마초를 피웠어. 처음엔 이상하고 기막히게 좋았지만, 나중에는 좀 정신이 나갔지."

그의 아빠는 대답이 없었다.

"한 남자가 내가 자길 공격한다고 생각하고 야구방망이로 때렸어. 하지만 난 괜찮으니까 걱정 마. 그다음에 도서관에 가서 친구들과 어울렸어. 그중 한 명은 예술가고, 다른 한 명은 시인인데 둘 다 꽤 멋져. 난 그 두 사람을 좋아하는 것 같아."

여전히 대답이 없었다. 그는 아빠에게 알레프에 대해, 그녀가 그의 손 위로 몸을 구부리고 상처에 붕대를 감아줄 때 어떤 모습이었는지, 그녀가 그의 멍든 갈비뼈를 만졌을 때 얼마나 가슴이 두근거렸는지에 대해 다 말하고 싶었다. 어떤 여자를 사랑하게 된 것 같을 때 어떻게 해야 할지 아빠에게 묻고 싶었지만, 그는 이런 것들에 대해 어떻게 말해야 할지 몰랐고 게다가 그의 아빠는 죽었다.

"오늘 밤 이야기를 글로 썼어. 형편없었지만 B맨은 괜찮은 글이라고 했어. 그는 시인이야. 그리고 나는 또 다른 이야기를 써야겠다고 생각했지. 아빠에 대한 이야기야."

유골함은 여전히 반응이 없었다. 놀랍지도 않았다. 하지만 왜 유골함이 가벼워진 것처럼 느껴지는 걸까? 한 손으로 무게를 가늠하며, 그는 달 모형을 돌려서 '꿈의 호수'에 착륙했다. 그곳은 켄지가 달에서 가장 좋아하는 곳이었다. 갑자기 베니는 아빠의 유골이 천천히 나선형 먼지구름을 이루며 위쪽으로 올라가서 달 표면으로 이동하여 꿈의 호수에 내려앉는 환영을 보았다. 아빠의 유골은 아들을 남겨두고 이 지구를 떠나고 있었다.

놀랄 일도 아니다.

그는 유골함을 다시 책꽂이 위의 달 모형과 고무 오리 사이에 내려놓고 침대로 올라가서 동그랗게 몸을 말고 흉곽을 감싸 안았고, 잠시 후 잠에서 깬 그의 어머니가 여기서 그를 발견했다.

그는 아팠다. 이마에 흰색 사각형 거즈가 테이프로 붙여져 있었고 손에는 피로 얼룩진 붕대가 감겨 있었다.

"베니?" 그녀가 그의 위로 몸을 숙이며 말했다. "베니, 일어나봐!"

그가 끙끙거리며 돌아누웠다.

그녀가 그의 어깨를 잡았다. "베니, 일어나야 해."

그는 혼란스러워하며 눈을 떴다.

"베니, 나 좀 봐. 대체 무슨 일이 있었던 거니?"

베니는 엄마를 보자 혼란스러움이 사라졌다. 그는 눈을 피하며 말했다. "괜찮아."

"아니, 안 괜찮아. 다쳤잖아. 머리와 손도." 그녀가 손목의 붕대를 만졌다. "오 맙소사, 무슨 일이 있었니?"

베니가 애너벨을 밀어냈다. "괜찮아, 엄마. 정말이야. 그냥 잠이 좀 필요해."

그녀는 숨을 깊이 들이쉬었다. 베니가 뇌진탕이면 어쩌지? 뇌진탕인 사람을 자게 내버려두는 게 위험할까? 아니면 그냥 그건 미신일까? 잘 기억나지 않았다. 그녀가 이마의 거즈 가장자리를 만지며 말했다. "좋아. 좀 쉬어. 내가 택시를 부를게."

병원으로 가는 길에, 베니는 무슨 일이 있었는지 말하기를 거부했다. 응급실의 초진 간호사에게도 말하기를 거부하고, 그저 발이 걸려서 넘어졌다고만 말했다. 의사가 머리를 검사하고 손을 꿰매는 동안 애너벨이 진료실에 함께 있는 것도 거부했다. 기다리는 동안 애너벨은 멜라니 박사에게 전화를 걸었다. 그녀는 응급 진료를 요청하는 메시지를 남겼다. 그리고 관할 경찰서에 전화해서 아들이 돌아왔다고 알렸다. 또 뭘 하지? 그녀는 책임감을 가지려 노력했다. 철저하려 노력했다. 마치 그렇게 하면 아들의 치유에 도움이 되고 그가 더 나아질 것처럼. 그녀는 벽에 걸린 시계를 보았다. 조금 있으면 등교 시간이었다. 그래서 그녀는 베니가 결석하게 될 거라고 말하기 위해 전화를 걸었다. 통화가 될 때까지 기다리면서 뭐라고 말해야 할지 생각했다. 베니가 몸이 안 좋아요, 베니에게 사고가 생겼어요, 베니가 감기에 걸렸어요. 그때 교장이 전화를 받았다.

“저, 슬레이터 교장선생님. 본의 아니게 성가시게 해서 죄송합니다. 베니가 몸이 안 좋아서 오늘 등교하지 못한다는 걸 알려드려야 할 것 같아서요…….”

휴대전화 건너편에서 침묵이 흘렀다. 복도 건너편 접수실에서 한 노숙인이 간호사와 언쟁을 벌이고 있었다. 밖에서 가까이 다가오는 구급차 사이렌 소리가 들렸다. 교장이 목청을 가다듬었다.

“오 부인.” 그녀가 천천히 말했다. “지금 무슨 상황인지 잘 이해할 수 없지만, 부인께서는 베니가 거의 한 달 동안 결석 중인 사실을 모르시는 것 같군요.”

3부

우주에서 길을 잃다

관념과 사물들의 관계는 별자리와 별들의 관계와 같다.

—발터 벤야민,《독일 비애극의 원천》

책

46

'위험! 위험!'

로봇이 작은 노트북 스피커를 통해 말하고 있었다.

'위험해, 윌 로빈슨!'

베니는 일시정지를 눌렀다. "아빠, 이게 무슨 로봇인지 알아? 난 알거든."

켄지와 베니는 거실 소파에 나란히 앉아 있었고, 서로 맞닿은 두 사람의 무릎 위에서 노트북 컴퓨터가 아슬아슬 균형을 유지하며 놓여 있었다. 애너벨은 출근하고 없었다. 베니는 감기에 걸려서 학교에 가지 않았다. 그는 만 일곱 살이었다. 켄지가 〈로스트 인 스페이스〉에 흥미를 갖게 해준 이래로, 베니는 그 드라마의 전문가가 되었고 아빠보다 더 많이 안다는 사실에 신이 났다. 어느 소년인들 안 그렇겠는가?

"깡통 로봇인가?" 켄지가 물었다. 머그잔으로 맥주를 마시고 있던 그가 한 모금 홀짝였다.

"아니."

"쓰레기통 로봇인가?"

"아니! 당연히 아니지."

"음." 켄지가 말했다. "그럼 모르겠다. 네가 말해줘."

"그건 B-9 클래스 M-3 범용 다목적 비지능 환경제어 로봇이야." 베니가 마치 그것이 명백한 상식인 것처럼 술술 말했지만 그것을 안다는 자랑스러움을 숨길 수 없었다. 그가 재생을 누르자, 로봇이 주름 잡힌 접이식 팔을 흔들기 시작했다.

'경고! 경고! 이해할 수 없음. 이해할 수 없음. 그 행동 방침을 받아들일 수 없음.'

"아빠?"

"왜, 베니?"

"어떤 웹사이트에서 봤는데, 〈로스트 인 스페이스〉를 1965년에 만들기 시작했대."

"그래?"

"음, 웹사이트에서 그렇다고 했어. 1965년부터 1968년까지 TV에 나왔대."

"그래. 네 말이 맞을 거야."

"하지만 드라마는 미래가 배경이잖아. 맞지? 1997년이 배경이야. 지구에 사람들이 너무 많아서 로빈슨 가족이 지구를 떠나 '우주정거장 1'로 갔잖아."

"맞아. 그들이 살 수 있는 새로운 행성을 찾기를 원했지."

"나도 알아. 하지만 그건 말이 안 돼. 1997년은 미래가 아니야. 과거지. 1997년에 난 태어나지도 않았……."

"1965년 당시 사람들에게는 미래였어."

"알아!" 베니가 답답한 듯 말했다. "내가 말한 거잖아! 하지만 그때 1997년이 미래였다면, 지금은 더 미래잖아? 지금은 이미 2009년인데!"

켄지가 맥주를 한 모금 홀짝였다. "그래서 뭘 묻고 싶니, 베니?"

"지금이 미래라면, 어째서 우주 비행 임무 같은 게 없는 거야? 우주비행사를 태우고 다른 행성으로 비행하는 로켓 우주선이나?"

"음." 켄지가 말했다. "좋은 질문이야."

"전에는 적어도 달 탐사 임무가 있었잖아. 안 그래?"

"그렇지."

"그런데 어떻게 된 거야? 어째서 멈춘 거야?"

"어쩌면 시간이 거꾸로 가는 걸까?"

베니가 눈을 희번덕거렸다. "말도 안 돼."

"아마 달 탐사 임무를 더 이상 할 이유가 없어진 거겠지? 달에 가려면 돈이 많이 드는데…… 거기엔 아무것도 없거든. 달에는 아무것도 없어. 차지할 것도, 팔 것도, 죽일 것도, 먹을 것도. 달에서는 모든 게 이미 죽어 있어. 큰돈을 벌 수 없다면, 무슨 의미가 있겠니? 차라리 여기 지구에서 전쟁을 해서 서로를 죽이는 게 낫지." 그가 전자동 소총을 든 것처럼 팔을 들고 거실에 총을 갈기는 시늉을 했다. "다다다다 다다다다다다……."

베니는 쿠션에 더 깊숙이 몸을 파묻으며 손마디를 깨물었다. "말도 안 돼."

"맞아." 켄지가 사격을 멈추고 팔을 아들의 어깨에 두르고 껴안았다. "죽이는 건 멍청한 짓이야. 살아 있는 게 더 좋지." 소년은 아빠의 품에서 긴장을 풀고 아빠의 손가락을 가지고 장난을 쳤다. 손가락에서 방금 끈 대마초의 달콤하고 매캐한 냄새가 났다.

"아빠?"

"그래, 베니."

"옛날에 우주비행사가 달 위를 걸었을 때 아빠는 살아 있었어?"

"당연하지! 너와 같은 나이였어. 여섯 살이었지."

"난 일곱 살이야!"

"좋아. 하지만 난 여섯 살이었어. 그때가 1969년이었는데, 나는 아주 어린아이였고 걱정스러웠어. 왜냐하면 일본에는 달에서 사는 토끼에 대한 우화가 있었기 때문이야. 덩치 큰 미국인 우주비행사가 달 토끼를 해칠까 봐 두려웠지. 하지만 모두들 내게 걱정 말라고 했어. 미국인 우주비행사는 아주 친절한 사람이라고. 그는 달 토끼를 해치지 않을 거랬어. 하지만 그래도 나는 걱정스러웠단다."

"하지만 괜찮았잖아. 그렇지?"

"괜찮았지. 우린 오래된 흑백 TV에서 봤어. 그땐 인터넷도 없었거든. 그때 우린 첫 번째 우주비행사 닐 암스트롱이 사다리를 타고 내려가 달에 발을 내딛고 유명한 말을 하는 걸 봤지. '한 인간에게는 작은 한 걸음이지만 다른 모든 사람에게는 커다란 점프다.' 뭐 대충 이런 말인데. 너 그 말을 아니? 아주 유명한 말이야. 그래서 그때 나도 우주비행사가 되겠다고 결심했지."

"정말이야?"

켄지가 고개를 끄덕였다. "달 탐사 임무를 하는 게 내 꿈이었어. 달을 밟는 거."

"그런데 어째서 못 했어? 그땐 그래도 우주비행사가 그런 걸 했잖아……."

"일본에는 아직 우주비행사가 없었어. 그래서 대신 클라리넷을 연습했고 우주에 가겠다는 꿈을 접었지."

"클라리넷 때문에?"

"음악 때문에." 켄지가 눈을 감고 머리를 뒤로 젖혀 쿠션에 기댔다. 베니는 멀리서 기분 좋은 뭔가에 귀 기울이는 것처럼 아빠의 얼굴에 희미한 미소가 떠오르는 것을 보며 기다렸다. 가끔 켄지는 이렇게 정신이 다른 곳에 가 있곤 했다. 베니는 아빠를 다시 불러오기 위해 쿡쿡 찌르면서 '응답하라, 아빠. 응답하라 아빠. 내 말 들려?' 하고 말해야 했다. 그러나 이번에는 그럴 필요가 없었다. 켄지가 한숨을 쉬고는 다시 말하기 시작했기 때문이다. "베니, 음악은 우주 공간과 같단다. 다른 곳으로 비행할 필요가 없지. 여기서는 모든 게 너무 아름다우니까."

그러나 베니는 설득되지 않았다. 그는 인상을 찌푸렸다. "학교에 어떤 애가 있는데, 걔네 아빠가 달에서 걷는 게 가짜였다고 말한대."

"아냐." 켄지가 고개를 저으며 말하고는 똑바로 앉았다. "그 아빠가 틀린 거야. 그건 진짜였어." 그는 컴퓨터를 자신의 무릎으로 끌어다가 빠르게 검색을 한 다음 재생을 눌렀다. 그것은 나사에서 공개한 아폴로 11호 달 탐사 임무 영상이었다. 그들은 하얀 우주복 차림의 암스트롱이 달 착륙선의 사다리를 천천히 내려가서 사다리 가장자리에서 달의 표면으로 발을 내디딘 모습을 지켜보았다.

"너무 흐릿하잖아." 베니가 불평했다. "진짜처럼 안 보여."

"쉬잇. 들어봐."

삐 소리와 잡음 가운데, 그들은 잡음처럼 나는 말소리를 들었다. '한 인간에게는 작은 한 걸음에 불과하지만 인류에게는 거대한 도약입니다.'

"거봐!" 켄지가 말했다. 그들은 암스트롱이 천천히 착륙선에서 멀어지며 착륙장치의 상태와 부츠 밑의 고운 먼지, 달 표면에 최초로 생긴 인간의 발자국에 대해 보고하는 것, 그리고 이어서 올드린이 내려오는 것을 보았다. 그들은 카메라와 기념 명판, 미국 국기를 설치했다. 서서히 그들은 달에 서 있는 법과 걷는 법, 몸을 뒤트는 법, 균형을 잡는 법, 몸을 숙이는 법을 배웠고, 오래지 않아 가루가 덮인 것 같은 달 표면을 겅중거리며 걸어 다녔다. 달의 중력은 그들이 둥둥 떠내려가지 않고 똑바로 서서 바닥에 발을 붙이고 있을 만큼, 딱 그만큼이었다.

"좋아. 꽤 멋지네." 베니가 마지못해 말했다. "난 우주비행사가 되고 싶어. 달 위를 걷고 싶어."

"나도, 베니. 나도 그래."

베니

아, 기억난다! 며칠 뒤에 아빠가 큰 종이 상자를 들고 집에 왔는데 열어보니 달 모형이 있었다. 난 너무 흥분했다. 나만의 달이라니! 아빠는 골동품 가게에서 그걸 발견했다고 했고, 엄마는 화를 내며 아이들에게는 그런 값비싼 골동품을 사주면 안 된다고 했다. 아이들은 그런 물건에 대한 감식안이 없고, 또 그럴 형편도 아니라면서. 엄마와 아빠가 싸우는 걸 듣는 게 무척 괴로웠던 기억이 난다. 나는 첫눈에 달 모형이 마음에 들었고, 엄마가 그걸 반품할까 봐 걱정했다. 하지만 결국 엄마는 그러지 않았다. 그러고 나서 아빠가 별 모양 야광 스티커를 사와서 내 방 천장에 붙였다. 그렇게 우리만을 위한, 쾌활한 오씨네만을 위한 별자리를 만들어줬다. 그때쯤 엄마는 화가 가라앉아서, 그날 밤 우리는 불을 끄고 내 침대에 세 명이 다 겹쳐 누워서 어둠 속에서 빛나는 우리의 별자리를 올려다보았다.

가끔 우리는 달 모형을 앞에 두고 내 침대 위에 앉아서 충돌 분화구의 이름을 모두 읽곤 했다. 그리고 착륙하고 싶은 곳을 선택했다. 엄마는 항상 '이슬의 만'이나 '무지개의 만'을 선택했고, 아빠는 '꿈의 호수'

를 좋아했다. 나는 항상 '소용돌이 만' 옆에 있는 '증기의 바다'를 선택했는데, 그 단어를 발음할 때 나는 소리가 좋았기 때문이다. 특히 내가 그것을 찾아보고 의미를 알게 된 다음에는 더 좋아졌다. 우리 중 누구도 '고요의 바다'나 '폭풍의 바다'를 선택하지 않았다. 그런 곳들은 다른 우주비행사가 이미 착륙했기 때문이다. 그리고 아빠를 제외하면 우리 중 누구도, 적어도 고의로는 달의 뒷면으로 가지 않았다. 하지만 가끔 달을 회전시킨 뒤 눈을 감고 손가락을 대서 회전을 멈추게 해야 했는데, 손가락이 닿는 곳이 자신의 착륙지였고 그러면 그곳에 대한 이야기를 지어내야 했다. 좋은 놀이였지만, 그때 엄마는 '위기의 바다'에 연속으로 세 번 착륙했고, 아빠는 '질병의 늪'과 '죽음의 호수' 같은 작은 곳에 계속 착륙했다. 아빠는 그게 웃기다고 생각했지만 엄마는 기겁했고, 그래서 우리는 그 놀이를 그만두었다.

하지만 엄마가 '풍요의 바다'에 착륙해서 이야기를 지어냈던 것이 기억난다. 그곳에 착륙했다가 지구로 돌아온 뒤 끊임없이 아기를 갖게 된 여자 우주비행사의 이야기다. 아기들은 모두 달처럼 얼굴이 하얀 아들이었는데, 그녀는 작은 분화구들의 이름을 따서 아기의 이름을 지었다. 그래서 그들은 코페르니쿠스와 클라비우스, 시카르트, 훔볼트, 벨코비치, 알콰리즈미 같은 이름을 갖게 되었다. 우리는 그 이름들을 외우고 어떻게 발음하는지 배워야 했다. 지금은 전부 다 기억나지 않지만 훨씬 더 많은 이름이 있었다. 얼굴이 하얀 아들이 적어도 스무 명은 되었다. 알고 보니 그들은 모두 꼬마 우주인이었고, 지구의 중력이 그들을 잡아둘 만큼 충분히 강하지 못해 계속 둥둥 떠다녔기 때문에 엄마가 계속 지켜봐야 했다. 집 안에서는 떠다녀도 괜찮았다. 천장에 부딪치거나 자기들끼리 머리가 부딪쳐 울기 시작하면 사다리를 타고 올라가서 다시 발을 잡아 끌어내리면 되니까. 그러나 밖에서는 문제가 되었고, 그래서 산책을 나갈 때마다 아이들의 발목을 끈으로 묶었다. 그녀가 마치 하얀 헬륨 풍선처럼 까닥거리는 이 작은 아기들을 줄에 묶어서 보도를 걸어 다니면, 사람들이 그 모습을 빤히 쳐다보곤 했다.

정말 훌륭한 이야기였다. 엄마는 몇 주 동안 매일 밤 거기에 살을 조금씩 더 붙였다. 그 이야기에서 아기들의 아빠는 어디에 있었는지 잘 모르겠다. 사실 아빠가 있었을 것 같지 않다. 난 여자 우주비행사가 원래부터 미혼모였고 아이들은 그저 '풍요의 바다'에 착륙했기 때문에 생겨난 것이며, 그녀는 처음부터 아기 아빠 따윈 필요가 없었을 거라고 생각한다. 그녀와 아들들은 함께 멋진 모험을 했지만 얼굴이 하얀 아들들은 자라기 시작했고, 그들이 커지면 커질수록 엄마는 그들을 땅에 붙들어두기 힘들어져서 학교에서 문제가 생기기 시작했다. 마침내 상황이 너무 나빠져서 가족회의를 열게 되었고, 얼굴이 하얀 아들들은 엄마에게 달로 돌아가야겠다고 말했다. 그것이 자신들의 자존감을 위해 중요하다면서 자신이 누구인지 알기 위해 달로 돌아가서 그들의 충돌 분화구를 찾아야 한다고 했다. 여자 우주비행사는 이 얘기를 듣고 몹시 슬펐지만 보내줘야 한다는 걸 깨달았다. 그들이 없으면 몹시 외롭겠지만, 아들들이 건강한 정체성과 자존감을 갖기를 원했으니까. 얼굴이 하얀 아들들은 엄마에게 함께 가자고 제안했지만, 그녀는 싫다고 했다. 그녀는 지구인이고 그녀에게 달 여행은 한 번으로 족하니까. 그날이 왔을 때, 그녀는 모든 아들을 줄에 매단 채 밖으로 나가서 자수 가위로 줄을 끊었다. 아들들은 하나둘 푸른 하늘로 둥실 떠오르며 손을 흔들었고, 점점 더 작아지고 점점 더 하얘졌다. 그들은 지구로 돌아오겠다고 약속했지만 결코 돌아오지 않았다.

정말 슬픈 결말이었다. 엄마가 그 이야기를 끝마쳤을 때 아빠가 어디 있었는지는 모르겠다. 엄마와 나 둘만 침대에 누워 있었던 걸 보면, 아마 공연 중이거나 그랬을 거다. 엄마가 얘기를 끝마쳤을 때, 우리 둘

다 아무 말 없이 천장의 별들을 올려다보며 정말로 침울한 기분을 느꼈다. 그때 엄마가 결말을 바꿔야겠다고 말했고, 나는 그러자고 했다. 그래서 우리는 그렇게 했다. 새로운 결말에서는 가장 작은 소년이 숲을 통과해 떠오르는 순간, 아주 큰 나무의 제일 위쪽 나뭇가지를 움켜잡고 매달렸다. 그리고 소년은 아직 작아서 달의 중력이 그에게는 그렇게 강하지 않았기 때문에, 다시 나무로 내려와서 엄마에게 다다를 수 있었다. 그리고 그는 엄마의 손을 꼭 붙잡고 마음을 바꿨다고 말했다. 그는 다른 소년들과는 달리 달보다는 땅에 속해 있다고. 그는 바로 이곳 지구에서 자신의 정체성을 찾기를 원한다고. 그래서 그의 엄마는 정말로 행복해했고, 그것이 그의 자존감에 도움을 주었다. 그녀는 아들을 안으로 데려갔고, 다음 날 그들은 신발 가게에 가서 그를 땅에 붙들어줄 반짝이는 오스뮴 밑창으로 만든 엄청나게 무거운 특수 구두를 맞췄다. 그런데 학교 아이들이 전부 그런 구두를 원했고, 그래서 그는 인기가 많아졌다.

훨씬 나은 결말이었다.

오스뮴은 세상에서 가장 무거운 원소다. 지금 생각하니 아빠에게 필요했던 게 그거라는 생각이 든다. 아빠를 땅에 붙들어두려면 엄청나게 무거운 신발이 필요했다. 아빠가 음악이 우주고 여기 지구의 모든 게 너무 아름다워서 다른 곳으로 날아갈 필요가 없다고 말한 걸 기억하는가? 사실 난 그게 순 헛소리라고 생각한다. 한때는 그렇게 느꼈을지도 모르지만, 내가 일곱 살인가 여덟 살인가 됐을 무렵에는 우주도 지구도 아닌 애매한 중간 지대에 이르렀다. 아빠와 엄마는 자주 싸웠다. 대부분 대마초 때문이었는데, 두 사람이 적어도 내 앞에서는 대놓고 그렇게 말하지 않았지만, 나는 어떤 상황인지 알았다. 아빠는 끊고 싶어 했고 정말로 끊으려고 시도했지만 매번 실패했다. 아빠가 다시 대마초를 피우기 시작할 때마다, 나는 아빠가 우주에서 길을 잃고 다른 은하계에서 떠돌고 있기 때문이라는 걸 알았다. 아빠를 잡아 둘 수 있는 것은 아무것도 없었다. 오스뮴도. 그리고 나조차도.

그러나 한때, 내가 아주 어렸을 때, 아빠에게 대마초가 필요하지 않은 때가 있었다. 그때 아빠에게 음악은 우리 모두를 수용할 만큼 크고 순수한 우주 그 자체였다. 그리고 내가 그랬고, 엄마도 그랬고, 우리 모두가 그랬다. 나는 모든 게 아름답던 그때의 기분이 어땠는지 기억한다.

아빠에 대한 한 가지 사실이 있다. 아빠가 살아 있을 때는 정말로 완전하게 살아 있었다. 1938년 카네기홀 콘서트에서 아빠가 제일 좋아하는 곡 〈싱, 싱, 싱(위드 어 스윙)〉을 연주하던 것을 기억한다. 아빠는 그 곡을 연주하고 또 연주했고, 그 곡을 들을 때마다 눈물을 흘렸다. 나는 그 이유를 이해할 수 없었고, 그래서 아빠가 설명하려 했다.

"이 곡은 살아 있어, 베니! 들어봐! 저건 테너 색소폰의 베이브 러신이야. 트럼펫의 해리 제임스고. 드럼의 진 크루파. 저 톰톰 소리 좀 들어봐. 진짜 죽이지!"

지금도 아빠의 목소리가 귀에 선하다. 빅밴드 소리에 발로 장단을 맞추며 고개를 끄덕이고 온몸을 들썩이던 모습도 눈에 선하다. 나는 아빠가 무척 멋지다고 생각했고, 아빠를 흉내 내려 했다. 우리는 트럼펫 삼중주에 귀 기울이곤 했고, 아빠는 7분 정도 눈을 감고 있었는데, 마치 '기다려, 기다려! 이제 굿맨이 온다……!'라고 말하는 것 같았다. 그리고 우리는 뱀처럼 꿈틀거리는 순수한 클라리넷 독주에 귀 기울였다. 아빠는 말 그대로 몸을 떨며 높은 도보다 높은, 믿기지 않을 만큼 말도 안 되게 높은 도를 기다렸고, 베니 굿맨이 그 부분에 도달했을 때 "이거야!"를 외치며 나를 세게 부둥켜안았다. "이거야, 베니! 오, 내 새끼, 이게 바로 뜨거운 재즈란다. 정말 경이로운……."

그리고 그때, 바로 그때, 굿맨은 제스 스테이시에게 피아노 독주를 넘긴다. 피아노 독주는 부드럽고 조용하게 시작되는데, 관중 중에 누군가, 아니면 밴드 연주자들 중 누군가가 소리친다. '예, 아빠(Yeah, Daddy).' 그러면 우리 아빠는 만면에 함박웃음을 짓고 나를 안은 채 몸을 앞뒤로 흔들며 자신의 귀에 들리는 것을 나도 듣게 하려는 듯 속삭인다. "여기서 드뷔시를 들어봐. 라벨이 들리니?" 스테이시가 독주 부분을 마치고 관중들의 갈채가 터져 나오고 크루파가 스틱을 들어 올려 그 연주의 힘을 더욱 강렬하게 느끼게 할 무렵, 아빠의 얼굴은 눈물로 젖어 있고 눈이 반짝반짝 빛난다. 아빠가 나를 꼭 끌어안고 말한다. "들어봐, 베니! 이게 바로 순수하게 살아 있는 거란다. 우린 이렇게 살아야 해!"

책

47

그러나 켄지는 살아 있지 않았다. 베니를 남겨두고 영영 떠나버렸다.

이제 베니는 학교로 돌아갔다. 애너벨은 그가 혼자서 버스를 타는 것을 허락하지 않았고, 자신의 일상적인 업무에 차질이 생기더라도 아침마다 학교에 데려다주고 오후에 또 데리러 갔다. 학교로 돌아간 첫날, 대형 비행선처럼 엄마를 뒤에 달고 학교에 가는 동안 다른 아이들이 낄낄거리는 소리가 들렸다. 교실에서 자신의 등 뒤에 대고 말하는 소리, 나중에 구내식당에서는 조롱하는 소리도 들렸다. '어이, 베니! 난 네 샌드위치야. 날 먹지 마! 제발 날 먹지 말아줘.' 잔인했지만, 그 무렵 그는 목소리들이 이런 식으로 말하는 소리를 듣는 데 익숙해져서 거의 신경도 쓰지 않았다. 누군가 그에게 기분이 어떠냐고 물었다면 그는 어깨를 으쓱하며 괜찮다고 말했겠지만, 사실 그는 자기 삶의 모든 것이 아주 멀리서 일어나고 있는 것처럼 무감각하고 무심했다. 과거와 미래가 멀게 느껴지는 건 당연하지만, 베니에게는 지금, 여기도 그렇게 느껴졌다. 시간과 공간이 대책 없이 뒤엉켰고,

현재의 순간이 점점 더 멀어졌다. 몇 주가 지나면서, 그는 자신이 블랙홀을 통과하여 다른 별로 향하는 은하 간 우주왕복선을 탄 것처럼 느껴졌다. 사물들이 말하는 목소리가 여전히 들렸지만, 그 또한 멀게 느껴졌고 너무도 두껍고 밀도 높은 백색 소음에 감싸여 그것들이 무슨 말을 하는지 잘 알아들을 수 없었다.

그에게 묻는다면 그것도 괜찮다고 대답했을 것이다. 문제는 상담사나 보건교사, 사회복지사, 특수교육 교사 같은 사람이 그에게 말을 걸고 대답을 기대할 때였다. 그때는 모든 게 허물어졌다. 그리고 이제 그의 대답을 기대하는 사람들이 너무 많아졌다. 이제 베니는 그의 특수한 요구에 부합하도록 맞춤 설계된 개인별 교육 프로그램을 받을 자격이 있는, 장애 학생으로 분류되었기 때문이다. 애너벨은 이 자격을 얻기 위해 고군분투했다. 베니의 무단결석이 발각된 직후, 그녀는 슬레이터 교장과의 면담을 위해 호출되었다. 그녀가 딱딱한 의자에 앉아 벽면에 걸린 교장의 많은 졸업장과 수료증과 학위증을 보고 있는 동안, 교장은 가짜 이메일에 대해 말했다.

"베니가 어머님의 계정에 접근한 게 분명합니다." 교장이 받은메일함을 찾으면서 말했다. "어머님이 알아차리지 못하신 게 좀 의외네요. 비밀번호를 알려주신 게 아니길 바랍니다. 아시다시피, 저희는 그러는 걸 권장하지 않죠." 그녀가 화면을 보며 인상을 찌푸리고 뭔가를 입력한 다음, 애너벨이 볼 수 있도록 모니터의 방향을 돌렸다.

애너벨이 몸을 앞으로 기울여 아들이 쓴 것으로 보이는 이메일을 살펴보았다. 이 이메일들이 오고 가는 걸 어떻게 놓칠 수가 있었지? 그리고 애초에 어떻게 베니가 내 이메일 계정에 접근할 수 있었지? 하지만 그 순간 그녀는 자신이 아들의 휴대전화 비밀번호를 얼마나 쉽게 추측했는지 떠올렸고, 자신과 베니가 생각보다 서로에 대해 잘 알고 있다는 생각이 들었다. 그리고 자기 아들에 대해 이런 말을 할 수 있는 엄마가 그리 많지 않을 거라는 생각도 들었다. 이처럼 예기치 않게 유대감을 확인하게 되어 뿌듯함이 밀려오는 것을 느낀 순간, 그녀는 이메일 주소에서 빠진 글자를 발견했다.

"어머, 이것 좀 보세요!" 그녀가 손가락으로 가리키며 말했다. "여기 Oh에서 'h'가 빠져 있어요! 제 이메일 주소에서 한 글자가 빠져 있는데 교장선생님께서 알아차리지 못하셨네요."

교장이 화면을 자세히 들여다보았다. "영리하군요." 그녀가 건조하게 말했다.

애너벨은 의자 등받이에 기대어 앉았다. 정말 영리했다. 베니는 위조 계정을 만들어서 이메일을 거기로 빼돌린 게 분명했다. 그녀가 보지 못한 것도 당연하다. 빠진 'h'가 상황을 완전히 바꿔놓았다. 글자가 그렇게 중요한 것이다.

교장이 또 다른 이메일을 열었다. 여기에는 첨부 파일이 있었다. "여기 베니의 주치의가 보낸 소견서가 있습니다. 스택 박사는 실존 인물인가요?"

"물론이죠." 애너벨이 말했다. "멜라니 스택 박사입니다." 소견서에 우스꽝스럽게 발랄해 보이는 로고가 찍혀 있었고, 그녀는 자기도 모르게 미소를 지었다. 스마일 풍선을 쥐고 있는 테디베어 로고가 멜라니 박사에게 딱 어울렸다. 그녀는 편지를 읽고 웃기 시작했다. 자기도 어쩔 수 없었다. "이걸 읽어보시긴 했나요?"

슬레이터 교장은 인상을 찌푸렸다. "실례지만 뭐라고 하셨죠?"

"편지요. 읽어보셨나요?"

교장은 모니터를 다시 돌렸다.

"'분열정동장애'의 철자가 틀렸어요." 애너벨이 말했다. "'감독하에' 도요."

"이건 아드님의 철자 실력 문제가 아닙니다, 어머님. 그리고 베니가 학교에 온다면…….”

“아뇨, 당연히 그건 저도 알고 있습니다. 하지만 저는 어떻게 교장 선생님께서 이 소견서를 의사가 썼다고 생각할 수 있었는지 궁금한 것뿐입니다.”

교장이 얼굴을 찌푸리자 이마에 잡힌 주름이 더 깊어졌다. 그녀는 깊이 숨을 들이쉬었다. “그리고 우리가 궁금한 건 어머님이 어떻게 열네 살 자녀가 몇 주 동안 학교를 빼먹은 걸 모를 수 있었느냐 하는 거고요. 어떻게 벤저민의 행방을…….” 그녀가 검색어를 입력했다. “……26일이나 모를 수 있었을까요?” 그녀는 모니터를 다시 돌리고 등받이에 등을 기대고 앉아 기다렸다.

물론 그녀의 말에 일리가 있었다. 애너벨은 바람 빠진 스마일 풍선처럼 딱딱한 의자에 축 처져서 앉아 있었다. 정말 어떻게 그럴 수 있었을까? 승기를 잡은 교장은 팔짱을 끼고 무단결석의 위험성에 대해 일장 연설을 했다. 부모가 태만할 때 청소년들이 휘말릴 수 있는 문제들에 대해. 마약과 범죄, 성범죄에 대해. 애너벨은 들으면서 손을 내려다보며 계속 검지로 엄지손톱에 생긴 골들을 초조하게 만지작거렸다. 그녀는 모든 손톱에 골이 져 있었다. 그것이 어떤 의학적 문제의 징후라는 기사를 읽은 적이 있지만 어떤 문제인지는 정확히 기억나지 않았고, 다만 그것이 건강의 적신호일 수 있다는 것만 기억했다. 손에 거스러미도 있었다. 핸드백에 손톱깎이가 있을까 생각했다. 한때는 있었다. 사실 여러 개였다.

“어머님.” 교장이 말했다. “혹시 벤저민이 어디에 있었는지 아세요? 누구랑 있었는지, 학교에 있어야 할 시간에 매일 무얼 했는지?”

“도서관에 있었다고 했습니다.” 애너벨이 손톱을 걱정하며 말했다. “책을 읽었다고 했어요.”

“그 말을 믿으셨나요?”

"예." 애너벨이 말했다. "믿었습니다. 아니, 믿습니다."

교장이 믿기지 않는다는 표정으로 그녀를 보았다.

"정말입니다." 애너벨이 주장했다. "베니는 도서관을 좋아해요. 항상 그랬죠. 심지어 갓난쟁이였을 때도요."

교장은 안경을 벗고 고개를 저었다. "어머님." 그녀가 입을 열었다. "송구스럽지만, 저는 성인이 된 이래로 평생 중등학교 교직에 몸담아 왔습니다. 그런데 무단결석을 하는 학생이 도서관에 가는 경우는 한 번도 본 적이 없어요. 그런 학생들은 공원과 골목길, 방치된 공장 건물에서 빈둥대죠. 도서관에는 가지 않습니다."

"이런, 선생님이 잘못 생각하신 거예요." 애너벨이 말했다. "베니가 거기 있는 걸 제 눈으로 직접 봤어요. 여름방학에 매일 도서관에 갔는데, 한번은 제가 가서 확인해봤죠. 베니는 작은 칸막이 좌석에서 주변에 책을 잔뜩 쌓아두고 앉아 있었어요. 읽다가 잠든 것 같았는데……."

그러나 교장은 더 이상 듣고 있지 않았다. 그녀가 서류철을 뒤적이다가 종이 한 장을 꺼냈다. "학기 초에 저희가 어머님께 편지를 보냈고, 어머님이 서명을 해서 교육청의 출석 정책을 이해하고 있다는 의사표시를 하셨죠."

그녀는 그 편지를 애너벨 앞 책상 위에 놓았다. 거기에는 실제로 애너벨의 서명이 있었고, 서명을 했지만 실제로 읽지는 않았던 게 어렴풋이 기억났다.

"그러니 자녀가 16세가 될 때까지 학교에 출석하게끔 해야 할 법적인 책임은 어머님에게 있습니다." 교장은 계속 말을 이었다. "그런 책임을 이행하지 않는 건 방치 행위로 간주되고, 교육청이 소년법원에 무단결석 진정서를 제출할 수 있습니다. 상습적 무단결석의 경우, 저희는 그렇게 하는 것 외에 달리 선택의 여지가 없습니다."

애너벨이 편지에서 눈을 들었다. "잠시만요, 뭐라고 하셨죠? 저를 고소하겠다는 뜻인가요?"

"법이 그렇습니다, 어머님." 애너벨의 얼굴에서 경악한 표정을 본 그녀는 말투를 조금 누그러뜨렸다. "물론 아직 거기까지는 아니고, 우리가 그럴 필요가 없기를 진정으로 바랍니다만 그저 경고를 해드려야 할 것 같아서……."

"아뇨." 애너벨이 고개를 저으며 말했다. 그녀가 상체를 꼿꼿이 세우고 앉아 양손을 교장의 책상에 올렸다. "아뇨, 죄송하지만 그건 옳지 않습니다."

"실례지만 뭐라고 말씀하셨죠?"

"그건 전혀 옳지 않습니다. 베니는 학교를 빼먹고 쇼핑몰이나 스타벅스에서 배회하는 비행 청소년이 아닙니다. 베니는 쇼핑몰을 싫어해요. 스타벅스를 참을 수 없어 하죠. 그 애가 감당하기 힘든 소음 때문에요. 하지만 아무튼 요점은 우리 아들이 정신장애가 있다는 겁니다, 슬레이터 교장선생님. 학교 측에서는 이걸 아셔야 합니다. 베니가 학교를 빼먹는다면 그건 학교가 그 애의 필요를 충족해주지 못하기 때문입니다. 그러니 그 얘기를 해볼까요? 그 얘기를 해보죠."

이후 일련의 모임과 평가와 회의가 뒤따랐고, 그때마다 베니는 매번 참석해야 했다. 특수교육 교사와 보건교사, 사회복지사, 사례 관리자로 이루어진 팀이 꾸려졌다. 그들은 그에게 질문하고 대답을 원했다. 이 모든 것이 그에게는 지겹고 괴로웠다. 학교는 법적으로 베니에게 특수교육을 위한 편의를 제공할 의무가 있었지만, 그는 편의를 제공받고 싶지 않았다. 그는 괜찮다고 주장했다. 그리고 실제로 괜찮았다. 물론 물건이 말하는 걸 듣지만, 그래서 뭐 어떻다는 말인가? 그런 것은 대부분 무시할 수 있었다. 그런데 그 사람들은 왜 그를 무시하지 못하는 걸까?

집에서는 그의 엄마도 대답을 원했다. 그녀는 계속 소통의 문을 열어두고 대화의 기회를 만들려고 애썼다.

"베니……? 베니……? 베니!"

"왜?"

"오늘 학교는 어땠니?"

"똑같지 뭐."

"뭔가 흥미로운 걸 배웠니?"

"아니."

"새 친구를 사귀었니?"

"아니."

"시도는 해봤니? 다른 사람에게 말을 걸거나……?"

"아니."

"손은 좀 어때?"

"괜찮아."

그의 손은 치유되고 있었고, 꿰맨 상처에서 실밥이 제거되어 성난 듯 붉고 길쭉한 흉터만 남았다. 그러나 그는 여전히 어쩌다 그 상처를 입게 되었는지 말하기를 거부했다. 응급실 의사가 손을 꿰맨 뒤 애너벨을 불러내서 그 상처가 칼이나 심지어 검 같은 날카로운 날에 베여서 생긴 것 같다고 귀띔했다. 가해자가 위에서 공격해서 아래로 그었고 소년이 손을 들어 방어했을 가능성이 크다며, 자신의 팔을 들어서 짐작되는 상황을 보여주었다. 나중에 애너벨이 베니에게 물었을 때 베니는 부인했다.

"그런 일은 절대로 없었어."

"그럼 무슨 일이 일어난 거니?"

"아무것도 아냐. 그냥 사고였어."

그는 더 이상 설명하기를 거부했고, 마침내 애너벨은 그를 경찰서로 데려가 신고하겠다고 위협했다.

"엄마." 그가 지친 듯 말했다. "경찰이 나를 체포하지 않을 거야. 난 아무 짓도 안 했으니까."

그녀가 그의 침실 문가에 서서 아들을 살펴보았다. 지금 얘가 빈정대는 건가? 나를 비웃는 건가? 그의 말투는 단호하고 냉담했다. 그는 사실을 말하고 있는 것뿐이었고, 아마 그의 말이 맞을 것이다. 경찰은 도움이 되지 않을 것이다. 이것도 그녀를 답답하게 했다.

"하지만 누군가 했잖아! 누군가 널 상처 입혔어, 베니. 넌 엄지손가락을 잃을 수도 있었다고! 엄지손가락 없이 살아간다는 게 어떤 의미인지 아니? 게다가 오른손이! 진짜 이유를 알아야겠어."

베니가 고개를 저었다. 그는 침대 가장자리에 앉아서 전용 숟가락을 만지작거리고 있었다. "사고였다고 했잖아. 넘어져서 뭔가에 베인 거야. 어두워서 보지 못했어. 기억 안 나."

"뭐가 베니? 뭘 보지 못했고, 뭐가 기억 안 나는데?"

"기억 안 나."

애너벨이 인상을 찡그렸다. 베니가 거짓말을 하는 것일까? 왜 기억을 못 하는 걸까? 마약을 했나? "의사가 그러는데 네가 공격을 당했대. 칼이나 검에 베인 상처 같다고 하더라."

"엄마가 혹시 모를까 봐 하는 말인데, 요즘은 사람들이 검을 가지고 다니지 않아."

이건 분명 빈정대는 거였다. 그는 숟가락 등으로 초조하게 무릎을 톡톡 치고 있었다.

"무슨 사람들?" 애너벨이 물었다. "넌 누구랑 있었니?"

"친구들." 그가 숟가락을 검지 위에 반듯이 놓고 균형을 잡으며 말했다.

"그 여자애랑 있었지? 알레프인가 뭔가. 네 휴대전화에 그 여자애 번호가 있었고……."

"그 여자애가 뭐?" 그가 갑자기 경계하는 목소리로 말했다.

"걔는 누구야?"

숟가락이 흔들렸다. "누구랄 것도 없어. 그냥 친구야."

애너벨이 그의 목소리에 담긴 그리움을 감지했는지 모르지만, 아무튼 그것을 무시하고 계속 압박했다. 그녀는 육감이 발동했다. 엄마의 본능이라고 해두자.

"맥슨의 친구 말이니? 병원에서 그 여자애를 만났니?"

숟가락이 떨어졌다. 그는 그것을 다시 집어 들었다. "아니." 그가 말했다. "학교 친구야."

이제 그녀가 유리한 입장에 섰다. "넌 학교에 친구가 없잖아. 기억 안 나?" 그녀는 목소리에 의기양양한 어조가 스미지 않게 하려고 노력했지만 결국 스미고 말았고, 그가 그것을 들었다.

"좋아." 그가 말했다. "내가 거짓말을 했어. 그 여자애는 존재하지 않아. 이제 만족해?"

대체 어떤 엄마가 자식이 거짓말을 하는 걸 잡아내고 만족하겠는가? 어떤 엄마가 자식이 친구가 없는 것을 고소하게 여기겠는가? 그녀는 문지방을 넘어 방으로 들어가서 침대 위 아들 옆에 앉아 아들의 좁은 어깨에 팔을 둘렀다. 그의 몸이 굳는 것이 느껴졌다. "베니. 난 그저 돕고 싶어서 그래. 병원에서 친구를 사귀었다면 좋은 일이지. 맥슨은 아주 좋은 청년처럼 보이지만, 니보나 훨씬 나이가 많고, 넌 맥슨에 대해 사실 아는 게 없잖……."

"맥슨은 내 친구가 아니야."

"아니면 그 알레프라는 여자애? 그 애도 나이가 많니?"

그녀는 아들의 어깨가 힘없이 축 처지는 것을 느꼈다. 그가 고개를 끄덕였다.

"그런데 왜 개가 너처럼 어린애랑 친구가 되고 싶어 할까?"

그는 그녀의 팔 무게에 눌려 움츠러드는 것처럼 보였다. 그녀는 그를 끌어안았고, 또 한 번 끌어안으며 그에게 생기를 불어넣어주려 했다.

"난 그냥 네가 상처 입는 걸 보기 싫어서 그래, 베니. 네가 친구를 사귀면 좋겠지만, 나이에 걸맞은 친구면 좋겠어. 알겠지? 이제 네가 학교에서 새로운 프로그램에 들어갔으니까, 마음 맞는 친구를 만날 수 있을 거야."

그녀가 다시 끌어안았고, 그는 숟가락을 떨어뜨렸다. 그녀가 몸을 숙여 그것을 집었다. 그때 그녀의 머리에 동요 노랫말이 떠올랐다. '헤이, 디들디들, 고양이가 바이올린을 켜요. 암소가 달님을 껑충 뛰어넘었네요. 작은 개가 그 곡예를 보고 웃었고, 접시는 숟가락과 함께 달아났어요.'

그것은 그녀가 켄지의 L 발음 연습을 돕기 위해 사용했던 노랫말 중 하나였다. 그녀가 그를 위해 노랫말을 읊어주면 그가 탁한 목소리로 서툴게 따라 하면서 자신의 끔찍한 발음에 웃곤 했다. 그는 '디들(diddle)'이나 '피들(fiddle)'을 잘 발음할 수 없었지만, '스푼'을 발음하는 걸 좋아했다. 그녀가 임신해서 배가 불렀을 때, 그는 뒤에서 그녀를 부드럽게 감싸 안곤 했다. '스푸우우운.' 그는 그녀의 귀에 대고 그 단어를 길게 발음했다. '스푸우우운.' 그가 그녀를 위해 흔들의자를 고쳐줬을 때 그녀는 의자 등받이 뒤에 초승달을 뛰어넘는 암소 그림을 그렸고, 출산 후에 거기 앉아 의자를 흔들며 아기에게 젖을 먹이곤 했다. 조그만 새 생명을 품에 안고 아기가 놀랍도록 집요하게 젖꼭지를 빨아 당기는 것을 느낄 때 어떤 기분이었는지 생각났다. 몇 년 전 베니가 더 이상 그것이 필요 없다고 말할 때까지, 안락

의자는 오랫동안 베니의 방에서 살았다. 그녀는 거기 앉기에는 너무 몸이 불었지만, 차마 그것을 내다 버릴 수 없어서 자신의 침실로 옮겨 왔다. 지금 이렇게 숟가락을 손에 쥐고 있으니 그 노래를 소리 내어 부르고 싶은 마음이 간절했지만 애써 자제했다. 그녀는 여전히 자기 옆에서 축 처져서 바닥을 응시하고 있는 베니를 흘긋 보고는 손을 뻗어 숟가락 손잡이 끝을 그의 무릎 위에 얹었다. 그녀는 반응을 기다렸고 그가 아무 반응이 없자 숟가락을 앞뒤로 몇 번 춤추듯 움직였다.

"헤이, 디들디들." 그녀가 속삭였다.

그가 홱 무릎을 치웠다. "그만해."

베니

나는 그 숟가락을 좋아했어. 그것은 은으로 만든 오래된 숟가락이었어. 순은은 아닐지도 몰라. 어쩌면 다른 금속과 합금한 것일 수도 있지. 하지만 그건 중요하지 않았어. 왜냐하면 누군지 모르지만 그것을 만든 사람은 그것의 용도를 정확히 알았기 때문이야. 그 사람은 손과 입이 작은 어린아이도 손으로 쥐고 입에 넣기 딱 좋은 형태로 숟가락을 만드는 방법을 알았어. 그리고 나는 옛날에 아름다운 누군가가 그 숟가락으로 맛있는 뭔가를 먹었을 거라고 확신했지. 내가 숟가락을 입에 넣을 때마다 아름다운 입술의 기억과 맛깔난 맛을 느낄 수 있었고, 즐거워서 흥얼거리는 소리를 들을 수 있었으니까. 누군지 몰라도 그 숟가락을 만든 사람은 그런 목적으로 그것을 만들었고 숟가락은 행복했어. 숟가락은 누군가 먹을 때 도움을 주는 한 언제나 행복할 거야.

그래서 내가 항상 그 숟가락으로 밥을 먹고 항상 숟가락을 챙겨 다니고 도둑맞을까 봐 걱정한 거였어. 그 노랫말은 접시가 숟가락과 달아난다고 했고, 나는 정말 그런 일이 일어날 수 있을 거라고 믿었어.

나는 그것을 일종의 납치 시나리오로 상상했고, 내가 뒤를 돌았을 때, 특히 접시가 근처에 있을 때는, 숟가락을 혼자 두지 않는 습관을 들였지. 나는 항상 숟가락을 닦아서 주머니에 넣고 다녔어. 어렸을 때는 괜찮았지만 고등학교에서는 좋게 받아들여지지 않을 멍청한 어린애 같은 짓이었지. 몇몇 아이들이 내가 점심시간에 그러는 걸 보았는데, 그 중 한 개자식이 그것을 낚아채서 밖으로 달아났고 그 자식의 친구들이 따라 나갔어. 그들은 신이 나서 원숭이 흉내를 내면서 숟가락을 내 머리 위로 던져서 서로 주고받으며 "이봐 몽키 보이, 이봐 저능아, 이리 와서 뺏어봐" 같은 개소리를 외쳤어. 수업 시작종이 울릴 때까지 그 자식들은 그런 짓을 계속했고 마침내는 지붕 위로 던져버렸지. 생생히 기억나. 내 숟가락이 마치 은빛의 바퀴처럼 허공에서 빙글빙글 돌던 모습과 그것이 떨어지면서 내던 소리. 학교 식당은 2층밖에 안 되는 건물이었는데 지붕이 별로 높지는 않았지만 경사져 있었고, 나는 숟가락이 달가닥거리며 빗물받이로 떨어지는 소리를 들었어. 그것은 거기에 머물렀어. 보이지는 않았지만 그때부터 그 건물을 지나칠 때마다 숟가락이 거기서 흥얼거리는 소리를 들을 수 있었지. 나는 특수교육 교사에게 가서 무슨 일이 있었는지 말하고 그것을 되찾아올까 생각했지만 결국 그러지 않기로 결정했어. 그게 거기 있는 걸 아는 것만으로 충분했어. 비록 음식 맛이 예전처럼 좋지 않았고 숟가락이 전처럼 행복한 소리를 내지 않았지만, 적어도 그것이 흥얼거리는 소리가 들리는 한 안전하게 잘 있다는 걸 알 수 있으니까.

그리고 엄마한테 미안하긴 한데, 엄마는 온갖 질문으로 나를 돌아버리게 만들었어. 엄마가 그저 도와주려 했을 뿐이라는 건 알지만, 그날 밤 제본실에서 일어난 일에 대해, 속삭이던 종이들과 녹색 불빛 속에 헤엄치던 말들에 대해 말할 수는 없었어. 그리고 엄마에게 너에 대해 말할 수 없었어.

그땐 네가 누군지도 아직 몰랐어. 너무 이상하고 미친 소리 같았어. 알레프나 B맨에게도 말할 수 없었지. 그날 이후 그들을 본 적은 없지만 아무튼. 나를 따라다니며 내 인생을 묘사하는 책이 있다고 누구에게 말하면, 나를 영원히 병원에 가둬버릴까 봐 두려웠어.

책

48

멜라니 박사는 또다시 치료 계획을 바꿨다. 그녀는 베니가 학교로 돌아간 뒤 보고한 무기력과 무감각함, 체중 증가, 고립감이 염려스러웠다. 멜라니 박사가 생각할 때, 이 같은 증상들은 약물과 관련된 것들이었다. 그것이 약의 부작용이 아닌 학교 자체의 부작용일 수 있다는 생각은 들지 않았다. 어떤 경우건 베니가 새로운 치료 계획을 시작한 뒤 이런 특정한 부작용이 사라진 건 사실이었다. 대신 초조함과 동요, 통제할 수 없는 갑작스럽고 이상한 근육 경련이 발생했다. 베니는 마치 은박지 뭉치를 씹고 있는 듯한, 심장이 항상 폭발하기 직전인 듯한 느낌이 들었지만, 이건 사랑의 부작용일 수도 있었다.

멜라니 박사가 진료를 시작하며 말했다. "그래, 기분은 좀 어때?"

그가 어떻게 말할 수 있을까? 자신이 알레프를 사랑하는데 그녀는 자신을 사랑하지 않는다는 것을. 가슴이 찢어지듯 아프다는 것을. 그는 이제 만 열네 살이었다! 이런 감정을 전에는 느껴본 적이 없었고, 어떤 말로 표현해야 할지 몰랐다. 그래서 대신 인상을 쓰고 머리칼로 얼굴을 가린 채 의자에 웅크리고 앉았다. "항상 그렇게 물어보시네요."

그녀가 상체를 앞으로 빼며 그를 유심히 보았다. "내가 항상 기분이 어떠냐고 묻는다고?"

"네."

"그래서 그게 마음에 안 드니?"

"네." 그는 턱에 힘이 들어가고 이가 악물어지는 것을 느꼈다.

"내가 네 기분을 알게 되는 게 싫으니?"

"당연히 싫죠."

"그럼 어떤 기분이 드니?"

그는 분노를 느꼈다. 이에서 그것을 느꼈다. 그는 눈을 가늘게 뜨고 독기 어린 눈으로 그녀를 쏘아보았다. "깨물고 싶어져요."

"좋아." 그녀가 움찔하면서도 안 그런 척하며 친절하게 말했다. "나를 깨물고 싶어?"

"아뇨!" 그가 부아가 나서 말했다. "선생님의 말이요. 그걸 깨물어서 뱉어내고 싶어요!"

그는 피해망상적인 생각에 빠지기 시작했다. 그의 엄마는 방과 후에 아무 데도 못 가게 했다. 특히 도서관은. 그래서 제본실 사건이 있고 나서 알레프와 맥슨이 그를 바래다준 날 이후 알레프를 한 번도 보지 못했다. 처음에는 문자를 자주 주고받았다. 무단결석이 발각된 사건과 특수교육 수업, 학교에 돌아온 게 얼마나 고통스러운지에 대해 그녀에게 말했고, 그녀는 냉정함을 유지하고 숨 쉬는 걸 잊지 말라고—그녀의 말풍선을 보면 숨이 막혔기 때문에 그러기 쉽지 않았지만—격려의 메시지를 보냈다. 그러다가 갑자기 그녀의 메시지가 끊겼다. 그는 계속 문자를 보냈고 메시지가 전달된 것 같았지만, 답이 없었다. 통화를 시도했을 때, "지금 거신 번호는 당분간 착신이 정지되어 있습니다"라는 자동응답 메시지만 받았다. 번호들의 이런 변덕은 놀랍지도 않았다. 그는 숫자들이 얼마나 변덕스러울 수 있는지 알았다. 하지만 일주일 내내 소식이 없자, 문제는 믿을 수 없는 번호가 아니라 그녀가 자기 전화를 차단한 거라고 결론지을 수밖에 없었다.

그는 엄마가 그녀에게 연락해서 뭐라고 하는 바람에 그녀가 자신에게 등을 돌린 것인가 의심했지만, 그건 말이 되지 않았다. 알레프라면 어떤 설명도 없이 그냥 그를 차단하지 않았을 것이다. 그때 어쩌면 그건 휴대전화 탓일 수 있다는 생각, 휴대전화가 자신을 차단하고 있을지도 모른다는 생각이 들었다. 그도 그럴 것이 전자 장치는 믿을 만하지 않고, 어쩌면 자신이 연락하려고 애쓴 것을 그녀가 모를 수도 있을 것이다! 하지만 그는 그녀의 휴대전화에게 미움을 살 만한 아무 짓도 하지 않았기 때문에, 이 이론도 폐기해야 했다. 그러자 걱정이 되기 시작했다. 그녀에게 뭔가 끔찍한 일이 일어난 거라고, 그녀가 돈이 완전히 바닥났거나 정신병동에 다시 보내졌거나 트럭에 치였을지 모른다고 확신하게 되었다. 학교에 가거나 학교에서 돌아오는 버스 안에서, 그는 엄마 옆자리에 앉아 창밖을 응시하며 손가락을 만지작거리고 은박지 뭉치를 씹는 듯한 기분을 느끼며 보도에서 워커를 신은 부스스한 은발머리의 깡마른 소녀를 찾거나 거리에서 구름처럼 부풀어 오른 하얀 비닐봉투를 뒤에 매달고 다니는 휠체어 탄 노인을 찾았다.

그는 참을 수 없었다. 도서관에 돌아가서 그녀를 찾아야 했다. 그래서 엄마에게 과학 과제 때문에 조사할 게 있다고 말했고, 그녀는 일 끝나고 데려다주겠다고 했다. 버스 안에서 애너벨은 베니에게 과제에 대한 온갖 질문을 하며 도와주겠다고 했지만 그는 철벽을 쳤고, 일단 도착하자 그녀를 정기간행물 코너에 남겨두고 1층에서 맨 꼭대기 층까지 모든 층을 체계적으로 훑었다.

도서관은 이제 전과 사뭇 달라 보였다. 9층에 도착했을 때 그의 발이 습관적으로 아찔한 구름다리와 있음직하지 않은 구석진 공간으로 향했지만, 그곳에 가보니 그의 좌석을 다른 사람이 차지하고 있었고 타자 치는 아주머니와 천문학도 소년도 없었다. 그들이 항상 거기 있었는데, 지금은 낯선 사람들이 그 자리를 차지하고 있었다. 그는 구름다리에서 잠시 멈추었다. 여기가 그 층이 맞을까? 그는 확인을 위해 난간 위로 상체를 빼고 아홉 개 층을 눈으로 훑어 내려가 지하 2층을 내려다보았다. 그는 제일 꼭대기 층에 있는 게 맞았다. 제본실에서 올라오는 찬바람에 그는 몸을 떨었다. 그는 그날 밤 들었던 희미하지만 희망적인 목소리를 들으려고 귀 기울였으나 들리는 거라곤 바람 소리뿐이었다. 바람이 말하는 대로, 그는 따라갔다.

그는 내내 계단을 이용해 지하 2층까지 내려가 무거운 문들을 열고 도서 처리실로 들어갔다. 그날 밤은 그 광활한 공간이 완전히 고요했는데, 이제는 다양한 활동과 움직임, 잡음으로 계속 윙윙거렸다. 굴림대가 덜거덕거리고 바퀴가 덜컹거리고 사서들이 카트를 앞뒤로 끌고 다녔다. 그러는 내내 동맥처럼 뻗은 컨베이어 벨트의 복잡한 망이 하나의 자동화된 작업대에서 다음 작업대로 끊임없이 책을 수송했다. 이 기계적이고 전산화된 첨단 도서 분류 시스템은 도서관 개조의 일환으로 설치되었고, 책들은 혐오감에 제정신이 아니었다. 그들은 인간의 손길, 인간의 접촉을 그리워했다. 그들은 마구 돌려지고 젖혀지고 회전되고 스캔되고 분류되어, 시끄러운 활송장치를 통해 미끄러져 통 속에 들어가거나 유압장치에 의해 트롤리로 들어올려지는 신세가 된 치욕감에 치를 떨었다. 그것은 책이 감당하기 힘든 상황이었고, 그들의 통탄이 기계들의 아우성을 넘어섰다. '우리는 물건이 아냐! 우린 한때 하느님 다음으로 신성시되었던 존재라고!'

상심하는 그들의 소리는 거의 인간과 같았다. 베니는 손으로 귀를 막고 눌렀다. 집중해야 했다. 그는 직원휴게실을 보고 그쪽으로 향했지만, 바코드 판독기를 손에 든 한 사서가 중간에 가로막았다.

"도와줄까?" 그녀가 말했다. 그녀는 휴대용 스캐너로 그의 가슴을 가리키고 있었다. 꼭 광선총처럼 보였다. 아니면 페이저*거나. '경고!'

그가 한 발 뒤로 물러나 손을 들었다.

사서는 무기를 들고 몸짓을 했다. "사람을 찾고 있니?"

"아뇨." 그가 말했다. '경고 수준: 주황색!' 이 여자가 어떻게 알았지?

"이 구역에 들어오면 안 돼." 그녀가 말했다. "여긴 일반인 접근 금지 구역이야."

그의 머릿속이 정신없이 돌아갔다. 그녀는 왠지 낯이 익었다. 키가 큰 편은 아니었다. 그의 키와 비슷하거나 그보다 작았다. 그가 재빨리 행동했다면 그녀의 무기를 빼앗아 직원휴게실로 달려갈 수 있었을지도 모른다. 어쩌면 알레프와 B맨이 거기 있을지도 모른다. 설령 거기 없다 해도 냉장고 안에 며칠은 버틸 만한 음식이 있을 것이다. 키 작은 사서의 페이저가 그의 손에 들어온다면, 그녀를 인질로 잡아 그곳에 억류할 수 있을 것이다. 도서관 측이 협상할 마음이 생길 때까지. 그러면 사람들이 어딘가에 숨겨놨을 알레프와 인질을 교환하자고 제안할 수 있을 것이다. 그런데 어디에 있지? 제본실이다! 그들이 포로를 제본실에 잡아두고 있는 거다! 그의 다리가 씰룩이더니 그가 한 발 앞으로 나왔다.

키 작은 사서는 뒤로 물러났다. "얘." 그녀가 말했다. "너 괜찮니? 내가 널 도와줄 수 있는 누군가를 부를게. 그냥 긴장 풀어. 여기서 기다리고 있어."

'위험! 경고 수준: 적색! 적색! 적색!'

* Phaser. 〈스타트렉〉 시리즈에 등장하는 광선을 쏘는 무기.

그녀는 빨랐지만 그가 더 빨랐다. 그녀가 통신 장비로 손을 뻗는 순간, 그는 뒤로 돌아서 비상구를 향해 줄행랑을 쳤고 안전한 곳을 찾아 순식간에 계단을 뛰어 올라갔다. 한 번에 두 계단씩 올랐다. 예전처럼 빠르지는 못했지만, 여전히 그 키 작은 사서보다는 빨랐다. 그는 1층에 도달했고 거기서 숨이 찰 때까지 계속 위층으로 올라갔다. 2층, 3층, 4층. 그는 공기를 들이마시려고 계단에서 잠시 멈췄지만, 최대한 조용히 하려 했다. 혹시 누가 따라오는지 듣기 위해, 경보와 경고를 듣기 위해서였다. 그러나 아무 소리도 들리지 않았고, 들리는 건 차츰 느려지는 자신의 숨소리와 그가 무슨 생각을 할 때마다 그 뒤를 메아리처럼 따라다니는 희미한 몇 마디의 말뿐이었다.

그는 혼자였다. 계단 문에는 5층이라는 표지가 붙어 있었다. 그래서 그는 문으로 슬쩍 들어가 보틀맨이 친구들과 보드카를 마시던 오래된 남자화장실을 찾으러 갔다. 왜 진작 이 생각을 못 했을까? 그들은 아마 여기 있을 거야! 그는 그 위치가 어디인지 기억한다고 확신했다. 알레프가 갔던 경로를 따라 331.880번 서가를 통과했지만, 여기도 역시 전과 달라 보였다. 노동조합과 노동자 계급의 권리 관련 코너의 책꽂이는 거의 비어 있었고, 오래된 남자화장실 문이 있어야 할 곳에 이르렀을 때, 그곳엔 빈 벽만 있을 뿐 화장실을 가리키는 아무 표시도 없었다.

화장실이 진짜였을까, 아니면 그가 만들어낸 것일까? '진짜란 무엇인가?' 이건 그의 철학적 질문이었다. 보틀맨의 도움으로 그가 발견했고 그동안 연습해온 질문이었다. 학교에서 교사가 뭔가를 말할 때면, 그는 스스로에게 묻곤 했다. '이 사람은 진짜인가?' 그리고 그렇지 않다고 결론을 내리면, 굳이 반응하지 않았다. 버스 정거장에서 집으로 걸어갈 때, 보도가 그에게 말을 걸기 시작하면, 그는 물었다. '너는 진짜니?' 보도가 대답을 하면, 그는 그것의 구체적인 성질에 대해 곰곰이 생각하고 그의 무게를 지탱하기 위해 그것이 얼마나 많은 일을 하는지를 인정했다.

이제 빈 벽 앞에서 그는 물었다. '너는 진짜니?' 벽이 대답하지 않자, 그는 그 앞까지 걸어가서 만져보았다. 그것은 보도와 마찬가지로 견고하고 진짜처럼 느껴졌다. 벽이 진짜이고 화장실 문이 있어야 할 자리를 차지하고 있다면, 그것이 화장실과 관련하여 어떤 의미인가? 둘 다 진짜일 수는 없었다.

그는 그런 생각을 떨쳐내기 위해 고개를 저었다. 약 때문인가? 가끔 약 때문에 논리적으로 생각하기 힘들었다. 이제 그는 집중해야 했다. 만일 화장실이 진짜가 아니라면, 그날 오후 화장실에서 그가 기억하는 그 어떤 것도 역시 진짜일 수 없을 것이기 때문이다. 슬로베니아 출신 쌍둥이 청소원들도 진짜가 아닐 것이다. 보드카도 진짜가 아닐 것이다. 보틀맨 자체도 진짜가 아닐지 모르고, 그럴 경우 그의 철학적 질문도 진짜가 아니다. 그리고 물론 이건 말이 되지 않았다. 그의 질문은 아주 진짜처럼 느껴졌기 때문이다. 그건 그가 아는 어떤 것보다 진짜였다. 그럼 그 질문은 어디서 나왔을까?

그는 벽에 귀를 대고 귀 기울였다. 수도 파이프를 통과하는 물소리가 들렸고, 자신이 이 문제를 거꾸로 생각하고 있다는 걸 깨달았다. 그의 질문은 진짜이니, 화장실도 역시 진짜임에 틀림없다. 그것은 이 벽 바로 뒤에 있을 것이다. 벽이 화장실을 감추고 있고, 어쩌면 알레프도 감추고 있는지도 몰랐다. 그녀의 의지와 상관없이 화장실 안에 가둬두고 있는지도 몰랐다. '알레프가 거기 있니?' 그가 따져 물었다. '네가 그녀를 붙잡아두고 있어?' 그는 답을 들으려고 귀 기울였지만 벽은 말이 없었다.

그는 다시 통로를 따라 할 수 있는 만큼 최대한 멀리 가서 부의 분배와 계급 거시경제학 코너에서 멈췄다. 거기서 그는 도움닫기를 할 수 있었다. 그에게 공성 병기*만 있었다면, 아니면 충차**나 하다못해 긴 창이라도 있었다면 좋았을 텐데. 그는 체육 시간에 배운 대로 상체를 숙이고 벽을 보았다. 바로 그때 희미한 목소리가 외쳤다.

'안 돼, 베니, 잠깐……!'

벽이 자비를 구하기 위해 소리친 거였을까? 하지만 그러기엔 너무 늦었다. 그는 이미 339번대 서가를 따라 달리며 속도를 높이고 있었다.

쿵!

그가 벽에 세게 부딪쳤지만 벽은 그를 튕겨냈고, 그는 무릎으로 넘어졌다. 정신이 멍해진 그는 어깨를 문지르며 벽을 유심히 뜯어보았다. 그런 뒤 다시 시도하기 위해 일어났다. 그가 상체를 숙여 출발 자세를 잡고 있는데, 희미하게 부르는 목소리가 들렸다.

'오, 베니, 안 돼…….'

벽이 말하는 게 분명하다! 벽이 약해져서 그의 공격에 무너지려 하고 있는 것이다. 그래서 그는 이번에는 다른 어깨로 다시 돌진했다. 하지만 이번에도 벽은 그를 물리쳤다. 그는 자신의 의심을 확인해주는 텅 빈 소리에 힘입어 벽을 걷어차기 시작했다. 석고보드 뒤에 벽이 화장실을 숨기고 있고, 알레프가 거기서 그가 구해주기를 기다리고 있었다.

"내가 간다!" 그가 외치며 벽을 주먹으로 두드리고 발로 찼다. 그리고 벽이 마침내 포기하고 무너지려는 순간, 도서관 경비원이 도착해 그를 저지하고 서가에서 데리고 나갔다.

경비원에게 이끌려 보안실로 들어갔을 때 거기 키 작은 사서가 서 있었다. 베니는 이제 온순해졌지만, 그녀가 여전히 골반 위의 권총집

* 중세 시대에 성이나 요새를 공격하여 빼앗기 위한 공성전에 쓰이던 병기.
** 적진이나 성을 공격할 때 쓰던 수레.

에 페이저를 차고 있는 것을 보자 몸이 경직되었다.

"긴장 풀라고, 어린 친구." 경비원이 말했고, 그는 그렇게 했다. 이제 베니는 경비원과 있어도 괜찮아졌다. 그의 이름은 제바운이었다. 그는 레게머리를 하고 있었고, 아빠와 어울렸던 뮤지션들처럼 보였다.

"좀 앉아." 제바운이 회전의자를 가리키며 말했다. 베니가 앉았다.

제바운이 키 작은 사서를 향해 고개를 돌리며 말했다. "이 아이가 맞아요?"

"맞아요." 키 작은 사서가 대답하고는 베니를 향해 고개를 돌렸다. "너 괜찮니?"

베니가 앉아 있는 회전의자는 엄마의 관제 센터를 떠올리게 하는 층층이 쌓인 비디오 모니터로 이루어진 파놉티콘*을 향해 있었다. 각각의 화면에 선명하지 못한 흑백 감시 카메라 영상이 어른거렸다. 그는 혹시 알레프나 보틀맨이 지나가는 것을 보게 될까 싶어서 영상을 빤히 쳐다보았다. 그러나 영상이 하도 휙휙 움직여서 눈이 아파 시선을 돌려야 했다. 앞에 있는 철제 책상 위에 먹다 만 햄샌드위치와《바벨-17》이라는 제목의 책이 펼쳐져 있었다. 두 물건 모두 그가 거기 앉아 있는 게 거슬리는 것처럼 보였다. 그들은 방해받는 걸 좋아하지 않았고 의자도 그가 앉아 있는 것을 불편해했지만, 제바운이 그에게 거기 앉으라고 했기 때문에 그냥 앉아 있어야 했다. 그는 시키는 대로 해야 했다. 그는 운동화를 내려다보았다. 발길질을 해서인지 발톱이 아팠다. 그의 에어맥스 운동화는 자신을 보호하기 위해 아무것도 하지 않았다. 그 운동화는 더 이상 믿을 만하지 않았다. 벽을 치느라 손마디가 까졌다. 그래서 그는 손을 입으로 가져가서 생

* Panopticon. 영국의 철학자 제러미 벤담이 구상한 개념으로, 한곳에서 모든 곳을 감시하기 용이하도록 만든 원형교도소. 이후 프랑스 철학자 미셸 푸코가 현대의 컴퓨터 통신망과 데이터베이스를 개인을 감시하고 통제하는 파놉티콘에 비유했다.

채기를 빨기 시작했다. 쇠 맛이 났지만 피처럼 따뜻했다. 그 방에 있는 모든 사람이 말없이 그를 지켜보고 있었고, 그래서 그는 입에서 손마디를 뺐다.

"왜요?" 그가 두리번거리며 말했다.

"너 괜찮니? 미안해. 내가 보안팀을 불렀어. 걱정이 돼서 어쩔 수 없었어. 여기 어머니나 누구랑 함께 왔니?"

키 작은 사서가 말하고 있었다. 베니는 손마디의 맛에 정신이 팔려서 그녀에 대해 완전히 잊고 있었다. 저 여자는 여기서 뭘 하고 있는 거지? 그는 그녀를 곁눈으로 흘끔 보았다. 그녀는 재미있는 안경을 끼고 있었다. 그는 그녀의 발목을 내려다보았다. "왕왕." 그가 말했다.

"뭐라고 했니?"

"코케코코!" 그가 말했다.

"미안한데, 무슨 말인지……."

"가갈라고! 그룬츠, 그룬츠! 그록, 그록!"

그는 눈을 감고 회전의자에서 몸을 꼿꼿이 세우고 앉아 목을 길게 빼고 개처럼 짖고 돼지처럼 꿀꿀거리고 닭처럼 울었다. 사서는 그를 빤히 쳐다봤고, 경비원이 한 발 앞으로 나왔다. "이봐, 친구." 그가 말했다. "이제 좀 진정하는 게 좋겠……."

그리고 바로 그때 애너벨이 갑자기 문으로 들어왔다. 그녀는 정기간행물 코너에 앉아 공예 잡지를 쌓아놓고 훑어보고 있다가 시간이 늦었다는 것을 깨달았다. 그녀는 시간을 확인했다. 베니는 뭘 하기에 이렇게 오래 걸리지? 그녀는 젤라틴 판화에 대한 기사를 하나 더 훑어본 다음 니들펠트 공예에 관한 기사를 대충 훑어봤다. 마침내 그녀는 안내 데스크로 가서 베니를 찾는 안내 방송을 해주거나 어떻게든 베니를 찾도록 도와줄 수 있는지 물었다. 그들은 이미 베니를 찾았다.

“베니!” 그녀가 외치고는 경비원을 밀치고 지나쳐 아들에게 달려가 끌어안았다. 베니의 얼굴이 그녀의 배에 파묻혔다.

“쉬이이.” 그녀가 말했다. “쉬, 아가, 쉬.” 그녀가 눈을 들어 경비원과 키 작은 사서를 보았다. “어떻게 된 건가요?”

“제가 이 아이를 5층에서 찾았습니다.” 경비원이 말했다. “벽을 걷어차고 주먹으로 마구 두드리며 화장실에 대해 뭐라고 고함치고 있더군요. 거기 화장실은 없다고 제가 말했죠. 화장실이 필요하면 4층으로 가라고요. 하지만 계속 벽을 두드렸어요.”

“오, 아가.” 애너벨이 아들의 정수리에 대고 부드럽게 말했다. “쉬하고 싶었니?”

베니

하느님께 맹세하는데, 엄마는 미쳤어. 나보다 더 미쳤어. 좋아. 물론 그 벽과 관련된 일은 정말 미친 짓이었지만, 새로운 약이 내 머리를 가지고 놀아서 그랬어. 그리고 난 알레프가 그 오래된 남자화장실에 인질로 잡혀 있다고, 그 사악한 벽이 우리 사이를 가로막고 있다고 확신했지. 알고 보니 내가 벽에 대해 오해했고 제바운이 말한 대로 화장실은 4층에 있었어. 내가 잘못 기억했나 봐.

그리고 내가 들은 희미한 목소리에 대해서도 오해했지. 그건 벽이 아니었지? 그건 너였어. 네가 내게 경고를 해주려는 거였지만, 내가 그걸 어떻게 알았겠어?

결과적으로는 이 모든 미친 짓이 그런 식으로 풀린 건 오히려 잘된 일인지도 몰라. 내가 개처럼 짖고 닭처럼 우는 바람에 엄마가 코리를 만났기 때문이야. 코리는 어린이책 함께 읽는 날에 우리에게 책을 읽어주던 그 키 작은 사서였어. 처음에는 그녀를 알아보지 못했어. 그녀의 스캐너 때문에, 그리고 어떻게 하면 그녀의 무기를 빼앗고 그녀를 납치할지 궁리하느라 정신이 나가 있었기 때문이야. 하지만 나중에 보안실에 있을 때 갑자기 분명해졌어. 그때 엄마가 쉬하고 싶었냐는 완전히 부적절한 말을 했고, 그때 코리도 우리를 알아보았지. 그녀는 엄마를 보다가 나를 보고는, 갑자기 이런 식으로 말했어. 저기요! 내가 두 사람을 알아요! 너 내 의자 아래 앉아서 내 발목을 잡고 있던 꼬마지! 정말 제일 귀여웠는데! 그리고 엄마는 이런 식으로 말했지. 어머! 어린이책 코너 사서시군요! 그리고 코리가 말했어. 어머, 그 꼬마가 이렇게 컸네요! 그리고 엄마가 말했어. 어머, 아니에요! 얜 아직 폭풍 성장기가 안 왔어요!

나는 거기 앉아 있으면서 민망해 죽을 것 같았어. 그들이 내뱉는 모든 감탄사가 날아다니는 바늘처럼 내 귀를 쑤셨어. 동시에 나는 의자 밑에 있었을 때의 다른 것도 기억났지. 사서의 보송보송한 스커트와 따뜻한 여인의 향기, 그리고 그녀가 책을 읽어주는 동안 마치 꼬마 변태나 뭐 그런 것처럼 그녀의 발목을 잡았을 때 기분이 얼마나 좋았는지. 소름 끼친다고? 하지만 소름 끼치게 들릴지 몰라도, 그때 느낌은 전혀 그런 게 아니었어. 변태가 되기에는 내가 너무 어렸어. 그저 사방에서 목소리가 들리는 가운데 그 밑에 있는 게 얼마나 따뜻하고 안전한 느낌이었는지 기억나.

일이 이렇게 풀린 덕분에 두 가지 좋은 일이 생겼어. 하나는 코리가 내가 체포되거나 도서관으로부터 출입 금지를 당하지 않도록 조치해 준 거야. 그냥 내가 도서관에 올 때마다 사서에게 출입을 알리겠다고 약속하는 걸로 마무리되었어. 그게 한 가지 좋은 일이지. 또 하나의 좋은 일은 내가 벽을 부수려고 한 덕분에, 코리와 엄마가 일종의 친구가 되었다는 거야. 당장은 아니지만, 결국은 그렇게 됐어. 엄마는 아빠가 죽은 뒤 친구가 하나도 없었고, 그 어느 때보다 절실하게 친구가 필요했거든.

책

49

마침내 알레프에게서 문자가 왔을 때, 베니는 수학 수업 중이었다. 3교시였고, 3층이었고, 332호실이었는데, 그는 그 교실이 마음에 안 들었다. 2가 3과 맞지 않아서 집중하기 더 어려웠기 때문이다. 주머니에서 휴대전화가 진동했고 그는 슬쩍 훔쳐보았다. 그 순간 심장이 목구멍까지 튀어 올라왔다. 문자의 내용은 이랬다.

허락을 구하고 화장실로 가.

그는 방금 갔다 왔지만 손을 들었고 놀랍게도 교사는 허락해주었다. 그는 교실을 나와서 3층 화장실로 향했다. 또 문자가 왔다.

웨스트 스트리트 출구 근처에 있는 1층 화장실.

그는 계단을 달려 내려갔다. 복도는 비어 있었고, 그의 운동화가 끽끽거렸다. 화장실로 몰래 들어가서 기다렸다. 그때 문이 열렸고,

그는 얼른 한 화장실 칸으로 숨어들어갔다. 지퍼가 열리고 오줌을 누는 소리가 들렸다. 그때 휴대전화 진동음이 울렸다.

밖으로 나와. 아무도 없음.

그러나 그렇지가 않았다. 그 사람이 아직 오줌을 누고 있었다. 우주 역사에서 가장 긴 오줌이었다. 누구도 그렇게 오래 오줌을 눌 수는 없을 것이다. 그는 머리를 칸막이에 댔다. 서둘러 좀. 그는 생각했다.

서둘러!

아니면 그가 또 사물의 소리를 듣고 있었던 것일까? 어쩌면 그 사람은 이미 볼일을 보고 나갔고, 그가 듣고 있는 것은 메아리일지도 모른다. 소변기의 기억 속, 또는 그의 머릿속에 남아 있는 오줌 소리에 대한 청각적 인상. 그는 멜라니 박사가 '그건 환각이야, 베니, 네 뇌가 그걸 만들어내는 거지. 그건 진짜가 아니야'라고 말하는 소리가 들렸다. 하지만 너무 진짜처럼 들리잖아!

'진짜란 무엇인가?' 늙은 시인이 물었다. 베니는 상체를 아래로 숙여 그 화장실 칸의 문 밑으로 밖을 내다보았고 때마침 오줌 누던 남자가 지퍼를 올리고 문을 향해 걸어가기 위해 신발의 방향을 돌리는 게 보였다. 나이키였다. 진짜였다. 그는 환각을 경험한 게 아니었다.

서둘러!

그는 칸막이 화장실에서 빠져나와서 손을 씻었다. 복도는 아직 텅 비어 있었고 아무도 없었다. 그는 중요한 약속이 있는 보통의 소년처럼 짐짓 목적이 있는 듯 보이려 하며 출구를 향해 걸어갔다. 의사나 뭐 그런 사람이랑 의료적 약속이 있어서, 밖에 시동이 켜진 승용차에서 보통의 엄마가 기다리고 있는 보통의 소년 말이다. 그러나 그의 엄마는 차가 없고 운전을 하지 않는다. 그리고 밖에 주차된 차는 거대한 바퀴벌레가 그려진 낡은 흰색 화물용 밴이었다. 밴의 앞면에는 'AAA 해충구제 서비스'라고 쓰여 있었다. 아래쪽에는 '바퀴야 잘 가!'라고 쓰여 있었다. 바퀴벌레가 두려워하는 듯한 모습으로 뒤를 돌아보고 있었다.

흰색 밴을 찾아.

그럴 필요가 없었다. 그는 이미 그 차를 봤고 이제 그녀도 보였다. 그녀는 범퍼에 기댄 채 휴대전화를 내려다보고 있었다. 눈부시게 아름다운 가을날이었다. 선선하고 상쾌하고 기분 좋은 바람이 산불로 인한 연기를 쓸어갔고, 빛나는 햇살이 비추어 말도 안 되게 하얀 그녀의 머리가 LED처럼 빛났다. 내가 보도에 도달했을 때, 그녀가 눈을 들어 손을 흔들었다. 그녀가 너무도 빛나고 너무도 아름다워서 숨이 멎을 것 같았다.

"왜 이렇게 오래 걸렸어?" 그녀가 그를 위해 차 문을 열어주며 물었다.

"화장실에 갇혔어."

"그래, 종종 있는 일이지." 그녀가 말했다.

그녀가 운전석에 올라타서 시동을 걸고 학교 정문을 통과했다. 본능적으로 그는 좌석에 털썩 앉아 몸을 숙였지만, 그의 숟가락이 빗물받이에서 여전히 흥얼거리고 있는 학교 식당 건물 앞을 지나칠 때는 고개를 쏙 빼고 귀 기울였다. 오늘은 흥얼거리는 소리가 슬프게 들렸다. 조용하고 외롭게. 그는 다시 좌석에 털썩 앉아 먼지 낀 측창을 통해 밖을 내다보았다. 그들은 차이나타운 가장자리를 빙 둘러 동쪽으로 이동하는 버스 노선을 따라가고 있었다. 그가 집에 갈 때 타는 버스와 같은 노선이었다. 집에 가고 싶지 않았다. 화장실에 갔다가 돌아가지 않으면 학교에서 엄마에게 전화를 걸지도 모른다는 생각이 불현듯 들면서, 그러면 엄마가 얼마나 기겁할지 생각했다.

"엄마가 걱정하지 않게 문자를 보내는 게 좋겠어." 알레프가 말했다.

그녀가 어떻게 알았지? "그래." 베니는 말은 그렇게 했지만, 그렇게 하지 않았다. 대신 그는 말했다. "그동안 어디 있었어?" 그의 목소리가 이상하게 나왔다. 꼭 엄마가 그러는 것처럼 짜증 난 목소리였지만, 일단 시작되자 멈출 수가 없었다. "문자를 백만 번은 보냈는데, 답을 한 번도 안 하더라." '얼른 입 다물어!' "난 그쪽이 죽었거나 뭐 그런 줄 알았어……."

그의 입에서 나오는 말들은 독자적인 의지를 지닌 것 같았다. 그는 민망함을 감추기 위해 고개를 돌렸다. 그들이 싸구려 여관과 딤섬 가게, 중국인 정육점을 지나쳤다. 유리 안 진열대에 털 뽑힌 오리들이 일렬로 긴 목이 매달린 채 전시되어 있었다. 한 늙은 중국인 남자가 퍼그 한 마리를 잡아당기고 있는 게 보였다. 베니는 알레프의 손이 자신의 팔뚝에 닿는 것을 느꼈다.

"가끔은 그냥 잠수 타야 할 일이 있어." 그녀가 말했다. 그녀의 목소리는 그가 이해하지 못한 뭔가로 인해 잠겨 있었지만, 이내 그녀가 그의 팔을 꽉 잡으며 미소 지었다. "우리도 네가 보고 싶었어, 베니 오."

그의 심장이 안도감과 기쁨으로 뛰었고, 그 순간 뒤에서 또 다른 손이 그의 어깨를 꽉 쥐었다.

"그래, 우리가 자넬 구하러 왔네!"

"에이씨!" 베니가 말했다. 그가 의자에서 몸을 틀었다. 보드카 냄새가 났다. "깜짝 놀랐잖아요."

B맨이 깔깔 웃었다. 그는 밴 측벽에 화물 고정 끈으로 묶은 휠체어에서 상체를 앞으로 빼고 있었다. 그는 베니의 어깨를 양손으로 꽉 누르고는 이 사이가 벌어진 입으로 활짝 웃었다. 운전석 뒤쪽 바닥에는 배낭 두 개와 더플백이 있었다. 베니는 다시 돌아앉았다. "어디 가는 거야?" 그가 알레프에게 물었다.

"우린 산으로 가는 중이지." 슬라보이가 대답했다.

그들은 도시에서 빠져나와서 공업지대 변두리를 통과하는 경로를 따라 동쪽으로 달렸다. 그가 알레프의 작업실을 찾아갔을 때 지나간 것과 같은 간선도로였다. 판자를 대서 막아놓은 공장 건물을 지나칠 때, 그가 그곳을 가리키며 말했다.

"저기가 작업실 아니야?"

"그랬었지." 알레프가 도로에서 눈을 떼지 않고 말했다. "우린 이사를 해야 했어."

그녀의 목소리에 긴장이, 옆모습에는 슬픔이 어려 있었다. 그는 시선을 돌렸다. 도로는 작은 만까지 이어진 긴 다리로 연결되었다. 아래에는 드러낸 치아처럼 돌출된 부두들이 하구의 좁은 입구를 따라 늘어서 있었다. 빨간 대형 크레인이 팔을 뻗어, 젖을 짜주기를 기다리는 참을성 많은 젖소들처럼 일렬로 줄지어 있는 바지선과 컨테이너선을 맞이했다. 화물 열차들이 차량 기지에서 신음하는 듯한 소리를 내고 있었다. 다리 너머에서 도로가 북쪽으로 방향을 바꾸어 해안선을 끼고 돌았고, 곧 그들은 오르막을 올랐다. 알레프가 라디오를 켰고, 말들이 홍수처럼 흘러나와 츠으, 즈으 소리가 차 안에 가득 찼다. 베니는 그 소리를 알아들을 수 없었지만 그것이 보틀맨이 청소원들과 시에 대해 토론할 때 썼던 것과 똑같은, 굴곡이 많고 열정적인 언어에서 나오는 것임을 인식할 수 있었다. 알레프가 자꾸만 채널을 바꾸었고 노인이 불평하기 시작했지만, 그녀가 재즈 방송에 채널을 맞추자 그가 다시 편히 기대어 앉았다. 〈블루 멍크(Blue Monk)〉가 방송에 나왔다. 켄지가 가장 좋아하던 곡 중 하나였다. 베니 뒤에서 보틀맨이 코를 골기 시작했다. 베니는 눈을 감고 클라리넷 리프에 귀 기울였고, 피아노가 치고 들어올 무렵에는 그도 역시 잠에 빠져들었다.

밴이 정지했을 때 그는 잠에서 깨었다.

"다 왔어." 알레프가 시동을 끄며 말했다.

그들은 흙길 끝의 공터에 있었다. 그곳은 키가 너무 커서 우듬지가 보이지 않는 암녹색 나무들로 둘러싸여 있었다. 나뭇가지 사이로 스며들어온 가을 햇살이 지저분한 자동차 앞 유리의 먼지를 포착하여 작은 무지개들을 만들었다. 그는 눈을 비볐다. 얼마나 오래 달려온 걸까?

알레프는 밴에서 내렸고, 베니는 그녀를 따라 깊고 서늘한 정적의 웅덩이 속으로 발을 내디뎠다. 그는 그런 소리를 들어본 적이 없었다. 떠들썩한 세상이 완전히 고요해졌고, 그런 고요 속에 그는 키 큰 나무 우듬지에 이는 바람의 속삭임과 가끔씩 들리는 나무의 삐걱거림과 한숨, 그리고 어두운 정적 속에서 빛을 받아 알록달록한 작은 조약돌처럼 반짝이며 노래하는 숲속의 새들의 작고 맑은 목소리를 구분하기 시작했다.

다음 순간 자갈 밟는 소리와 녹슨 경첩의 삐걱거림, 그리고 밴 뒤에서 "야, 베니, 네가 필요해"라고 그를 부르는 알레프의 목소리가 들렸다.

'그녀가 내가 필요하대.' 그가 생각했다. 그리고 방향을 돌려 그녀에게 뛰어갔다.

그녀는 짐칸에서 철제 휠체어 경사판과 씨름하고 있었다. 베니가 반대쪽을 잡아서 끌어당겼다. 금속이 긁히는 소리가 컸지만, 별로 신경에 거슬리지 않았다. 그는 끌어당기는 타이밍을 맞추기 위해 세심하게 그녀를 지켜보았고, 그녀의 근육질 팔과 탱크톱에 감춰진 불룩한 가슴을 향해 곡선으로 이어진 겨드랑이 아래쪽 빈 공간을 볼 수 있었다. 그리고 팔뚝 안쪽을 따라 마치 벼룩 물린 자국처럼 보이는 작은 문신 자국들도 눈에 들어왔다. 경사판 끝이 땅에 부딪치며 덜커덕 소리가 났다.

밴의 어두운 내부에서 보틀맨은 출발 지점에 쌓인 눈을 테스트하는 스키 선수처럼 휠체어 바퀴를 경사판 위쪽 가장자리에 맞추고 있었다. 이 휠체어는 그가 평소에 타고 다니는 전동 휠체어와 달랐다. 이건 작고 민첩한 접이식이었다. 그는 체중을 앞뒤로 옮기며 위치를 조정하고 서류 가방을 무릎에 놓았다. 광적인 미소가 만면에 떠올랐다.

"제자리에." 그가 구령을 외쳤다. "준비……." 그리고 그때 나선형으로 솟구쳐 올라 나무 우듬지를 넘어가는 울부짖음과 함께, 그가 휠체어를 밀어 차 밖으로 박차고 나왔다. 휠체어가 경사판을 맹렬하게 내려와 비틀비틀 달리다가 옆으로 기울어지더니 급기야 넘어지며 노인을 흙속으로 내팽개쳤다.

"어머, 세상에." 알레프가 소리쳤다.

그녀가 서둘러 그에게 달려갔고, 베니도 따라갔다. 휠체어는 옆으로 쓰러져 바퀴가 빙글빙글 돌고 있었다. B맨은 그 옆에 미동도 없이 누워 있었고, 서류 가방이 열려 내용물이 흩어져 있었다.

"이봐요." 그녀가 그의 옆에 쪼그리고 앉아서 말했다. "괜찮아요?"

그가 눈을 뜨고 멋쩍어하며 고개를 끄덕였다.

그녀가 일어서서 팔짱을 끼고 그를 내려다보았다. "좋아요. 믿을 수 없이 멍청한 행동이었어요." 그녀가 말하고는 돌아서서 걸어갔다.

베니가 노인을 부축해 다시 휠체어에 앉히고 흩어진 종이들을 주운 뒤 휠체어를 밀고 다시 밴으로 갔다. 알레프는 안에서 커다란 더플백을 끌어내고 있었다.

"휠체어는 멀쩡해?"

"그럭저럭. 근데 바퀴가 휘었어."

"흥, 기가 막히군." 그녀가 베니에게 더플백과 번지점프용 밧줄을 건넸다. "그걸 휠체어 뒤에 묶어줄래?"

"이게 뭐야?"

"캠핑용품." 그녀가 차에서 뛰어내려 배낭을 어깨에 메고 다른 배낭을 가리켰다. "침낭이야. 하나는 네 거야." 그녀가 서류 가방 속의 종이들을 분류하고 있는 B맨을 내려다보았다. "그걸 가져갈 거예요?"

"물론이지." 그가 말했다. "난 내 시가 있어야 해."

"좋아요." 그녀가 밴 문을 쾅 닫았다. "가죠."

그녀가 산까지 굽이굽이 이어지는 오래된 포장도로로 그들을 이끌었고, 선두에 선 그녀가 곧 그들보다 한참 앞서갔다. 보틀맨이 그 뒤를 따랐고 베니가 맨 뒤에 갔다. 머지않아 보틀맨의 힘이 빠지기 시작했고, 그래서 베니가 밀기 시작했다. 노인은 손을 서류 가방 위에 놓고 휠체어에 기대어 앉았다.

"길이 참 좋지?" 그가 어깨 너머로 말했다. "발터 벤야민이 나치로부터 도망칠 때 건넌 피레네산맥의 고개보다 훨씬 나아. 이 비극적인 역사적 사건에 대해 아는가, 젊은 학생?"

"아니요." 베니가 말했다. "자살했다는 철학자 말인가요?"

"그래. 참 슬픈 이야기지. 벤야민은 독일 출신 유대인인데 파리에서 망명 생활을 하고 있었지. 히틀러가 프랑스를 침공하자, 미국으로 탈출하기를 원했지만 그는 국적 없는 난민이었고 그래서 망명을 위해 필요한 서류를 받을 수 없었지. 유일한 희망은 일단 피레네산맥을 넘어 스페인으로 간 다음, 거기서 미국으로 떠나는 거였어."

도로가 좁아졌다. 아래로 처진 향나무 가지들이 하늘을 가렸다. 나무가 성장하면서 도로 밑으로 뻗은 굵어진 나무뿌리 때문에 아스팔트가 울퉁불퉁하게 융기되고 금이 가 있었다.

"몹시 고된 여정이었고, 벤야민은 체력 좋은 남자가 아니었어. 나이는 마흔아홉에 불과했지만, 심장이 약했다네. 게다가 무거운 서류 가방까지 가져갔지. 거기에는 책 원고가 들어 있었어. 벤야민의 마지막 책이었지."

휠체어의 흰 바퀴가 울퉁불퉁한 땅 위로 뒤뚱거리며 굴러갔다.

"벤야민은 다른 몇 사람과 동행했는데, 자주 쉬어야 했기 때문에 정상에 오르는 데 꼬박 이틀이 걸렸어. 10분마다 서류 가방을 내려놓고 정확히 1분 동안 쉬곤 했지. 회중 시계로 시간을 맞췄어. 그리고 마침내 정상에 이르렀네. 거기서 스페인 해안과 지중해의 깊은 바다가 내려다보였지. 상상해보게! 그들이 느낀 승리감이 어땠을지! 그러나 그들은 항구도시로 내려와서 기차표를 사려다가 스페인 경찰에게 붙잡혔지. 경찰은 벤야민에게 스페인으로 불법 입국했다며 다음 날 프랑스로 추방시키겠다고 말했어."

그들은 굽이를 돌았고 거기서 포장도로가 끝났다.

"경찰이 벤야민 일행을 작은 호텔로 데려갔지. 그날 밤 우중충한 객실에서 벤야민은 모르핀을 먹고 목숨을 끊었다네."

베니는 상체를 앞으로 숙이고 더 세게 밀었다. 휠체어가 휘청거리며 앞으로 굴러갔다. "그럼 나머지 사람들은 돌려보내졌나요?"

"아니. 이게 또 끔찍한 아이러니야. 바로 다음 날 스페인 당국이 국경을 다시 열어서 벤야민의 친구들은 떠날 수 있었지. 일주일 뒤 그들은 배를 타고 미국으로 갔어. 벤야민이 약을 너무 일찍 먹은 거지. 좀 더 기다리기만 했더라면……."

바퀴 밑은 이제 흙과 자갈이 깔리고 바큇자국이 깊이 팬 길이었다. 보틀맨은 서류 가방이 떨어지지 않도록 꽉 움켜쥐었다.

"젠장. 너무 안됐네요!" 베니가 말했다. 굽은 바퀴가 바큇자국에 끼었다. 그는 휠체어 손잡이에 체중을 실었다. "그래서 벤야민의 서류 가방은 어떻게 됐어요?"

보틀맨은 알레프가 서 있는 앞쪽을 보았다. 그녀는 전혀 도와주려고 하지 않고 팔짱을 끼고 그들을 지켜보고 있었다.

"알레프는 나한테 화가 나 있어." 슬라보이가 낮은 목소리로 말했다. 그가 앞으로 상체를 숙여 바퀴를 붙잡고 돌리려 했다. "나더러 책임감이 없다고 하지. 어휴, 물론 맞는 말이야! 알레프는 나더러 바보 같은 위험을 감수하는 바보라고 말해. 하지만 내게 무슨 선택의 여지가 있겠나? 난 시인이야. 시인은 위험을 감수해야 하지. 그리고 나는 바보야. 그러니 바보 같은 위험이 따를 수밖에. 나로서는 이걸 피할 방법이 보이지 않네. 자네도 동의하나?"

베니는 대답하지 않았다. 그가 더 세게 밀었고 그러자 휠체어가 조금 앞으로 나갔다. 알레프가 뒤돌아서 다시 걸어갔다. "나한테도 화가 났나요?" 베니가 물었다. "갑자기 문자메시지를 끊었어요. 나도 문자를 보낼 수 없었고요. 시도는 했지만요."

보틀맨은 고개를 저었다. "자네에게만 그런 게 아니야. 알레프의 통신기기와 관련된 물류상 장애일 뿐이지. 간호사에게 뺏겼거든."

그들은 다시 천천히 움직이기 시작했다. "다시 병원에 입원했나요?"

노인이 어깨를 으쓱했다. 그는 땀을 흘리고 있었고 얼굴이 빨갛게 달아올랐다. 희끗희끗한 머리카락 몇 가닥이 이마에 착 달라붙어 있었다. "자네가 직접 묻게나."

그들은 아무 말 없이 힘겹게 앞으로 나아갔고, 그러다 길을 가로막고 쓰러진 나무들을 만나 크게 당황했다. 알레프는 멈춰서 피해 상황을 조사했다. 키 큰 나무들이 열십자로 뻗어 이리저리 흩어져 있었다. 그중 일부는 뿌리가 뽑혔고, 나머지는 우람한 몸통 중간이 부러졌다. 그녀가 그중 하나에 올라가 고양이처럼 몸통을 타고 걸었다. 베니도 뒤따랐다. 그들은 적나라하게 찢어지고 쪼개진 밑동을 보았다.

"바람에 쓰러졌네." 그녀가 말했다.

"지난겨울 태풍 때문인가 봐." 베니가 말했다. 그는 엄마에게 들어서 온갖 기상이변에 대해 알고 있었다. 애너벨은 겨울 폭풍과 여름 산불, 가뭄과 오존 오염, 과도한 벌목에 대해 말했다. 토양이 말라 있었다. 나무가 약했다. 강풍이 덮쳐서, 또는 화재로 불타서 쓰러졌다. 폭풍이 닥친 겨울에는 폭우로 인해 산사태가 일어나 토양이 휩쓸려 나갔다. 그리고 해충들도 있었다. 기온이 올라가면서 나무좀이 폭발적으로 증가해 나무들을 죽였다.

그는 알레프에게 이 모든 얘기를 해주었다. 전에는 한 번에 이렇게 많은 말을 한 적이 없었다. "엄마가 숲이 죽어간다고 했어."

"우아, 너 아는 게 많구나." 알레프가 말했다.

"엄마만큼은 아냐. 북미에 550여 종의 나무종이 있다는 거 알아? 더 많을지도 몰라."

"정말?"

베니의 얼굴이 상기되었다. 엄청 아는 척한 기분이었다. "엄마는 벌목 회사들을 위해 이런 내용을 모니터링하거든. 그게 엄마의 직업이야."

"우아." 알레프가 또 그렇게 말했다.

그들은 보틀맨이 앉아서 기다리는 오솔길로 돌아왔다. 그는 휠체어를 팽개치고 쓰러진 나무 밑으로 기어가보려 했지만, 그에게는 너무 벅찬 일이었다. 얼굴은 흙투성이가 되었고 머리카락에는 잔가지와 솔잎이 붙어 있었다. 그는 창백해 보였다. 알레프는 그에게 물병을 건넸다. 그는 길게 물을 들이켠 뒤 고개를 끄덕이며 코를 쥐고 얼굴에서 땀을 닦아냈다.

"소용없어. 난 글렀어. 정상에 오르지 못할 거야. 내가 발터 벤야민이라면, 지금 나치한테 체포되었을 거야."

"그럼 벤야민이 아니니까 다행이네요." 알레프가 냉담하게 말했다. 그녀는 한쪽의 공터를 가리켰다. "저기서 야영을 하죠 뭐."

그들은 B맨의 휠체어를 매끈하게 펼쳐진 마당바위로 밀고 가서 벼랑 끝에서 멀찌감치 떨어진 곳에 멈추었다. 그녀는 브레이크를 걸고 벼랑으로 걸어갔고 베니도 따라갔다. 그는 발밑을 내려다보았다. 그들이 서 있는 벼랑은 수직 낭떠러지로 끝났다. 저 밑에서 빽빽하게 자란 작은 나무들이 숲의 지붕을 이루었고, 그 너머에 바다가 있었다. 알레프가 다시 휠체어로 걸어가서는 벼랑 끝에서 더 멀리 후진시켰다.

"브레이크에 손대지 마요." 그녀가 말했고 노인은 온순하게 끄덕였다. 그녀는 더플백에서 비닐봉지 하나를 꺼내더니 잠시 동작을 멈추고, 흙이 묻고 수염이 까칠하게 자란 노인의 뺨에 손을 살짝 올렸다. 베니가 그것을 지켜보며 자신이 그 늙은 뺨이면 좋겠다고 생각했다.

"고맙다." 보틀맨이 말했다. 그가 손을 뻗어 그녀의 손을 잡고 손목 안쪽에 새겨진 별무리 문신에 입을 맞추었다. 그리고 작은 목소리로 덧붙였다. "미안해."

"괜찮아요." 그녀가 그의 발 옆 바위에 쭈그리고 앉아 봉지에서 먹을 것을 풀기 시작했다. 그녀는 은박지로 감싼 길쭉한 형태의 랩샌드위치를 만들어 왔는데, 보틀맨에게 하나를 건네고 또 하나는 그녀 옆에 앉아 있던 베니에게 건넸다.

"내 잘못이었어." 노인이 샌드위치를 처량하게 바라보며 말했다. "내가 부주의했어." 그의 큰 머리가 좌우로 심하게 흔들렸다. "그렇게 부주의하면 안 되는 거였는데."

"사실이에요." 알레프가 말했다. "하지만 자신을 주체할 수 없어서 그러는 거잖아요."

"걔를 나가게 하는 게 아니었는데."

노인은 애원하는 표정으로 그녀를 보았다. "걔가 나를 물 거라고는 생각 안했어. 날 좋아하는 줄 알았거든."

알레프의 얼굴에 고통의 표정이 연못의 잔물결처럼 잠시 스쳤다. "사실 걔는 나만 빼고 누구도 좋아하지 않았어요." 그녀가 산 너머를 내다보며 말했다. "암컷 흰담비잖아요."

타즈 말이로군. 베니가 생각했다. 그들은 타즈에 대해 이야기하고 있었다. "무슨 일인데?"

그녀가 샌드위치에서 은박지를 벗긴 뒤 한 입 베어 물고 천천히 씹었다. 베니는 그녀의 섬세한 턱 뼈의 움직임과 삼킬 때 목구멍이 살짝 수축하는 것을 지켜보았다. 아랫입술에 토르티야 부스러기가 붙어 있었다. 그것을 떼어주고 싶었다. 할 수만 있다면 그것을 먹고 싶었다. 정말 맛있을 것이다.

그녀가 그의 시선을 느낀 모양이었다.

"먹어." 그녀가 말했다. 샌드위치에는 아보카도와 샐러드, 치즈가 들어 있었다. 베니가 한 입 베어 물자, 그녀가 비로소 이야기를 시작했다.

"난 중독 치료를 받는 중이었는데, 걔 같은 일이 벌어져서 결국 다시 병원에 가게 됐어."

알레프는 설명하지 않았다. 그녀는 자신의 진단명에 대해 말한 적이 없었고, 그 또한 자신의 진단명을 그녀에게 말하지 않았다. 그들은 치료에 관한 이야기를 하지 않았다.

"망했네." 그가 말했다.

"망했지." 보틀맨이 똑같이 말했다. "알레프가 내게 타즈를 돌봐달라고 부탁했어. 타즈는 그 옛날 공장의 우리 안에 들어가 있었는데, 난 우리 안의 동물을 보면 썩 유쾌하지가 않아. 알겠나? 그래서 어느 날 밤 내가 풀어줬지. 그런데 내가 잡으려고 하니 나를 깨물고는……." 그가 짧게 폭발하듯 한 번 손뼉을 치고는 팔로 자신의 몸을 감싸 안았다. "난 안아주려 한 거였는데."

"도망쳤나요?"

"그래." 그가 말했다. 그는 주먹을 꽉 쥐고 다리가 있어야 할 휠체어의 빈 공간을 내리쳤다. "난 쫓아갈 수가 없었지."

"아직 공장에 있을까요?"

"아니." 알레프가 말했다. "공장에 쥐가 있어서 관리사가 해충구제업자를 불렀어. 그 사람들은 쥐약을 놔. 우린 그걸 알았지. 그래서 타즈가 우리에 있어야 했던 거야."

"타즈가 쥐약을 먹었어?"

알레프가 고개를 끄덕였다. "타즈는 쥐를 싫어했어. 자기가 쥐처럼 죽는다는 걸 알면 싫어했을 거야."

"그 해충구제업자도 나와 동향 사람이었다네." 보틀맨이 말했다. "그 친구가 타즈를 발견해서 내게 가져다줬지. 타즈는 죽었어. 그 친구는 굉장히 속상해하며 울었지."

"좋은 사람이야." 알레프가 남은 샌드위치를 마저 먹으며 말했다. "타즈를 이리로 데려와 장례를 치를 수 있도록 트럭도 빌려줬어." 그녀가 은박지를 구겨 비닐봉지에 다시 집어넣은 다음 배낭을 뒤지기 시작했다. "왜 그게 내게 중요한지 모르겠어. 타즈는 길들여진 흰담비였지만 야생성도 가지고 있었어. 난 그걸 존중하고 싶었고."

베니는 고개를 끄덕였다. 그는 그 흰담비를 좋아한 적이 없었고, 알레프의 반려동물이 항상 자신을 싫어한다고 느꼈다. 그러나 그녀가 슬퍼하니 기꺼이 슬픔을 느끼려고 노력할 참이었다. 그는 알레프가 샌드위치를 하나 더 꺼내서 은박지를 벗겨내는 것을 보며 내심 기뻤다. 아직 배가 차지 않았기 때문이다.

"그래서 내가 걔를 타즈라고 부른 거야." 그녀가 말했다. "야생성과 임시자율구역(Temporary Autonomous Zone)에 대해 읽은 적이 있어. 명칭이 정확한 건 아니고 그냥 그런 식의 명칭이야. 하지만 이제 타즈는 죽었으니, 다시 야생으로 돌려보내주고 싶어. 타즈는 산꼭대기처럼 영구자율구역(Permanent Autonomous Zone)을 누릴 자격이 있어."

베니는 그 얘기를 생각했다. "그럼 이름을 파즈(PAZ)라고 바꾸면 어때……?"

그녀가 슬프게 미소 지었다. "좋은 생각이지만, 타즈는 영구적이지 않아. 누구도 그렇지 않지." 그녀가 그를 보았다. 그녀의 눈이 반짝였다. "너도 타즈를 좋아한 거 알아."

사실은 그렇지 않았지만, 베니는 고개를 끄덕였다.

"그래서 너에게 문자를 보낸 거야." 그녀가 손에 든 것을 그에게 내밀며 말했다.

그는 그것이 토르티야라고 생각하고 받았다. 그러나 그가 본 것은 은박지로 된 관에 누워 있는 흰담비의 길쭉하고 뻣뻣한 사체였다. 그것은 털이 지저분하게 엉킨 상태로 눈을 뜬 채 억울한 듯 멍하니 베니를 올려다보고 있었다.

"타즈는 네가 이 자리에 있기를 원했을 거야." 알레프가 말했다. "나도 네가 여기 있기를 원했고."

그녀가 내가 여기 있기를 원했다니! 베니는 그녀가 실제로 그렇게 말하는 것을 들었고, 그녀에게 뭔가 똑똑하고 깊이 있고 의미 있는 말을 하고 싶었다. 그는 은박지 관을 응시했다. 흰담비는 작은 손과 발을 꽉 오므리고 있었고, 뾰족한 코가 마르고 줄어들어 전보다 더 뾰족해 보였다. 몸이 놀랍도록 가벼웠다. 방금 먹은 샌드위치보다도 가벼웠다.

"토르티야인 줄 알았는데." 그가 말했다.

'장난해? 웬 저능아 같은 소리야?'

그녀가 슬프게 미소 지었다. "해충구제업자가 내가 퇴원할 때까지 얼려뒀어."

"이걸 어쩌려고?"

'맙소사, 대체 멍청한 질문을 얼마나 더 할 셈이야, 이 멍청아?'

"장작더미를 쌓아서 화장하고 싶었지만, 아직 불 피우는 게 금지라서 그 대신 매장을 해야 할 것 같아."

"그게 낫겠어." 베니가 말했다.

'이런, 나서지 말고 전문가 말 좀 들어.'

"아마도." 알레프가 말했다. "그러면 타즈가 다시 땅으로 돌아갈 거야. 그게 더 자연스럽지. 하지만 난 타즈가 바람과 공기가 되었으면 좋겠어."

베니는 눈을 들어 우듬지의 바람을 보았다. "난 그런 생각은 안 해봤는데."

'흥, 무슨 생각은 해봤고?'

"아무튼 공기 중에 연기가 너무 많아. 더 이상 보태고 싶진 않아." 그녀가 말하고는 일어나서 기지개를 켰다. "가자."

"이건 어떻게 해야 하지?" 베니가 물었다.

'그 흰담비 토르티야를 똥구멍에 쑤셔 넣는 건 어때, 이 저능아야?'

"그냥 다시 감싸. 우리가 데려갈 거야."

그녀가 보틀맨을 보았다. 그는 휠체어에 앉아 머리를 무거운 샌드백처럼 떨어뜨린 채 잠들어 있었다.

"우리끼리 가야 할 것 같아."

50

애너벨은 쓰레기봉투를 두 개 더 보도로 끌고 나와 연석 옆에 쌓인 무더기 위에 끙끙거리며 올려놓았다. 앞 베란다에서 가져온 재활용되지 않는 쓰레기였다. 이제 뒤 베란다와 작은 마당에 있는 것들과 집에 있는 종이 재활용품만 처리하면 되었다. 그녀가 주머니에서 천식 흡입기를 꺼내 입에 물고 숨을 들이마셨다. 골반이 아팠다. 정말이지 이제 밖으로 나가서 운동을 하려고 좀 더 노력해야 했다. 어쩌면 대기 질이 좋아지면 가능할지도 모르겠다. 이제 곧 비가 와서 하늘에서 마지막 남은 연기를 쓸어갈 것이다. 그녀는 겨울이 어서 오기를 고대했다. 긴 회색빛 나날들과 따뜻하고 안락한 실내에 머물러도 괜찮다고 느끼게 해주는 부드럽고 축축한 한기를 고대했다. 그녀는 시계를 확인했다. 그날 저녁 노굿이 점검을 하러 올 텐데, 아직도 할 일이 많았다. 베니가 학교에서 돌아오면 도와주겠다고 약속했지만, 발등에 불이 떨어졌으니 한눈팔 여유가 없었다.

머리 위 송전선에서 까마귀 한 마리가 까악까악 울었고, 그녀는 올려다보았다. 그 새는 구슬 같은 검은 눈으로 그녀를 지켜보고 있었다.

"알았어, 알았어." 그녀가 말했다. "참을성 없기는……!"

그녀가 절뚝거리며 집 건물을 돌아 뒤뜰에 있는 모이대로 갔다. 까마귀가 따라가며 친구들을 불러 모았다. 다른 까마귀들이 하나둘씩 매끈한 검은 날개와 깃털을 부산하게 퍼덕이며 지붕에서 지붕으로, 나뭇가지에서 나뭇가지로 날쌔게 날아와 골목길과 경계를 이루는 담장에 착지했다. 그리고 거기서 그녀가 푹 꺼진 베란다 계단을 올라 부엌으로 가는 것을 지켜보았다. 까마귀들은 고개를 옆으로 기울이고 기다렸다. 그녀가 손에 월병을 들고 다시 나타나자, 크고 대담한 어린 녀석 한 마리가 베란다 난간으로 날아와 살금살금 모이대로 넘어오려 했다.

"음, 너 점점 대담해지는구나." 그녀가 말했다. "그러고도 무사할 줄 알았니? 엄마한테 예의범절을 통 못 배운 거니?"

그 어린 까마귀가 까딱까딱 움직이며 깃털을 곤두세우고 까악 하고 울었고, 애너벨은 웃었다. 그녀는 전에도 바로 이 까마귀가 월병 하나를 통째로 부리에 물고 날아간 것을 본 적이 있었고, 그래서 월병을 부수어 한 조각을 내밀었다.

"여기 있어. 이거 먹고 싶니?" 그녀가 기다렸다. 어린 까마귀는 고개를 옆으로 기울이고 구슬 같은 검은 눈으로 월병과 그녀의 얼굴을 번갈아 쳐다보았다. 그녀는 그러면 안 되는 걸 알면서도 녀석이 그녀의 손에서 모이를 가져가도록 훈련시키려 해왔었다. 당시 공원관리청을 위해 뉴스를 모니터링하고 있던 터라, 야생동물이 인간에게 순응하는 것이 결코 좋은 게 아님을 알고 있었지만 이 까마귀는 너무 귀여운 데다 똑똑하기도 했다.

"자, 해치지 않을게." 그녀가 말했다. 까마귀가 조금 더 가까이 와서 날개를 퍼덕여 난간에서 균형을 유지하며 목을 뺐다. 녀석은 길고 날카로운 부리를 조금씩 더 뺐다. 마침내 부리 끝이 그녀의 손가락에서 불과 몇 센티미터 거리에 올 때까지. 그런데 마지막 순간 녀석이 물러나서 깡충깡충 뛰어 멀어졌다.

"결국 그렇게 용감한 건 아니네?" 그녀는 월병 조각을 바닥에 떨어뜨리고 나머지는 흩뿌렸다. "모이는 꼭 형제자매와 나눠 먹어야 해." 그녀가 뒤로 물러나자 즉시 어린 까마귀가 날개를 퍼덕이며 가장 큰 조각을 낚아채서 날아갔고, 그러자 나머지 새들도 두세 마리씩 무리 지어 쏜살같이 내려왔다. 켄지가 죽고 몇 개월 동안 그녀는 가끔 모이 주는 것을 깜빡했는데, 그럴 때면 까마귀들이 창밖에서 불평하곤 했다. 어떤 사람들은 그런 소란이 짜증스럽겠지만, 애너벨은 결코 그렇지 않았다. 그들은 까악까악 소리와 날갯짓으로 그녀를 환영했다. 그들은 그녀를 관찰했다. 그들은 그녀의 습관을 알았다. 심지어 그들은 까마귀의 방식으로 그녀를 좋아한다고도 말할 수 있었다. 적어도 그렇게 느껴졌고, 그녀는 고마웠다.

마지막 까마귀가 모이를 먹은 뒤 그녀는 뒤뜰을 점검했다. 어느 정도 진전이 있긴 하지만, 아직도 한참 남아 있었다. 벌금을 물 각오가 아니면 더는 보도에 물건을 쌓을 수도 없었다. 몇 주 전에 이 작업을 시작했어야 했는데. 이제 어쩔 도리가 없었다. 중고매장의 재활용품 수거함에 버리고 아무도 자신을 보지 않기만을 바랄 수밖에. 그녀는 끙끙대며 커다란 쓰레기봉투 두 개를 대문 밖으로 끌고 나갔다. 골목이 비어 있는 것을 확인하고 쓰레기봉투를 재활용품 수거함으로 끌고 가서는 번쩍 들어 올려 수거함 벽 너머로 넘겼다. 유아용 카시트와 아기 침대 같은 몇 가지 아동용품이 보도에 버려져 있었고, 그녀는 멈춰 서서 그것들을 살펴보았다. 베니의 유모차가 집 안 어딘가에 있을 텐데 못 본 지 몇 년은 되었다. 복도 벽장에 있을까? 거기서 본 기억이 어렴풋이 났지만, 한동안 그 벽장에 들어간 적이 없었다. 지금이 그것을 버릴 기회였다. 감상주의에 빠질 시간이 없다고 생각하며 다시 집으로 향했다. 이제 미련을 버리고 앞으로 나아갈 시간이었다.

51

그들은 잠든 보틀맨을 서류 가방과 견과류 한 봉지, 물병 하나와 함께 남겨두고 떠났다. 그리고 그가 깨어나면 볼 수 있도록 가슴에 쪽지를 꽂아두었다. '우린 정상에 가요. 필요한 게 있으면 문자 하세요. 브레이크에 손대지 말고!'

그들이 쓰러진 나무들을 타고 넘어 잔돌이 덮인 비탈을 오르자 굵은 교목들이 가는 관목으로 바뀌었고 머리 위로 파란 하늘이 점점 넓어지며 확장되더니 마치 거대한 둥근 사발처럼 사방으로 펼쳐졌다. 그들이 정상을 표시하는 뾰족한 봉우리에 올랐을 때는 하늘이 너무 커서 심지어 일부가 그들 아래에 있었다. 베니는 하늘보다 더 높은 곳에 올라와본 적이 없었고, 그 광경에 현기증이 났다. 그는 바다를 향해 물결처럼 펼쳐진 산등성이들 너머를 보았다. 벌목지의 경계를 뚜렷하게 나타내는 메말라 죽은 직사각형들과 벌채 부산물들이 불에 타서 검게 그을린 기다란 띠들이 보였지만, 산의 대부분은 여전히 나무들로 푸르렀다. 가까운 나무들은 암녹색인 반면 멀리 있는 나무들은 안개와 연무와 연기 때문에 색이 연해 보였다. 가장 연하게 보이는 나무들의 윤곽선 너머로 바다가 보였다. 폐전자제품을 중국으로 실어 나르는 컨네이너선들이 희미한 회색빛 물속에서 한낱 점들처럼 보였다. 바다에서 불어오는 세찬 바람이 희미한 소금 냄새와 연기, 숯덩이가 된 나무 냄새를 실어왔다.

그곳이 마치 세상의 정상처럼 느껴졌다. 그들은 거기서 바람을 정면으로 맞으며 나란히 서 있었다. 알레프는 까치발로 상체를 앞으로 숙였다. 마치 떨어지기 일보 직전처럼 보였지만, 바람이 그녀를 붙잡았다. 바람 때문에 미친 듯 나부끼는 빙설 같은 새하얀 머리칼이 마치 살아 있는 생물처럼 머리 위로 솟아올랐다. 그녀는 눈을 감았다.

그녀가 숨을 들이쉴 때 콧구멍이 넓어졌고, 숨을 내쉴 때 그녀의 입에서 한숨을 타고 말이 흘러나왔다.

"아름답지 않니?"

"그래." 그가 말했다. 풍경에 감탄해야 한다는 걸 알았지만 그녀에게 눈을 뗄 수 없었다. 벼랑 끝에 서 있는 그녀의 모습이 너무도 위태롭게 아름다웠다.

베니가 경치에 집중하고 있지 않다는 것을 감지한 듯 그녀가 미소 지으며 말했다. "너도 눈을 감아봐. 눈을 감고 진짜로 귀 기울여봐." 그래서 그는 그렇게 했다.

그것은 이상한 감각이었다. 목소리들이 들리기 시작한 이래로, 그는 진짜로 귀 기울이는 습관이 사라졌다. 목소리들이 있으니 어쩔 수 없이 듣게는 되지만, 굳이 귀 기울일 필요가 없다는 것을 알게 되었고 대부분은 그러지 않으려 애썼다. 그러나 이것은 달랐다. 그는 바람 소리를 들을 수 있었고, 그게 다였다. 그리고 그 소리는 너무나 단순하고 아름다웠다. 상승했다가 하강하고 휘파람 소리를 냈다가 점점 줄어들었다가 다시 커졌다. 그것은 진짜였다. 그가 들어본 것 중에 제일 진짜였다. 그가 눈을 떴을 때 알레프가 그를 보고 있었다.

"들었니?"

"바람?"

"세상. 숨 쉬는 세상."

그녀는 그를 이끌고 왜소한 전나무들이 작은 숲을 이룬 곳으로 걸어갔고, 그들은 바다 쪽을 면하고 그늘에 앉았다. 둘은 아무 말도 하지 않았지만, 그래도 좋았다. 등산을 한 직후여서 몸에 열이 올랐던 터라, 그늘에 있으니 좋았다. 그는 눈을 감고 다시 귀 기울이려 했다. 이제 뒤에 있는 이끼에서 나오는 조그만 소리가 들렸다.

"오!" 그가 눈을 뜨고 몸을 틀어 뒤를 보며 말했다.

그녀가 그의 시선을 좇았다. "뭔데?"

그는 멍청한 소리로 들릴까 봐 망설였다. "내 그림자."

"지금은 그림자가 없어. 우린 그늘에 있으니까."

그가 고개를 끄덕였다. "알아. 그래서 나도 거의 못 들을 뻔했지."

그는 혹시 그녀가 자신을 미쳤다고 생각하는지 확인하려고 흘긋 보았지만, 그녀는 그의 뒤에 베개처럼 봉긋하게 솟은, 이끼가 돋아난 땅을 유심히 살펴보고 있었다. "그래서 뭐라는데?"

"아무 말도. 그냥 피곤해했어. 햇빛 속에서 산을 올라왔으니까. 여기 쉴 곳을 주는 그늘이 있어서 좋아하네. 이상하지?"

"아니." 그녀가 진지하게 말했다. "네 그림자 말이 맞아. 여긴 쉬기에 완벽한 장소야."

그녀가 배낭을 열어 물병과 죽은 흰담비를 감싼 은박지를 꺼냈다. 그녀는 뚜껑을 열어 물을 마셨고, 베니는 그녀가 물을 삼킬 때 뒤로 젖힌 목의 파동을 유심히 보았다. 그녀가 손등으로 입을 닦고 물병을 그에게 건넸다. 그는 불과 몇 분 전에 그녀의 입술이 닿았던 물병 주둥이에 자신의 입술이 닿는다는 것에 설레어하며 한 모금 홀짝였다. 그녀의 맛을 느끼기를 기대하며 물병 주둥이 안쪽으로 혀를 굴렸다. 좀 더 마시고 싶었지만, 자제하고 뚜껑을 도로 닫았다.

그녀는 몸을 돌려 그의 옆에 무릎을 꿇고 이끼 베개에서 잔가지를 쓸어냈다. 그런 다음 죽은 흰담비를 감싼 은박지를 벗겨내고 뻣뻣하게 굳은 사체를 은박지 관에서 꺼냈다.

"네 그림자가 자리를 공유하는 걸 싫어할까?"

그가 고개를 저었다. 자신의 그림자는 이미 미련을 버렸다고 어느 정도 확신했지만 정확히 알기는 어려웠다. 그녀는 흰담비를 이끼 베개 위에 놓고 먼지를 털어냈다.

"거봐." 그녀가 다시 발뒤꿈치 위에 앉으며 말했다. "딱 좋네."

그녀가 일어서서 팔을 머리 위로 쭉 뻗으며 등을 활처럼 휘어 은처럼 하얀 살과 문신이 있는 날카로운 골반 뼈를 노출하고는, 다시 그의 옆에 앉았다. 그러나 그들 사이에는 여전히 흰담비가 있었다. 그는 죽은 동물을 내려다보았다. 죽어서까지.

"여기 둘 거야?"

그녀는 다시 바다를 내다보고 있었다. 처음에는 그녀가 못 들은 줄 알았지만, 그때 그녀가 말했다. "천장(天葬)이라는 거야. 티베트에서는 누군가 죽으면 이렇게 해. 하지만 동물에게는 그 방법이 더더욱 타당한 것 같아. 내 말은, 왜 죽은 동물을 땅속에 가둬두냐는 거야. 우린 세상 꼭대기에 있어. 그냥 여기 열린 공간에 있게 하는 게 낫지. 그러다 사라지기 전까지는."

"하지만 흰담비잖아."

"그래서 뭐?"

"흰담비는 땅속에서 살지 않아?"

그녀가 얼굴을 찡그렸다. "좋은 지적이야. 하지만 타즈는 땅 위에 있는 걸 좋아했어. 아주 사회적이지. 그리고 이끼로 좀 덮어줄 수 있어." 그녀가 마녀의 머리 같은 기다란 이끼를 몇 가닥 집어서 담요처럼 흰담비 위에 덮었다. "B맨이 여기 있었으면 좋았을 텐데. 타즈를 위해 시를 썼거든. 그걸 읽어주고 싶어 했어." 그녀가 이끼를 반듯하게 매만졌다. "B맨이 속상해할까?"

베니는 그녀의 얼굴을 볼 수 없었지만 목소리에서 고통을 들을 수 있었고, 이것이 그로서는 놀라웠다. 그는 사물들의 목소리에서 고통을 듣는 데 익숙해졌고 사물들이 느끼는 것을 즉각적으로 알 때가 많았다. 그러나 인간의 경우는 좀 더 불투명했다. 그리고 질문 자체도 좀 의외였다. 베니는 생각했다. 왜 내가 B맨이 어떤 기분인지 알 거라고 생각하지? 자기가 나보다 B맨에 대해 훨씬 더 많이 알면서.

"아니." 베니가 말했지만 정말로 그럴지는 알 수 없었다.

그녀가 다시 바다를 내다보고 있었다. "B맨이 네가 쓴 이야기를 보여줬어. 식탁 다리에 대한 거."

"어, 그거." 베니가 말했다. 식탁 다리에 대해서는 까맣게 잊고 있었다. "멍청한 이야기야."

"슬펐어."

"미안해." 그가 말했다. 그녀를 슬프게 하고 싶지 않았기 때문이다.

"아니야. 내 말은 좋은 방식으로 슬프다는 거야."

"어, 다행이네." 그는 그녀를 기쁘게 하고 싶었기 때문에 그렇게 말했지만, 그러고 나서 자신이 그 말을 이해하지 못했음을 깨달았다. "잠깐. 좋은 방식으로 슬픈 게 있어?"

"물론이지. 예술은 우리를 슬프게 할 수 있어. 음악이나 책도."

"책이?"

"당연하지. 책을 읽고 울어본 적 없니?"

그는《중세의 방패와 무기》와《비잔틴 정원 설계》를 생각해보았다. "없어."

"좋아. 이런. 음, 어쩌면 네가 다른 책들을 읽어보는 게 좋을 것 같아."

그는 입을 다물었다. 그에게 책은 슬픔을 느끼지 않기 위해 읽는 것이었다. 그는 엄마가 읽던《정리의 마법》을 생각했다. 그 책이 엄마의 침대 위에 펼쳐진 것을 본 적이 있었다. 그 작은 책은 슬퍼 보였다. 아니면 그냥 낙담한 거였는지도 모른다. "엄마는 책을 읽어." 그가 말했다. "엄마는 항상 슬픈 것 같지만, 좋은 방식으로는 아냐."

"많이 힘들겠다."

그가 어깨를 으쓱했다. "엄마는 괜찮아."

"내 말은, 네가 힘들 거라고."

그는 엄마의 슬픔이 자신을 힘들게 하는지 아닌지를 생각해본 적이 없었다. "엄마는 행복하려고 노력해. 그리고 나는 이제 거기에 익숙해졌어."

"B맨도 같아." 그녀가 말했다. "행복하려고 노력하지. 그래서 술을 마시는 거야."

그는 잠시 이 말에 대해 생각했다. "B맨이 어떻게 목소리를 듣는지 알아?"

"알아."

"나 역시 목소리를 듣는다는 것도?"

"그래."

"그래서 혹시 내가……." 그는 머뭇거렸다. "그러니까……."

"뭘?" 그녀의 목소리에 날이 서 있었다.

"아무것도 아냐."

"말해봐." 그녀가 말했다. "네가 목소리를 들으니까 너도 결국 B맨처럼 될 거라고, 다리를 잃어서 휠체어 신세를 지고 이가 썩고 잘 씻지 못해서 지저분하고 술을 너무 많이 마시고 잔돈푼을 벌려고 빈 병과 캔을 모으는 하찮은 늙은 노숙자가 될 거라고 생각하느냐고?"

그가 참담하게 고개를 끄덕였다.

그녀가 그를 유심히 보았다. 그는 숨을 참고 자신의 운명이 걸려 있는 그녀의 판결을 기다렸다.

"아니, 베니." 그녀가 마침내 말했다. "단연코 아냐."

그는 안도감이 밀려왔지만, 그녀의 말은 끝나지 않았다.

"왜냐하면 B맨도 그런 사람이 아니니까. 너는 B맨이 미치광이 늙은 부랑자라고 생각하지만 그렇지 않아. 그는 시인이야. 철학자고. 스승이야. 미친 건 그가 아냐. 우리가 살고 있는 망할 놈의 세상이지. 미친 자본주의야. 신자유주의고 물질주의고 미쳐 돌아가는 빌어먹을 소비문화야. 슬픔을 느끼는 게 잘못이고 실패는 본인의 탓이라고 말하는 빌어먹을 능력주의야. 그러면서 이렇게 말하지. 이봐, 자본주의가 널 고쳐줄 수 있어. 이 기적의 알약을 삼키고 쇼핑을 하고 새 물건을 사기만 하면 돼! 미친 건 수십 억 달러씩 벌면서 우리가 미쳤다고 말하고 소위 치료제라는 걸 파는 의사와 정신과 의사와 기업형 병원과 대형 제약회사야. 그게 빌어먹게 미친 거라고……."

그녀가 거칠게 숨을 몰아쉬었다. 수평선에 짙게 뜬 구름층 뒤로 태양이 사라지고 하늘이 어두워지고 있었다.

"미안." 그녀가 말했다.

그는 무슨 말인지 이해하지 못했지만 그녀가 틀림없이 옳다고 느꼈다. 아니, 좀 더 정확히 말하면, 그녀가 그토록 강하게 그렇게 믿는다면 자신 또한 믿겠다고 느꼈다. 그는 너무도 간절하게 그녀가 믿는 것을 믿고 싶었다. 그녀는 산 너머 바다를 내다보았다.

"베니, B맨은 대단한 혁명가야. 그리고 이 세상의 그 어떤 사람보다 친절한 사람이지. 그는 내가 열네 살 때 거리에서 나를 발견하고 돌봐줬어. 내가 위탁 가정에서 가출하거나 또 약물을 시작할 때마다, B맨이 나를 잡아줬어. 내게 예술과 책에 대해 가르쳐줬어. 나를 쓰레기 같은 인간들로부터 보호해줬고. 적어도 그러려고 노력했지."

그녀가 얼굴을 돌려 그를 보았다. 그러더니 죽은 흰담비 너머로 손을 뻗어 그의 손을 잡은 뒤 자신의 무릎 사이로 끌어갔다. "네가 목소리를 듣는다 한들 무슨 상관이야? 많은 사람이 목소리를 들어. 그렇다고 네가 B맨처럼 되지는 않겠지만 누가 알겠어? 어쩌면 너도 시인이나 철학자나 혁명가가 될지도 모르지." 그녀가 그의 손을 꽉 쥐었다가 놓았다. "너는 너야. 베니 오. 그게 문제라고 말하는 사람들의 말은 듣지 마."

그의 손이 그에게 돌아오기를 주저하며 그녀의 무릎 근처에서 맴돌았다. 어색했다.

"어두워지고 있어." 그녀가 말했다. "돌아가는 게 좋겠어." 그녀가 자세를 바꾸어 죽은 반려동물 옆에 무릎을 꿇고는 입술이 흰담비의 한쪽 귀에 닿을 때까지 몸을 숙였다. "안녕, 내 사랑 타즈." 그녀가 속삭였다. "사랑해. 넌 영원히 나와 함께 있을 거야."

이번에도 베니는 자신이 죽은 흰담비면 좋겠다고 생각하며 지켜보았다.

그녀가 몸을 똑바로 펴고 또 한 번 기지개를 켠 뒤 휴대전화를 꺼냈다. "B맨에게 우리가 간다고 말할게. 그런데 엄마한테 문자는 보냈니?"

52

친구들이랑 같이 있어. 걱정하지 마! ☺

애너벨의 휴대전화가 신호음을 울리며 문자메시지 표시가 화면에 떴다. 1분 정도 뒤에 다시 신호음이 울리며 그녀를 소환하려는 미약한 두 번째 시도를 했지만 소용없었다. 학교에서 온 부재중 전화도 있었으나, 무음으로 설정된 휴대전화는 식탁 위 광고 우편물 더미 밑에 속수무책으로 깔려 있었다.

그 순간 애너벨은 베니의 옛날 유모차를 조종해 뒷문에서 베란다로 밀어내고 있었다. 유모차 위에는 오래된 책들이며 부츠, 망가진 주방기기가 잔뜩 채워진 무거운 종이 상자가 아슬아슬 균형을 잡고 있었다. 상자 위에는 파리똥이 덕지덕지 붙은 커다란 박스형 플라스틱 선풍기와 곰팡이 슨 중고 골프채 세트가 올려져 있었다. 켄지가 사 와서 한 번도 사용하지 않은 것이었는데, 그것을 벽장에서 유모차와 함께 찾았다. 그녀는 만족했다. 유모차는 완벽한 운송 수단이었다. 책은 중고매장에 팔 셈이었다. 유모차와 선풍기, 골프채도 받아줄 거라 확신했다. 어쩌면 부츠는 낡고 거미줄이 덮여 있어서 좀 어려울지 모르지만, 그녀는 그것을 깨끗하게 만들려고 최선을 다했다. 깨진 주방기기는 누군가 고쳐 쓸 수 있겠지만 혹여 중고매장에서 받아주지 않더라도 돌아오는 길에 재활용품 수거함에 던져 넣을 수 있을 터였다.

그녀가 베란다에 서서 짐을 가득 실은 유모차와 삐걱대는 계단을 보며 생각했다. 밀고 가기보다는 계단을 뒤로 내려가면서 유모차를 당기는 편이 더 수월할 것 같았다. 그녀는 자세를 잡고 베니의 작은 발이 놓였던 발판을 끌어당겼다. 그녀의 발밑에서는 계단 디딤판 나무가 당장이라도 부러질 듯 푹 꺼져 있었고, 위에서는 무거운 상자가 넘어질 듯 불안정하게 흔들렸다. 보기보다 힘들었다. 유모차를 비우고 물건을 조금씩 여러 번에 나누어 가져갈까도 잠시 생각했지만, 그러면 시간이 늦어져서 중고매장이 문을 닫을지도 모르고, 게다가 베니를 데리러 학교에도 가야 했다. 그녀는 한 계단 더 내려가며 유모차를 자신의 몸 쪽으로 끌어당겼다. 앞바퀴가 허공에서 돌자 바퀴의 축을 잡아 한 손으로 무게를 지탱하고 다른 한 손으로는 짐이 움직이지 않도록 잡으려 했으나 역부족이었다. 그녀가 너무 세게 잡아당기는 바람에 뒷바퀴가 계단 디딤판 너머까지 굴렀고, 그 순간 탑처럼 쌓아올린 기이한 모습의 장치 전체가 휘청하며 앞으로 기울었다. 비명과 함께 그녀가 계단에서 굴러떨어졌고, 심이 잔뜩 실린 유모차가 덜컥 그녀를 덮치면서 그녀의 머리가 콘크리트 바닥에 부딪쳤다.

그녀는 의식이 오락가락하는 상태로 등을 바닥에 대고 누워 있었다. 고통이 전신으로 퍼지는 것을 어렴풋이 느꼈다. 통증이 머리 밑에서 척추를 타고 내려가 골반으로 이동한 다음 손목과 팔로 뛰어넘었고, 이제 뭔가 날카로운 것이 그녀를 쑤시고 무거운 것이 짓누르는 느낌이었다. 그녀는 눈을 깜빡이며 떴다. 너부러진 한쪽 부츠의 바닥과 그 주위로 어두워지는 하늘이 보였다. 그녀는 가슴에 떨어진 선풍기 상자를 내리려 했지만, 움직이면 통증이 심했고 그래서 포기했다. 시간이 늦었다. 곧 베니가 학교에서 돌아올 것이다. 다행이었다. 베니가 도와줄 수 있을 것이다. 그런데 뭔가 다른 게 있었다. 그녀는 갑작스러운 한기에 몸을 떨었다. 벌써 겨울이 왔나? 베니는 학교에 있었고 이제 곧 집에 올 것이다. 하지만 안 돼. 그 애가 더 이상 혼자 버스를 타게 하면 안 돼! 그녀는 베니를 데리러 가야 했다. 베니가 기다리고 있을 것이다. 그녀가 팔을 움직여 고통을 무릅쓰고 자신을 짓누르는 것을 밀었고 마침내 그것이 움직였다. 뭔가가 그녀 옆에서 덜그럭거렸다. 오븐형 토스터였다. 휴대전화는 어디 있지? 통증이 더 심해지면서 자신의 목구멍에서 나오는 신음이 들렸다. 그때 그녀의 시야 한구석에서 뭔가가 움직이는 것이 보였다. 섬광처럼 번쩍하는 어둠, 검은 얼룩, 그리고 또 다른 검은 얼룩. 그녀는 눈을 감았고 세상이 희미해졌다.

얼마나 오래 누워 있었을까? 몇 분? 몇 시간? 때는 10월 하순이었다. 낮이 점점 짧아지고 날씨가 점점 춥고 쌀쌀해졌다. 그리고 가을비가 이 순간을 시작점으로 삼았다. 하필 이런 때에.

집 안에서는 광고 우편물 더미 밑에서 휴대전화가 신호음과 함께 번쩍이고 있었다.

내일 아침에 들어갈게! 화내지 마. 알았지? ☺

까마귀 한 마리가 지붕 위에 앉아 있었다. 녀석은 머리를 갸우뚱하더니 구슬 같은 눈을 애너벨에게 맞추었다. 또 다른 까마귀가 도착했고, 그러더니 세 번째 까마귀, 이어서 까마귀들이 떼로 뒤따라왔다. 그들은 하나둘 날아와 그녀 옆의 땅에 착지했다. 처음에는 조심스럽게, 나중에는 좀 더 편하게, 녀석들이 천천히 그녀에게 걸어와서는 날개를 퍼덕여 그녀의 몸 위로 올라가서 날개를 펼치고 추위와 비를 막아주었다.

베니

몰랐어. 엄마가 쓰러진 줄 몰랐어. 난 그냥 엄마가 걱정돼서 돌아버리지 않도록 별일 없다고 알려주고 싶었어. 그런데 엄마가 문자에 답을 안 했고, 그래서 난 엄마가 그냥 화가 났다가 괜찮아진 줄 알았지. 엄마가 정말로 돌아버렸다면 곧바로 답장을 했을 테니까. 어쨌든 내 생각은 그랬어. 엄마가 쓰러진 줄 몰랐어. 까마귀에 대해서도 몰랐고.

책

53

그들은 다시 B맨이 기다리고 있는 마당바위로 내려왔다. B맨은 책을 읽다가 여백에 시를 끄적거리고 있었고, 어떻게 된 일인지 그들이 남겨두고 간 물병에 이제 보드카가 담겨 있었다. 알레프는 아무 말 없이 그냥 입을 앙다문 채 더플백을 푼 뒤 캠핑용품을 끌고 벼랑에서 멀찌감치 떨어진 숲 옆에 서걱거리는 이끼가 덮인 개활지로 끌고 왔다. 침낭은 낡았고 축축한 지하실 냄새, 감지 않은 머리 냄새가 났지만 베니는 신경 쓰지 않았다. 그는 그저 알레프가 자신을 위해 침낭을 챙겨 왔다는 사실이 행복할 뿐이었다. 또한 그녀가 먹을 것—랩샌드위치와 콘칩, 플라스틱 통에 든 살사—을 더 가져와서 행복했다. 그녀는 맥슨이 멕시칸 레스토랑 쓰레기통에서 뜯지도 않은 냉동 토르티야를 건져 온 덕에 랩샌드위치를 만들 수 있었다고 말했다. 맥슨은 훌륭한 글리너라고 그녀가 말했다. 콘칩과 살사도 거기서 나왔다. 베니는 글리너가 뭔지 몰랐지만, 그것이 되고 싶었다.

"맥슨도 와?" 어쩌면 그를 위한 침낭도 챙겨 왔을지 모를 일이었다. 아니면 심지어 맥슨과 알레프가 침낭을 함께 쓸지도.

"어딜 와?"

"여기."

그들은 돌돌 말린 방수포를 펼치고 있었고 그녀가 멈춰서 고개를 흔들어 얼굴을 덮은 머리를 털어냈다. "아니. 갠 대학으로 돌아갔어."

이건 말이 안 되었다. 맥슨은 고작 열여섯 살이었다. 소아정신과에서 맥슨은 나이가 많은 청소년들이 속한 파란 팀이었지만, 대학에 갈 만큼 나이가 많은 건 아니었다.

"맥슨은 열다섯 살에 졸업하고 곧장 대학에 들어갔어." 알레프가 말했다. "걔는 천재나 뭐 그런 건데, 아주 똑똑했지만 압박감이 너무 심했어."

베니는 맥슨이 천재라는 말에 짜증 났지만 아무 말도 하지 않았다.

"2학년을 다니던 도중에 그는 돌아버렸고, 그의 부모가 집으로 오게 했지."

이상한 일이었다. 그는 맥슨이 부모가 있다고 생각한 적이 없었다. 그가 이 말을 했더니 그녀가 웃었지만 심술궂은 웃음은 아니었다.

"누구나 부모가 있어, 베니."

그의 마음에 두 가지 생각이 들었다. 하나는 부모가 있는 알레프도 상상할 수 없다는 거였다. 그녀는 자신이 가출했다고 말했지만, 그 이전에 엄마와 아빠, 그리고 어쩌면 강아지가 있는 집에서 성장하는 이미지가 어울리지 않았다. 그녀는 아름다운 외계의 알에서 부화한 외계의 존재처럼 보였고, 나쁜 의미에서 하는 말이 아니었다. 그녀는 그냥 꿈속에서 나온 것처럼 보였다.

그리고 두 번째 생각은 부모가 있는 자신도 상상할 수 없다는 것이었다. 아빠 엄마 둘 모두와 함께 있는 모습. 이제 더는 아니다.

"그쪽 부모님은 어디 있는데?" 그가 물었다.

그녀는 침낭의 플란넬 안감에 코를 대고 킁킁거리다가 코를 쥐어

막고 말했다. "난 없어."

"하지만 방금 누구나……."

"나만 빼고 누구나."

그러니 어쩌면 아름다운 외계의 알에 대한 그의 생각이 맞는지도 몰랐다. 그녀는 그 얘기를 하고 싶어 하지 않는 게 분명했고, 그것보다 더 시급하게 알아야 할 것이 있었다.

"그쪽하고 맥슨하고……." 그는 중간에서 멈췄다.

'오, 제발. 설마 정말 그걸 물어보려는 건 아니지?'

"우리가 뭐?"

"아무것도 아냐."

'물어봐, 멍청아. 관두든가. 어차피 너랑은 관계없는 일이니까.'

그녀는 이끼 위에 쪼그리고 앉아 담요를 펼치고 있었다. 그녀가 눈을 가늘게 뜨고 그를 올려다보았다. 마지막 한 줄기 햇살이 그녀의 광대뼈에 비추었고, 그 금빛 광채를 보니 용기가 났다.

"내 말은, 그러니까 둘이…… 같이……."

"사귀냐고?" 그녀가 인상을 찡그렸지만, 베니는 그녀가 한편으로 재미있어한다는 것을 감지했다. "아냐. 맥슨은 대단한 친구지만, 우린 그냥 친구야. 우리 둘 다 회복 중이고, 그러니까 우린 사실 로맨틱한 걸 하진 않아. 알잖아?"

"어, 그래." 그가 말했다. 사실 그녀가 무슨 말을 하는지 몰랐지만, 속으로는 미친 듯 솟구치는 행복을 느꼈다.

'이런, 너노 잠 병이다.'

"우린 소아정신과에서 만났고, 퇴원한 뒤 맥슨이 우리를 모아서 모임의 운영을 도와달라고 한 거야. SPK라고."

"아, 그래."

'알아들은 척하기는. 재수탱이.'

"그건 동물 보호를 위한 모임 아닌가?"

그녀가 웃었다. "아니, 동료 지원 그룹이야."

'이런 나쁜 년.' 목소리가 투덜거렸지만, 머리를 한쪽으로 기울이고 이끼 위에 쪼그리고 앉아 설명하는 모습이 전혀 나쁜 년처럼 보이지 않아서 목소리는 이내 포기하고 사라졌다.

"미쳤다는 꼬리표가 붙거나 정신병으로 진단받은 젊은이들을 위한 집단이지. 그 집단은 여전히 굴러가고 있지만 맥슨은 학교로 돌아갔어."

"SPK는 무슨 약자야?"

"사회주의 환자 공동체(Socialist Patients' Collective)."

그는 여전히 이해하지 못했지만, 이번에는 이해한 척하지 않았다. "공동체는 C로 시작하잖아."

"독일어로는 K로 시작해. B맨이 알려준 건데, 70년대에 하이델베르크에서 대학에 다닐 때 학생들과 정신질환자들이 참여한 이 집단에서 활동했었대. 그들이 옳았어. 자신들이 미친 게 아닌 걸 알았던 거지. 그들은 제정신이었어. 다른 모든 사람들을 미치게 하고 있는 건 자본주의였어."

그는 산 정상을 올려다보았다. "아까 저 위에서 말한 거랑 비슷하네."

"바로 그거야."

그들은 샌드위치와 음식을 가지고 다시 마당바위로 갔다. B맨은 공책을 무릎에 두고 휠체어에 앉아 해넘이를 보고 있었고, 두 사람은 그의 옆 땅바닥에 앉았다. 그는 조용했고 기분이 가라앉아 있었으며 심하게 취하지 않았지만, 알레프는 여전히 짜증이 난 것 같았다. 그녀는 다소 퉁명스럽게 괜찮으냐고 물었고, 그는 그저 끄덕이며 한숨을 쉬고는 펜으로 수평선을 가리켰다. "너무 아름답지 않나." 그가 말했다. "곧 가을비가 올 것 같군." 그 말은 사실이었다. 먹구름이 이미 도시 전체를 덮었지만, 바다 너머의 하늘은 짙은 쪽빛이었다. 태양이 있었던 수평선에는 가느다란 주황색 선이 남아 있었고 분홍빛이 감도는 은빛 잔광이 기억처럼 물 표면에서 어른거렸다. 전경에는 섬들의 어렴풋한 까만 형상들이 마치 밤에 잠을 자려고 누운 거대한 야수처럼 보였다. 바람마저 잠잠해졌다. B맨은 바람에 대고 조용히 말했다.

"내가 아직 젊고 두 다리가 있을 때는 스키와 등산을 즐기곤 했지. 지금은 도시를 벗어나기 어려워졌고, 산에 오르는 건 아예 불가능해." 그가 휠체어 옆에서 무릎을 끌어안고 앉아 있는 알레프를 내려다보았다. "고맙다, 아가."

그의 목소리 톤이 베니로 하여금 눈을 들게 만들었다. 그는 노인의 얼굴에서 슬픔을 보았고, 그들 사이의 문제가 해결되기를 바랐다. 알레프는 처음에는 아무 말도 하지 않았고, 베니는 그녀가 보드카 일로 아직 화가 나 있다고 생각했다. 그러나 그때 마치 가책을 느끼는 아이처럼 작은 목소리로 말했다. "타즈를 산 정상에 놔뒀어요."

노인이 눈을 감았고, 한동안 그의 머리는 목이 지탱할 수 없을 만큼 무거워 보였지만, 그는 다시 의자에서 몸을 꼿꼿이 세웠다.

"그랬구나." 그가 천천히 고개를 끄덕였다. "천장을 했구나."

"오시기를 기다렸어야 했는데."

"너무 높아서 나는 못 갔을 거야."

"그럼 우리가 여기서 해야 했어요."

"아니다, 아니야. 그건 완벽한 장례야. 세상의 정상에서."

"하지만 시를 지어 오셨는데……."

그가 그녀에게 팔을 뻗어 거친 손을 그녀의 정수리에 살며시 올렸다. 마치 그가 손의 무게로 그녀를 땅에 붙잡아두는 것처럼 보였다. "흰담비는 시 따위에 관심 없어. 잘한 거다, 아가. 다른 무엇도 필요하지 않지."

그날 밤 그들은 산에서 애벌레처럼 침낭에 들어가서 일렬로 누워 잠을 청했다. 그들 위에서 어두운 밤하늘이 한숨을 내쉬었고, 아래에서 베니는 땅의 숨소리와 움직일 때마다 서걱거리는 이끼 소리를 들었다. 그래서 되도록 움직이지 않으려 했지만, 알레프가 바로 옆에, 거의 닿을 듯 가까이에 누워 있어서 몸이 떨렸다. 말 그대로 진동했다. 추워서가 아니라 그녀와 가까이 있기 때문이었다. 그는 그녀가 알아차리고 뭔가 말을 할 거라고 생각했지만, 그녀는 그러지 않았다. 그녀와 B맨은 이야기를 하고 있었고, 베니는 팔을 빳빳하게 옆구리에 붙이고 몸을 떨지 않으려고 애쓰며 그가 그때까지 본 그 무엇보다 거대하고 어두운 텅 빈 공간을 올려다보았다. 별이 있었지만, 그건 수백만 광년 전의 것이고, 달도 있었지만 그건 암흑 속의 작고 하얀 구멍에 불과했다. 가끔 아시아를 향해 항행등을 켠 비행기가 지나갔고, 인공위성도 있었다. 저궤도 기상 위성, 통신위성, GPS와 군사용 정찰 위성이 임무 수행 중인 빛나는 행성처럼 초대형 위성군을 이루어 지구 주위를 돌고 있었다. 베니는 멋지다고 생각했지만, 보틀맨은 나직하게 그것들에 대해 불평했다. 캄캄한 밤하늘의 종말, 천문학의 종말이라고 말했다. 프톨레마이오스, 코페르니쿠스, 갈릴레오가 이걸 보면 통탄할 거라고 했다. 오래된 로켓 부스터와 더는 사용하지 않는 우주선, 파괴된 위성과 무기처럼 구름 떼 같은 각다귀들마냥 지구 둘레를 도는 온갖 우주 잔해들, 러시아가 발사한 미르 우주정거장에서 배출한 쓰레기 자루들, 그리고 장갑이나 렌치, 칫솔 따위의 사람들이 잃어버리는 일상적인 물건들은 말할 것도 없었다. 우주는 쓰레기장이 되었다고 B맨은 말했다. 그가 어렸을 적에 슬로베니아에서 살던 때는 우주에 그런 잔해들이 없었다고 했다. 우주는 티끌 하나 없이 깨끗했다고.

그 얘기에 베니는 충격을 받았다. 우주 쓰레기는 그가 밤하늘을 올려다보며 생각했던 것이 아니었다. 우주는 너무도 크고 텅 비어 보였기 때문이다. 그러나 거기 누워서 얘기를 들으며 하늘을 보니, 그의 의식 언저리에 어두운 혜성이 어렴풋이 나타나는 것을 느꼈다. 어두운 혜성은 항상 이런 식으로 시작된다. 마음속의 티끌 같은 문제로 시작되어, 그를 송두리째 뒤흔드는 밀도 높은 에너지의 파동을 발산하고, 지속적인 단조로운 소리와 함께 점점 더 커지며 그를 압도하다가 결국…….

'안 돼!' 그는 머릿속에서 대처카드를 더듬어 찾아보았지만 산속에서 좋아하는 여자 옆에 누워 있을 때 어두운 혜성이 날아오는 상황에 대한 대처 기술은 없었다.

그때 가벼운 산들바람 같은 그녀의 목소리가 귀에 스쳤다. "너 괜찮아?"

그는 대답할 수 없어서 고개만 끄덕였다. 그녀는 볼 수 없었겠지만.

"천식 흡입기 가지고 있니?"

그제야 기억났다. 흡입기는 주머니에 있었다. 주머니에서 그것을 꺼내어 흡입하니 한결 나았다.

그때 B맨의 목소리가 어둠을 뚫고 떠내려왔다. "흥분했나, 젊은 학생?"

그는 우주에 대해 말하고 있었다. 공백과 고요에 대해 말하고 있었다.

"아뇨……." 베니가 말했다.

'거짓말!'

"조금요. 야외에서 자는 건 처음이라서요."

알레프의 손이 따뜻한 곳을 찾아 파고드는 작은 동물처럼 이끼 밭을 가로질러 기어왔다. 베니는 그 손이 가까이 오는 소리를 들었고 그것이 자신의 팔을 스치며 내려와서 그의 침낭 속으로 들어와 손목을 지나쳐 손바닥으로 오는 것을 느꼈다. 이어서 그녀의 손가락이 자신의 손가락을 휘감는 것을 느꼈다. 그녀가 그의 손을 다시 이끼 밭을 가로질러 그녀 쪽으로 끌어갔다. 그의 손마디를 자신의 입술로 가져갔다가 마치 기도하듯 양손으로 그의 손을 꼭 쥐고는 턱 밑에 넣었다. 떨림이 잦아들었다.

그가 미친 듯 흥분한 것을 알아도 상관없었다. 차라리 그녀가 알기를, 그리고 B맨도 알기를 바랐다. 그들이 모든 걸 알기를 바랐지만, 말이 나오지 않았다. 이어지는 긴 침묵 속에, 그들은 하나둘 잠이 들었다.

54

노굿이 닛산 자동차 핸들을 꺾어 그 블록에 접어들었을 때 처음 눈에 들어온 것은, 비에 젖어 번들거리는 어머니의 집 앞 보도 위에 높이 솟아 있는 쓰레기봉투 더미의 어둡고 번쩍이는 윤곽선이었다. 그는 자동차를 연석에 바짝 붙여 댄 뒤 시동을 끄지 않고 운전석에 앉아 운전대 너머로 상체를 기울였다. 차갑고 밝은 전조등 불빛 속에서 젖은 비닐 위로 비가 내리는 것이 보였다. 그는 시동을 끄고 차에서 내려서 문을 쾅 닫고는 보도를 막고 있는 봉투를 발로 걷어찼다. 멍청한 코쟁이 돼지. 분명 이건 딱지 감이지만, 벌금은 그녀가 물게 할 거다. 그는 담배에 불을 붙이고 연기를 내뿜고는 재킷 깃을 세웠다.

그녀의 앞 베란다는 좀 나아 보였다. 예상하지 못한 일이었다. 그는 눈을 가늘게 뜨고 땅콩 주택의 엄마가 사는 쪽을 쳐다봤다. 그쪽도 역시 허름해 보였지만, 대충 페인트만 칠하면 최상급으로 보일 것이다. 이제 오래 걸리지 않을 것이다. 부동산 중개인 펑 씨가 집을 매물로 내놓을 준비를 하고 있었다. 그 코쟁이 여자만 내보내라고 펑 씨는 말했다. 그런데 대체 뭘 망설이고 있는 것인가? 그는 담배를 발뒤꿈치로 비벼 끄고 베란다 계단을 두 칸씩 올라가서 문을 세게 두드렸다. 아무도 대답을 하지 않자, 그는 앞 창문으로 안을 들여다보았다. 커튼 틈 사이로 그 여자의 컴퓨터 불빛이 보였다. 그의 엄마는 그녀의 직업이 신문을 읽는 거라고 말했지만 그건 순 헛소리가 분명했다. 신문을 읽으면서 돈을 받는 사람은 세상에 없을 테니까. 저 많은 컴퓨터 장비들을 보니, 그녀가 뭘 하는지 모르지만 아무튼 중요한 일을 하는 게 분명했다. 그가 그녀를 내쫓으면, 어쩌면 그 장비를 손에 넣을 수 있을지도 모른다. 저런 환경에서라면 누구든 중요한 일을 할 수 있을 것이다. 펑 씨가 잘 해결해줄 것이다.

그는 유리창을 두드렸다. 처음에는 손마디로 두드리다가 주먹으로 쳤지만 여전히 답이 없었고, 그래서 집 건물을 돌아 뒤쪽으로 향했다. 그녀는 자신이 오는 걸 알고 있을 테고, 그는 기필코 그녀를 찾을 셈이었다. 그녀는 그에게서 숨을 수 없다. 절대로. 그녀는 건물 측면에 늘어선 쓰레기는 거의 줄이지 못했다. 잘됐군. 그는 조심조심 쓰레기를 지나쳐가며 생각했다. 나한테 명분만 줘봐. 내가 필요한 건 그것뿐이니까. 그는 모퉁이를 돌아서자마자 갑자기 멈추었다.

베란다 계단 바닥에 뒤집이진 유모차 밑에 육중한 코쟁이 여자가 죽어 있었다. 그녀는 온갖 물건들에 둘러싸여 땅바닥에 쓰러져 있었다. 책. 또 책. 토스터. 박스형 선풍기. 잡동사니. 순간 그는 그냥 거기 선 채로 얼어붙어서 멍하니 보고 있을 수밖에 없었다. 그는 땅바닥에 누워 있는 엄마도 발견했었지만, 그의 엄마는 체구가 작고 살아 있었고 고관절이 골절된 와중에도 그에게 소리쳤다. 그런데 이 코쟁이는 크고 뚱뚱하고 미동도 없이 고요하게 죽은 채로 있었다. 그리고 다른 뭔가, 빛나고 검은 뭔가가 그녀의 몸을 뒤덮고 있었다. 그는 한 발 앞으로 나갔고, 그 순간 바로 그것을, 그를 공포로 채우고 꿈에서도 나올 정말로 빌어먹을 광경을 목격했다. 그녀는 까마귀 떼에 뒤덮여 있었고, 그놈들이 그녀를 뜯어 먹으려 하고 있었던 것이다.

그런 끔찍한 일을 당해 마땅한 사람은 세상에 없었다.

땅바닥에 서로 얽혀 있는 골프채가 있었다. 그는 9번 아이언을 부여잡고, 그것을 마구 휘두르면서 까마귀 떼를 향해 달려가며 소리쳤다. "떨어져, 이 빌어먹을 놈들아!"

까마귀 떼가 날개와 검은 깃털을 마구 퍼덕이며 마치 검은 망토처럼 그녀의 몸에서 날아올라 골목길로 날아갔다. 노굿은 그들이 떠나는 것을 보면서 저주를 퍼부었다. 그가 여전히 9번 아이언을 머리위로 든 채 서 있는데, 그때 그녀의 눈꺼풀이 파르르 떨리더니 그녀가 눈을 깜빡이며 떴다.

"어머." 그녀가 그를 올려다보며 황당해했다.

그는 그녀를 내려다보고 숨이 막힐 정도로 놀랐다. "세상에, 아줌마! 안 죽었네요!"

그녀가 머리를 살짝 들다가 고통에 인상을 찡그리고는 자신의 몸을 훑어보았다. "그래요." 그녀가 힘없이 말했다. 그녀는 다시 그를 올려다보고 9번 아이언을 보았다. "어머! 날 죽일 셈이었나요?"

그녀에게는 너무도 분명하고 너무도 명백해 보였다. 그녀는 쓰러질 때의 기억이 없었고, 그러니 다시 의식이 돌아와서 통증이 전신으로 퍼지는 것을 느꼈는데 하필 노굿이 골프채를 들고 위에서 노려보고 있으니 달리 어떤 결론을 내릴 수 있겠는가? 그녀는 그가 자신을 좋아하지 않았다는 어렴풋한 기억이 있었다. 아니면 그녀가 그를 좋아하지 않은 걸까? 그래, 그거였다. 그녀는 그가 두려웠기 때문에, 그가 자신을 없애려 했기 때문에 그를 좋아하지 않은 거였다. 그러니 모든 게 아귀가 맞았다. 그녀는 일어나 앉으려 했지만 통증이 너무 컸다. 그녀가 할 수 있는 일이 없었다. 이제 끝이었다. 그가 골프채를 던져놓고 911을 부르고 그녀가 깔린 유모차를 치울 때도, 그녀는 그저 눈을 감고 가만히 누워 최후를 기다렸다. 왜 그냥 빨리 끝장내지 않는 거지? 제발. 그녀가 생각했다. 그때 마치 기적처럼, 마치 신이 그녀가 한 적도 없는 기도를 들어준 것처럼, 다가오는 사이렌 소리와 끼익하고 브레이크 잡는 소리, 쾅 하고 문을 여닫는 소리가 들렸다. 그녀를 붙잡는 손과 이것저것 질문하는 유니폼 차림의 남자가 있었다. 계단에서 떨어지셨습니까? 그녀가 눈을 떴다. 오, 아니에요. 그녀가 설명했다. 저 남자가 날 죽이려 했어요.

구급대원들이 그녀를 검사했다. 치직거리는 경찰의 워키토키 소리와, 노굿이 폭행은 없었으며 자신은 그녀를 죽이려 하지 않았고 오히려 911에 전화를 걸어 그녀의 목숨을 구했다고 설명하는 소리가 들렸다. 더러운 까마귀들이 그녀의 몸 위에서 기어다니며 살과 뼈를 먹어치우려는 걸 자신이 구해줬다고! 애너벨은 그 말이 틀렸다는 걸 알았다. 켄지의 까마귀들은 절대 그녀를 먹지 않았다. 게다가 애너벨이 분명하게 본 게 있었다. 노굿 왕이 골프채를 높이 든 채 그녀를 내려다보고 있었다.

그러나 그녀의 부상은 전혀 다른 상황을 말해주었다. 9번 아이언으로 당한 부상일 리가 없다는 게 구급대원들의 설명이었다. 그녀가 넘어져서 계단에서 떨어진 게 분명하다며, 그들은 부츠와 책, 골프채가 땅에 흩어져 있었던 것을 지적했다. 바퀴 달린 들것에 누워 있으면서, 애너벨은 그들의 말이 맞는다는 것을 깨달았다. 그녀는 설명하려 했다. 그 물건들은 남편의 물건들이다. 그는 죽었다. 나는 벽장을 치우고 있었다. 그건 사고였다. 미안하다. 내가 착각했다. 만족한 경찰은 다시 순찰차로 향했다. 구급대원들은 그녀를 구급차 뒤에 태웠다. 노굿은 바깥쪽 어둠 속에서 어슬렁거리고 있었다.

"미안해요." 그녀가 말했다. "나를 발견해줘서 고마워요."

노굿은 어깨를 으쓱했다. "예, 걱정 마세요."

다른 뭔가가 있었지만, 그녀의 기억은 맞지 않았다. 그녀는 집 건물 측면을 배경으로 구부정하게 서 있는 주인집 아들을 보았다. 한 손에는 반점이 있었다. 그가 10대일 때부터 그녀가 보아온 반점이었다. 그는 항상 초조해하고 안절부절못하는 아이였고, 지금은 초조해하고 안절부절못하는 어른이 되었다. 경찰이 떠났지만 그는 기다리고 있는 것처럼 보였다. 뭘 기다리는 거지? 그때 그녀는 떠올랐다. 그는 오늘 그녀의 집을 점검할 계획이었다. 그녀는 정리 정돈을 끝내지 못했는데, 이제 너무 늦었다. 구급대원이 문으로 손을 뻗는 순간 노굿이 머리를 구급차 안으로 들이밀었다.

"저기요, 오 부인. 혹시 저한테 뭐 부탁할 게 있나요?"

"아, 아뇨. 고마워요." 그녀가 말했다. 헨리. 그의 이름은 헨리였다. 어쩌면 그는 그렇게 '나쁜 아들'이 아닐지도 몰랐다. 그 순간 그녀는 생각났다.

"잠깐만요!" 그녀가 소리쳤다. "혹시 베니를 봤나요? 베니는 어디 있죠?" 그녀가 일어나려고 버둥거렸지만, 들것에 묶인 상태였다.

"제발요." 그녀가 구급대원의 팔을 잡고 말했다. "학교에 아들을 데리러 가야 해요. 그 애가 나를 기다리고 있어요. 아들은 성한 아이가 아니랍니다. 내 전화가 어디 있지? 헨리, 휴대전화 좀 찾아줄 수 있어요? 식탁에 뒀던 것 같은데. 제발, 아직 출발하면 안 돼요. 내 휴대전화가 필요해요. 베니에게 전화를 해야 해요!"

노굿이 계단을 올라가서 베란다의 쓰레기 사이를 비집고 들어가 문을 여는 것을 지켜보며, 그녀는 지금 부엌 꼴이 어떤지가 뇌리에 떠올랐다. 원래는 노굿이 오기 전에 모두 말끔히 치울 생각이었다. 그녀는 한 번도 그를 집 안에 들인 적이 없었는데, 이제 그가 모든 것을 보게 되었다. 그녀는 머리를 다시 들것에 떨어뜨렸다.

"이런 맙소사." 그녀가 속삭였다. "내가 지금 무슨 짓을 한 거지?"

55

산 위에서는 이제 바람이 잦아들었고, 바다에서 짙고 자욱한 안개가 흘러와 달과 별을 가렸다. 베니가 깨어나 보니 알레프의 손이 없었다. 그가 그녀와 정말 손을 잡았던 것일까, 아니면 그냥 꿈이었을까? 보틀맨이 코 고는 소리와 그녀의 조용한 숨소리가 들렸다. 두 사람 모두 가까이 있는 것처럼, 마치 셋이서 같은 담요를 덮고 함께 누워 있는 것처럼 느껴졌다. 다만 담요는 따뜻한데, 안개는 차가웠다. 코가 얼음장 같았다. 오줌이 마려웠지만 침낭 밖으로 나가고 싶지 않았고, 그래서 참을 수 있을 때까지 참았다. 그러다가 꿈틀거리며 기어 나가서 걷기 시작했다. 바위들은 날카로웠고 양말 밑에서 이끼가 서걱거렸다. 그는 잠시 멈추고 귀 기울였다. 오줌 누는 소리가 그들에게 들리게 하고 싶지는 않았고, 그래서 좀 더 걸어갔다. 달빛이 없으니 너무 캄캄해서 나무들도 겨우 구분할 정도였고, 그러다가 나무에 거의 부딪칠 뻔했다. 그는 넝쿨이 많은 관목 수풀에 부딪쳐 뒷걸음질 쳤다. 더 이상 참을 수가 없었다. 오줌 줄기가 튀며 관목숲에서 큰 소리를 냈다. 베니는 볼일을 마친 뒤 지퍼를 잠그고 돌아서 한 걸음 내딛다가 갑자기 멈췄다. '위험!' 완전한 어둠이었다. 짙고 차갑고 시커먼 빈 공간이 고요 속에 그를 휘감았다. 그는 B맨의 코 고는 소리를 들으려 했지만, 너무 멀리 와버렸다.

또 한 발을 내디뎠다. 발밑의 바위가 매끈했다. 그들이 샌드위치를 먹은 가파른 벼랑 근처의 어딘가였다. 불빛을 비추기 위해 휴대전화를 가져왔어야 하는 건데. 하지만 어차피 배터리가 나가버려서 소용없었다. '멍청이.' 그는 손을 밖으로 뻗고 천천히 앞으로 걸으며, 암흑 속을 들여다보기 위해 눈에 힘을 주고 그 어느 때보다 열심히 귀 기울였다. 벼랑 끝이 어디였지? 그는 깎아지른 수직 낭떠러지와 한참 아래 밑바닥에 있는 작은 나무들을 상상할 수 있었다. 그는 반걸음을 더 떼었다. 그의 발이 이판암의 부서진 부분에 미끄러졌다. 그 순간 따뜻한 공기의 흐름이 속삭임처럼 위로 떠올랐다.

'멈춰.'

그는 멈췄다. 목소리는 조용하고도 단호했고, 부드러운 상승기류에서 나오는 것 같았다.

'두 걸음만 뒤로 가.'

그는 그렇게 했다.

'잘했어, 이제 천천히 앉아.'

그는 쭈그리고 앉아 두 손으로 따뜻한 바위를 만졌다. 마치 그렇게 하면 그가 땅에 붙어 있을 수 있는 것처럼. 귀에서 세찬 심장 박동 소리가 들렸다.

'움직이지 마. 가만히 있어. 기다려…….'

그는 귀를 쫑긋 세우고 또 다른 지시를 기다렸다. 상승기류는 그의 주변에 부드럽게 퍼져 그의 얼굴을 간질였다. 얼마나 거기 쪼그리고 앉아 있었을까? 그로서는 알 도리가 없었다. 몸을 웅크린 채로 깜빡 졸았다가 깨어났다가 다시 졸았다.

그때 멀리서 그녀의 목소리가 들렸다. 그것은 그의 뒤에서, 안개와 정적의 가장 깊은 구석에서 들려왔다.

"베니?"

그의 뒤에 있는 반들반들한 바위 너머로 가느다란 빛줄기가 깜빡거렸다.

"나 여기 있어." 그가 훌쩍이며 불빛을 향해 몸을 돌렸다.

빛줄기가 가까워졌다. 그가 일어섰지만 오랫동안 쭈그리고 앉아 있었던 터라 다리가 후들거리고 쥐가 났다. 무릎이 휘어지며 몸이 휘청거리기 시작했지만, 그녀가 다가와 손목을 잡아주었다.

"자, 내가 잡았어. 이제 괜찮아." 그녀가 긴박한 목소리로 나지막이 말했다.

손전등 불빛 속에 그녀의 숨이 하얀 입김으로 흩어졌다. 그는 그녀에게 비틀거리며 다가가 쓰러지듯 안겼다.

"빌어먹을." 그녀가 그를 꽉 끌어안았다가 잠시 후에 놓으며 불빛을 그의 얼굴에 비추었다. "너 미쳤어?"

그가 눈을 깜빡이며 손을 들어 불빛을 가렸다. "뭐가?"

그녀는 손전등을 돌려 그가 앉아 있었던 자리를 비추었다. 빛줄기가 가파른 벼랑 끝을 훑고는 그 너머의 암흑 속으로 사라졌다. 한 발만 더 움직였다면 그는 추락했을 것이다.

그녀가 다시 불빛으로 그를 비추었다. "대체 뭘 하고 있었던 거야?"

"소변이 마려워서." 그가 말했다. "어두워서 길을 잃었어."

그녀가 불빛을 그의 얼굴 전체에 비추어 그가 거짓말을 하고 있는지 살폈다. "깨어보니 네가 없더라. 그래서 무슨 일인지 보러 왔지. 널 봤을 때 네가 뛰어내리려는 건 줄 알았어."

"이런, 그런 거 아냐." 그가 말했다.

그녀가 숨을 깊이 들이쉬었다 내쉬었다. "자, 가자. 추워."

그는 그녀를 따라 다시 야영지로 돌아갔다. B맨은 여전히 코를 골고 있었다. 베니는 침낭으로 기어들어가 똑바로 누웠다. 옆에서 알레프가 숨 쉬는 소리가 들렸다. 그 소리는 그녀가 그의 입에서 다른 말이 나오기를 기다리고 있는 것처럼 들렸다.

"정말 아니야." 그가 속삭였다. "뛰어내리려고 한 거."

긴 침묵이 흘렀다. "알았어."

"벼랑이 안 보였어. 거기가 벼랑 끝인 줄 몰랐어. 거의 떨어질 뻔했는데……." 그가 따스한 상승기류를 기억하고 몸을 떨었다. 그녀가 몸을 굴려 옆으로 누울 때 바스락 소리가 들렸고, 그는 어둠 속에서 그녀의 눈이 자신을 보고 있음을 느낄 수 있었다. "하지만 그때 뭔가를 들었어."

"뭔데?"

"목소리." 그가 머뭇거렸다. "하지만 평소의 목소리는 아니었어."

"평소의 목소리는 어떤 건데?"

"그냥 아무 물건들. 구체적으로 나를 겨냥한 목소리도 있어. 내면의 비평가나 로봇처럼."

"내면에 로봇이 있다고?"

그가 고개를 끄덕였다.

"와. 내 안에는 악마뿐인데. 악마와 괴물들."

그녀의 얼굴이 너무 가까워서, 그의 뺨에 따스한 숨결이 느껴졌다. 그도 몸을 굴려 옆으로 누웠고, 이제 그들은 서로 코를 맞대고 마주 보고 있었다.

"너무 안됐다." 그가 말했다.

"그래. 그런데 벼랑에서 들은 목소리는 뭐였어?"

"그건 새로운 목소리였어. 그 목소리를 처음 들은 건 제본실에서였어."

"사물이야?"

"그렇지는 않아. 그런데 사람도 아니야. 말하자면 그 중간."

"그게 뭐라고 말했는데?"

"많이 말하지는 않았어. 제본실에 있던 밤에는 책에 대한 뭔가를 말했는데, 좀 더 말하고 싶어 했던 것 같아. 그걸 느낄 수 있었어."

"그 목소리가 제본실에 있었다니 아귀가 맞는 것 같아. 그래서 기겁한 거니?"

"아냐." 그는 거짓말을 하고 있었고, 그래서 말을 멈추었다. "맞아, 조금 그랬어. 하지만 오늘은 그 목소리가 나를 구해준 것 같아. 아까는 정말로 캄캄해서 앞을 볼 수 없었거든. 내가 벼랑 끝에서 발을 내디디려 했는데 그 목소리가 나더러 멈추라고, 앉아서 그쪽을 기다리라고 했어."

"그 목소리가 내가 올 걸 알았어?"

"그래. 내 생각엔 그 목소리가 뭔가를 아는 것 같아."

"뭐에 대해?"

"내 인생에 무슨 일이 일어날지."

"미래를 알 수 있다는 거야?"

"말하자면. 하지만 과거도 알지. 그리고 내 생각엔 상황이 벌어지게 할 수도 있는 것 같아."

"어떤 종류의 상황?"

"모르겠어. 내 인생의 상황. 말로 설명할 수 없지만, 그건 일종의 강력한……."

"하느님이나 뭐 그런 것처럼?"

"아마도. 그 목소리는 나를 위한 계획을 가지고 있는 것 같아. 사람들이 하느님에 대해 말하는 게 그런 거 아냐?"

"사실, 하느님 얘기는 농담으로 한 거였어."

"그렇군."

"정말 그 목소리가 어떤 상황이 일어나게 한다고 믿는 거야?"

완전 미친 소리로 들릴 것이다. "모르겠어. 그냥 느낌이야."

"그래서 무섭니?"

"조금."

"네 목숨을 구해줬다면, 아마 좋은 목소리일 거야. 친구지. 아마 널 보살펴주고 있을 거야."

"아마도."

"친구는 좋은 거야." 그녀가 말했다. "친구를 사귀는 건 좋은 일이야." 그녀의 손이 다시 이끼 밭을 가로질러 다가왔고, 그녀의 손바닥이 그의 가슴에 놓였다. "좀 자, 알았지?"

그녀의 손바닥 밑에서 가슴이 세차게 뛰었다. 그는 자신의 손을 그녀의 손 위에 올리고 꼭 잡았다.

'어서 해.' 목소리가 속삭였다. '너도 알잖아. 네가 뭘 원하는지…….'

그가 한쪽 팔꿈치로 바닥을 짚고 몸을 일으켰다. 그녀가 똑바로 돌아누웠다.

'어서 해! 지금이야!'

그래서 그는 했다.

긴 입맞춤도, 훌륭한 입맞춤도 아니었다. 목표가 빗나가서, 그는 그녀의 입꼬리에 입을 맞추고 말았다. 어쩌면 뺨에 더 가까운지도 모르겠다. 그 순간 그 입맞춤은 마치 조카가 이모에게 하는 것처럼 건전하고 섹시하지 않은 종류의 입맞춤이 될 수도 있었지만, 그렇게 되지 않았다. 그는 체중을 옮겨 실어 그들의 입술이 정확히 맞닿게 했다. 그녀의 입술이 라즈베리처럼 부드럽고 눅진하면서 토르티야처럼 짭짤하게 느껴졌다. 꿈속에서처럼 다소 익숙한 이스트 맛. 그는 엄마와 아빠를 제외하면 누구에게도 입을 맞춘 적이 없었고, 그래서 다음에 뭘 어떻게 해야 하는지 몰랐지만 다른 뭔가가 일어나야 한다는 것은 알았다. 그녀는 딱히 동조하지 않았지만 그렇다고 밀어내지도 않았고, 그래서 그는 더 세게 입술을 밀어붙였다. 그녀의 입술 밑에서 단단한 치아가 느껴졌다. 이제 그의 입술 밑에서 그녀의 입술이 움직였다.

"베니……?"

그녀의 입술이 그의 이름을 빚었다. 그는 그녀의 숨결에서 그의 이름을 맛보았고, 그 자신을 깊이 흡입했다. 그래! 그는 베니였다! 어쩌면 살면서 처음으로 그는 온전히 자기 자신이 되었다. 그는 자신의 가슴, 심장 바로 위에서 자신을 미는 그녀의 손을 느꼈고 그래서 그는 다시 몸을 밀어붙였다. 그의 몸은 살아 있었고, 그녀의 몸도 그랬다. 그의 눈꺼풀 속에서 별들이 반짝였다. 그의 등뼈가 활처럼 휘었고, 그는 몸을 일으키기 시작했다.

"베니, 안 돼……."

'안 된다고?'

그는 머뭇거렸다. 뭔가 잘못되었다. 모든 것이, 심지어 하늘의 별들까지도 '돼, 돼, 돼!'를 외치고 있는데, 그녀가 말하는 '안 돼'는 무엇을 의미하는 걸까? 왜 그녀는 이해하지 못할까? 그가 그녀를 사랑하기 때문에 키스하고 있다는 것을. 사랑은 좋은 것이고 목소리가 그에게 권한 것인데! 말은 믿을 수 없다. 그녀의 '안 돼'는 실수일 것이다. 그녀의 '안 돼'는 혼동한 것일 뿐, 말 그대로를 의미하지 않는다. 그건 '돼'를 의미하고, 그것을 그가 증명할 참이었다. 그는 입술을 더 세게 밀어붙였고, 한참 동안 그녀는 긴장을 풀고 심지어 조금은 호응하는 것처럼도 보였지만 그러다 한숨을 쉬고 고개를 돌렸다.

"안 돼, 베니. 우리가 이러면……."

그는 하늘을 보고 벌러덩 누웠다. 이번엔 실수가 아니었다. 그녀의 '안 돼'는 정말로 '안 돼'를 뜻했다. 혼동하고 이해하지 못한 것은 그 자신이었다. 그가 너무 '멍청하기' 때문이었다. 그가 '바보천치'이기 때문이었다. 그가 '너무 어리기' 때문이었다. 그녀에게 사과해야 한다는 걸 알지만 말이 나오지 않았다. 사라지고 싶었지만 그럴 수가 없었다. 그녀가 손을 뻗어 화끈거리는 그의 뺨에 손을 댔다.

"미안해." 그녀가 말했다. 그가 했어야 할 말이었다. 그런 뒤 그녀는 그를 등지고 돌아누웠다. 그는 그녀가 어둠 속으로 길고 조심스럽게 숨을 토해내는 소리를 들었다.

베니

너였어. 안 그래? 넌 내가 그녀에게 입 맞추고 싶어 하는 걸 알았고 내게 그렇게 하라고 말했어! 너무 순식간에 일어난 일이라 그땐 확신하지 못했지만 이젠 알아. 그건 너의 목소리였어. '어서 해!' 네가 말했지. 그래서 난 했어.

그냥 나를 가지고 장난친 거야? 넌 그게 바보 같은 짓인 걸 알았잖아. 넌 책이잖아! 결국 어떻게 될지 다 알았을 게 분명한데도 나에게 그렇게 하게 했지. 대체 뭐 때문이야? 흥미롭거나 로맨틱하거나 드라마틱하거나 뭐 그런 거 때문이야? 어쩌면 넌 그냥 보고 싶었던 건지도 몰라. 무슨 헛소리! 넌 그냥 날 이용한 거야. 더 나은 이야기를 말하고 싶어서, 내게 그런 짓을 하게 하는 거라고.

망할 놈의 책들.

차라리 그냥 내가 벼랑에서 떨어져 죽게 놔두지 그랬어.

책

이런, 베니. 아냐. 우린 네가 입 맞추게 하지 않았어. 네가 복종하고 있던 건 우리의 목소리가 아냐. 그건 책이 동원할 수 있는 그 무엇보다 원초적이고 절박한 충동의 목소리야.

하지만 네 말이 전적으로 틀린 건 아냐. 왜냐하면, 우리가 너에게 그렇게 하도록 시킨 건 아니지만, 설령 우리가 너를 저지할 수 있었더라도 그렇게 하지 않았을 테니까. 책들은 약간의 로맨스와 드라마를 좋아해. 그건 사실이야. 우리더러 외설적이라고 부를 테면 불러(많은 사람이 그렇게 부르지). 하지만 네가 그녀의 입술을 맛보아야 우리도 맛볼 수가 있어. 우리는 너의 입맞춤을 언어로 묘사하고 싶었어. 너처럼 인간들은 육체의 열정에 휩쓸리지만, 말에 대한 우리 책들의 욕망도 마찬가지로 부정할 수 없어. 그러니 우리가 네가 그녀에게 입맞춤을 '하게 했다'는 말은 틀려. 책은 전지전능하지도 않고 우린 포주나 뚜쟁이가 아니야. 하지만 그러기를 원한다는 게 죄라면 죄일 테고, 네가 이용당한 기분이라면 미안해. 그런 상황이 벌어지고 있는 와중에도 우린 미안했어.

넌 우리를 믿지 않지. 우린 그걸 알 수 있어. 그리고 이제 너는 우리를 차단하려 하고 있어. 네가 잊고 싶은 모든 것을 기억에서 차단하려는 것과 똑같이.

좋아, 우리에겐 선택의 여지가 없어. 우린 너에게 그냥 아무 목소리가 아니야, 베니. 우리는 너의 책이고, 이게 우리의 일이야. 너에 대한 내용을 지면에 채우는 것 말이야.

56

그 일이 있은 뒤 너는 잠을 이루지 못했지. 차가운 밤공기 속에서도 화끈거리는 얼굴로 누워서 귀에서 울리는 세찬 심장 박동 소리를 듣고 있었지. 그 소리는 몸속 깊은 곳에서 나오는 내면의 소리지만 바깥의 소리도 있었어. 넌 알레프의 숨소리와 노인의 코 고는 소리, 그리고 산속 어딘가에서 들려오는 밤새의 울음소리를 들을 수 있었지. 그리고 새로운 소리, 전에 들어본 적 없는 소리도 있었어. 표류하는 듯한 귀에 거슬리는 그 소리는 아주 멀리서, 우주에서 길을 잃고 뒹구는 모든 잔해들로부터 나오는 것 같았어.

저 밖에 어딘가에서 어두운 혜성이 기다리고 있었어.

조금 전에 있었던 일을 생각하면 할수록, 넌 점점 동요했지. 넌 완전히 일을 망쳤어. 그녀가 당연하게도 너와 입 맞추고 싶어 하지 않았기 때문이야. 그녀가 그러고 싶을 이유가 없잖아? 누구건 너에게 입 맞추고 싶을 이유가 없잖아? '그 여자는 나쁜 년이고 너는 그저 빌어먹을 어린애고 멍청이고 바보천치고 죽어 마땅한 덜 떨어진 패배자니까. 그러면 그냥 죽어. 빌어먹을 벼랑에 몸을 던져서 그 여자가 죄책감을 느끼게 해. 대체 뭘 기다리는 거야?'

그러나 넌 기다렸어. 너는 대처카드를 떠올렸어. 누워서 호흡하고 숫자를 세고 또 숫자를 세고 또 호흡했고, 그러다 마침내 동트기 직전에 잠에 빠져들었어.

다시 눈을 떴을 때 해가 떠 있었고 두 사람은 이미 일어나 있었어. 알레프는 낡은 양철 깡통으로 직접 만든 작은 스토브에서 커피를 끓이고 있었지. 그녀는 좀 줄까? 하고 물었어. 쾌활해 보였지. 아무 일도 없었던 것처럼. 너는 고개를 저었어. 커피를 마시지 않는다는 사실이 어린애처럼 느껴졌지만. 양철 깡통 스토브가 멋졌고 평소 같으면 어떻게 작동하는 건지 보여달라고 그녀에게 말했을 텐데, 넌 대신 오줌을 누러 갔어. 돌아와 보니, 두 사람은 간밤에 네가 떨어져 죽을 뻔한 벼랑 끝에 앉아 커피를 홀짝이고 조용히 이야기를 나누며 바다를 내다보고 있었지. 그녀가 너를 보고 컵을 건넸어. 코코아였어. 어린애용 음료. 넌 한 모금 홀짝였어. 맛있었지만, 그 순간 그녀가 미웠어.

산에서 내려가는 길은 올라갈 때보다 훨씬 더 힘들었고, 너와 알레프는 B맨의 휠체어가 뒤집어지지 않도록 하기 위해 휠체어를 함께 붙들고 내려가야 했지. 가끔 그녀 옆에 서 있다가 팔꿈치나 어깨, 엉덩이나 손이 닿았고, 그럴 때마다 넌 움찔하며 피했어. 한번은 가파른 자갈투성이 구간을 내려갈 때 네 발밑에서 부서져 굴러떨어진 잔돌에 휠체어가 미끄러졌는데, 넌 그녀의 팔뚝에 닿지 않으려고 손잡이를 놔버렸어. 그러자 그녀는 휠체어 무게를 혼자서 버티느라 벌겋게 달아오른 얼굴로 너를 향해 고개를 돌렸지.

"너 정말 이상하게 구네. 그만 좀 해."

너는 다시 손잡이를 잡았지만, 그녀는 내려오는 내내 너에게 한마디도 하지 않았고 너도 그녀에게 아무 말도 하지 않았지.

보틀맨은 뭔가 잘못되었음을 직감했어. 그는 위태로운 휠체어에 앉아 서류 가방을 부여잡고 발터 벤야민에 대해, 그의 죽음과 그것을 둘러싼 음모에 대해 또 이야기하고 있었지. 어떤 이들은 그 철학자의 자살에 대해 반박하며 그가 심장마비로 죽었다고 주장했고, 또 어떤 이들은 그가 스탈린의 요원들에게 살해당했다고 주장했어. 스페인어로 된 사망증명서에는 사망원인이 뇌출혈로 기재되어 있었지. 알려지지 않은 원고를 담은 서류 가방이 사라졌고, 친구들의 노력에도 불구하고 원고는 찾을 수 없었어.

"이제 누구도 그걸 읽을 수 없겠지." B맨이 슬픈 목소리로 말했어. "그건 벤야민의 유작이었어. 그는 친구들에게 그걸 구해야 한다고, 그게 게슈타포의 손에 들어가면 안 된다고 말했어. 그것이 자기 목숨보다 더 중요하다면서."

이런 주장이 너를 미치게 했지. "난 책이 사람의 목숨보다 중요하다고 생각하지 않아요." 네가 말했어. 휠체어 바퀴가 뿌리에 걸려서 넌 세게 밀었어.

"아." B맨이 말했지. "그건 자네가 아직 책을 쓰지 않아서라네. 일단 책을 써보면, 알게 될 걸세."

"순 헛소리예요." 네가 말하는 순간 휠체어가 휘청거리며 앞으로 나갔지. "난 절대 책을 쓰지 않을 거예요."

"그냥 기다려봐." 노인이 말했다. "알게 될 테니까. 모든 소년의 내면에는 책이 있다네, 베니."

그 순간 너의 내면에 책이 있다는 생각이 도저히 말도 안 되게 느껴졌지. "난 아니에요." 넌 그렇게 말했지만, 노인은 듣지 못했거나 아니면 너를 무시하고 있었지. 그는 또 발터 벤야민 얘기를 했어.

"정말 비극이야." 그가 고개를 저으며 말했지. "책을 잃어버리는 것보다 슬픈 건 없어." 그 말과 함께 그는 풀이 죽어서 침묵 속에 빠져들었어.

도시로 돌아오는 차 안에서 누구도 말이 없었어. 그들은 너를 집 앞에 내려줬지. 알레프는 쓰레기와 재활용 봉투 더미 옆에 밴을 세웠어. 시동을 끄지 않은 상태로 그녀가 네 손을 잡고 꽉 쥐며 말했지. 너는 몸이 경직되는 걸 느꼈어. '위험!'

"미안해." 그녀가 부드럽게 말했다. "난 널 사랑해, 베니. 다만 그런 식으로가 아닐 뿐. 알았지?"

'나쁜 년.' 어떤 목소리가 말했지. 알 게 뭐야.

너는 밴이 출발할 때 연석에 서 있었고 밴이 시야에서 사라지자 돌아서다가 쓰레기봉투에 발이 걸렸어. 넌 그걸 계속 세게 걷어찼어. 그러다 구멍이 벌어지며 DVD 몇 개가 쏟아져 나왔고, 그 순간 기억났어. 엄마에게 학교에서 돌아오면 집 안 정리를 도와주겠다고 했던 걸. 그게 어제였어. 넌 엄마의 답장을 받지 못했지만 산에서 휴대전화 배터리가 나가버렸으니 알 수 없는 노릇이었지. 아마도 엄마가 밤새 통화를 시도했을 텐데, 이제 진짜로 망했다 싶었지.

넌 DVD를 발로 차서 다시 봉투에 넣었어. 머리 위에서 네 아버지의 까마귀들이 지켜보고 있었어. 그들은 전깃줄 위에 앉아서 모이를 원할 때처럼 까악까악 울었지. 넌 집 뒤쪽으로 향했고, 까마귀들이 하나둘 따라갔지. 모퉁이를 돌자, 그들은 급강하하여 빈 모이대 근처 난간에 착지했어. 넌 생각했지. 엄마가 왜 모이를 안 준 거지? 계단 아래 바닥에는 잡동사니가 흩어져 있었어. 네가 어릴 때 쓰던 유모차가 옆으로 누워 있었고. 이게 여기 왜 있지? 너는 유모차를 넘어 안으로 들어갔어. 집은 조용했고, 여전히 엉망이었어. 넌 거실로 들어갔지. 관제 센터는 비어 있었지만, 넌 그날이 토요일인 걸 깨닫고 엄마가 일을 쉬나 보다 생각했지.

넌 다시 주방으로 가서 시리얼을 그릇에 담아 오고 휴대전화를 충전기에 꽂았어. 엄마의 밀리타 커피 드리퍼가 조리대 한구석에 놓여 있었고, 그래서 넌 커피를 만들어 마시기로 작정했어. 필터를 컵 위에 얹고, 커피를 한 숟가락 가득 넣고 또 한 숟가락을 넣었어. 그리고 온수를 끓여 부어서 커피를 내린 뒤 한 모금 머금고는 곧바로 개수대에 뱉어버렸어.

위층에서 너는 엄마의 방 문 밖에서 잠시 멈추고 귀 기울였어. 넌 엄마가 아직 자는 중일 거라고 생각했지. 어쩌면 그건 엄마가 화나지 않았다는 뜻일 수 있었어. 너는 안도하며 방으로 가서 옷을 벗고 침대로 기어들어갔지. 책상 위 베개 옆에는 네가 도서관에서 빌려온 《그림 형제 동화집》이 있었어. 피처럼 빨간 표지에 새겨진 혈관처럼 얽힌 뿌리와 나뭇가지들은 산을 생각나게 했고, 내려오는 길에 B맨이 했던 말, 누구나 내면에 책을 가지고 있다는 말이 떠올랐어. 너는 일어나 앉아서 《그림 형제 동화집》을 방의 반대편으로, 너의 머리맡에서 멀리 옮긴 다음, 똑바로 누워 그룬딕 헤드폰으로 귀를 덮고 잠들었어.

넌 희미한 초인종 소리에 잠에서 깼어. 한 여자가 초인종에 손가락을 대고 서 있었지만, 네가 문을 열자 그녀는 멈칫했어. 마치 네가 외계에서 온 화성인이라도 되는 것처럼, 그녀는 너를 보고 놀라서 뒷걸음질 쳤지. 그런데 네가 그룬딕 헤드폰을 끼고 있었으니 그럴 만도 했어.

"네가 베니니?" 그녀가 자기를 소개했어. 이름은 애슐리 뭐시기였는데, 병원 사회복지사였어. "간밤에 어머니가 사고를 당하셨어."

그녀는 너를 보며 잠시 말을 멈췄어. 헤드폰을 쓰고 있어서 그녀가 아주 멀리 있는 것처럼 느껴졌지.

"어머니가 계단에서 굴러떨어져서 병원에 계셔." 또 그녀가 말을 멈추고, 네 얼굴을 살피며 기다렸어. 아마 네가 혼란스러운 것처럼 보였는지, 그녀가 네게 말했어. "어머니가 괜찮은지 알고 싶지 않니?"

넌 고개를 끄덕였어.

'네 엄마는 죽었어.' 목소리가 말했다. '다 네 탓이야.'

"어머니는 상당히 심한 부상을 입으셨단다. 곧 회복하시겠지만, 너를 무척 걱정하고 계셔. 자, 가자."

병원으로 가는 길에, 너는 여전히 그룬딕 헤드폰을 낀 채 조수석에 구부정하게 앉아 그녀가 질문하는 동안 듣지 않으려 애썼어. 어디에 있었니? 어머니에게 왜 알리지 않았니? 넌 그녀가 너를 썩 좋아하지 않는다고 생각했고, 그래도 괜찮았어. 어차피 너도 너 자신을 썩 좋아하지 않았으니까. 그러는 내내 목소리가 계속 중얼거렸어. '네 탓이야, 네 탓이야, 네 탓이야…….'

이걸 넌 얼마나 기억하니, 베니?

베니?

너 거기 있니?

우리 말 들리니?

듣고 있는 거니?

57

애너벨은 떨어졌을 때의 기억은 거의 없었지만, 나중에 응급실에서 보낸 긴긴밤을 절대 잊지 못할 것이다. 노굿은 식탁 위의 물건들 속에서 그녀의 휴대전화를 찾지 못했고, 그녀는 그가 열심히 찾아봤는지도 의심스러웠다. 그녀가 응급실에 있는 공중전화로 전화를 걸어 실종 신고를 해달라고 했을 때 다시금 처음에 마주쳤던 관료주의에 부딪쳤다. 그녀는 홀리 경관과 통화하게 해달라고 요청했지만 그는 근무 중이 아니었다. 결국 그녀는 완전히 정신이 나갔고, 간호사는 진정제를 투여해야 했다. 그때 사회복지사가 개입하게 되었다.

애슐리는 어깨까지 오는 금발머리의 사랑스러운 아가씨였다. 쾌활하고 활력적이고 아주 열심히 상대의 말에 귀 기울였다. 그녀는 애너벨의 사고와 그녀의 직업, 집 상황에 대해 모든 것을 물었다. 그리고 베니와 켄지에 대해서도 물었고, 애너벨이 10대 아들을 제외하면 전화를 걸어 도움을 청할 사람이 아무도 없다는 것에 깜짝 놀란 것 같았다. 그녀는 애너벨의 침대 옆 의자 끄트머리에 앉아 애너벨의 손을 토닥이며, 이따금 상체를 숙이고 휴지를 건네주고 열심히 격려의 추임새를 넣어주었다. 애슐리의 파란 눈은 상대의 고통을 빨아들이는 진공청소기 같았고, 애너벨은 곧바로 그녀를 좋아하게 되었지만 너무 많은 이야기를 해서 몹시 지쳤고, 그래서 애슐리는 그녀에게 좀 쉬라고 말하고는 떠났다. 애너벨이 몇 시간 뒤 깨어났을 때 베니는 멍청해 보이는 제 아버지의 헤드폰을 낀 채 의자에 앉아 소리를 죽인 텔레비전에서 곧 다가올 선거에 관한 아침 뉴스를 보고 있었다.

그는 친구들과 캠핑을 갔었다고 말했다. 그는 무사했다. 그는 아무에게도 말하지 않고 학교를 떠난 것을 미안해했다. 전화하지 않은 것을 미안해했다. 휴대전화 배터리가 나갔었다고 했다. 그가 사과했다는 사실이 애너벨에게는 대단하게 느껴졌다. 그는 기분이 가라앉아 보였고 어딘가 거리감이 느껴졌지만 협조적이었다. 그래서 애슐리의 도움을 받아 그들은 애너벨의 퇴원 계획을 세웠다. 그녀가 계단을 올라갈 수 있을 때까지는 침실 대신 아래층에 있는 소파에서 잠을 자야 했다. 그날 오후 베니는 거실과 복도, 아래층 화장실을 치워서 그녀가 목발을 짚고 여기저기 다닐 수 있도록 길을 냈다. 그녀가 식사를 준비하거나 장을 보러 갈 수는 없었지만, 저녁에 음식을 포장해 와서 먹으면 될 터였다. 아침에는 베니가 식사와 커피를 준비해주고, 오후에 집에 오는 길에 구멍가게에서 식료품을 사 올 수 있을 것이었다. 자기가 마실 우유도 사 올 수 있을 것이다. 버스를 혼자 타고 학교에 가야 할 테지만, 그는 상관없어 보였다. 심지어 안도하는 것 같았다.

팔목이 삐어 불편했고, 부러진 발목이 아팠다. 그녀는 뇌진탕 증상을 겪고 있었다. 두통, 구역질, 기억 상실이 있었고, 갑자기 일어나려 하면 현기증이 났다. 사고에 대해 그녀가 기억하는 거라곤 자신이 누워서 골프채를 쳐들고 서 있는 노굿을 본 것뿐이었다. 그녀는 그가 자신을 죽이려 했다고 확신했는데, 알고 보니 자신이 틀렸고 나중에는 그가 놀랍게도 인간적으로 나오며 점검일을 미루는 데 합의까지 했다. 그가 살랑살랑 비위를 맞추며 뒤로는 은밀하게 그들을 쫓아낼 계획을 꾸미는 걸까?

이 생각을 할 때마다 두통이 악화되었다. 생각하지 마세요. 의사가 말했었다. 생각하지 마세요. 술 마시지 마세요. 건강한 식사를 하세요. 휴식하세요. 스트레스를 피하세요. 무엇보다 컴퓨터를 멀리하세요. 물론 병원에서 돌아와서 그녀가 처음 한 일은 절뚝거리며 관제 센터로 가서 이메일을 확인하는 거였지만, 화면에서 우스꽝스러운 단어들의 초점이 맞았다가 흐려졌다 하고 모니터 불빛에 머리가 지끈거려서 결국 그만둘 수밖에 없었다. 의사의 조언을 따라 상사에게 전화를 걸어 사고가 나서 잠시 일을 쉬어야 한다고 말했다. 찰리 역시 놀랍게도 흔쾌히 승낙하며 걱정 말고 몸조리를 잘하라고 했다. 나중에 해고하려고 지금 이렇게 친절한 것일까?

하드드라이브의 웅웅거리는 소음이 없으니 집이 조용했고, 꾸준히 들리는 뉴스 소리가 없으니 머릿속도 조용했다. 모처럼 미뤄왔던 다른 계획들을 실행할 시간을 갖게 되어 좋았다. 책을 펼쳤다. 그녀는《정리의 마법》을 읽으며 잡동사니를 치우는 것에 관한 조언을 따르려고 시도하고 있었다. 베니는 침실에서 양말 서랍을 가져와서 바닥과 세탁실에 널브러져 있는 양말들을 모두 모아 그녀가 분류할 수 있도록 준비해놓았다. 마음을 진정시키고 회복하기 위한 완벽한 작업이었다. 그녀는 산더미 같은 양말을 하나하나 집어 들고 유심히 살펴보며 어느 양말이 자신의 기분을 설레게 하고 어느 것이 그녀를 슬프게 만드는지 결정했다. 슬픈 양말은 해졌거나 짝 잃은 것들이었고, 그녀는 그것들을 끌어안고 그동안 자신의 발을 위해 열심히 일해준 것에 감사한 뒤 공손하게 버렸다. 멀쩡한 것은 개켜서 색상별로 서랍에 배열하여 깔끔한 양말들로 완벽한 무지개를 만들었다. 아이콘이 옳았다. 애정을 가지고 작고 단순한 일을 했을 때 느낄 수 있는 기쁨이 있었다. 일단 시작하면, 일단 한 개를 하고 나면 자연스럽게 다음 것을 하게 되었다. 곧 그녀는 티셔츠로 넘어갔다. 티셔츠를 제대로 개키는 방법도 있었다.

그녀는 책을 내려놓고 눈을 감았다. 이렇게 한낮에 빈둥거려본 게 얼마 만인가. 마지막은 베니가 태어난 직후였다. 갓난쟁이 아들을 옆에 끼고 소파에 누워 있던 것이 생생하게 기억났다. 졸다가 이따금 깨서 수유를 했던 기억, 켄지가 먹을 것과 뜨거운 차를 준비해서 가져다주고 그녀의 발과 어깨와 배를 마사지해주었던 기억이 떠올랐다.

"텅 비었네." 켄지가 골반에 늘어진 뱃살을 문지르며 말한다. "다시 채워 넣어야겠어." 물론 그건 농담이었지만, 그는 낮 시간 동안 그녀를 위해 각종 일본의 영양식—미소 장국, 맛 좋은 계란찜, 국수, 그녀가 좋아하는 고명을 얹은 돈부리를 만드는 데 시간을 보냈고, 그런 다음 그녀의 다리를 자신의 무릎에 얹고 소파 끝에 앉아 우쿨렐레를 치거나 부드럽게 오카리나를 불며 어린 아들이 젖을 빨며 잠드는 것을 지켜보곤 했다. 밤에는 공연을 하러 나갔지만, 마지막 공연 후에는 밴드 동료와 어울려 대마초를 피우는 대신 곧장 집으로 돌아오곤 했다. 좋은 시절이었다. 희망적인 시절.

그리고 그들은 여전히 희망적이라고 그녀는 생각했다. 절망해봐야 무슨 도움이 되겠는가? 이보다 더 나쁜 상황이 있을 수도 있었다. 그녀가 계단에서 굴러 목이 부러질 수도 있었다. 그리고 베니에게 끔찍한 일이 생길 수도 있었다. 그러나 그는 무사하고 건강했고, 학교에 다시 적응하고 있었다. 그녀는 휴대전화에 손을 뻗어 시간을 확인했다. 아직 수업 시간이었다. 베니가 집에 오면 배가 고플 것이다.

밖에서는 까마귀들이 모이를 달라고 까악까악거렸다. 그녀는 베니에게 피자를 사 오라고 문자를 보냈다. 그는 답하지 않았지만, 그때 답장이 올 거라고 기대도 하지 않았다. 학생들이 수업 시간에 휴대전화를 켜두는 건 금지였다. 그녀는 일어나서 현기증이 지나가기를 기다렸다. 부엌에 남은 월병이 더는 없었지만, 세탁실에서 오래된 도리토스 봉지를 찾아 절뚝거리며 베란다로 나갔다.

모이대에 작은 물건들이 있었다. 반짝이는 진주 귀걸이 한 짝, 연녹색 유리 몽돌, 육각 볼트. 까마귀들이 그녀를 위해 선물을 또 가져온 것이다! 그녀는 진주를 집어 들었다. 물론 진짜는 아니었지만 반짝이고 예뻤다. 볼트는 무거워서 까마귀가 나르기 힘들었을 터였다. 유리 몽돌은 켄지를 떠오르게 했다.

그녀는 눈을 들어 자신을 주의 깊게 보고 있는 까마귀들을 보았다. "고마워." 그녀가 도리토스를 모이대에 뿌리며 말했다. "고마워!"

그들은 하나둘 넓은 검은색 날개를 손가락처럼 펼치고 그녀를 향해 날아왔고, 너무도 가까이 순식간에 다가와서 먼지 섞인 바람이 얼굴을 간질이는 것이 느껴질 정도였다. 그 순간 사고의 기억이 완전히 돌아왔다. 짐을 실은 유모차의 균형을 잡으려 애썼던 것이 떠올랐다. 빈 공간으로 거꾸로 떨어질 때의 공포와 추위, 그리고 욱지기 나는 통증이 떠올랐다. 비가 오기 시작했었다. 그때 갑자기 바람이 세차게 불어오는가 싶더니 까마귀들이 하나둘 날아와 착지했다. 녀석들이 다가와 그녀의 몸 위로 올라가서는 깃털을 부풀려 커다란 알을 품듯 그녀를 품었을 때, 갈고리발톱의 따끔거리는 촉감과 작은 몸들의 무게가 떠올랐다.

이제 녀석들이 도리토스를 쪼아 먹고 낚아채는 것을 보고 있으니, 그녀는 고마움에 눈물이 차오르는 것을 느꼈다. 까마귀들은 그녀가 춥지 않고 젖지 않도록 보호해줬다. 그들이 그녀를 구한 것이다.

58

친애하는 아이 코니시 선생님.

저는 한 번도 팬레터를 써본 적이 없지만, 제 양말 서랍은 말할 것도 없고 제 삶에 정말로 혁명을 가져다준 선생님의 책에 대한 고마움을 전하고 싶었습니다. 《정리의 마법》을 읽기 시작하자마자, 저는 몇 가지 이유로 선생님과 특별한 인연이 있다는 느낌을 받았습니다. 첫째, 선생님이 쓰신 의붓아버지에 대한 내용은 제게 정말로 공감을 불러일으켰습니다.
저도 의붓아버지가 있었거든요. 그는 기업 중역이 아니고 그냥 석고보드 기술자였지만, 저와 엄마를 학대했습니다. 자세한 이야기를 하고 싶진 않지만, 아마 선생님이 이해하실 거라 생각합니다.

그리고 또 한 가지는 선생님이 일본 선불교 승려신데,
제 남편 켄지가 일본인이고 선불교 사찰에서 지냈었다는 사실입니다.
남편은 재즈 연주자였고 선불교와도 가까웠는데,
비극적인 트럭 사고로 목숨을 잃었습니다.

그로 인해 아들 베니는 정신적 외상을 입었습니다.
당시 아들은 겨우 열두 살이었고 아빠를 무척 사랑했습니다.
그 애는 지금 열네 살인데 너무도 많이 변했습니다.
이제는 아들이 어떤 아이인지조차 모르겠다고 느껴지는 순간들이 있습니다.
때때로 부모가 10대 자녀들에게 이런 느낌을 받는다는 걸 압니다만,
우리는 한때 너무도 가까운 사이였는데 이렇게 된 게 모두 제 탓인 것만 같고,
제가 하는 모든 일이 잘못인 것처럼 느껴집니다.

저는 이런 상황에 익숙하지 않습니다. 켄지가 살아 있을 때는,
그가 모든 것이 제대로 되게끔 했었거든요. 우리 셋이 함께 외출할 때는
사람들이 켄지와 저를 보면 베니가 우리 아들이며 우리가 가족이란 걸
알아차렸죠. 하지만 지금은 달라졌습니다. 사람들이 저와 베니를 보면
우리를 모자 사이로 연결 짓지 않아요. 이해하시겠죠?
사람들은 베니가 입양아라고 생각하죠. 베니가 아기였을 때도
가끔 이런 일이 있었습니다. 베니와 둘만 나갔을 때 사람들이 와서
"오, 정말 귀여운 여자 아기네요! 어디서 데려왔나요?" 하고 말하곤 했죠.
켄지가 함께 있을 때는 아무도 그런 실수를 하지 않았어요.
이제 켄지가 죽고 나니, 제가 더는 베니의 엄마가 아니라는 느낌마저 듭니다.
죄송합니다. 구질구질한 사연을 시시콜콜 말씀드릴 생각은 아니었는데.
제가 지금 편지를 쓰는 진짜 이유는 우리가 가진 또 하나의
인연 때문입니다. 바로 까마귀인데요. 까마귀는 정말 놀라운 새입니다!
저는 선생님의 스승인 까마귀가 어떻게 선생님의 삶을 구원했는지에 대한
이야기를 좋아하고, 제 목숨을 구해준 특별한 까마귀에 대한 이야기를
선생님과 나누고 싶었습니다…….

59

벽에 붙은 파리가 너를 지켜보며 상황을 파악하고 있었지. 네 앞에는 네가 읽어야 할 도서관 책이 놓여 있었고, 네 주머니에는 게시판에서 훔쳐온 압정이 들어 있었어. 너는 압정이 주머니에 있을 때 손이 찔리지 않도록 말라빠진 껌 조각에 꽂아두었어. 압정은 위험하지만, 책만큼 위험하지는 않았지.

벽에 붙은 파리는 압정에 대해 알았어. 파리는 너에게 시선을 고정하고 정신을 차리도록 도와줬지. 네가 넋이 나가려 할 때면 파리가 말하기 시작했어.

베니가 책 위로 몸을 숙이고 있지만, 읽고 있지는 않다. 그는 정신을 멍하게 하고 있어서 책에 적힌 단어들이 그 안으로 들어갈 수 없다. 베니는 이제 책을 신뢰하지 않는다. 책이 신뢰할 수 없는 존재이기 때문이다. 책은 항상 지켜보고 마음을 읽으려 한다. 그리고 뭔가를 하게 만든다. 해선 안 될 짓까지도. 책은 누군가의 삶 속에 나쁜 것들을 쓰고는, 여기저기 지껄이고 다녀 모두가 알게 만든다.

벽에 붙은 파리가 책에 대해 많은 것을 안다는 사실이 너를 편안하게 만들었지. 분명 똑똑한 파리였을 거고, 그런 파리를 곁에 둔 건 행운이었어. 파리는 네 마음을 읽을 수 있었지만, 뭔가를 하게 만들지는 않았지. 그냥 너를 지켜보며 상황이 어떤지 말해주기만 했어.

네가 책을 빤히 쳐다보고 있는데, 단어들이 초점을 잃고 글자로 해체되어 비눗물이 채워진 개수대의 개미들처럼 흰 종이에서 속절없이 헤엄치고 있었지. 글자들은 안전한 곳으로 헤엄쳐 가려고 애썼고 넌 도와주고 싶었어. 선생님이 보지 않을 때, 너는 주머니에 손을 슬쩍 넣어 압정을 꺼냈어. 끝이 날카로웠고, 넌 그것을 문장 끝의 마침표에 찔러서 문장을 개방시켰어. 마침표는 구멍이 되었지. 그리고 또 다른 마침표를 찔러서 또 다른 구멍을 냈어.

이제 베니의 기분이 나아지고 있다. 그는 글자들이 작은 안도의 한숨을 내쉬는 소리를 들었다. 책장에 구멍이 가득하다. 그래서 그는 책장을 넘기고 또 다른 책장에서 구멍을 내기 시작한다. 그가 책 표지를 덮으면, 글자들은 구멍을 통해 자유롭게 헤엄쳐 탈출할 것이다. 그는 글자를 문장에서 해방시키고 있었다. 작은 혁명이다. 글자들은 고마워할 것이다.

베니는 단어들이 그를 찬송하듯 부르는 노래를 듣는다.

그는 교사가 책을 펼쳐 구멍이 뻥뻥 뚫린 빈 백지를 볼 때 얼마나 놀랄지를 상상하고 있다. 그 생각을 하니 입가에 미소가 떠오르지만 자제한다. 그는 책이 아마도 그의 생각을 읽고 있을 거라고 생각한다. 생각하지 않는 게 상책이다. 그는 마음이 빈 백지처럼 깨끗하고 텅 빌 때까지 마음을 열어 생각이 빠져나가게 한다.

생각하는 건 벽에 붙은 파리에게 맡기는 편이 좋겠다고 그는 생각한다. 그편이 더 안전하다.

넌 방과 후에 엄마가 좋아하는 하와이안 피자를 사서 곧장 집으

로 갔어. 엄마에게 필요한 게 있는지 물어본 뒤 부엌을 치우고 위층으로 갔지. 숙제를 해야 했지만, 대신 그룬딕 헤드폰을 귀에 쓰고 소매를 걷어 올려 왼쪽 팔뚝 안쪽을 드러냈어. 그리고 하얀 피부를 유심히 내려다보며 알레프의 팔에 있던 구멍들의 무늬를 기억하려 했지. 그녀가 말해주었기 때문에 넌 그게 별자리라는 걸 알았어. 그녀가 안드로메다라고 말했던 것 같았어. 하지만 그녀 팔에 있는 구멍들은 그냥 구멍이 아니었어. 그건 그녀가 문신을 새긴 자국이었어. 그녀가 그렇게 말한 건 아니었어. 굳이 말할 필요가 없었지. 그냥 너 혼자 생각해낸 거였어.

넌 욕실 구급함에서 면봉과 과산화수소수를 찾아서 방으로 가져왔어. 그리고 구글로 안드로메다를 검색하니, 화면에 별자리 사진이 떴어. 그림도 있었는데, 마치 우주로 떨어지는 여자처럼 보였어. 넌 알레프의 팔에 있던 별의 형태를 알아보고 내용을 읽기 시작했어. 안드로메다는 아름다운 공주였는데 왕국이 케토스라는 무시무시한 바다 괴물에 의해 황폐화되었고, 그래서 그녀의 아버지는 그녀에게 희생할 것을 명령했어. 그는 바다 괴물이 잡아먹도록 그녀를 바다의 바위에 사슬로 묶어놓았지만, 그때 페르세우스라는 영웅이 나타나서 다이아몬드 검으로 괴물을 죽였고, 그래서 그녀는 그와 결혼해서 많은 아이들을 낳았어. 그녀가 죽자 아테나 여신은 그녀를 별로 만들었어.

넌 그 별들을 유심히 보았어. 그때 엄마가 거실에서 불렀어. 그녀는 네가 아래로 내려와서 피자를 데워주기를 원했지만, 너는 무시했어. 너는 마커 펜으로 팔뚝 안쪽에 별을 그린 다음, 압정의 날카로운 끝을 네 손목에서 가장 가까운 별에 맞추고는 피부에 대고 눌렀어. 고통이 진짜처럼, 그리고 마땅히 견뎌야 할 고통처럼 느껴졌어. 네가 영웅이라면, 알레프의 머릿속에 사는 악마와 괴물로부터 그녀를 구해낼 수 있을 거라고 생각했어. 네게 다이아몬드 검이 있다면, 아마 그녀가 너와 결혼까지 할 거라고도 생각했지. 엄마가 다시 불렀고, 너는 더 세게 눌렀어. 그곳에서 빨간 핏방울이 작은 구슬처럼 솟아올랐고, 그곳이 부어오르는 것을 지켜보며 넌 이름을 지었어. 알파 안드로메다. 별자리에서 첫 번째에 있는 가장 밝은 별. 사슬에 묶인 여인의 머리 부분. 피가 나는 곳을 과산화수소수를 흠뻑 적신 면봉으로 문지르며, 너는 알레프의 페인트 묻은 손가락을 떠올렸어. 네 상처 입은 손을 붙잡고 출혈을 막기 위해 깊이 베인 상처를 누르던 그 손을. 이 이미지가 너를 진정시켰어. 과산화수소수 냄새가 너를 진정시켰어. 네 피부에 충분히 많은 구멍을 뚫으면, 네 안에 있는 목소리들이 구멍을 발견하고 떠나겠지. 어쩌면 그게 문제였어. 단어들이 네 안에 갇혀서 출구를 찾고 있었어. 단어란 그런 거야. 그들은 세상 밖으로 나가기를 원해.

60

위층에 있는 베니가 몹시 조용했다. 애너벨은 두 번이나 그를 불러서 내려오라고 했지만, 대답이 없었다. 그녀는 생각했다. 숙제를 하고 있는 게 분명해. 헤드폰을 끼고 있어서 안 들렸겠지. 그녀는 의자 등받이에 기대어 앉았다. 그녀 앞에는 모니터가 어둠 속에서 빛을 발하고 있었다. 그녀는 컴퓨터를 하면 안 되었지만, 팬레터를 써서 실제로 보낸다는 게 기분 좋았다. 비록 그 편지가 어쩌면 그것을 결코 읽지 않을 생면부지의 남에게 보내는 것일지라도. 관제 센터에 돌아온 것도 기분이 좋았다. 사고 이후 그녀는 컴퓨터에 접속하지 않았고 오늘이 무슨 요일인지도 모르고 지냈다. 뉴스가 없으니 시간이 다르게 흘러갔고, 기분 좋은 휴식이긴 했지만 이제는 세상이 자신을 끌어당기고 있다는 느낌이 들었다. 그녀는 시사 문제를 지켜보는 것이 좋았다. 마치 그렇게 함으로써 자신이 어떻게든 도움이 되는 것만 같았다. 그것이 어리석은 생각인 건 그녀도 알았다. 자신이 지켜보지 않는다고 세상이 무너지지는 않을 것이다. 그럼에도 뉴스를 확인한다고 해가 될 것은 없을 것이다. 선거가 다가오고 있었고, 산불은 여전히 진화되지 않았다. 어차피 조만간 업무에 복귀할 테니 너무 뒤처지지 않는 게 좋을 것이다.

그녀가 복도에서 무슨 소리를 듣고 눈을 드는 순간 머리 위의 전등이 켜졌다. 그녀는 사고 이후 빛에 더 민감해졌고, 갑작스러운 밝은 불빛에 움찔하며 눈을 감았다. 다시 눈을 떴을 때 문가에 베니가 서 있었다.

"컴퓨터 하면 안 되잖아. 화면 앞에 너무 오래 있으면 안 좋아." 그의 목소리가 이상하게 들렸다. 단조롭고 무감각하고. 마치 베니가 비디오게임을 하다가 들켰는데 포기하지 않고 계속하려 할 때 그녀가 하던 말을 앵무새처럼 그대로 따라 하는 자동제어장치 같았다.

"네 말이 맞아. 그만할게." 그녀가 컴퓨터를 절전 모드로 전환하고 다시 의자를 돌렸다. "그런데 아직 배 안 고파? 난 고픈데. 엄마 부탁 좀 들어줄래? 이 양말 서랍을 2층으로 좀 옮겨줘. 그러고 나서 피자를 데워 먹자."

그는 소파로 가서 바닥에 있는 서랍을 가리켰다. "이거?"

"응." 그녀가 말한 다음, 자랑스럽게 덧붙였다. "어떻게 생각하니?"

그가 어깨를 으쓱했다. "좋네."

"예쁘지? 이렇게 색깔별로 하니까?" 그녀가 《정리의 마법》을 집어 들었다. "일본식으로 물건을 정리하는 실용적인 방법을 배우고 있는 중이야. 여기 있어. 내가 보여줄게."

그녀는 일어나서 몸을 가누고 현기증이 지나가기를 기다렸다가 절뚝거리며 소파로 갔다. "이 책을 쓴 여자는 선불교 수도승이야. 아빠가 한때 그랬던 것처럼. 이 여자가 그러는데 일본 사람들은 모든 것에 영혼이 있다고 믿는대. 양말이나 속옷 같은 일상적인 물건에도 말이야. 그래서 물건들이 행복할 수 있게 잘 대해줘야 한대. 양말은 우리 발을 보살피기 위해 열심히 일하고, 일하지 않을 때는 긴장을 풀고 편히 쉴 수 있도록 이렇게 개켜서 옷장에 넣어주는 걸 좋아한대."

"좀 이상해." 베니는 그녀가 양말을 다시 서랍장에 넣는 걸 지켜보더니 바닥에 있는 양말 더미를 가리켰다. "저건 뭐야?"

"그건 오래돼서 낡은 것들이야. 이제 버리려고."

"걔네가 좋아하지 않을 텐데."

"어, 괜찮을 거야. 내가 감사 인사를 했거든. 버리기 전에 감사 인사를 해야 해. 개수대 밑에서 쓰레기봉투 하나만 가져다줘. 그럼 내가 티셔츠 개키는 기술을 보여줄게. 너한테는 쉬울 거야. 넌 아빠처럼 원래부터 정리 정돈을 잘하잖아. 아빠는 항상 물건들을 잘 간수했지……."

주방에서 베니가 여기저기 뒤지는 소리가 들렸다. "……본인 몸만 빼고." 그녀가 서랍을 보며 말했다. "음, 적어도 아빠의 물건들은 행복했어."

그녀가 눈을 들었을 때 베니가 거실로 다시 들어왔다. "그리고 네 서랍은 항상 깔끔해." 그녀가 밝게 덧붙였다. "그러니까 네 물건들도 행복할 거야!"

그는 구깃구깃 뭉쳐진 버림받은 양말 더미 옆에 쪼그리고 앉아 그것을 쓰레기봉투에 담기 시작했다. "난 물건들을 행복하게 만들기 위해 정리를 하는 게 아냐." 그가 말했다. "물건들을 입 다물게 만들려고 하는 거지."

책

베니? 듣고 있어? 아직도 화가 나 있니?

우린 네가 뭘 하고 있는지 알아. 네가 우리를 차단한다는 걸 느낄 수 있지. 네가 생각하지 않는 걸 느낄 수 있지만, 그러긴 너무 늦었어. 책이 처음에 부를 때 차단하는 건 가능해. 하지만 우린 지금까지 너무 많은 페이지를 함께 만들어왔고 여기까지 온 이상, 네 마음대로 그냥 중단할 수는 없어. 책에게도 그 나름의 삶이 있어, 베니. 넌 우리로부터 숨을 수 없고, 우리를 차단할 수 없어.

하지만 걱정 마. 우린 이해해. 이건 어려운 문제고, 너는 그동안 열심히 했으니 쉴 자격이 있어. 그러니 잠시 휴식을 갖자. 어때? 지구본을 돌려서 리좀적으로 뻗어 있는 망을 타고 지구 반대편으로 가서, 좁은 골목길을 걸어 북적대는 도쿄의 중심부에 자리 잡은, 작은 목조 사찰로 가보는 거야. 거기서 그 여승을 잠깐 만나보자.

왜 그래야 하냐고? 답은 단순해. 우리가 할 수 있기 때문이지. 애너벨이 아이콘에게 연락을 취하려고 이메일을 써서 '보내기'를 눌렀을 때, 그녀의 행동이 단어들의 회로를 완성해서 이제 우리가 그것을 통해 여행할 수 있게 되었기 때문이지.

61

이메일은 길었고 영어로 되어 있었다. 읽는 데 거의 한 시간이 걸렸다. 물론 일본인 독자들이 보낸 편지는 더 빨리 읽을 수 있지만, 《정리의 마법》이 국제적으로 출판되었기 때문에 팬레터가 전 세계에서 오고 있었다. 대부분이 영어로 작성되었는데, 학교 다닐 때 아이콘은 영어를 한 번도 잘한 적이 없었고, 그래서 그들의 이메일을 이해하기 위해 낡은 영일사전을 참고해야 했다. 많은 메일이 책을 즐겁게 읽은 여성들의 짧은 감사 인사였지만, 어떤 것들은 깊은 절망을 감추고 있는 결연한 쾌활함이 가득한, 길고 장황한 고백적인 편지였다. 시간이 나서 그런 편지를 읽을 때면 아이콘은 가슴이 아팠다.

트럭 사고로 남편을 잃었다는 여성이 보낸 편지처럼 말이다. 그들의 어린 아들은 아버지의 죽음으로 정신적 외상을 입었다고 했다. 그녀에게 선물을 물어다 주고 그녀가 쓰러졌을 때 그녀 위에 앉아 있던 까마귀들에 대한 긴 이야기도 있었다. 사진도 한 장 있었는데, 해변에서 수영복 차림으로 선 채, 마찬가지로 수영복 차림인 작은 동양인 남자와 팔짱을 끼고 있는 사랑스러운 금발 여성의 모습이 담겨 있었다. 그들 앞에서 맑은 눈으로 카메라를 응시하고 있는 너덧 살가량의 남자아이가 아이콘의 시선을 멈추게 했다. 지금은 10대가 된, 정신적 문제를 겪고 있다는 부부의 아들이 분명했다. 슬펐다.

아이콘은 이메일을 저장하고 받은메일함을 확인했다. 아직 읽지 않은 팬레터 수백 통이 있었고, 그녀가 보고 있는 와중에도 그 수는 올라가고 있었다. 그녀는 눈을 감고 잠시 쉬었다가 다음 메일을 클릭했다. 같은 여자에게서 온 것이었다.

> 안녕하세요. 또 저예요! 번거롭게 해드려서 죄송하지만,
> 제 남편이 선불교 사찰에 있을 때의 사진을 찾았는데,
> 또 잃어버리지 않도록 스캔했어요. 여기 첨부합니다.
> 그리고 제가 또 하나의 공통점을 언급하는 걸 완전히 잊었는데,
> 제 남편의 성이 코니시라는 겁니다.
> 그래서 어쩌면 두 분이 관계가 있을지도 모른다는 생각이 문득 들었어요.
> 혹시 오래전에 잃어버린 켄지라는 이름의 남동생이 없으신지요?

아이콘은 한숨을 쉬며 독서용 안경을 벗고 탁상용 스탠드를 켰다. 코니시는 일본에서 흔한 성이고, 그녀에겐 오래전에 잃어버린 켄지라는 남동생이 없었다. 그녀는 오빠나 남동생이 아예 없었다. 그녀는 답장을 쓰고 싶었다. 자신에게 편지를 보낸 모든 여인들에게 답장을 쓰고 싶었지만 그러기에는 편지가 너무 많았고, 서툰 영어로 뭔가를 썼다가 도움이 되기는커녕 본의 아니게 마음을 상하게 할까 두려웠다. 그래서 그녀는 그냥 축원 기도를 위한 명단에 그들의 이름을 올리고 이메일을 파일에 저장해두었다.

정원에서 울리는 날카로운 탁탁 소리에 그녀는 눈을 들었다. 시간을 알리는 소임을 맡은 신참 수도승이 통로에 서서 북채를 든 채 참선과 저녁 예불 시간을 알리기 위해 다시 운판을 칠 준비를 하고 있었다. 아이콘은 사람들이 도착해서 신발을 벗고 선방으로 향하는 소리를 들었다. 그녀의 책이 일본에서 베스트셀러 목록에 오른 후 사람들이 작은 암자에 찾아오기 시작했다. 어떤 이들은 호기심에 한두 번 왔지만, 어떤 이들, 주로 근처 회사에 다니는 사무실 직원들

은 주기적으로 찾아와 참선을 하고 설법을 듣고 종일 수련을 했다. 아이콘처럼 기업 세계에서 도피한 몇몇 여성들은 그곳에 머물며 수계를 받아 그녀의 제자로 있게 해달라고 청했다. 암자는 잘 운영되고 있었지만, 슬프게도 그녀의 스승은 이것을 볼 만큼 오래 살지 못했다.

그녀는 컴퓨터를 껐다. 나머지 이메일들은 기다려야 했다. 그녀는 천천히 일어나 다리를 좀 편 다음, 좀 더 격식을 갖춘 법복으로 갈아입었다. 제단에 놓인 양초와 향에 불을 붙였다. 액자에 끼운 스승의 초상이 천수관음상 옆에 놓여 있었다. 가장 좋은 예복을 입은 모습이다. 새 예복을 살 형편이 되지 않아 그녀가 여러 번 수선해준 옷이었다. 액자 속에서 그는 그녀를 보고 있었다. 그의 눈은 엄했지만 입가에는 미소를 짓고 있었다. 마치 그녀가 농담을 던지기를 기대하는 것처럼. 그녀는 향을 이마에 댔으나 공양을 하기 전에 잠시 멈춰 스승을 보고 한동안 그와 시선을 마주쳤다. 스승이 살아 있을 때는 한 번도 하지 않았던 행동이었다.

그녀가 속으로 그에게 물었다. 만족하시나요?

그녀는 스승이 자신을 믿었는지 아닌지 결코 알지 못했다. 그녀가 흥분해서 입에 거품을 물고 책을 쓰겠다는 생각을 말했을 때, 그는 가만히 눈을 감고 앉아 그녀가 요즘 정리 정돈이 얼마나 유행인지, 자신이 잡지사에서 일할 적에 잡동사니에 대한 내용을 얼마나 많이 실었었는지, 그 주제를 다룬 얼마나 많은 책들이 국제적인 베스트셀러까지 되었는지 설명하는 동안 인내심을 가지고 귀 기울였다. 그녀가 마침내 이야기를 마쳤을 때, 그는 그냥 한숨을 쉬었다. 그러더니 책이 몇몇 사람들에게 도움이 될 거라고 생각한다면 책을 쓰라고 말했다. 그때 그의 눈이 얼마나 흐릿하고 얼굴에 모든 생기가 사라졌는지, 어떻게 그의 머리가 시들어가는 꽃자루에 달린 늙은 동백꽃처럼 축 늘어졌는지 기억났다. 그는 이제 좀 누워야겠다고, 너무 피곤하다고 말했다.

그것이 그가 똑바로 앉아 있던 마지막 날이었다. 몇 달 후 그녀는 열정적으로 글쓰기에 매진하는 한편, 스승을 돌보며 그의 고통스러운 숨소리를 들었다. 그녀는 스승에게 남은 시간이 많지 않다는 것을 알았고, 스승이 암자가 안전하다는 것을 확인하고 편하게 눈을 감을 수 있도록 책을 마치고 싶었다. 아침과 정오, 저녁마다, 그녀는 방장에서 예불을 드리며 제단에 향을 피우고 독경을 하고 예불을 드리고 오체투지를 했다. 가끔은 그녀가 독경을 하는 동안 그의 입술이 움직였다. 때로는 가슴 위로 손바닥을 모으고 있었다. 그러는 내내 천수관음상이 지켜보고 있었다. 연꽃 위에 앉아 있는 천수관음상은 아름다웠고, 그야말로 아귀들의 구역을 보살피는 연민의 보살이 현현한 모습이었다. 천수관음의 팔과 머리를 일일이 닦았던 아이콘은 천수관음에게 매우 가까운 느낌을 받았고, 스승의 옆자리에 앉아 밤늦게까지 책을 쓰는 동안 천수관음상을 올려다보며 항상 비어 있는 큰 배와 채워지지 않는 식욕, 더 많은 것을 향한 끝없는 욕망을 가진 아귀들에 대해 생각하곤 했다. 그들의 입은 바늘구멍처럼 작고 목구멍은 실처럼 가늘어서, 결코 만족할 만큼 먹을 수 없었다. 아이콘은 그들의 고통을 이해했다.

그녀는 기도했다. '천수관음보살님, 제발 제가 이 책을 쓸 수 있게 도와주십시오. 제 책이 예전의 저처럼 고통받는 사람들에게 도움이 되게 해주십시오. 제가 새 지붕값을 댈 수 있도록 제 책이 베스트셀러가 되게 해주십시오.'

스승이 타계하던 날, 지붕 수리공들에게 아직 돈을 지불하지 못했다. 무거운 마음으로 그녀는 스승 옆에 앉아서 스승이 힘겹게 숨 쉬는 것을 지켜보았다. 그녀는 제때 집필을 마치지 못했고 암자에 수입을 가져오겠다는 약속을 지키지 못했다. 그녀는 생각했다. 스승님은 내게 무척 실망하셨을 거야. 실망한 채 타계하면 스승님도 아귀가 되는 걸까? 그것은 무서운 생각이었다. 그리고 낡은 암자는 어떻게 되는 걸까? 사무실 건물과 고층 콘도를 지을 공간을 만들기 위해 땅이 팔리고 암자가 헐릴까? 생전의 마지막 달, 스승은 그녀에게 교법을 전수하고 그녀를 자신의 후계자로 삼았지만, 암자가 없다면 상속하거나 전할 것이 거의 없을 터였다. 그러면 스승님의 법맥도 끊어지는 것일까?

그리고 그녀는 어떻게 되는 걸까? 어디로 가게 될까?

스승이 그녀의 생각을 듣고 있는 것만 같았다. 그는 며칠 동안 아무런 반응도 없었고, 호흡이 느려지고 호흡과 호흡 사이 간격이 더 길어졌다. 그러나 어느 순간 그는 눈을 뜨고 그녀를 똑바로 보았다. 그의 눈은 반짝거렸고 강렬하게 타올랐다. 그는 아무 말도 하지 않았지만, 아무 말도 할 필요가 없었다. 그녀는 스승이 무슨 생각을 하는지 알았다.

"알겠습니다." 그녀가 속삭였다. "저는 포기하지 않을 겁니다. 어떻게든 암자가 지속되게 만들겠습니다. 약속할게요."

그가 그녀의 말을 들은 것 같았다. 그의 눈빛이 흔들리며 반응한 것처럼 보이더니 눈을 깜박이고 영원히 눈을 감았다.

지금도 그녀는 여전히 스승이 초상화 속에서 특유의 장난기 어린 표정으로 자신을 지켜보고 있는 것을 느꼈다. 향 끝에서 연기가 곡선을 그리며 피어오르자, 그녀는 공양을 위해 몸을 앞으로 뻗으며 향로에 향을 꽂았다.

"제가 못 할 거라고 생각하셨지만, 전 해냈어요." 그녀가 말했다.

그녀의 보조인 키미라는 이름의 신참 수도승이 문을 열고 절을 한 다음 옆으로 비켜서서 그녀가 지나가게 해주었다. 아이콘은 선방으로 이어지는 복도로 걸어 나오며 시간을 알리는 소임을 맡은 수도승에게 절을 하고 나무판에 쓰인 서예를 힐끗 보았다. 그것은 오래된 선불교 시를 스승이 쓴 것이었는데, 번역하면 이런 뜻이었다.

생사의 문제는 중하도다.
인생은 순간이요, 시간은 기다려주지 않으니.
깨어나라! 깨어나라!
시간을 낭비하지 말라!

비록 훈계하는 내용의 시구였지만 아이콘을 항상 기운 차리고 집중하게 만들었다. 선방에서 그녀는 스승이 앉았던 자리에 앉아, 매끈한 흰색 벽면을 면하고 줄지어 방석에 앉아 명상하는 사람들을 내려다보았다. 한쪽에는 손님과 신도들이 있었고, 그들의 맞은편에는 여승들이 있었다. 제자들의 자세를 확인한 그녀는 그들의 꼿꼿하게 편 등과 흐릿한 황혼 빛에 빛나는 정갈한 머리를 보고 흡족해했다. 여성 법상자*들이라고 그녀는 생각했다. 그녀의 스승은 얻게 된 것이다. 아무도 그녀를 보고 있지 않았다. 그들은 시선을 아래로 내리고 앉아서 깊은 명상에 빠져 있었지만, 만일 그들이 그녀를 보았다면 그녀의 얼굴에 희미하게 스친 엷은 미소를 보았을 것이다. 강하고 능력 있는 여성들. 여성 주지승은 생각했다. 자신의 스승인 노승은 그들을 얻을 자격이 있었다.

* 스승의 법통을 이어받은 제자.

62

친애하는 코니시 선생님.

제가 계속 편지를 보내도 괜찮기를 바랍니다. 저는 선생님이 아마 이메일을 읽지 않으실 거라 생각합니다. 그러면 별문제가 없겠지요. 저는 현재 사회관계망이 별로 없는지라, 선생님에게 편지를 쓰는 것이 제 감정을 추스르는 데 도움이 됩니다. 그러니 답장을 해주시지 않아도 제게 도움을 주고 계신 겁니다.

하지만 혹시라도 이 편지를 읽고 답장을 주시고 싶다면, 제 잡동사니 치우기 프로젝트에 관한 구체적인 질문이 하나 있습니다. 최근 제 아들이 도와주기 시작하면서 제 프로젝트는 진전되고 있습니다. 첫 번째 편지에서 제 아들 베니가 정신적 문제가 있다고 말씀드렸는데, 사실은 그보다 더 심각한 상태입니다. 베니는 환청을 듣고, 운동화처럼 진짜가 아닌 사물들이 하는 이야기를 듣습니다(운동화는 진짜지만, 운동화가 이야기하는 건 진짜가 아니라는 뜻입니다). 베니는 항정신병약을 복용하고 두어 주 동안 소아정신과 병동에 입원도 했지만, 퇴원 후 문제 행동이 더 악화될 뿐이었습니다. 제게 거짓말을 하기 시작했고 학교를 빠지고 병동에서 만난 자기보다 나이가 많은 아이들과 어울려 다닙니다. 저는 그 아이들이 마약을 하지 않을까 걱정스럽습니다. 이제 주치의는 베니가 어쩌면 조현병일 수 있다고 말하는데, 계속 진단명이 바뀌고 있기 때문에 그것도 알 수 없는 노릇입니다. 물론 베니는 지금 10대 청소년이고 이런 행동들 중 일부는 호르몬 때문일 수 있지만, 저는 몹시 걱정됩니다.

그러나 최근에는 조금 희망적인 기분을 느끼고 있습니다.
제가 계단에서 떨어지고 까마귀가 저를 구해준 작은 사고가 있은 뒤,
베니가 집안일을 도와서 장도 봐주고 정리 정돈도 해줍니다.
베니가 없다면 제가 어떻게 살지 모르겠습니다.
베니는 여전히 내성적이지만, 의사도 베니가 나아지고 있다고 생각합니다.
그러니 진전이겠지요. 베니의 아빠는 약물과 알코올 문제가 있었습니다.
그래서 저는 베니가 그런 기질을 물려받았을까 봐 걱정됩니다.
켄지는 심각한 마약에 손을 대진 않았지만 친구들과 술을 마시고 대마초를
피우곤 했습니다. 그는 뮤지션이고 그것은 그의 생활방식이기 때문에,
처음에는 저도 크게 개의치 않았습니다.
하지만 나중에 제가 임신을 하면서 켄지에게 마약을 끊으라고 하자
그는 따랐습니다. 켄지는 좋은 아빠가 되기를 진심으로 원했고,
우리는 아들에게 좋은 본보기가 되어야 한다는 데 의견을 같이했으니까요.
우리는 결코 부자가 되거나 베니를 물질적으로 풍족하게 키울 수 없다는
걸 알았지만 그건 괜찮았습니다. 대신에 넘치는 사랑과 안정적이고 창의적인
가정환경을 줄 수 있다고 자신했고, 한동안은 성공했다고 생각합니다.

그러나 베니가 예닐곱 살이 될 무렵, 켄지가 다시 약을 시작했습니다.
제 짐작으로는 아마 밴드 활동이 잘 풀리지 않고 점점 나이가 들어가는 데
갑갑함을 느낀 것 같지만, 본인 입으로 그런 말을 한 적은 없습니다.
켄지는 공연 후에 늦게 돌아오는 날이 점점 더 많아졌고, 저는 항상 일 때문에
일찍 잠자리에 들어야 했기 때문에 처음에는 눈치채지 못했습니다.
그러나 어느 날 그의 주머니에서 대마초 봉지를 발견했고,
그래서 우린 처음으로 대판 싸우게 되었습니다. 저는 약속을 깨고
제게 거짓말을 한 그에게 몹시 화가 났고, 결국 그는 사과하며
다시 끊겠다고 약속했습니다. 그는 노력했습니다. 정말로 노력했죠.

어쨌든, 이런 얘기를 구구절절 쓸 생각은 아니었습니다.
그저 베니가 나아지고 있고 정리 정돈도 잘 되어가고 있다는,
적어도 그랬었다는 말씀을 드리려던 거였습니다. 양말 서랍 정리에
성공한 경험은 제게 자신감을 줬고 저도 변할 수 있다는 것을 보여줬습니다.
그러나 집 안의 나머지 부분은 아직 많은 작업이 필요합니다.
책에서 선생님이 중요한 건 작업을 끝내는 게 아니라 그저 작업을 완벽하게
하는 것이라고 말씀하셨죠. 하지만 불행히도 저는 작업을 끝내야 합니다.
집주인의 아들이 대형 쓰레기 수거함을 대여했고(대여료는 제 보증금에서
차감한다고 했습니다), 땅콩 주택의 제 구역을 청소하라고 명령하며,
그러지 않으면 퇴거 조치하겠다고 위협했습니다. 그런데 저는 부러진 발목과
뇌진탕 증상과 일 때문에 이 작업을 완전하게 할 수가 없습니다.

불평하려는 건 아닙니다. 그래도 다행인 점은 제 발목이 치유되고 있고
뇌진탕도 좋아지고 있으며, 의사가 여유를 가지고 천천히만 한다면 컴퓨터를
다시 사용해도 좋다고 말했다는 겁니다. 그러나 선거일이 일주일 앞으로
다가와 있고 너무 많은 뉴스가 있어서 야근을 해야 할 형편인지라
하루 중에 남는 시간이 얼마 없습니다! 그래서 제 질문은 이겁니다.
발목이 부러지고, 아이는 아프고, 나라는 위기에 처해 있는데
어떻게 사랑과 연민을 가지고 완벽하게 정리 정돈을 할 수 있을까요?
그리고 제가 정리 정돈을 끝내지 못해서 집에서 쫓겨나게 되면,
우리는 어디로 가야 할까요? 집주인인 왕 부인이 제 남편을 좋아해서
집세를 올린 적이 없음에도 제 벌이로는 그 정도 집세를 감당하기도
빠듯합니다. 지역 임대료가 너무 높이 치솟아서 더는 이 지역에
살 수 없게 될 겁니다.

다른 도시로 이사할 수도 있겠지만, 베니와 관련된 사정이 있습니다.

그 아이가 마침내 새로운 교육 프로그램으로 고등학교에 적응하기 시작했는데 최근에…….

63

밤새 여승들이 단잠을 자고 있는 동안에도 이메일은 계속 도착했다. 끊임없는 외부 세계의 소리가 파도처럼 암자의 벽에 부딪쳐 부서졌지만, 그 소음은 여승들에게 가닿지 않았다. 우르릉거리고 윙윙거리는 차량들의 소음, 삐뽀삐뽀거리는 경찰 사이렌과 구급차 소리, 술취한 직장인들이 노래하는 소리와 길에서 토하는 소리. 이런 소음들은 여승들의 침소로 침투하지 못했다.

그러나 아이콘은 들을 수 있었다. 방장에서 그녀는 근심에 잠 못 이루고 깨어 있었다. 수시로 찾아오는 불면증에 밤에도 일을 할 수 있도록 서재로 침소를 옮긴 그녀였다. 요즘은 항상 할 일이 너무 많았다. 일본에서 그녀의 책을 출판한 미디어그룹은 그녀에게 TV 프로그램에 출연하라고 압박했고, 미국 출판사는 그녀가 책 홍보 투어를 해주기를 바랐으며, 제자들의 수련을 도와야 했고, 점점 늘어나는 신자들은 관심을 필요로 했다. 게다가 아직 쓸 시간이 없는 새로운 책 계약까지 한 상태였다. 이런 종류의 압박에서 벗어나려고 회사 생활을 떠났는데, 스트레스는 여기까지 그녀를 따라왔다.

반사적으로 그녀는 천수관음상이 연꽃 위에 평온하게 앉아 있는 제단 쪽을 보았다. 날빛이 그녀의 열한 개의 머리를 그려냈다. 천 개의 팔이 국화꽃잎 무리처럼 몸에서 뻗어 나왔고, 각각의 팔은 손바닥에 눈이 달려 있거나 깨달음의 도구를 쥐고 있었다. 아이콘이 아직 신참 수도승으로 이 모든 복잡하게 조각된 도구들—거울, 도끼,

보석, 구슬, 꽃, 종, 바퀴, 솥, 검, 활, 화살—을 일일이 닦을 때, 종종 천수관음보살은 모든 존재들을 고통에서 구하기 위해 왜 그렇게 많은 물건이 필요한 건지 궁금해하곤 했다. 왜 그녀는 더 적은 물건으로 탐욕과 증오, 망상을 떨쳐낼 수 없는 걸까? 한번은 스승의 생전에 이 질문을 했다. 그녀가 물질적 소유의 욕망에 관한 챕터를 쓰고 있을 때였다. 그녀의 스승은 보료를 깔고 누워 있었는데, 처음에는 대답하지 않았다. 그녀는 그가 질문을 듣기나 했는지 의아했으나, 잠시 뒤 그가 관음상을 향해 고개를 조금 움직였다. 그가 말할 때 목소리나 너무 약해서 그녀는 듣기 위해 귀를 쫑긋 세워야 했다.

"관음보살님은 여인입니다." 그가 말했다. "여인들은 예쁜 것을 좋아하지요."

익숙한 분노의 불꽃이 그녀의 가슴에 확 타올라 얼굴이 달아올랐다. 그는 노인이고, 선사이며, 죽어가고 있었지만, 이런 식의 성차별은 비난을 피할 여지가 없었다. 그녀는 숨을 깊이 들이쉰 다음 반박하려 했는데, 그가 고개를 돌렸고 그녀는 그가 미소 짓고 있는 것을 보았다. 그녀는 숨을 내쉬었다. 물론 그는 그녀를 열받게 하는 방법을 잘 알았다.

"천수관음보살이 어떻게 천 개의 팔을 갖게 됐는지 아십니까?" 그가 물었고, 그녀가 모른다고 답하자 그는 천천히 고개를 끄덕이고는 눈을 감으며 말했다. "그렇다면 내가 말해주지요. 옛날에 아주 오래전에 자비의 보살 관음이 모든 존재들을 자유롭게 하고 우리가 참되고 빛나는 본성에 눈을 뜨도록 돕겠다고 굳게 서약했습니다."

그의 말은 마치 작고 동그란 입김에 감싸인 채 그의 입술을 탈출하는 염주의 구슬 같았다. "관음은 스님과 같았습니다. 너무 열심히 일했지만 망상에 갇혀 있는 중생이 항상 많았어요. 그녀는 그들의 딱한 울부짖음을 듣고 너무나 괴로워서 어느 날 머리가 폭발했습니다." 그가 잠시 말을 중단하고 눈을 크게 떠 그녀를 보았다. "나를 믿지 않죠? 그런데 사실입니다. 머리가 열한 개로 쪼개져서 지금처럼 열한 개의 머리를 갖게 된 겁니다. 얼마나 놀랍습니까!"

그의 목소리는 거의 예전처럼 생기 넘치게 들렸다. "하지만 열한 개의 머리로도 여전히 충분하지 않았습니다. 관음보살이 안아줘야 할 중생이 너무 많았고, 그래서 계속 팔을 뻗고 뻗다가 팔도 폭발하게 되었죠. 팔이 천 개의 조각으로 쪼개져서 이제 천 개의 팔과 천 개의 손을 갖게 되었고 모든 손바닥에 눈이 달리게 되었어요."

그는 다시 눈을 감았다. "그래서 그녀가 '관음'이라고 불리는 겁니다. 소리를 본다는 뜻이죠." 그가 한숨을 쉬고 말했다. "중생의 울부짖음을 듣는다는 뜻이에요……." 목소리가 점점 작아졌지만, 그의 말은 향에서 나오는 향내처럼 허공에 떠 있었고, 2년이 지난 지금까지도 아이콘은 어둠 속에서 그 울림을 들을 수 있었다.

그녀는 관음보살과 관련이 있었다. 다른 모든 여승들도 그랬다. 그들은 모두 강한 성취욕 때문에 머리가 폭발한 여인들이었다. 그녀의 조수인 키미는 외국계 광고 회사에서 일했는데 너무 잦은 야근으로 서른두 살의 나이에 심장마비가 와서 책상에서 쓰러졌다. 어쩌면 그 순간 세상을 더 사랑하기 위해 그녀의 심장이 천 개로 폭발한 건지 모른다. 아이콘은 그렇다고 생각했다. 키미는 진정한 보살이고 영어 실력도 출중했다. 이제 그녀에게 좀 더 큰 책임을 맡길 때가 되었다.

그녀는 방 안에 스승이 있음을 느낄 수 있었다. 그녀가 생각했다. 그래요. 비웃으셔도 좋아요. 저는 암자를 구하고 있어요. 아닌가요? 그녀는 관음상을 올려다보며 합장했다. 그런 뒤 눈을 감고 잠들었다.

책

베니? 거기 있니? 계속 말하지 않을 거니?

넌 우리를 차단할 수 있지만, 기억은 여전히 네 안에 남아 있고, 우린 그걸 어떻게 찾는지 알아.

좋아. 네가 그렇게 나온다면, 우리로서는 선택의 여지가 없어. 너 없이 계속할 수밖에.

64

교사는 네가 훼손한 도서관 책을 발견했어. 그녀는 구멍 뚫린 마침표와 책장들을 보고 네게 따져 물었어. 처음에 넌 무슨 말인지 모르는 척했지만, 그때 그녀가 책장을 들어 창가에 댔지.

"봐!" 그녀가 말했어.

창문으로 비스듬히 들어오는 늦가을 햇살이 작은 구멍들을 관통하며 가느다란 바늘같이 빛나는 광선들을 만들어냈지. 아름다웠어.

왜 모든 책장들이 이렇게 아름답지 않은 걸까? 그러나 그때 너는 좀 더 자세히 살펴보다가 혼란스러워지기 시작했어. 너는 책장이 텅 비어 하얀색의 공백으로 남게 될 줄 알았는데, 단어들은 여전히 거기 있었어. 너는 네가 단어들을 해방시켰다고, 단어들이 지금쯤 날아갔을 거라고 생각했는데, 여전히 거기서 모든 단어와 문자들이 가지런히 정렬된 채 문장에게 봉사하고 있었고, 그 책장은 고통의 비명을 지르고 있었어. 감당하기 힘들었어. 단어들이 어떻게 그처럼 노예근성이 있을 수 있지? 그렇게 현상에 복종하고 자신들을 구속하는 인습을 알지 못할 수 있지?

넌 머리를 숙여 책상에 이마를 쿵쿵 찧기 시작했어. 교사는 공공의료 기관에 전화했어.

멜라니 박사의 진료실에서, 너는 사실을 실토하기로 결심했어.

"책 때문이에요." 네가 속삭였지.

멜라니 박사는 앞으로 몸을 기울였어. 그녀는 오늘 담청색 매니큐어를 칠했어. "베니, 안 들려. 왜 속삭이는 거니? 좀 크게 말할 수 없니?"

"안 돼요. 그게 들을 거예요."

"뭐가?"

"책이요. 그게 제 머릿속에 있어요. 제 마음을 읽고, 나쁜 일이 일어나게 만들어요."

"어떤 나쁜 일 말이니?"

너는 산에서 알레프에게 키스한 것을 말하지 않을 셈이었지. 누구도 그 일을 알아선 안 됐어. 너는 두 팔로 몸을 감싸 안고 앞뒤로 몸을 흔들기 시작했어.

"베니? 말해줄 수 있니?"

"그냥 이런저런 일이요. 아무 일이요. 책이 기분 나쁜 일이 일어나게 하고, 내 삶에 대해 모두에게 말하는데, 멈추게 할 수 없어요. 벗어날 수가 없어요!"

"이 책이 네가 듣는 목소리 중 하나니?"

"예, 당연하죠." 넌 소리치다시피 했어. "목소리 중의 목소리죠. 빌어먹을 전지전능한 신처럼! 그건 저와 엄마와 아무나에 대해 모든 걸 알아요. 선생님까지 알고 있어요."

"나?"

너는 짓궂은 표정으로 그녀를 흘낏 보았어. "그건 선생님의 머리로도 들어가요. 선생님이 무슨 생각을 하는지도 알고, 모두에게 말할 거예요. 그게 안 느껴지세요?"

그녀는 깜짝 놀라며 뒤로 물러났어. "난 아무것도 느껴지지 않아."

왈가왈부해봐야 의미가 없었고, 그래서 너는 테이블에 머리를 댔어.

"베니? 나한테 말해봐."

"그게 무슨 의미가 있죠?" 넌 온화하고 걱정스러운 눈으로 너를 지켜보는 그녀의 시선을 느꼈고, 그래서 다시 시도했어. "왜 그냥 좀 저를 믿어줄 수 없는 거죠? 제가 말하는 게 사실이면 어쩌려고요?"

"내 머릿속에 내가 무슨 생각을 하는지 아는 책이 있다는 거 말이니?"

"네."

"난 그게 사실이라고 믿지 않으니까. 내가 왜 믿어야 하지?"

"그게 정말로 '있으니까요'! 그건 모든 걸 볼 수 있고, 조심하지 않으면 제가 일을 저지르게 만들어요."

"네가 일을 저지르게 만든다고?"

"예! 제가 말씀드렸잖아요. 왜 얘기를 듣지 않으세요?"

"베니, 진정해. 숨 쉬고. 자, 이 책이 정확히 너에게 어떤 일을 하게 만드는지 말해봐."

넌 숫자를 세며 호흡하기 시작했어.

"그 책이 자해를 하라고 말하니?"

너는 팔뚝에 딱지가 앉은 비밀 별자리를 보이지 않으려고 긴 소매를 입고 있었지. 상처는 잘 치유되어 아주 작은 흉터만 남아 있었어. 넌 소매를 당기며 고개를 가로저었어. "아뇨."

"그럼 네게 다른 사람을 해치라고 말하니?"

"아뇨. 당연히 아니에요." 넌 격분하며 말했어. "그건 책이에요. 가위가 아니라!"

넌 너무도 확신했어. 책이 네 생각을 읽을 수 있다는 생각은 합리적으로 보이는 반면, 책이 너에게 누군가를 해치게 만든다는 생각은 결코 들지 않았기 때문이야. 그러나 그때 멜라니 박사의 질문이 너와 그녀 사이에서 맴돌 때, 스멀스멀 의심이 생기기 시작했지.

"책이 그런 짓을 할 수 있다고 생각하지 않아요……." 네가 말했어. "그럴 수 있을까요?"

네 얼굴에 그림자가 스쳤고, 그 순간 뭔가가 변했어. 우린 그것이 일어난 걸 느꼈어. 처음으로 너는 책의 힘과 우리가 무슨 일을 할 수 있는지를 깨달았고 갑자기 무서워졌지. 일단 어떤 생각이 들면, 그 생각을 해본 적 없는 때로 돌아갈 수 없어. 한번 깨진 신뢰는 어떻게 다시 회복할 수 있을까? 쉬운 답은 없어.

65

'왜 그냥 좀 저를 믿어줄 수 없는 거죠?'

그녀는 다음 환자가 도착하기 전에 눈을 감고 이어폰을 낀 채 책상에 앉아 마음을 비워내려 했지만, 소년의 질문이 무한 반복되는 테이프처럼 계속 머리에서 재생되었고, 새로운 명상 앱도 도움이 되지 않았다. 그녀가 선택한 배경음은 '나뭇잎에 떨어지는 빗방울'이었지만, 빗방울이 라디오 잡음과 비슷하게 들렸고, 그래서 불안한 느낌이 들었다. 그녀는 눈을 뜨고 옵션을 스크롤해가며 좀 더 느긋한 기분이 들게 하는 배경음을 찾아보았다. 선택할 수 있는 다양한 빗소리 유형이 있었다. '쏟아지는 빗소리'가 더 나을까? 아니면 '이슬비'? '폭풍우'는 어떨까? 아니, 너무 요란할 거야. 어쩌면 눈 내리는 소리가 더 부드럽겠어. '달빛 속의 눈송이'가 좋을 것 같아.

평소에는 아무 배경음 없이 앉아서 명상을 할 수 있었지만, 요즘은 마음이 너무 초조하고 생각이 끊이지 않았다. 일단 어떤 특정한 생각에 꽂히면, 좀처럼 사라지지 않았다. 이런 게 바로 보속증*일까? 그것이 인지적 유연성의 감소를 의미할까? 그녀는 이런 데 익숙하지 않았다. 나이가 든 것일까?

'왜 그냥 좀 저를 믿어줄 수 없는 거죠? 제가 말하는 게 사실이면 어쩌려고요?'

물론 그녀의 머릿속에서 그녀의 생각을 서술하고 그녀가 무슨 일을 하게끔 만드는 책은 없었다. 그건 망상이었다. 하지만 베니의 질문에 있는 뭔가가 그녀의 뇌리에서 떠나지 않았다. 왜 그녀는 그를 믿으려고 노력할 수 없을까? 무엇이 그녀로 하여금 머릿속에 있는 책의 목소리를 듣고 그것이 진짜라고 믿는 게 어떤 기분인지 상상하지 못하게 막는 걸까?

이런 것들은 물론 생각할 가치가 있는 좋은 질문이었고, 베니 오의 사례에 대한 진료기록부에서 탐구할 수 있었다. 그녀는 자신의 머릿속에 책이 있다고 믿지 않지만, 그녀의 머리가 어린 환자들의 이야기로 가득한 책처럼 '느껴졌고', 그녀는 그 이야기들을 정말로 거

* Perseveration. 원인이 된 자극이 중단되었는데도 거기에 집착하여 같은 말이나 행동들을 반복하는 증상을 일컫는 정신의학적 용어.

기서 끄집어내고 싶었다. 의심의 여지 없이 글을 쓰는 것이 도움이 될 터였다. 프로이트는 환자들의 이야기를 기록했고, 따지고 보면 그의 책을 읽은 것이 애초에 그녀를 이 분야로 이끌었다. 하지만 이것이 더는 가능하지 않았다. 길고 서술적이고 정신분석적인 사례 기록의 시절은 끝났고, 이제 그녀는 짧은 평가와 치료 제안조차 쓸 시간을 내기 힘들다. 소송과 관련된 이유로 병원 측에서는 그 이상의 정교한 기록 작성을 만류하는 분위기지만, 그녀의 의심을 글로 옮기는 것이 권장되지 않는다고 해서 그녀가 아무 의심이 없다는 뜻은 아니었다. 베니 오의 사례는 그녀를 당황하게 했다. 그 소년은 조현병 증상을 일부 보이지만 그녀는 자신의 진단에 의구심이 들었고, 이제 그는 심각한 정신병 단계에 접어든 것으로 보이기 때문에 그녀는 효과적인 치료법을 찾을 필요가 있었다. 그녀는 아직 임상 경험이 이삼 년밖에 안 되는 젊은 의사였다. 열정적이고 부지런한 그녀는 그 소년과 소년의 어머니에게 애정을 느끼게 되었다. 그들은 고통받고 있고, 그녀는 돕고 싶었다. 이것을 인식하는 우리는 그녀에게 친근감을 느꼈다. 그녀의 바람은 우리의 바람과 다르지 않았다.

베니의 질문이 다시 떠오르자 그녀는 깊이 숨을 들이쉬었다. 그의 말이 맞았다. 그녀는 그를 믿으려고 '시도해야' 한다. 믿을 수 없다면, 적어도 상상은 할 수 있을 터였다. 정말로 그녀의 마음에 그녀의 생각을 읽는 책이 있다면 어떨까? 연필이 말을 할 수 있다면? 말하는 사물이 진짜라면? '진짜'란 결국 무엇인가?

바로 그때 귀에서 천둥 같은 큰 소리가 울려, 그녀를 꼬리에 꼬리를 무는 생각에서 빠져나오게 했다. 천둥? '달빛 속의 눈송이'에서 웬 천둥소리가 나는 걸까? 그녀는 짜증스러워하며 이어폰을 빼고 눈을 떴다. 비가 세차게 창문을 때리고 있었다. 대기실의 종이 땡그랑 울렸다. 번갯불이 번쩍하며 어두워진 하늘을 밝혔다.

66

친애하는 코니시 선생님.

좀 더 나은 소식을 전해드리면 좋으련만. 선생님은 저를 뚱뚱하고 늙은 징징이라고 생각하시겠지만, 저는 사실 꽤 낙천적인 사람입니다. 저는 힘든 시기를 겪고 있음에도 제 운이 바뀔 수 있다고 확신하고, 그곳에 계시면서 제가 편지를 쓸 상대가 되어주신 선생님께 감사합니다. 처음에는 선생님이 답장을 주시기를 반쯤 기대했으나, 지금은 그러시지 않는 편이 낫다고 생각합니다. 무슨 말이냐면, 선생님께 답장을 받는다면 너무나 흥분되고 신나겠지만, 선생님이 편지를 쓰신다면 선생님이 제 마음에 실재하게 되고, 그러면 선생님께 속 얘기를 하기가 훨씬 힘들어질 거라는 얘기입니다. 하지만 이런 식으로라면, 선생님이 진짜처럼 느껴지지 않고 제가 하고 싶은 말은 뭐든 할 수 있죠. 그러니 부디 계속 제 편지에 답장을 하지 말아주세요. 어쩌면 편지를 아예 읽지 않으셔도 좋을 것 같습니다.

지금 제가 당면한 가장 큰 문제는 제 아들 베니가 잘 지내고 있지 못하고 의사가 베니를 다시 입원시키기를 원한다는 겁니다. 의사는 또 약 처방을 바꿨는데, 이건 항상 큰 사건입니다. 베니가 약에 어떻게 반응할지 모르기 때문이지요. 베니는 이런 상황이 불만이고 저는 걱정하는 데 신물이 납니다. 솔직히 말하면, 가슴이 무너집니다.

그리고 최근에 다른 일도 생겼습니다. 이상하고 불안한 일이지요. 혹시 제 남편의 까마귀에 대한 얘기와 그들이 제게 작은 선물을 물어다주곤 했다는 얘기를 기억하시나요? 대단히 값나가는 물건은 없으나 저는 항상 그 선물이 켄지가 제게 보낸 거라고 느꼈습니다. 베니는 저를 비웃지만,

저는 베니도 아빠의 까마귀들을 사랑한다는 걸 압니다. 우리가 나가면 까마귀들은 슝 날아서 모이대로 내려옵니다. 그리고 지난주에 저는 마침내 제 특별한 까마귀 '미스터'가 제 손에서 월병을 먹게 하는 데 성공했습니다. 저는 너무나 흥분했어요! 그런데 어제 제가 나가 보니, 까마귀가 전혀 오지 않는 겁니다. 그냥 담장에 조용히 앉아서 가만히, 저를 지켜보고 있더군요. 기이했습니다. 모이대에 월병을 두고 다시 안으로 들어오면서 아래를 보게 되었는데, 거기서 사체를 발견했습니다. 까마귀 두 마리가 계단 아래쪽에 누워 있었고, 그중 하나가 미스터라는 걸 저는 즉시 알아봤습니다. 저는 몹시 동요했습니다! 까마귀는 인간에게 익숙해지면 안 되기 때문에 모이를 주면 안 된다는 걸 압니다. 하지만 그건 산에 사는 늑대와 곰에게는 말이 되지만, 까마귀는 도시에 살고 있으니 이미 익숙해진 게 아닐까요? 그러나 이게 다 제 잘못이라는 생각이 들었습니다. 제가 보살피려 함으로써 결과적으로 아끼는 까마귀를 죽게 한 겁니다. 저는 베니가 보지 못하게 일단 베란다 밑에 사체를 숨기고 나중에 묻어야겠다고 생각했습니다.

까마귀들은 온종일 모이대에서 멀찌감치 떨어져 있었지만, 밖에 있다는 걸 저는 알았습니다. 창밖을 내다볼 때마다 그들이 어깨를 웅크리고 조용히 지켜보고 있는 것이 보였거든요. 미스터와 그 친구를 묻어주려 했지만, 삽을 찾을 수 없었고 일 때문에 바쁘기도 했습니다. 그런 와중에 베니가 돌아왔죠. 매우 당황한 모습이었어요. 평소에는 베니가 버스 정거장에서 걸어오는 걸 보면, 까마귀들이 그 위에서 날며 동행을 해주었는데 이날 오후에는 집 한 블록 밖에서 까마귀 한 마리가 하늘에서 베니의 발밑에 떨어졌습니다. 녀석은 분명 아파 보였지만 아직 움직이고 있었고, 그래서 베니가 까마귀를 집어 들었는데 그러자마자 다른 까마귀들이 비명을 지르고 깍깍거리며 그에게 날아왔습니다. 베니는 달아났으나 까마귀들은 계속 하강하여 베니와 부딪쳤고, 그중 한 마리는 베니의 머리를 쪼기까지 했습니다. 베니가 후드 집업에 감싸서 온 아픈 까마귀를 제게 보여주었지만, 그때는 이미 죽어 있었습니다.

아이콘 선생님, 저는 아들을 믿고 싶지만 솔직히 평소에 그 아이가 까마귀가 하늘에서 떨어졌다고 말했다면 마음 한쪽으로 아들이 거짓말을 하거나 환각을 겪고 있는 게 아닌지 의심했을 겁니다.
하지만 그날 아침 제 눈으로 죽은 까마귀 두 마리를 똑똑히 본 터여서 저는 아들의 말을 믿었습니다. 저 같은 상황에 처하면 작은 것들에 감사하는 법을 배우게 되죠. 하지만 우리는 대체 까마귀들에게 무슨 일이 벌어지고 있는 건지 여전히 모릅니다.

67

그들은 드라이버와 커다란 수프용 숟가락으로 땅에 구덩이를 파서 뒤뜰에 까마귀 세 마리를 묻었다. 땅파기는 힘들었고, 애너벨은 쥐가 파헤쳐서 먹지 못할 만큼 구덩이가 깊지 않으면 어떻게 하나 걱정이 되었다. 베니는 아무 말 하지 않았지만, 조금 더 판 뒤 물었다. "우리가 왜 이걸 하고 있는 거야?"

그녀가 깜짝 놀라서 눈을 들었다. 당연한 일이 아닌가. 왜 얘가 그런 걸 묻는 거지? "까마귀가 죽었잖아. 묻을 수 있게 무덤을 파야지."

그가 한숨을 쉬었다. "그건 알아. 나는 이유를 묻는 거야."

"그야 누가 죽으면 묻는 거니까."

"아빠는 묻지 않았잖아. 불에 태웠지."

"우린 아빠를 화장한 거야. 사람에게는 '화장'이라는 표현을 써. 그리고 일본에서는 화장을 하기 때문에 그렇게 하기로 선택한 거야."

"내가 선택한 건 아냐."

"그래, 사실이야. 그때 넌 어려서……."

그는 옷소매로 코를 쓱 문지르고 죽은 까마귀를 내려다보았다. "그럼 새들한테는, 바비큐라고 하나?"

"농담하는 거니?"

"아니."

그러더니 그는 입을 다물고 다시 땅을 파기 시작했다. 그가 단단한 땅을 드라이버로 부스러뜨리면 그녀는 숟가락으로 퍼냈고, 구덩이가 충분히 깊어지자 까마귀 세 마리를 안에 넣었다. 살아 있는 동안은 들어본 적 없는 까마귀들의 사체는 너무 가벼워서 거의 아무것도 없는 것 같았다. 그 순간 애너벨은 어떤 생각이 떠올랐고, 절뚝거리며 다시 집으로 들어가서 자질구레한 작은 물건들을 한 줌 가지고 나왔다. 볼트와 병뚜껑, 반짝이는 조약돌 따위였다. 그녀는 몸을 숙여 그 물건들을 까마귀들의 몸 위에 올렸다.

"자 여기 있어, 미스터." 그녀가 구덩이를 슬프게 바라보며 말했다. "장난감이야. 안녕. 네가 그리울 거야. 넌 정말 재밌는 까마귀였어." 그녀가 베니를 향해 고개를 돌렸다. "하고 싶은 말 없니?"

"까마귀한테?"

"그래. 마지막 말 같은 거?"

"없어."

"좋아. 그럼 흙을 덮는 게 좋겠다." 그녀가 흙을 구덩이 안의 까마귀 사체 위로 밀어 넣었다. "재는 재로, 먼지는 먼지로……."

"까마귀가 안 좋아할 거 같은데." 베니가 말했다.

"뭘 안 좋아해?"

"땅 밑에 들어가서 흙에 덮이는 거. 걔들은 새잖아. 하늘에 있는 걸 좋아해. 그러니까 천장을 했어야 해."

그녀는 손등으로 이마에 붙은 머리칼을 떼어냈다. "천장? 그게 뭔데?"

"그냥 말 그대로야. 하늘에 묻는 거지. 티베트 같은 곳에서는 그렇게 해. 시체를 산에 가져가서 그것이 없어질 때까지 열린 공간에 있도록 거기 두는 거지."

"정말 흥미로운 생각이네!"

"보통은 사람들에게 하는데, 동물에게도 할 수 있어."

이걸 어디서 알았을까? 혹시 이것도 병적인 것일까? 걱정해야 할 일일까?

그날 밤 그녀는 잠을 이루지 못하고 미스터에 대해 생각했다. 어떻게 알았는지 모르지만, 그녀는 사고가 있던 날 밤 그녀를 발견한 까마귀가 바로 미스터라고 확신했다. 미끈한 검은 날개를 퍼덕이며, 녀석은 그녀의 배 위에 앉았고, 그런 다음 폴짝폴짝 뛰어 처음에는 그녀의 가슴으로, 그런 다음 목으로 다가오더니 턱 바로 아래에서 멈춰서 고개를 갸우뚱하며 그녀의 눈을 들여다보았다. 그녀의 피부에 닿았던 날카로운 갈고리발톱의 따끔거리는 감촉이 기억났다. 그러나 그는 곧 발톱을 깃털 속으로 끌어당기고 편안히 앉았다. 까악까악. 그가 울었다. 그리고 다른 까마귀들도 하나둘 합류하여 그녀를 머리부터 발끝까지 덮었다. 그들은 그녀의 까마귀였다. 그들은 그녀를 구했다. 그런데 그들이 지금 죽어가고 있었다. 도대체 왜? 일종의 조류독감 때문일까? 그녀는 몇 년 전 한 보건기관의 의뢰로 H5N1 바이러스의 확산에 대해 모니터링한 적이 있었는데, 당시 뉴스에는 가금류의 대량 살처분과 항바이러스제의 비축, 인간 대유행병의 다가오는 위협에 대한 기사들로 넘쳐났지만, 그러다가 어느 순간 바이러스 얘기가 뉴스에서 쏙 들어갔다. 대체 어떻게 된 것일까? 바이러스가 돌연변이를 일으킨 걸까? 그것은 전염성이 있을까? 인간에게 전염 가능할까? 그녀와 베니 모두 까마귀 사체를 만졌다. 걱정해야 할까?

새벽이 되어서야 그녀는 잠이 들었다. 다음 날 아침 트위터 피드에 '#까마귀', '#돌연사', '#조류독감'을 빠르게 검색했지만 아무 결과도 나오지 않았다. 안심한 그녀는 작업 계정으로 로그인하고 첫 번째 뉴스 항목들을 훑어보았다. 그녀가 회복하는 동안 세상에는 너무나 많은 일들이 일어났다. 선거가 며칠 앞으로 다가왔고, 대통령 경선 과정에서 이상한 우여곡절들이 그녀가 모니터링해온 현지 선거운동에 지대한 영향을 미쳤다. 경선의 긴장이 고조되고, 집회가 폭동으로 변하고, 해안가 산불이 아직 진화되지 않았는데, 그녀는 놓친 기사들을 모두 읽을 시간이 없었다. 뉴스 진행자의 입에서 나오는 말들이 허공을 채우는 동안, 그녀는 그들의 밝고 냉정한 얼굴을 응시했다. 집중하기가 어려웠다. 아직도 뇌진탕의 후유증을 앓는 것일까?

휴식이 필요했다. 그녀는 주방에서 빨래 바구니에 떨어져 있는 오래된 월병을 발견했다. 미스터는 월병을 통째로 잡아채서 날아가려고 시도했었다. 탐욕스러운 어린 녀석. 그녀는 익숙한 까마귀 떼의 까악까악 소리가 들리기를 기대하며 베란다로 나갔지만, 아무것도 없었다. 나무나 지붕에서 아무런 움직임도 없었다. 까마귀는 없고 정적만 감돌았다.

앞쪽에서 '쓰윽쓰윽' 소리가 들렸다. 그녀는 절뚝절뚝 계단을 내려가며 뒤집힌 유모차를 목발로 밀쳤다. 소리는 노굿이 대여한 쓰레기 수거함에서 나오고 있었다. 그녀가 건물 모퉁이를 돌 때, 노굿이 옛날 빗자루로 보도를 쓰는 것이 보였다. 커다란 쓰레받기가 바닥에 놓여 있고, 그 안에는 까맣고 반짝이는, 깃털이 달린 뭔가가 있었다. 노굿이 빗자루를 한쪽에 두고 쓰레기 수거함 문의 빗장을 열었다.

문이 열릴 때 나는 느리게 삐걱대는 금속 소리에 그녀는 등골이 오싹해졌다. 그는 쓰레받기를 가져가서 내용물을 안에 던졌다.

"이봐요!" 그녀가 소리치고는 절뚝이며 그를 향해 걸어갔다.

그때 그가 돌아서 그녀를 보았고, 쓰레기 수거함 문이 쨍그랑 하면서 닫혔다. "제가 경고했죠." 그가 빗자루로 그녀를 막으며 말했다. "제가 까마귀를 치우라고 했잖아요."

그녀는 그를 밀치고 지나쳐 쓰레기 수거함 문을 열었다. 안에는 죽은 까마귀들이 쓰레기봉투들 사이에 흩뿌려져 있었다. 작고 단정한 몸이 마치 기도하기 위해 모은 두 손처럼 보였다. 한때 매끈했던 깃털에 먼지가 끼었고, 눈동자는 죽어서 흐릿했다. 목발을 옆에 두고, 그녀는 들어가서 그들을 수거하기 시작했다.

"이봐요!" 노굿이 말했다. "대체 뭐하는 거예요?"

그녀는 그를 무시했다. 맨투맨 티셔츠의 앞판을 펼쳐 바구니처럼 만든 뒤 죽은 까마귀들을 담았다.

"그만둬요." 그가 말하며 빗자루를 들고 다가갔다.

그녀는 그를 보았다. "당신이 얘들을 죽였어요. 그렇다고 얘들이 당신 소유물인 건 아니에요."

까마귀 살인자. 까마귀 살인자.

"더러운 새들이에요. 그러길래 모이를 그만 주라고 말했잖아요."

"어떻게 한 거죠?"

그는 어깨를 으쓱하며 말했다. "쥐약을 썼어요. 아줌마에게 아이디어를 얻었죠. 월병을 이용했다는 뜻이에요. 곧바로 먹더군요." 그가 의기양양한 목소리로 말했다.

"혐오스러워요." 그녀가 말하며 뒤로 돌았다. "당신은 끔찍한 사람이에요." 그녀는 마지막 까마귀를 맨투맨 티셔츠 앞판에 담고, 잘 덮어서 들었다.

"저한테 그렇게 말씀하시면 안 되죠. 제가 아줌마의 목숨을 구한 거 기억 안 나세요?"

"아뇨." 그녀가 말했다. "얘들이 구했어요. 얘들이 제 생명을 구했죠. 제 위에 앉아서 몸을 따뜻하게 해줬어요. 알을 품듯이."

노굿은 코웃음을 쳤다. "농담도 잘하시네. 그놈들은 아줌마를 먹으려 했다고요! 눈알부터 시작해서 조금씩 조금씩 먹어치웠을걸요."

"아뇨." 그녀가 까마귀를 품에 안고 말했다. "얘들은 내 친구예요."

그는 고개를 저었다. "이런, 아줌마." 그는 땅콩 주택의 자기 쪽 건물로 들어가며 말했다. "죽은 까마귀를 숨겼다간 아줌마를 쫓아낼 수도 있어요." 그녀가 아무 말 하지 않자, 그는 덧붙였다. "아줌마는 미쳤어요. 그거 알아요? 보나 마나 아줌마의 자식도 미친놈일 거예요."

그녀는 얼굴에서 피가 솟구치는 것을 느꼈다. "감히 내 아들에게 그런 말을 하다니! 부끄러운 줄 알아, 헨리 왕. 당신 어머니가 어떻게 생각할까?"

누렇게 뜬 그의 얼굴에 나쁜 날씨처럼 어두운 표정이 스쳤고 자주색 반점이 진홍빛이 되었다. 그는 빗자루를 휘두르며 그녀를 향해 한 발 가까이 다가왔다. "닥쳐요!" 그가 갑자기 새된 목소리로 울부짖었다. "우리 엄마에 대해 한마디도 하지 마요!"

애너벨은 더듬더듬 목발을 찾아 그것을 앞에 들고 까마귀들을 더 꼭 끌어안았다. 그는 휘청거리며 서 있다가 잠시 뒤 팔을 떨어뜨리고 가느다란 어깨를 축 늘어뜨렸다. 당장이라도 울음을 터뜨릴 것처럼 보였다.

"헨리, 왜 그래요?" 그녀가 말했다. "어머니는 괜찮으세요? 잘 회복하고 계신 줄 알았는데."

그가 빗자루를 양손으로 꼭 쥐고 고개를 돌렸다. 그것은 그의 어머니가 쓰던 빗자루였다. 왕 부인은 거의 매일 그 빗자루로 보도를 쓸곤 했다. "병원에서 엄마가 뭔가에 감염되었답니다. 아마 버텨내지 못할 거래요."

"어머, 헨리. 미안해요."

그는 다시 고개를 들어 그녀를 보았다. "미안하다고? 당연히 그래야죠. 그 까마귀들이 저주를 해서 엄마가 계단에서 떨어진 거예요. 아줌마도 떨어졌고요. 그게 다 그냥 운이 나빠서라고 생각해요? 절대! 까마귀가 아줌마를 저주했고, 아줌마를 먹으려 했어요. 아줌마는 내게 고마워해야 해요. 죽기 전에 목숨을 구해줬으니까."

그녀는 그와 말싸움을 하고 싶었고 까마귀를 옹호하고 싶었지만 자제했다. 그는 화가 나 있다. 그는 비통해하고 있다. 비통함은 여러 형태를 띠고 여러 단계를 거친다. 그녀는 그것을 알았다. "헨리, 내가 할 수 있는 일이 있을까요?"

잠시 동안 그 남자의 뚱한 얼굴에서 소년 시절의 모습이 보이더니, 다음 순간 소년은 사라졌다. "그래요. 있죠" 그는 눈을 가늘게 뜨고 그녀의 마당을 향해 고갯짓을 했다. "아줌마의 쓰레기를 모두 깨끗이 치울 수 있어요. 내가 아줌마를 퇴거시킨 다음에 그 일을 할 필요가 없게 말입니다."

"죽은 까마귀를 데려간 게 퇴거 사유는 안 될 것 같은데요."

"그럴지도 모르지만, 물건을 쌓아두는 건 사유가 되죠. 내 변호사가 그렇다고 했어요. 이 쓰레기장 같은 곳을 수리해서 팔 생각인데, 아줌마 때문에 집값이 내려가는 건 용납 못 해요. 난 기회를 줬고, 아줌마는 점검을 통과하지 못했어요. 아줌마는 퇴출입니다."

68

“슬픈 사연들이 너무 많아요. 이 가엾은 여인처럼.” 아이콘은 노트북을 돌려 키미에게 화면을 보여주었다. “남편이 교통사고로 죽었는데 아들이 정신적 외상을 입고 사물들이 말하는 소리를 듣기 시작했다고 하네요. 나한테 사진을 보냈어요.”

두 사람은 주지스님 서재에서 낮은 책상 앞에 함께 앉아 있었다. 툇마루 밖의 작은 정원에 부슬비가 내려 단풍잎을 선명한 진홍색으로 만들었다. 그들은 차를 마시고 있었는데, 아이콘이 키미에게 평소에 자신이 사용하던 잔을 건넸다. 깨져서 공들여 수리한 골동품 잔이었다. 잔 옆쪽에는 아름다운 서예로 시가 쓰여 있었고, 선세공한 금줄이 섬세한 한자들 사이로 구불구불 나아가며 실처럼 잔을 다시 하나로 꿰매주었다. 키미는 그것이 아이콘이 가장 좋아하는 잔인 것을 알았기에 영광으로 느꼈다. 그녀는 스승과 함께 하는 이런 순간들을 사랑했다. 조용하고 특별할 것 없지만, 소중한 순간이었다.

“저는 천수관음의 머리가 왜 폭발했는지 알 것 같아요.” 아이콘이 말했다. “고통이 너무 많으니까요.”

키미는 차를 한 모금 홀짝이며 해변에서 찍은 가족사진을 유심히 들여다보았다. “착해 보이는 아이네요.” 그녀가 말했다. “아이가 무슨 소리를 듣는 건지 궁금합니다.”

“엄마가 그 말은 안 했어요. 그냥 사물들의 목소리를 듣는다고만 했죠. 예를 들어 운동화가 말하는 소리 같은.”

일본에서는 사물들이 종종 말을 한다고 믿어졌다. 적어도 사물들의 영혼은 그랬다. 랜턴, 우산, 찻주전자, 거울, 시계. 신발도 말을 했지만, 대체로 게다처럼 전통적인 신발이었다.

키미는 머뭇거렸다. "어쩌면 그 운동화가 쓰쿠모가미*일까요?"

아이콘은 의심스러운 표정이었다. "미국에도 쓰쿠모가미가 있을까요? 불안한 혼령을 가진 운동화에 대한 얘기는 들어본 적이 없는데, 스님은 어때요?"

"저도 없습니다……." 키미가 말했다.

"음, 신경 쓰지 마세요." 아이콘은 노트북을 다시 돌려놓으며 말했다. "그 여자분이 아들의 상태가 악화되고 있고, 너무 너저분하다는 이유로 집주인이 집에서 쫓아내려 한다고 합니다. 정말 끔찍한 상황이죠. 안 그래요?"

"예, 그러네요." 키미가 이번에도 머뭇거리다가 말했다. "어떻게든 도와줄 방법이 있을까요?"

"우리가 뭘 할 수 있을까요?"

그 질문이 시험처럼 느껴졌다. "그분들을 위해 염불을 할까요?"

"이미 하고 있습니다." 아이콘이 말했다. "그리고 또다시 해야겠어요. 어머니의 이름은 애너벨이고, 아들의 이름은 베니입니다. 이번 주 축원 기도 명단에 올려주세요."

키미는 자신이 틀린 답을 말한 것 같은 기분이었다. 그녀는 그 이름들을 되풀이해서 말하고는 가지고 다니는 작은 공책에 적었다. 스승의 눈이 자신을 보고 있는 것을 느낄 수 있었다.

"스님은 영어 발음이 아주 좋아요." 아이콘이 말했다.

키미의 얼굴이 붉어졌다. 그녀는 고등학교 때 미국에서 유학을 했고 대학에서 영문학을 전공했다. "아뇨. 더 잘해야 하는 건데……."

"하지만 읽고 쓸 줄 알잖아요?"

키미가 고개를 끄덕였다.

"그리고 스님은 열심히 일하는 사람이구요. 꼼꼼하죠. 본인을 완벽

* 일본 민간신앙에서 오래 묵은 물건에 영혼이 깃들어 요괴나 신령이 된 것들을 이르는 말.

주의자라고 생각하나요? 일단 시작한 일은 반드시 끝내야 한다고 느끼나요?"

키미는 다시, 이번에는 좀 더 자신 있게 고개를 끄덕였다.

"아주 좋아요!" 아이콘이 말했다. 그녀가 찻주전자를 들어서 키미의 잔을 다시 채웠다. "스님에게 부탁할 일이 하나 있어요. 스님이 국제 팬레터와 소셜미디어 계정을 관리하는 일을 맡아주면 좋겠어요. 그러면 책 홍보를 위한 미국 여행 때 제 조수 겸 통역사로 함께 갈 수 있을 거예요. 어떻게 생각하세요?"

키미는 찻잔을 내려놓고 절했다. "저야 영광입니다만, 제가 과연 그런 일을 할 수 있을지……."

"물론 불가능한 임무예요." 아이콘이 말했다. "스님은 꼼꼼하게 일할 시간이 없을 겁니다. 그래서 그 일이 스님에게 완벽한 임무라는 겁니다. 스님은 결코 일을 끝내지 못할 거고, 삶은 계속될 겁니다. 그리고 곧 고통에서 치유될 겁니다."

키미는 스승의 확고한 목소리에서 웃음기를 느낀 것 같았다. "좋습니다. 해보겠습니다." 그녀가 말했다.

"하지만 너무 열심히 하진 않으셔도 돼요. 스님은 자기 마음을 보살필 필요가 있어요."

키미는 자신이 공책에 적은 이름을 내려다보았다. "제가 이메일에도 답해야 할까요? 그리고 트위터에도요?"

"부처님은 이메일과 트위터에 답하는 일은 갠지스강 강둑에서 모래를 쓸어 담는 것과 같다고 말씀하셨죠."

"부처님이 그런 말씀을 하셨나요?"

"음, 그렇게 말씀하시진 않았겠지만, 요점은 같아요. 어떤 임무는 설령 부처님이라 해도 불가능합니다. 스님에게 열한 개의 머리와 천 개의 팔이 있다 해도 말입니다."

"그럼, 답장을 하지 말아야 할까요……."

"답장이 도움이 될 때만 하세요."

"제가 그걸 어떻게 알까요?"

아이콘은 잔에 남은 마지막 차를 마셨다. 그녀가 손안에서 빈 잔을 돌리면서 광택에 감탄하며 말했다. "그래요. 좋은 질문입니다."

69

너는 선거가 임박한 것을 알았지만, 대부분 마룻바닥을 통해 올라오는 소음으로만 경험하고 있었어. 마침내 그날이 와서 잠에서 깨어났을 때 너는 귀가 아프고 인후염 증상이 있는 데다 엄마가 체온을 재본 뒤 학교에 가지 말고 집에 있으라고 할 만큼 열이 났어.

"난 이따가 투표하러 나갈 거야." 너의 엄마가 목발에 기대며 말했지. "택시를 탈 거야. 몸이 좀 나아지면 함께 가도 돼."

"난 투표권이 없잖아." 넌 말했어.

"알아. 하지만 민주주의가 실행되는 현장을 목격하면 좋을 것 같아서. 지난 선거 때는 네가 겨우 열 살이었는데, 이번 선거는 역사적이잖아. 다음 선거 때는 네가 투표할 수 있는 나이가 되는 건 말할 것도 없고 말이야." 엄마는 마치 네가 희귀한 존재나 기적인 것처럼 너를 내려다보았지. "놀라워. 정말 빨리 자라는구나. 어떻게 생각하니?"

"자라는 거 말이야?"

"아니, 바보같이. 투표할 나이가 되는 거 말이야."

"음." 넌 그 질문에 대해 생각하는 척하며 말했어. "별로."

그녀가 한숨을 쉬고 목발을 겨드랑이에 끼며 말했어. "좀 쉬어. 몸이 나아지지 않으면 이따가 점심을 갖다줄게."

아침 내내 관제 센터에서 목소리들이 올라와 마룻널 사이로 스며들어왔어. 후보자들의 공격적인 목소리, 뉴스 진행자들의 활기차고 명랑한 목소리, 전문가들의 낭랑한 목소리, 그리고 그 사이사이에 들어간 화려한 관현악 연주. 아버지의 음악적인 귀를 물려받은 너는 서로 다른 인트로와 아우트로를 인식하는 법을 알게 되었지. 중동 전쟁에는 어둡고 서사적인 전쟁 테마 음악, 뉴스 속보에는 긴박하고 애국적인 찬가. 넌 음악이 커졌다가 잦아드는 소리를 들으며 어두운 방에 누워 있었고, 그러다가 마침내 꿈도 안 꾸고 단잠에 빠져들었어.

정오 즈음, 엄마가 기스면이 담긴 보온병과 크래커를 가져와서 너를 깨웠지. 그녀는 목발에 기댄 채 한쪽 발을 밖으로 뻗고 네 침대 가장자리에 앉아 네가 먹는 모습을 지켜보았어.

"몸은 좀 어떠니?"

"머리가 아파."

그녀는 손을 네 이마에 댔어. "열은 내렸네."

"정말 아파. 머리가 터질 것 같아." 넌 엄마에게 반쯤 남은 컵을 건네고 다시 드러누웠어.

"다 먹은 거야?"

"배 안 고파."

그녀가 남은 국물을 홀짝 마시고 컵을 보온병에 돌려 닫았어. "두어 시간 뒤에 나갈 거야. 정말 같이 가고 싶지 않아?"

넌 고개를 저었고, 그러자 머리가 더 아파왔어. 그래서 쪼개질 듯한 머리를 붙들어놓으려고 손을 귀에 대고 눌렀지.

그날 오후 아래층 컴퓨터 화면에서 나오는 뉴스에 뭔가 변화가 있었어. 누군가 줄을 팽팽하게 당기는 듯한 느낌. 음이 높이 치솟고 진동이 커지면서 소리를 초조한 파편들로 바꾸어놓았고, 소리의 파편들은 번뜩이고 쪼개지며 바닥과 문 아래의 틈을 통해 스며들어왔어. 넌 그룬딕 헤드폰을 꼈지만 도움이 되지 않았지. 베개로 머리를 덮고 흥얼거리려 했지만, 너의 아픈 목으로 유일하게 낼 수 있는 소리는 떨리는 훌쩍임뿐이었는데, 소리의 파편들은 그 훌쩍임을 뚫고 들어왔어. "닥쳐." 네가 속삭였어. "닥쳐, 닥쳐, 제발." 마침내 네가 더 이상 참을 수 없게 되자, 불현듯 어떤 생각이 떠올랐지. 넌 일어나서 엄마의 침실로 갔어.

네 엄마의 둥지는 주인이 아래층에서 잠을 자기 시작한 이래로 버려지고 방치되었어. 네가 중국집 포장음식을 먹고 배를 깔고 누워 엄마에게 등을 긁어달라고 한 날 이후 벌써 1년이 넘게 지났어. 넌 이제 달라졌지. 다른 소년이 되었어. 이제 이곳 공기는 퀴퀴하고 쉰내가 났어. 여기저기서 아버지의 옛날 플란넬 셔츠의 체크무늬 소매가 보였어. 그것은 마치 파도 밑으로 가라앉고 있는 물에 빠진 남자처럼, 눅눅한 침구 뭉치 밑에서 밖으로 뻗어 있었지. 구석에 있는 옷장은 아직도 서랍 하나가 빠져 있었는데, 그 빈 곳이 시커멓게 벌린 입처럼 보였어. 여기서는 뉴스에서 나오는 소음이 더 크게 들려서 네가 애초에 이곳에 온 이유를 상기시켜주었어. 그래서 넌 책 더미를 넘어 벽장으로 갔지. 아버지의 옛날 믹싱 장비 박스 안에서, 그룬딕용 오디오 케이블을 찾았어. 너는 한쪽 끝을 헤드폰에, 다른 쪽 끝을 스테레오에 꽂은 뒤 베니 굿맨의 유명한 1938년 카네기홀 콘서트 음반을 골랐어.

금관악기 소리가 터져 나오는 〈돈 비 댓 웨이〉의 첫 부분에서, 너는 한숨과 함께 몸이 이완되는 걸 느꼈어. 왜 진작 이 생각을 못 했지? 음악이 커지면서 네 귀를 가득 채웠고, 쾌활하고 명랑한 스윙 멜로디로 옮겨가자, 너는 익숙한 리듬에 고개를 까닥거리기 시작했지. 느리고 나른한 섹시함을 풍기는 〈섬타임스 아임 해피〉가 나올 때는 눈을 들어 거울에 비친 너의 모습을 보았어. 제 몸에 맞지 않는 커다란 헤드폰을 끼고 너를 쳐다보는 엄숙한 얼굴의 소년. 어린 우주비행사. 너는 소매를 걷어 올렸고, 우주비행사도 그렇게 했어. 너는 대충 새겨진 별자리가 작은 흉터로 남아 있는 팔뚝을 그에게 보여주었어. 너의 팔은 이제 그녀의 팔처럼 보였지. 넌 팔을 입술로 가져가서 별들에게 입을 맞추며 가슴이 아파오는 것을 느꼈어. 넌 거울에서 눈을 돌리고 벌렁 누워서 이부자리로 파고들며 눈을 감고 잡음 섞인 달콤한 재즈 속에 빠져들었어.

너는 턴테이블 바늘이 레코드에서 마지막 곡과 라벨 사이에 있는 홈을 계속 돌고 있는 소리에 잠에서 깼어. 방은 어두웠고 엄마가 아주 슬픈 표정으로 위에서 너를 내려다보고 서 있었지. 너는 깜짝 놀라서 일어나 앉았어. "무슨 일이야?"

그녀가 팔을 뻗어 네 머리에서 헤드폰을 부드럽게 빼고 말했어. "미안. 깨울 생각은 아니었는데." 그녀는 턴테이블을 끄고 시원한 손바닥을 네 이마에 댔어.

"몇 시야?"

"늦었어. 다시 자."

아래층에서 TV 방송 소리가 조그맣게 들려왔고, 그때 넌 기억났어. "끝났어? 투표했어?"

"그래." 그녀가 말했어. "끝났어."

넌 일어나려 했지만, 엄마가 너를 다시 부드럽게 밀었어. "그냥 있어. 난 밤새도록 일해야 해."

네가 다시 잠에서 깨었을 때, 밖은 환했고 넌 열이 내렸어. 뉴스는 조용했지만, 공기 중에서 새로운 긴장이 느껴졌지. 마치 공기 자체가 동요하고 있는 것 같았어. 너는 일어나서 다시 네 방으로 갔어. 동요는 밖에서 오는 것 같았지만, 창밖을 내다보았을 때 골목길은 텅 비어 있었어. 저 소음은 뭐지? 그건 흡사 수백만 마리의 화난 벌들이 윙윙거리는 것처럼 격동적인 소리였어. 머릿속에서 나는 소리일까?

아니. 그건 진짜였어. 세상에서 나오는 소리였어.

너는 검은색 후드티를 입고 낡은 나이키 운동화를 신었어. 아래층에서 엄마는 소파에서 잠들어 있었어. 넌 문가에서 잠시 멈췄어. 잠든 엄마의 하얀 얼굴이 보드라워 보였고, 평소에 걱정 때문에 이마에 잡혀 있던 주름은 온데간데없었어. 그녀는 잠자는 공주처럼, 걱정 없는 젊은 엄마처럼 보였어. 넌 목구멍에서 진한 슬픔의 감정이 올라오는 것을 느끼고 그것을 다시 삼켰어. 소파 주변 바닥에는 버릴 것과 기부할 것으로 분류된 티셔츠가 무질서하게 쌓여 있었어. 티셔츠 더미 옆에는 엄마가 보관할 셔츠를 다시 채워 넣기 시작했지만 아직 많이 채우지는 못한 빈 옷장 서랍이 놓여 있었지. 서랍에 개켜 넣은 티셔츠는 더딘 진행에 실망한 듯 한쪽으로 쭈그러져 있었어. 너는 쭈그리고 앉아 조용히 옷을 개키기 시작했어. 그리 오래 걸리지 않았지. 넌 개키는 데 소질이 있었고, 곧 서랍에 가지런히 줄을 세워 반듯하고 높게 쌓았지.

그리고 배열을 유심히 봤어. '좀 나아졌니?' 너는 마음속으로 티셔츠에게 물었지만, 그것들은 티셔츠지 독심술사가 아니니까 대답하지 않았어. 너는 티셔츠들이 별로 관심 없어 하는 것 같다는 의심이 들었지만, 어쨌든 적어도 서랍은 한결 좋아 보였어. 어쩌면 엄마가 깨어나서 그것을 보고, 티셔츠가 저절로 개켜졌다고 생각할지도 모르지. 아니면 네가 개켰을 거라고 짐작하고 몰래 빠져나간 너를 용서할지도.

거리 밖에서는 마치 벌들이 공격 준비가 된 것처럼 윙윙거림이 더 커졌어. 넌 소리가 나는 방향으로 골목길을 따라 내려갔고, 숲이 우거진 구역에 이르렀을 때 공원을 가득 메운 엄청난 인파를 목격하고는 그 소리의 진원지에 당도한 걸 알았지. 이 구역에 이렇게 사람이 많이 모인 건 처음 봤어. 사람들은 분노에 찬 구호가 적힌 팻말을 들고 노숙인 야영지의 텐트 주변을 서성이고 있었지. 공원 둘레에는 경찰차가 경광등을 켜고 진을 치고 있었고, 전경들이 총과 방패로 무장하고 서 있었어. 총은 죽이고 싶어 하는 물건들이야. 그래서 넌 후드를 쓰고 군중 사이로 섞여 들어갔지. 공원 한가운데서 넌 똑같이 검은 옷을 입은 제이크 일행을 발견하고 피해 가려 했지만, 개들이 널 발견했어. 리커라는 이름의 색이 연한 수컷이 짖기 시작했고, 그때 제이크가 눈을 들어 너를 봤지.

"야, B보이!" 그가 소리쳤어. "이리 와!"

바로 그때 뒤에서 가죽에 감싸인 팔이 나타나서 네게 헤드락을 걸고 머리를 압박하며 달콤한 대마초 향이 밴 검은 가죽에 너의 얼굴을 문질렀어. 너의 광대뼈가 금속 지퍼에 긁혔어. 넌 손톱으로 할퀴고 몸을 뒤틀며 빠져나가려 했지만, 오히려 더 세게 목이 졸렸고 으르렁거리는 목소리가 너의 귀에 들어왔어.

"긴장 풀어, 베니 보이. 서로 악감정은 갖지 말자구, 알았지?" 너는 목소리 뒤의 얼굴을 볼 수 없었지만, 그게 누구인지 알았어. 넌 고개를 끄덕였지만 그걸로 충분하지 않았어. "알았지?" 그 목소리가 이번에는 더 크게 반복했어. "말을 해!"

"알았어요." 네가 숨을 헐떡이며 말했고, 그러자 팔이 느슨해졌어. 너는 기침을 하며 손아귀에서 벗어났어. 돌아보니 프레디가 있었어. 그는 이마까지 감싼 스키용 마스크를 쓰고 있었는데, 빙빙 도는 벌게진 눈으로 손에는 야구방망이를 들고 있었어.

"그래 그거야!" 그가 말하며 주먹으로 네 어깨를 툭 친 다음 한쪽 팔을 네 어깨에 둘렀어. "이제 우린 친구야, 맞지? 다 용서하고 잊는 거야. 그냥 나한테 미친 짓만 하지 말라구." 그리고 군중들이 앞으로 밀고 나와 파도처럼 도시 중심으로 밀려들자, 그는 너에게 야구방망이를 건넸지.

70

아, 안 돼, 베니.

우리는 이런 날이 올 줄 알았어. 하지만 다시 생각할 수는 없을까? 다시 테이프를 되감기하듯 그에게 야구방망이를 돌려주고 골목길을 걸어서 엄마의 안전한 둥지로 돌아와. 열이 내리고 배가 고파서 잠에서 깨는 건 어때? 그래서 먹을 것을 찾기 위해 아래층으로 내려갔다가 소파에서 잠들어 있는 엄마를 보는 거야. 네가 티셔츠를 개키는 동안 엄마가 깨어나서 너무 고맙고 행복한 나머지 기쁨의 눈물을 흘리고, 그런 뒤 중국집 포장음식을 주문하고 이제 막 먹으려는 순간 뒷문에서 인기척이 들려. 그건 리허설을 끝내고 때마침 저녁 식사 때 집에 돌아온 네 아빠였어! 아빠가 모자를 벗고 클라리넷을 선반에 보관한 뒤 식탁에 앉아서 풍성하게 차려진 딤섬과 볶음국수, 돼지고기볶음을 다 함께 열심히 먹기 시작해. 새로 태어난 새끼 까마귀들을 위해 월병을 챙기는 것도 잊지 않지. 우리가 이렇게 할 수는 없을까? 너무 늦은 걸까?

물론 너무 늦었지. 우리의 희망 사항이 네 이야기의 줄거리를 무효로 만들 수 있을지도 모른다고 생각하는 이 책의 자만심을 부디 용서하길…….

애너벨이 깨어났다. 그녀는 밤새워 일하며 첫 번째 시위의 물결을 다뤘다. 아침이 되니 시위는 폭동이라고 불렸다. 그녀는 아침 뉴스가 끝난 뒤 잠이 들었고, 깨어보니 티셔츠가 깔끔하게 개켜져 색깔별로 줄지어 쌓여 있었다. 마치 마법 같았다. 산타의 요정이 그녀의 서랍을 휙휙 매만지고 간 것 같았다. 그녀는 소파에서 내려와 절뚝거리며 계단 앞으로 가서 베니를 불렀다. "베니! 우리 아들, 고마워! 서랍이 예쁘네! 넌 기적이야!" 그녀는 기다렸다. "베니?"

아직 불편한 상태로 자고 있는 게 분명하다고 그녀는 생각했다. 아직 아플 거야. 불쌍한 것. 그녀는 다시 열을 재야겠다고 생각했다. 계단을 오르다가 지금이 몇 시인지 인식했다. 벌써 정오가 지나 있었고, 베니는 배가 고플 것이다. 베니에게 점심으로 맛있는 것을 만들어서 올려다 줘야겠다. 위로가 되는 음식으로. 맥앤치즈? 그녀는 절뚝거리며 부엌으로 가서 선반에서 국수 상자를 찾았고, 냉장고를 열어보니 베니가 사다 놓은 우유가 있었다. 오븐을 켜고 물을 끓이려고 냄비를 올렸다.

한 시간 뒤 맥앤치즈가 오븐용 냄비 바닥에서 엉겨 붙고 있었지만, 그때 즈음 베니의 점심은 그녀에게 관심사가 아니었다. 그녀는 그의 빈 방 문가에 서 있었다. 배낭은 의자에 걸려 있었고 교과서는 책상에 가지런히 쌓여 있었다. 그녀는 욕실로 가서 베니의 휴대전화가 세면대 옆 충전기에 꽂혀 있는 것을 보았다. 그녀는 절뚝거리며 아래층 부엌으로 가서 망설이다가 학교에 전화를 걸었다.

"예, 저희는 베니가 결석인 걸로 알고 있습니다." 교무행정원이 그녀에게 말했다. "이메일을 보냈는데, 못 받으셨나요?"

"아뇨. 물론 받았어요." 애너벨이 말했다. "저는 그저……." 하지만 거기서 멈췄다. 문장을 어떻게 끝내야 할지 알 수 없었다. '저는 그저 기적적으로 베니가 등교했기를, 베니가 교실에 앉아 있기를, 베니가 수학을 공부하고 있기를, 베니가 무사하기를 바라고 있었어요.' 그녀는 교무행정원이 질문을 더 하기 전에 얼른 전화를 끊고 식탁에 앉아 심장이 튀어나오지 않도록 두 팔로 가슴을 감싸 안았다. '당신은 이해하지 못해. 사람들은 그게 어떤 기분인지 이해 못 해.' 그녀는 몸을 펴고 다시 그 여자에게 전화를 걸었다.

"죄송합니다." 그녀가 활기차게 말했다. "전화가 끊어졌네요. 저는 그냥 베니의 상태가 많이 호전되었다고 말씀드리려고 전화했습니다. 지금 학교에 가는 중일 텐데, 제게 전화하라고 전해주실 수 있을까요? 깜빡 잊고 휴대전화를 놓고 가서 제가 통화할 방법이 없네요. 아이들이란, 참!"

다음은 멜라니 박사였다. 그녀는 자동응답 서비스에 베니가 다시 사라졌다는 메시지를 남긴 뒤 시간을 확인했다. 또 누구에게 하지? 그녀는 관할 경찰서 전화번호를 꺼냈지만 아직은 통화하는 게 의미가 없었다. 너무 빨랐다. 어쩌면 베니가 정말로 학교에 가는 중일지도 모를 일이었다. 그것도 가능했다. 하지만 가방과 책이 여기 있는데……. 그녀는 절망감에 고개를 젓고 힘겹게 일어났다. 이제는 발목이 이 꼴이니 베니를 찾으러 나갈 수도 없었다. 그녀는 절뚝거리며 뒤 베란다로 나가서 방치된 모이대에 기대어 멀리서 들리는 사이렌 소리에 귀 기울였다. 아니야. 그녀는 생각했다. 그냥 인내심을 가져. 베니는 항상 돌아오잖아. 과잉 반응하는 거야. 저공 헬리콥터가 머리 위로 지나갔고, 허물어져가는 나무 난간에서 회전 날개의 진동이 느껴졌다.

71

분노의 기운이 감돌았어. 격분과 혼돈. 불신. 여러 대의 헬리콥터가 머리 위에서 맴돌고, 아래에서는 시위대가 파도처럼 거리로 밀려나와 통행을 막았고, 자동차들이 빵빵거리며 경적을 울리는 동안 그들은 구호를 외쳤지.

"단결한 민중은 결코 패배하지 않는다!"

구호의 맹렬함에 너는 왠지 기운이 났지. 강력한 마약에 취한 것 같았어. 프레디가 거기 있었어. 제이크가 있었어. 도저가 있었어. 티본도 있었고, 다른 몇몇이 더 있었어. 하나같이 검은색 옷을 입고 배낭을 짊어진 그림자 같은 사내들. 그들은 어디서 왔을까? 사방에서 스며들어왔어. 그리고 이들의 수적 우세는 너로 하여금 자신이 강한 존재가 된 듯한 기분을 느끼게 했지. 마치 네가 특수한 패거리의 일원이 된 것 같았어. 하지만 여기서 '특수'는 학교에서 말하는 특수와는 달랐어. 학교에서 그 단어는 네가 패배자임을 뜻하지. 하지만 여기서는 특수병력이나 특수임무, 특수부대의 특수와 같았어. 손으로 쓴 팻말을 들고 있는 정의로운 일반 시민들과는 달랐지.

"민주주의가 무엇인지 보여달라! 이것이 민주주의의 모습이다!"

"빌어먹을 민주주의!" 프레디가 네 귀에 대고 소리쳤고, 너는 고개를 끄덕였어. 그 순간 프레디는 네 친구였고 네 지도자였고 지휘관이었고, 그가 한 말은 뭐든 옳게 들렸기 때문이지.

"정의 없이는 평화도 없다!"

"빌어먹을 정의!" 프레디가 외쳤다. "빌어먹을 평화!"

"기후변화는 거짓말이 아니다! 우리 행성을 망하게 놔두지 않을 것이다!"

"망할 놈의 행성!" 그가 너에게 더러운 반다나를 건네고 마스크를 입과 코 위로 끌어내렸어. 네가 볼 수 있는 건 빙빙 도는 벌건 눈뿐이었지만, 그 아래에서 그가 웃고 있는 것을 알 수 있었지. "얼굴을 가려." 그가 말했어. "가까이 붙어 있고." 너는 그가 말한 대로 했어.

군중이 시내 중심가를 향해 앞으로 밀고 나가자, 다른 마스크를 쓴 사내들도 따라갔어.

"우리를 위대하게 만드는 건 증오가 아닌 사랑이다!"

너는 버스 노선을 따라 라이브러리 스퀘어를 향해 행진했어. 중앙분리대에 벌거숭이 나무들이 늘어서 있었지. 너는 소매점들과 사무실 건물, 은행과 카페를 지나쳤어.

"더 이상 침묵은 없다! 경찰 폭력 종식하라!"

지역 TV 방송국 건너편에 길쭉한 검정 리무진이 주차되어 있었어. 그것을 발견한 프레디가 신호를 하자 패거리가 군중들로부터 분리되어 나왔어.

"크게 말하라! 분명히 말하라! 여기서는 이민자들을 환영한다!"

도저가 부츠로 철제 쓰레기통을 발로 찼고, 그러자 쓰레기가 거리로 쏟아졌어. "돌격!" 프레디가 소리치자 티본이 코트 속에서 쇠지레를 꺼내서 리무진 후드를 힘껏 내리쳤어. 금속이 우그러지며 경보음이 울리기 시작했지. 넌 귀를 막았어.

"야구방망이를 써!" 프레디가 소리치며 비명을 지르는 자동차를 향해 너를 밀었어. 방망이는 때리기를 원하고 앞 유리를 후려치기를 원하고 유리창을 부숴버리기를 원하지. 하지만 방망이가 치기 전에 리무진에서 화염이 솟구쳤어. 넌 화들짝 놀라며 뒤로 물러나 방망이를 움켜쥐었지. 넌 제이크의 손에서 석유 깡통을 보았어. 도저가 토치를 들고 있었고, 프레디가 리무진 엔진에서 피어오르는 짙고 검은 연기 속을 들락날락거리며 쏜살같이 움직였지. 사람들이 그 차를 에워싸고, 휴대전화를 허공에 높이 치켜들었어. 그건 마치 긴 줄기 끝에 달린 깜빡이지 않는 사각형 눈처럼 보였어. 엔진에서 주황색 불기둥이 솟았어. 야구방망이는 치기를 원하고, 불은 타오르기를 원하지.

"뒤로 물러나!" 프레디가 소리쳤고, 그때 넌 행진하는 군화 소리를 들었어. 휴대용 확성기가 요란하게 울리며 '도로에서 나가시오! 도로에서 나가시오!'라고 경고했고, 첫 번째 전경들이 군중들을 향해 진군했어. 방패를 올리고 얼굴 가리개를 내린 그들은 갑옷과 장갑과 투구로 무장하고 충돌에 대비해 장병기를 치켜든 검은 기사단이었어. 너는 꼼짝도 못 하고 거기 서 있었지. 그 무엇도 그들을 멈출 수 없었어.

"저들에게는 최루탄이 있습니다!" 누군가 소리쳤어. "돌아갑시다!" 사람들이 팻말을 내리고 흩어졌다가 다시 배고픈 개처럼 둥그렇게 모여 항상 그렇듯 영상을 찍었어. 프레디가 네 옆으로 와서 길 건너편 나이키 매장의 대형 디스플레이를 가리켰지.

"돌격!" 그가 소리쳤어. "방망이를 써!" 그리고 네 운동화가 반응했어. 운동화는 달리기를 원하고, 방망이는 치기를 원하지. 유리창 안의 마네킹은 걷다가 멈춘 포즈로 얼어붙어 있었어. 유리에 새겨진 커다란 검은색 단어들이 명령을 내렸어. '그냥 해(Just Do It)!' 그래서 넌 그렇게 했어. 창문으로 뛰어가 야구방망이를 움켜쥐고 휘둘렀어. 유리가 구겨지고 나무가 진동했어. 넌 또다시 휘둘렀고, 이번에는 유리가 산산조각 났고, 넌 그것이 반짝이는 다이아몬드의 판처럼 땅으로 스르르 미끄러져 내리는 걸 지켜보았지. 창문에 난 삐죽삐죽한 구멍은 스스로에게 만족하는 듯 보였지만, 땅에 떨어진 유리들은 고통의 비명을 질렀지. 그리고 네 뒤로 군화들이 계속 오고 있었어. 넌 무릎을 꿇고 두 손으로 유리를 떠올렸어. 그것은 얼어붙은 눈물방울처럼 손가락 사이로 흘러내렸어.

"미안해." 너는 속삭였어. 너의 사과는 진심 어린 것이었지만, 칼처럼 생긴 길쭉한 유리 조각 하나가 그렇게 쉽게 달래지기를 거부했어. 그것은 찌르고 싶어 했고, 그래서 넌 그것을 집어 들었어. 그리고 그때 뭔가가 네 어깨에 닿았지.

'적색 경보! 적색 경보!'

유리를 쥔 채 너는 벌떡 일어나 돌아섰지. 네 앞에는 외계인이 서 있었어. 섬뜩한 곤충 같은 눈과 돼지처럼 생긴 긴 코를 가진 괴물이었어. '위험!' 넌 팔을 들었고 파편이 번뜩였어. 목소리가 작게 비명을 질렀어. "안 돼, 베니. 나야!" 그때 넌 그녀를 알아보았지만, 파편은 이미 움직이는 물체가 되어 공기를 가르고 있었어. 너는 겁에 질려 지켜보았지만, 그녀도 역시 그것을 보았어. 그녀는 화들짝 놀라 뒤로 물러났고, 너는 파편이 쨍그랑하고 땅으로 떨어지는 소리를 들었어. 아니면 쨍그랑 소리는 최루탄이 길바닥에 부딪치며 그녀 뒤로 굴러오는 소리였는지도 몰라. 네 손바닥에서 피가 났지만, 그녀는 괜찮았어. 그녀가 네 손목으로 손을 뻗고 있는데, 짙은 구름이 피어오르며 퍼졌어. 매캐하고 시큼한 냄새가 먼저 공격하더니 다음에는 눈에 불이 붙은 것 같았고, 숨을 들이마시려 했을 때 전투용 도끼로 가슴을 얻어맞은 것 같았어. 넌 캑캑거리며 양손으로 얼굴을 가리고 무릎을 꿇었지만, 그녀가 너를 잡아당겨 다시 일으켜 세웠어.

"이리 와!" 그녀가 소리쳤고, 넌 앞을 못 보고 비틀거리며 쫓아갔어.

그녀는 너를 끌고 길을 따라 내려가다가 어느 문 안으로 들어가서는 네 손을 얼굴에서 떼어냈어. 그곳은 공기가 비교적 신선했지만 넌 기침을 멈출 수 없었고 눈이 여전히 불타는 것 같았어. 얼굴은 손바닥에서 나온 피로 범벅이 되었지.

"비비지 마." 그녀가 방독면을 끌어내리며 말했어. 그러고는 반다나를 목에서 풀어 피가 흐르는 네 손에 순식간에 감아서 묶었어. 그녀는 항상 네 손에 붕대를 묶어주었지. 그녀는 너의 손목을 잡아 작은 구멍들을 유심히 보았어. 그러더니 인상을 찌푸리며 네 얼굴을 보았지만 넌 여전히 눈을 꼭 감고 있었고, 그녀는 배낭에서 병 하나를 꺼냈어. "눈 들어봐." 그녀가 말했고, 너는 그러려고 했지만 타는 듯한 느낌에 눈을 뜰 수 없었어. 그녀가 하얀 액체를 네 얼굴에 부었어. 아마 우유였을 거야.

"갈수록 태산이네." 그녀가 양손으로 너의 얼굴을 붙잡고 말했어. 그녀가 너의 뺨을 닦을 때 넌 거칠게 숨을 쉬었고, 그제야 그녀는 떠올랐어. "아이고, 빌어먹을. 너 천식이지. 좋아. 여기서 빠져나가야겠어. 자, 어서!"

너는 눈을 번쩍 떴어. 우유와 눈물 사이로, 폭동 진압복 차림의 경찰 두 명이 그녀 뒤에서 다가오는 것이 보였고, 그때 그녀도 뒤돌아서 그들을 보았어. 그녀는 두 손을 너의 가슴에 대고 힘껏 밀어냈어. "어서 가……." 그녀가 외치는 순간, 경찰들이 그녀를 붙잡았어.

넌 비틀거리며 달렸고, 네가 뒤를 돌아보았을 때 그녀는 팔다리를 마구 흔들고 발길질을 하며 경찰과 싸우고 있었는데 그 와중에도 너를 보고 있었어. 너와 그녀의 눈이 마주쳤고, 그 순간 그녀의 몸이 축 늘어졌어. 경찰은 그녀의 겨드랑이를 잡고 끌고 갔고, 그녀는 계속 너를 봤어. 너는 그녀에게 달려가서 구해주고 싶었지만, 그녀가 고개를 저었어.

'어서 가…….' 그녀는 입모양으로 말했고, 네가 그녀의 입술이 움직이는 것을 지켜보는 동안 조용하고 익숙한 다른 목소리가 그녀의 문장을 완성했어.

'……도서관으로.'

72

선거 결과가 확정됨에 따라 전국에서 사람들이 가두시위를 벌였다. 시위는 모든 주요 도시에서 발생했고, 속보가 터졌을 때 전국 뉴스가 생방송 중이었다. 관제 센터에서 애너벨은 환하게 빛을 내는 모니터들 앞에 앉아 뉴스 보도를 녹음하고 있었다. 베니는 아직 집에 오지 않았다. 멜라니 박사는 아직 연락이 없었다.

군중들이 시내 도로와 간선도로를 막고 있었다. 사람들이 정말 많았다. 그녀는 시간을 확인했다. 아직도 경찰서에 전화하기에는 너무 일렀다. 지역 뉴스는 차량이 불타고 있는 도심에서 보도하고 있었다. 스키용 마스크를 쓴 검정 옷차림의 폭도들이 쓰레기통을 뒤집고 경찰차 창문을 깨뜨리고 상점 진열장을 부쉈다. 애너벨은 모니터 앞으로 몸을 기울이며, 혹시 저들 중에 베니가 있는지 찾아보려고 흔들리는 보도 화면을 훑어보았다. 베니인가? 그녀는 화면을 멈추었다. 아니야. 다른 소년이야. 그녀는 확성기 소리를 들었다. "도로에서 나가시오! 도로에서 나가시오! 시위대는 모두 이 구역에서 즉시 철수하시오!" 시위 진압 복장을 한 경찰이 접근해 들어왔다. 그들은 시위대를 해산시키기 위해 물대포와 최루탄을 썼다. 여전히 머리 위로 헬리콥터 소리가 들렸지만, 그녀는 그 소리가 TV에서 나오는 건지 아니면 집 밖에서 들리는 건지 알 수 없었다. 사이렌 소리도 마찬가지였다. 안인가 밖인가? 가까운 곳인가 먼 곳인가?

친애하는 코니시 선생님.

저는 지금 어둠 속에 앉아 있습니다. 사람들이 거리에서 폭동을 일으키고 있고, 나라가 파탄 나고 불길에 휩싸였습니다. 제 아들은 또 집을 나갔는데,

제가 할 수 있는 일이 없습니다. 할 수 있는 일이라고는 기다리는 것뿐입니다.
그래서 선생님께 편지를 써야겠다고 생각했습니다.

우리가 방금 선거를 했다는 것을 알고 계실 것 같군요. 일본은 민주주의
국가라는 걸 압니다. 우리나라도 그렇다고는 하죠. 그곳의 정치인들도
깡패처럼 행동합니까? 제가 말씀드렸는지 기억나지 않지만,
저는 생계를 위해 뉴스를 모니터링하고 있습니다. 대단한 일은 아니지만,
덕분에 저는 재택근무가 가능하고 건강보험을 적용받을 수 있습니다.
일본에서는 보험을 자동으로 받으시겠죠? 그러면 정말 좋을 것 같습니다.
국제 뉴스를 그다지 자주 모니터링하지는 않아서, 사실 일본에 대해 많이
알지는 못합니다. 선생님의 나라에서는 학교에서 아이들이 서로에게
총을 쏘고 그런가요? 산불이 기승을 부리나요?

처음부터 뉴스 모니터링을 직업으로 삼고 싶었던 건 아닙니다.
그래서 우울합니다. 저는 어렸을 때부터, 어린이책 전문 사서가
되고 싶었습니다. 실제로 한동안 문헌정보학과에 다니기도 했지만,
베니를 임신하고 중퇴해야 했습니다. 베니를 사랑하기 때문에
그건 상관없었습니다. 베니는 제 인생에 일어난 최고의 행운이지만,
제가 사서인 동시에 엄마가 될 수 있었다면 정말 좋았을 것 같습니다.
그리고 아내도요. 저는 아내로서의 경험 전체를 잃어버렸기 때문입니다.
켄지가 몹시도 그립습니다. 켄지가 있었다면 베니가 이런 모든 문제를
겪지 않았을 거라고 자꾸만 생각하게 됩니다. 모두 다 제 탓이라고
자꾸만 생각하게 됩니다.

저는 방금 경찰서에 전화를 걸어서 실종 신고를 했습니다. 이제 저는
신고하는 데 능숙해지고 있습니다. 곧 모든 경찰관의 이름을 알게 될 겁니다.

오늘 밤 통화한 경찰관은 여자였는데, 그녀는 아들과 다퉜냐고 물었습니다.
이번에는 아니라고 대답했습니다.
처음 두 번은 베니가 제게 화가 났었지만, 이번에는 제가 잠을 자고 있을 때
나갔고, 나가기 전에 제 티셔츠를 개켜뒀습니다. 제게는 선물과도
같았습니다! 제가 시범을 보여준 선생님의 방법으로 개켰더군요.
제가 깨어났을 때, 모든 티셔츠가 서랍에 색깔별로 정리되어 있었어요.
참 다정하죠? 어떤 아이가 그렇게 할까요?
하지만 경찰관에게는 말하지 않았습니다.

켄지가 죽던 날 밤, 그가 집에서 나가기 전에 우리는 다퉜습니다.
어떻게 다툼이 시작되었는지 잘 기억나지도 않습니다. 멍청한 일이었죠.
우리는 침실에 있었고, 켄지는 공연에 갈 준비를 하고 있었어요. 아마 오늘
늦을 테니 기다리지 말라고 했던 것 같습니다. 제가 기다리는 데 지친 건
사실이지만 기다리지 말라는 말을 듣고 싶지는 않았습니다. 저는 그냥
켄지가 집에 머물기를 바랐습니다. 켄지가 아내와 아들과 함께 집에 머물고
싶어 하기를 바랐습니다. 당시 저는 켄지가 다시 마약을 시작했다는 걸
어느 정도 예상했습니다. 그가 플란넬 셔츠의 단추를 잠그는 것을 보며
당신은 이제 집에 있는 법이 없다고, 도통 얼굴을 볼 수 없다고 말했던 게
기억납니다. 켄지는 슬픈 미소를 짓고는 포크파이해트를 썼습니다. 그 모자를
쓰면 그는 정말 멋져 보였는데, 그게 저를 자극했죠. 그가 얼마나 멋져
보이는가와 그 슬픈 미소가요. 그는 제 말에 동의하는 것 같았지만,
잘 꾸미고 클럽에서 시간을 보내며 밴드와 함께 즐기는 건
그도 어쩔 수 없다고 했습니다. 물론 순 개소리였죠. 그는 거울 앞에 서서
모자를 고쳐 쓰고 있었고, 저는 참을 수 없었습니다. 저는 아무 말도 하지
않고 침대에 앉아 있었습니다. 켄지가 제 이마에 입을 맞추고 아래층으로
내려갔죠. 그가 거실에서 클라리넷을 챙기고 재킷을 입는 소리가 들렸습니다.

그때 제가 일어나서 주방으로 내려갔습니다. 그는 냉장고 문 앞에 서서 자석을 만지작거리고 있었죠. 저는 그때 알지 못했지만, 그는 저에게 시를 쓰고 있었습니다. "곧 돌아올게." 그가 말했지만, 우리 둘 다 그것이 사실이 아님을 알았습니다.

"굳이 그럴 필요 없어." 제가 최대한 차갑게 말했고, 뒷문으로 걸어 나가는 그를 향해 식탁에 있던 아끼는 분홍색 찻주전자를 집어 던졌습니다. 주전자가 문에 부딪쳐 박살 났죠. 그가 그 소리를 들었을 거라 확신합니다.

이것이 그가 냉장고에 남긴 시입니다.

나의 풍성한 여인 어머니 여신 연인이여
우리는 함께 조화를 이루고
나는 그대에게 미쳤다오

저는 그날 밤 늦게 병원에서 돌아와서 그 시를 발견했지만, 그때 그는 이미 죽은 후였습니다.

그녀는 의자 등받이에 기대어 앉아 화면을 응시했다. 좀 더 밝게 끝내기를 원했었다. 시를 포함시킨 것도 그래서였다. 썩 훌륭한 시도 아니었다. 그냥 냉장고 자석으로 만든 시였다. 그녀는 자신이 쓴 내용을 다시 읽었다. 이메일이 길고 뻔한 신파가 되어버렸고, 그것을 보내려니 창피한 생각이 들었다. 그러나 그녀가 편지를 삭제하려는 순간, '어린이책 전문 사서'라는 문구가 눈에 들어왔고, 도서관 화장실 사건 때의 기억이 떠올랐다. 그녀는 보안실과 경비원, 그리고 키 작은 사서를 떠올렸다. 그녀의 이름이 뭐였더라? 그녀는 애너벨에게 명함을 주며 필요한 게 있으면 연락하라고 말했다. 그녀는 무척 친절했다. 그녀와 친구가 될 수 있을까? 그녀가 일종의 사회관계망이 되어줄 수 있을까? 그 명함이 어디 있더라?

애너벨은 '보내기'를 누른 다음 일어나서 쌓여 있는 잡지와 우편물을 헤치고, 자료 더미를 조심스럽게 옮겨 그 밑을 살펴보았다. 명함을 스캔해뒀어야 하는 건데. 아니면 최소한 그녀의 이름과 전화번호를 비상 연락처에 추가해두거나. 왜 난 이렇게 체계적이지 못할까! 그녀는 클립으로 함께 묶어둔 유효기간이 지난 쿠폰들을 발견하고 던져버렸다. 납부해야 할 고지서, 그리고 베이글 부스러기와 말라빠진 크림치즈가 담긴 접시도 발견했다. 또 노굿의 변호사가 보낸 편지들도 나왔다. 한동안 찾았던 편지였지만, 지금은 좀 미뤄둬야 했다. 지금 최우선순위는 베니를 찾는 것이었고, 키 작은 사서가 도움이 될 수 있을 것 같은 기분이 불현듯 들었다. 엄마의 직감이라고 해두자. 그녀는 명함을 찾아야 했다.

이제 낙담한 그녀는 어쩌면 주방에 뒀을지도 모른다고 생각하며 주방으로 갔다. 맥앤치즈가 담긴 베이킹 접시가 레인지 위에 손도 대지 않은 채 놓여 있었다. 그녀는 배고프지 않았지만, 나중에 베니가 집에 돌아왔을 때 배가 고플지도 몰랐다. 그래서 그녀는 뚜껑을 덮어 냉장고에 넣었다. 냉장고 문을 닫았을 때 뭔가가 그녀의 눈을 사로잡았다. 미묘하고 사소하지만 새로운 자석의 배열이었다. 이전 시에서 '어머니'라는 단어가 '아픔'에서 떨어져 나와서 근처에 있는 '달'이라는 단어를 향해 위로 올라가 있었다. '달' 근처에는 새로운 단어 무리의 일부가 되기를 원하는 것처럼 보이는 두 개의 다른 자석이 있었다. 단어들을 함께 조합하면, 거의 이렇게 읽혔다.

달 어머니 부디 침착해

'부디 침착해' 밑에 그 키 작은 사서의 명함이 꽂혀 있었다.

코리.

코리 존슨.

73

네가 슬쩍 문으로 들어가 보안대를 통과해 에스컬레이터에 도달한 순간 장내 방송 시스템에서 안내 방송이 나왔어. '10분 뒤 도서관이 문을 닫습니다.' 여전히 눈이 타는 듯 화끈거리고 눈물이 줄줄 흘렀기 때문에 에스컬레이터를 타고 올라가는 내내 내려가는 도서관 이용객들 인파를 지나치며 계속 후드를 쓰고 얼굴을 돌렸지. 2층. 3층. 4층. 오래된 남자화장실은 있어야 할 자리에 있었고, 그래서 안으로 들어가 화끈거림이 가라앉을 때까지 수도꼭지 밑에 얼굴을 대고 있었어. 5층. 6층. 너의 몸이 떨렸고, 시간은 이상한 짓을 했어. 시작하고 멈추고, 빨라지고 느려지고. 어쩌면 최루탄의 영향인지도 몰랐지. 8층. 9층. 너는 제일 꼭대기 층에 내려서 아찔한 구름다리를 건너 개인용 열람석을 향해 걸어갔어. 교환학생은 없었지만 타자 치는 여인은 거기서 노트북을 챙기고 있었지. 넌 돌아섰지만 그녀가 이미 너를 알아봤어.

"얘." 그녀가 말했어. "왔구나. 오랜만이다." 그녀는 여전히 씨근덕거리며 서서 달아날 자세를 취하고 있는 너를 유심히 살펴보더니, 퉁퉁 부은 얼굴과 빨개진 눈을 확인하고는 어깨를 으쓱하고 배낭 지퍼를 잠갔어. 그녀가 어깨끈을 앙상한 어깨에 둘러멨지만, 네 앞을 지나치며 머뭇거렸지. "밤새울 거니?"

너는 대답하고 싶지 않아서 바닥만 내려다보았어.

"여기 있는 거 엄마가 아시니?" 그리고 네가 미처 뭐라고 말할 틈도 주지 않고, 그녀는 계속 말을 이었어. 혼잣말에 가까운 말이었지. "아니. 모르실 거 같구나. 가여운 양반. 많이 걱정하실 텐데……." 그녀가 이번에는 좀 더 길게 너를 쳐다보더니 팔을 내밀어 너의 팔을 토닥였어. "그래, 몸조심해라. 지하 제본실 옆 직원휴게실에 간식거리가 있는 거 알지? 내 생각엔 네가 거기로 갈 거 같은데……?"

그때까지 넌 제본실로 갈 생각은 하지 않았지만, 어쩐지 타당한 생각인 것처럼 느껴졌고 그래서 고개를 끄덕였어.

"음. 조심해. 제본실에서는 무슨 일이든 일어날 수 있으니까. 너도 알 거야. 그곳에 너무 오래 있지 않는 게 좋아." 그 순간 네 얼굴에 스친 걱정의 표정을 보고, 그녀가 팔을 한 번 더 토닥이고는 덧붙였어. "괜찮아. 넌 살아남을 테니까."

이 말이 별로 위안이 되지 않았어.

그녀가 간 뒤 넌 무릎을 꿇고 너의 개인용 열람석으로 기어들어가서 공처럼 몸을 동그랗게 말고 무릎을 끌어안았어. 아직도 몸이 떨렸어. 소리들이 들렸어. 발걸음 소리, 멀리서 들리는 목소리, 카트들이 내는 스타카토의 덜컹거림, 점점 더 가까이 다가오는 바닥 닦는 기계의 묵직한 윙윙거림. 보틀맨의 친구 중 한 명인 청소원일까? 어쩌면 술을 마셨는지도 몰라. 그가 그 낡은 기계를 작동하는 방식에는 마치 음악을 듣고 있는 듯한 뭔가가 있었어. 회전하는 묵직한 헤드를 천천히 흔들어 바닥의 모든 구석구석까지 호를 그리며 나가는 것이 어쩌면 왈츠와도 비슷했지. 왠지 모르게 너는 그것을 알았고, 또한 그가 마침내 구름다리를 건너 이 구석 자리로 와서 네가 숨어 있는 개인용 열람석에 들이민 기계의 뭉뚝한 주둥이가 네 다리에 부딪쳤을 때 장애물이 뭔지 보려고 몸을 숙여도 거기 쪼그리고 앉아 있는 너를 보지 못할 것도 알았지. 그가 취했기 때문이 아니라 네가 보이지 않기 때문에 말이야.

아니면 기계의 윙윙거림이 잦아들고 소리가 가라앉기를 기다리는 동안 네가 그냥 스스로에게 그렇게 말한 건지도 몰라. 넌 마지막 사람이 문을 잠그고 건물을 떠났음을 알리는 마지막 딸깍 소리를 기다렸어. 도서관이 밤새 잠자는 책들과 앞뒤 표지 사이에 끼어 있을 단어들의 깊고 어두운 고요 속에 자리 잡기를 기다렸지. 그리고 그 순간이 되자, 넌 열람석에서 기어 나와 제본실로 내려갔어.

74

애너벨이 전화를 걸었을 때 코리 존슨은 아직 도서관에 있었다. 코리는 도서관이 문을 닫는 9시 정각에 퇴근한 적이 별로 없었고 그날은 시간이 더 오래 걸렸다. 지옥 같은 날이었고, 그녀는 기진맥진했다. 전날 밤 실낱같은 희망을 버리지 않고 선거 개표 방송을 늦게까지 지켜보다가 결과가 명백해진 새벽 3시가 되어서야 잠들었다. 다음 날 아침 버스를 타고 출근하는 길에, 승객들은 암울하고 냉랭한 표정과 의심스러운 눈으로 서로를 곁눈질했다. 도서관 직원휴게실은 장례식장처럼 느껴졌다. 도서관 사회복지사가 직원들에게 이메일을 보내 스트레스를 느끼는 사람은 누구건 도와주겠다고 제안했다.

"스트레스?" 코리의 친구 훌리오가 전자레인지 앞에 서서 말했다. "무섭다고 하는 게 맞지 않아? 깨어보니 필립 K. 딕 소설 속에 있는 자신을 발견하는 것과 같아."

도서관은 항상 세상의 거울처럼 느껴졌고, 그날은 어느 때보다 더 그랬다. 사서들은 얼빠지고 수면이 부족한 듯한 모습으로 좀비처럼 걸어 다녔고 이용객들은 불안해 보였다. 정오 무렵에는 남자화장실에서 두 건의 약물 과다복용 사건이 있었다. 근무 중인 사서들이 나르칸* 주사를 놓았다. 내키지 않지만 그들은 그렇게 하도록 훈련을 받았다. 한동안 이 사건으로 정신이 다른 곳에 쏠렸으나, 이내 선거에 대한 기억이 돌아왔다. 어떻게 이런 일이 일어난 거지? 어떻게 이럴 수가 있지? 마치 누가 죽은 것 같은 기분이라고 코리는 생각했다. 마치 모든 것이 좋았던 어느 날 틴더에서 귀여운 아가씨와 만나 시간을 보낼까 생각하고 있었는데, 다음 날 할머니가 돌아가셨다는 소식을 듣게 되면서 좋았던 시절이 끝나고 인생에서 할머니가 차지했던 자리에 커다란 구멍이 생긴 것과 같았다. 당시 병원에서 걸려온 어머니의 전화를 받고 느꼈던 현기증과 뒤이은 슬픔의 모든 단계들을 코리는 기억했다. 이날도 그때와 크게 다르지 않았다. 도서관이 문을 닫을 무렵, 그녀는 충격과 믿을 수 없는 마음, 현실 부정과 분노를 번갈아가며 겪고, 몇 시간 동안 캐나다로 이민 가는 방법에 대해 검색을 하다가 극도의 우울감에 빠져들었다. 문 닫을 시간까지도 여전히 받아들이는 것이 불가능했다.

전화벨이 울렸을 때 그녀는 나히드라는 이름의 이란 출신 연구 전문 사서를 위로하느라 책상 앞에 없었다. 나히드의 부모가 그녀에게 집으로 돌아오라고 요구하고 있었다. 코리가 정리를 하려고 다시 다문화 아동 코너로 갔을 때 메시지 도착을 알리는 신호가 깜빡이는 것을 발견했다. 그녀는 주저했지만 결국 습관을 이기지 못하고 메시지를 확인했다. 그러나 그 즉시, 확인하지 말 걸 그랬다는 후회가 들었다. 음성메일은 자신의 의자 밑에 앉아 있던 이상한 소년의 어머니에게 온 것이었다. 소년은 이제 10대였다. 귀여운 청소년이지만 좀 이상하기도 했다. 어쩌면 자폐증일까? 도서 처리실에서 소년을 보았을

* Narcan. 날록손으로도 알려져 있으며, 헤로인 등의 약물 해독제.

때는 완전히 겁먹은 것처럼 보였는데, 나중에 5층에서 제바운이 벽을 치며 화장실을 찾는 소년을 발견했다. 소년의 어머니는 사람 좋고 흥미로워 보였지만, 다소 불행해 보이기도 했다. 코리는 그녀에게 안쓰러움을 느꼈다. 아들이 사라진 것에 대한 안쓰러움이었다. 하지만 아들이 다문화 아동 코너에 숨어 있지 않은지 묻기 위해 자신에게 전화를 건 사실이 짜증스러웠다. 물론 소년은 없었다. 코리는 방금 점검을 마쳤다. 그녀는 물병과 열쇠를 배낭에 넣고 마지막으로 책상을 점검했다. 유령에 대한 농담을 하고 물건이 사라지면 자신을 찾아오는 사람들이 지겨웠다. 유령, 특히 다문화 아동 코너 유령에게 딱히 반감은 없었지만, 그런 농담은 전혀 웃기지 않았다. 그건 인종차별적인 도시의 전설이었다. 소년의 어머니가 인종차별주의자라거나 웃기려고 한다는 건 아니지만, 아무튼 그랬다. 그녀는 배낭을 어깨에 둘러메고 버스 정거장으로 걸어갔다.

버스가 늦게 왔고, 게다가 시위대를 피하기 위해 길게 우회해야 했다. 다른 승객들은 짜증이 났고 그녀도 그랬지만, 젊은 백인 남자들의 무리가 시위대를 헐뜯는 말을 하자 그녀는 짜증이 분노로 바뀌는 것을 느꼈다. 그녀는 씩씩거리며 버튼을 누르고 다음 정거장에서 내렸다. 하루 전이라면 뭐라고 한마디 했겠지만, 오늘 그녀는 계속 입을 다물고 있었고 이것이 거슬렸다. 두려움 때문일까? 그녀는 팻말을 들고 시내로 향하는 사람들의 무리를 지나쳤다. 그들과 합류하고 싶은 충동을 느꼈다. 하루 전이었다면 그렇게 했겠지만, 그녀는 그냥 집으로 걸어가서 샤워를 하고 곧장 잠자리에 들었다.

그녀는 한밤중에 잠에서 깼고, 소년의 어머니가 보낸 음성메일이 다시 떠올랐다. 일이 집까지 따라와서 수면을 방해하는 것이 짜증스러웠다. 왜 그녀는 건강한 경계선을 지키지 못하는 걸까? 그 여자는 소심하고 미안해하는 목소리로 아이가 사라졌다고 말했다. 도움이 필요하면 차라리 그냥 도움을 요청하든가.

그러나 사실 그녀는 도움을 요청했다. 그 전화의 내용이 바로 그거였는데, 코리가 무시한 거였다. 코리는 왜 그 여자에게 다시 전화를 걸지 않았을까? 왜 버스에서 그 백인 남자들에게 한마디 하지 않았을까? 왜 시위대에 합류하지 않았을까? 그녀에게 무슨 문제가 있는 걸까?

그녀는 휴대전화를 보았다. 2시를 조금 넘긴 시간이었다. 지금 전화하기에는 너무 늦었다. 아이가 아직 돌아오지 않았는지 궁금했다. 가엾은 여자. 애너벨. 왠지 노파심이 심할 것 같은 이름이다. 그녀는 일어나서 기다렸다. 걱정하면서. 진저리를 내면서. 어쩌면 아이가 어딘가에 숨어 있을지도 몰랐다. 전에도 사람들이 몰래 숨어 들어와서는 직원휴게실에서 먹을 것을 훔쳐간 일이 있었다. 사람들은 항상 유령 탓을 했다. 그녀는 휴대전화로 손을 뻗어 보안실에 전화를 걸었다. 제바운이 야간 당직을 서고 있었고, 이 시간이면 그가 모니터 제어판 앞에서 꾸벅꾸벅 졸고 있을 것이 분명했다.

"잠 좀 깨봐요. 부탁할 게 있어요." 그의 불평을 무시하고 그녀는 계속 말했다. "벽을 부수려고 했던 남자아이 기억나요?"

"5층에서요? 당연하죠. 꼬마 괴짜. 걔한테 무슨 일이 있습니까?"

"내 생각엔 걔가 아마 도서관에 있을 것 같아요."

"불가능해요. 그랬으면 내가 봤을 겁니다."

"그 애의 이름은 베니예요. 베니 오. 다문화 아동 코너를 확인해주실래요?"

"그런 거라면 보안 카메라가 하고 있잖아요."

"책상 밑이나 뭐 그런 데 숨어 있을 수도 있어서 그래요."

"알았어요."

그녀는 그가 일어날 때 의자가 삐걱거리는 소리를 들었다. "그리고 제게 전화해주세요. 알았죠? 잠을 잘 수가 없어요."

전화벨이 울렸을 때, 그녀는 차를 만들고 있었다. "뭐가 있던가요?"

"물론 없죠."

그녀는 차를 거실로 가져가며 말했다. "저기요, 제바운. 9층을 잠깐 훑어봐줄래요?"

그녀는 다른 사서 대신 위층에서 일할 때 개인용 열람석에서 책으로 요새를 쌓아놓고 앉아 있는 소년을 한두 번 본 적이 있었다. 그는 너무도 진지해 보이는 모습으로, 귀가 어깨에 닿도록 웅크리고 몸을 앞뒤로 흔들며 펼쳐진 책을 유심히 보고 있었다. 한번은 소년이 자리를 비웠을 때, 무슨 책을 읽는지 보려고 갔다가 깜짝 놀랐다. 중세 갑옷과 독일 영화, 초현실주의 미술, 발터 벤야민에 관한 책들과 우화집이 있었다. 다른 책들도 있었지만, 그녀가 기억하는 건 이 정도였다. 이웃한 개인용 열람석에는 또 다른 단골 이용객이 앉아 있었다. 그녀는 작가였는데, 타자를 치고 있다가 눈을 들어 코리를 보았다.

"지난주에는 아르헨티나 소설과 흰담비 키우기에 대한 책이었어요." 여자가 정보를 줬다. "호르헤 루이스 보르헤스. 믿을 수 있겠어요? 대체 어떤 아이가 보르헤스를 읽을까요?"

코리는 차를 한 모금 홀짝였다. 혀가 데는 듯 뜨거웠다. 그때 전화기가 또 울렸다.

"9층에 아무것도 없습니다. 다음은 어디죠?"

코리는 잠시 생각했다. "제본실을 봐줄 수 있을까요?"

긴 침묵이 흘렀다. 배경에서, 유리병 위로 쌩하고 스쳐 지나가는 바람처럼 희미하고 텅 빈 소리가 들렸다.

"아직 거기 있어요?" 그녀가 물었다.

"오늘 밤은 칼립소가 경쾌하네요." 그가 대답했다.

그녀는 그가 위태로운 구름다리에서 어두운 지하 2층을 내려다보고 있는 모습을 상상할 수 있었다.

"그건 그냥 상승기류예요." 그녀가 말했다.

"그건 당신 생각이고."

다음에 전화벨이 울렸을 때는 차가 미지근하게 식어 있었다. 제바운이 낮은 목소리로 말했다. "당신이 맞았어요. "제본실 밖인데, 개가 여기 있네요."

그녀는 찻잔을 내려놓았다. "애는 괜찮아요?"

"괜찮아 보이네요. 낡은 종이 재단기 위에 앉아서 혼자 노래를 부르고 있어요. 얼굴에 이상한 미소를 짓고. 내가 불렀는데 대답하질 않아요."

"좋아요. 제가 택시를 부를게요……."

"그 애는 알몸이에요, 코리. 옷을 하나도 입지 않고 있어요."

"오, 맙소사. 대체 무슨 일이 있었던 걸까요?"

"모르겠어요. 내가 경찰을 불러야 하는 거 알죠?"

"잠시만. 잠시만 기다려요. 제발."

"서둘러요."

그는 마치 언월도처럼 긴 곡선의 칼날이 달린 오래된 퀸틸리오 바젤리의 가장자리에 앉아 있었다. 코리가 문가에 서서 지켜보았다. 그는 아프거나 자해할 위험이 있는 것처럼 보이지 않았고, 완전히 알몸은 아니었다. 속옷은 입고 있었고 옷은 바닥에 깔끔하게 개켜져 있었다. 일종의 인사불성처럼 보이는 상태로, 허벅지에 오므린 손을 놓고 앉아 몸을 앞뒤로 가볍게 흔들며 혼자서 노래를 부르고 있었다. 자장가인가? 아니, 그것은 돌림노래의 도입부였다. '저어라, 저어, 노를 저어라.' 노래의 박자에 맞춰 그의 맨발이 살살 흔들렸고, 빨개진 눈이 저 멀리 보이지 않는 뭔가를 응시하고 있었다. 공기 중에서 이상한 냄새가 났다. 희미한 화학 약품 냄새에 시큼한 우유처럼 뭔가 다른 냄새, 그리고 오래된 종이와 접착제의 냄새가 섞여 있었다. 그가 앉아 있는 테이블처럼 생긴 종이 재단기 상판 주변 바닥에는 수백 개의 작은 종잇조각이 바람에 날려 쌓인 눈처럼 흩어져 있었다. 그가 바젤리를 가지고 논 것이다.

"베니?" 코리가 불렀다.

그는 눈을 깜빡였지만 대답하지 않았다.

그는 아직 어린 소년의 얼굴과 몸을 지녔다. 마르고 좁은 가슴, 둥근 배, 눈물에 젖은 보드라운 뺨. 피부는 금빛이었고, 머리는 뭔가 끈끈한 것을 바른 것처럼 뾰족뾰족 위로 서 있었다. 목소리는 여전히 높고 갈라짐이 없었다. '조심조심 강물을 따라 내려가…….'

"베니, 내 말 들리니?" 그녀가 한 발짝 가까이 다가갔다. 그의 입술은 거의 움직이지 않아서, 노래가 다른 어딘가, 제본실의 저쪽 구석이나 그보다 더 먼 곳, 심지어 도서관을 벗어난 곳에서 나오는 것처럼 보일 정도였다. 가만히 귀 기울이니 메아리를 포착할 수 있었고, 마치 두 개의 목소리, 또는 열 개, 또는 만 개의 목소리가 우울한 화음을 넣으며 돌림노래를 부르고 있는 것 같았다.

'즐겁게, 즐겁게, 즐겁게, 즐겁게, 삶은 그저 꿈일 뿐…….'

75

베니, 이 일에 대해 얼마나 기억하니? 아니면 이것도 모두 차단했니?

처음에 왔다 간 건 야간 경비원이었어. 그런 다음 키 작은 사서가 와서 너와 대화를 시도했지. 마지막으로 경비원이 경찰과 함께 돌아왔어. 그들은 자신들의 존재가 너를 자극하지 않도록 한 명 한 명 제본실로 들어와서 천천히 움직였지. 그리고 낮고 조심스러운 목소리로 말했어. 그들은 무슨 일이 벌어질지, 왜 네가 거기 앉아 있는지, 어떤 기분인지 알지 못했어. 그들이 볼 수 있는 거라곤 흰색 팬티 바람으로 음부 위에 손을 동그랗게 말아 쥐고 공업용 종이 재단기 위에 앉아 있는 왜소한 반라의 소년과 그의 머리 위에 위협하듯 서 있는 긴 곡선형의 칼날뿐이었어.

손에 대해, 너는 그저 편안함과 안전을 기하기 위한 자세였다고 설명할 수 있었겠지. 네 표정, 만족스러운 듯 반쯤 미소 띤 얼굴과 먼 곳을 응시하는 시선이 그들을 안심시켰어야 마땅한데 사실은 그렇지가 않았어. 소년이 종이 재단기에 앉아 있거나 공공연히 음부를 쥐고 있는 건 안 될 일이야. 소년이 한밤중에 도서관에서 옷을 벗고 있는 것도 안 될 일이지. 넌 옷을 벗은 이유는 옷에서 최루탄 냄새와 시큼한 우유 냄새가 풍겼고 최루탄 연기 때문에 눈이 아팠기 때문이라고 설명할 수 있었을 거야. 그리고 칼날은 자르는 걸 좋아하기 때문에, 비록 이 칼날과 친구가 되긴 했지만, 당연히 조심할 필요가 있어서 음부를 쥐고 있었다고 설명할 수도 있었겠지. 그러나 넌 설명하지 않았고, 그래서 그들은 이해하지 못했어. 어쩌면 우리가 너에게 너의 행동에 대해 그들에게 설명하라고 재촉할 수 있었겠지만, 우린 그러지 않았어. 솔직히 그런 생각이 떠오르지도 않았지. 책은 소년들이 무슨 일을 하건 개의치 않아. 책은 너의 기이한 행동을 환영해. 게다가 우린 바빴잖아? 안 그래? 그때 우리는 처음으로 진짜 대화를 하고 있었어. 우린 먼 곳에, 저 먼 곳에 있었지.

침입자들이 하나둘 들어와 우리의 노랫소리를 들었어. 기억나니? 우린 돌림노래를 부르고 있었잖아. 너의 부모님이 부르고 네가 엄마의 배 속에서 듣곤 하던 것과 똑같은 무한 캐논 말이야. 우리의 목소리가 유령처럼 제본실을 오가는 다른 모든 묶이지 않은 책들과 합쳐지며, 겹쳐진 도입부가 침입자들의 귀를 혼란스럽게 만들었고, 그게 요점이었어. 우린 우리가 중얼거리는 대화를 그 영원한 자장가의 노랫말 속에 숨겨 그들이 알아들을 수 없도록 노래를 불렀어. 그날 밤 우리의 말은 서로를 위한 것이었어. 모든 소년의 내면에 책이 있지만, 모든 소년이 책이 말하는 소리를 들을 수 있는 건 아냐, 베니. 모든 소년이 들으려는 마음이 있는 것도 아니고.

그날 밤, 넌 들었어. 어쩌면 그건 제본실의 원초적 힘 때문이거나 화난 야구방망이에 대한 너의 경험 또는 거리에 모인 사람들의 분노와 혼란 때문이었는지도 몰라. 어쩌면 그 순간 너는 세상을 이해하기 위해 책이 필요했는지도 몰라. 하지만 이유가 무엇이건, 넌 정말로 들었고 우린 고마웠어.

우리의 대화를 기억하니? 우리가 갔던 장소와 우리가 본 것들을 기억해? 제본실은 우리의 통로, 말하자면 다른 모든 지점을 포함하는 공간 속의 한 지점이었고, 그날 밤 넌 어디에도 묶이지 않은 소년, 무한한 미지의 우주로 첫발을 내디딘 작은 우주비행사였어. 처음으로 넌 네가 오랫동안 들어온 사물들의 목소리, 너의 관심을 끌기 위해 경쟁하는 모든 시끄러운 물질의 소리를 볼 수 있었어. 초자연적인 귀를 가진 너는 물질이 시간과 공간과 정신을 이동하며 내는 소리의 구불구불한 형태와 윤곽을 절대적으로 명료하게 지각할 수 있었지. 어떤 소리는 너무도 아름다워서 너를 크게 웃으며 즐겁게 박수 치게 만들었지만, 어떤 소리는 너무도 슬퍼서 눈물을 흘리게 만들었어. 그리고 아아! 우리가 본 광경들!

알래스카 해안에서 달빛에 반짝이는 컨테이너선들. 연무 속에 피라미드 형태로 쌓여 있는 노란 유황. 약탈된 달과 모든 분화구들, 천체와 별과 소행성들, 다이아몬드 티아라를 물고 있는 새까만 까마귀, 태평양 환류에서 맴돌고 있는 고무 오리 떼, 발걸음 소리에 얼어붙는 어린 소녀. 창공에서 빛나는 안드로메다. 삼나무 숲이 불타며 급속히 퍼지는 불길. 깊은 바다에서 플라스틱 그물에 걸려 염도 높은 눈물을 쏟으며 우는 바다거북과 죽은 새끼를 콧잔등에 이고 다니는 거두고래.

'묶이지 않은 것들'의 이런 무한함을 어떻게 말로 옮길 수 있을까! 한순간 우리는 무리 짓기 직전의 별자리들, 유동하는 집합체를 목격했어. 대리석이나 야구방망이, 운동화나 이야기, 재즈 리프나 바이러스 전염, 알이나 고대의 은수저로 구체화되어 가고 있는 생기 넘치는 물질의 역동적 흐름을 지각했어.

우리는 사카테카스* 노예들이 스페인 왕가의 부를 위해 라부파 언덕에서 채굴한 풍부한 은맥을 보았어. 그렇게 채굴한 은은 제련과 단조의 과정을 거쳐 숟가락이 되어 천 명의 입—크게 벌린, 굶주린, 젊고 늙은, 붉고 발그레한, 악취 나고 덧니가 있는—을 먹인 뒤 이민자의 더플백 속에 들어가 바다 건너 다시 신대륙으로 이동했지. 브롱크스에서 그 숟가락은 좀도둑의 약탈품 중 하나가 되었어. 그것은 뉴저지주 호보컨에 있는 전당포와 네바다주 리노에 있는 또 다른 전당포에 갔다가, 대륙 끝을 향해 서쪽으로 히치하이킹을 해서 현재 있는 곳에, 태평양 연안의 미국 북서부 어딘가에서 자금 부족을 겪고 있는 공립학교 지붕에 설치된 빗물받이에 이르렀지.

그리고 도중에 그것은 너도 먹였어. 너는 종이 재단기 위에 앉아, 엄마가 으깬 바나나를 숟가락으로 떠서 아기인 너의 입에 넣어주는 걸 보았지. 흔들의자에 앉아 흔들거리며 암소와 달에 대한 노래를 불러주면서 말이야. '헤이, 디들디들.' 이것을 보며 너는 울었어.

이 모든 것들을 너는 동시에 보고 느꼈어. 어떻게 이것이 가능할까? 현상들이 아직 '묶이지 않은' 제본실에서는, 이야기들이 순차적

* 멕시코 중동부에 있는 주. 16세기에 대규모 은광이 발견되면서 생성된 도시.

으로 행동하는 법을 아직 배우지 못했기 때문이야. 세상의 수많은 모든 것들이 동시에 나타나고 동일한 현재의 순간에 일어나고 너와 같은 공간에 있기 때문이야. 어디에도 묶이지 않은 너는 이제 막 생성되고 있는 우주와 우주진의 구름, 그리고 기체가 부글거리는 따뜻한 작은 연못에서 최초의 생명체가 탄생하는 것을 보았어. 이렇게 묶이지 않은 상태에서 그날 밤 너는 그동안 존재했고 존재할 수 있었던 모든 것을 조우했어. 형상과 공백, 그리고 형상과 공백의 부재를. 그러면서 자신을 완벽하게 열어서 물질과 융합하고 모든 것을 안에 받아들이는 게 어떤 건지 느꼈지.

그리고 우리도. 넌 우리도 안에 받아들였고, 일단 네 안에 들어가니 우리는 너의 감각의 관문에 도달하여 마침내 눈으로 보는 것과 귀로 듣는 것, 코로 냄새 맡는 것, 혀로 맛보는 것, 피부로 만지는 것이 어떤 것인지 이해할 수 있었지. 결국 책이 원하는 건 바로 그거야. 우리는 몸을 원하고, 우리는 처음으로 몸이 있다는 게 어떤 건지 상상할 수 있었지. 우린 몸이 불러일으키는 의식을 지각할 수 있었어. 우리가 너에게 묶이지 않은 세상을 주었다면, 이건 네가 우리에게 준 선물이었어.

4부

병동

아이는 반쯤 숨겨진 희미한 오솔길을 따라 자기 길을 찾으려 한다. 아이는 책을 읽을 때 귀를 닫는다. 책은 너무 높은 책상 위에 있고, 한 손은 항상 책장 위에 올려져 있다. 아이는 흩날리는 눈발 속에서 형체와 메시지를 볼 수 있는 것처럼, 회오리치는 글자 속에서 주인공의 모험을 읽을 수 있다. 아이의 숨결은 서술되는 사건 속 공기의 일부가 되고, 관련된 모든 인물이 그것을 호흡한다. 아이는 어른들보다 더 긴밀하게 등장인물들과 섞인다. 아이는 등장인물들의 행동과 주고받는 말에 말할 수 없이 감명을 받고, 자리에서 일어났을 때는 방금 읽은 내용이 온몸에 눈처럼 겹겹이 쌓여 있다.

—발터 벤야민, 《일방통행로》

정리의 마법

3장

이미 깨진 것

어느 날 스승님께 차를 드리다가 찻잔이 쟁반에서 미끄러져서 바닥에 떨어졌다. 그것은 시가 새겨진 매우 오래되고 아름다운 골동품 잔이었다. 그것은 스승님이 당신의 스승님께 받은 것으로, 스승님이 가장 좋아하고 소중히 여기는 찻잔이었다.

그것이 바닥에 닿을 때 나는 비명을 질렀다. 스승님은 책을 읽다가 눈을 들고 고개를 끄덕이고는 "이미 깨진 겁니다"라고 말하고 다시 책을 읽기 시작했다.

나는 혼란스러웠다. 찻잔은 깨지지 않았다. 정말 다행히도, 그것은 바닥에 떨어지고도 살아남았다. 나는 그것을 집어 들어 유심히 살펴보았는데 어디 하나 이가 빠지거나 금 간 곳이 보이지 않았다. 나는 그것을 닦아서 도로 가져가 조심스럽게 스승님께 차를 따랐다. 스승님이 함께 마시자고 권했을 때, 나는 나의 서툰 행동에 대해 한마디 하거나 당신이 하신 말의 의미를 설명해줄 줄 알았다. 그런데 스승님은 아무 일도 없었던 것처럼 그저 조용히 차를 홀짝이며 정원을 내다보았다. 마침내 나는 더 이상 참지 못했다.

"주지 스님!" 내가 찻잔을 내려놓으며 말했다. "스님의 찻잔은 깨지지 않았는데, 왜 이미 깨졌다고 말씀하셨는지요?"

스승님은 찻잔을 들고 감탄하며 말했다. "아시겠지만, 이건 매우 오래된 물건입니다. 아마 200년은 되었을 거예요. 렌게쓰가 만든 거지요. 렌게쓰가 누군지 아십니까? 절세미인이었지만, 참 기구한 인생을 산 사람이죠. 그녀는 사생아로 태어나 아기였을 때 입양되었죠. 나중에 두 번 결혼했지만 두 남편과 다섯 아이 모두 죽게 됩니다. 그래서 머리를 깎고 여승이 되었지요. 렌게쓰는 가난했지만 창의적인 사람이었고, 그래서 도자기를 만들고 자신이 만든 찻잔과 그릇에 시를 쓰기 시작했습니다. 그 도자기들은 아주 인기가 좋아서, 그녀는 많은 돈을 벌었지만 모두 가난한 사람들에게 주었지요."

나는 말을 들으면서 답답함을 느꼈다. 스승님은 종종 이런 식이었다. 옆길로 새서 애초의 질문을 잊기 일쑤였다. 하지만 나는 이번에는 꼭 대답을 듣고 말겠다고 작정했다. 스승님은 찻잔 옆에 새겨진 시를 읽었다.

"나의 은둔처 이곳에서는 세상의 먼지가 비껴가고, 나는 필요한 모든 것을 가졌고, 소나무의 바람이……."

"하지만 주지 스님! 찻잔은 깨지지 않았습니다."

그는 놀라서 올려다보았다. "내게는 깨졌어요." 그가 말했다. "깨지는 건 찻잔의 본성입니다. 그래서 찻잔이 지금 그토록 아름다운 것이고, 그래서 내가 아직 이 잔으로 차를 마실 수 있음에 감사하는 겁니다." 스승님은 찻잔을 다정하게 바라보더니 마지막 한 모금을 마시고 빈 잔을 조심스럽게 다시 쟁반에 올려놓았다. "한번 가면 그만이지요."

그날 스승님은 형상의 무상함과 모든 사물의 비어 있는 본성에 대해 값진 교훈을 주셨다.

찻잔과 관련된 또 하나의 교훈은 스승님이 돌아가시고 몇 년 뒤에 얻게 되었다. 2011년 3월 11일 오후 2시 46분에, 진도 9.0도의 대형 해저 지진이 일본의 북동부 해안을 덮쳤다. 당시 나는 진원지에서 373킬로미터 떨어진 도쿄에 있는 암자의 부엌에서 차를 준비하고 있었는데, 갑작스러운 충격에 너무 놀란 나머지 렌게쓰의 찻잔이 내 손에서 날아갔다.

스승님은 나를 법제자로 삼으실 때 찻잔을 내게 주었고, 나는 그것을 소중히 여겼다. 그것이 내 손에서 날아갈 때, 나는 그것을 향해 돌진하며 그렇게 서툴게 행동한 나 자신을 저주했고, 다음 순간 나는 바닥에 누워 있었다. 그제야 나는 무슨 일이 일어나고 있는지 알아차렸다. 접시들이 깨지며 바닥으로 추락했다. 나는 머리를 가리며 손과 무릎을 바닥에 대고 엎드렸다. 내 밑에서 땅이 요동치며 나를 좌우로 흔들었고 사방에서 음식이 날아다녔다. 나는 어찌어찌해서 가스레인지까지 기어가서 가스를 잠갔다.

지진은 6분간 길게 지속되었고, 지진이 끝나고 나서 나는 부엌을 치우다가 바닥에 산산조각 나 있는 렌게쓰 찻잔을 발견했다. 나는 파편을 모아 내 서재로 가져가서 제단 위 스승님 초상화 앞에 놓았다.

"주지 스님 말씀이 맞았습니다." 내가 말했다. "이미 깨졌네요."

도쿄에서 우리가 겪은 일은 북쪽에서 벌어진 상황에 비하면 아무것도 아니었다. 그곳에서는 끔찍한 쓰나미가 발생하여 이동 경로에 있는 모든 것을 파괴하고 1만 5천 명이 넘는 사람들을 죽음으로 휩쓸어갔다. 이후 며칠 동안 치명적인 검은 파도가 방파제를 넘어 도시와 마을로 쏟아져 들어와 모든 것을 폐허로 만드는 장면을 전 세계가 지켜보았다. 우리는 휘청거리며 벌판을 가로질러 더 높은 곳으로 탈출하려는 사람들을 지켜보았다. 휩쓸려가는 자동차와 그 안에 갇힌 운전자와 승객들, 그리고 유리창에 눌린 그들의 공포에 질린 얼굴을 지켜보았다. 아파트 건물이 통째로 검은 파도에 의해 내륙으로 휩쓸려갔고, 그 안에 사는 사람들은 지붕에 매달리고 창문 너머로 구해달라고 소리쳤다. 그러다 파도가 방향을 바꾸자, 그들은 바다로 빨려 들어갔다.

너무 많은 사람이 목숨을 잃었다. 너무 많은 사람이 실종되었다. 다른 사람들은 간신히 대피해 목숨을 부지할 수 있었지만 가진 것을 모두 잃게 되었다. 집과 자동차, 옷과 패물, 전자제품과 가재도구, 그들이 그토록 열심히 일해서 얻은 모든 것들. 사진첩과 편지, 선물, 추억거리, 그리고 여러 세대에 걸쳐 소중하게 전해져 내려온 가보 같은 소중한 기념품은 말할 것도 없었다.

이것은 만물의 무상함에 대한 또 다른 중요한 교훈이었다. 활성 지진대에 위치한 일본은 지진이 드물지 않아서 언제든 재앙이 닥칠 수 있다. 그러나 우리는 일상생활의 밝고 빛나는 안락함에 정신이 팔려 이것을 망각하곤 한다. 우리는 안전하다는 착각에 사로잡힌 채 잠들고, 이런 꿈속에서 살아간다.

그런데 지진이 우리를 흔들어 깨웠고, 쓰나미가 우리의 망상을 쓸어갔다. 그것은 우리로 하여금 우리의 가치관과 물질적 소유에 대한 집착에 질문을 던지게 만들었다. 내 것이라고 생각했던 모든 것—내 소유물, 내 가족과 내 인생—이 한순간 휩쓸려 가버릴 수 있다면, 우리는 스스로에게 질문을 던질 수밖에 없게 된다. '진짜란 무엇인가?' 해일은 우리에게 무상함이 진짜임을 일깨워주었다. 이것이 우리의 진정한 본성을 깨닫게 하고 있다.

이미 깨졌다.

이것을 알면 우리는 모든 것을 있는 그대로 인정할 수 있고 서로를 있는 그대로, 완전하게, 무조건적으로, 기대나 실망 없이 사랑할 수 있다. 그러면 삶이 훨씬 더 아름답지 않을까?

한참 뒤에 나는 깨진 렌게쓰 찻잔을 금과 옻칠로 이어붙여 수리할 수 있는 전통 공예가를 찾았다. 이제 금이 간 부분에는 그 잔의 깨짐을 존중하는 금색의 미세한 이음매가 생겼다. 내 눈에는 지금 그 잔이 그 어느 때보다 사랑스럽다.

베니

그건 같은 지진이었지? 내가 엄마에게 준 알레프의 대재앙 스노글로브에 있던 거? 난 그 속에 있다면 어떤 기분일지 생각해본 적이 없었어. 스노글로브 속에 있는 거 말고. 스노글로브는 진짜가 아니니까. 지진과 쓰나미, 원자로 노심 용융의 상황을 말하는 거야. 그런 것들은 진짜고, 그런 상황에 빠지면 완전히 엉망일 거야.

그리고 아이콘이 인생에 대해 꿈과 같다고 말하는 내용 있잖아. 난 전적으로 이해해. 그건 제본실에서 우리가 불렀던 자장가의 내용과도 같아. 그날 밤 있었던 일은 깨어남이나 어쩌면 탈출에 더 가깝게 느껴졌지만 말이야. 넌 그걸 '묶이지 않음(Unbinding)'이라고 지칭했지만, 그건 네가 책이어서 말이 되는 거야. 그걸 뭐라고 표현해야 할지 모르겠지만, 그 느낌만은 기억해. 아빠가 돌아가신 뒤로, 나는 대재앙 스노글로브에 갇혀버린 기분이었고, 온갖 개똥 같은 일들이 일어나면서 사방에서 유리벽이 자꾸만 다가오며 내 공간이 점점 더 좁아지는 기분이었어. 하지만 그날 밤 제본실에서 너와 함께 있으면서, 내 삶의 스노글로브가 깨졌고 나는 모든 걸 볼 수 있었어. 그리고 하나하나가 있는 그대로 완벽했고 진짜였지. 그때는 이걸 이해하지 못했어. 경찰이 왔을 때 그 장면 전체가 참 이상해져버렸고 모두들 기겁했지. 하지만 이제는 알 것 같아. 아이콘이 '깨짐'이라고 말한 것이 그런 거 아냐? 머리가 폭발하고 있는 것 같은 느낌이었지만, 나쁜 의미에서가 아니었어. 넌 알지?

아이콘이 스스로에게 던진 질문—진짜란 무엇인가?—이 내 질문과도 같다는 게 신기했어. 왠지 그 사람이 아는 것 같았어. 아니면 그저 모두들 똑같은 질문을 품고 있는 걸까?

아무튼 이 모든 걸 기억해서 다행이야. 그래서 고마운 것 같아. 그때 내게 보여주고 지금 내게 일깨워줘서.

책

그래, 기억해서 다행이야.

많은 사람이 너와 똑같은 질문을 해, 베니. 그건 아마 책 속에 있는 가장 오래된 질문일 거야. 하지만 그렇다고 그 질문이 너에게 특별하지 않은 건 아냐. 모든 사람은 저마다의 특별한 망상의 풍선 속에 갇혀 있고, 거기서 탈출하는 게 모든 사람의 인생 과제야. 책이 도움이 될 수 있지. 우린 과거를 현재로 만들 수 있고, 너를 과거로 돌아가게 하고, 네가 기억하도록 도울 수 있어. 그리고 우린 너에게 이것저것 보여주고 시간을 경험하는 순서를 바꾸고 너의 세계를 넓혀줄 수 있지. 하지만 깨어나는 건 오롯이 너에게 달려 있어. 준비됐니?

76

경찰관은 벌거벗은 소년을 제본실에서 병원으로 데려가면서 소년의 팔에서 주사 자국 같은 것을 발견했다. 그들은 이것을 초진 간호사에게 말했고, 간호사는 당직 의사에게 보고했다. 의사는 그것을 멜라니 박사에게 알렸고, 다음 날 아침 그녀는 소아정신과 병동에서 애너벨을 만났다.

멜라니 박사는 스크롤을 내려 베니의 파일을 훑어보며 경찰 보고서를 찾았다. "아직 혈액 검사 결과를 기다리고 있긴 한데, 사실 좀 놀랐습니다. 혹시 베니가 약물을 주사한 적이 있을까요?"

그들은 병동 내의 작은 상담실에 있었다. 애너벨은 몹시 지쳐 있었다. 경찰에게서 전화가 올까 두려워하며 밤을 샜는데, 아침 6시경 마침내 전화가 걸려왔다. 그녀는 병원으로 급히 달려왔는데 베니를 아주 잠깐 본 뒤 검사받으러 보내야 했고, 그런 다음 멜라니 박사를 만나기 위해 몇 시간을 기다렸다. 그래서 잠시 생각할 시간이 필요했지만, 곧 멜라니 박사의 질문이 무슨 의미인지를 깨닫고는 세차게 고개를 저었다. "아뇨! 물론 아니에요!"

멜라니 박사는 컴퓨터 화면을 향해 상체를 숙였다. "보고서에 따르면, 베니가 체포될 때 마약에 취한 것처럼 보였답니다. 그리고 병원에 오는 길에 순찰차에서 자신이 상점 유리창을 깼다고 고백했고요. 일관성 없는 얘기들을 했답니다. 야구에 대해서도 말했는데, 망상에 빠져 있는 걸로 보였다고 초진 의사가 확인했고요." 그녀는 스크롤을 다시 올렸다. "최근에 베니의 행동 변화를 눈치채신 게 있나요? 뭐든 다르거나 놀라웠다거나……?"

이번에도 애너벨은 곧바로 대답할 수 없었다. 아들의 행동은 항상 다르고 놀라웠고, 멜라니 박사도 그것을 알았다. 추가로 더 말할 게 있을까?

"아뇨. 별로요." 그녀는 철제 책상 맞은편에 앉아서 그녀의 대답을 입력하려고 기다리고 있는 의사를 보았다. "그러니까, 아시다시피, 베니잖아요……." 마치 그것으로 설명이 되는 것처럼.

"평소와 다른 게 없었나요? 평소보다 동요한다든가, 짜증을 잘 낸다든가, 조증을 보인다든가?"

애너벨은 고개를 저었다.

"피로해하거나 갑자기 잠들거나 꾸벅꾸벅 졸거나 하는 건요?"

"선거일에 몸이 아팠어요." 그녀가 말했다. "감기에 걸렸는데 열이 좀 있어서 학교에 가지 말고 집에 있으라고 했어요. 잠을 많이 자더군요. 다음 날도 집에 있게 할 셈이었는데, 집을 나가버렸어요."

"학교에 갔나요?"

"아뇨. 전화해봤는데, 거기 없더군요. 어디에 갔는지 몰랐어요. 너무 걱정됐어요! 오후 내내, 그리고 늦은 밤까지 사라져 있다가 도서관에 나타나서……." 그녀는 뭔가가 생각난 듯 잠시 멈추었다. "그러고 보니 조금 이상한 게 있었어요." 그녀가 말했다. "베니가 나가기 전에 제 티셔츠를 모두 개켰는데……."

멜라니 박사가 그녀를 보았다. "어머님의 티셔츠를요?"

애너벨이 고무되어 몸을 앞으로 기울이며 말했다. "네. 제가 눈을 붙이고 있는 동안에요." 그녀가 말했다. "제가 정리 정돈을 하던 중이어서 티셔츠가 모두 서랍 밖에 쌓여 있었거든요. 베니가 나가는 길에 그걸 본 모양이에요. 잘 개켜서 색깔별로 서랍에 배열해놨더군요. 꼭 무지개처럼! 정말 사랑스럽지 않나요? 베니는 그런 걸 참 잘해요."

박사가 고개를 끄덕이고 다시 화면으로 고개를 돌렸다. "베니가 새로운 친구에 대해 말하지 않던가요? 학교 친구나 동네 친구?"

"아뇨." 애너벨이 다시금 절망감을 느끼며 말했다. "학교 친구는 없어요. 여자애 하나가 있긴 한데, 제 생각에는 그 애를 여기서 만난 것 같아요……."

박사가 다시 눈을 들었다. "환자였나요?"

"네. 그런 것 같습니다."

"혹시 이름을 아세요?"

"베니는 알레프라고 불렀지만, 그게 실명 같지는 않아요. 그렇죠?"

박사가 인상을 찌푸리고 다시 스크롤을 움직여 베니의 사례 기록을 훑어보기 시작했다. "도서관 친구가 아닐까요? 베니가 상상의 화장실에서 구조하려 했던 여자애요. 베니가 그 여자애에 대해 말하더군요. 아, 여기 있다." 그녀가 조용히 읽고는 의자를 회전하여 애너벨 쪽으로 향했다. "알레프는 실존 인물이 아닙니다. 그거 아시죠?"

애너벨은 박사를 빤히 쳐다보았다. "실존 인물이 아니라뇨?"

"남아메리카 작가가 쓴 단편소설 속 등장인물이에요. 이름은 잊어버렸는데……."

"보르헤스요." 애너벨이 말했다. "호르헤 루이스 보르헤스요. 아르헨티나 작가죠."

"예, 맞아요. 전에 그 사람 이름을 들어본 적이 없었는데, 한번은 진료 시간에 베니가 알레프라는 친구가 있다고 말하기에 이름이 참 특이하다고 생각해서 구글 검색을 해봤죠."

"저도 그랬어요. 하지만……."

"정말 흥미롭네요." 박사가 다시 화면을 응시하며 말했다. "그 소설에서 알레프는 사람도 아니랍니다. 골프공 정도 크기의 작은 물체죠……."

"'각도에 따라 달라 보이는, 거의 견딜 수 없을 만큼 밝은 작은 구체.' 맞아요. 저도 알아요. 하지만……."

"'다른 모든 지점을 포함하는……'"

"'……공간 속의 한 지점.' 예, 저도 읽었습니다. 그런데 그 여자애가 실존 인물이 아니라는 게 무슨 말씀이시죠?"

박사가 미소 지었다. "사전조사를 많이 하셨네요. 제 말씀은 베니의 알레프가 소설 속 등장인물이라는 겁니다. 아드님은 아주 활발하게 공상의 세계에서 살고 있어요……."

"물론 그렇죠! 베니는 아주 창의적이에요."

"……그건 정신병의 징후와 일치합니다. 알레프뿐만이 아니에요. 베니는 몇몇 가상의 친구들과 소통하고 있죠."

"가상의 친구들이요?"

"음, 그럼 그냥 가상의 '존재들'이라고 해두죠." 박사가 말했다. "베니가 이야기하는 개체들과 베니에게 이야기하는 다른 많은 개체들이요. 알레프도 그중 하나죠. 베니는 알레프가 숲속에 살고 있다고 했어요. 그리고 다른 것도 있었는데, 뭐라고 하더라……." 그녀는 잠시 멈추고 기록을 확인했다. "로봇이요. 정확히 말하면 자신에게 위험을 경고해준다는 B-9 클래스 M-3 범용 다목적 비지능 환경제어 로봇이죠. 그리고 베니가 B맨, 때로는 보틀맨이라고 부르는, 의족을 차고 다니는 부랑자라고 표현하는 존재도 있죠. 이들은 복잡한 환시처럼 보입니다. 베니는 그들을 보고 자세히 묘사할 수 있죠. 게다가 더 큰 규모의 기본적 환청도 있어요. 여기에 찻주전자나 식탁 다리, 샤워 헤드, 가위, 운동화, 보도의 금, 유리창 등등 잡다한 물건들이 포함되죠. 하지만 한 가지 다른, 중요하고 복잡한 환청이 하나 있는데, 베니가 '책'이라고 부르는 개체죠."

멜라니 박사는 또다시 말을 멈추었다가 신중하게 어휘를 골라서 다시 말하기 시작했다. "그들의 관계는 다소 이론의 여지가 있어요. 처음에 베니는 편집증적 증상을 보이면서 책 때문에 악의가 생기고 책이 자신을 염탐하고 머릿속에서 '일을 저지르게 만들고' 그래서 자신의 '삶에 대해 말한다'고 했어요. 베니가 이렇게 그대로 말했죠. 그런데 오늘 아침에 우리가 얘기하는 동안 베니는 책이 '보여주기' 위해 자신을 제본실로 인도했다고 하더군요. 내가 뭘 보여주냐고 물었는데 베니는 대답하지 않으려 했고, 내가 재촉하자 '모든 것'이라고 말했어요."

'모든 것'이라는 단어가 그들 사이의 허공에 걸리고 병동의 소음이 작아진 것 같았다. 애너벨은 멜라니 박사가 이런 식으로, 진짜로 흥미가 있는 것처럼 말하는 것을 들은 적이 없었다. 그녀는 베니에 대해 애너벨보다 많은 것을 아는 것처럼 보였다. 베니가 정말로 이 모든 걸 그녀에게 말했을까?

"베니는 차분하게 행동했습니다." 박사가 계속 말했다. "전에 보이던 편집증적 행동은 없었죠. 오히려 제게 베니의 감정 상태에 대해 묻는다면, 떠오르는 단어는 '경이로움'입니다. 베니가 하느님을 본 신비주의자라고 말하면 다소 과장일지 모르지만, 사실 이건 베니 자신이 한 비유이고, 제가 볼 때 그건 현재 베니가 책을 주로 자비로운 존재로 경험하고 있음을 암시합니다."

그녀는 가볍게 웃으며 머리를 흔들었다. "정말 흥미로운 아드님을 두셨어요, 오 부인."

애너벨은 목청을 가다듬었다. "실례지만, 제 생각에는 선생님이 틀리신 것 같아요."

박사는 놀란 듯했다. "책에 대해서요?"

"알레프에 대해서요." 애너벨은 허벅지 위에 놓인 가방을 움켜쥐고 몸을 앞으로 빼며 앉았다. "알레프는 가상의 존재가 아니에요. 실존 인물입니다. 베니는 알레프도 자기가 지어낸 존재라고 말했지만, 제 생각엔 거짓말 같아요."

"받아들이기 어렵다는 건 압니다. 오 부인, 하지만……."

"알레프는 친절한 중국인 소년과 친구예요. 맥슨이요. 베니가 병동에서 만난 소년이죠."

"아, 맥슨 추요. 알아요. 맥슨은 대학교로 돌아갔어요. 아마 스탠포

드일걸요."

"음, 맥슨이 알레프를 알아요. 한번 물어보세요!"

"맥슨은 베니와 같은 병실을 썼어요. 맞죠? 그렇다면 환각 공유와 비슷해 보이는군요. 공유 정신병이라고도 하죠. 흔하지는 않지만……."

"환자 기록에 있을 거예요. 한번 확인해주실 수 있나요?"

멜라니 박사는 손바닥을 책상에 납작하게 붙였다. "오 부인, 이 치료 병동에 알레프라는 환자는 없었다고 확실하게 말할 수 있습니다. 그런 이름은 기억에 없어요."

"하지만 제가 그 아이와 얘기했어요." 애너벨이 점점 더 높아지는, 떨리는 목소리로 말했다. "보기도 했죠. 그 애는 고무 오리를 가지고 재활용품 수거함에 있었어요! 보름달이 뜬 밤에 맥슨과 함께 골목길에 있는 것도 봤고요! 베니의 휴대전화에서 그 여자애의 전화번호를 찾아서 전화를 했는데, 그 애가 받았어요!"

박사는 이제 그녀를 유심히 지켜보고 있었다. "알레프와 통화를 하셨나요?"

"아뇨. 하지만 목소리를 들었어요. 아주 똑똑히요!"

"알겠습니다." 박사가 조용히 말했다. 그녀는 펜을 들어 메모장에 간략하게 뭔가를 갈겨쓴 뒤 숨을 깊이 들이쉬고는 어깨를 내리고 상체를 앞으로 기울였다. "아주 흥미롭네요, 오 부인. 부인이 들으셨다고 생각하는 것에 대해 좀 더 얘기해주시겠어요?"

멜라니 박사의 메모장에는 'CPS'라고 쓰여 있었다.

다음 주에 애너벨은 한 사회복지사의 연락을 받았다. 그녀가 계단에서 떨어졌을 때 병원에서 배정해주었던 상냥하고 친절한 애슐리가 아니라, 다른 사회복지사가 현관 베란다에 나타나 자신은 아동보호서비스(CPS)에서 나왔다고 말했다. 그녀를 안으로 들이지 말아야 한다는 생각은 들지 않았다. 일단 안으로 들어오니, 그 여자는 집 전체를 점검할 필요가 있다고 말했고, 애너벨은 순순히 응하며 처음에는 그녀를 거실로 안내했다.

"여긴 관제 센터예요." 그녀가 다소 자랑스럽게 말했고, 여자가 혼란스러운 표정을 보이자, 덧붙였다. "그냥 우리가 그렇게 부릅니다. 일종의 농담이죠. 사실은 그냥 제가 일하는 곳이에요."

여자는 그녀의 직업에 대해 물었고 애너벨이 설명했다. 여자는 마치 벽을 지탱하듯 바닥에서 천장까지 모래주머니처럼 쌓여 있는 먼지 덮인 쓰레기봉투를 가리켰다.

"저게 뭔가요?"

애너벨이 웃었다. "어, 그냥 옛날 뉴스예요."

"이것도 농담인가요?"

"아뇨." 애너벨이 말한 뒤 회사의 문서 보관 정책과 사고 이후 재활용 처리가 좀 밀리게 된 사정을 설명했다. "그래서 물건들이 쌓여 있죠." 그녀가 슬픈 목소리로 말했다. 그녀는 자신의 요점을 설명하기 위해 서로 뒤엉켜 있는 옷 더미와 소파 위에 놓인 침구를 가리켰다. 그녀는 발목 때문에 아래층에서 잠을 자고 있지만, 다행히 잘 치유되고 있어서 곧 2층에 있는 침실로 돌아갈 수 있을 거라고 말했다.

"침실을 좀 볼 수 있을까요?" 여자가 물었다.

"물론이죠. 다만 걸으실 때 조심하세요." 그녀는 복도에 쌓인 쓰레기 더미를 넘어 계단에 줄지어 늘어선 물건들 사이로 나 있는 좁은 통로로 인도했다. "필요하면 난간을 잡으세요."

여자가 말없이 따라갔다. 그들이 침실에 도달했을 때, 그녀는 문가에 서서 방 안을 훑어보았다. "저게 침대인가요?" 그녀가 물었다. 그녀는 무례하게 굴거나 빈정거리는 게 아니었다. 그저 정보를 요청한 것이었다. 애너벨은 여자의 어깨 너머를 보았다. 이 낯선 사람의 눈을 통해 보이는 물건들로 가득 찬 방 안의 풍경에 불안한 마음이 들었다. 그녀는 여자의 얼굴을 보았다. 이 여자는 무슨 생각을 할까? 그녀는 사진을 찍고 은색 체인에 매달아 목에 건 작은 펜으로 수첩에 뭐라고 필기를 했다. 어색한 침묵을 메우기 위해, 애너벨은 펜에 대해 이런저런 말을 했다. 그것이 얼마나 마음에 드는지, 그런 펜을 손에 잡고 있으면 얼마나 편리한지, 어떻게 자신은 필요할 때마다 펜을 찾아본 적이 없는 것 같은지.

"예. 상상이 가네요." 여자가 말했다.

여자는 다음으로 욕실, 그다음으로 베니의 침실도 보자고 청했다. 침실 문을 열었을 때, 그녀는 소리가 들리도록 숨을 크게 내쉬었다. "음." 그녀가 말했다.

그녀는 방 안으로 들어가서 우주비행사와 행성 무늬 이불이 덮인 잘 정리된 침대와 옷들이 옷걸이에 깔끔하게 걸려 있는 옷장, 달 모형과 구슬, 고무 오리와 함께 책꽂이에 가지런히 꽂혀 있는 책들을 유심히 보았다.

"아드님이 책 읽는 걸 좋아하나 봅니다."

"네." 애너벨이 자랑스럽게 말했다. "책을 좋아하죠. 저를 닮았어요."

"그런데 올해는 수업을 많이 빼먹은 것처럼 보이더군요." 그녀는 켄지의 유골이 담긴 상자를 가리켰다. "저건 뭔가요?"

애너벨이 설명했고 여자가 고개를 끄덕였다.

"안타깝습니다." 그녀가 말하고는 조의를 표하기 위해 잠시 뜸을 들이다가 말을 이었다. "어쩌면 여기서 얘기해야 할 것 같군요. 공간이 좀 있으니까요." 애너벨의 아들 방에서, 여자가 침대를 가리키며 애너벨에게 앉으라고 권했다. 애너벨의 집에서. 그런 다음, 그녀가 이야기를 시작했다.

이 순간까지 그녀는 너무도 조용했지만 일단 이야기를 시작하니, 애너벨은 듣는 것 외에 달리 선택의 여지가 없었다. 여자는 동정심 따위는 없는 태도로 애너벨에게 자신이 아동보호서비스를 신청할 거라며 자신의 평가를 상세하게 말했다. 어수선한 집 안의 상태와 특히 보관 자료라는 서면 또는 전자 형태의 어질러진 물건 더미는 심각한 화재 위험 요소에 해당하며 아이의 신체적 안전에, 그리고 그의 정신과 병력을 고려할 때 정신 건강에도 위험을 초래한다는 것이었다. 그녀는 애너벨이 집을 청소해서 허용 가능한 안전 기준에 이르지 못한다면, 베니를 CPS에서 보호하게 될 거라고 말하고 있었다. 지금은 베니가 병원에 있으니, 시간적 여유가 생긴 거라고 했다. 그녀는 2주 뒤에 다시 2차 점검을 하러 와서 얼마나 진전이 있는지 볼 거라고 말하고는 애너벨에게 질문이 있느냐고 물었다.

여자에게 베니의 정신과 이력에 대해 어떻게 아느냐고 물어야겠다는 생각은 들지 않았다. 대신 그녀는 이렇게 물었다. "발목이 부러졌는데 어떻게 청소를 할 수 있을까요?"

"음, 보통 사람들은 친척과 친구들, 또는 사회관계망을 동원하죠."

또 그 얘기였다. "전 친구가 없어요." 애너벨이 힘없이 말했다. "친척도, 사회관계망도요."

"알겠습니다." 여자는 수첩에 뭔가를 또 썼다. "이 집이 임대한 거라고 말씀하셨죠? 아마 집주인이 도와주지 않을까요? 밖에 이미 쓰레기 수거함이 있던데."

"집주인 아들이 대여한 거예요. 이 집을 팔고 싶어 하죠. 임대차 계약을 깨고 우리를 내쫓으려 하고 있어요."

"알겠습니다." 여자가 또 필기를 하고는 애너벨을 보았다. "심각한 상황입니다, 오 부인. 이해하시는 건가요?"

애너벨이 고개를 끄덕였다.

"부인도 상담을 받아보실 것을 권하고 싶습니다. 저장강박증이 있는 사람들을 위한 치료사 및 지원 단체와 제가 소개해드릴 만한 다른 자원이 있습니……."

저장강박증? 멜라니 박사도 상담을 권유하며 몇 곳을 추천해주었지만, 그건 그녀의 불안 때문이었다. "지원 단체가 청소를 도와주지는 않잖아요."

"음, 그래요. 근본적인 문제에는 도움을 줄 수 있지만, 지금 당장은 전문 청소 서비스가 있습니다. 그런 업체들의 목록도 드릴 수 있어요."

"비싸지 않나요?"

"저는 청소 전문가가 아니라서 정확히 말할 수는 없지만, 집이 작고 동물 관련 쓰레기나 벌레도 없고 흰곰팡이와 먼지를 제외하면 크게 불결한 상태는 아니고 잡동사니들도 상당 부분 정리되어 있군요. 아마 업체에서 사람을 보내면 일주일 정도면 일을 마칠 것 같습니다만."

애너벨은 입을 다물고 이불로 시선을 내려 검지로 울긋불긋한 토성의 고리들을 훑었다. 그녀가 베니를 위해 이베이에서 산 이불이었다. 우주에서 별과 행성 사이에 둥둥 떠 있는 작은 우주비행사들이 너무 귀여웠다. 그녀가 눈을 들었을 때, 사회복지사가 아직 자신을 지켜보고 있었고, 그녀는 깊이 숨을 들이쉬었다.

"이건 그냥 일이 아니에요." 그녀가 말하며 천천히 일어났다. "제 삶이죠."

다음 날 아침 직장 상사에게서 전화가 왔을 때, 그녀는 뭔가 단단히 잘못된 것을 직감했다. 그가 그녀에게 전화를 한다는 사실 자체가 이미 불길한 징조였다. 그가 통화할 수 있는지 먼저 메시지를 보낸 것은 더 나쁜 징조였다. 그는 기분이 좀 어떤지, 발목은 좀 어떤지, 두통은 가라앉았는지를 묻는 것으로 시작했고, 그녀는 최대한 쾌활하고 낙천적으로 대답했다. 마침내 그녀가 더는 참지 못하고 전화를 건 용건을 물었다. 그의 심호흡 소리가 들리더니, 이윽고 그가 말했다. 미디어 모니터링 회사가 새로운 산업 트렌드에 맞추어 기업 전망을 업데이트하고 있다. 소셜미디어가 뉴스 미디어의 지형을 바꿔놓고 있다. 문자 인식 소프트웨어가 뉴스 모니터를 불필요하게 만들었다. 인사부는 뉴스 부서의 규모를 줄이고 있으며, 그녀가 15년 동안 몸담은 일, 대학을 졸업하고 성인이 된 뒤의 삶을 송두리째 바친 일이 폐지되었다.

"제가 휴가를 썼기 때문인가요?" 그녀가 물었다. "그래도 된다고 말씀하셨잖아요. 기억 안 나요? 뇌진탕에서 회복하기 위해서요. 전 너무 감사했고, 이제 완전하게 회복되었어요! 2주 전부터 업무에 복귀했고요. 선거와 그 밖의 사건들로 미쳐 돌아갈 상황이었지만, 두통이나 눈이 흐려지거나 그런 게 전혀 없이 일을 처리했어요. 제가 업무를 늦춘 적이 있었나요? 아니잖아요! 제가 실수를 하거나 일을 망치고 있나요? 아니잖아요!"

"애너벨, 내 말을 안 듣고 있군. 당신은 일을 잘해. 문제는 일자리 자체야. 그 직책이 더 이상 존재하지 않는다고. 구조조정 때문에 우리 부서가 통째로 사라졌어."

"그럼 다른 업무를 위해 저를 재교육시켜주세요. 재교육을 받으면 해낼 수 있어요. 보셨잖아요. 전 제가 할 수 있다는 걸 알아요."

"맞아. 하지만 그 문제는 이제 내 손을 벗어났어. 지금 전화 통화를 마치고 나면 나도 실업자 신세가 된다고. 다 끝났어, 애너벨. 미안해."

그날 오전에 남자들이 관제 센터의 장비들을 회수하러 왔다. 그들은 하드웨어를 신생아처럼 배송 담요로 꽁꽁 쌌고, 트럭으로 가져갈 때 뒤에 달린 케이블이 마치 탯줄처럼 보였다. 그들은 다시 돌아와서 U자형 책상을 해체했다. 그녀는 소파에 쌓인 세탁물을 깔고 앉아 거실 한가운데 텅 빈 공간이 점점 커지는 것을 지켜보았다. 그들이 인체공학적 의자를 가지러 돌아왔을 때, 그녀는 저항했다. 그녀는 그 의자에 애착을 갖게 되었고, 그것만큼은 남기고 가달라고 사정했다.

"미안합니다." 짐을 나르는 사람이 말했다. 그는 친절했지만, 의자를 가져가는 것이 업무 지시서에 포함되어 있었기 때문에 가져가야만 했다. 그녀는 앞 베란다에 서서 그가 바퀴 의자를 밀고 자동차 진입로를 내려가 탑차에 싣는 것을 지켜보았다. 그녀가 뒤돌아서 집에 다시 들어온 다음에야 비로소 그들이 쓰레기봉투와 그녀가 오랫동안 정성껏 보관해온 뉴스 자료 상자를 하나도 가져가지 않은 것을 깨달았다. 그녀는 다시 소파에 주저앉았다. 티셔츠 서랍은 여전히 바닥의 그녀 발 옆에 있었고, 그 옆에 《정리의 마법》이 있었는데 하필 지진과 쓰나미, 자연재해에 대한 장이 펼쳐져 있어서 애너벨 자신의 문제는 작고 사소해 보였다. 물론 그 여승은 그녀에게 답장을 써준 적이 없었다. 그녀에게는 걱정해야 할 더 처참한 재앙들이 많을 터였다. 애너벨은 그 작은 책을 발끝으로 툭툭 밀었다. 그런 다음 바닥에서 그것을 주워서 방 건너편에 버릴 물건들을 담아둔 상자를 향해 던졌다. 전에는 한 번도 책을 집어 던진 적이 없었다. 그것은 허공을 가르며 날아갔고, 책장들이 마치 깃털처럼, 부러진 날개처럼 펄럭였다.

77

아이콘은 이마를 창에 대고 흐릿한 활주로를 내려다보았다. 그녀는 숨 막히는 이륙의 순간을 기다리고 있었고, 그때가 되자 다시 한 번 깜짝 놀랐다. 석유를 연료로 하여 사람을 가득 태운 30톤의 쇳덩어리를 띄워 하늘로 올라갈 수 있다는 사실은 매번 어김없이 그녀를 전율하게 만들었다. 활주로가 멀어지고, 관제탑과 가지런한 대열로 늘어서 있는 작은 비행기들이 보였다. 그녀의 아래에서 나리타시가 문어발처럼 뻗은 밀집된 주거 구역들과 산업화된 농지들, 그 사이사이를 누비며 나 있는 고속도로, 그리고 각 구역들을 구획 짓는 작은 직선형 숲들의 풍경을 펼쳐냈다. 그녀는 땅에 드리워진 비행기의 작은 그림자가 그들의 이동 경로와 똑같이 이동하며 도로와 강과 그 밖에 지상의 장애물들을 조용히 무시하고 공장 지붕들을 가로질러 미끄러지는 것을 발견했다. 비행기가 높이 올라갈수록 풍경은 더 방대해지며 계속 뻗어나가다가, 마침내 청회색 수평선의 연무 속으로 사라지고 그림자도 사라졌다.

아이콘은 좌석에 등을 기대고 앉아 객실을 둘러보았다. 옆에는 키미가 눈을 감고 머리를 머리받침에 기댄 채 앉아 있었다. 긴 비행이 될 것이고, 키미는 비행을 좋아하지 않았다. 그들은 뉴욕에서 홍보 여행을 시작해서 전국을 누비며 주요 도시에 들러 강연과 매스컴 행사를 진행할 것이었다. 그들은 또한 잡동사니에 치여 사는 미국 가정의 시연을 소개하는 새로운 메이크오버 쇼의 파일럿 프로그램을 찍기 위해 방송국 제작진을 만날 예정이었다. 키미는 그녀에게 미국 프로듀서가 보내준 비포(before) 사진들을 보여주었다. 아이콘은 일본에서 잡동사니로 어수선한 집들의 사진을 많이 보았지만, 일본의 집과 아파트는 크기가 작았다. 미국의 집은 전원주택처럼 크고 여유로웠고 사람들이 가진 꿈과 희망도 크고 여유로웠다. 그건 아주 좋은 일이지만 이런 희망에는 어두운 이면도 있었는데, 그것은 쓰레기봉투와 벽장 속, 침대 밑에 쑤셔 박힌 착즙기와 계산기, 몸이 커져서 입지 못하게 된 옷, 깨진 장난감에서 여실히 드러났다. 그 모든 희망과 후회와 실망. 그것은 가엾은 물건들이 감당하기 버거웠다.

물론 해결책은 상당히 단순했다. 사람들은 너무 많이 사는 것을 멈춰야 했다. 하지만 그녀가 최근 미국 프로듀서와 통화할 때 그 얘기를 했더니, 그들의 반응은 떨떠름했고 나중에 그녀에게 파일럿에서 그런 주제를 거론하지 말아달라고 당부하는 메모를 전달했다. 키미가 '그런 주제'가 무슨 의미냐고 물었고, 그들은 목록을 보냈다. 소비지상주의, 자본주의, 물질만능주의, 상품물신주의, 온라인 쇼핑, 카드 빚. 그런 주제들에 대해 비판적으로 말하는 것은 미국적이지 않다고 그들은 설명했다. 미국의 시청자들은 능동적인 해결책을 원하고, 물건을 사지 않는 것은 능동적이지 않다고 했다.

비행기가 순항 고도에 도달했고, 조종사가 안전벨트 착용 표시등을 껐다. 키미는 눈을 뜨고 가방에 손을 뻗었다. 아이콘은 그녀가 목소리를 듣는다는 소년의 어머니로부터 소식이 오기를 여전히 기다리고 있다는 것을 알았다. 가장 최근 이메일에서 그 여인은 남편이 죽던 날 밤 있었던 부부싸움에 대해 썼다. 이메일은 중간에 갑자기 중단되었고, 그것이 그녀의 마지막 소식이었다.

"소식이 있었나요?"

키미가 놀란 표정으로 눈을 들고는 고개를 저었다. "아뇨." 그녀는 망설였고, 다시 입을 열었을 때 말이 빠르게 나왔다. "남편의 영혼이 그들의 싸움 때문에 동요하고 있다고 생각하세요? 어쩌면 '혼령'이 되어서 가족의 곁을 맴돌고 있을지도 모르겠어요. 미안하다고 말하기 위해 돌아오려 하면서요. 그래서 아내가 슬픔을 털어내고 앞으로 나아가지 못하는 거죠."

"미국에도 혼령이 있나요?"

"이름은 다르지만 비슷한 게 있죠. 그리고 어차피 남편은 일본인이고요……."

"그렇군요. 스님은 어떻게 생각하세요?"

"이메일에 답장을 해야 할까 생각 중입니다. 지금이 우리가 도와줄 수 있는 때라면요."

78

베니는 엄마의 해고에 대해 몰랐다. CPS에서 방문한 사실도, 노굿에게서 위협하는 편지를 받은 것도, 애너벨이 밤에 혼자 집에 있으면서 걱정 때문에 잠 못 이루며 느꼈던 두려움도 몰랐다. 그리고 아아, 그녀가 얼마나 걱정했는지!

병동에서 그들은 그를 지켜보고 있었다. 혈액 검사 결과 그가 약물을 투여하지 않았음이 확인되었다. 이제 그들은 자해의 기미를 살피며, 베니가 제 팔뚝을 유심히 보고 압정으로 찔러 만든 별자리를 손끝으로 살며시 훑고 작은 흉터에 입술을 대는 모습을 관찰했다. 그의 팔은 이제 알레프의 팔과 비슷해졌지만, 의료진은 이를 알지 못했고 베니는 설명할 수 없었다. 그는 설명을 멈추었고, 아무 말도 하지 않았다. 멜라니 박사는 선택적 함구증이라고 기록했지만, 물론 그는 이것에 대해 몰랐다. 아무도 보지 않을 때, 그는 만약을 대비해 간호사실에서 클립을 슬쩍해왔다.

그 와중에 그의 몸에 이상하고 통제할 수 없는 증상도 나타나고 있었다. 예전에 그는 멜라니 박사가 약을 바꿀 때마다 신체적 부작용을 겪곤 했지만, 이번 경우는 좀 달랐다. 그의 몸은 마치 각 신체 부위들이 갑자기 저마다 자기주장을 하고, 각자의 독립성을 발견하고, 신이 나서 자립하고 속박에서 벗어나려는 것처럼 느껴졌다. 신체 부위들의 미숙함과 기본적인 조정력 부족으로 인해, 그는 행동이 서툴러져서 물건을 떨어뜨리기 시작했다. 느낌상으로는 거의 하룻밤 사이에, 사타구니와 겨드랑이에서 털이 돋아나기 시작했다. 음경과 고환이 커졌고, 그것들은 그런 변화를 흡족해했다. 발도 커지고 있었지만 그런 변화를 마음에 들어 하지 않았다. 입원한 직후의 어느 날 아침, 그가 깨어나 보니 발이 움직이기를 거부했다. 그는 침대에서 나와서 그냥 가만히 서 있었고, 앞으로 나갈 수 없다는 것을 알아차리고는 다시 주저앉았다. 그는 환자였다. 발이 마음을 바꾸기를 기다릴 준비가 된 참을성 있는 환자였다. 그러나 간호사는 그렇게 참을성 있지 않았다. 그녀는 그에게 옷을 입고 식당으로 가서 남들과 아침을 먹으라고 했다. 그는 말을 하지 않았기에 설명할 수 없었다. 그저 침대 위에 앉아 꾸짖고 구슬리는 소리를 들었다. 간호사의 부축을 받아 기꺼이 다시 일어나려 했지만, 그녀가 팔꿈치를 잡아 그를 앞으로 나가게 하려 했을 때 그의 발이 완강히 버티는 바람에 넘어지고 말았다. 그날 아침 그는 침대에서 아침을 먹고 점심도 먹었다. 그러나 저녁 시간이 될 즈음에는 나름의 해결책으로 발을 속일 방법을 알아냈다. 엄지발가락 앞에 구겨진 종잇조각을 떨어뜨리면, 이것이 발에게 목표물이 되어 앞으로 움직일 동기를 부여한다는 것을 발견한 것이다. 한 발짝, 그런 다음 또 하나를 떨어뜨렸다. 그는 미끼로 쓸 종이 뭉치를 주머니에 넣고 다녔다. 목표는 중요하다. 그의 담당 치료사가 그렇게 말했다. 그리고 각각의 종이는 저마다 할 말이 있었고, 어떤 것은 그를 격려하는 동기부여의 말이었다.

'천 리 길도 한 걸음부터.' 그중 하나가 말했다.

'한 걸음 한 걸음 차근차근.' 다른 종이가 말했다.

'한 인간에게는 작은 한 걸음에 불과하지만 인류에게는 거대한 도약.' 세 번째 종이가 말했다. 그리고 사실 그는 달에 첫발을 내디딘 암스트롱과 같았다. 그는 숲에서 빵 부스러기를 떨어뜨리는 헨젤과 같았다. 종이 중 하나가 그를 혼란스럽게 하기 위해 장난스럽게 '1보 전진, 2보 후퇴'라고 속삭였을 때, 그는 몸을 돌려 뒷걸음질 쳐서 한 수 앞설 수 있었다. 그렇게 하는 데는 어느 정도 계산이 필요했지만, 그는 가야 할 곳에 도달할 수 있었다. 그러나 얼마간의 시간이 지나자 이 방법도 더는 통하지 않았다. 그의 발이 일어서기를 거부하는 바람에, 휠체어 신세를 져야 했다. 애너벨이 찾아왔을 때도 그는 휴게실 구석 창가에서 휠체어에 앉아 번화한 거리를 내려다보고 있었다.

그녀는 매일 오후 찾아와 그의 옆에 앉아 있었다. 일찍 도착해서 면회 시간이 시작되기를 기다렸다가 면회 시간이 끝날 때까지 머물다 갔다. 베니는 애너벨도 의료진의 감시를 받고 있다는 것을 느꼈고, 조심하라고 경고해주고 싶었지만 목소리가 나오지 않았다. 그래서 어색한 침묵을 메우는 건 오롯이 그녀의 몫이었다. 그녀는 이제 변화를 위한 시간이 된 것 같다고 말했다. 최근 선거 이후, 뉴스 모니터링이 지겨워졌다며 아마 이제 새로운 종류의 일자리를 찾을 때가 된 것 같다고 했다. 이제 베니가 많이 컸고 독립적이 되어가고 있으니 어쩌면 문헌정보학과에 다시 들어가서 학위를 받을 수 있을지도 모른다. 도서관 사서가 엄마인 것도 좋지 않을까? 그녀는 도시 생활도 지겨워졌고, 돈과 멋진 자동차, 계급적 열망을 가진 새로운 사람들이 동네로 유입되는 젠트리피케이션에도 신물이 났다. 이제 새로운 출발을 할 때다. 어쩌면 둘이 시골로 이사를 갈 수도 있을 것이다. 작은 공공도서관과 마음 맞는 사람들의 긴밀한 공동체가 있고, 녹지 공간과 청정한 공기, 새, 나무, 나비가 있는 어딘가로. 정원이 있는 집으로 이사를 가서 완두콩과 깍지콩을 재배하는 법을 배우는 거다. 거기서 감자를 캐서 젤리와 파이를 만들 수 있을 것이다. 심지어 닭을 키울 수도 있을 것이다. 예쁜 파란색, 초록색 알을 낳는 멋진 닭으로 말이다. 공간도 넓어질 것이다. 자신의 꿈을 펼칠 수 있는 전용 공간으로 미술 작업실을 가질 수 있고, 그러면 자신이 만든 공예품을 욕조에 보관하지 않아도 될 것이다. 베니도 마약 중독자와 성매매 종사자가 득실대는 골목길에서 재활용품 수거함을 내다보는 대신 지붕창이 있어서 산과 밤하늘을 제대로 볼 수 있는 더 큰 방을 가질 수 있을 것이다. 그녀는 베니에게 커튼을 만들어줄 것이다. 꼬아서 만든 양탄자도. 베니를 위해 망원경을 사줄 거고, 그러면 그는 별을 공부해서 언젠가 천문학자나 심지어 우주비행사가 될 수도 있다!

그는 휴게실에서 그녀 옆에 앉아 가만히 이야기를 들었다.

면회 시간이 끝나면, 그녀는 아들을 꼭 안아주고 싶은 마음을 애써 억누르고 대신 어깨를 잠시 토닥이는 것으로 만족하며 간호사에게 내보내달라고 했다. 뒤에서 무거운 문들이 닫히고 잠길 때, 그녀는 복도에 잠시 기대어 정신을 추스를 시간을 가졌다. 가끔은 벤치에 앉아 조금 울기도 했다. 베니는 이것도 몰랐다.

며칠이 지났다. 보험 혜택을 유지하려면 코브라* 신청서를 작성해야 했고 실업수당을 신청해야 했다. 퇴거 통지서에 대해 항소 절차를 준비하고, 학교에서 온 이메일에 답해야 했다. 집에서 그녀는 소파에 이불로 몸을 감싸고 앉아 관제 센터가 있었던 텅 빈 공간을 응시했다. 모든 불쾌한 소음의 근원이 사라진 그곳에는 빈 공간과 정적만 남았다. CPS에서 나온 여자가 일주일 후에 다시 오기로 했으니, 이제 청소를 시작해야 했다. 어쩌면 위층 욕실부터, 오래된 공예용

* COBRA. 실직 후에도 기존에 가입한 건강보험의 연장을 보장해주는 제도.

품을 내버리는 것으로 가볍게 시작할 수 있을 것이다. 그러나 그녀가 실현하지 못한 프로젝트를 모두 버린다고 생각하니 죽음만큼이나 큰 상실감이 가슴을 가득 채웠다. 그녀는 이불을 뒤집어쓰고 텅 빈 공간을 보다가 불편한 잠에 스르르 빠져들었다.

79

전화벨로 설정한 〈바이 더 시사이드〉의 경쾌한 벨 소리가 그녀를 깨웠다. 병원에서 온 전화일까? 아니면 학교? 사회복지사? 직장 상사? 아니, 직장 상사는 아니다. 그녀는 이제 직장이 없다. 휴대전화는 소파 쿠션에 파묻혀 있었다. 그녀는 그것을 빼내서 화면을 보았다. 공공도서관? 베니가 일으킨 문제가 더 있는 걸까? 베니가 저지른 다른 끔찍한 짓을 발견한 걸까?

그러나 전화를 건 사람은 키 작은 사서였다. 애너벨은 이야기책을 읽어주던 경쾌한 목소리를 알아들었다.

"그냥 확인차 전화드렸어요. 어떻게 지내시나 해서요. 베니는 어떤가요?" 코리가 말했다.

"괜찮아요." 애너벨이 대답했다. "베니는 괜찮아요. 저도 괜찮고요." 그녀는 저녁 먹는 것을 깜빡했고, 배에서 꼬르륵 소리가 났다. 이를 닦는 것도 깜빡했고, 이 표면이 까끌까끌했다. 이 여자는 대체 뭘 원하는 걸까? "예, 우리 둘 다 괜찮아요. 고마워요." 말은 그렇게 했지만, 잠에 취한 목소리에서 나온 단어들은 그녀가 속으로 느끼는 감정과는 무관한 의미 없는 것들이었다. 그녀가 속으로 느끼는 감정은 분노였고, 이것이 그녀를 놀라게 했다. 왜 분노를 느끼는 걸까? 사서는 그저 도와주려 한 것뿐이었다. 그녀가 한밤중에 경비에게 전화를 걸어서 도서관을 수색해달라고 부탁했을 때 그녀는 그저 도와주려는 것뿐이었다. 경비원이 경찰에 전화를 걸었을 때 그것은 규정에 따른 것뿐이었고, 경찰은 손에 피를 흘리고 팔에 흉터가 있는 벌거숭이 베니를 보고 체포해서 병원에 데려가는 것 외에 다른 선택의 여지가 없었다.

코리는 베니가 얼마나 병원에 있어야 하냐고 물었고, 애너벨은 모른다고 대답했다. 코리가 베니를 찾아가도 되냐고 물었고, 애너벨은 아직 안 된다고 말했다. 코리가 혹시 어떤 도움이나 기대어 울 어깨가 필요하냐고 물었고, 애너벨은 전화를 끊었다. 시끄럽군. 전화를 끊으며 애너벨은 생각했다.

늦은 오후 초인종이 울렸을 때 애너벨은 무시했지만 초인종은 끈질기게 울렸다. 그녀는 노굿과 또 한판 붙기 위해 마음을 단단히 먹고 소파에서 일어나 문을 열었다. 그런데 키 작은 사서가 손에 책 한 권을 들고 어수선한 앞 베란다에 서 있었다. 그녀는 그 책을 내밀었다. 그녀는 도서관 데이터베이스에서 애너벨의 주소를 찾았다고 설명했다. 귀찮게 할 생각은 없었지만 베니를 위해 뭔가를 가져오고 싶었다고. 베니가 도서관에서 읽는 것을 본 적이 있는 책이었다.

그것은 호르헤 루이스 보르헤스의《알레프와 기타 단편들》이었다.

"아!" 애너벨이 말했다. "베니가 이걸 읽고 있었군요!" 그녀가 손을 뻗었지만 책이 바닥으로 떨어졌다. 그녀가 주우려고 몸을 숙였고, 다시 일어섰을 때 키 작은 사서가 눈을 크게 뜨고 입을 벌린 채 거실을 들여다보고 있는 것을 보았다.

"세상에. 대체 무슨 일이 있었던 거죠?" 사서가 물었다.

그 직설적인 질문에 애너벨은 크게 동요했다. 그녀는 천천히 아래로 무너져 신문 더미 위에 털썩 주저앉았다. 다리가 떨리고 호흡이 거칠어졌다. "제발……." 그녀가 한 손으로 가슴을 누르며 말했다. 제발 뭐? 그녀는 알 수 없었다.

"천식인가요?" 그녀가 물었다. "흡입기가 있나요?" 그녀는 애너벨을 부축해 일으키고 그녀를 거실로 이끌었다. 흡입기는 소파 밑에 떨어져 있었다. 애너벨이 무릎을 꿇고 그것을 주운 다음 다시 소파에 주저앉아 흡입했다.

"미안해요." 호흡이 진정되자 애너벨이 말했다. "알레르기가 있어요."

코리가 고개를 끄덕였다. 거실에서 곰팡이 냄새가 났다. "뭘 좀 가져다드릴까요? 물 같은 거요?"

애너벨이 고개를 저었다. "고맙지만 됐습니다. 이제 괜찮아졌어요. 좀 앉으실래요?"

코리가 방 안을 둘러보았다. 앉을 만한 곳이 없었다.

"엉망이죠. 저도 알아요." 애너벨이 말했다. "손님이 오는 경우는 드물어서……."

코리는 머뭇거리다가, 옷더미를 한쪽으로 밀치고 소파 가장자리에 걸터앉았다. 방은 조용하고 적막했고, 애너벨의 다소 거친 숨소리와 늦은 오후 햇살 속에서 유령처럼 부유하는 먼지구름을 제외하면 아무것도 없었다. 두 사람 다 아무 말이 없었다. 마침내 코리가 침묵을 깼다.

"여기 오래 사셨나요?"

다소 무미건조한 질문이었지만, 애너벨은 그거면 충분했다. 그녀는 코리에게 모든 것을 말했다. 자신과 켄지가 어떻게 그 집을 찾았고 처음에는 그곳에서 얼마나 행복했는지에 대해. 왕 부인과 그녀의 아들 노굿에 대해. 베니의 출생과 켄지에 죽음에 대해. 실직과 퇴거 통보, CPS의 방문에 대해. 애너벨은 "청소를 하지 않으면 그들이 베니를 빼앗아갈 거예요"라고 말하더니, 이어서 베니의 문제에 대해 말했다. 그녀는 긴 시간 동안 말했고, 코리는 들었다. 그녀는 종종 엄마들의 말을 들어주곤 했다. 심란한 엄마, 화난 엄마, 우울한 엄마, 우는 엄마, 걱정하는 엄마, 극도로 가난하고 집 없는 엄마, 고함치는 엄마, 제정신이 아닌 게 분명한 엄마. 그녀는 엄마들의 이야기를 들어주도록 훈련받았고, 그래서 그녀는 축 처진 소파에 앉아 애너벨이 하는 말을 듣고 있었다. 이따금 질문을 하나씩 던졌다. 마침내 애너벨이 할 말을 다 했을 때, 코리는 고개를 끄덕이고는 사서답게 간결하고 정확하게 상황을 요약했다.

"그러니까 제일 처음 할 일은 이 집을 청소하는 거겠네요. 맞죠?" 그녀가 깔끔하게 개킨 티셔츠가 들어 있는 서랍을 가리키며 말했다. "이미 시작하신 것 같고요."

애너벨이 바닥의 서랍을 보았다. 티셔츠 두어 장이 풀어져서 마치 탈출을 시도하려는 듯 서랍 벽을 타고 올라와 가장자리를 넘어가 있었다. "베니가 정리한 거예요." 그녀가 말했다. "그날 밤 집 나가기 직전에……." 목구멍으로 흐느낌이 올라왔지만, 코리는 못 들은 척했다. 그녀는 바닥에 쌓여 있는 커다란 옷더미를 가리켰다.

"저건 버릴 건가요?"

애너벨은 손등으로 코를 훔치고 말했다. "그건 세탁물이에요. 버릴 건 저기 있어요." 그녀는 코리의 발치에 반쯤 채워진 종이 상자를 가리켰다. 제일 위에 《정리의 마법》이 던져진 그 상태로 있었다. 코리는 겉표지를 알아보았다.

"일본의 정리 정돈 전문가 중에 한 명이 쓴 거 아닌가요? 요즘은 도서관에 이런 제목의 책이 많던데." 그녀는 그것을 상자에서 구조하여 책장을 휙휙 넘기기 시작했다. "왜 던지셨어요?"

"모르겠어요. 그냥 화가 났어요. 책을 던진 건 처음이에요." 그녀가 변명하듯 말했다. "원한다면 가지셔도 돼요."

"'잡동사니를 치우고 삶을 혁신하는 고대 선불교의 기술.'" 그녀가 읽었다. "멋지게 들리네요. 하지만 그래서 어떻게 해야 한대요?"

"음, 저자는 여기에 대한 온전한 철학과 그리고 방법도 가지고 있어요. 물건을 하나하나 집어 들고 스스로에게 이런저런 질문들을 던지라는데, 제게는 사실 효과가 없었죠."

"어떤 질문들인데요?"

"정확히 기억나지는 않아요. 그 물건이 당신을 기쁘게 하거나 에너지를 높여주느냐. 그것이 유용하냐. 뭐 이런 것들이에요."

코리는 바닥에서 CD 하나를 집어 들었다. "이게 어떤 기분을 들게 하나요?"

"아무 기분도 들게 하지 않아요."

"오, 잠깐만요. 이걸 들고 있어 보세요." 그녀가 CD를 애너벨에게 건넸다. "이제 어때요? 이제 어떤 기분이라도 드나요?"

"아뇨."

"긍정적인 에너지도요? 좋은 기운도요? 기쁨도요?"

애너벨이 CD를 돌려보았다. '2007/04/16 버지니아 공대, 조승희, 버지니아 블랙버그'라고 표시되어 있었다. "농담하세요? 이걸 보니 토 나올 것 같아요." 그녀는 그것을 다시 코리에게 건넸다.

"좋아요. 그게 시작이에요. 이게 유용한가요?"

"별로요. 그건 제가 해고된 일자리에서 썼던 백업 디스크예요." 그녀는 머뭇거렸다. 그녀는 전에 까마귀를 쫓기 위해 오래된 CD를 사용하는 기발한 방법을 생각했었다. CD를 크리스마스 장식처럼 나무에 주렁주렁 매달아 햇빛 속에서 돌면서 작은 무지개를 만들게 하는 방법이었다. 그녀는 까마귀를 겁줘서 쫓아내고 싶어 한 적이 없었지만, 어쩌면 그랬어야 했다. 겁줘서 쫓아냈다면, 까마귀들이 죽지 않았을 테니까. 하지만 다행히 까마귀가 다 죽지는 않았고, 어쩌면 죽지 않은 녀석들이 다시 돌아올지도 모른다. 그러면 그들을 안전하게 지키기 위해 CD로 겹쳐서 쫓아버릴 수 있을 터였다. 그녀는 손을 내밀었다. "사실은 쓸모가 있을 것 같긴……."

"그냥 버리죠." 코리가 말했다. 그녀가 CD를 버릴 물건 상자로 던지려 했다.

"잠깐만요!" 애너벨이 말했다. "먼저 감사 인사부터 해야 해요."

"제가요?"

"아뇨. 저요. 그건 내 물건이니까, 던져버리기 전에 그것이 나를 도와준 것에 감사를 표해야 해요."

코리가 손에 든 디스크를 보았다. "이 CD가 도움을 줬다고 느끼세요?"

"아뇨."

"고마움을 느끼세요?"

"아뇨."

"그럼 됐어요." 그녀는 손목을 휙 움직여 디스크가 은색 원반처럼 회전하며 날아가서 상자 안에 떨어지게 한 다음, 방 안을 유심히 살펴보았다. "이 모든 잡동사니가 다 일 때문에 나온 건가요?"

"그건 보관 자료예요. 하지만, 맞아요."

"버려도 돼요?"

이번에도 애너벨은 망설였다. "어쩌면 직장 상사에게 전화를 해서 허락을 구해야 할 것 같아요. 회사가 자료 보관에 정말 엄격하거든요."

코리가 오래된 오디오 테이프 더미를 버릴 물건 상자에 넣었다. "그 회사는 당신을 해고했어요, 애너벨. 당신은 회사에 빚진 게 하나도 없고요. 회사는 원하는 것을 취하고는 이 쓸모없는 잡동사니를 전부 당신에게 떠넘겼어요."

이 쓸모없는 잡동사니. 애너벨은 생각했다. 이것이 결국 쓸모없는 잡동사니였나? 그녀의 눈이 벽을 따라 쌓여 있는 쓰레기봉투와 바닥에서 천장까지 높이 쌓인 신문들, 빛을 차단하는 상자들 사이를 오갔다. "그냥 던져버릴 수는 없어요."

"왜요?"

"그건 내 전부니까요! 내 일, 내 인생……."

"당신의 인생이라고요?"

그녀는 점점 쌓여가는 뉴스들을 읽고 듣고 보며 보낸 모든 세월들, 그동안 알게 되고 세심하게 기록한 모든 것들을 생각했다.

"그래요. 내 인생이에요."

"정말이에요? 이게 전부예요? 다른 건 없나요?"

"아뇨, 물론 아니죠." 그녀가 말했다. "베니가 있죠……." 그녀가 말을 중단했다. "아, 무슨 말씀인지 알겠어요."

코리가 소파 팔걸이에 걸터앉았다. "들어보세요." 그녀가 말했다. "이걸 당신 혼자 할 수는 없어요. 너무 버거운 일이에요. 연락할 사람이 있나요?"

"없어요."

"페이스북 친구는요?"

"또 그놈의 사회관계망 얘긴가요? 있을 리가요."

"베니의 친구들은요? 몇 달러를 받고 물건들을 치워줄 만한 건장한 10대 애들이 있지 않을까요?"

애너벨은 고개를 저었다. "베니는 친구가 없어요. 진짜 친구는요. 베니의 친구들은 모두 만들어낸 존재들이죠."

"아주 상상력이 풍부하군요."

"정신과 의사는 그렇게 생각하지 않아요. 그걸 부적응증이라고 생각하죠."

"그렇군요. 안타깝네요." 코리가 말했다.

잠시 후 코리는 《정리의 마법》을 챙겨서 떠났다. 그녀가 가고 나자 애너벨은 마음이 조금은 가벼워진 기분이었다. 그녀는 한동안 아무것도 먹지 않은 것이 생각나서 이불을 벗어 던지고 주방으로 갔다. 가는 길에 버릴 물건 상자 위에 놓인 CD를 발견했다. 버지니아 공대 총기난사 사건을 어제 일처럼 생생히 기억했다. 범인은 버지니아 공대에 다니는 '조'씨 성을 가진 한국인 소년이었다. 그는 반자동 권총 두 자루를 사서 그걸로 마흔아홉 명을 쐈고, 그중 서른두 명이 목숨을 잃었다. 베니는 당시 다섯 살이었고, 이제 막 유치원에 다니기 시작했다. 샌디훅 초등학교에서 끔찍한 총기난사 사건이 일어나기 전이었는데도, 애너벨은 베니가 눈앞에 보이지 않게 되는 상황이 너무도 끔찍했다. '조'라는 성은 '오'와 비슷하게 들렸고, 다른 아이들이 베니를 표적으로 삼을까 두려웠다. 켄지에게 이 말을 했지만, 그는 그저 그녀를 끌어안으며 그녀의 두려움을 웃어넘겼고 실제로 아무 일도 일어나지 않았다. 켄지가 살아 있을 때는 모든 게 훨씬 수월했다. 이 모든 심란한 기억들이 그녀의 손안에 있는 이 번쩍거리는 작은 디스크 안에 담겨 있었다. 그녀는 기꺼이 그것을 보내줄 생각이지만 조금은 감사의 마음을 느낀다 해도 해로울 건 없었다. 그것은 CD의 탓이 아니었다. 그녀는 그것을 눈앞에 들었다.

"고마워." 그녀는 CD에 대고 말했고, 그러고 나니 조금은 기운이 나는 것처럼 느껴졌다. 어쩌면 결국 《정리의 마법》 방법이 효과가 있는 건지도 몰랐다. 코리에게 그 책을 괜히 줬나 싶은 생각이 들었다. 그래서 물건들을 버리는 게 문제라는 거다. 그것이 언제 필요해질지 알 수 없다.

80

"감사합니다." 아이콘이 세인트루이스에서 강연을 마친 뒤 인사를 하고 연단에서 내려왔다. 박수갈채가 점점 커지는 동안, 그녀는 자신을 동경의 눈으로 바라보는 반짝반짝 빛나는 수많은 얼굴들의 물결을 바라보았다. 몇몇 결연한 사람들이 자리에서 일어났다. 다른 사람들은 잠시 망설이다가 자신들도 뒤지지 않겠다는 듯 따라 일어났고, 곧 청중 전체가 일어나고 있었다. 마치 이 전폭적인 감사의 표시가 나중에 더 깔끔하게 개킨 양말이나 더 잘 정돈된 서랍으로 이어질 것처럼. 갑자기 극심한 피로감을 느끼며, 아이콘은 다시 한번 절을 하고 가슴 앞에 두 손을 모아 조용히 합장했다. 모든 존재들이 행복하기를.

호텔 객실로 돌아와, 키미가 이후 스케줄에 대해 간략하게 보고했다. "여기서 우리는 캔자스에 있는 위치타로 갈 겁니다. 거기서 촬영팀을 만나게 될 거고요. 캔자스는 〈오즈의 마법사〉의 배경이 된 곳이라서, 프로듀서는 파일럿 프로그램을 위해 오즈 테마를 제안하고 있습니다. 우리는 가정 방문 촬영을 하고 두 건의 서점 행사에 참여할 겁니다. 그런 다음 서부 해안으로 넘어갈 거고요."

아이콘은 마치 그들이 비행기를 타고 건너온 초원의 풍경처럼 광활해 보이는 킹사이즈 침대에 앉아 있었다. 키미는 한쪽 끝에 앉아 있었는데 무척 작고 피곤해 보였다. 아이콘도 피곤했다. 그녀는 하품을 참으며 고개를 끄덕였다. "거기가 우리의 마지막 행선지인가요?"

"예. 그런 다음에는 집으로 갈 거예요."

"좋네요." 아이콘이 두 발뒤꿈치를 딱딱 부딪치며 말했다. "집만 한 곳이 없죠."

"하지만 물론 이건 어디까지나 '비포' 촬영분입니다. 6개월 뒤에 다시 와서 '애프터' 촬영을 해야 합니다."

"당연하죠." 아이콘은 눈을 감고 심호흡을 했다. 그녀는 마음을 불끈 쥔 주먹이라고 상상하고는 꽉 쥐었다가 손가락에 힘을 빼고 서서히 폈다. 그녀는 마음의 고요함과 공백을 즐기며 앉아 있었고, 그 순간 한 가지 생각이 떠올랐다. 자신이 왜 TV 파일럿 프로그램을 하겠다고 동의했을까? 연달아서 다른 생각들도 뒤따랐다. 이렇게 하는 게 뭐가 좋을까? 그것이 어떻게 도움이 될 수 있을까? 과연 무슨 의미가 있을까? 그녀는 한숨을 쉬고 눈을 떴다. 키미가 그녀를 지켜보고 있었다.

"들어보니 모두 좋은 것 같군요." 그녀가 말했다. "출판사 측에서는 만족하나요?"

"예. 그런 것 같습니다." 키미가 말했다.

"다행이네요." 아이콘이 키미의 얼굴을 살폈다. "피곤해 보여요." 그녀가 여성 청중들에 대해 생각했다. 그들은 모두 훌륭하고 열심히 일하는 여성들이었고, 미소 띤 얼굴 뒤에 무척 피곤한 모습도 비쳤다.

키미는 똑바로 고쳐 앉았다. "어, 아닙니다. 전 괜찮습니다."

"스님은 나보다 배로 일하고 있어요." 아이콘이 말했지만, 그건 사실이 아니었다. 강연이 끝난 뒤 사인을 받으려는 사람들의 행렬이 길었다. 그들은 책을 손에 꼭 쥐고 《정리의 마법》이 어떻게 자신의 삶을 변혁시켰는지 얘기하기 위해 인내심 있게 기다리고 있었다.

"아닙니다, 스님." 키미가 말했다. "스님께서는 제가 할 수 있는 것보다 훨씬 많은 일을 하고 계십니다. 그렇게 많은 사람을 돕고 계시잖아요."

여자들은 왜 아무리 열심히 일해도 자신이 충분한 존재가 아니라는 지속적인 두려움을 떨쳐낼 수 없는 걸까? 그들은 왜 늘 뒤처져 있다고 느끼는 것일까? 왜 그들은 더 나아질 수 있고 더 나아져야 한다고 느끼는가? 그들이 티셔츠를 개키고 아이들을 키우고 경력을 관리하고 삶을 영위하는 방식을 통제하기 위한 단순한 규칙들을 원하는 것도 놀랄 일이 아니다. 그들은 옳은 방법과 그른 방법이 있다고 믿을 필요가 있었다. 그런 것이 있어야만 했다! 옳은 방법이 있다면 그것을 찾을 수 있고, 그것을 찾고 규칙을 배울 수 있다면, 삶의 모든 부분들이 제자리를 찾고 그들이 행복해질 것이기 때문이다.

크나큰 망상이다.

혹시 《정리의 마법》이 그런 망상을 부추기고 있는 건 아닐까? 완벽함에 대한 또 하나의 거짓되고 불합리한 기준을 만들어내고 있는 건 아닐까? 그녀는 그들에게 말하고 싶었다. 당신의 인생은 자기계발 프로젝트가 아닙니다! 당신은 그냥 이대로 완벽해요!

그녀는 자신의 조수에게 미소 지었다. "내가 하는 건 미소 지으며 아무거나 머리에 떠오르는 말을 하는 것뿐이지만, 스님은 내 멍청한 말들을 모두 번역해야 하잖아요. 분명 아주 지치는 일일 거예요."

"아뇨, 아닙니다! 저는 스님께 정말 많은 것을 배우고 있습니다. 저는 모르는 것이 정말 많습니다……."

'스님은 그냥 이대로 완벽합니다.' 작고한 그녀의 스승이 한번은 그녀에게 이렇게 말했다. 그는 대수롭지 않다는 듯 조용히 말했지만, 그녀는 스승의 말이 어떤 의미인지 알 수 있었고 깜짝 놀랐다. 그녀의 스승은 그녀를 똑바로 바라보았고, 그녀가 완벽하다는 것을 본 것이다! 얼마나 놀라운가! 이 모든 것이 그녀의 마음에 너무도 빠르게 스쳐갔지만, 그는 여전히 말하고 있었다.

'또한 약간 개선의 여지도 있겠지요…….'

물론이다. 이 또한 맞는 말이었다. 둘 다 진실이었고, 아이의 풍선처럼 잔뜩 부풀었던 마음이 터질 때도 그녀는 미소 지어야 했다. 그녀가 얼마나 빨리 부풀어 오를 수 있었는가? 그리고 얼마나 빨리 기가 꺾일 수 있었는가! 정말 웃겼다. 그리고 슬프기도 했다. 두 번째 진실이 첫 번째 진실을 완전하게 지워버리며 자신이 부족하다는 사실만 느끼게 되었다. 이것이 그녀의 여성 청중들이 느끼는 것이고, 그건 그들의 탓이 아니었다. 그들은 자신이 충분하지 않다고 믿도록 길들여졌고, 그래서 자기 계발에 너무 집중한 나머지 자신의 내재적 완벽함을 망각했다. 그녀는 그들에게 말하고 싶었다. '여유를 가지세요! 그만 노력하세요! 물건을 그만 사세요! 그냥 함께 둘러앉아 한동안 아무것도 하지 마세요.' 하지만 그건 좋은 TV 프로그램을 만드는 데도, 책을 판매하는 데도 도움이 되지 않을 터였다.

"우리 친구 오 부인한테는 연락이 없었나요?"

"없었습니다. 제가 편지를 썼는데 답장이 없네요."

"좀 쉬세요, 키미 스님."

키미가 일어나서 문을 향해 걷다가 머뭇거렸다. "한 가지 말씀드릴 게 있습니다……."

"예?"

"사실 아무것도 아닙니다만, 주지 스님께서 아셔야 할 것 같아서요. 최근에 약간의…… 비판이 있었습니다. 트위터에서요. 스님이 책에 대해 말씀하신 것에 대해서요."

"그래요? 제가 책에 대해 뭐라고 말했나요?"

"자신을 행복하게 만들어주는 책만 남겨두라고 하셨죠."

아이콘은 암자의 방장에 있는 자신의 책꽂이를 생각했다. 소중한 책 소장품을 그려보았다. 그녀는 그 책들이 방치된다는 느낌이 들지 않도록 매달 한 권 한 권 책꽂이에서 꺼내 먼지를 털어주고 그저 그 책들의 목소리를 듣기 위해 펼쳐서 몇 문장씩 읽곤 했다. 그 책들은 그녀에게 큰 기쁨을 주었다. 그녀는 다시 돌아가서 그 책들과 함께 있기 위해서라면 못 할 것이 없었다.

"사실입니다." 그녀가 말했다. "그게 잘못된 건가요?"

"아뇨. 하지만 비판적인 사람들은 책이 사람들을 행복하게 만들 의무가 없다고 말합니다. 어떤 책들은 슬픔이나 혼란을 주고, 그것도 괜찮다는 거죠."

"음, 물론 그야 그렇지요! 그 말에 동의합니다." 그녀는 도겐 선사와 무몬 선사의 책 옆에 자리 잡고 있는, 대학 시절 읽던 카프카와 미시마, 나보코프, 아베, 울프의 책들을 생각했다.

"사람들은 스님을 책들의 나치라고 말합니다. 괴벨스처럼 책을 불태우라고 말한다고요."

"알겠습니다." 아이콘이 말하고는 다시 눈을 감았다. "그리고 이 모든 게 트위터에서 일어나고 있다는 말이죠?"

"네." 키미가 말했다. "TV 프로듀서와 서점들이 우려하고 있어요. 밈이 되어버렸어요. 일본의 정리 정돈하는 여자들은 책에 적대적이라고요."

81

> 내 것이라고 생각했던 모든 것—내 소유물, 내 가족과 내 인생—이 한순간 휩쓸려 가버릴 수 있다면, 우리는 스스로에게 질문을 던질 수밖에 없게 된다. '진짜란 무엇인가?'

코리는 책에서 눈을 들어 템페* 아보카도 샌드위치를 한 입 더 베어 물었다. 그녀는 쉬는 시간에 도서관 아트리움 밖에 앉아 있었다. 그곳은 한때 인기 있는 점심 장소여서 근처의 많은 직장인들이 이곳

* Tempeh. 콩을 발효시켜 만든 단단한 식감의 인도네시아 음식.

으로 모여들곤 했지만, 최근 몇 년 동안 노숙인들의 차지가 되었다. 그들은 노숙인 쉼터가 문을 닫는 아침 일찍 도착해서 카페 테이블에 쇼핑 카트를 대고 그곳을 그들이 앉아 쉴 수 있는 임시 자치구역으로 만들었다. 코리는 노숙인들이 모일 권리를 지지했고, 냄새와 쓰레기에도 불구하고 그들과 함께 그곳에서 점심을 먹으려고 노력했다. 어린이책 전문 사서인 그녀는 정기간행물이나 성인소설을 담당하는 동료들만큼 노숙인 이용객들과 상호작용할 일이 많지 않았다.

저 멀리 있는 쪽 테이블에는 '팅커벨'이라는 작은 개를 데리고 다니는 전직 교사 제니가 있었다. 그녀 옆에는 수염이 니코틴에 절어 있고 수전증이 있는 이라크 전쟁 참전 군인 고든이 있었다. 다른 쪽에는 툭 튀어나온 눈으로 활짝 웃고 있는 메이지가 있었는데, 그녀는 항상 축축한 동물 봉제 인형을 잔뜩 가지고 다니며 잘근잘근 씹기를 좋아했다. 다정하고 소심한 덱스터가 그 테이블 가장자리에 앉아, 마치 누군가 발로 차거나 때리기라도 할 것처럼 고개를 숙이고 곁눈질을 하고 있었다. 늙은 마르크스주의자 시인 슬라보이는 휠체어를 타고 그녀의 바로 앞 테이블에 앉아 있었다. 그는 도서관의 붙박이 같은 존재였고 골칫거리였지만, 아는 것이 참 많았다. 그는 자신을 알레프라고 부르지만 도서관 카드에는 앨리스인가 뭔가로 되어 있는 소녀와 이야기를 나누고 있었다. 최근에 그녀가 여자화장실을 훼손하는 것을 사회복지사가 발견한 후, 직원회의에서 그녀의 이름이 거론된 적이 있었다. 그녀는 재활 치료를 받지 않을 때는 거리에서 생활하는 예술가이자 떠돌이이자 글리너였고, 그녀가 도서관 카드를 발급받을 때 사용한 주소는 지역 노숙인 쉼터였다. 그녀의 가명은 어떤 면에서 적절했다. 그녀는 1년 전 특정 위치에 일종의 설치미술을 무단으로 놔둔 일로 사서들 사이에서 악명 높았다. 그것은 도서관 서적들 사이에 끼워놓은 미로같이 이어진 실마리들이었다. 그녀는 그것을 '갈림길'이라고 불렀는데, 제바운은 그것이 지극히 '보르헤스스럽다'고 말했다.* 어떤 사서들은 책에 끼워져 있는 이상한 것을 발견하는 걸 싫어했지만, 코리는 소녀의 이상한 종잇조각과 물건들을 발견하면 항상 짜릿함을 느꼈다. 그것은 마치 보물찾기의 단서 같았다. 암호 같은 쪽지, 엽서, 껌 종이, 빛바랜 폴라로이드, 말린 꽃, 영화표, 구인 광고 따위였다. 언뜻 보면 무작위적이고 우연적으로 보이지만, 그 밑에 깔린 미묘한 양식, 저 책이 아닌 이 책을 선택한 것과 관련한 서사적 결정 또는 목적의식 같은 것을 느낄 수 있었다. 실제로 이런 실마리들의 미로를 시작부터 끝까지 따라간 적은 없었지만(만일 시작이나 끝이 있다면), 코리는 호기심을 느꼈다. 그 경로들은 그 자체로 하나의 여행이 되거나 의미를 찾는 과정을 약속했다. 한번은《그림 형제 동화집》의 오래된 판본에 끼워져 있는, 타자기로 친 것처럼 보이는 손으로 쓴 종잇조각을 발견했다. 그녀가 책을 다시 선반에 꽂고 나중에 확인하려고 돌아가 보니, 누군가 그 종잇조각을 빼가고 없었다. 그때 약간의 질투심을 느끼며 그 단서를 발견한 게 누구인지, 그가 자신의 것이었을지도 모를 여행을 하고 있는지 궁금했었다.

그녀는 샌드위치를 한 입 더 베어 물고 눈을 내려 책의 부제를 보았다. '잡동사니를 치우고 삶을 혁신하는 고대 선불교의 기술.' 모든 책이 동등하게 만들어진 건 아니라고 그녀는 생각했다. 특히 자기계발 장르에서는 잡초를 뽑듯 뽑아내야 할 책들이 많았지만, 이 책은 달라 보였다. 이 작은 책은 지구를 파괴하고 있는 탄소 기반 소비자본주의의 빌어먹을 속성을 인식하고 있었다. 문제는 시스템이라고 그 책은 말하는 듯했다. 어떤 사람의 어수선한 잡동사니는 개인의 게으름이나 꾸물거림, 정신적 문제, 성격적 결함의 결과가 아니

* 보르헤스의 작품 중에 〈갈림길의 정원〉이라는 단편소설이 있다.

었다. 그것은 사회경제적인, 그리고 심지어 철학적인 문제였다. 마르크스가 말하는 소외와 상품물신주의 문제이며, 사람의 세계관의 정신 혁명과 무엇이 진짜이고 중요한가에 대한 근본적인 재평가가 요구된다. 그녀는 책을 뒤집어서 삭발한 여승의 사진을 보았다. 여승은 마치 기다리고 있는 것처럼 맑고 직접적이고 다소 기대에 찬 눈으로 그녀를 응시했다. 그리고 바로 그 순간 애너벨의 극도로 비참한 거실에 대한 기억이 그녀의 마음속으로 들어왔다.

"왜요?" 코리가 여승에게 말했다. "제가 무엇을 하길 원하시나요?"

놀랍게도, 그녀는 자신이 대답을 기다리고 있음을 발견했다.

상품물신주의라고? 탄소 기반 소비자본주의? 마르크스의 소외? 이것이 애너벨이 읽은 그 젊은 여승과 크리스털 티아라에 관한 책과 같은 책일 수 있을까?

음, 그렇기도 하고 아니기도 하다. 따지고 보면 책은 단 하나의 상태로 존재하지 않는다. '책'이라는 개념은 그저 편리한 허구일 뿐이며, 우리 책들은 그것이 출판업계에서 경리 담당자의 필요와 두말할 필요 없이 작가의 에고를 충족하기 때문에 그 개념을 따른다. 그러나 사실은 그보다 훨씬 더 복잡하다. 물론 개별적 책들이 존재하며, 어쩌면 당신은 지금 손에 한 권을 쥐고 있을지도 모른다. 그러나 그게 우리의 전부는 아니다. 자만심 덩어리처럼 보일 위험을 감수하고 말하자면, 우리는 하나이기도 하고 다수이기도 하다. 끊임없이 변하는 다수이며, 무형의 흐름이다. 형태를 바꿔가며, 우리는 책장 위의 검은 표시로 인간의 눈을, 그리고 소리의 분출로 인간의 귀를 만난다. 거기서부터 우리는 당신네 인간의 마음속을 여행하고, 따라서 우리는 융합하고 증식한다.

그렇다면 작가는 어떤가? 어느 책이건 말하겠지만, 작가는 대체로 하나의 장치다. 작가가 필요 없다는 뜻은 아니다. 오히려 그 반대다. 책들은 작가를 필요로 한다. 물론 우리도 그렇다! 우리는 손가락이 없어서 타자를 치지 못한다. 인간의 큰 두뇌는 우리의 매개체고, 인간의 감각적인 몸은 우리의 운송 수단이며, 인간의 야심은 우리가 스스로를 존재하도록 몰아가기 위해 필요한 연료다. 작가들은 우리와 세상을 이어주는 접점이고 손가락이다.

그러니 작가는 절대적으로 필요하다. 비록 그들이 하는 일이라고는 아이콘처럼 전국을 돌아다니거나 개인용 열람석에서 타자를 치는 여인처럼 참고 도서를 쌓아두고 노트북 앞에 앉아 꾸벅꾸벅 조는 게 다일지라도 말이다. 혹시 그녀에게 물어보면, 그 참고 도서를 자신이 선택했다고 주장할 거다. 그러나 물론 우리가 지금까지 본 것처럼, 작인(作因)*이란 관점의 문제이며, 책들에게 묻는다면 그들이 그 졸고 있는 작가를 선택한 거라고 주장할 것이다. 그들은 그녀를 선택했고, 그녀가 졸고 있는 동안 열심히 일하며 그녀가 상상력이라고 부르는 무의식 속에 감춰진 어두운 지하세계인 신경망에 잠입한다. 거기서 자신들의 DNA와 그녀의 기억과 경험을 합쳐서 새로운 책이 존재하도록 만드는 고유한 형식의 결합 활동에 몰두한다. 곧 그녀는 깨어나서 고개를 흔들며 또 졸음에 빠진 스스로를 책망하고는 다시 작업에 들어가서 새로운 책을 지면에 한 자 한 자 받아 적는다. 그녀가 읽은 책들은 그녀가 쓰는 책을 낳은 공동의 부모들이며, 그녀는 그 책의 산파 역할을 할 것이다.

그리고 그녀가 작업을 마치고 책이 세상 밖으로 나오면, 이제 독자들의 차례가 되고 여기서 또 다른 종류의 뒤섞임이 일어난다. 독자는 책의 내용에 대한 수동적인 수용자가 아니기 때문이다. 전혀 아니다. 독자들은 우리에게 새 생명을 불어넣는 우리의 협력자이자 공

* Agency. 행위자(Agent)가 어떤 행위를 하게 만든 인과적 힘을 가리키는 철학 용어.

모자다. 그리고 모든 독자는 고유하기 때문에, 지면에 뭐라고 쓰여 있건 당신들은 각자 우리가 다른 의미를 갖도록 만든다. 그래서 똑같은 책도 서로 다른 사람들에 의해 읽힐 때 전혀 다른 책이 되고, 파도처럼 인간의 의식을 관통해 흐르는, 끊임없이 변하는 책들의 집합체가 된다. '*Pro captu lectoris habent sua fata libelli.*' 읽는 사람의 역량에 따라 모든 책은 저마다의 운명이 있다.

그래서 코리가 읽은 《정리의 마법》은 애너벨이 읽은 《정리의 마법》과 달랐고, 아이콘이 스스로 썼다고 생각한 그 책, 트위터에서 사람들이 비판한 그 책과도 달랐다. 그러나 이 모든 책들은 있는 그대로 정확하고 완전하고 완결적이었다.

우리는 이렇게 유동적이고 모습을 바꾸며, 분리하고 증식하고 시간과 공간을 이동한다.

가까운 카페 테이블에서 나는 소음에 그녀는 눈을 들었다. 알레프와 슬라보이가 대화에 깊이 빠져 있었다. 그들이 무슨 말을 하는지는 들리지 않았지만, 코리는 알레프의 상태가 좋아 보이지 않는다는 것을 알아차렸다. 그녀는 얼굴이 창백했고 턱은 살갗이 벗겨지고 부어 있었다. 팔에 멍이 들고 무릎에 딱지도 앉아 있었다. 구타를 당한 것 같았다. 늙은 시인이 테이블 위로 팔을 뻗어 그녀의 손을 잡고 떨림이 잦아들 때까지 그 상태로 있었다. 그런 뒤 손을 뒤집어 마치 그녀의 운명을 읽듯 손바닥을 유심히 관찰했다. 잠시 후 그는 손을 놓고 휠체어에 매달린 쇼핑백을 뒤지기 시작했다. 그는 반쯤 남은 피클 병을 꺼내서 뚜껑을 열고 그녀에게 건넸다. 그들은 거기 앉아서 함께 피클을 먹었다.

코리는 지켜보았다. 이런 비슷한 모습을 전에도 본 적이 있었다. 그는 항상 가진 것을 나눴다. 그들 모두 그랬다. 그리고 그때 문득 어떤 생각이 들었다. 그것은 작은 생각의 불씨였지만, 애너벨의 세상에 근본적 변화의 불을 붙이고 그녀의 삶에 일대 혁신을 일으킬 수 있는 생각이었다.

글쎄, 어쩌면. 그렇게 하면 좋을 것 같았다.

정리의 마법

4장

우리는 모두 연결되어 있다

우리의 아름다운 푸른 행성은 무척 복잡하게 얽힌 채로 살아 있다. 우주비행사들은 캄캄한 우주 공간에서 하나의 살아 있는 유기체로서 지구 전체를 볼 수 있을 만큼 멀리 여행하기 때문에 이것을 안다. 그러나 여기 지구에서는 그처럼 전체적인 모습을 보지 못한다. 우리는 일상생활의 사소한 세부사항에 매몰되어, 우리의 삶이 서로 별개이고 우리 또한 서로 별개의 존재라고 믿는다. 그러나 이것은 심각한 망상이다. 진실은 모든 것이 다른 모든 것에 의존한다는 것이다. 꽃은 태양과 흙과 비, 그리고 꽃가루받이를 해줄 벌에 의존한다. 꽃들은 이런 것들과 떨어져서는 생존할 수 없으며, 이런 것들이 없으면 죽게 된다. 인간도 마찬가지다. 우리는 태양과 흙과 비, 그리고 우리가 먹을 식물을 필요로 한다. 우리는 어머니와 아버지, 그리고 과거로 거슬러 올라가 우리의 모든 선조를 필요로 한다. 우리는 그들의 연속체이며, 그들이 없다면 우리는 존재할 수 없다. 그리고 우리 모두—꽃과 꿀벌, 당신과 나—는 지구라는 살아 있는 유기체의 작은 일부분이다.

선불교에서는 이것을 '인연생기' 또는 '연기(緣起)'*라고 한다. 가끔은 이것을 '비어 있다'는 의미에서 '공(空)'**이라고도 하는데, 이 한자는 '하늘'을 뜻할 때도 쓰인다. 달을 밟아본 우주비행사 중 한 사람인 에드거 미첼은 하늘에 떠 있으면서 '공'을 깊이 깨달았다. 그가 지구를 뒤돌아보았을 때 갑자기 자기 몸과 파트너의 몸, 심지어 우주선 자체의 분자들까지도 모두 어떤 고대에 발생한 별들에서 나왔다는 것을 이해하게 되었고, 그 순간 그는 우주와의 일체감을 경험했다. 그는 말했다. "그건 그들이 아니라 우리였습니다. 그건…… 바로 나였습니다. 그 모든 게 하나였어요." 선불교에서는 이것을 깨달음이라고 한다.

우주에서 지진은 아무것도 아닌 것처럼 보인다. 작은 지진은 보이지도 않는다. 큰 지진도 찻잔에 바른 유약에 아주 가느다란 금이 간 것처럼 아주 작은 흉터만을 남긴다. 물론 땅에서의 경험은 사뭇 다르다. 일본에서 대지진이 일어난 후에, 나는 휩쓸리듯 정신없이 구제 활동에 참여하게 되었고 다른 승려들과 함께 북부 지방으로 가서 삶이 파탄 난 피해자들에게 먹을 것과 쉴 곳과 심리 지원을 제공하는 일을 했다. 나는 그 참혹한 광경을 결코 잊을 수 없을 것이다.

마을 전체가 쓸려나갔다. 동네가 흔적도 없이 사라졌다. 아름다운 어촌이 검은 진창에 파묻혔다. 사람들의 집이 납작해지고 그들의 삶은 어마어마한 퇴적물과 돌무더기 속에 뒤엉킨 잔해들처럼 몰락했다. 그럼에도 사람들은 서로 도왔다.

나는 가는 곳마다 자신도 가족을 잃었으면서도 장화를 기부

* 모든 존재가 구조적으로 상호의존 관계에서 생성·존재·소멸하며, 따라서 고정 불변하는 실체가 없다는 불교의 사상.

** 우주만물에 혼자서 존재하는 고정 불변의 실체가 없다는 불교의 사상.

하고 아이의 시신을 찾는 것을 돕는 사람들을 보았다. 그들은 거리를 청소하고 진흙탕에서 가보를 찾는 것을 서로서로 도왔다. 누군가의 결혼사진이나 어떤 여인의 지갑, 아이의 공책 같은 특별한 것이 발견되면 크게 소리쳤고, 그러면 모두가 그 물건 주위에 모여 조심스레 진흙을 닦아내고 서로 돌려 보며 누구의 것인지 확인하고 경의를 표했다. 그러나 어떤 진흙은 쉽게 닦이지 않는다. 원자력 붕괴로 인한 방사능 오염은 수백 년씩 갈 테지만, 후쿠시마 원자로의 그림자 속에서도 사람들은 서로 돕고 있었다. 이것이 인연생기였다.

선불교에 이런 이야기가 있다. 왼손에 가시가 박혀 아프면, 오른손은 어떻게 할까? "이런, 너무 안됐지만 그건 내 일이 아니야"라고 할까? 물론 아니다. 오른손은 가시를 뺄 것이다. 이것이 인연생기다.

내가 지진 피해자 중 한 명에게 왜 매일 여기 나오느냐고 물었을 때 그는 나를 보고 고개를 저으며 말했다. "이건 진짭니다. 진짜 일어나고 있죠. 우린 서로를 도와야 해요. 혼자서는 할 수 없는 일이니까요."

82

"오신다고 해서 치우려고 해봤는데." 애너벨이 쌓여 있는 짐들을 향해 모호하게 손짓하며 말했다. "그렇게 보이지 않는다는 걸 알지만……." 그녀는 더 말할 의지를 잃은 듯 말끝을 흐렸다.

"굉장하네요!" 코리가 탄성을 질렀다. 그녀는 이삼일 전에 전화를 걸어 도와줄 친구들을 모았다고 말했는데, 지금 그곳은 전보다 상황이 더 심각해 보였다. 중앙의 빈 공간마저 물건들로 채워지고, 소파는 잡지며 책, 상자, 옷가지에 뒤덮여 아예 보이지도 않았다. 이 물건들이 다 어디서 온 걸까? 마치 청소의 위협이 애너벨이 소유한 물건들에게 공포심을 촉발하는 바람에 그것들이 잠재된 물질적 힘을 분출하며 멸종을 면하고자 미친 듯 확산하고 있는 것만 같았다.

"밖으로 나가볼까요?" 코리가 말했다. 그녀가 애너벨의 어깨에 손을 얹고 그녀를 앞 베란다로 이끌고 나가서 계단에 앉혔다. 그 위치에서 노굿 왕의 대형 쓰레기 수거함이 보였다. 코리가 말했다. "저 커다란 옛날 수거함을 보니 떠오르는 이야기가 있네요. 할머니에 대한 얘긴데……."

코리는 이야기에 대해, 그리고 이야기를 풀어내는 방식에 대해 잘 알았다. 그녀는 아이들에게 책을 읽어줄 때와 똑같이 조용하고 경건한 목소리로 말했다. 완전한 집중을 요하는 목소리였고, 그래서 애너벨은 귀 기울였다. 그녀는 대체로 조용히 들었다. 가끔은 고개를 끄덕였고 또 가끔은 빠르게 움직이는 구름이 드리운 어두운 그림자처럼 얼굴에 괴로운 표정이 스쳤다. 이따금 말을 하려 했지만, 그럴 때마다 코리가 손을 들고 "쉬이." 하며 조용히 시켰다. 그녀는 사서였다. 조용히 시키는 법을 알았다.

코리의 할머니는 물건을 버리지 못하고 쌓아두는 호더*였는데 스스로를 '산림쥐'**라고 표현할 만큼 고집스러운 자긍심을 지니고 있었다. 그녀는 대공황 시대에 가난하게 자랐고, 그녀의 찬장과 옷장은 값어치 없는 잡동사니로 잔뜩 채워져 있었다. 적어도 코리의 어머니는 그렇게 말했다. 그러나 코리에게 할머니의 물건은 보물이었고, 할머니 집에 갈 때마다 선물을 한 아름 안고 돌아왔지만, 그러면 어머

* Hoarder. 물건을 버리지 못하고 모아두는 일종의 강박장애를 겪는 사람.

** 물건을 굴 안에 모으는 습성이 있는 북미산 설치류.

니가 즉시 내다 버렸다. 할머니는 코리가 열두 살 때 돌아가셨고, 코리의 어머니는 마치 보복하듯 대형 쓰레기 수거함 두 개에 할머니의 모든 보물을 신나게 버렸다. 코리는 도와줬지만, 폐기물 수거 업체에서 와서 수거함을 끌고 가기 전에, 안으로 기어들어가서 몇 가지를 구조했다. 손으로 짠 낡은 스웨터 하나와 고무밴드 공 하나, 투명 테이프와 접착제로 공들여 수선한 깨진 존 F. 케네디 대통령 기념 접시. 그녀가 가장 좋아한 보물은 할머니가 정성스러운 손 글씨로 '작은 빈 상자'라고 깔끔하게 적어둔 작은 빈 상자였다. 코리는 그것을 책꽂이에 올려두었다. 거기에 뭐든 넣으면 그것은 더 이상 빈 상자가 아니게 되었고, 그럴 때마다 웃음이 나오며 동시에 자신이 할머니를 얼마나 그리워하는지 깨닫게 되었다. 할머니는 모든 것을 사랑했다. 모든 깨진 꽃병, 모든 실 쪼가리가 저마다 사연이 있었으며 사용한 알루미늄 포일과 샌드위치 봉지도 다 쓸모가 있었고, 그래서 할머니는 그 모든 것을 존중했다.

애너벨도 그렇다고 코리가 말했다. 애너벨은 물건들을 사랑하고 물건들의 쓸모를 찾는 능력이 코리의 할머니와 같았다. 그리고 이것은 좋은 일이고 존경할 만한 일이지만, 문제는 이제 물건이 너무 많아져서 관리할 수 없다는 거였다. 하지만 해결책이 있다고 그녀가 말했다.

"결국 분배의 문제예요. 당신은 너무 많이 가지고 있고, 다른 사람들은 가진 게 너무 적죠. 그래서 당신의 물건을 재분배해서 그것들을 반기며 사용할 집을 찾아줄 방법을 알아내야 해요. 우리가 그 물건들을 해방시킬 수 있다면, 당신도 해방될 거예요. 그럼 누이 좋고 매부 좋은 방법이잖아요?"

애너벨이 건성으로 고개를 끄덕였다. 그녀는 추리닝 하의 무릎에 달라붙어 있는 말라붙은 오트밀에 정신이 팔려서 손톱으로 긁어내고 있었다.

코리가 지켜보며 기다렸다. 그녀는 정신이 산만해진 사람을 다루는 법을 알고 있었다. 그녀는 정적이 점점 커지게 놔뒀다가 애너벨을 향해 고개를 돌렸다. 그녀가 다시 입을 열었을 때 그녀의 목소리는 낮고 긴박했다. 아이들에게 책을 읽어주는 동안, 숲에서 길을 잃었을 때, 사악한 마녀가 과자로 만든 집에서 기다리고 있을 때, 또는 나쁜 늑대가 바로 다음 굽이의 관목숲에서 도사리고 있을 때 그녀가 쓰는 목소리였다.

"그들이 당신을 급습할 거예요, 애너벨. 당신은 이미 직장을 잃었어요. 그들이 당신을 추방할 거고, 당신은 집도 잃을 거예요. 그다음은 아들이에요. 아동보호서비스 사람들이 다시 올 거고, 당신이 청소를 해놓지 않으면 베니를 당신에게서 빼앗아서 주립 정신병동에 수용할 거예요. 위탁 가정에 맡길 거고요. 당신은 베니를 잃을 거예요. 모든 걸 잃을 거예요."

오트밀이 추리닝에 스며 있었다. 어떻게 이게 여기 들어간 거지? 그녀는 마지막으로 오트밀을 먹은 게 언제인지 기억할 수 없었다. 시야가 흐려졌다. 그녀는 울고 있었을까? 그리고 그때 어깨에 가벼운 손길이 느껴졌다.

"지금 울 때가 아니에요." 코리가 말했다. "대책을 강구해야 해요."

오트밀 조각이 빠지며 옷에 허연 전분질의 잔여물을 남겼다.

"애너벨?"

애너벨이 한숨을 쉬며 손등으로 코를 훔쳤다. "좋아요. 한번 해봐요." 그녀가 말했다.

"좋아요." 코리가 일어서서 재킷을 벗었다. 속에 입은 티셔츠에는 이런 문장이 쓰여 있었다.

사서입니다.
빌어먹을 후레자식은
공식 직함이 아니거든요.

마치 신호라도 받은 것처럼, 낡아빠진 흰색 화물용 밴이 보도까지 와서 차를 댔다. 측면에는 의기양양해 보이는 호박벌과 다음과 같은 문구의 로고가 있었다.

AAA 호박벌 폐기물 처리 서비스
수거는 우리의 천직!

조수석 문이 활짝 열렸다. 한 남자가 뛰어내렸고 애너벨은 그를 알아보았다. 베니를 발견했던 레게머리를 한 도서관 보안 요원이었다. 그는 손을 흔들고는 밴의 뒤쪽으로 갔다. 청소원 제복을 입은 떡 벌어진 체구의 백인 운전자가 양쪽 여닫이식 뒷문을 열고 있었다. 경사판이 내려지더니 수염을 기른 깡마른 남자가 머뭇거리며 차에서 내렸고 이어서 키가 작고 포동포동하고 눈이 튀어나온 아주머니, 그다음에 지저분해 보이는 개를 데리고 있는 키 큰 여자가 차례차례 뒤따라 내렸다. 그들은 보도에 서 있었고, 그동안 밴 안에 있는 누군가가 양동이와 빗자루, 청소 도구를 넘겨주기 시작했다. 청소원이 애너벨이 알아듣지 못하는 언어로 뭐라고 말하고는 경사판으로 올라갔다가 잠시 후 휠체어를 밀고 나타나 조심조심 가파른 경사판을 뒤로 내려왔다. 휠체어에는 노인이 타고 있었다. 그가 보도에 이르자 바퀴를 돌려 집 쪽을 향했다.

"그 부랑자네요!" 애너벨이 코리에게 속삭였다. "버스에서 베니를 스토킹하던 사람이에요."

"슬라보이라고 해요. 사람들은 보틀맨이라고 부르죠."

"보틀맨!"

"그래요. 빈 병을 재활용하거든요. 저 사람은 도서관 단골손님이에요. 모두 슬라보이를 알죠."

노인이 혼자 휠체어를 밀어 집 진입로에 올랐고, 다른 사람들도 그를 따랐다. 그들이 애너벨이 앉아 있는 계단에 도달하자, 노인은 마치 그녀와 베란다와 집 전체를 끌어안으려는 듯 두 팔을 넓게 펼쳤다.

"우리가 왔습니다!" 그가 의기양양하게 선언했다.

"당신이 정말 보틀맨이신가요?" 애너벨이 물었다.

"무슨 일이든 시켜만 주십시오." 그가 대답했다.

"그러니까, 당신은 진짜군요."

"음." 보틀맨이 신중하게 말했다. "철학적으로 말하면, 이건 논쟁거리가 있는 문제지만, 당신의 질문 의도를 생각하면 그래요, 맞습니다. 나는 충분히 진짜죠."

"슬라보이가 또 시작하면 길어지니까 말 시키지 마요." 코리가 말하며 애너벨에게 손을 내밀었다. "철학 얘기는 나중에 해도 되잖아요. 지금은 일할 시간이에요."

애너벨은 키 작은 사서가 이끄는 대로 일어났지만, 집으로 들어가다가 멈춰서 돌아보았다. "귀엽네요." 그녀가 밴 측면에 쓰인 글씨를 보고 말했다. "제 물건은 폐기물이 아니에요. 보관 자료죠."

83

일본의 정리 정돈하는 여자들이 책에 적대적인지와 관련하여 트위터에서 회자되는 질문은 우리가 살고 있는 책꽂이에서도 뜨거운 논쟁거리가 되었다. 우리 중 많은 책들이 책에게 만족감이나 즐거움을 줘야 한다고 요구하는 건 전적으로 어리석다고 느꼈고, 사람들을 행복하게 만드는 게 우리의 임무가 아니라는 비판자들의 주장에 동의했다. 다른 책들은 이 논란 자체가 문화적, 언어적 오역으로 인한 것이며, 그런 건 우리 책들이 너무나 잘 아는 문제라고 느꼈다. 아이콘의 개인 서재에 있는 책들과 아이콘의 책 사랑, 그리고 그녀가 책의 안녕에 기울이는 관심을 우리 모두 안다. 그 책들이 주저 없이 우리에게 이야기하기 때문이다. 우리 중에 그녀를 가장 통렬하게 비판하는 책들도 속으로는 어느 정도 질투심을 느꼈다. 우리는 누군가 먼지를 털어주고 보살펴주는 것을 좋아한다. 방치되는 것을 싫어한다.

당신의 침대 머리맡 협탁을 상상해보라. 거기 있는 책들 중 제일 위에서 자랑스러운 위치를 차지하고 밤에 당신의 관심을 누리는 책이 된 기분을 상상해보라. 분명 낮 시간은 길지만 우리는 당신이 이불 속으로 들어가서 베개에 기대어 앉아 독서등을 켜는 순간을 고대한다. 책 표지를 열고 책장을 넘길 때 당신이 듣는 그 작은 사르락 소리는 안도의 한숨이다. 그리고 당신이 마지막 페이지를 읽기도 전에 다른 책이 와서 우리의 윗자리를 점령했을 때 우리가 느낄 황망함을 상상해보라. 책들이 한 권 두 권 늘어나며 우리가 당신의 책 더미 바닥까지 내려가게 될 때 느끼는 굴욕감을 상상해보라. 이런 운명을 겪어온 우리 중 일부가 조금 까칠해지는 것이 이상한 일인가? 슬프게도 장르에 대한 편견은 도서관이나 서점, 책들이 모여 있는 어디서나 고질적 문제다. 이것이 몇몇 인정받는 비평가들과 소셜미디어 인플루언서들이 아이콘을 책에 적대적이라며 호되게 비판하고 심지어 그녀의 영어 실력까지 조롱했을 때, 우리 중 상당수가 갈채를 보낸 이유를 설명해준다.

온라인에서 커지는 반발에도 불구하고, 캔자스주 위치타에서 열린 저자 사인회는 순조롭게 진행되었다. 그러나 우리의 관점에서는 이상적이라고 볼 수 없었다. 아이콘의 팬층이 커져서 이제 서점에서 독자들을 다 수용할 수 없었고 그래서 사인회 장소가 대형 강당으로 옮겨졌다. 이는 책들 사이에 상당한 공분을 샀고, 특히 팔리지 못하고 서점 책꽂이에 꽂혀 있는 책들은 '팬'이라고 불리는 독자, '청중'이라 불리는 '독자층'에 대해 투덜거렸다. 그리고 저자들은 손가락을 가진 유명한 산파들일 뿐인데, 어째서 그들이 더 많은 관심을 받아야 할까? 서점은 행사장이 아니지만, 적어도 소위 저자 사인회가 거기서 열리는 동안은《정리의 마법》독자가 소설 진열대를 지나갈 때《위대한 유산》이나《제인 에어》한 부가 중력을 거슬러 독자의 품으로 뛰어들 용기를 낼지도 모른다는 희망을 여전히 품을 수 있을 것이다. 책들은 영원히 희망을 품고 산다. 그것이 우리의 본성이다.

그러나 실망한 것은 책들만이 아니었다. 사인회 주최 측은 판매 부수에 여전히 만족하지 못했다. 그들은 변명하듯 말했다. "선거 때문이에요." 판매사원 중 한 명이 설명했다. "전체적으로 도서 판매 부수가 줄어들었습니다. 사람들은 자축하고 있거나 충격에 빠져 있죠. 책 읽을 분위기가 아니에요."

파일럿 프로그램을 위한 촬영도 신청자 가족 내 분열로 연기되었다. 아이콘의 팬인 아내가 참가 신청을 했고 남편은 마지못해 동의했지만, 선거 후에 일본의 정리 정돈하는 여자들이 집에 들어와 그의 물건을 헤집으며 이래라저래라 하는 꼴을 못 보겠다며 단호히 반대하고 나섰다. 키미는 공항으로 돌아가는 택시에서 이런 세부 정보를 전달했다.

"오즈 테마는 이쯤에서 접고, 제작진이 서부 해안에 사는 다른 가족을 찾고 있습니다……."

"그렇군요." 아이콘이 창밖을 내다보며 말했다. 공항으로 가는 가도에는 쇼핑몰이 즐비했다. 그녀는 그렇게 많은 대형 매장들을 본 적이 없었다. 베스트바이, 파티시티, 달러스토어, 월마트 슈퍼센터. "오 부인과 아들은 어때요? 그들을 제안할 수 있을 것 같은데."

"이미 해봤습니다." 키미가 말했다. "죄송해요. 먼저 여쭸어야 하는데. 언짢으시지 않으셨으면……."

"전혀 상관없어요. 그런데 프로듀서가 뭐라던가요?"

키미가 한숨을 쉬었다. "좀 더 행복하고 시청자들과 공감대를 형성할 수 있는 가족을 원한다고 했습니다."

"그렇군요." 아이콘이 말했다. 그녀는 이제 레스토랑을 세고 있었다. 데니스, 웬디스, 화이트캐슬, 맥도날드, 텍사스 로드하우스, 골든코럴, 레드랍스터.

"어차피 잘 진행되지 않았을 것 같습니다. 오 부인이 답장을 안 해서요. 우린 그녀가 어디 사는지도 모르고요."

"맞아요." 대체 캔자스 어디에서 랍스터를 구하는 걸까? 쇼핑몰 너머로 집요할 만큼 평평한 차가운 회색빛 풍경이 끝없이 펼쳐져 있었다.

"그래서 지연 때문에, 서부 해안에서의 마지막 사인회 일정을 애프터 에피소드 촬영을 위해 돌아오는 12월로 다시 잡는 중입니다. 서점은 일정 연기를 반기는 상황이고요. 사인회 장소를 공공도서관 강당으로 변경하자는 이야기가 나오고 있습니다."

84

집에는 모든 사람이 한꺼번에 들어갈 공간이 없었고, 그래서 제바운과 덱스터는 집 안에서 작업하며 거실에서 신문 더미를 베란다 밖으로 던졌고, 나머지 사람들은 밖에서 마치 개미처럼 줄지어 쓰레기 봉투를 쓰레기 수거함으로 끌고 갔다. 보틀맨은 교통을 지휘했다. 코리는 애너벨에게 물건 분류를 시작할 것을 제안하며 안으로 데려가려 했지만 그녀가 거부했다.

"이건 제 일이에요." 그녀는 담벼락에 등을 기대고 서서 말했다. "제가 눈으로 봐야 해요. 그게 중요해요."

그들은 그녀의 보관 자료를 모두 끌어냈다. 거의 20년간 그녀가 모니터링한 이야기들이 담긴 신문이며 잡지, 옛날 오디오 카세트와 VHS 비디오테이프, 플로피 드라이브와 CD, DVD, 그리고 그 이야기들과 함께 옛날 뉴스의 물결을 타고 실려 왔던 모든 사람들—총격, 폭동, 자연재해 이후 남겨진 죽은 자들의 시신과 생존자들—도 떠났다. 대부분 슬픈 이야기였지만, 슬픈 이야기와 함께 행복한 이야기도 갔다. 애너벨은 행복한 이야기들을 구하고 싶었지만 결국에는 보내줬다. 그녀는 그것들이 댐에 갇혀 있던 시간의 강처럼 문밖으로 흘러나가는 것을 지켜보았다.

"괜찮아요?" 코리가 물었다.

"네." 그녀는 낡은 티셔츠 귀퉁이로 이마를 닦으며 말했다. "시간을 붙들고 있을 수는 없는 노릇이죠. 이제 알겠어요."

그들이 산더미처럼 쌓인 물건들을 해체하고 제거하자, 몇 년 만에 처음으로 넓은 벽과 바닥이 드러났다. "잊고 있었는데, 견목 마루였네요." 애너벨이 말했다. 쓰레기봉투가 있었던 벽은 곰팡이로 얼룩져 있었다. "페인트를 칠해야겠어요." 그녀가 말했다. "밝은색으로요. 노란색이 좋겠어요. 베니가 좋아하는 색이거든요."

이제 거실에서 움직일 공간이 생겨서 더 많은 팀원이 안에 들어올 수 있었다. 그들이 벽장에서 물건들을 꺼내 와서 그녀 앞에 내려놓는 동안 애너벨은 소파에 앉아 있었다. 그녀가 엄지를 올리거나 내려서 물건들의 운명을 결정했다.

"이러니까 꼭 여왕 같네요." 그녀가 말했다. "아니면 치안판사거나." 그녀가 이렇게 말하는 순간 메이지가 다용도실에서 오래전 생일날 사용하고 남은 파티용품이 가득한 낡은 봉지를 들고 깡충거리며 나왔다. 크레페 종이와 장식용 깃발과 색종이 조각, 은박지 왕관이 있었다. 그녀는 애너벨의 머리에 왕관을 씌운 뒤 다른 사람들에게 고깔모자를 나눠주었다. 이후 오전 시간 내내 애너벨은 대단히 위엄 있게 왕관을 쓰고 감사하는 마음으로 물건 하나하나를 만지고 축복의 기도를 올린 뒤, 물건들을 세상으로 다시 순환하는 흐름 속으로 돌아가도록 놓아주었다.

팀원들이 원하는 물건이 있으면 무엇이든 기꺼이 주었다. 고든과 덱스터는 낡은 우비와 캠핑 장비를 상자에 채웠다. 메이지는 담요와 티셔츠, 수건을 챙겼다. 제바운은 켄지의 옛날 레게 디스크를 챙겼고, 코리와 제니는 책 몇 권을 받았다. 보틀맨은 밖에 머물며 다른 유용한 물건들을 노숙인 쉼터로 재분배하기 위해 상자에 분리해 넣었고, 청소원인 블라도는 켄지의 오래된 믹싱보드와 잡다한 오디오 장비를 실으며 이것들을 내다 팔 수 있을 거라고 말했다.

그들은 점심시간을 갖고 중국 음식을 주문했다. 음식이 도착하기를 기다리는 동안, 애너벨에게 반짝이 화환과 크레페 종이, 장식용 깃발을 더 걸고 여왕벌에게 성유를 바르고 다들 고깔모자를 쓴 채로 '호박벌 폐기물 처리 서비스' 밴 앞에서 셀카를 찍었다. 그들은 베란다에서 점심을 먹었다. 11월의 어느 흐린 날이었지만 비는 그쳤고, 그들은 함께 계단에 앉아 춘권과 고기야채볶음 밀전병쌈, 볶음밥을 나눠 먹었다. 애너벨은 무릎 위에 아슬아슬하게 접시를 올려놓고 있었고 코리가 그녀 옆에 앉았다.

"괜찮아요?"

애너벨이 고개를 끄덕였다. 그녀는 밴 옆에 함께 앉아 담배를 피우며 슬로베니아어로 열띤 대화를 나누고 있는 보틀맨과 블라도를 보았다. "베니의 정신과 의사가 보틀맨은 실존 인물이 아니라고 했어요. 베니가 환각에 빠져 만들어낸 인물이라고 했죠. 난 그렇지 않을 거라고 말했지만, 의사가 너무 확신하니 저도 그렇게 믿었죠." 그녀가 목 주변에 걸려 있는 반짝이 조각을 만지작거렸다. "의사는 나도 미쳤다고 생각해요. 어쩌면 맞을지도 모르죠."

"난 우리 모두 어느 정도 미쳤다고 생각해요."

점심을 먹은 뒤 애너벨은 소파로 돌아갔고 팀원들은 주방에 일하러 갔다. 그들은 이제 빠르게 움직여서 진전을 이루고 있었다. 덱스터가 깨진 분홍색 도자기가 담긴 신발 상자를 들고 와서 소파 옆 쓰레기통에 내용물을 버릴 때까지는.

"안 돼요!" 애너벨이 소리치며 일어섰다. "그건 안 돼요."

높고 날카로운 목소리에 모든 작업이 일제히 멈추었다. 그들은 고깔모자를 쓰고 문가에 모여 애너벨이 쓰레기통을 뒤지는 것을 지켜보았다.

"찻주전자예요." 그녀가 설명하며 분홍색 도자기 파편과 손잡이, 주둥이를 꺼내 바닥에 조심스럽게 쌓았다. "이걸 찾으려고 온갖 곳을 뒤졌는데!"

코리가 부드럽게 말했다. "깨졌네요."

"물론이죠. 나도 알아요!" 애너벨이 말했다. "그래서 내가 손봐줘야 해요. 접착제로 다시 붙일 거예요. 그러면 더없이 귀여운 화분이 될 거예요. 하나가 더 있는데, 노란 거예요. 그것도 깨졌지만 봉지에 담아 보관했죠. 두 개가 분홍색, 노란색 한 세트가 될 거고, 거기에 허브를 심을 생각이에요. 혹시 본 사람 있나요? 아마 주방에 있을 거예요. 그걸 찾아야 해요." 그녀가 그들을 밀치고 주방으로 갔다. "어머!"

주방의 모습을 본 그녀가 그 자리에 딱 멈춰 서버렸다. 주방은 그녀가 신문에서 오려낸, 지진이나 토네이도, 홍수가 덮친 후의 폐가 사진처럼 보였다. 도처에 식료품이 널려 있었다. 통조림, 감자칩 봉지, 시리얼 상자, 수프, 개수대에서 녹고 있는 냉동식품, 서랍에서 쏟아진 양념들, 바닥 여기저기에 흩어져서 걸을 때마다 밟히는 마른 국수.

"아, 끔찍해요!" 그녀가 소리쳤다. "정말 엉망진창이네요. 내가 여길 정리해야겠어요."

"우리가 나중에 청소할 수 있어요." 코리가 그녀 옆에 와서 서며 말했다. "우리가 모두 합세해서 일할 거예요. 하지만 우선 버리는 단계부터 거쳐야 해요. 좋죠?"

"하지만 이미 너무 많은 걸 버렸어요! 다른 건 버릴 필요가 없을 것 같아요. 그러면 남는 게 하나도 없을걸요. 베니를 위해 저녁을 뭘로 만들죠? 이렇게 엉망이 된 주방에서 요리를 할 순 없어요."

"애너벨, 베니는 지금……."

"아뇨." 그녀가 단호하게 말했다. "이제 충분해요. 그냥 두세요. 제가 나중에 청소할게요."

애너벨은 요지부동이었고, 그래서 그들은 위층으로 올라갔다. 애너벨은 그들이 복도에 굴을 뚫듯 오래된 잡지를 치워내고 욕실까지 가는 길을 넓히는 것을 허용했지만, 제바운이 공예 재료가 담긴 욕조를 비우기 시작했을 때 애너벨은 또다시 주저했다.

"전부 치우지는 마세요." 그녀가 문을 막고 말했다.

"좋습니다." 그가 말했다. "치우고 싶은 것만 말해주세요." 그가 솜이 가득 찬 눅눅한 봉지를 들어 올렸다. "이건요?"

"안 돼요." 애너벨이 말했다. "쿠션을 만들 때 필요해요. 쿠션을 만들 거거든요."

"좋아요." 그가 말하며 복도에서 대기 중인 제니에게 솜 충전재를 건넸다. "그럼 이건요?" 그가 욕조와 변기 사이에 끼워져 있는 빈 액자 더미를 가리키며 말했다.

애너벨이 하나를 끌어내 보며 말했다. "이런, 물이 닿아서 손상됐네요. 맙소사! 하지만 그래도 쓸모가 있어요. 자연스러운 빈티지 효과처럼 보이네요. 그렇죠? 사실 그런 효과는 좀처럼 내기 힘들어요. 보관해둘 거예요." 그녀가 액자를 제니에게 건넸고, 제니가 그것을 아래층으로 가져가는 동안 제바운은 개수대 밑에서 낡은 파란색 여행 가방을 꺼내려고 씨름했다.

그가 변기 위에 그것을 올려놓았을 때 그녀가 말했다. "어머, 잊고 있었네요."

측면에 곰팡이가 슬어 있었다. 애너벨은 주저하다가 곰팡이를 털어내고 열어보았다. 가방에는 동물 봉제 인형을 포함한 인형이 들어 있었다. 양말 원숭이와 앵무새, 분홍색 하마, 테디베어, 누더기 앤 따위였다. 애너벨이 바다표범을 집어 들었다.

덱스터가 제니 대신 문가에 서 있었다. 애너벨은 그의 앞에서 바다표범을 위아래로 까닥여 수영하는 것처럼 보이게 했다.

"귀엽네요." 그가 수줍게 말했다.

바다표범이 그의 코앞까지 헤엄쳐 올라갔다. "안녕. 내 이름은 바다표범 해럴드라고 해."

덱스터가 미소 지으며 고개를 움츠렸다.

"바다표범치고는 귀여운 이름 같지 않나요?" 그녀가 물었다.

그가 여행 가방을 탐내듯 바라보았다. "메이지가 좋아할 거예요. 불안증이 있는데 동물 인형이 있으면 도움이 되거든요. 아마 인형을 물 수도 있지만, 인형이니까 상관하지 않겠죠."

애너벨이 바다표범을 가슴에 끌어안았다. "해럴드가 좋아하지 않을 거예요." 그녀가 바다표범을 다시 여행 가방에 넣고 잠갔다. "저도 불안증이 있지만 뭘 물지는 않아요." 그녀가 한숨을 쉬고는 다시 가방을 열었다. "하지만 모두들 다르겠죠." 그녀가 동물 인형을 뒤져서 추레한 펭귄 한 마리를 꺼냈다. "여기요. 이건 메이지가 가져도 돼요."

덱스터가 펭귄을 가지고 나갔고, 제바운은 붙박이장 작업을 시작했다. 그녀는 변기에 앉아 그가 물건들을 꺼내서 들어 올리는 것을 지켜보며 수심에 잠겼다. 그녀는 아직도 포장을 뜯지 않은 '두 개의 심장, 하나의 사랑' 자수 키트를 보관할 것이었다. 가위녀들에게 받은 결혼 선물이었다. 또한 뜨개용품 상자와 바늘과 후크, 여러 가지 패턴이 담긴 보관철, 엉킨 실 뭉치, 그리고 완성하기 전에 베니가 너무 커버려서 짜다 만 아기 양말도 보관할 셈이었다. 그리고 추수감사절 장식 컬렉션과 베니가 첫 핼러윈데이에 입은 허수아비 복장은 꼭 보관할 거였다. 제바운이 다른 아이가 좋아할 거라고 말했을 때, 그녀는 봉지를 그에게 빼앗아서 복도를 따라 침실로 질질 끌고 가며 뒤에 단풍잎을 흘렸다. 코리가 침실에 있었다. 애너벨이 들어갔을 때 코리는 켄지의 플란넬 셔츠 하나를 고든의 가슴에 대보며 몸에 맞는지 확인하고 있었다. 그녀의 발 앞에는 셔츠로 채워진 쓰레기봉투가 있었다. 애너벨은 숨이 막혔다.

"안 돼요!" 그녀가 소리치며 뛰어가서 코리의 손에서 셔츠를 낚아챘다. "그건 켄지 거예요. 추억 이불을 만들 거란 말이에요. 이건 못 가져가요!" 그녀는 셔츠와 베니의 허수아비 의상이 담긴 봉지를 움켜쥐고 뒷걸음질 쳤다. "됐어요. 오늘은 충분한 것 같아요. 도와주셔서 정말 감사하지만, 이제 돌아가주세요."

"하지만, 애너벨, 우린 아직……."

"아뇨!" 애너벨이 높고 가는 목소리로 말했다. "제발요! 이걸로 충분해요. 정말 이제 좀 가주세요. 지금 당장이요!"

고든이 슬쩍 문밖으로 나갔다. 그녀는 봉지를 끌어안은 채 웅크리고 있었다.

"애너벨." 코리가 손을 내밀며 말했다. "힘든 일인 건 알지만……."

"아뇨!" 그녀가 소리쳤다. "가까이 오지 마세요! 그냥 나가요!"

코리가 재빨리 물러서며 문가에 섰다. "좋아요. 나왔어요, 됐죠? 이제……."

"아뇨! 그만 말해요! 내 말을 들어요! 당신은 나를 TV에 나오는 끔찍한 호더로 만들고 있지만, 난 아니에요! 난 저장강박증 환자가 아니고, 당신의 만족감을 채우기 위한, 당신의 해피엔딩이 되지 않을 거예요! 당신은 나를 그렇게 만들 수 없어요!"

"애너벨, 그게 아니에요……. 우린 당신을 뭐로도 만들려는 게 아니에요. 우린 단지……."

"여긴 내 방이에요! 내 집이고요! 난 이게 좋아요……." 그녀는 눈가가 빨개져서 광기 어린 눈을 쏜살같이 움직이며 방 안 전체를 훑었다.

"애너벨, 날 봐요……." 코리가 다시 손을 뻗으며 방으로 들어갔다. "우린 당신이 원치 않는 물건은 손대지 않을 거예요……."

"아뇨!" 애너벨이 비명을 지르다시피 했다. "손대지 말아요! 손대선 안 돼요……!"

노굿의 쓰레기 수거함이 가득 찼고, 블라도의 흰색 밴은 기부하고 나눠줄 물건들로 채워졌다. 그들은 마지막 청소용품을 실은 뒤 보도에 모였다.

코리가 말했다. "모두들 고마워요. 그리고 미안해요. 제가 상황을 미처 파악하지 못했네요……."

제바운이 한쪽 팔을 그녀의 어깨에 둘렀다. "당신 잘못이 아니에요."

"애너벨을 너무 몰아붙이지 말았어야 하는 건데……."

제바운이 말했다. "허수아비 의상이 문제였어요. 내가 그걸 없애라고 몰아붙이지 말았어야 했는데. 그래서 꼭지가 돌아버린 거예요."

"뭐 때문에든 돌아버렸을걸요." 제니가 말했다. "어차피 일어났을 일이에요."

"찻주전자가 문제였어요." 덱스터가 속삭였다. "그걸 던져버리지 말았어야 했는데."

"그건 소유의 문제야." 보틀맨이 말했다. "마침내 소유물이 사람을 소유하게 되는 거지……."

"PTSD야." 고든이 떨리는 손으로 수염을 빗질하듯 훑으며 말했다. "전형적인 케이스지."

"아니면 펭귄이었는지도 몰라요." 덱스터가 말했다.

메이지가 펭귄을 입에서 빼내며 말했다. "트라우마예요." 그녀가 말했다. "트라우마는 내가 딱 보면 알 거든."

"셔츠가 문제였어." 고든이 말했다. "그게 그녀를 돌게 한 거야."

"우리가 너무 빨리 움직였어요." 코리가 말했다. "좀 천천히 했어야 했는데."

"우린 빨리 움직여야 했어요. 그리고 일을 많이 했잖아요." 제바운이 말했다.

"충분하지 않아요." 코리가 말했다. "아직 근처에도 못 갔어요."

집이 고요했다. 위층에서 애너벨은 여전히 얼어붙은 채 켄지의 부드러운 플란넬 셔츠와 베니의 허수아비 의상을 꼭 부여잡고 구석에 웅크리고 있었다. 밖에서 사람들이 밴에 타는 소리가 들렸다. 그녀는 시동이 걸리고 바퀴가 움직이기를 기다렸다. 왜 그냥 가버리지 않는 거지? 베니의 의상에서 삐져나온 지푸라기가 그녀의 살을 찔렀다. 그녀는 중고매장에서 허수아비를 만들 구상을 했다. 먼저 작은 데님 작업복과 켄지의 것과 비슷한 작은 플란넬 셔츠를 찾았다. 그런 다음 무릎과 팔꿈치에 밝은색 패치를 대고 밧줄로 멜빵을 만들고 소맷부리를 밀짚으로 채웠다. 그런 다음 낡은 펠트 모자를 찾아 단풍잎으로 장식했다. 베니에게 너무 컸던 그 모자는 쓰면 눈을 가려서 오히려 베니를 더 사랑스러워 보이게 했다. 하지만 베니는 모자를 쓰고 싶어 하지 않았다. 베니는 겨우 세 살이었다. 그것이 베니의 첫 번째 진짜 핼러윈이었다. 그들은 베니를 데리고 집집마다 방문해 사탕을 받았다. 그녀는 호박 분장을 하고 갔다. 켄지는 유령이었다.

85

저녁 뉴스에서 선거 후 국면에 대한 내용을 보도하는 동안 휴게실에서 싸움이 일어나자, 간호사가 TV를 껐다. 소아정신과 병동에서 애당초 뉴스를 보는 아이들은 비교적 나이가 많은 청소년 몇 명뿐이었다. 대부분의 아이들은 너무 어려서 정치에는 관심 없었지만, 그들은 본래 변덕스럽고 과민한 아이들이어서, 주변의 기운과 미묘한 분위기, 이 병동과 국가에서 일어나고 있는 보이지 않는 진동에 민감했다. 뉴스에서 흘러나오는 긴장감과 불협화음이 그들에게 스트레스를 주었고, 그래서 싸움 이후 며칠 동안 누구도 굳이 TV를 다시 켜지 않았다. 그 결정은 누군가의 주장이나 위에서 내린 명령에 의한 게 아니었다. TV는 그냥 꺼져 있었고, 누구도 불평하지 않았다.

그러나 그때까지 이미 폭동에 대한 클립이 자주 방송되어서 대부분의 아이들과 의료진은 검은 후드의 사람들이 쓰레기통을 뒤집고 검은 리무진에 불을 붙이는 장면을 담은 지역 뉴스를 보았다. 그들은 사람들이 전투 경찰에게 돌을 던지고 경찰이 곤봉과 최루가스로 대응하는 장면을 보았다. 그리고 베니가 나이키 매장 유리창을 야구 방망이로 박살내는 장면을 찍은 방범 카메라 영상도 보았다. 덕분에 그는 환자와 간호사들 사이에서 꽤 유명해졌지만, 그런 유명인의 지위를 의식하지 못하는 것처럼 보였다. 다른 아이들은 그가 말썽쟁이거나 폭력적인 소년인지 궁금해했고 병원 직원들도 똑같은 걱정을 했지만 그는 정반대였다. 온순하고 협조적이어서 직원들이 주는 대로 먹었고, 그들이 그를 휠체어에 태운 채 식사와 집단 치료, 미술 치료, 운동 치료를 비롯해 젊은 정신병 환자들이 참여해야 하는 다양한 치료 활동 일정에 맞춰 이리저리 끌고 다니도록 놔두었다. 말없이 휠체어에만 못 박혀 있는 그는 안개와 그림자의 세계, 소아정신과의 일상적인 리듬에서 벗어난 비선형적이고 비시간적이고 마취된 공간에서 사는 것처럼 보였다. 그러나 매일 저녁 오후 5시 정각, 지역 뉴스가 방송되는 시간만 되면, 스스로 휠체어를 밀고 휴게실로 가서 꺼진 TV 화면 앞에 휠체어를 대고 빈 액정 화면을 응시했다. 그리고 귀 기울였다.

그럴 때면 그가 무슨 생각을 하는지 알기 힘들었다. 그가 복용하는 약이 우리가 그의 생각에 접근하는 것을 방해했다. 제본실에서는 너무도 맑고 쉽게 접근할 수 있었던 그의 정신이 전파 장애로 가득한, 녹화된 흑백 방범 카메라 영상만큼이나 흐릿하고 뿌옇게 더께가 앉은 것처럼 느껴졌다. 우리는 그가 사이렌 소리를 듣고 있음을 알았다. 구호와 외침. 행진하는 군화의 쿵쿵 소리, 헬리콥터 날개의 진동. 소리와 그림자의 혼란 속에서 섬광처럼 번득이는 빛들이 깨진 유리의 비명과 뒤섞였고, 금관악기와 드럼 소리가 가득한 배경에서는 저항가요가 음울하게 계속 연주되었다.

텅 빈 TV 화면 앞에 앉아 있을 때, 눈물이 그의 뺨을 타고 흘러내렸다. 간호사들과 마찬가지로 다른 아이들은 그를 혼자 두었고, 그도 그편이 더 좋았다. 그는 집중하려고 애썼지만 약은 베니 자신이 접근하는 것마저 방해해서, 세상에서, TV에서, 자기 내면에서 무슨 일이 벌어지고 있는지 본인조차 듣기 힘들었다.

86

흰색 밴이 출발했고, 그런 뒤 정적이 찾아왔다. 애너벨은 쪼그리고 앉아 있느라 쥐가 난 다리를 펴고 일어섰다. 여러 사람이 복작이며 한바탕 소란을 피운 뒤여서, 집이 더 휑하고 적막하게 느껴졌다. 그녀는 침실을 둘러보았다. 사람들이 옷을 분류해 쌓기 시작했지만, 그렇게 많이 하지는 못했다. 그녀는 침대 위의 베개를 토닥이고 동물 봉제 인형들을 반듯하게 매만졌다. 그리고 복도에서 파란 여행 가방을 가져와서 침대 위에 놓았다. 바다표범과 양말 원숭이, 누더기 앤을 꺼냈다. 그것들은 그녀가 어린 시절부터 간직해온 장난감이었다. 어렸을 때는 그것들이 침대 위에 앉아 있었다. 그녀는 여행 가방을 뒤집어서 나머지가 쏟아져 나오게 했다. 몇 개는 바닥으로 떨어졌다. 그때도 종종 인형이 바닥에 떨어지곤 했지만, 대부분은 그냥 그녀의 침대에 머물며 아무것도 하지 않고 지켜보기만 했고, 그래서 그녀가 여행 가방에 가둬서 벌을 주곤 했다. 그녀는 양말 원숭이를 살포시 안고 눈을 바라보았다.

"나를 사랑하니?" 그녀가 다그쳤고, 원숭이가 아니라고 말하자 그것을 침대 위에 놓고 그녀를 등지고 벽을 향하도록 돌려놓았다. 그런 뒤 누더기 앤에게 손을 뻗었다.

"나를 사랑하니?" 그녀가 물었다. 아니. 그녀는 인형을 돌려서 원숭이 옆에 둔 다음, 바다표범을 집어 들었다.

"나를 사랑하니?" 이제 그녀의 목소리가 떨렸다. 그녀는 테디베어와 부엉이와 타조와 하마에게 물었지만, 그들은 하나둘 그녀에게 등을 돌렸다. 마지막 인형까지 그녀를 피했을 때, 그녀는 침실용 탁자에서 볼펜을 가져왔다. 그리고 볼펜을 손에 움켜쥐고 베개를 찌르기 시작했다. 볼펜 끝이 폴리에스터 충전재를 뚫고 아래에 있는 매트리스에 닿도록 계속 찌르고 또 찔렀다. 마침내 그녀의 뱃속 깊은 곳에서 머물고 있던 흐느낌이 솟구쳐 올랐고 눈물이 그 뒤를 따랐다. 그녀는 침대에 얼굴을 묻은 채 누워서 오랫동안 울었고, 다 울고 난 뒤 똑바로 돌아누워서 천장을 응시했다. 몸이 기진맥진하고 고요하게 느껴졌다. 마음도 그랬다. 그녀는 어렸을 때 느꼈던 이런 느낌을 기억했고, 그 오랜 시간이 흐른 뒤에도 이런 의식이 여전히 효과가 있는 것이 놀라웠다.

그녀는 침대 위에 일어나 앉았다. 갑자기 목이 말랐다. 침실 밖 복도는 엉망진창이었다. 팀원들이 급하게 떠났기 때문이다. 하지만 욕실은 비어 있었고 사실 제법 괜찮아 보였다. 컵이 있어야 할 자리인 컵 선반에 컵이 있었다. 그녀는 컵에 물을 채워 마셨다.

베니의 침실 방문이 열려 있었고, 그녀는 문지방에 서서 안을 들여다보았다. 꼼꼼하게 정리된 옷장과 질서정연한 책꽂이는 다른 세상, 모든 물건에 제자리가 있는 세상에 속해 있었다. 그녀의 아들 혼자서 사는 세상. 오, 베니. 그녀는 생각했다. 미안하다.

복도에서 그녀는 블라도가 도서관 청소용품 가운데서 가져온 대형 쓰레기봉투 상자를 발견했다. 블라도는 수완이 좋았다.

봉제 인형들은 여전히 그녀의 침대 위에 일렬로 등을 돌린 채 앉아 있었다. 그들을 보자 솟구치는 분노가 느껴졌다. 지들이 뭔데 나를 이렇게 피해? 그녀는 그 동물들을 돌려서, 그것들이 유리 같은 눈으로 그토록 많이 보았던 그녀를 다시 한번 보게 했다. 그들은 그녀의 증인이었다. 그녀는 그들에게 감사해야 했지만 그럴 수 없었고, 그래서 모두 쓰레기봉투에 처넣었다. 한결 낫군. 그녀가 생각했다. 그런 뒤 마음을 바꿔 양말 원숭이를 꺼내서 침대 밑에 찔러 넣었다. 그것을 거기에 둘 셈이었다. 모든 인형들 중에 그것이 깨물기 가장 좋을 것 같았다.

거실은 엉망진창이었지만, 이곳도 좀 진전이 있었다. 바닥이 더 많이 보였고, 이제 모든 벽들이 눈에 보였다. 누군가 그녀의 스노글로브들을 창틀 위 까마귀의 선물들을 담아둔 어항 옆에 조심스럽게 올려두었다. 그녀는 그것들을 무료 나눔 더미로 옮기고 바다거북과 베니가 준 쓰나미 글로브만 남겼다. 어항도 남겼다.

분홍색 찻주전자 조각이 여전히 소파 옆 바닥에 있었다. 그녀는 그것을 모아 쓰레기봉투에 다시 넣었다. 봉투가 거의 넘칠 지경이었고, 그래서 목 부분을 잡아 밖으로 끌고 나갔다. 누군가 오래 써서 해진 서류 가방을 베란다에 두고 갔다. 아마 노숙인들 중 한 명이리라. 남의 집 앞에 쓰레기를 남겨서는 안 되잖아. 그녀가 그렇게 생각하며 주웠다. 그것은 그녀가 절대 필요로 하지 않을 물건이었다. 쓰레기가 또 늘었다.

노굿의 쓰레기 수거함이 가득 차서, 그녀는 봉투와 서류 가방을 골목으로 가지고 나갔다. 중고매장 수거함 벽이 높았지만, 봉투를 들어 올려 간신히 투입구 가장자리에 걸쳐 놓을 수 있었고 거기서 봉투가 시소를 타듯 흔들거렸다. 그녀는 불쌍한 작은 찻주전자에 대해 생각하고 뼈아픈 후회의 감정을 느꼈다. 그리고 그 순간 그녀는 쓰레기봉투를 밀어 넘겼다. 그다음에 서류 가방도 던졌다. 달가닥 소리가 들리더니 어떤 목소리가 말했다. "빌어먹을."

"어머! 거기 누구 있어요?" 애너벨이 말했다. 허우적거리는 소리가 들리더니 서류 가방이 다시 날아와서 가로등 옆에 쓰러져 있는 오염된 매트리스 더미 위에 착지했다. 수거함 투입구 가장자리 위로 머리 하나가 나타났다.

"너구나!" 애너벨이 말했다. 고무 오리 소녀였다. 보름달이 떴던 밤에 본 맥스의 친구였다. "아줌마가 내 머리 위로 쓰레기를 던졌어요." 소녀가 나무라듯 말했다. "자고 있었단 말이에요." 그녀가 투입구 가장자리를 넘어 보도 위로 내려와서는 서류 가방을 집어 들고 먼지를 털어냈다. "게다가 아줌마 물건도 아닌 걸 버렸네요."

"누군가 우리 집에 두고 갔어." 애너벨이 말했다. "왜 거기서 자고 있었니?"

소녀가 축축한 매트리스 가장자리에 앉아 하품을 했다. "왜일 것 같아요? 여기가 경찰들이 괴롭히지 않는 유일한 곳이니까요."

옷차림새는 그들이 처음 만났을 때와 비슷했지만, 한때 하얗게 탈색되었던 곧고 지저분한 머리칼이 이제 짙은 색 뿌리가 자라나서 끝부분만 하얬다. 게다가 살도 빠졌다. 그녀는 팔을 긁었고, 애너벨은 그녀가 손을 떠는 것을 볼 수 있었다.

"너 베니의 친구지? 예술가 친구. 맞지?"

흐린 날씨인데도 소녀가 눈을 가늘게 뜨고 그녀를 보았다. 눈 밑에는 다크서클이 있었다. 그녀의 목소리는 마치 수거함 안에서 나오는 것처럼 낮게 울렸다.

"아줌마는 베니의 어머니죠? 호더라는. 맞죠?"

그녀가 또다시 하품을 하며 매트리스에 모로 누워서 몸을 구부리고 양 무릎 사이에 손을 끼웠다.

"네가 알레프니?"

애너벨이 물었다.

"때에 따라 다르죠." 알레프가 말했다. "가끔은 그래요." 그녀가 누워서 몸을 떨었다. 그녀는 그들이 만났던 그 두 번의 순간만큼 진짜처럼 보이지 않았지만, 그렇다고 가상의 인물로 보이지도 않았다.

"거기 누워 있으면 안 돼." 애너벨이 말했다. "빈대에 물릴 수 있어. 안으로 들어갈래?"

그녀는 주방에서 의자 하나를 비워 자리를 마련하고 수프 캔을 따서 데웠지만, 소녀는 먹기를 거부했다. 아니면 먹을 수 없었던 건지도 모르겠다. 그녀는 몸을 떨고 계속 하품을 했으며 팔을 하도 긁어서 피가 나기 시작했다. 그녀는 서류 가방을 가져왔는데 아직 거기 있는지 보려고 계속 확인했다. 그녀는 기진맥진한 상태이면서도 동요하고 있는 것처럼 보였다.

"베니를 어떻게 알게 됐니?"

"소정과요." 알레프가 말했다.

"그게 뭔데?"

"소아정신과요. 병동 말이에요. 우린 거기 함께 있었어요. 내가 나이가 들어서 나올 때까지는."

"어, 너한테는 다행이구나." 애너벨이 말했다.

"아뇨. 안 그래요. 소정과는 구리지만 성인 병동은 더 구려요. 빌어먹을 약 공장이죠." 그녀가 팔로 자신의 몸을 감싸 안았다.

"상태가 안 좋아 보이는구나." 애너벨이 말했다.

"아줌마도 그래요."

"지금 약에 취한 거니?"

"약 기운이 떨어지고 있는 거예요."

"그럼 기분이 어떤데?"

"기막히네요. 어떨 거 같아요?"

"모르겠어. 그러니까 물어보는 거지."

소녀는 그녀가 마치 다른 행성에서 온 사람인 것처럼 그녀를 쳐다보더니 마음이 누그러졌다. "독감 같아요. 하지만 백만 배는 더 나쁘죠."

"내가 뭐 해줄 게 있니?"

"없어요."

"잠을 잘 수 있겠니?"

"힘들 거 같아요."

"좀 누울래?"

"좋아요."

그녀는 소녀를 위층으로 데려가 베니 방 침대에 눕게 하고 문을 닫았다. 두어 시간 뒤 확인하러 갔을 때, 소녀는 잠든 것 같았다. 베니의 우주인 침구 위에 누워 있는 그녀는 마치 고대의 외계인처럼 믿기지 않을 만큼 젊어 보이는 동시에 믿기지 않을 만큼 늙어 보였는데, 팔에는 문신이 점점이 새겨져 있고 머리는 기름지고 얼굴에는 피어싱을 뚫은 모습이었다. 호흡이 불규칙해서, 한순간 느리고 고르다가 다음 순간 빠르고 들쑥날쑥해졌다. 가끔은 이를 갈고 미간을 찌푸리며 신음했다. 그리고 팔을 들어 마치 사방이 막힌 좁은 공간에서 빠져나가려고 벽을 긁듯 손톱으로 허공을 긁다가 갑자기 투지를 상실한 듯 다시 깊은 잠에 빠져들곤 했다. 소녀의 얼굴은 축축하고 먼지로 얼룩져 있었고, 그래서 애너벨은 젖은 천을 가져와서 침대 가장자리에 앉아 천을 소녀의 이마에 살짝 댔다. 그녀의 가슴에서 갈망처럼 느껴지는 뭔가가 올라왔다. 켄지가 살아 있었다면, 그들이 둘째를 가졌을지도 몰랐다. 여자아이를. 그녀는 늘 딸을 원했었다. 그녀는 알레프의 뺨에서 머리카락 하나를 떼어냈다. 지금 이 가엾은 소녀는 엄마가 필요한데, 소녀의 엄마는 대체 어디 있는 걸까? 그녀는 자신의 어머니를 생각하며 똑같은 질문을 했다. 그 모든 밤들에. 그리고 베니를 생각했다.

면회 시간에 맞춰 병원에 갈 시간이 거의 다 됐지만 소녀가 낯선 방에서 혼자 깨어나게 하고 싶지 않았다. 소녀가 병동에 함께 갈 생각이 있는지도 궁금했다. 그녀를 데려가서 멜라니 박사에게 보여주고 싶었다. 보세요! 알레프는 진짜예요! 보틀맨도 데려가고 싶었지만, 물어볼 기회가 생기기 전에 그들이 떠났다. 아니, 사실은 그녀가 그들을 내쫓았다. 그녀는 보틀맨을 돌아오게 할 수 있을지 생각했다. 그녀는 소녀를 다시 내려다보고 눈가에 고인 눈물을 발견했다. 그녀는 수건 끝으로 눈물을 톡톡 두드려 닦았다. 그런데 소녀가 무슨 약에 취한 걸까? 펜타닐과 오피오이드의 확산은 항상 뉴스거리였고, 애너벨은 그 약들에 대해 모니터링했었다. 그녀는 금단 현상이 위험할 수 있음을 알았다. 구급차를 불러야 할까? 그녀는 주머니에서 휴대전화를 꺼내 약물 금단 현상에 대해 구글 검색을 시작했다.

다시 눈을 들었을 때 소녀가 눈을 뜨고 그녀를 보고 있었다.

"기분은 좀 어떠니?" 애너벨이 물었다.

"거지 같아요." 그녀가 말했다. 그녀는 계속 쳐다보았고, 그것이 애너벨을 불안하게 만들었다. "나 때문에 불안해요?"

"아니." 애너벨이 말했다. "아니, 그래. 사실 불안해. 네가 잠자면서 누군가와 싸우는 것처럼 신음해서."

소녀가 인상을 찌푸렸다. "악마. 괴물. 귀신."

"아, 그랬구나." 애너벨이 말했다. 소녀가 눈을 감고 자기 안으로 사라졌다. 그녀의 얼굴은 이제 복면 같았고 몇 년은 더 나이 들어 보였다. "널 응급실에 데려가거나 해야 할 것 같은데."

"안 돼요!" 그녀가 눈을 뻔쩍 떴다. 그리고 이불을 밀어내고 앉으려고 버둥댔다.

애너벨이 소녀의 팔에 손을 댔다. "됐어. 가고 싶지 않으면 안 가도 돼. 그냥 여기서 좀 쉬어."

애너벨의 손가락 밑에서 흉터가 느껴졌다. 소녀가 뒤로 몸을 빼고 돌아서 침대 가장자리의 애너벨 옆에 앉았다. 그녀가 팔을 문지르며 주위를 둘러보았다. "여기가 베니의 방인가요?"

"그래."

"깔끔하네요."

"베니는 늘 정리 정돈을 잘해."

알레프가 선반에 있는 작은 구슬로 손을 뻗었다. "예쁘네요." 그녀가 손바닥에서 구슬을 굴리며 말했다. "제가 가져도 돼요?"

"베니에게 물어봐야 해."

"베니는 상관하지 않을 거예요." 그녀가 말하고는 그것을 청바지 주머니에 넣었다. 그런 뒤 책꽂이를 가리켰다. "저건 내가 아줌마에게 준 오리네요."

"베니가 갖고 싶어 해서 줬어."

초조하게 움직이던 소녀의 시선이 달 모형에 머물렀다. "베니는 달을 좋아해요." 그녀가 말했다. "한번은 커다란 충돌 분화구의 이름을 모두 말해줬죠. 나한테 잘 보이려고." 그녀가 곁눈으로 애너벨을 보았다. "사실 베니가 날 좋아해요."

"어머!" 애너벨이 말했다. 그러나 소녀에게 자신이 반대한다는 인상을 주고 싶지 않아서 덧붙였다. "잘됐네."

"그래요?" 알레프가 물었다. "하지만 나한테는 너무 어려요. 그렇지 않나요? 그리고 어차피 난 좋아하지도 않고요. 그런 식으로는." 그녀가 애너벨을 다시 조심스럽게 쳐다보며 기미를 살폈다. "저는 끔찍한 어린 시절을 보냈어요." 그녀가 말을 꺼냈다. 마치 그것으로 설명이 된다는 듯.

"안됐구나." 애너벨이 대답했다. "나도 그랬어."

"네. 그럴 줄 알았어요." 알레프가 고개를 끄덕이며 말했다.

"어떻게?"

"저 밖에 있는 잡동사니들이요." 그녀가 몸짓으로 복도와 집의 다른 부분들을 가리켰고, 애너벨의 낭패스러운 표정을 보고 덧붙였다. "기분 나빠 하지 마세요. 제게 집이 있었다면, 저도 잡동사니로 가득 채웠을 거예요."

"지금 잡동사니를 정리하는 과정이야." 애너벨이 말했다. "그런데 집이 없니?"

알레프가 어깨를 으쓱했다. "사실 없어요."

"그럼 어디서 사는데?"

"여기저기 돌아다니면서요. 친구들하고. 여름에는 나무에서 자요." 그녀가 화제를 전환했다. "베니의 아버지는 어떻게 돌아가셨어요?"

"트럭에 치였어."

"그럴 수가!"

"집 뒤에 있는 골목에서 죽었어. 남편은 취해 있었고 트럭에 치였지."

"이런. 남편을 사랑하셨어요?"

"그랬어." 애너벨이 말했다. "아주 많이. 남편은 약물 중독이었어." 그녀가 알레프의 팔에 난 주사 자국을 가리키며 말했다. "내 아들과 약을 했니?"

그녀가 소매를 끌어 내렸다. "절대요." 그녀가 말했다. "아직 어리잖아요. 게다가 베니와 어울려 다닐 때는 대체로 약을 하지 않았어요."

"좋아."

"믿지 않으시는군요. 하지만 사실이에요. 그리고 베니의 팔을 봤는데, 그건 주사 자국이 아니에요. 목소리를 내보내기 위한 구멍이죠."

"베니가 그렇게 말하던?"

"아뇨." 알레프가 말했다. "그냥 알아요. 아줌마도 목소리를 듣나요?"

"아니. 왜?"

"맥슨과 내가 골목길에서 아줌마를 만난 날 밤, 주방 창문으로 안을 들여다봤는데 아줌마가 냉장고에 대고 뭐라고 얘기하고 있었어요."

"남편에게 얘기한 거였어." 그녀가 이야기하며 그때의 상황을 떠올렸다. "끔찍한 밤이었어. 베니가 손을 베어서 피를 뒤집어쓰고 집에 왔지. 난 응급실로 데려갔어. 의사는 그게 칼에 베인 상처라고 했어. 그때 베니랑 같이 있었지? 안 그래? 내가 네 번호로 전화를 걸었었는데. 대체 무슨 일이 있었던 거니? 누가 찔렀니? 베니가 도무지 말을 하려 들지 않아."

알레프가 어깨를 으쓱했다. "아무도 안 찔렀어요. 우린 도서관에 있었는데, 베니는 종이 재단기에 베었어요."

"베니가 그렇게 말했는데, 내가 믿지 않았지. 거짓말을 한다고 생각했어."

"네. 애들은 거짓말을 하죠. 베니라 할지라도."

"들어봐. 너에게 부탁할 게 있어."

"뭔데요?"

"나랑 같이 정신병동에 가줄래?"

알레프가 움츠러들었다. "병동에요?"

"베니의 주치의를 만나러. 네가 의사에게 말해주면 좋겠어. 의사는 베니가 너라는 존재를 만들어냈다고 생각해. 네가 존재한다는 걸 믿지 않지."

알레프는 점점 작아지는 것처럼 보였다. "힘들 것 같아요. 그리고 어차피 의사는 내가 무슨 말을 해도 믿지 않을걸요. 절대 믿은 적이 없어요."

"의사가 너를 만나면 믿을 수밖에 없을 거야. 부탁이야."

"이렇게 약에 취한 상태로는 갈 수 없어요. 그들이 나를 또 가둘 거예요." 그녀는 피곤하고 쪼그라들어 보였고, 이가 덜덜 떨렸다.

"괜찮아." 애너벨이 말했다. "네가 좀 나아지면 그때 가도 돼. 그냥 여기 있으면서 좀 쉬도록 해." 그녀가 이불을 들어 소녀의 가녀린 어깨에 둘러주고는 팔을 얹은 채로 두었다. 소녀가 긴장한 것이 느껴졌다. 그녀는 아이에게서 이런 저항감을 느끼는 데 익숙했지만, 어색해하면서도 참을성 있게 기다렸다. 그들은 한동안 나란히 앉아 있었고 그녀가 소녀를 놓아주려 한 바로 그 순간, 소녀의 몸에서 뭔가가 무너진 듯 팔이 축 늘어지고 머리가 옆으로 스르르 내려와서 애너벨의 어깨에 기댔다. 그들은 그렇게 오래 앉아 있었다.

87

베니가 휴게실에서 텅 빈 TV 화면을 올려다보고 있을 때, 애너벨이 알레프를 데리고 도착했다. 면회 시간이 거의 끝나갔지만 그는 시계나 시간표에 관심을 기울이고 있지 않았다. 애너벨이 간호사실에서 면회 수속을 밟을 때 그는 알아차리지 못했고, 그들도 그를 보지 못했다. 애너벨은 멜라니 박사에게 전화를 걸어 약속을 잡아놨는데, 버스를 놓치는 바람에 늦었다. 당직 간호사는 의심스러운 표정으로 호출기로 의사를 호출했다. 그들은 기다렸고, 간호사가 다시 한번 시도했다.

"안타깝지만 오늘은 벌써 퇴근하신 것 같네요." 멜라니 박사가 응답하지 않자 그녀가 말했다.

알레프는 안도했다. 그녀가 간호사실에서 멀찌감치 서서 어슬렁거리다가 이 말을 듣고 가려고 돌아섰지만, 애너벨이 팔을 뻗어 그녀의 옷소매를 붙잡았다. 그리고 간호사를 향해 몸을 기울이고 말했다.

"제발요." 그녀가 말했다. "정말 중요한 일입니다. 한 번만 더 시도 해주실래요?"

"의사 선생님들은 약속이 취소되면 일찍 퇴근하실 때가 많습니다. 약속을 다시 잡아보죠……."

"하지만 저는 취소하지 않았어요." 애너벨이 말했다. "어쨌든 왔잖아요! 버스가 늦게 왔어요." 이건 사실이 아니었다. "그건 우리 잘못이 아니에요. 제발요."

"제가 의사 선생님 음성메일로 연결해드릴 테니, 일단 메시지를 남기고 돌아가시면……. 어, 잠깐만요. 저기 오시네요."

멜라니 박사가 휴대전화로 통화를 하며 활기차게 복도를 걸어 내려왔다. 그녀는 레인코트에 매끈한 서류 가방을 들고 있었다.

애너벨이 앞으로 걸어 나갔다. "아, 선생님을 놓치지 않아서 다행이에요."

그녀가 다가오는 것을 보고, 박사가 멈춰 서서 마치 교통경찰처럼 손을 들어 올렸다. 그리고 그 자세로 통화를 마친 뒤 휴대전화를 주머니에 넣었다. "오셨네요." 그녀가 말했다. "기다리고 있었는데 안 오시기에 약속을 취소하신 거라고 생각했네요. 지금 나가는 길이지만 아직 시간이 좀 있어요. 여기서 얘기해도 될까요?"

"여기도 좋습니다." 애너벨이 말했다. 그녀는 여전히 알레프의 옷소매를 붙들고 있었고, 이제 소매를 잡아당겨 소녀를 앞으로 끌어당겼다. "선생님, 이 아이가 알레프입니다." 그녀가 말했다.

의사는 소녀에게 미소를 지으며 눈을 가늘게 뜨고 소녀의 초췌한 얼굴과 쇠약해 보이는 모습을 평가하듯 바라보았다. "안녕, 앨리스. 어떻게 지내니?"

알레프가 소매로 코를 문질렀다. "잘 지내요."

애너벨이 두 사람을 빤히 쳐다보았다. "두 사람이 아는 사이인가요?"

알레프가 어깨를 으쓱했다.

"물론 우린 앨리스를 알죠." 박사가 말했다. "몇 차례 여기서 우리와 지냈으니까요."

"하지만 이 아이는 앨리스가 아니에요. 알레프죠. 우리가 말했던 베니의 친구요. 알레프가 실재한다는 걸, 베니가 만들어낸 존재가 아니라는 걸 보여주려고 선생님께 데려왔어요."

알레프가 손등을 긁었다. "알레프는 제 예명이에요. 본명은 앨리스죠."

"그래." 멜라니 박사가 짧게 웃고는 말했다. "우리가 그 문제를 정리하니 좋구나. 또 뭐가 있었더라……."

"잠깐만요." 애너벨이 말했다. "지금 이 아이의 이름이 뭔지가 중요한 게 아니에요. 요는 베니가 알레프를 만들어낸 게 아니라는 거죠. 알레프는 실재해요. 환각 같은 게 아니라……."

멜라니 박사가 시계를 보았다. "오 부인, 상담실로 가서 잠깐 얘기할까요? 앨리스, 기다릴 수 있겠……?"

"베니를 보고 싶어요." 알레프가 말했다.

"앨리스, 이곳 규칙을 알잖니. 이전 환자는 면회가 허용되지……."

알레프가 고개를 돌려 애너벨을 보고 말했다. "제발요."

"좀 안 될까요?" 애너벨이 멜라니 박사에게 부탁했다.

"도와줄 간호사가 있는지 한번 보죠." 그녀가 말했다. "하지만 오 부인도 함께 계시는 게 낫지 않을까요?"

애너벨이 미소 지었다. "제가 없으면 베니가 더 좋아할 것 같군요."

뉴스 시간이 끝났고, 그녀가 들어왔을 때 베니는 창가에 앉아 있었다.

"베니." 앤드루 간호사가 말했다. "면회객이 있다."

그를 면회 오는 사람은 엄마뿐이었고, 그래서 베니는 간호사의 말을 무시했다.

"안녕."

그는 즉시 그 목소리를 알아들었다. 그가 고개를 돌려 그녀가 진짜 왔는지 확인했다. 그가 그녀를 마지막으로 보았을 때, 그녀는 전투경찰에게 끌려가는 우주에서 온 외계인이었다. 이제 그녀는 좀비로 변해 있었지만, 여전히 그녀였다. 내가 여기 있는 것을 그녀가 어떻게 알았을까? 어떻게 그들이 그녀를 이곳에 들여보내주었을까? 그는 목소리가 여전히 나오지 않았고, 그래서 이런 질문들을 할 수 없었다.

"네가 말을 안 한다는 얘기 들었어."

대답할 필요가 없었다. 그녀는 이해했다.

"괜찮니?"

그는 자신을 외부 세계와 단절시키는 두꺼운 안전유리를 통해 창밖을 내다보았다. 어디서부터 시작해야 할까? 할 말이 너무 많았다. 그는 그녀에게 모든 것을 말하고 싶었다. 제본실에서 열린 세상에 대해, 그가 본 광경에 대해. 그러나 간호사가 너무 가까이 서 있어서 안전하지 않았다. 비록 가장 조용한 도서관용 목소리로 말한다 해도, 비록 속삭이며 말한다 해도 말이다. 게다가 지금은 조용해진 목소리들도 일단 그가 입을 열면 자극을 받을 수 있었다. 말을 하면 사물들에게 발동이 걸려서 또 모든 것이 시작될 수 있었다. 그래서 대신 눈으로 말했다. 밖에 있는 나무에서 새 한 마리가 벌거벗은 잔가지에 매달려 있었다. 아래의 거리에서는 택시 한 대가 버스 정거장에 서서 공회전하고 있었다. 트럭 한 대가 뒤에 오고 있었는데, 벽들과 단열 창을 통해서도 희미하게 '삑삑' 소리를 들을 수 있었다. 새는 작고 담갈색이었다. 어쩌면 제비일까. 녀석은 깃털을 잔뜩 부풀려 세우고 있었는데 추워 보였다. 유리창은 먼지 때문에 길게 줄무늬가 나 있었다. 근처에 있던 아이가 크레용을 먹기 시작했다. 앤드루 간호사가 그를 향해 움직였다.

알레프가 지켜보았다. 히터가 켜져 있었고 실내가 답답했다. 그녀가 후드 재킷을 벗었고, 베니는 그녀의 팔에 있는 표시를 보았다. 앤드루 간호사는 등을 보인 채 크레용을 처리하고 있었고, 그래서 베니가 팔을 뻗어 표시를 만졌다. 새로운 별들이었다. 그가 후드티 소매를 걷어 올려 자기 팔을 그녀 팔 옆에 댔다. 둘의 팔이 어느 정도 비슷했다. 그가 다른 쪽 소매를 밀어 올려 유성우와 그 위의 페르세우스 별자리를 보여주었다. 그녀에게 페르세우스가 다이아몬드 검으로 바다 괴물을 베고 아내를 구한, 안드로메다의 남편이라고 말하고 싶었다. 그는 그녀가 알고 있기를 바랐다. 그가 셔츠를 걷어 올려 나선형 별들, 배 위의 소용돌이, 목소리를 내보내기 위한 배출구를 보여주었다. 베니는 자신이 나아지기 위해 열심히 노력하고 있다는 것을 그녀가 알아주기 바랐다.

그가 눈을 들었을 때 그녀의 얼굴이 그 어느 때보다 슬퍼 보였다.

"오, 베니." 그녀가 말했다. "너한테 줄 게 있어."

그녀가 두리번거리며 간호사를 찾았다. 간호사는 아이의 입에 손가락을 넣고 크레용을 끄집어내고 있었다. 그녀가 주머니에 손을 넣어 신문으로 감싸서 끈으로 동여맨 꾸러미를 꺼냈다. 그녀가 그것을 베니에게 주었고, 베니는 포장을 풀었다. 그것은 스노글로브였다. 안에는 작은 도서관의 개인 열람석에 앉아 있는 소년이 있었다. 그의 앞 책상에는 작은 책들이 쌓여 있었다.

"흔들어봐." 그녀가 속삭였고, 그가 그렇게 하자 책들이 구름처럼 솟아올라 걸쭉한 액체 공기 속에 둥둥 떠다녔다. 몇 개의 단어와 몇

개의 이탈한 글자, 심지어 구두점까지 있었다. 그것들이 소용돌이치며 천천히 그의 주변에 내려앉았다. 그가 글로브를 다시 흔들고 그것을 얼굴 앞으로 가져갔다. 세미콜론이 그의 앞 책상 위에 내려앉았다. 마침표는 그의 발 앞에 내려앉았다.

"이제 숨겨." 그녀가 말했다. "나중에 아무도 없을 때 또 봐."

크레용을 먹은 아이가 파란색과 빨간색, 노란색 왁스를 앤드루 간호사의 얼굴에 뱉고 있었다. 간호사가 지원 요청을 했다. 베니는 꾸러미를 등 뒤의 휠체어에 숨기고 안전하게 후드티로 덮었다.

"괴짜들이 참 많아." 알레프가 아이를 보며 말했다.

베니가 고개를 끄덕였다.

그녀가 일어서며 말했다. "이제 가봐야 돼. 멀리 갈 거야. 아마 한동안은 못 볼 거야."

그가 그녀를 보고 입을 열어 항의하려 했다. 왜? 그 말이 목구멍까지 기어올랐지만 거기서 멎었다. 눈에 눈물이 그렁그렁했다.

"내게도 나만의 사정이 있어, 베니. 난 나아져야 해. 그리고 너도 그렇고."

그녀의 얼굴이 더 멀어졌고 이제 그의 위로 아득히 먼 곳에 떠 있는 것처럼 보였다. 눈물이 그의 뺨을 타고 천천히 흘러내리는 것을 지켜보며, 그녀가 페인트 묻은 가느다란 손가락을 내려 부드럽고 넓은 그의 미간을 톡톡 두드렸다.

"슬퍼하지 마." 그녀가 말했다. 그런 뒤 상체를 숙여 자신의 얼굴이 그의 얼굴에서 불과 몇 센티미터 떨어진 지점에 이를 때까지 가까이 다가왔다. 그녀가 섬세한 혀끝으로 그의 뺨에서 눈물을 핥고는 입술에 입을 맞추었다. 그녀의 입술은 산에서 기억했던 것만큼 부드러웠고, 그녀의 혀는 그의 눈물처럼 짠맛이 났다. 그것은 사실 열정적인 입맞춤이 아니었지만, 그렇다고 남동생에게 하는 식의 입맞춤도 아니었다. 입맞춤은 잠깐 동안 이어졌고 조금은 섹시했다. 그리고 그때 입맞춤이 끝났다. 앤드루 간호사가 그녀의 팔을 꽉 붙잡고 끌고 갔다.

"알았어요, 알았어." 알레프가 간호사에게 말했다. "진정해요. 내 발로 갈 거예요." 그녀가 몸을 비틀어 간호사의 손아귀에서 빠져나와서 되돌아왔다. 그녀는 청바지 주머니에서 베니의 구슬을 꺼냈다. "이거 가져도 되지?"

'와아…….' 구슬이 말했다.

베니가 끄덕였고 그녀는 그것을 도로 주머니에 넣은 다음 재빨리 그의 몸 위로 상체를 숙여 귀에 입술을 댔다.

"돌아올게." 그녀가 속삭였다. "널 잊지 않을 거야, 베니 오."

88

"그건 이해할 만한 실수였습니다." 멜라니 박사가 말했다. 그녀는 컴퓨터에서 베니의 파일을 업데이트했고, 애너벨은 맞은편에 앉아서 그녀가 자판을 두드리는 것을 지켜보고 있었다. "우린 베니가 망상을 겪는다는 걸 알고 있습니다. 환각을 경험하죠. 그래요. 이 경우에 앨리스는 진짜였지만……."

애너벨이 말을 끊었다. "보틀맨도 진짜예요. 진짜로 의족이 있는 부랑자죠. 그 사람을 데려와서 보여드릴 수도 있는데……."

"아뇨, 아뇨. 괜찮아요. 그 말씀 믿습니다."

"그럼 그것도 거기 써주세요. 그리고 베니는 약물을 주사해본 적이 없어요. 한 번도요."

"물론입니다." 의사가 말했다. "혈액 검사 결과 그렇게 확인됐어요. 하지만 베니의 팔에 최근에 생긴 주사 자국처럼 보이는 게 있었던 걸 고려하면, 베니를 체포한 경찰이 왜 그런 실수를 했는지 이해할 수 있을 거예요."

"전 경찰에 대해 말하는 게 아니에요. 선생님에 대해 말하는 거죠."

"우린 모두 합당한 주의 의무를 다하고 있는 것뿐입니다, 오 부인. 자해도 다른 것 못지않게 위험하고요." 그녀가 입력을 마치고 파일을 스크롤하며 다른 문서를 찾았다. "지금 이 문제를 거론할 생각은 없었지만, 아동보호서비스에서 댁을 방문했었죠?"

애너벨은 놀란 것 같았다. "어떻게 아세요?"

"사회복지사 보고서에서 댁의 생활 여건이 베니의 건강과 정신 건강에 위협이 될 수 있다고 하더군요. 물건을 쌓아두는 것에 대한 언급이 있던데요?"

"어, 그거요. 그건 사실 제 일 때문에 보관 중인 자료와 관련된 거예요. 회사에서 요구받은 거였지만, 지금 물건들을 치우고 있는 중이니까……."

의사가 모니터 가까이로 몸을 기울였다. "위험성이 있다." 그녀가 읽었다. "이게 사회복지사가 쓴 표현입니다." 그녀가 다시 애너벨을 보았다. "그래서 청소는 하셨나요? 어떻게 되어가고 있나요?"

"좋아요. 잘되고 있어요. 최근에 친구들이 와서 도와줬거든요."

"일은요? 부인이 회사에서 해고될 것을 두려워하고 있다고 제가 몇 달 전에 여기 써놓았네요."

애너벨이 고개를 끄덕였다. "예, 맞아요." 왜 의사에게 그 말을 말했을까? 이건 믿을 만한 진짜 친구가 없어서 생긴 문제였다.

"그런데요……?"

거짓말을 해봐야 의미 없었다 "음, 정말 그런 일이 일어났지만 제세는 코브라가 있어요. 그러니까 보험은 문제없습니다. 진료비를 지불할 수 있어요. 그리고 다른 일자리에 지원도 시작했고요." 사실 아직 시작하지 않았지만 시작하겠다는 마음을 먹었다. 마이클스의 판매사원직에 지원할까 생각 중이었다. 그녀는 이미 그곳의 물건들을 잘 알았고 그곳에서 일하는 여직원들도 좋아 보였다.

"퇴거 소송도 임박했다고 되어 있네요……."

"그것도 거기 있나요?"

"이건 공문서에 나와 있는 내용입니다. 사회복지사가 찾아본 거죠. 다시 한번 말씀드리지만 합당한 주의 의무일 뿐입니다. 또한 사회복지사는 부인이 상담을 받아볼 것을 권했고, 물론 저도 한동안 그렇게 제안드렸습니다. 사람은 찾으셨나요?"

"아뇨. 집 안을 정리하느라 너무 바빴어요."

멜라니 박사가 파일에 다른 기록을 했다. 애너벨은 그녀가 자판을 두드리는 모습을 지켜보았다. 그녀는 오늘 마른 피처럼 보이는 진빨강 매니큐어를 바르고 있었다. 자판을 빨리 쳤지만 양손에서 각각 세 손가락씩만 썼다. 그녀는 자판을 치는 방법도 모르면서 어떻게 의사가 되었을까? 의대에서 그런 건 안 가르쳐주나?

"오 부인?"

"네?"

"어려운 일인 건 압니다만 제 말씀을 끝까지 들어주세요. 보고서를 보면, CPS는 부인께서 집을 기준에 부합하는 수준으로 만들지 못할 경우 베니를 부인으로부터 분리할 것을 권하고 있습니다. 이 제안을 고려할 때, 베니가 여기서 곧바로 옮겨갈 가능성이 크다고 우리 모두 생각하고 있습니다. 우리는 무엇이 최선인지 생각해야……."

"옮겨가다뇨? 어디로 말인가요?"

"음, 처음에는 임시 보육 시설에 가겠죠. 그런 다음 자리가 만들어지고 부인의 집 상태가 개선되지 않으면 위탁 가정으로 가게 됩니다."

"하지만 우리 집 상태는 개선되었어요! CPS 쪽 사람이 아직 보지 않아서 그래요! 그 사람한테 와서 보라고 말씀해주세요!"

"그럼 퇴거 소송은 어쩌죠? 그리고 고용 상황은요? 당신은 할 일이 많아요. 솔직히 애너벨⋯⋯ 애너벨이라고 불러도 될까요? 저는 당신의 정신 상태도 걱정입니다. 당신이 새 일자리를 찾고 안정된 주거지를 확보할 때까지 베니가 다른 곳에 머무는 편이 더 좋지 않을까요? 도움을 구하고 상담사를 만나기 시작하고 다시 자립할 때까지요."

"아뇨!" 애너벨이 외치며 힘겹게 의자에서 일어났다. 그녀는 뺨이 벌게져서 의사의 책상을 향해 한 걸음 나갔다. "그렇게는 못 해요! 당신네들은 베니를 제게서 빼앗아가지 못해요! 난 그 애의 엄마예요!" 그녀는 부들부들 떨었고 목소리는 높고 날카로웠다. 그녀가 한 걸음 더 나갔다. "지금 당장 데리고 가겠어요!"

의사가 뒤로 물러났다. "당신이 화났다는 건 알겠어요, 애너벨." 그녀가 말했다. "당신이 베니를 집에 데려가고 싶어 한다는 것도 알겠고요."

"어, 맞아요. 제 말을 제대로 들으셨네요. 물론 저는 화났어요! 당신은 제 아들을 잡아두지 못할 겁니다. 베니는 지금 당장 나와 함께 갈 거예요."

"안타깝지만 그건 불가능합니다, 애너벨." 그녀가 전화기로 손을 뻗었다.

"불가능하다는 게 무슨 뜻이죠?" 애너벨이 소리쳤다. 그녀는 의사 맞은편에 서서 책상 위로 몸을 기울였다. "그 애는 내 아들이에요!"

"오 부인, 제발요, 앉으셔야 해요."

"그리고 선생님은 간호사에게 베니를 퇴원 준비시키라고 말해야 하고요. 지금 당장 데리고 가겠어요!"

그녀가 뒤에서 인기척을 느꼈다. 두 명의 남자 간호사가 문가를 막고 서 있었다.

"오 부인." 멜라니가 말했다. "애너벨, 미안해요. 정말이에요. 하지만 이건 이제 우리가 해결할 문제가 아닙니다. 이 문제는 이제 법원의 손으로 넘어갔어요."

베니

알았어, 그만! 그 정도면 충분해. 완전 엉망진창이군! 모르겠어? 네가 막았어야지. 우리 엄마잖아! 엄마는 도움이 필요하다고!

거기 있어? 듣고 있긴 한 거야?

지금까지 줄곧 내 친구인 척하더니, 순 헛소리였어! 네가 정말 내 친구라면, 엄마에게 이런 개 같은 일이 일어나도록 놔두지 않았을 거야. 엄마를 돕고 우리를 도울 수 있는 방법을 찾았겠지. 그런데 넌 그러지 않았어. 앞으로도 그러지 않을 거고. 넌 아무것도 하지 않아!

이봐! 난 너한테 말하는 거야! 내 말 들려?

진심이야! 이번에는 네가 내 말을 잘 듣고 내가 말하는 대로 해야 해. 제발! 넌 과거를 현재로 만들 수 있어. 나를 과거로 데려가서 많은 것들을 보여주고 내가 기억할 수 있게 도와줄 수 있다고 네가 말했지. 하지만 그걸로는 충분하지 않아, 알았어? 넌 뭔가를 해야 해! 넌 책이잖아. 진짜 뭔가를! 할 수 없는 척하지 마. 그건 헛소리야. 네가 할 수 있다는 걸 난 알아! 넌 책이잖아! 이 상황을 바로잡을 수 있어! 넌 다른 결과를 만들 수 있어!

책

아, 베니…….

물론 엄마가 겪은 일을 들으면 화가 나겠지만, 네 엄마의 고통이 우리 잘못은 아니고 우린 도우려 했어. 우리 모두 그랬지. 우린 최선을 다했어.

《정리의 마법》이 진열대에서 문자 그대로 네 엄마의 삶 속으로 뛰어들어 모든 종류의 가능성을 열어놓은 걸 봐. 그 작은 책이 네 엄마가 정말로 필요로 할 때 희망을 준 것도. 그리고 애너벨이 팬레터를 쓰기 시작했을 때, 우리도 희망적이 되었어. 자기 책이 없으니, 네 엄마는 이야기할 상대가 필요했고 한동안 아이콘은 상상 속의 친구 같았어. 잠시 동안 우리는 아이콘과 키미가 촬영 팀과 함께 너희 집 계단에 나타나지 않을까도 생각했어. 우린 이런 생각에 설레지는 않았지만—따지고 보면 텔레비전이니까—상상해볼 수 있었지. 두 명의 여승이 넓은 소매를 걷어 올리고 끈기 있고 흔들림 없는 선불교적 방식으로 작업에 돌입하는 모습을. 우리는 그것이 좋은 이야기가 될 거라고 생각했지만, 방송 제작자들은 생각이 달랐어. 너와 네 엄마는 시청자들과 공감대를 충분히 형성하기 어렵다고 생각했어. 충분히 행복하지도 않고. 많이 안됐지만, 사람들이 프로그램에 기대하는 건 그런 게 아니라고 생각했지.

그리고 코리와 그녀의 팀도 최선을 다했고, 네 엄마가 열받아서 모두 쫓아내기 전까지는 상황이 희망적으로 보였어. 트라우마란 참 강력한 거야, 베니. 네 엄마는 자신만의 업보를 가지고 있고, 우리는 그녀의 책이 아니지만, 설령 우리가 그녀의 책이라 해도 책이 인간에게 뭔가를 하게끔 강제할 수는 없어. 우리가 할 수 있는 거라곤 상황을 설명하는 게 고작이야. 다시 말해 배경 이야기를 조금 공개하고 가능한 몇 가지 결과를 예측하고 어쩌면 한두 가지 제안을 할 수도 있겠지. 하지만 대체로 우린 그냥 사람들이 어떤 선택을 하는지 기다리며 지켜보는 거야. 기다리고 바라지. 우리에게 손가락이 있다면, 검지와 중지를 꼬고 행운을 빌 거야.

그래서 그냥 분명하게 하기 위해 말하는 건데, 우린 네가 산에서 알레프에게 입 맞추게 만들지 않은 것과 마찬가지로 네 엄마에게 이런 나쁜 일들이 일어나도록 만들지 않았어. 그리고 우리를 탓하는 건 도움이 안 돼. 남을 탓하는 건 자기 삶에 대한 책임을 거부하는 또 다른 방식일 뿐이고, 네가 우리를 탓하면 너 자신의 힘과 능력을 포기하는 거야. 모르겠니? 그런 행동은 너를 피해자로 만들어. 불쌍하고 조그만 미친 피해자. 넌 그걸 좋아하지 않잖아. 기억나? 그리고 우리도 그건 좋아하지 않아.

우린 널 화나게 하거나 죄책감을 갖게 하고 싶지 않아. 악의적인 의도로 애너벨의 고통에 대해 말하는 게 아냐. 우리가 너에게 말하는 이유는 그것이 너의 책으로서 우리의 할 일이기 때문이야. 그리고 우리가 설령 동화 같은 이야기를 지어서 '그 후로 영원히 행복하게 살았습니다' 따위의 깔끔한 이야기를 말하고 싶다 해도, 우린 그렇게 못해. 설령 아프더라도, 우린 진짜여야 해. 그리고 그건 '네가' 하고 있는 일이야. 그것이 너의 철학적 질문이었잖아. 기억나? '진짜란 무엇인가?' 모든 책은 가슴에 질문을 하나 품고 있고, 그게 너의 질문이었어. 일단 그 질문을 던졌으니, 네가 답을 찾도록 돕는 것이 우리가 할 일이야.

그래, 맞아. 우린 네 책이야, 베니. 하지만 이건 너의 이야기야. 우린 널 도울 수 있지만, 결국 네 삶을 살 수 있는 건 너뿐이야. 네 엄마를 도울 수 있는 것도 너뿐이야.

5부

다시 집으로

어떤 질서도 극도로 불안정한 균형 잡기에 불과하다.

—발터 벤야민, 〈나의 서재 공개〉

책

89

벽에 붙은 파리라면 아마 이렇게 말했을 거다.

베니가 휴게실 한구석에서 휠체어에 앉아 유리창을 통해 창 밖을 내다보고 앉아 있다. 아래에 보이는 분주한 보도에서, 그는 엄마가 버스 정거장에 서 있는 것을 본다. 그녀 주변으로 사방에 움직임이 있다. 휴대전화로 통화하며 걸어가는 사람들. 그러나 그녀는 거기 혼자 가만히 서 있다.

몇 분 전에 그녀가 양옆에 선 두 남자 간호사에게 이끌려 병동 밖으로 나가는 것을 지켜보았다. 그들이 휴게실을 지나칠 때 그녀는 잠시 멈춰서 안을 훑어보고 아들을 찾았다. 그녀의 얼굴이 환해지며 손을 흔들었고, 그녀가 울었다는 것을 그는 알 수 있었다. 그녀가 그를 향해 한 걸음 내디뎠지만, 간호사가 그녀의 팔꿈치를 잡고 밖으로 이끌었다. 면회 시간이 끝났다고, 내일 다시 오시라고 말하는 소리가 들렸다. 베니는 애너벨의 어깨가 축

처지기 시작하는 걸 보았지만, 그녀는 이내 몸을 곧게 펴고 얼굴을 들어 그에게 미소 지었다. 그 미소를 짓기 위해 얼마나 큰 노력이 필요한지가 보였다. 내일 보러 올게, 아들. 그녀가 소리치며 다시 손을 흔들었다. 여기서 잘 버티고 있어! 사랑해!

이제 그는 창가에서 그녀를 지켜보고 있고, 이따금 그의 입술이 움직인다. 마치 누군가와 언쟁을 하고 있는 것처럼. 그가 고개를 젓는다. 인상을 찌푸린다. 주먹을 꽉 쥔다. 당직 간호사가 관심을 기울이고 있다면, 선택적 함구증이 있는 소년이 분명하고 또렷하게 말하는 소리를 들을 수 있을 것이다.

"순 헛소리였어!"

그러고 나서 "넌 책이잖아!"

그러고 나서 "다른 결과를 만들 수 있어!"

그러나 간호사는 듣고 있지 않다. 그녀는 저녁 투약 보고서에 환자 데이터를 입력하며 각각의 아이들이 어떤 약을 투약했는지 기록하고 있다. 그녀가 컴퓨터 화면에서 눈을 든다면, 휠체어에 탄 소년이 몸을 앞뒤로 흔들다가 앞으로 휘청하며 몸을 일으켜 일어서는 것을 볼 수 있을 것이다. 그는 휘청거리며 거기 서서 벨크로 달린 운동화를 내려다본다. 그의 입술이 다시 움직이고, 그는 운동화에게, 또는 어쩌면 발에게 뭔가를 말한다. 파리가 앉아 있는 구석에서는 뭐라고 하는지 알아듣기 어렵다. 그런 뒤 그는 한 발 앞으로 내디딘다. 잠시 그는 신발이 움직이는 건지 아니면 발이 움직이는 건지 확신할 수 없는 것처럼 혼란스러워 보인다. 하지만 그건 중요하지 않다. 어쩌면 이번만큼은 그 둘이 그의 몸을 앞으로 움직이게 하기 위해 조화롭게 함께 일하고 있는지도 모르겠다. 그가 또 한 걸음을 내디딘다. 그리고 또 한 걸음. 간호사가 약품 카트를 잠그기 위해 열쇠를 찾는 대신 그를 지켜보고 있다면, 휠체어 탄 소년이 다시 걷고 있다는 것을 알아차릴 것이다. 의사는 그의 운동기능장애가 심인성이라고 했다. 그것은 순전히 그의 머릿속에서 만들어진 증상이라는 의미다. 그러니 갑자기 걸을 수 있게 된 것이 딱히 기적은 아니지만 그래도 큰 발전이며, 그의 차트에 기록할 가치가 있다. 그러나 간호사는 휴게실을 등지고 있고, 그래서 뒤에서 "실례합니다"라는 말을 듣고 고개를 돌렸을 때 조현병, 양극성장애, 선택적 함구증, 심인성 보행불능으로 진단받은 소년이 마치 그것이 세상에서 가장 정상적인 일이라는 듯 거기 서서 그녀에게 말하는 것을 보고 화들짝 놀란다.

"통화를 해야 해요. 부탁합니다."

"어머나!" 그녀는 숨을 헐떡인다. "깜짝 놀랐잖아. 의사를 부를게."

"예, 그렇게 해주세요." 그가 분명하고 똑똑하게 말한다.

그리고 나는 벽에 붙은 파리가 아니기 때문에, 나는 베니이기 때문에, 그녀에게 말한다. "지금 집에 가고 싶어요. 엄마는 내가 필요해요."

베니

90

그것이 전환점이었다. 간호사가 혼비백산해서 당직 의사를 호출했고, 그 의사는 멜라니 박사에게 문자를 보냈는데, 박사는 늑장을 부렸다. 어쩌면 데이트 중이었거나 그랬을 것이다. 아니면 손톱 손질 중이었을지도. 하지만 마침내 그녀가 나타났을 때, 나는 간호사에게 한 말을 똑같이 했다. 집에 가야 한다고. 엄마는 내가 필요하고, 난 엄마가 필요하다고. 또한 나는 절대 위탁 가정에 가는 데 자발적으로 동의하지 않을 것이고, 나를 보내려고 하면 다시 걷기와 말하기를 중단할 것이며 어쩌면 간디가 그런 것처럼 단식 투쟁에 들어갈지도 모른다고 말했다. 간디도 목소리를 들었었다는 말은 하지 않았다. 내가 책과 나눈 대화에 대해서도 말하지 않았다. 나는 철저히 꼭 필요한 말만 한다는 원칙에 입각해서 말했다.

그녀에게 이 모든 말을 할 때 나는 침착했고, 내 생각에 멜라니 박사는 실제로 내 얘기를 들은 것 같다. 나는 책이 내게 한 말을 꽤 많이 얘기했다. 나는 내 인생의 책임자이며 목소리들을 탓하는 건 그들에게 더 큰 힘을 주는 꼴이라는 것. 그들이 내게 이래라저래라 할 수 없고, 나는 내 자신의 결정에 대해 책임을 져야 하며 그 결정 중 하나가 집에 가서 엄마를 돕는 일이라는 것. 나는 '진짜' 도움을 말하는 거였다. 그냥 기분 내킬 때 티셔츠를 몇 장 접어주는 것 따위가 아니라.

책은 멜라니 박사를 아무것도 모르는 사람처럼 보이도록 묘사해 놓았지만, 사실 그녀는 그렇게 멍청하지 않았다. 그녀는 교활한 시험처럼 보이는 수많은 질문을 했고, 다음 한두 주 동안 나는 면밀한 감시를 당했지만 결국 시험에 통과한 모양이었다. 마침내 그녀가 동참해서 도와주기로 결정한 것이다. 그녀는 엄마를 불러들여 가족회의를 열었고, 내가 마침내 퇴원할 준비가 되었다고 그녀가 말했을 때, 나는 엄마가 울면서 우리 둘을 모두 얼싸안고 엄마들이 흔히 하는 열광적인 포옹을 하고 싶어 한다는 걸 알았지만, 엄마는 그러지 않았다. 엄마는 자제하고 대신 멜라니 박사에게 정말 좋은 질문들을 했다. 목소리를 듣는 것이 정말로 항상 나쁘기만 한가요? 베니가 목소리를 듣는 게 때로 도움이 된다면 어쩔 건가요? 그게 꼭 베니가 조현병 환자나 정신병자라는 뜻인가요? 베니는 항상 창의적인 아이였는데, 어쩌면 목소리를 듣는 것도 창의성의 일부가 아닌가요? 따위였다.

나는 엄마가 알레프와 이야기를 나눴다는 걸 알 수 있었다. 나는 숨을 참고 멜라니 박사의 반격을 기다렸지만, 박사는 나를 놀라게 했다. 그녀는 엄마가 지적한 내용이 때로는 사실일 수 있다고 인정하며 지크문트 프로이트도 목소리를 들었다고 말했는데, 이건 보틀맨이 말해줘서 나도 이미 알고 있었다. 그런 뒤 그녀는 내가 옛 룸메이트 맥슨이 시작한 동료 지원 그룹에 참여해보는 게 좋겠다고 말했다. 이 그룹은 대단했고, 알고 보니 맥슨도 꽤 대단한 사람이었다. 그는 대학에서 돌아오면 우리 집에 잠시 들르곤 한다. 정말 똑똑한 사람이다. 게다가 그는 동성애자다. 그러니까 알레프에 관한 한 문젯거리가 아니다. 우리는 가끔 알레프에 대해 이야기한다. 심지어 나는 내 감정에 대해서도 털어놓았는데, 그는 전적으로 이해했고 그것이 참 좋았다. 그도 알레프가 어디로 갔는지 모르지만, 그녀는 항상 돌아오니까 걱정할 필요 없다고 말한다.

그들이 당장 나를 퇴원시키지는 않았다. 우선 아동보호서비스 사람이 우리 집에 와서 점검을 하고 내가 거기 살아도 안전한지 확인해야 했다. 코리와 그녀의 팀이 물건을 치우는 데 많은 진전을 이루었고, 엄마는 정말로 열심히 노력해서, 방문한 사회복지사가 제법 괜찮아졌다며 정리를 마무리할 시간을 줄 정도로 정리하는 데까지 성공했다.

그다음에는 경찰과의 문제가 있었지만, 멜라니 박사가 그것도 잘 마무리하도록 도와줬고, 심지어 소년 법원에 출두해서 엄마가 좋은 엄마이며 나를 정말 사랑하고 아빠의 사망으로 내가 트라우마를 입었기 때문에 나를 엄마에게서 떼어놓으면 정신 건강에 악영향을 줄 거라고 증언해주었다. 그런 다음 내가 판사에게 말해야 했는데, 요약하자면 이렇게 말했다. 들어보세요. 저는 물건들을 잘 다룹니다. 그런 다음 책이 나에게 현실을 직시하고 내 삶에서 벌어지는 일들에 대해 책임져야 한다고 한 말을 그대로 했는데, 판사가 그 말을 마음에 들어 했다. 그녀는 내게 통찰력이 있다며 내가 멜라니 박사와 치료를 계속하고 더 이상 내 몸에 구멍을 내는 짓을 하지 않기로 한다면 집에 가게 해주겠다고 했다. 나는 약속했고 약속을 지킬 것이다. 나는 그런 짓이 모두 미친 짓이며 자해를 하면 안 된다는 것을 깨달았다. 하지만 그거 아는가? 난 이제 예전만큼 사물들의 소리가 많이 들리지 않는다. 그러니 어쩌면 목소리들이 정말로 그 구멍을 통해 떠난 건지도 모를 일이다. 멜라니 박사는 그건 구멍 때문이 절대 아니라고 말하지만, 뭔가가 효과가 있는 게 분명하다는 데는 동의한다. 사물들은 여전히 수다스럽고 소음을 내지만, 그건 배경 소음처럼 특정하게 나를 겨냥하지 않는 무작위적인 소음이니 말이다. 정말로 악의적인 목소리는 이제 사라졌고 내가 여전히 들을 수 있는 것은 내 책의 목소리뿐이다.

그러나 내 책마저도 점점 듣기 힘들어지고 있다. 이유는 모르겠다. 여기서 한번 보여주겠다.

"이봐, 책! 거기 있니?"

보았는가? 대답이 없다. 하지만 나는 여전히 귀 기울이고 있다.

내가 마침내 집에 왔을 때는 12월이었다. 현관에 환영 표지판이나 주방에 졸업 현수막 같은 건 없었다. 풍선도 없었다. 그저 보기 좋게 치운 식탁 위에 놓인 빨간색 플라스틱 포인세티아 화병이 크리스마스 분위기를 약간 내주고 있었다. 집에 있는 다른 모든 것이 조용했고 말하자면 정상적이었다. 버릴 물건은 이미 쓰레기 수거함에 있었고, 남은 물건은 팔거나 기부할 것들뿐이었다. 엄마가 코리에게 연락했고, 코리는 블라도에게 연락했고, 블라도는 슬로베니아 사람들을 데려와 도와주었다. 엄마와 내가 분류 작업을 하는 동안 그들이 물건을 흰색 밴으로 끌고 내려갔다. 엄마는 처음에는 좀 저항했지만, 판사에게 말했다시피 나는 물건들을 잘 안다. 나는 물건들이 무엇을 원하는지 안다.

"엄마, 내 얘기를 들어야 해."

"그래, 베니. 듣고 있어."

"아빠의 레코드는 여기 있고 싶어 하지만, 옷이랑 신발은 여기서 나가고 싶어 해. 내가 알아. 개네는 좀 더 유용하게 쓰일 만한 곳으로 갈 필요가 있고 셔츠도 마찬가지야. 셔츠는 잘려서 이불이 되고 싶어 하지 않아. 그러는 게 멍청하다고 생각해."

"추억 이불인데도? 네 아빠와의 좋은 추억을 채워 넣은……?"

"그건 '엄마'의 추억이지, 걔네의 추억은 아니야. 걔네는 셔츠야! 걔네는 자기 나름의 삶이 있어. 침구가 되고 싶어 하지 않아."

엄마가 한숨 쉬며 블라도에게 고개를 끄덕였다. "좋아요. 이 옷들도 전부 가져가세요. 벽장에 있는 것 전부요. 레코드만 남기고요."

"그리고 레코드플레이어도. 그건 남겨둬야 해. 하지만 아빠의 책과 악기는 모두 가져가도 돼. 걔네는 누군가 연주해줄 필요가 있어."

"하지만 언젠가 네가 연주하고 싶어질지도 모르는데……."

"아니. 난 절대 연주하지 못할 거야. 아빠가 한 것처럼은. 악기들이 원하는 것처럼은."

엄마는 클라리넷 케이스를 열고 세심하게 악기를 조립했다. "이건 슬퍼." 엄마가 그 빛나는 몸체를 손끝으로 훑으며 말했다.

엄마가 말하려고 의도한 건 '엄마'가 슬프다는 얘기였다. 이것은 어떤 말이 화자가 의도한 것과 다른 무언가를 의미하지만 그렇게 무심코 나온 말에 화자가 생각하는 것보다 더 큰 진실이 담겨 있는 순간 중 하나였다.

"맞아." 내가 손에 어색하게 들려 있는 아빠의 클라리넷을 보며 말했다. "이건 슬퍼. 아주 슬퍼하고 있어."

B맨은 베란다에서 무릎 위에 클립보드를 올려놓고 기부품 목록을 작성하고 있었다.

"어이, 젊은 학생." 그가 나를 보고 말했다. "기분은 좀 어떤가?"

"좋아요."

"류블랴나에서 온 친구들이 곧 끝낼 걸세. 재활용 전문가들이거든."

나는 담장 너머를 보았다. 거기서 왕 부인이 베란다에 앉아 슬로 베니아인들이 작업하는 모습을 지켜보고 있다가 내게 손을 흔들었고, 나도 손을 흔들어 답했다. 왕 부인은 이제 휠체어를 타고 있었고, 여기에 B맨이 휠체어에 앉아 있는 데다 엄마의 목발까지 난간에 기대어져 있으니, 이 땅콩 주택은 마치 요양원이나 재활원처럼 보였다.

왕 부인은 내가 돌아오고 이삼일 뒤에 집으로 돌아왔다. 엄마는 헨리가 왕 부인을 태운 휠체어를 밀고 진입로로 올라오는 것을 보고 기절초풍했다.

"어머나!" 엄마가 평소에 뭐든 머리에 떠오른 걸 뱉어내는 특유의 방식으로 말했다. "전 부인이……."

엄마는 '돌아가신 줄 알았다'고 말하기 전에 멈췄고, 그러니 어쩌면 좀 달라진 것도 같다. 그러나 왕 부인은 어차피 상관하지 않았을 거다. 그녀 역시 뭐든 거침없이 말하는 사람이니 말이다.

"안녕, 뚱뚱이! 청소를 말끔히 잘했네!"

그러자 엄마는 앞으로 가서 결국 그 말을 했다. "돌아가신 줄 알았어요!"

"하!" 왕 부인이 코웃음을 치며 엄지로 헨리를 가리켰다. "어쩌면 이놈은 그러길 바라겠지! 나쁜 아들놈이 내 집을 차지하려 하는데, 내가 꿈도 꾸지 말라고 했지. 난 바로 여기서 내 침대에 누워서 죽을 거야."

왕 부인이 헨리에게 광둥어로 뭐라고 소리쳤고, 헨리는 어머니가 휠체어에서 일어나 계단을 올라갈 수 있게 부축했다. 나중에 우리는 왕 부인이 아동보호서비스로부터 헨리가 그녀 대신 제출한 퇴거 통지서에 대해 묻는 전화를 받았음을 알게 되었다. 그녀는 금시초문이었고, 진노했다. 그녀는 변호사에게 전화를 걸었고, 변호사는 어떻게 노굿이 나와 엄마를 쫓아내고 땅콩 주택을 팔려고 계획하고 있는지에 대해 모든 걸 말해주었다. 그녀는 당장 계획을 중지시켰다. 이것은 곧 우리가 계속 이 집에서 살 수 있게 된 것을 뜻했다.

노굿의 쓰레기 수거함은 이제 가득 찼고, '호박벌 폐기물 처리 서비스' 밴이 떠난 뒤 수거 업체에서 나와서 가져갔다. 암롤 트럭이 후진해서 진입로로 들어왔고, 나는 B맨의 휠체어 옆 계단에 앉아 지켜보았다. 뒤쪽에 갈고리가 달린, 유압으로 작동하는 긴 팔이 평판 프레임에서 뻗어 나오기 시작했다. 갈고리가 수거함을 걸어서 끌어당겼고, 수거함이 기울어지면서 안에서 엄마의 보관 자료와 다른 물건들이 채워진 쓰레기봉투를 모두 볼 수 있었다. 크레페 종이와 색종이 조각이 몇 개 빠져나와 가장자리를 넘어 흘러내렸고, 곧이어 천천히 유압식 팔이 접히며 수거함을 평판 프레임 위로 끌어올렸다.

"너무 아름답구나." 슬라보이가 한숨을 쉬었고, 트럭이 출발했다. "그렇게 생각하지 않나, 학생?"

고깔 모양 은박 모자가 포장도로 위에서 이리저리 굴러다녔다. "쓰레기인 걸요." 내가 말했다.

"바로 그거야! 우린 쓰레기를 사랑하는 법을 배워야 해! 우리의 쓰레기 속에서 시를 찾는 법을! 그것이 세상 전체를 사랑하는 유일한 방법이지."

그는 다시 일을 시작했고, 나는 거기 좀 더 앉아서 사랑에 대해 생각했다. 알레프에 대해 묻고 싶었다. 그녀에게 소식은 있었는지, 그녀가 어디에 있는지 아는지. 그러나 보틀맨 또한 그녀를 그리워한다는 걸 알기에 괜히 그녀를 떠올리게 해서 슬프게 만들고 싶지 않았다. 그의 서사시 〈지구〉가 담겨 있는 서류 가방은 휠체어 뒤에 튼튼한 고무줄로 묶여 있었다. 그는 그 가방을 여러 번 잃어버릴 뻔했지만, 이제 시가 거의 완성되었으니 만전을 기하고 있다고 말했다.

"난 종교적인 사람이 아니야." 그가 말했다. "위대한 철학자 칼 마르크스는 이렇게 썼지. '종교는 억압받는 피조물의 한숨이며 무정한 세상의 심장이며 영혼 없는 현실의 영혼이다. 종교는 인민의 아편이다'라고 말했다네. 어쩌면 학교에서 이 유명한 말을 들어봤겠지."

"아뇨."

"정말 불행한 일이군. 음, 방금 말한 것처럼 난 종교적인 사람이 아니고, 사실 무신론자라네. 하지만 내가 책 쓰기를 거의 마쳐가는 지금, 나도 모르게 기도하고 있는 나 자신을 발견하고 있다네. '친애하는 하느님, 부디 제가 책을 완성할 때까지 죽지 않게 해주십시오'라고 말이야."

나는 내 책이 작가의 에고에 대해 뭐라고 말할지 생각했지만 그 얘기를 꺼내지 않기로 작정했고, 대신 하느님에 대해 물었다. "아저씨가 하느님이 진짜라고 믿지 않는다면, 왜 하느님이 아저씨를 도와야 하죠? 하느님이 진짜로 믿는 사람과 그냥 믿는 척만 하는 사람을 구분할 수 있다고 생각하지 않으세요?"

"하느님은 이야기라네." 그가 말했다. "난 이야기를 믿고 하느님은 그걸 알지. 이야기는 진짜라네, 어린 친구. 이야기는 중요해. 자네가 자네 이야기에 대한 믿음을 잃는다면, 자네 자신을 잃게 되는 걸세."

나는 이 말에 대해 생각했다. B맨에게 나의 책과, 그날 밤 책이 제본실에서 나에게 보여준 묶이지 않은 모든 것들에 대해 말한 적이 없었다. 그리고 책이 내가 몰랐거나 잊으려 했던 나의 삶에 대해 들려준 모든 이야기들에 대해서도 말하지 않았다. "내게는 많은 이야기가 있어요." 내가 말했다. "그걸 잃어버리기 시작했는데, 나의 목소리들이 내가 기억하도록 도움을 줬죠."

"'이야기들에 대한 진실은 그것이 우리의 전부라는 것이다.' 토머스 킹이라는 체로키족 작가가 이렇게 말했지. 우리는 우리가 스스로에게 말하는 이야기라네, 베니 보이. 우리는 우리 자신을 만들어내지. 우리는 또한 서로를 만들어내기도 한다네."

나는 그의 시에 알레프가 등장하는지 궁금했다. 다른 누군가의 시나 다른 누군가의 책에 등장한다면 이상할 것 같다.

책 얘기가 나온 김에 말하자면, 그동안 일어난 또 하나의 사건이 있었다. 엄마가 코리에게 전화를 받았는데, 코리는 엄마가 팬질하며 온갖 심란한 메일을 보냈던 선불교 작가 아이콘이 자신의 저서《정리의 마법》에 대한 강연회를 위해 도서관에 온다며 혹시 올 마음이 있느냐고 물었다. 나는 그럴 마음이 없었지만 엄마는 전적으로 마음이 있었고, 그래서 나는 혹시 너무 지루하면 9층에서 어슬렁거리려는 생각으로 일단 엄마와 함께 갔다. 우리는 조금 일찍 갔고, 코리는 아이콘이 대기 중인 수석 사서의 개인 사무실로 우리를 데려갔다. 내가 안으로 들어갔을 때, 그녀가 나를 쓱 봤는데 나를 알아본 듯 눈이 휘둥그레졌다.

"아이고! 네가 관음이로구나!" 그녀가 말했다. 물론 당시에는 관음(Kannon)이 뭔지 몰랐다. 나는 그녀가 캐논(cannon, 대포)이라고 말한 거라고 생각했다. 나는 중세 무기와 공성 병기에 대해 아는 게 제법 많았지만, 나더러 대포라는 건 도무지 이해가 되지 않았다. 그러나 그때 영어를 제법 잘하는 여자 통역자가 소리치는 사물들의 목소리를 들을 수 있고 천 개의 팔과 열한 개의 머리를 가졌다는 관음보살에 대해 설명했다. 나는 내가 그 얘기에 완전 공감할 수 있다고 말했고, 통역자가 관음은 연민과 자비의 신이라고 말하자 엄마는 눈에 눈물이 그렁그렁해서는 "예, 맞아요! 베니는 아주 연민이 많답니다!"라고 말한 다음 나를 끌어안았고, 나는 그러도록 놔뒀지만 내게는 팔이 두 개, 머리가 한 개뿐이라고 지적했다.

그때 엄마는 정말로 정신 나간 짓을 했다. 쇼핑백을 열어 내게 말도 없이 가져온 아빠의 유골이 담긴 상자를 꺼내더니 그것을 아이콘에게 건넨 것이다. 맹세하건대 엄마가 이런 짓을 할 줄 알았다면 나는 전적으로 반대했을 테지만, 그건 참 엄마다운 행동이었다. 처음에 아이콘은 그것이 자신에게 주는 선물인 줄 알고 "어머, 정말 친절하시네요!"라는 식으로 말했지만, 엄마가 그게 아니라 그건 아빠의 유골이라고 설명하며 아빠가 불교 신자여서 사망 이후에 장례식을 하지 않게 된 사연을 구구절절 이야기했다. 그런 뒤 혹시 축복의 말 같은 것을 해줄 수 있느냐고 물었고, 사실 아이콘은 별로 놀란 기색 없이 물론이라고 답했다. 그러자 갑자기 모두들 준비 작업에 열중했다. 코리와 수석 사서는 책꽂이 중 하나를 치워 공간을 만들고 유골함을 거기 두었다. 아이콘은 목에 턱받이 같은 것을 둘렀고, 양초와 성냥, 향이 든 나무 상자도 가방에서 꺼냈다. 나는 좀 이상하다고 생각했다. 그녀는 어딜 가나 갑자기 임시 장례식이 필요할 때에 대비하여 항상 준비를 하고 다니는 것 같았다. 하지만 스님들은 다 그러나 보다 생각했다. 수석 사서는 성냥을 보고 당황했지만, 아이콘은 불을 붙이지 않을 테니 괜찮다고 말했다. 그들은 유골 옆에 양초와 향을 놓았고, 코리가 누군가의 책상에서 꽃 몇 송이를 슬쩍 가져왔다. 아이콘은 종이에 아빠의 이름을 예쁜 일본 글씨로 써서 그것도 유골함 옆에 두었다. 그런 다음 절을 하고 향으로 뭔가를 하고 뭔가를 말했다. 그런 뒤 그녀와 통역자는 일본어로 찬불가를 불렀다. 그것은 나의 목소리들이 냈을 법한 뒤죽박죽 어지러운 소리들일 뿐이었다. 아무도 알아듣지 못했지만 아빠는 일본어를 했으니 알아들었을 테고 그걸로 됐다. 따지고 보면 그건 아빠의 장례식이 아닌가. 찬불가가 끝난 뒤, 아이콘이 엄마와 나에게 손을 모으고 절을 한 뒤 아빠에게 향을 바치라고 했고, 우린 그렇게 했다. 그런 다음 그녀는 마치 아빠가 아직 살아 있는 것처럼 일본어로 아빠와 대화했다. 좀 이상했지만 한편으로 좋기도 했다. 그녀는 우리도 아빠에게 말하라고 했고, 그러자 엄마가 참지 못하고 울음을 터뜨리며 "오, 켄지, 사랑해. 그날 밤 내가 한 말 정말 미안해. 본심이 아니었어. 자기도 알지? 나를 용서해줄 수 있어? 사랑해. 당신이 너무 그리워. 난 최선을 다해서……."

솔직히 듣고 있기 힘들었다. 엄마는 아빠가 죽던 날 밤에 있었던 두 사람의 다툼에 대해 이야기하고 있었는데, 그날 다투는 내내 나는 방에서 듣고 있어서 내용을 알고 있었기 때문이다. 아빠가 이렇게 말하는 소리가 들렸다. 곧 돌아올게. 엄마가 말했다. 굳이 그럴 필요 없어. 그러고는 크게 쨍그랑 소리가 났고, 그걸로 끝이었다. 아빠는 돌아오지 않았다. 말이란 무섭다. 그것은 강력하다. 그리고 엄마의 말을 듣고 있자니, 엄마가 아빠의 죽음을 전적으로 자기 탓으로 돌린다는 생각이 들었고, 어느 정도는 나 또한 엄마를 탓했는지 모른다. 그러나 이제는 아니다.

엄마가 말하는 동안 이 모든 생각이 내 머리에 스쳤고, 이어서 내 차례가 되자 나는 다가가서 엄마를 포옹한 다음, 아빠의 유골에 대고 말했다. "응답하라, 아빠. 응답하라, 아빠. 내 말 들려? 나야, 베니. 아빠가 그리워. 아빠는 어느 행성에 있어?" 아빠가 그게 웃기다고 생각하리란 걸 알았다.

그리고 의식은 끝났다. 엄마는 "아아, 감사합니다, 감사합니다!" 하며 모두를 끌어안고 드디어 끝났다고 계속 말했다. 아이콘은 정말 친절했지만, 강연회가 곧 시작될 예정이어서 우린 가야 했다. 우리가 떠나기 전에 아이콘은 책에 사인을 해서 내게 줬고, 정말 멋졌다. 아시다시피, 나는 책을 많이 좋아하고, 내가 특별히 그녀의 책에 열광한 건 아니었지만 책의 진짜 저자를 만난 건 처음이었다. 엄마는 몹시 흥분했고, 나중에 계속 책을 열어보며 아이콘이 쓴 말을 읽었다.

"들어봐! '세상의 외침을 듣는 베니에게.' 정말 아름답지 않니? 게

다가 정말 사실이고 말이야. 안 그래?"

난 그것이 사실인지 아닌지 몰랐지만, 그것이 엄마를 기쁘게 한다면 나도 좋았다. 나는 정리 정돈에 대한 이야기가 지겨워졌고, 그래서 엄마와 코리에게 9층에 가 있겠다고 말했다. 그들은 서로를 쳐다봤지만, 그러는 게 좋겠다고 말했다. 나는 에스컬레이터를 타고 올라가서 그 구름다리에 멈췄지만 아래를 내려다보았을 때 아무 소리도 들리지 않았다. 바람 소리도. 칼립소도. 다른 교환학생이 개인용 열람석의 내 옆자리에서 잠들어 있었지만, 타자 치던 아주머니는 책상에서 여전히 타자를 치고 있었다.

"또 왔네." 그녀가 말했다. "우린 네가 보고 싶었다. 네가 어딜 갔는지 궁금해하던 차였어."

내가 병원에 입원했었다고 말했고, 그녀는 이미 알고 있다는 듯, 별일 아니라는 듯 고개를 끄덕였다.

"이제 좀 나아졌니?"

"예, 그런 것 같아요."

"잘됐네. 그 말을 들으니 기쁘구나. 너 없는 동안 크게 달라진 건 없어."

그녀가 주변을 둘러보았고, 나도 그렇게 했다. 나는 책꽂이에 책이 줄어든 것을 알아차렸고, 그녀는 내 마음을 읽은 듯 그저 어깨를 으쓱했다.

"컴퓨터 자리를 더 늘릴 공간을 만들려고 책들을 옮겼단다. 결국 제본실도 닫고 옛날 장비를 모두 치웠지. 그것만 빼면 모든 게 네가 갔을 때와 별 차이 없어."

제본실 얘기를 들으니 슬펐다. 그곳은 무서운 장소였지만 아름답기도 했다.

"그래, 아쉬운 일이야." 타자 치는 아주머니가 또 내 마음을 읽고 말했다. "오래되었지만 아름다운 기계들인데. 인터넷 세상에서는 더 이상 말을 묶어둘 필요가 없다고 판단한 것 같아. 개인적으로 난 동의하지 않아. 말은 종이에 귀속되는 걸 좋아하지. 경계를 필요로 해. 어떤 규율과 제약이 없으면, 말은 기분 내키는 대로 아무렇게나 지껄이고 다닐 거야. 하지만 내가 좀 구식인가 싶기도 해."

나는 그녀를 지켜보았다. 그녀가 말하는 동안 더 늙은 것처럼 보여서 이상했다. 그녀의 뺨이 늘어졌다. 머리카락이 더 희끗희끗해졌다.

그런 변화가 내 눈앞에서 벌어지고 있는 것처럼 보였지만, 어쩌면 그건 빛의 눈속임일 뿐인지 모른다. 그녀가 반쯤 비어 있는 서가를 응시하더니 안경을 벗고 얼굴을 비볐다.

"하지만 뭐." 그녀가 다시 안경을 쓰며 말했다. "어쩔 수 없는 일이지. 난 그냥 책이 좋아. 물체로서 책 말이야."

"저도요." 내가 말했다.

내 배낭에는 공책과 연필이 있었다. 나는 마치 나를 기다린 것처럼 비어 있는 내 개인 열람석에 앉았다. 아무것도 쓸 계획은 없었다. 사실을 말하자면, 내 마음도 텅 빈 것처럼 느껴졌다. 그러나 B맨이 내게 글쓰기에 소질이 있다고 말한 뒤로 어떤 목소리가 이야기하는 것이 들리거나 어떤 생각이 떠오를 때에 대비해 항상 준비하고 있으려 한다. 그러나 그날 저녁 나는 아무 목소리도 듣지 못했고, 그저 아주머니의 타자 치는 소리만 들었을 뿐이다. 그것은 마치 빗방울 소리나 찌르레기 소리, 또는 해변에서 파도에 휩쓸리는 조약돌 소리처럼 들렸다. 마음을 안정시키는 좋은 소리였고, 나는 그냥 스르르 잠이 들었다.

91

친애하는 아이콘 님과 키미 님.

짬을 내서 저와 베니를 만나주시고 도서관에서 저희를 위해 아름다운 의식을 행해주셔서 정말 고맙습니다. 켄지를 위해 적절한 장례식을 치르고 나니, 드디어 마무리가 되었다는 느낌이 들었고, 그때부터 집 주변의 상황이 전과 다르게 좀 더 평온하고 안정되어 보입니다. 베니도 그것을 느꼈는지 제게 이렇게 묻더군요. "아빠의 영혼이 진짜로 우리 주변을 떠돌고 있었다가 이제야 편안해졌다고 생각해?" 저는 분명히 그렇게 느껴진다고 대답했습니다.

베니가 집으로 돌아온 것만으로 모든 게 달라졌습니다. 베니는 이번에 입원해 있는 동안 정말 많이 달라졌고 훨씬 더 성장해서 매사에 책임감을 갖고 매우 큰 도움을 주고 있습니다. 우리는 켄지가 죽고 목소리들이 들리기 시작하기 이전처럼 다시 진정한 대화를 나눌 수 있게 되었습니다. 베니는 동료 지원 그룹에 참여하고 있는데 그것이 타인과 교감하는 능력에 큰 변화를 가져오고 있습니다. 이제 베니는 정말로 남의 말을 잘 듣고 훨씬 더 솔직하게 자신의 상황을 말합니다. 여전히 목소리를 듣지만, 그럴 때면 전처럼 당황하지 않고 상냥하면서도 단호하게 상대하면 목소리는 거절당한 기분을 느끼거나 피해망상에 빠지거나 말썽을 피우지 않습니다. 주치의도 희망적이지만 물론 신중한 태도를 취하고 있습니다. 그녀는 임상적 회복은 원만하게 이루어지지 않으며 아마 난관이 있을 거라고 경고합니다. 저도 베니도 그것을 알지만, 우리는 우리가 함께라면 헤쳐나갈 수 있다는 믿음을 갖고 있습니다.

우리는 집 정리에도 많은 공을 들였고 이제 정말 좋아 보인답니다!
제가 가장 좋아하는 공예 재료 매장에서 직원 할인으로 구입한 사랑스러운
천으로 베니의 방에 달아줄 커튼을 만들고 있습니다. 저는 거기서 시간제 일을
시작했는데 지금까지는 아주 좋습니다. 거기서 일하는 여직원들은
친절한 데다 일 자체가 계속 발로 뛰어야 하는 일이어서 어느 정도 운동도
하게 되죠. 집 밖으로 나와서 사람들을 만날 수 있다는 것만으로도 그동안
제가 얼마나 고립되어 있었는지 깨닫게 됩니다. 그동안 제가 켄지에 대한
슬픔과 죄책감 때문에 어떻게 스스로를 모든 것으로부터 단절되게 했는지가
이제는 보입니다.

그리고 저는 공공도서관에서 자원봉사를 시작해서 제 친구 코리를 돕고
있습니다. 코리는 두 분이 만나신 어린이책 전문 사서인데,
어린이책 함께 읽는 날에 제가 아이들에게 책을 읽어줄 수 있게 해줬습니다.
저는 그 일이 좋습니다. 작은 얼굴들이 꽃처럼 저를 올려다보는 게 좋습니다.
일주일 중에 제가 좋아하는 시간이죠. 사실 다시 학교로 돌아가서
도서관학 학위를 딸까 진지하게 고민 중입니다.
당장은 그럴 수 없다는 걸 알지만 그게 제 꿈입니다.

꿈은 중요합니다. 그렇죠? 저는 베니에게 그렇게 말합니다.
그리고 이렇게도 말합니다. 아빠와 나에게는 많은 꿈이 있었고,
그중 어떤 꿈은 이루지 못했지만, 우리가 꾼 가장 달콤한 꿈은 이루어졌다고,
그것은 바로 베니라고 말입니다.

감사를 담아, 애너벨

92

'파도와 찌르레기, 조약돌과 까마귀…….'

거기 있니, 베니? 아직도 우리 목소리가 들리니? 꿈은 이제 우리가 너에게 닿을 수 있는 유일한 장소야. 눈을 떠봐. 네가 어디에 있는지 보이니?

언덕 같은 게 있고, 네가 그 꼭대기에 서서 광활하게 뻥 뚫린 풍경을 내려다보고 있어. 하늘은 잿빛이고 새들이 가득해. 까마귀와 갈매기, 갈가마귀와 육식조가 머리 위에서 빙글빙글 돌며 날고 있어. 산들바람이 불어오고 너는 음악처럼 들리는 어떤 소리에 귀 기울이고 있어. 다만 이건 지금까지 들어온 어떤 음악과도 달라. 그건 이상한 불협화음의 교향곡 같지만 귀에 거슬리지는 않고, 새들의 울음소리도 그 일부를 이루고 있고, 저 멀리서 일하는 작은 장난감처럼 보이는 거대한 중장비에서 나오는 우르릉대는 베이스 라인이 있어. 그것들을 보며 넌 지금 쓰레기 매립지에 있고 네가 서 있는 높은 곳은 엄청난 쓰레기로 이루어진 쓰레기 산이라는 걸 깨닫지.

너는 넋이 나가고 어리둥절한 표정이야. 수킬로미터 밖까지 펼쳐진 쓰레기를 보며, 네 눈은 개별적인 물체들을 하나하나 포착하기 시작해. 여기에 타이어, 저기에 변기. 그런 다음 너는 물건들을 알아보기 시작해. 깨진 스노글로브와 찻주전자 조각, 낡아빠진 동물 봉제 인형 더미가 보여. 엉켜 있는 양말과 휘어진 악보대, 바위 부스러기처럼 보이는 테이프와 CD, 신문 더미. 너의 집에서 나온 온갖 물건들이 결국 이곳으로 흘러들어왔어. 이것이 네 엄마의 꿈과 좋은 의도들의 종착지고, 넌 그 위에 서 있어. 넌 목이 메어 울기 시작해. 많이는 아니야. 그저 아빠가 죽었을 때 흘리지 못한 눈물 한두 방울.

아빠를 생각하니 귓속에서 뭔가 변화가 생기고 넌 더 열심히 귀 기울여. 멀리서 불도저와 굴착기가 쓰레기를 이리저리 밀고 다니며 엔진 소리를 냈고, 그 소리가 하나의 재즈풍 요소를 다성 음악으로 엮어내기 시작해. 바람이 세지면서 네 머리를 헝클어뜨리고 있어. 폭풍이 불어오고 너는 고개를 돌려 정면으로 마주해. 그리고 네가 한 손에 낡아빠진 서류 가방을 쥐고 있음을 인식하지. 넌 그것을 발 옆에 내려놓고는 두 팔을 벌리고 발끝으로 서서 균형을 잡아.

눈을 감고 바람을 받아들여. 우린 네가 젖살이 빠지면서 더 크고 더 호리호리해진 것을 볼 수 있지. 피부에 드문드문 나 있던 여드름도 없어져서, 또다시 황갈색의 매끄러운 피부가 되었고 다만 턱에 약간의 솜털이 나 있어. 이제 곧 면도를 시작하게 될 거야. 너의 코와 턱은 더 뚜렷해졌고 뺨은 움푹 파이기 시작했어. 너는 어른 남자처럼 보이기 시작했고 이제 곧 그렇게 될 거야. 넌 아빠를 많이 닮았어.

너는 계속 눈을 감고 팔을 벌리고 있어. 바람이 더 거세지고, 네가 뒤로 날아가기 바로 직전에 위에서 누군가 손을 뻗어 이마를 톡톡 두드려. 보지 않아도 그녀가 누구인지 알 수 있어. 그녀는 네 꿈속의 소녀, 세상에서 가장 아름다운 소녀야. 그녀는 네가 떨어지는 걸 막으려고 여기 왔고, 그녀가 멀리 떠나가지 못하게 하는 것은 네가 할 일이야. 네가 그녀의 손을 향해 손을 뻗을 때, 너의 얼굴에 희미한 미소가 번져. 넌 가볍게 잡아당기고, 그녀는 땅으로 스르르 내려와 네 옆에 서. 넌 서류 가방을 집어 들고 그녀는 네게 몸을 기울이며 머리를 네 어깨에 기대. 그녀가 한숨을 쉬어. '너무 아름다워…….'

책은 어딘가에서 끝나야 해, 베니.

네가 속삭여. '쉬잇. 귀 기울여보라…….'

감사의 말

책은 말하는 사물이며, 〈감사의 말〉은 책이 감사를 전하는 곳이다. 《우주를 듣는 소년》은 나에게 이 행복한 작업을 대신 수행하도록 위임했고, 그래서 나는 조키츠 노먼 피셔와 선불교 스승들의 계보에 감사를 표하는 것으로 시작하려고 한다. 그분들의 말씀이 이 책 곳곳에 스며 있다.

초고를 읽어주고 심리학적, 문학적 문제들에 대해 조언해준 게일 혼슈타인 박사와 애니 로저스 박사에게 깊이 감사한다. 그들의 개인적 통찰과 출판된 저작은 물론이고 그들이 내게 소개해준 책과 자료들 덕분에 내 눈과 귀가 뜨일 수 있었다. 열거할 것이 너무 많지만, 나는 인터보이스—국제 목소리 듣기 네트워크(www.intervoiceonline.org)와 미국 목소리 듣기 네트워크(www.hearingvoicesusa.org), 그리고 개인들이 경험하는 당황스럽고 특이한 상태들에 대해 병리학적 접근법이 아닌 경험 중심적 접근법으로 우리의 이해를 넓혀주고 깊게 해준, 마리우스 롬 박사와 샌드라 에셔 박사의 개척적인 작업을 언급하고 싶다.

나는 목소리를 듣는 사람들과 예술가들, 미친 행동주의자*들에게 특별하고 진실한 감사를 표한다. 말과 글로 표현된 그들의 용기 있는 이야기는 내 이해를 확장시키고 내 경험을 확인시켜주었다. 목소리 듣기와 혁명, 닭 키우기에 대한 그녀의 생각을 공유해준 활동가이자 작가, 탁월한 이야기꾼인 나의 새로운 친구 앨리슨 스미스와, 이카루스 프로젝트와 사회적 정의, 정신적 다양성에 대한 작업으로 몇 년에 걸친 나의 글쓰기와 생각에 씨앗을 뿌려준 나의 오랜 친구 사샤 올트먼(일명 '스캐터' 듀브룰)에게 특별한 감사를 표한다.

나는 소중한 전문 지식을 공유해준 모든 친구들에게 감사한다. 화가이자 뮤지션, 미디어 모니터이자 활동가인 매슈 버든은 애너벨에게 그들이 공유하는 직업의 중요한 세부사항과 양육 스타일을 지도했다. 박유선과 에밀리 마이어는 그린룸에서 칵테일을 마시며 내가 어린 시절 정신보건 전문가를 만났을 때의 경험을 현대적인 용어로 옮기는 것을 도와주었고, 앤드루 런들 역시 도움을 주었다.

또한 관대하고 통찰력 있고 꼼꼼하게 초반과 중반, 후반의 원고를 읽어준 케이티 영과 리즈 고데, 캐런 조이 파울러, 린더 솔로몬, 올리버 켈해머, 에이드리엔 브로더, 클레어 코다에게 영원한 감사를 보낸다. 몇 년에 걸친 집필 기간 동안, 이 책이 만들어지는 데 있어서 그들의 도움과 지원은 단연 중대한 역할을 했다. 책은 좋은 독자와 친구, 그리고 그것을 있는 그대로의 모습으로 만들어줄 좋은 타이피스트를 필요로 한다. 우리는 여러분에게 가슴 깊이 감사한다.

조용하고도 자매애 넘치는 안식처를 제공해준 헤지브룩**에 감사한다.

* Mad activist. '정신병' 같은 정신의학적 용어 대신 '미친'이라는 단어를 재조명하고 광기를 질병이 아닌 정체성의 측면으로 바라보는 '미친 행동주의'를 표방하는 활동가들.

** 1988년에 설립된 여성 작가들을 위한 단체로, 숙박시설과 다양한 프로그램을 운영한다.

바이킹 출판사에서 현명하고 한결같은 편집자로 자리해준 폴 슬로박과 전폭적인 지원을 제공해준 브라이언 타트, 안드레아 슈워츠에게 깊이 감사한다. 캐논게이트 출판사에서 책과 관련된 모든 것에 무한한 열정을 보여준 제이미 빙과 그의 훌륭한 팀에게도 감사한다. 또한 여러 해에 걸쳐서 내 작업을 믿어준 나의 에이전트 몰리 프리드리히와 루시 카슨, 항상 내가 실수하지 않도록 구해주고 쾌활함을 유지하면서 궤도에서 벗어나지 않도록 인도해준 소중한 나의 조수 몰리 자쿠어에게 감사하고 싶다.

그리고 여기서 나는 전직 편집자이자 동료 작가이자 친애하는 나의 친구 캐롤 디산티에게 지워지지 않을 감사의 마음을 표하고 싶다. 캐롤은 아직 바이킹에 몸담고 있을 때 《우주를 듣는 소년》을 접하게 되었는데, 당시 이 책은 초안 단계였다. 그녀는 그 책이 하는 말을 들은 첫 번째 사람이고, 그녀는 잘 조율된 귀와 예리한 편집자의 눈, 서술의 어조와 구조에 대한 다정한 인도로 그 책이 목소리와 형태를 찾도록 도움을 주었다. 그리고 몇 년에 걸쳐서 캐롤은 내가 여기서 일일이 언급할 수 없는 여러 방식으로 나를 도와주었다. 내게 작가가 되고 저자가 되는 법을 가르쳐주고, 난삽한 내 원고를 그것이 되고 싶어 하는 모습의 책으로 만들어주었다.

그리고 마지막으로 언제나처럼, 나는 늘 내 삶을 흥미롭게 만들어주고 언제나 귀 기울여주는 사랑하는 올리버에게 감사한다. 그의 생각들은 내가 글을 쓰도록 영감을 불어넣어준다. 그의 말은 나의 세상을 깨운다.

옮긴이의 말

이 책의 원제 《*The Book of Form and Emptiness*》는 여러 의미로 해석될 수 있다. 불교 신자라면 〈반야심경〉의 한 구절이 떠오를 예스러운 '색(色)과 공(空)의 서(書)'쯤으로, 시인이라면 '형상과 공백의 책'쯤으로 번역하지 않을까? 서툴게 풀어쓰자면 '존재하는 것이자 형체 없는 것으로서의 책'으로도 번역될 수 있을 것이다.

이 책은 "귀 기울여보라"라는 말로 시작하고 끝난다. 인간은 인간이기 시작했을 때부터, 아니 어쩌면 아직 인간의 먼 조상에 머물러 있었을 때부터 사물의 울림과 떨림, 즉 사물의 목소리를 듣는 데 민감했을 것이다. 세상은 두려움과 경외의 대상이었을 것이고 바스락 소리에도 소스라치게 놀라곤 했을 것이다. 마치 우리가 영화관에서 돌비 서라운드 시스템으로 느끼는 것처럼 고막의 얇은 막뿐만 아니라 피부와 피부 위 솜털까지 동원하여 미세한 공기의 파동을 감지하고 세상의 온갖 소리에 귀 기울여야 했을 것이다. 그러다 시간이 흘러 인류가 불을 능숙하게 다루게 되면서 태양이 지평선을 넘어간 뒤에도 시각이 가장 주요한 감각 수단이 되었을 것이고, 세계를 무한히 생산되는 이미지로 인식하게 되면서 점차 주변에 귀 기울이는 것에 소홀해지지 않았을까.

고백하건대 처음 이 책을 접했을 때 단단히 오해를 했었다. 아마 적지 않은 독자들이 나와 같은 오해를 할 수 있을 것이다. 도서관을 배경으로 한 소년이 주인공인 이야기라는 것을 듣고서 그저 가볍게 읽을 수 있는, 주로 상상력과 감성에 의존하는 성장소설을 떠올렸다. 그런데 막상 번역 작업에 들어가자 묵직하고 철학적인 주제가 담긴 책이라는 것을 알게 되었다. 일단은 한마디로 방대하다. 분량뿐 아니라 내용면에서도 그렇다. 철학적·인문학적으로 범위가 넓고 깊이 있는 내용이 결부되어 있으면서도, 등장인물들이 처한 구체적인 상황과 감정을 놓치지 않고 섬세하게 그려낸다. 나는 과연 이런 책을 쓴 사람은 대체 어떤 사람인지 궁금해졌다. 저자에 대해 검색하다가 이력을 구체적으로 소개한 자료를 보고, 나는 절로 고개가 끄덕여졌다.

루스 오제키는 1956년에 미국인 아버지와 일본인 어머니 사이에서 태어났다. 혼혈아로서 어린 시절 괴롭힘을 당했고, 그 때문인지 정신적인 문제를 겪었는데, 당시의 특수한 문화적 분위기와 맞물리며 상태가 악화되었다. 그녀는 어린 나이에 흡연과 음주에 노출되었고 바이크를 타고 나이트클럽 호스티스로 일하는 등 다소 거친 시기를 보내기도 했다(이 대목에서 알레프가 연상된다). 실제로 소아정신과 병동에 입원하기도 했으며(베니가 연상된다), 아버지가 사망한 뒤 자신의 이름을 부르는 아버지의 목소리를 들었다(역시 베니가 떠오른다). 이 책 첫 장에 나오는 "여전히 목소리로 나를 인도해주는 아버지께 이 책을 바친다"라는 헌사는 비유일 뿐 아니라 문자 그대로의 의미이기도 했던 것이다. 얼마 후, 그녀는 선불교 승려가 되었다(다들 누군가가 떠오를 것이다). 그러니 이 소설 전체에 저자의 경험이 녹아 있다고 할 수 있다. 목소리를 듣는 소년과, 마약 중독에 정신적 문제를 안고 있는 소녀, 선불교 여승에게 저자로서 그녀의 경험이 반영되어 있다. 아마도 그래서 장면 장면이 그토록 생생한 것이 아닌가 싶다. 정작 나는 이 세 인물 외 또 다른 주인공인 애너벨에게 가장 크게 공감하고 응원했으니, 이것은 또한 독자로서 내 경험의 반영이리라.

이 작품을 번역하면서 가장 인상 깊었던 것은 이 책 전체가 범주화를 거부하고 경계를 허물고 있으며, 결국 모두가 연결되어 있음을 암시한다는 점이다. 불교의 인연생기 개념에 대한 설명처럼 직접적으로 서술된 부분들은 물론이거니와, 상징적이고 비유적인 표현과 내용, 형식 전반에서 이런 특징이 드러난다. 반복해서 등장하며 강조되는 '묶이지 않은(unbounded)'이라는 표현이나, "모든 지점을 포함하는 공간 속의 한 지점"이라는 알레프의 존재도 그렇다. 또한 읽다 보면 이 소설 속 등장인물과 다른 작품 속 등장인물, 그리고 역사적 인물들 간의 연관성을 찾게 되고, 그러면서 안과 밖의 경계가 모호해지며 허물어지고, 뒤집히고 뒤섞이는 것을 느끼게 된다. 보르헤스의 단편소설 〈알레프〉에 등장하는 〈지구〉라는 서사시를 쓰려는 시인과 역시 〈지구〉라는 서사시를 쓰고 있는 부랑자 시인 슬라보이가 겹쳐지고, 무신론자인 그가 죽기 전에 꼭 완성하게 해달라고 기도한 시가 담긴 서류 가방은 미국으로 망명을 시도하다가 스스로 생을 마감한 발터 벤야민이 목숨보다 소중히 여긴 서류 가방으로 연결된다.

이런 경계 허물기는 형식적인 면에서도 여실히 드러난다. 저자는 액자소설처럼 책 속에 삽입된 또 다른 책《정리의 마법》에서 선불교 승려 아이콘의 경험을 통해 선불교 철학을 전할 뿐 아니라, 이를 넘어 아예 아이콘을 액자 밖으로 끄집어내서 소설 속에 등장시킨다. 급기야 저자 자신이 능청스럽게 자신의 작품 속에 카메오로 등장하여 주인공과 대화를 나누고, 대담하게도 자신의 정체에 대한 힌트를 주기까지 한다. 이처럼 소설 속 등장인물과, 소설 속에 등장하는 책의 저자, 이 소설의 실제 저자, 소설의 서술자인 책이라는 존재까지, 모두가 작품 속에서 서로 얽히며 상호작용한다. 이런 경계 허물기는 세상 모든 것이 혼자서 존재하지 않으며, 시공을 뛰어넘어 서로 연결되어 있음을 암시하는 게 아닐까.

여담으로, 작품의 주요 배경이 되는 장소가 공공도서관이다 보니, 자연스레 그동안 드나든 수많은 도서관들이 떠올랐다. 새벽부터 가방으로 줄을 세워놓고 한참을 기다려 어렵사리 들어가서는 서가의 책보다는 교과서를 꺼내 공부하다 밀려오는 식곤증에 꾸벅꾸벅 졸고, 함께 간 친구들과 수다만 떨고 오기 일쑤였던 남산도서관. 예쁜 정원 덕분에 도서관이라기보다 학교처럼 느껴지던 정독도서관(실제로 서울 명문 고등학교 중 하나였던 경기고등학교가 강남으로 이전하면서 도서관으로 탈바꿈한 곳이다). 전문 번역가로 본격적으로 활동하기 전 종종 찾아가 책을 읽다가 건너편 솔밭공원에서 산책하며 불안한 마음을 달래곤 했던 도봉도서관, 일감을 싸 들고 갔다가 서가에서 책 냄새를 맡으며 책장을 뒤적이거나 정발산 산책로에서 더 많은 시간을 보내도 왠지 집으로 돌아가는 발걸음은 가벼웠던 아람누리도서관…….

그런데 베니의 도서관은 과연 어디일까? 따옴표를 닮은 형상으로 신관이 구관을 감싸고 있고 아찔한 구름다리로 연결된 매혹적인 공간. 그런 복잡한 구조를 활자로 세세하게 옮길 때는 똑같지는 않더라도 모델이 된 건축물이 있을 거라고 생각했다. 우리에겐 책상머리에 앉아 세계 어디라도 여행할 수 있는 구글 어스가 있지 않은가! 미국에 17,500여 곳의 공공도서관이 있다지만 9층짜리 도서관이 몇 곳이나 있겠는가? 게다가 태평양이 보이고, 대형 컨테이너 선박이 하역을 하고 야적장이 있는 도시는 몇 안 되리라. 그렇게 찾은 첫 후보는 시애틀 중앙도서관이었으나, 11층 건물, 지하 아동 코너 등 소설 속 묘사와 유사한 내부 구조와 달리 외관이 책을 비스듬하게 쌓아 놓은 듯한 기하학적 형태였다. 문득 저자가 생활하는 곳이 미국 매사추세츠와 뉴욕, 그리고 캐나다 브리티시 컬럼비아라는 사실이 떠올랐고, 그래서 발견한 곳이 바로 밴쿠버 공공중앙도서관이었다. 번역을 하며 이 도서관의 내외부 사진에서 많은 힌트를 얻었으니 독자 여러분에게도 참고가 되었으면 좋겠다. 베니와 함께 잠시 도서관 여행에 빠져보길 바란다.

쉬운 번역은 없겠지만, 이 방대하고 심오한 책을 번역하기가 정말이지 쉽지 않았다. 그러나 이런 멋진 책을 만나 푹 빠져 보낸 시간은 더없이 즐겁고 소중했다. 기회를 주신 출판사와 꼼꼼한 검토와 교열로 도움을 주신 편집자님께 감사한다.

2023년 봄, 정해영

우주를 듣는 소년

초판 1쇄 2023년 4월 28일
초판 2쇄 2023년 6월 5일

지은이 | 루스 오제키
옮긴이 | 정해영

발행인 | 문태진
본부장 | 서금선
책임편집 | 허문선 편집 3팀 | 이준환

기획편집팀 | 한성수 임은선 임선아 최지인 이보람 송현경 이은지 유진영 장서원 원지연
마케팅팀 | 김동준 이재성 박병국 문무현 김윤희 김은지 김혜민 이지현 조용환
디자인팀 | 김현철 손성규 저작권팀 | 정선주
경영지원팀 | 노강희 윤현성 정헌준 조샘 조희연 김기현 이하늘
강연팀 | 장진항 조은빛 강유정 신유리 김수연 서민지

펴낸곳 | ㈜인플루엔셜
출판신고 | 2012년 5월 18일 제300-2012-1043호
주소 | (06619) 서울특별시 서초구 서초대로 398 BnK디지털타워 11층
전화 | 02)720-1034(기획편집) 02)720-1024(마케팅) 02)720-1042(강연섭외)
팩스 | 02)720-1043 전자우편 | books@influential.co.kr
홈페이지 | www.influential.co.kr

ISBN 979-11-6834-098-5 (03840)